BESTSELLER

Biblioteca

ARTURO PÉREZ-REVERTE

La piel del tambor

DeBOLS!LLO

Diseño de la portada: Equipo de diseño editorial
Fotografía de la portada: © Camera Press/Cordon

Cuarta edición en este formato: febrero, 2005

© 1995, Arturo Pérez-Reverte
© Random House Mondadori, S. A.
   Travessera de Gràcia, 47-49. 08021 Barcelona

Printed in Spain – Impreso en España

ISBN: 84-9759-264-6 (vol. 406/2)
Depósito legal: B. 6.527 - 2005

Impreso en Novoprint, S. A.
Energía, 53. Sant Andreu de la Barca (Barcelona)

P 8 9 2 6 4 6

A Amaya, por su amistad.
A Juan, por su acoso.
A Rodolfo, por la parte que le toca.

ÍNDICE

Clérigos, banqueros, piratas, duquesas y malandrines, los personajes y situaciones de esta novela son imaginarios, y cualquier relación con personas o hechos reales debe considerarse accidental. Todo aquí es ficticio, excepto el escenario. Nadie podría inventarse una ciudad como Sevilla.

El pirata informático se infiltró en el sistema central del Vaticano once minutos antes de la medianoche. Treinta y cinco segundos más tarde, uno de los ordenadores conectados a la red principal dio la alarma. Fue sólo un parpadeo en la pantalla del monitor, anunciando la puesta automática en funcionamiento del control de seguridad ante una intromisión exterior. Después, las letras *HK* aparecieron en un ángulo de la pantalla, y el funcionario de guardia, un jesuita que en ese momento trabajaba en la incorporación de datos sobre el último censo del Estado Pontificio, descolgó el teléfono para avisar al jefe de servicio.

—Tenemos un *hacker* —anunció.

Abrochándose la sotana, el padre Ignacio Arregui, otro jesuita, salió al pasillo para recorrer los cincuenta metros hasta la sala de ordenadores. Era huesudo y flaco, con zapatos que crujían bajo los frescos en penumbra. Mientras caminaba echó un vistazo a través de las ventanas, hacia la desierta Via della Tipografia y la fachada oscura del palacio Belvedere, y murmuró discretamente, entre dientes. Su malhumor provenía más de haber sido despertado mientras descabezaba un sueño que de la aparición del intruso. Las incursiones de éstos eran frecuentes, pero inofensivas. Solían limitarse al perímetro de seguridad exterior, dejando leves huellas de su paso: mensajes o pequeños virus. A un pirata informático —*hacker* en jerga técnica— le gustaba que los demás supieran que había estado allí. Por lo general se trataba de chicos muy jóvenes, aficionados a viajar a través de las líneas telefónicas explorando los sistemas ajenos en busca del más difícil todavía. Para los yonquis del chip, adictos de la alta tecnología, probar suerte con el Chase Manhattan Bank, el Pentágono o el Vaticano, suponía siempre una excitante aventura.

El funcionario de guardia era el padre Cooey, otro jesuita irlandés, joven y grueso, que usaba lentes. Fruncía el ceño con preocupación, inclinado sobre las teclas de su ordenador tras el rastro informático del pirata. Cuando llegó a su lado, el padre Arregui vio que levantaba los ojos con expresión de alivio. La luz de su lámpara de trabajo le iluminaba la parte inferior del rostro.

—No sabe lo que me alegra verlo, padre.

El superior se situó a un lado, apoyando las manos bajo la luz en la mesa, atento a la pantalla donde parpadeaban iconos en azul y rojo. El sistema de búsqueda automática mantenía contacto permanente con la señal del intruso.

—¿Es grave?

—Puede que sí.

Sólo una vez en los últimos dos años había sido grave, cuando un pirata logró infiltrar un gusano informático en la red vaticana. Los gusanos eran ficheros destinados a multiplicarse en el espacio del sistema hasta bloquearlo, y en aquel caso limpiar la red y reparar los daños fue cuestión de medio millón de dólares. Identificado tras una larga y compleja búsqueda, el pirata resultó un chico de dieciséis años residente en un pueblecito de la costa holandesa. Otros intentos serios de infiltrar virus o programas asesinos habían sido abortados en su inicio: un joven mormón de Salt Lake City, una sociedad islámica integrista con sede en Estambul, un cura loco, enemigo del celibato, que utilizaba por las noches el ordenador del manicomio. El cura, un francés, los tuvo en jaque durante mes y medio, y lograron neutralizarlo cuando ya había infectado cuarenta y dos ficheros con un virus que bloqueaba las pantallas a base de insultos en latín.

El padre Arregui puso un dedo sobre el cursor que parpadeaba en rojo:

–¿Es nuestro *hacker*?

–Sí.

–¿Qué nombre le ha asignado?

Siempre le daban un nombre a cada uno, a efectos de identificación y seguimiento; muchos eran viejos conocidos. El padre Cooey señaló una línea en el ángulo inferior derecho de la pantalla:

–*Vísperas*, por la hora. Es lo primero que se me ocurrió.

En el monitor se apagaron unos ficheros y se encendieron otros. Cooey los miró con atención y después llevó el cursor del ratón hasta uno de ellos para pulsar dos veces. Ahora que tenía cerca a un superior en quien descargar la responsabilidad, su actitud era distinta: más relajada y a la expectativa. Para un veterano informático, y aquel joven lo era, la actuación de un pirata suponía siempre un desafío profesional.

–Hace diez minutos que está ahí –dijo, y el padre Arregui creyó percibir un eco de admiración contenida–. Al principio se limitó a recorrer las distintas entradas, explorando. De pronto se coló dentro. Ya conocía el camino; sin duda nos ha visitado antes.

–¿Qué intenciones tiene?

Cooey se encogió de hombros.

–No lo sé. Pero trabaja bien y rápido, con un triple sistema para eludir nuestras defensas: empieza probando permutaciones simples de nombres de usuario conocidos, y después nombres de nuestro propio diccionario y una lista de 432 contraseñas —al llegar a este punto el jesuita torció ligeramente la boca, como para reprimir una sonrisa inoportuna—. Ahora está explorando las entradas a INMAVAT.

Inquieto, el padre Arregui tamborileó con las uñas sobre uno de los manuales técnicos que cubrían la mesa. INMAVAT era una lista reservada de altos cargos de la Curia vaticana. Sólo se entraba en ella mediante una clave personal y secreta.

—¿Escáner de seguimiento? —sugirió.

Cooey señalaba con el mentón la pantalla de otro monitor encendido en la mesa contigua. Ya he pensado en eso, decía el gesto. Conectado con la policía y con la red telefónica vaticana, aquel sistema registraba todos los datos relativos a la señal del infiltrado; incluso disponía de una trampa para *hackers*, una serie de recorridos señuelo en cuyos meandros se demoraban los intrusos dejando pistas que permitían su localización e identificación.

—No conseguiremos gran cosa —opinó Cooey al cabo de unos instantes—. *Vísperas* ha disfrazado su punto de entrada en el sistema saltando por diversas redes telefónicas. Cada vez que hace un bucle a través de una de ellas, hay que rastrearla hasta el conmutador de entrada… Tendría que quedarse mucho tiempo para que consigamos algo. Y a pesar de eso, si lo que pretende es hacer daño, lo hará.

—¿Qué otra cosa puede querer?

—No sé —la mueca entre curiosa y divertida volvió a insinuarse en la boca del joven, desvaneciéndose apenas alzó la cabeza—. A veces se contentan con curiosear, o dejan un mensaje. Ya sabe: *Capitán Zap estuvo aquí*, y cosas por el estilo —hizo una pausa, observando el monitor—. Aunque éste se toma mucho trabajo para un simple paseo.

El padre Arregui afirmó dos veces mientras seguía, absorto, las incidencias de la señal en la pantalla. Después pareció volver en sí, miró el teléfono iluminado en el cono de luz de la lámpara e hizo gesto de alargar una mano hacia el auricular; pero se detuvo a medio camino.

–¿Cree que va a entrar en INMAVAT?

Cooey señaló la pantalla de su ordenador.

–Acaba de hacerlo –dijo.

–Cielo santo.

Ahora el cursor rojo parpadeaba a toda velocidad, recorriendo rápidamente una larga fila de archivos que desfilaban por la pantalla.

–Es bueno –dijo Cooey, ya sin disimular su admiración–. Que Dios me perdone, pero este *hacker* es muy bueno –hizo una pausa y sonrió–. Endiabladamente bueno.

Se había olvidado del teclado y, de codos sobre la mesa, observaba. La lista de acceso restringido estaba ante sus ojos, al descubierto. Ochenta y cuatro cardenales y altos funcionarios, cada uno representado con su correspondiente código. El cursor recorrió la lista de arriba abajo, dos veces, y después se detuvo con un parpadeo en la línea marcada VO1A.

–Ah, el maldito –murmuró el padre Arregui.

El registro de transferencia indicaba un aumento progresivo en la memoria interna; eso indicaba que el intruso había hecho saltar la clave de seguridad e infiltraba un archivo pirata en el sistema.

–¿Quién es VO1A? –preguntó Cooey.

No obtuvo respuesta inmediata. Desabrochándose el cuello redondo de la sotana, el padre Arregui se pasó una mano por la nuca y miró de nuevo, incrédulo, la pantalla del monitor. Después descolgó el teléfono muy despacio y, tras dudar todavía un instante, marcó el número de urgencia de la secretaría del Palacio

Apostólico. El timbre sonó siete veces antes que una voz respondiese en italiano. Entonces el padre Arregui se aclaró la garganta, e informó que un intruso había entrado en el ordenador personal del Santo Padre.

I

El hombre de Roma

Por algo lleva la espada. Es el agente de Dios.

BERNARDO DE CLARAVAL
Elogio de la milicia templaria

Fue a primeros de mayo cuando Lorenzo Quart recibió la orden que había de llevarlo a Sevilla. Una borrasca se desplazaba hacia el Mediterráneo oriental, y el frente de lluvias discurría aquella mañana sobre la plaza de San Pedro de Roma; así que Quart tuvo que caminar en semicírculo, protegiéndose del agua bajo la columnata de Bernini. Mientras se acercaba a la Puerta de Bronce comprobó que el centinela, recortado con su alabarda en la penumbra del pasillo de mármol y granito, se disponía a identificarlo. El guardia era un suizo grande y fuerte, de cráneo rapado bajo la boina negra del uniforme renacentista a rayas rojas, amarillas y azules; y Quart vio que observaba con curiosidad el impecable corte de su traje oscuro, a tono con la camisa de seda negra de cuello romano y los zapatos de piel fina y también negra, cosidos a mano. Nada que ver, decía aquella mirada, con los grises *bagarozzi*, los funcionarios de la compleja burocracia vaticana que pasaban por allí cada día. Pero tampoco era, como podía leerse en los desconcertados ojos claros del suizo, un aristócrata de la Curia: uno de aquellos prelados y monseñores que, en el más discreto de los casos, lucían una cruz, un ribete de púrpura o un anillo. Ésos no llegaban a pie bajo la lluvia, sino que accedían al Palacio Apostólico por otra puerta, la de Santa Ana, a bordo de confortables automóviles con chófer. Además, el hombre que se detenía cortés ante el centinela y sacaba del bolsillo una billetera de piel, buscando su identificación entre diversas tarjetas de crédito, era demasiado joven para la mitra a pesar del cabello poblado de canas que llevaba corto, como el de un militar. Muy alto, delgado, tranquilo, seguro de sí, observó el suizo con vistazo profesional. Manos de uñas cuidadas, reloj de esfera blanca, gemelos de plata de diseño sencillo. Le calculó cuarenta años como mucho.

–*Guten Morgen. Wie ist der Dienst gewesen?*

No fue el saludo, formulado en perfecto alemán, lo que hizo al centinela erguirse y enderezar la alabarda, sino las siglas IOE junto a la tiara y las llaves de San Pedro en el ángulo superior derecho del documento de identidad que el recién llegado le mostraba. El Instituto para las Obras Exteriores figuraba en el grueso tomo rojo del Anuario Pontificio como una dependencia de la Secretaría de Estado; pero hasta el más bisoño recluta de la Guardia Suiza estaba al tanto de que, durante dos siglos, el Instituto había ejercido como brazo ejecutor del Santo Oficio, y ahora coordinaba todas las actividades secretas de los Servicios de Información del Vaticano. Los miembros de la Curia, maestros en el arte del eufemismo, solían referirse a él como *La Mano Izquierda de Dios*. Otros se limitaban a llamarlo –nunca en voz alta– Departamento de Asuntos Sucios.

–*Kommen Sie herein.*

–*Danke.*

Dejando atrás al centinela, Quart franqueó la vieja Puerta de Bronce para dirigirse a la derecha, anduvo ante los amplios escalones de la Scala Regia, y tras detenerse en la mesa de acreditaciones subió de dos en dos los peldaños de una resonante escalera de mármol a cuyo término, tras la cristalera vigilada por otro centinela, se abría el patio de San Dámaso. Cruzó en diagonal entre la lluvia, observado por más guardias que, cubiertos con capas azules, custodiaban cada puerta del Palacio Apostólico. Ascendiendo por otra corta escalera se detuvo en el penúltimo peldaño, ante una puerta junto a la que había atornillada una discreta placa metálica: *Instituto per le Opere Esteriore*. Entonces sacó un pañuelo de celulosa del bolsillo para secarse las gotas de agua del rostro. Después, inclinándose sobre los zapatos, lo utilizó para eliminar los restos de lluvia, hizo con él una pequeña bola y la arrojó en un cenicero de latón que había en el rellano, antes de comprobar el estado de los puños negros de su camisa, estirarse la chaqueta y llamar a la puerta. A diferencia de otros sacerdotes, Lorenzo Quart tenía perfecta conciencia de su debilidad en lo concerniente a virtudes más o menos teologales: la caridad o la compasión, por ejemplo, no eran su fuerte. Tampoco la humildad, a pesar de su naturaleza disciplinada. Adolecía de todo eso, pero no de minuciosidad, o rigor; y ello lo hacía valioso para sus superiores. Como sabían quienes aguardaban tras aquella puerta, el padre Quart era preciso y fiable como una navaja suiza.

Había un apagón en el edificio, y la única luz que entraba en el despacho era la claridad grisácea de una ventana abierta a los jardines del Belvedere. Mientras el secretario cerraba la puerta a su espalda, Quart dio cinco pasos después de cruzar el umbral y se detuvo en el centro exacto de la habitación, entre el ambiente familiar de las paredes donde estantes con libros y archivadores de madera ocultaban parte de los mapas pintados al fresco por Antonio Danti bajo el pontificado de Gregorio XIII: el mar Adriático, el Tirreno y el Jónico. Después, ignorando la silueta que se recortaba en el contraluz de la ventana, dirigió una breve inclinación de cabeza al hombre sentado tras una gran mesa cubierta de carpetas con documentos.

–Monseñor –dijo.

El arzobispo Paolo Spada, director del Instituto para las Obras Exteriores, le devolvió una silenciosa sonrisa cómplice. Era un lombardo fuerte, macizo, casi cuadrado, con hombros poderosos bajo el traje negro de tres piezas que llevaba sin distintivo alguno de su jerarquía eclesiástica. Con la cabeza pesada y el cuello ancho, tenía aire de camionero, luchador, o –quizá más apropiado en Roma– veterano gladiador que hubiese cambiado la espada corta y el casco de mirmidón por el hábito oscuro de la Iglesia. Reforzaba ese aspecto un pelo todavía negro y duro como ásperas cerdas, y las manos enormes, casi desproporcionadas, sin anillo arzobispal, que en ese momento jugueteaban con una plegadera de bronce en forma de daga. Con ella señaló hacia la silueta de la ventana:

–Conoce al cardenal Iwaszkiewicz, supongo.

Sólo entonces Quart miró a su derecha y saludó a la silueta inmóvil. Por supuesto que conocía a Su Eminencia Jerzy Iwaszkiewicz, obispo de Cracovia, promovido a la púrpura cardenalicia por su compatriota el papa Wojtila, y prefecto de la Sagrada Congregación para la Doctrina de la Fe, conocida hasta 1965 bajo el nombre de Santo Oficio, o Inquisición. Incluso como silueta delgada y oscura en contraluz, Iwaszkiewicz y lo que representaba eran inconfundibles.

–*Laudeatur Jesus Christus*, Eminencia.

El director del Santo Oficio no respondió al saludo, sino que permaneció quieto y en silencio. Fue la voz ronca de monseñor Spada la que medió en el asunto:

–Puede sentarse si lo desea, padre Quart. Ésta es una reunión oficiosa y Su Eminencia prefiere estar de pie.

Había utilizado el término italiano *ufficiosa*, y Quart captó el matiz. En lenguaje vaticano, la diferencia entre lo *ufficiale* y lo *ufficioso* era importante. Esto último tenía el especial carácter de lo que se pensaba frente a lo que se decía; incluso de lo que llegaba a decirse, aunque nunca se admitiera haberlo dicho. Aun así, Quart miró la silla que con otro movimiento de la plegadera le ofrecía el arzobispo, y negó suavemente con la cabeza antes de cruzar las manos a la espalda mientras aguardaba de pie en el centro de la habitación, el aire relajado y tranquilo, igual que un soldado atento a cualquier orden.

Monseñor Spada lo miró aprobador, entornados sus ojos astutos cuyo blanco surcaban vetas marrones semejantes a las de un perro viejo. Aquellos ojos, junto al aire macizo y el pelo de duras cerdas, le habían valido un sobrenombre –*El Mastín*– que sólo osaban utilizar, en voz adecuadamente baja, los más destacados y seguros miembros de la Curia.

–Celebro verlo de nuevo, padre Quart. Ha pasado algún tiempo.

Dos meses, recordaba Quart. Y en aquella ocasión también fueron tres los presentes en el despacho: ellos dos y un conocido banquero, Renzo Lupara, presidente del Banco Continental de Italia, una de las entidades vinculadas al aparato financiero del Vaticano. Lupara, atildado, apuesto, de intachable moral pública y feliz padre de familia, bendecido por el cielo con una bella esposa y cuatro hijos, había hecho fortuna utilizando la cobertura bancaria vaticana para evadir dinero de empresarios y políticos miembros de la logia *Aurora 7*, a la que pertenecía con grado 33. Aquél era exactamente el tipo de asuntos mundanos que requerían la especialización de Lorenzo Quart; así que durante seis meses se ocupó de seguir las huellas que Lupara había dejado en la moqueta de ciertos despachos de Zúrich, Gibraltar y San Bartolomé, en las Antillas. Fruto de aquellos viajes fue un completo expediente que, abierto sobre la mesa del director del IOE, puso al banquero ante la alternativa de la cárcel o un discreto *exitus* que dejara a salvo el buen nombre del Banco Continental, del Vaticano y, a ser posible, de la señora y los cuatro vástagos Lupara. Allí, en el despacho del arzobispo, con los ojos extraviados en el fresco que representaba el mar Tirreno, el banquero había captado la esencia del mensaje –que monseñor Spada planteó con mucho tacto, apoyándose en la parábola del mal siervo y los talentos–. Después, a pesar de la saludable advertencia técnica de que un masón no arrepentido muere siempre en pecado mortal, Lupara había ido directamente hasta una hermosa villa que poseía en Capri, frente al mar, para caerse, inconfeso al parecer, por la barandilla de una terraza que daba al acantilado; en el mismo sitio donde, según rezaba la correspondiente placa conmemorativa, una vez tomó vermut Curzio Malaparte.

–Hay un asunto adecuado para usted.

Quart siguió aguardando inmóvil en el centro de la habitación, atento a las palabras de su superior mientras sentía la invisible mirada de Iwaszkiewicz desde el sombrío contraluz en la ventana. En los últimos diez años, el arzobispo siempre había tenido un asunto adecuado para el sacerdote Lorenzo Quart; y todos ellos estaban marcados con nombres y fechas –Europa Central, Iberoamérica, la antigua Yugoslavia– en la agenda de cuero con tapas negras que era su libro de viaje: una especie de cuaderno de bitácora donde registraba, día a día, el largo camino recorrido desde la adopción de la nacionalidad vaticana y su ingreso en la sección operativa del Instituto para las Obras Exteriores.

–Mire esto.

El director del IOE sostenía en alto, entre los dedos pulgar e índice, una hoja de papel impresa en ordenador. Quart alargó la mano y en ese momento la silueta del cardenal Iwaszkiewicz se movió, inquieta, en la ventana. Aún con la hoja en la mano, monseñor Spada sonrió un poco, a medias.

–Su Eminencia opina que es un tema delicado –dijo sin apartar los ojos de Quart; aunque era evidente que sus palabras iban destinadas al cardenal–. Y no está convencido de que sea prudente ampliar el número de iniciados.

Quart retiró la mano sin asir el documento que monseñor Spada seguía ofreciéndole, y miró al superior con aire tranquilo, aguardando.

–Naturalmente –añadió Spada, cuya sonrisa se refugiaba ahora en sus ojos–, Su Eminencia está lejos de conocerlo a usted como lo conozco yo.

Quart hizo un leve gesto de asentimiento y esperó sin hacer preguntas ni mostrar impaciencia. Entonces monseñor Spada se volvió hacia el cardenal Iwaszkiewicz:

–Ya le dije que era un buen soldado.

Sobrevino un silencio mientras la silueta permanecía inmóvil, recortada en el cielo de nubes y la lluvia que caía sobre el jardín del Belvedere. Después el cardenal se apartó de la ventana, y la claridad gris, diagonal, se deslizó sobre su hombro para desvelar una huesuda mandíbula, el cuello púrpura de la sotana, el reflejo de una cruz de oro sobre el pecho, el anillo pastoral en la mano que, dirigida hacia monseñor Spada, cogía el documento y lo entregaba, ella misma, a Lorenzo Quart.

–Lea.

Quart obedeció la orden, formulada en un italiano gutural con resonancias polacas. La hoja de papel de impresora contenía un memorándum en pocas líneas:

Santo Padre:
Este atrevimiento se justifica por la gravedad de la materia. A veces la silla de Pedro está demasiado lejos

*y las voces humildes no llegan hasta ella. Hay un lugar
en España, en Sevilla, donde los mercaderes amena-
zan la casa de Dios, y donde una pequeña iglesia del siglo* XVII, *desamparada por el poder eclesiástico tanto
como por el seglar, mata para defenderse. Ruego a
Vuestra Santidad, como pastor y como padre, que vuelva los ojos hacia las más humildes ovejas de su rebaño,
y pida cuentas a quienes las abandonan a su suerte.*

*Suplicando vuestra bendición, en el nombre de Jesu-
cristo Nuestro Señor.*

—Apareció en el ordenador personal del Papa —aclaró monseñor Spada cuando su subordinado concluyó
la lectura—. Sin firma.

—Sin firma —repitió Quart, mecánico. Solía repetir
en voz alta algunas palabras, igual que timoneles y sub-
oficiales repiten las órdenes de los superiores; como si
al hacerlo se concediera a sí mismo, o a los demás, ocasión para reflexionar sobre ellas. En su mundo, algunas
palabras equivalían a órdenes. Y ciertas órdenes, a veces sólo una inflexión, un matiz, una sonrisa, podían
resultar irreparables.

—El intruso —estaba diciendo el arzobispo— utilizó
trucos para disimular el punto exacto de origen. Pero
la investigación confirma que el mensaje se escribió en
Sevilla, con un ordenador conectado a la red telefónica.

Quart leyó por segunda vez el papel, tomándose
tiempo.

—Habla de una iglesia… —se interrumpió, en espera
de que alguien completara la frase por él. Sonaba demasiado estúpido dicho en voz alta.

—Sí —confirmó monseñor Spada—: una iglesia *que
mata para defenderse.*

—Una atrocidad —apostilló Iwaszkiewicz, sin precisar si se refería al concepto o al objeto.

—De todas formas —añadió el arzobispo—, hemos

confirmado su existencia. Me refiero a la iglesia –le dirigió una fugaz mirada al cardenal antes de pasar un dedo por el filo de la plegadera–. Y comprobado también un par de sucesos irregulares y desagradables.

Quart puso el documento sobre la mesa del arzobispo, pero éste no lo tocó, limitándose a mirarlo cual si el acto pudiera acarrear dudosas consecuencias. Entonces el cardenal Iwaszkiewicz se acercó a coger el papel, y tras doblarlo en cuatro pliegues lo introdujo en un bolsillo. Después se encaró con Quart:

–Queremos que viaje a Sevilla e identifique al autor.

Estaba muy cerca, y a Quart, que casi podía oler su aliento, le desagradó la proximidad. Sostuvo su mirada unos segundos y después, haciendo un esfuerzo de voluntad para no dar un paso atrás, miró a monseñor Spada por encima del hombro del cardenal para ver que sonreía breve y ligeramente, agradeciéndole aquel modo de establecer su lealtad al escalón jerárquico.

–Cuando Su Eminencia habla en plural –aclaró el arzobispo desde su asiento– se refiere, por supuesto, a él y a mí. Y por encima de nosotros, a la voluntad del Santo Padre.

–Que es la voluntad de Dios –matizó Iwaszkiewicz, casi provocador, manteniendo la corta distancia y las pupilas negras, duras, fijas en Quart.

–Que es, en efecto, la voluntad de Dios –confirmó monseñor Spada sin que fuera posible detectar en su tono indicio alguno de ironía. A pesar de su poder, el director del IOE conocía perfectamente los límites, y su mirada era una advertencia al subordinado: ambos se movían en aguas peligrosas.

–Comprendo –dijo Quart, y encarando de nuevo los ojos del cardenal hizo una breve y disciplinada inclinación. Iwaszkiewicz pareció relajarse un poco mientras a su espalda monseñor Spada movía la cabeza, aprobador:

—Ya le dije que el padre Quart...

El polaco levantó, para interrumpir al arzobispo, la mano donde lucía el anillo cardenalicio.

—Sí, lo sé —miró por última vez al sacerdote y dejó de interponerse entre ambos, yendo de nuevo hacia la ventana—. Lo ha dicho y lo repitió antes. Dijo que era un buen soldado.

Había hablado con irónico hastío, y se puso a mirar la lluvia como si se desentendiera del asunto. Monseñor Spada dejó la plegadera sobre la mesa para abrir un cajón del que sacó una gruesa carpeta de cartulina azul.

—Identificar al autor de la carta es sólo parte del trabajo —dijo mientras situaba la carpeta ante sí—... ¿Qué dedujo de su lectura?

—Que podría haberla escrito un eclesiástico —respondió Quart, sin vacilar. Después hizo una pausa, antes de añadir—: Y que tal vez está loco de remate.

—Es posible —monseñor Spada abrió la carpeta, hojeando un dossier que contenía recortes de prensa—. Pero es un experto informático y los hechos que cita son auténticos. Esa iglesia tiene problemas. Y también los causa. Las muertes son reales: dos en los últimos tres meses. Todo huele a escándalo.

—Huele a algo peor —dijo el cardenal sin volverse, de nuevo silueta recortada en el contraluz gris.

—Su Eminencia —aclaró el director del IOE— es partidario de que el Santo Oficio tome cartas en el asunto —hizo una pausa significativa—. Al viejo estilo.

—Al viejo estilo —repitió Quart. Respecto a la Congregación para la Doctrina de la Fe, no le gustaban ni el viejo estilo ni el nuevo, y eso iba también a cuenta de los propios recuerdos. Por un instante entrevió, en un rincón de su memoria, el rostro de un sacerdote brasileño, Nelson Corona: un cura de favelas, uno de aquellos hombres de la Iglesia de la Liberación para cuyo ataúd él había suministrado la madera.

–Nuestro problema –proseguía monseñor Spada–
es que el Santo Padre desea una encuesta en regla. Pero
meter en esto al Santo Oficio le parece excesivo. Matar
moscas a cañonazos –hizo una pausa calculada, mirando fijamente a Iwaszkiewicz–. O con lanzallamas.

–Ya no quemamos a nadie –oyeron decir al cardenal, como si le hablase a la lluvia. Parecía lamentar que
así fuera.

–De cualquier modo –continuó el arzobispo– se ha
decidido que, de momento –recalcó el *de momento* de
forma significativa–, sea el Instituto para las Obras Exteriores el que realice la investigación. O sea, usted.
Y sólo en caso de apreciarse indicios de gravedad, el
problema sería transferido al brazo oficial de la Inquisición.

–Le recuerdo, hermano en Cristo –el cardenal seguía dándoles la espalda, vuelto hacia el Belvedere–,
que la Inquisición dejó de existir hace treinta años.

–Es cierto, disculpe Vuestra Paternidad. Quise decir: transferir el problema al brazo oficial de la Congregación para la Doctrina de la Fe.

–Ya no quemamos a nadie –repitió Iwaszkiewicz,
obstinado. Ahora había en su voz un eco oscuro, un
presagio de amenaza.

Monseñor Spada guardó silencio unos segundos, sin
apartar los ojos de Quart. Ya no queman a nadie pero
le sueltan los perros negros, decía la mirada. Lo acosan,
y lo desprestigian, y lo matan en vida. Ya no queman a
nadie pero cuidado con él. Ese polaco es peligroso para
ti y para mí; y de los dos tú eres el más vulnerable.

–Usted, padre Quart –esta vez, al hablar de nuevo,
el director del IOE adoptó un tono cuidadoso y formal–, irá a establecerse durante algunos días en Sevilla… Hará lo posible por identificar al autor de la carta. Mantendrá prudente contacto con la autoridad
eclesiástica local. Y sobre todo conducirá el asunto por

cauces discretos y razonables –colocó otro dossier sobre el anterior–. Aquí está toda la información de que disponemos. ¿Tiene alguna pregunta?

–Una sola, Monseñor.

–Pues hágala.

–El mundo está lleno de iglesias con problemas y escándalos potenciales. ¿Qué tiene ésta de especial?

El arzobispo dirigió una ojeada a la espalda del cardenal Iwaszkiewicz, pero el inquisidor se mantenía en silencio. Después se inclinó un poco sobre las carpetas de la mesa, como acechando en ellas una revelación de última hora.

–Supongo –dijo al fin– que el pirata informático se tomó mucho trabajo, y el Santo Padre ha sabido apreciarlo.

–Apreciarlo suena excesivo –apuntó Iwaszkiewicz, distante.

Monseñor Spada encogió los hombros:

–Digamos, entonces, que Su Santidad ha decidido distinguirlo con una atención personal.

–A pesar de su insolencia y su osadía –volvió a apostillar el polaco.

–A pesar de todo eso –concluyó el arzobispo–. Por alguna razón, este mensaje en su ordenador privado le pica la curiosidad. Quiere mantenerse informado.

–Mantenerse informado –repitió Quart.

–Puntualmente .

–Una vez en Sevilla, ¿debo consultar también con la autoridad eclesiástica local?

El cardenal Iwaszkiewicz se volvió hacia él:

–Su única autoridad en este asunto es monseñor Spada.

En ese momento se restableció el fluido eléctrico, y la gran araña del techo iluminó la estancia, arrancando reflejos a la cruz de diamantes y al anillo en la mano que señalaba al director del IOE:

–Será a él a quien usted informe. Y sólo a él.

La luz eléctrica suavizaba un poco los ángulos de su rostro, matizando la línea fina y obstinada de unos labios angostos, duros. Una de esas bocas que no han besado en su vida más que ornamentos, piedra y metal.

Quart hizo un gesto afirmativo:

–Sólo a él, Eminencia. Pero la diócesis de Sevilla tiene su ordinario, que es un arzobispo. ¿Cuáles son mis instrucciones a ese respecto?

Iwaszkiewicz enlazó las manos bajo la cruz de oro, mirándose las uñas de los pulgares:

–Todos somos hermanos en Cristo Nuestro Señor. Así que son deseables las relaciones fluidas, e incluso la cooperación. Pero allí gozará usted de dispensa en lo tocante a obediencia. La Nunciatura de Madrid y el arzobispado local han recibido instrucciones.

Quart se volvió hacia monseñor Spada antes de responder al cardenal:

–Quizá Su Paternidad ignora que no gozo de las simpatías del arzobispo de Sevilla…

Era cierto. Dos años atrás, una cuestión de competencias sobre la seguridad del viaje papal a la capital andaluza había causado un áspero enfrentamiento entre Quart y Su Ilustrísima don Aquilino Corvo, titular de la sede hispalense. A pesar del tiempo transcurrido, aún batían olas de aquella marejada.

–Conocemos sus problemas con monseñor Corvo –dijo Iwaszkiewicz–. Pero el arzobispo es hombre de Iglesia, y sabrá poner el bien superior por encima de sus antipatías personales.

–Todos estamos en la nave de Pedro –se permitió decir monseñor Spada, y Quart comprendió que, a pesar del peligro que suponía compartir tapete con Iwaszkiewicz, el IOE tenía buenas cartas en aquella historia. Ayúdame a jugarlas, decían los ojos del superior.

–El arzobispo de Sevilla ha sido puesto al corriente, por cortesía –comentó el polaco–. Pero usted tiene plena independencia para obtener toda la información necesaria, utilizando no importa qué recursos.

–Legítimos, por supuesto –apuntó de nuevo monseñor Spada.

Se obligó Quart a contenerse para no delatar una sonrisa. Iwaszkiewicz los miraba alternativamente a ambos.

–Eso es –dijo tras un instante–. Legítimos, por supuesto.

Había alzado la mano del anillo para tocarse una ceja y el gesto, en apariencia inocente, parecía contener una advertencia. Tened cuidado con vuestros jueguecitos de club escolar, traslucía aquello. Ríe mejor quien ríe el último, y yo no tengo prisa. Un solo resbalón y seréis míos.

–Usted, padre Quart –prosiguió el cardenal–, tendrá presente que su misión es sólo informativa. Así que mantendrá una neutralidad exquisita. Más tarde, según el material que nos presente, dispondremos actuaciones concretas. De momento, encuentre lo que encuentre allí, evite toda publicidad o escándalo. Con la ayuda de Dios, naturalmente –hizo una pausa para observar el fresco del mar Tirreno y movió la cabeza igual que si leyera en él un mensaje oculto–... Recuerde que en los tiempos que corren no siempre la verdad nos hace libres. Me refiero a la verdad aireada en público.

Extendió la mano del anillo con gesto imperioso, brusco, prieta la línea de los labios y los ojos oscuros y amenazadores fijos en Quart. Pero éste era un buen soldado que escogía a sus amos, así que aguardó justo un segundo más de lo necesario, y sólo entonces se inclinó para poner una rodilla en tierra y besar el rubí rojo del anillo. El cardenal alzó dos dedos de la misma mano e hizo sobre la cabeza del sacerdote una lenta señal de la cruz, que lo mismo podía interpretarse bendición que amenaza. Después abandonó el despacho.

Quart exhaló el aire contenido en los pulmones y se puso en pie, sacudiéndose el pantalón sobre la rodilla puesta en el suelo. Tenía los ojos llenos de preguntas al volverse hacia monseñor Spada.

–¿Qué opina de él? –inquirió el director del IOE. Había cogido otra vez la plegadera y mostraba una sonrisa preocupada al señalar con ella la puerta por donde se había ido Iwaszkiewicz.

–¿*Ufficioso* o *ufficiale*, Monseñor?

–*Ufficioso*.

–No me hubiera gustado nada caer en sus manos hace doscientos o trescientos años –respondió Quart.

Su superior acentuó la sonrisa:

–¿Por qué?

–Bueno. Se diría un hombre muy duro.

–¿Duro? –el arzobispo miró de nuevo hacia la puerta y Quart vio que la sonrisa se le desvanecía despacio en la boca–. Si no fuese pecar contra la caridad respecto a un hermano en Cristo, yo diría que Su Eminencia es un perfecto hijo de puta.

Bajaron juntos por la escalera de piedra abierta a la Via del Belvedere, donde aguardaba el coche oficial de monseñor Spada. El arzobispo tenía una cita cerca de la casa de Quart, en Cavalleggeri e Hijos. Cavalleggeri era, desde hacía un par de siglos, el sastre que vestía a toda la aristocracia de la Curia, incluido el Papa. Su taller estaba en la Via Sistina, junto a la plaza de España, y el arzobispo ofreció a Quart dejarlo en las proximidades. Salieron por la puerta de Santa Ana, y a través de las ventanillas empañadas vieron cuadrarse a los guardias suizos al paso del automóvil. Quart sonrió divertido, pues monseñor Spada no era popular entre los suizos del Vaticano; una investigación del IOE sobre presuntos casos de homosexualidad en la Guardia había terminado con media docena de licenciamientos forzosos. Además, de vez en cuando y para matar el rato, el arzobispo ideaba perversos simulacros a fin de comprobar la seguridad interior; como la infiltración en el Palacio Apostólico de uno de sus agentes, de paisano y provisto de un frasco de supuesto ácido sulfúrico para el fresco de la Crucifixión de San Pedro, en la capilla Paulina. El intruso se hizo una foto con Polaroid subido a un banco delante de la pintura y con una sonrisa de oreja a oreja, y monseñor Spada la remitió, junto a una nota interior bastante zumbona, al coronel de la Guardia Suiza. De aquello habían transcurrido seis semanas y aún rodaban cabezas.

—Se llama *Vísperas* –dijo monseñor Spada.

El automóvil torcía a la derecha y después a la izquierda, tras pasar bajo los arcos de la puerta Angélica. Quart miró la espalda del chófer, separado por una mampara de metacrilato que insonorizaba los asientos traseros del automóvil.

—¿Es todo lo que saben de él?

—Sabemos que puede ser clérigo, y puede no serlo. Y que tiene acceso a un ordenador conectado a la red telefónica.

—¿Edad?

—Imprecisa.

—Me cuenta poca cosa Su Reverencia.

—No fastidie, hombre. Le cuento lo que hay.

El Fiat se abría camino entre el tráfico de la Via della Conciliazione. Estaba dejando de llover y el cielo se despejaba un poco hacia el este, sobre las alturas del Pincio. Quart acomodó la raya de su pantalón y miró la esfera del reloj, aunque la hora lo tenía sin cuidado.

—¿Qué está ocurriendo en Sevilla?

Monseñor Spada observaba la calle con aire distraído. Tardó unos instantes en responder, y lo hizo sin cambiar de postura:

–Hay una iglesia barroca… Vieja, pequeña, ruinosa. Se llama Nuestra Señora de las Lágrimas. Estaba siendo restaurada, pero se acabó el dinero y la obra quedó a medias… Por lo visto, el solar está situado en una zona importante, histórica: Santa Cruz.

–Conozco Santa Cruz. Es la antigua judería, reconstruida a principios de siglo. Muy cerca de la catedral y el Arzobispado –Quart le dedicó una mueca al recuerdo de monseñor Corvo–. Un hermoso barrio.

–Debe de serlo, porque la amenaza de ruina en la iglesia y la paralización de las obras despierta pasiones de todo tipo: el ayuntamiento quiere expropiar, y una familia de la aristocracia andaluza, relacionada con un banco, desempolva también no sé qué derechos seculares.

Acababan de pasar a la izquierda el castillo de Sant'Angelo y el Fiat avanzaba por el Lungotevere en dirección al puente Umberto I. Quart le echó un vistazo a la parda muralla circular que para él simbolizaba el lado temporal de la Iglesia a la que servía: Clemente VII corriendo, remangada la sotana, a refugiarse allí mientras los lansquenetes de Carlos V saqueaban Roma. *Memento mori.* Recuerda que eres mortal.

–¿Y el arzobispo de Sevilla?… Me extraña que no se ocupe él.

El director del IOE miraba la corriente gris del Tíber a través de la ventanilla salpicada de gotas de lluvia.

–Es parte interesada, y aquí no se fían. Nuestro buen monseñor Corvo también pretende especular. En su caso, naturalmente, se trata de los intereses terrenales de la Santa Madre Iglesia… A todo esto, Nuestra Señora de las Lágrimas se cae en pedazos y a nadie interesa arreglarla. Parece más valiosa destruida que en pie.

–¿Tiene párroco?

La pregunta arrancó un lento suspiro al arzobispo.

–Asombrosamente, sí. Un sacerdote de cierta edad se ocupa de ella. Creo que es individuo conflictivo, y las sospechas sobre la identidad de *Vísperas* apuntan a él o a su vicario: un joven pendiente de traslado a otra diócesis. Según hemos averiguado, todas sus apelaciones fueron desoídas por nuestro amigo Corvo –monseñor Spada hizo amago de sonreír un poco, con desgana–. No es descabellado pensar que uno de los dos, si no ambos, haya concebido este modo singular de apelación directa al Santo Padre.

–Tienen que ser ellos.

El director del IOE alzó a medias una mano dubitativa:

–Tal vez. Pero hay que probarlo.

–¿Y si obtengo esas pruebas?

–En ese caso –el arzobispo ensombreció el rostro y su tono se hizo más bajo y más grave– lamentarán amargamente su inoportuna afición a la informática.

–¿Y qué hay de las dos muertes?

–Ahí está justo el problema. Sin ellas, el conflicto no habría pasado de ser uno de tantos: un solar, unos especuladores y mucho dinero de por medio. En tiempos de crisis, si el pretexto es bueno, se derriba la iglesia y se destina el dinero de la venta a la mayor gloria de Dios. Pero las muertes lo complican todo –los ojos veteados de marrón de monseñor Spada se distrajeron al otro lado de la ventanilla; el Fiat se inmovilizaba en los embotellamientos próximos al Corso Vittorio Emmanuele–... En poco tiempo han muerto dos personas relacionadas con Nuestra Señora de las Lágrimas: un arquitecto municipal que estudiaba el edificio con intención de declararlo en ruina y ordenar su desalojo, y un clérigo, el secretario del arzobispo Corvo. Que andaba por allí, al parecer, presionando al párroco en nombre de Su Ilustrísima.

—No me lo puedo creer.

Los ojos de mastín se detuvieron en Quart.

—Pues vaya creyéndoselo. Desde hoy es usted quien se ocupa del asunto.

Seguían bloqueados en un inmenso atasco, entre ruidos de motor y bocinazos. El arzobispo se inclinó hacia la ventanilla para echarle un vistazo al cielo.

—Podemos seguir a pie. Tenemos tiempo, así que lo invito al aperitivo en ese café que a usted le gusta tanto.

—¿El Greco? Me parece bien, Monseñor. Pero su sastre aguarda. Y su sastre es Cavalleggeri, no un cualquiera. Ni el Santo Padre se atreve a hacerlo esperar.

Sonó la risa ronca del prelado, que ya salía del automóvil:

—Ése es uno de mis raros privilegios, padre Quart. Al fin y al cabo, ni siquiera el Santo Padre sabe sobre Cavalleggeri las cosas que yo sé.

Lorenzo Quart tenía el hábito de los viejos cafés metido en la sangre. Casi doce años atrás, recién llegado a Roma como alumno de la Universidad Gregoriana, los dos siglos y medio de antigüedad del Greco, sus impasibles camareros y la historia ligada a los grandes trotamundos del XVIII y XIX, de Byron a Stendhal, lo sedujeron desde que cruzó bajo el arco de piedra blanca por primera vez. Ahora vivía a dos pasos de allí, en un ático alquilado por el IOE en el 119 de la Via del Babuino, con una pequeña terraza donde había macetas y una buena vista sobre media Trinità dei Monti y las azaleas en flor de la escalinata, en la plaza de España. El Greco era su lugar favorito de lectura y solía instalarse en él en horas tranquilas, bajo el busto de Víctor

Manuel II; la mesa, decían, de Giacomo Casanova y Luis de Baviera.

–¿Cómo reaccionó monseñor Corvo a la muerte del secretario?

Monseñor Spada estudió el color rojo de los cinzanos que tenían delante. Había escaso público en el local: un par de parroquianos habituales leyendo el periódico en las mesas del fondo, una dama elegante con bolsas de compras Armani y Valentino que hablaba por teléfono móvil, y unos turistas ingleses fotografiándose mutuamente junto al mostrador del vestíbulo. La mujer del teléfono parecía incomodar al arzobispo, pues éste le dirigió una crítica mirada antes de volverse por fin a Quart:

–Se lo tomó muy mal. Francamente mal, diría yo. Ha jurado no dejar piedra sobre piedra.

Quart movió la cabeza:

–Me parece desproporcionado. Un edificio no posee voluntad propia. Y menos para causar daño.

–Eso espero –los ojos del Mastín no bromeaban–. Eso espero realmente. Mejor para todos que así sea.

–¿No buscará monseñor Corvo un pretexto para demoler la iglesia y zanjar el asunto?

–Sin duda es un pretexto. Pero hay algo más. El arzobispo tiene una cuestión personal con esa iglesia, o con su párroco. Quizá con ambos.

Se quedó en silencio, mirando un cuadro de la pared: un paisaje romántico de cuando Roma todavía era ciudad del papa-rey, con el arco de Vespasiano en primer término y la cúpula de San Pedro al fondo, entre tejados y lienzos de viejas murallas.

–¿Fueron muertes naturales? –preguntó Quart.

El otro encogía los hombros:

–Depende de lo que consideremos natural. El arquitecto se cayó del tejado y al clérigo se le vino encima una piedra de la bóveda.

–Espectacular –concedió Quart, llevándose el vaso a los labios.

–Y sangriento, creo. El secretario quedó hecho una lástima –monseñor Spada levantó el índice hacia el techo–. Imagínese una sandía a la que le caen encima diez kilos de cornisa. Plaf.

La onomatopeya ayudó a Quart a imaginarlo sin problemas. Fue eso, y no el sabor del vermut, lo que le hizo torcer la boca.

–¿Qué dice la policía española?

–Accidentes. De ahí lo siniestro de esa línea: *una iglesia que mata para defenderse...* –monseñor Spada frunció el ceño–. Inquietud que ahora comparte el Santo Padre, gracias a la impertinencia de un pirata informático. Y que el IOE debe despejar.

–¿Por qué nosotros?

El arzobispo soltó una breve risa entre dientes, sin responder en seguida. Iba vestido de cura pero ni siquiera lo parecía. Quart observó su perfil de gladiador, que le recordaba una antigua estampa sobre el centurión que crucificó a Cristo. El cuello ancho, las manos fuertes, desproporcionadas, que reposaban a cada lado de la mesa. Tras su tosca apariencia de campesino lombardo, el Mastín poseía las claves de todos los secretos de un Estado que incluía tres mil funcionarios vaticanos, tres mil obispos en el exterior, y el liderazgo espiritual de mil millones de almas. Se contaba que en el último cónclave había logrado hacerse con el historial médico de todos los candidatos al trono de Pedro, a fin de estudiar sus niveles de colesterol y predecir, en lo posible, si el reinado del nuevo pontífice iba a ser demasiado corto o demasiado largo. En cuanto a Wojtila, el director del IOE había predicho el golpe a la derecha cuando las papeletas con su nombre aún daban fumata negra.

–¿Por qué nosotros?... –dijo por fin, repitiendo la

pregunta de Quart–. Porque en teoría somos los hombres de confianza del Papa. De cualquier papa. Pero el poder en el Vaticano es un hueso que se disputa más de un perro de presa, y últimamente el Santo Oficio crece a nuestra costa. Antes cooperábamos en fraternal concordia. Policías de Dios, hermanos en Cristo –hizo un gesto con la mano izquierda para descartar aquellos lugares comunes–… Usted lo sabe mejor que nadie.

Quart, en efecto, lo sabía. Hasta el escándalo que desmanteló todo el aparato de finanzas vaticano, y el viraje del equipo polaco hacia la ortodoxia, las relaciones entre el IOE y el Santo Oficio fueron cordiales. Pero el acoso y derribo del sector liberal había terminado por desencadenar un despiadado ajuste de cuentas en el seno de la Curia.

–Corren malos tiempos –suspiró el arzobispo.

Abismaba la mirada en el cuadro de la pared. Después bebió un poco y se echó hacia atrás en el sillón, chasqueando la lengua.

–Fíjese –añadió, señalando con el mentón la cúpula de Miguel Ángel pintada al fondo–. Ahí sólo los papas tienen derecho a morir. Cuarenta hectáreas que contienen el Estado más poderoso de la tierra, pero cuya estructura sigue fiel al molde monárquico absolutista medieval. Un trono que hoy se sostiene merced a la religión convertida en espectáculo, los viajes papales televisados y toda esa parafernalia del *Totus tuus*. Y por debajo, el integrismo más reaccionario y más oscuro: Iwaszkiewicz y compañía. Sus lobos negros.

Suspiró de nuevo y, casi con desdén, apartó los ojos del cuadro.

–Ahora la lucha es a muerte –continuó, sombrío–. Sin autoridad la Iglesia no funciona: el truco es mantenerla indiscutida y compacta. En esa tarea, la Congregación para la Doctrina de la Fe es un arma tan valiosa que su importancia crece desde los años ochenta, cuando Wojtila adoptó la costumbre de subir cada día al Sinaí a charlar un rato con Dios —la mirada de mastín vagó alrededor, en una pausa cargada de ironía—. El Santo Padre es infalible incluso en sus errores, y resucitar la Inquisición es buen sistema para cerrar la boca a los disidentes. ¿Quién habla ya de Kung, Castillo, Schillebeeck, o Boff?... La nave de Pedro resuelve siempre sus forcejeos históricos silenciando a los díscolos o arrojándolos por la borda. Nuestras armas son las de siempre: la descalificación intelectual, la excomunión y la hoguera... ¿En qué piensa, padre Quart? Lo veo muy callado.

—Siempre estoy callado, Monseñor.

—Es cierto. Lealtad y prudencia, ¿verdad?... ¿O debo emplear la palabra profesionalidad? —había un jocoso malhumor en la voz del prelado—. Siempre esa maldita disciplina que lleva puesta como una cota de malla... Bernardo de Claraval y sus mafiosos templarios habrían hecho buenas migas con usted. Estoy seguro de que, apresado por Saladino, se dejaría rebanar el gaznate antes que renegar de su fe. No por piedad, claro. Por orgullo.

Quart se echó a reír.

—Pensaba en Su Eminencia el cardenal Iwaszkiewicz —concedió—. Ya no hay hogueras —apuró el resto de su vaso—. Ni excomuniones.

Monseñor Spada emitió un gruñido feroz:

—Hay otras formas de arrojar a las tinieblas exteriores. Las hemos practicado incluso nosotros. Usted mismo.

El arzobispo calló, atento a los ojos de su interlocutor cual si lamentase ir demasiado lejos. De todos modos, era muy cierto. En una primera etapa, cuando no estaban en bandos opuestos, el propio Quart había proporcionado a los lobos negros de Iwaszkiewicz los clavos para varias crucifixiones. Volvió a ver ante sí las gafas empañadas, los ojos miopes y asustados de Nelson Corona, las gotas de sudor corriendo por la cara del hombre que una semana más tarde iba a dejar de ser sacerdote y otra semana después iba a estar muerto. De eso mediaban cuatro años, pero el recuerdo seguía nítido en la memoria.

—Sí —repitió—. Yo mismo.

Monseñor Spada advirtió el tono de su agente, pues los ojos veteados lo estudiaron, inquisitivos.

—¿Corona, todavía? —preguntó con suavidad. Quart moduló una sonrisa.

—¿Con franqueza, Monseñor?

—Con franqueza.

—No sólo él. También Ortega, el español. Y aquel otro, Souza.

Habían sido tres sacerdotes vinculados a la llamada Teología de la Liberación, rebeldes a la corriente reaccionaria impulsada desde Roma; y en los tres casos el IOE ofició como perro negro por cuenta de Iwaszkiewicz y su Congregación. Corona, Ortega y Souza eran destacados curas progresistas que ejercían su apostolado en diócesis marginales, barrios muy pobres de Río de Janeiro y São Paulo. Gente partidaria de salvar al hombre en la tierra antes que en el reino de los cielos. Al señalársele como objetivos, el IOE puso manos a la obra, tanteando sus puntos débiles para presionar después. Ortega y Souza claudicaron pronto. En cuanto a Corona, una especie de héroe popular de las favelas de Río, azote de los políticos y la policía local, fue necesario enfrentarlo a ciertos equívocos pormenores de su labor apostólica entre jóvenes drogadictos, asunto que durante varias semanas fue cuidadosamente investigado por Lorenzo Quart sin pasar por alto ningún dicen que, vaya usted a saber, o etcétera. Aun así, el sacerdote brasileño se había negado a rectificar. Odiado por la ultraderecha, a los siete días de verse suspendido *a di-*

vinis y expulsado de su diócesis con foto en primera plana de los diarios, Nelson Corona fue asesinado por los escuadrones de la muerte. Su cuerpo apareció maniatado y con un tiro en la nuca, en un vertedero próximo a su antigua parroquia. *Comunista e veado*: comunista y maricón, rezaba el cartel que le habían colgado al cuello.

—Escuche, padre Quart. Aquel hombre se apartó del voto de obediencia y de las prioridades de su ministerio, y fue llamado a reconsiderar sus errores. Eso es todo. Después el asunto se fue de las manos; no a nosotros, sino a Iwaszkiewicz y su Santa Congregación. Usted no hizo sino cumplir órdenes. Sólo facilitó las cosas, y no es responsable.

—Con todo el respeto que debo a Su Ilustrísima, sí soy responsable. Corona está muerto.

—Usted y yo conocemos a otros hombres que también han muerto. El financiero Lupara, sin ir más lejos.

—Corona era uno de los nuestros, Monseñor.

—Los nuestros, los nuestros... Nosotros no somos de nadie. Estamos solos. Respondemos ante Dios y ante el Papa —el arzobispo hizo una pausa cargada de intención: los papas morían, y Dios no—. Por ese orden.

Quart miró hacia la puerta como si deseara desentenderse del asunto. Después bajó la cabeza.

—Tiene razón Su Ilustrísima —dijo en tono opaco.

El arzobispo cerró lentamente un puño, igual que si se dispusiera a golpear la mesa; pero lo mantuvo así, enorme, cerrado e inmóvil. Parecía exasperado:

—Oiga. A veces detesto su maldita disciplina.

—¿Qué debo responder a eso, Monseñor?

—Dígame lo que piensa.

—En situaciones así procuro no pensar.

—No sea idiota. Es una orden.

Quart permaneció callado un instante y después encogió los hombros:

—Sigo creyendo que Corona era uno de los nuestros. Y además un hombre justo.

El arzobispo abrió el puño y alzó un poco la mano.

—Con debilidades.

—Quizás. Lo suyo fue exactamente eso: una debilidad, un error. Y todos cometemos errores.

Paolo Spada se echó a reír, irónico.

—No en su caso, padre Quart. Me refiero a usted. Hace diez años que estoy al acecho de su primer error, y ese día me daré el gusto de recomendarle un buen cilicio, cincuenta azotes y cien avemarías como disciplina —de pronto su tono se volvió ácido—. ¿Cómo logra mantenerse tan disciplinado y tan virtuoso? —hizo una pausa para pasarse la mano por las cerdas del pelo y movió la cabeza sin esperar respuesta—... Pero volviendo al desgraciado asunto de Río, ya sabe que el Todopoderoso escribe a veces con renglones torcidos. Ése fue un caso de mala suerte.

—Ignoro lo que fue. En realidad no me inquieta demasiado, Monseñor; pero es un hecho. Algo objetivo: yo lo hice. Y algún día quizá deba dar cuenta de ello.

—Ese día Dios lo juzgará como a todos nosotros. Hasta entonces, y sólo para cuestiones de trabajo, ya sabe que tiene mi absolución general, *sub conditione.*

Levantó una de sus grandes manos en gesto de breve bendición. Quart sonreía abiertamente:

—Necesitaría algo más que eso. Además, ¿puede Su Ilustrísima asegurarme que hoy habríamos actuado del mismo modo?

—¿Se refiere a la Iglesia?

—Me refiero al Instituto para las Obras Exteriores. ¿Le pondríamos ahora en bandeja con tanta facilidad aquellas tres cabezas al cardenal Iwaszkiewicz?

—No lo sé. Francamente, no lo sé. Una estrategia se compone de acciones tácticas —el prelado observó a su interlocutor con brusca atención, interrumpiéndose, el aire inquieto–... Espero que nada de esto tenga relación con su trabajo en Sevilla.

–No la tiene. Al menos eso creo. Pero me pidió que fuese franco.

–Escuche. Usted y yo somos sacerdotes profesionales y no acabamos de caernos de un guindo. Iwaszkiewicz tiene a todo el mundo comprado o atemorizado en el Vaticano –miró alrededor como si el polaco fuese a aparecer por allí de un momento a otro–. Únicamente le falta poner su zarpa sobre el IOE. Ya sólo nos defiende cerca del Santo Padre el secretario de Estado, Azopardi, que fue compañero mío de estudios.

–Usted, Ilustrísima, tiene muchos amigos. Ha hecho favores a mucha gente.

Paolo Spada dejó oír su risa incrédula:

–En la Curia se olvidan los favores y se recuerdan las ofensas. Vivimos en una corte de eunucos correveidiles, en la que nadie asciende sin el apoyo de otro. Todos se precipitan en apuñalar al caído, pero cuando las cosas no están claras ninguno osa dar un paso por miedo a las consecuencias. Recuerde la muerte del papa Luciani: era necesario tomar su temperatura rectal para determinar la hora de la muerte, pero nadie se atrevía a meterle un termómetro en el culo.

–Pero el cardenal secretario de Estado...

El Mastín sacudió las cerdas negras:

–Azopardi es mi amigo, aunque en el sentido que esa palabra tiene aquí. También debe velar por sí mismo, e Iwaszkiewicz es poderoso.

Guardó silencio unos instantes, cual si hubiera puesto el poder de Jerzy Iwaszkiewicz en el platillo de una balanza y el suyo en el otro, y aguardase con pocas esperanzas el resultado.

–Incluso la actuación de ese pirata informático es un asunto menor –añadió al cabo–. En otro momento ni se les habría ocurrido encomendarnos lo que, en rigor, es competencia del arzobispo de Sevilla y de sus relaciones con los párrocos de su diócesis. Pero tal y como anda todo, cualquier astilla se convierte en cuña. Basta que el Santo Padre muestre interés, y tenemos otro escenario para nuestro ajuste de cuentas interno. Por eso he escogido a mi mejor hombre. Lo que primero necesito es la información. O sea: quedar bien, presentando un informe así de gordo –separaba cinco centímetros el pulgar y el índice–. Que vean que nos movemos. Eso dejará contento a Su Santidad, y de paso mantendrá a raya al polaco.

Un grupo de turistas japoneses se asomó a la puerta de los salones, admirando el interior. Algunos sonrieron con inclinaciones corteses a la vista de los alzacuellos. Monseñor Spada les devolvió la sonrisa, distraído.

–Lo aprecio a usted, padre Quart –dijo a continuación–. Por eso lo pongo en antecedentes de lo que nos jugamos, antes de que viaje a Sevilla… Ignoro si siempre es sincero en su pose de buen soldado; pero a mí me lo parece, y nunca dio motivos para pensar lo contrario. Desde que era un simple alumno en la Gregoriana le eché el ojo, y después llegué a tomarle afecto. Eso tal vez le cueste caro, pues si un día caigo es probable que caiga conmigo. Incluso antes; ya sabe: sacrificio de peones.

Asintió Quart, impasible:

–¿Y si ganamos?

–Nosotros no ganaremos nunca del todo. Como diría su paisano San Ignacio, hemos elegido lo que a Dios le sobra y otros no quieren: la tormenta y el combate. Nuestras victorias sólo son aplazamientos hasta el siguiente ataque. Porque Iwaszkiewicz seguirá siendo cardenal mientras viva, príncipe por protocolo, obispo con consagración irrevocable, ciudadano del Estado más pequeño y, gracias a hombres como usted y yo, menos vulnerable del mundo. Y quizá, por nuestros pecados, un día llegará a papa. En cuanto a nosotros, nunca seremos *papabiles*, y posiblemente ni siquiera cardenales. Como suele decirse en la Curia, tenemos poco pedigrí y demasiado currículum. Pero poseemos poder y sabemos luchar. Eso nos hace temibles, y ese polaco, a pesar de su fanatismo y su arrogancia, lo sabe. A nosotros no van a barrernos como a los jesuitas y a los sectores liberales de la Curia, en beneficio del Opus Dei, de la mafia integrista o del Dios del Sinaí. *Totus tuus*, pero no me toquéis las narices. Hay mastines que mueren matando.

El arzobispo consultó el reloj e hizo un gesto para llamar la atención del camarero. Mientras le ponía a Quart una mano sobre el brazo para impedirle pagar la cuenta, extrajo unos billetes del bolsillo y los puso sobre la mesa. Dieciocho mil liras exactas, comprobó Quart. La vida del Mastín había sido demasiado dura: nunca dejaba propinas.

–Nuestro deber es pelear, padre Quart –dijo mientras se ponían en pie–. Porque tenemos razón, e Iwaszkiewicz no la tiene. Se puede ser enérgico y mantener la autoridad sin por eso resucitar, como pretenden ese polaco y su camarilla, los hierros y el potro de tortura. Recuerdo cuando nombraron papa a Luciani, y duró treinta y tres días. Usted era veinte años más joven, pero yo andaba ya metido en este tipo de trabajo –el arzobispo inició una mueca torcida mirando a Quart–. Cuando, recién elegido, le oímos aquello de «Hay más de mamá que de papá en Dios Todopoderoso», Iwaszkiewicz y sus colegas del ala dura se subían por las paredes. Y yo me dije: este equipo no va a funcionar. Luciani era demasiado blando para los tiempos que corren, así que, supongo, el Espíritu Santo hizo un buen trabajo librándonos de él antes de que hiciese demasiado daño. Los periodistas lo llamaban *El Papa de la sonrisa*; pero cualquiera en el Vaticano sabía que la suya era una sonrisa peculiar —la mueca creció un poco hasta descubrir un colmillo, con malicia—. Una sonrisa nerviosa.

El sol había salido y secaba el empedrado de la plaza de España. Los vendedores descorrían los toldos de sus puestos de flores y algunos turistas empezaban a sentarse en los peldaños, todavía húmedos, que ascendían hasta Trinità dei Monti. Quart escoltó al arzobispo escaleras arriba, deslumbrado por el reverbero de la luz en la plaza; una luz romana, intensa, optimista como un buen augurio. A medio camino, una joven extranjera con mochila, tejanos y camiseta a rayas azules, sentada en un escalón, le hizo una foto cuando los dos sacerdotes llegaron a su altura: un flash y una sonrisa. Monseñor Spada se volvió a medias, entre irritado e irónico:

—¿Sabe una cosa, padre Quart? Es demasiado guapo para ser un cura. Habría que estar loco para nombrarlo párroco de un convento de monjas.

—Lo siento, Monseñor.

—No lo sienta, porque no es culpa suya. Pero reconozco que me fastidia un poco. ¿Cómo se las arregla?... Me refiero a mantener a raya la tentación, ya sabe. La mujer como invención del Maligno y todo eso.

Quart se echó a reír:

—Oración y duchas frías, Ilustrísima.

—Debí imaginarlo. Siempre fiel al reglamento, ¿verdad?... ¿No le aburre ser siempre, además, tan comedido y tan buen chico?

—La pregunta es capciosa, Monseñor. Responderla implica aceptar la proposición mayor.

Paolo Spada lo miró unos instantes de reojo y por fin hizo un gesto aprobador:

–De acuerdo. Usted gana. Su virtud ha vuelto a superar el examen, pero no pierdo la esperanza. Un día lo atraparé.

–Naturalmente, Monseñor. Por mis innumerables pecados.

–Cierre el pico. Es una orden.

–Como mande Su Reverencia.

A la altura del obelisco de Pío VI, el arzobispo se volvió para echar un vistazo escaleras abajo, a la chica de la camiseta a rayas.

–Y en cuanto a la salvación eterna –dijo–, recuerde el viejo proverbio: si un clérigo logra mantener las manos lejos del dinero, y los pies lejos de una cama de mujer hasta cumplir los cincuenta, tiene muchas probabilidades de salvar su alma.

–En eso estoy, Monseñor. Pero faltan doce años para cruzar la meta.

–No se preocupe. Sospecho que sus tentaciones son otras –lo estudió fijamente antes de mover la cabeza y subir los últimos peldaños de dos en dos–. De todos modos persevere en lo de las duchas, hijo mío.

Pasaron ante la imponente fachada del hotel Hassler Villa Médici antes de recorrer la Via Sistina. La sastrería no estaba indicada más que por una discreta placa en la puerta que sólo franqueaba la élite de la Curia, a excepción de los papas. Éstos eran los únicos en gozar del privilegio de que Cavalleggeri e Hijos, honrados desde León XIII con un título menor de nobleza pontificia, les tomasen medidas a domicilio.

El arzobispo miró la placa con aire absorto, pensando en otra cosa. Luego levantó el rostro hacia el cielo y por fin sus ojos veteados se posaron en el sacerdote, estudiando el traje de corte impecable, los discretos gemelos de plata en los puños de la camisa de seda negra.

–Escuche, Quart –el uso del apellido, sin tratamiento, endurecía la palabra con el gesto–. No se trata sólo del pecado de orgullo y del poder, pecado al que no somos ajenos. Usted y yo, por encima de nuestras debilidades personales y nuestros métodos, incluso Iwaszkiewicz y su siniestra cofradía…, incluso el Santo Padre con su irritante fundamentalismo, somos responsables de la fe de millones de seres humanos en una Iglesia infalible y eterna —los ojos del arzobispo seguían midiendo a su interlocutor—. Y sólo esa fe, sincera a pesar de nuestro cinismo curial, nos justifica. Nos absuelve. Sin ella, usted, yo, Iwaszkiewicz, seríamos sólo unos hipócritas y unos canallas… ¿Comprende lo que le intento decir?

Quart soportó sin pestañear las palabras del Mastín.

—Perfectamente, Monseñor —dijo, sereno.

Había adoptado casi por instinto la posición rígida del guardia suizo ante un oficial: los brazos a los costados y los pulgares a lo largo de las costuras del pantalón. Monseñor Spada lo observó todavía un instante con los ojos entornados, y luego pareció relajarse un poco. Incluso hizo un esbozo de sonrisa.

—Espero que así sea —se ensanchó el gesto amistoso en el rostro del prelado—. Lo espero de verdad. Porque, en lo que a mí se refiere, cuando me presente ante la puerta del Cielo y salga a recibirme el viejo pescador gruñón, le diré: Pedro, sé indulgente con este veterano centurión, soldado de Cristo, que tanto trabajó achicando agua sucia en la sentina de tu nave. Al fin y al cabo, hasta el viejo Moisés tuvo que recurrir bajo mano a la espada de Josué. Y también tú acuchillaste a Malco para defender al Maestro.

Ahora fue Quart quien se echó a reír ante la imagen.

—En tal caso me gustaría precederlo, Monseñor. No creo que acepten dos veces la misma coartada.

II

Tres malvados

Cuando llego a una ciudad, pregunto siempre: quiénes son las doce mujeres más bellas. Quiénes son los doce hombres más ricos. Quién es el hombre que puede hacerme ahorcar.

STENDHAL
Luciano Leuwen

Celestino Peregil, escolta y asistente del banquero Pencho Gavira, hojeaba malhumorado la revista $Q+S$ camino del bar Casa Cuesta, en el corazón del barrio de Triana, en Sevilla. El humor de Peregil no estaba en su mejor momento, por un triple motivo: una úlcera recalcitrante, la delicada misión que lo llevaba al otro lado del Guadalquivir, y la portada de la revista que tenía en las manos. Peregil era un tipo rechoncho, menudo, nervioso, que disimulaba una calvicie prematura peinándose, bien aplastado, el pelo hacia arriba desde una raya situada a la altura de la oreja izquierda. Por lo demás, tenía afición a los calcetines blancos, las corbatas chillonas de seda estampada, las chaquetas cruzadas con botones dorados, y las putas de barra americana. También, y sobre todo, a la mágica trama de números sobre el tapete verde de cualquier casino donde todavía le permitieran la entrada. Eso explicaba que su úlcera lo molestase aquel día más de lo normal, así como la cita a la que iba de mala gana. En cuanto al $Q+S$, su portada no contribuía a mejorarle el humor. Por muy desalmado que uno sea –Celestino Peregil lo era, y mucho–, a nadie tranquiliza ver una foto de la mujer de su jefe con otro. Sobre todo cuando es uno mismo quien ha vendido a los periodistas la información necesaria para hacer la foto.

–La muy zorra –dijo en voz alta, y un par de transeúntes se volvieron a mirarlo con extrañeza. Después recordó el objeto de su cita, y extrayendo el pañuelo de seda malva que le asomaba del bolsillo superior de la chaqueta, se enjugó la frente. El 7 y el 16 bailaban ante sus ojos como una pesadilla sobre paño verde. Si salgo de ésta, se dijo, juro que nunca más. Lo juro por la Virgen Santa.

Tiró la revista a una papelera. Después, tras doblar la esquina bajo un rótulo de cerveza Cruzcampo, se detuvo de mala gana ante la puerta del bar. Odiaba los sitios como aquél, con mesas de mármol, azulejos y viejas botellas de Centenario Terry cubiertas de polvo en los estantes; aquella España de peineta y guitarra, poco ventilada, garbancera, cutre, de la que se había zafado no sin esfuerzo. Después del par de golpes de suerte que orientaron su vida de oscuro detective especializado en adulterios baratos y fraudes a la Seguridad Social hacia Pencho Gavira y los aledaños de la gran banca, lo suyo eran los bares de moda con música ambiental, el whisky con mucho hielo, entrar y salir en despachos con moqueta de un palmo y el *Financial Times* sobre la mesa del vestíbulo, zumbidos de fax, aire acondicionado, secretarias trilingües. Que si Zúrich y que si Nueva York y que si la bolsa de Tokio, entre fulanos que olían a loción cara de afeitar y jugaban al golf. Era estupendo vivir como en los anuncios de la tele.

Le bastó un vistazo para retornar a las viejas pesadillas: don Ibrahim, el Potro del Mantelete y la Niña Puñales aguardaban, puntuales como clavos. Los vio nada más franquear el umbral, a la derecha del mostrador de madera oscura con flores doradas, bajo un cartel que llevaba allí desde principios de siglo –*Línea de vapores Sevilla-Sanlúcar-Mar: Servicio diario entre Sevilla y la desembocadura del Guadalquivir*–. Estaban sentados en torno a una mesa de mármol, y Peregil observó que ya corría el fino La Ina. A las once de la mañana.

–Cómo os va –dijo, y tomó asiento.

Ni era una pregunta ni maldito lo que le importaba cómo les iba. Leyó la triple certeza en los tres pares de ojos que lo miraron arreglarse los puños de la camisa –un gesto elegante, aprendido de su jefe– antes de colocar los codos, con cuidado, sobre el mármol de la mesa.

–Tengo un encargo –anunció sin rodeos.

Vio que el Potro del Mantelete y la Niña Puñales miraban a don Ibrahim y éste asentía despacio, solemne, retorciéndose las guías del mostacho entre rojizo y gris, espeso, erizado, a la inglesa. Don Ibrahim era grande, muy gordo, de aspecto bonachón y apacible apenas desmentido por el fiero bigote, y lo hacía todo de manera solemne, incluso después que el colegio de abogados de Sevilla descubriese, tiempo atrás, su falta de título válido para el ejercicio de la profesión. La toga espuria había impreso, sin embargo, un aire de digna gravedad a su manera de llevar el sombrero de paja clara y ala ancha, el bastón con puño de plata, o la amplia curva descrita entre bolsillo y bolsillo del chaleco por la cadena del reloj, ganado –aseguraba– a don Ernesto Hemingway durante una partida de póker en el burdel Chiquita Cruz de La Habana precastrista.

–Somos todo oídos –dijo.

Triana y Sevilla entera estaban al corriente de que don Ibrahim el Cubano era un estafador y un sinvergüenza, pero también un perfecto caballero. Había recurrido al plural, por ejemplo, tras mirar breve y cortésmente al Potro del Mantelete y a La Niña Puñales, dando a entender que tenía el honor de representarlos

53

en aquella mesa sobre la que, obligado a mantenerse a distancia por su barriga, apoyaba ambas manos desde lejos, como las amarras de un pesado navío.

—Hay una iglesia y un cura —arrancó Peregil.

—Mal empezamos —repuso don Ibrahim. Un enorme cigarro puro le humeaba en la mano izquierda, junto a un sello de oro, y se sacudía ceniza del pantalón. De su juventud golfa y antillana conservaba el gusto por los trajes blancos e inmaculados, los sombreros panamá y los puros Montecristo. Porque el ex falso abogado era un clásico. Parecía uno de aquellos indianos de las estampas costumbristas, que desembarcaban a principios de siglo en el puerto de Sevilla con un cartucho de monedas de oro, fiebres tercianas y un criado mulato. Pero don Ibrahim se había venido sólo con las fiebres.

Peregil lo miró confuso, preguntándose si el mal empezamos se refería a la ceniza del cigarro, o a que hubiese iglesias y curas de por medio.

—Un cura viejo —matizó para averiguarlo, quitándole importancia al asunto, y entonces se acordó del otro—... Bueno. En realidad son dos: un cura viejo y un cura joven.

—Ozú —terciaba la Niña Puñales con su deje gitano, cerrado, de las orillas del Guadalquivir—. Dos curas.

Las pulseras de plata le tintinearon sobre la piel fláccida de las muñecas cuando vació la copa de jerez de un único y largo trago. A su lado, el Potro del Mantelete movía la cabeza, distante, igual que si el árbitro acabase de sugerirle que no siguiera pegando al adversario en la misma ceja. Parecía absorto en la contemplación de la espesa huella de carmín en el borde de la copa de la Niña.

—Dos curas —repitió don Ibrahim como un eco. Reflexionaba con ojos preocupados mientras las volutas de humo se le enroscaban en el mostacho.

–En realidad son tres –puntualizó Peregil, honesto.

Se estremeció el indiano, volviendo a manchar los pantalones de ceniza.

–¿No eran dos?

–Tres. El viejo, el joven y otro que viene de camino.

Peregil los vio intercambiar miradas circunspectas.

–Tres curas –sumaba don Ibrahim estudiándose la uña del meñique izquierdo, larga como una espátula.

–En efecto.

–Uno joven, otro viejo, y otro que está al caer.

–Eso es. Viene de Roma.

–Ya. De Roma.

Las pulseras de la Niña Puñales tintinearon de nuevo.

–Demasiados curas –apuntó, lúgubre. Tocaba madera bajo el mármol de la mesa, intentando conjurar aquello.

–Con la Iglesia hemos topado –concluyó don Ibrahim en tono quijotesco y declamatorio, cual fruto de larga reflexión, y Celestino Peregil reprimió el impulso de levantarse para decir adiós muy buenas. No puede salir bien, se dijo observando la ceniza en el pantalón del gordo ex falso abogado, el lunar postizo y el bucle de caracolillo en la frente marchita de la Niña, la nariz aplastada del antiguo peso gallo. No con esta gente. De pronto recordó el 7 y el 16 sobre el tapete verde, y las fotos de la revista; y le pareció que en aquel bar hacía un calor espantoso. O quizá no eran el calor ni el bar. Tal vez era el sudor que mojaba su camisa, la áspera sequedad del miedo en la boca. Dispones de seis kilos para solventar la papeleta de la iglesia, había dicho Pencho Gavira. Busca un profesional. Adminístralos a tu aire.

–Es un trabajo fácil –se oyó decirles, y comprendió, maldita fuera su estampa, que no tenía dónde elegir–. Algo limpio. Sin complicaciones. A kilo por barba.

Había administrado el dinero a su aire, en efecto: seis horas de casino para dilapidar tres de los seis millones. A quinientas mil por hora. También se había gastado lo obtenido a cambio del soplo sobre la mujer, o ex mujer, de su jefe. Y además estaba aquel prestamista, Rubén Molina, a punto de echarle los perros por casi el doble.

–¿Por qué nosotros? –preguntó don Ibrahim.

Peregil lo miró a los ojos, y por una décima de segundo advirtió la ansiedad que también latía allá, al fondo, oculta tras las pupilas dilatadas y tristes de su interlocutor. Tragó saliva antes de pasarse el dedo entre la piel y el cuello de la camisa, y volvió a mirar el cigarro del gordo y proscrito abogado, la nariz rota del Potro, el lunar postizo de la Niña. Con lo que le quedaba en el bolsillo, aquello era a cuanto podía aspirar: tres matados en dique seco, mejores para un asilo que para la calle. Restos del naufragio. Desechos de tienta.

–Sois los mejores –respondió, ruborizándose.

Aquella su primera mañana en Sevilla, Lorenzo Quart tardó casi una hora en encontrar la iglesia. Dos veces salió del barrio de Santa Cruz y otras tantas volvió a él, comprobando la inutilidad de su mapa turístico en aquel dédalo de callejuelas silenciosas, estrechas, pintadas de almagre, calamocha y cal, donde muy de vez en cuando el paso de un automóvil lo obligaba a buscar resguardo en portales frescos, oscuros, con cancelas que daban a patios de azulejos, geranios y rosales. Se halló por fin en una placita estrecha de paredes blancas y ocres, con rejas de hierro forjado de las que colgaban macetas. Había bancos con azulejos representando escenas del *Quijote*, y media docena de naranjos que daban un intenso olor a azahar. La iglesia era pequeña: una fachada de ladrillo, apenas veinte metros de ancha, formaba esquina apoyándose en el muro del edificio contiguo. No parecía en buen estado: la espadaña estaba apuntalada por travesaños de madera en la abertura del campanario, gruesas vigas de madera sostenían el muro exterior, y un andamio de tubos metálicos ocultaba parcialmente un azulejo con un Cristo escoltado por herrumbrosos faroles de hierro. También había una hormigonera junto a un montón de gravilla y sacos de cemento.

Así que era ella. Durante un par de minutos, parado en mitad de la plaza con una mano en un bolsillo y el mapa doblado en la otra, Quart observó el edificio. Nada pudo apreciar de misterioso entre los naranjos perfumados, bajo el cielo sevillano en aquella mañana luminosa, de un azul perfecto. El pórtico barroco estaba enmarcado por dos retorcidas columnas salomónicas, sobre las que una hornacina contenía una imagen de la Virgen. Nuestra Señora de las Lágrimas, murmuró casi en voz alta. Entonces dio unos pasos en dirección a la iglesia, y al acercarse comprobó que la Virgen estaba decapitada.

En algún lugar cercano sonaron unas campanas, y una bandada de palomas emprendió el vuelo desde los tejados que rodeaban la plaza. Las miró alejarse y de nuevo volvió la vista hacia la fachada. Algo había alterado su visión del lugar. Ahora, a pesar de la luz sevillana, de los naranjos y del aroma a azahar, la iglesia adquiría a sus ojos un aspecto distinto. De pronto, las viejas vigas que apuntalaban los muros, el ocre de la espadaña que parecía arrancado como láminas de piel, la inmóvil campana de bronce por cuyo travesaño carcomido trepaban malas hierbas, infundían al conjunto un carácter inquietante, sombrío y gris. Una iglesia que mata para defenderse, afirmaba el misterioso mensaje de *Vísperas*. Quart dirigió otro vistazo a la Virgen decapitada mientras dedicaba una mueca burlona a sus propias aprensiones. A simple vista, no había mucho que defender.

Para Lorenzo Quart la fe era un concepto relativo, y monseñor Spada no erraba mucho al motejarlo, bromeando sólo a medias, de buen soldado. Su credo consistía menos en la admisión de verdades reveladas que en actuar con arreglo al supuesto de tener fe, sin que ésta fuese imprescindible en el conjunto. Considerada desde ese punto de vista, la Iglesia Católica le había ofrecido desde el principio lo que a otros jóvenes la milicia: un lugar donde, a cambio de no cuestionar el concepto, uno encontraba la mayor parte de los problemas resueltos por el reglamento. En su caso, aquella disciplina oficiaba en lugar de la fe que no tenía. Y la paradoja –intuida por la perspicacia del veterano arzobispo Spada– era que justo esa falta de fe, con el orgullo y el rigor necesarios para sostenerla, convertía a Quart en un sacerdote extraordinariamente eficaz en su trabajo.

Todo tenía sus raíces, por supuesto. Huérfano de un pescador ahogado en un naufragio, protegido por un tosco cura de pueblo que facilitó su ingreso en el seminario, disciplinado y brillante hasta el punto de interesar a sus superiores en el progreso de su carrera, Quart contaba con esa lucidez meridional tan parecida a una enfermedad tranquila que a veces traen consigo el viento de levante y los rojos atardeceres mediterráneos. Una vez, siendo niño, permaneció horas azotado por el viento y la lluvia en el rompeolas de un puerto, mientras mar adentro los desvalidos pesqueros intentaban, poco a poco, ganar abrigo entre un temporal con olas de diez metros. Se los divisaba a lo lejos, minúsculos, enternecedoramente frágiles entre montañas de agua y rociones de espuma, avanzando a duras penas con el estertor de sus motores a poca máquina. Se había perdido uno; y cuando un pesquero se perdía no se iba un hombre, sino que desaparecían juntos hijos, maridos, hermanos y cuñados. Por eso las mujeres vestidas de negro con críos agarrados a las faldas y a las manos se agrupaban junto al faro viéndolos venir, y movían los labios al rezar en silencio pendientes del mar, intentando adivinar cuál faltaba. Y cuando los barquitos empezaron por fin a cruzar la bocana del puerto los hombres que venían a bordo miraban hacia arriba, hacia el lugar sobre el espigón donde Lorenzo Quart seguía agarrado a la mano helada de su madre, y se quitaban las boinas y las gorras. Y siguieron golpeando las olas y el viento y la lluvia, y por fin ya no vino ningún barco más; y aquel día Quart descubrió un par de cosas. La primera, que es inútil rezarle al mar. La segunda fue una resolución: a él nadie lo aguardaría nunca en un rompeolas, bajo la lluvia.

La puerta de roble con gruesos clavos estaba abierta. Quart entró en la iglesia y un soplo de aire frío vino a su encuentro, igual que si acabara de apartar una lápida. Se quitó las gafas de sol antes de mojar los dedos índice y pulgar en la pila bendita, y al persignarse sintió la frescura del agua en la frente. Había media docena de bancos de madera alineados frente al retablo del altar, cuyos dorados relucían al fondo de la nave, y los demás se hallaban corridos hacia un rincón, unos sobre otros, para dejar espacio a varios andamios. Olía a cerrado y a cera, a humedad de siglos. Todo estaba en penumbra menos un ángulo iluminado por un foco, arriba, a la izquierda. Y al levantar los ojos hacia la luz, Quart vio a una mujer subida en lo alto de la estructura metálica, fotografiando los emplomados de las vidrieras.

—Buenos días —dijo.

Tenía el pelo gris, como él; pero en su caso no se trataba de canas prematuras. Cuarenta y tantos años largos, calculó viéndola inclinarse sobre la barandilla que coronaba el entramado de tubos de acero, cinco metros por encima de su cabeza. Después la mujer se agarró a la estructura y descendió con agilidad hasta el suelo de la nave. Llevaba el cabello recogido bajo la nuca en una pequeña trenza, vestía un polo de manga larga, tejanos manchados de yeso y zapatillas. Y de espaldas, viéndola bajar, habría pasado por una muchacha.

–Me llamo Quart –dijo él.

La mujer se limpió la mano derecha en la parte trasera de los tejanos y la extendió, en apretón vigoroso y breve.

–Yo soy Gris Marsala. Trabajo aquí.

Tenía acento extranjero, más norteamericano que inglés; las manos ásperas y los ojos claros y amistosos, rodeados de arrugas. También una sonrisa franca, abierta, que se mantuvo mientras observaba a Quart de arriba abajo, con curiosidad.

–Es usted un cura con buen aspecto –concluyó por fin, desenvuelta, deteniéndose en el alzacuello de la camisa negra–. Esperábamos otra cosa.

Él miraba el andamio y las paredes de la iglesia, y se detuvo en mitad del gesto, sorprendido por el plural:

–¿Esperaban?

–Sí. Todos están pendientes del enviado de Roma. Pero imaginábamos a un funcionario bajito con sotana, un maletín negro lleno de misales, crucifijos y cosas así.

–¿Quiénes son todos?

–No sé. Todos –la mujer se puso a contar con los dedos manchados de yeso–. Don Príamo Ferro, el párroco. Y su vicario, el padre Óscar –la sonrisa se retrajo un poco, como si fuese a sustituirla otra más profunda, paralela y oculta–. También el arzobispo, y el alcalde, y un montón de gente más.

Quart apretó los labios. Ignoraba que su misión fuera del dominio público. Hasta donde él sabía, sólo la Nunciatura en Madrid y el arzobispo de Sevilla habían sido informados por el IOE. Descartado el nuncio, imaginó a monseñor Corvo sembrando cizaña. Que el infierno confundiera a Su Ilustrísima.

–No esperaba tanta expectación –dijo con frialdad.

La mujer encogió los hombros, ignorando el tono.

–No se trata de usted, sino de la iglesia –alzó una mano para indicar los andamios contra los muros, el techo ennegrecido donde la pintura se desprendía entre manchas de humedad–... Este lugar ha levantado pasiones en los últimos tiempos. Y en Sevilla nadie es capaz de guardar un secreto –inclinó un poco la cabeza hacia él y bajó la voz, parodiando un aire confidencial–. Cuentan que hasta el Papa se interesa en el asunto.

Sangre de Dios. Quart mantuvo silencio un instante, observando primero la punta de sus zapatos y luego los ojos de la mujer. Después se dijo que era un cabo de ovillo tan bueno como cualquier otro para empezar a tirar. Así que se aproximó un poco hasta casi rozarla con el hombro, antes de mirar a su alrededor con aire exageradamente suspicaz.

–¿Quién dice eso? –susurró.

La risa de ella era tranquila como sus ojos y su voz; pero el sonido se velaba en las oquedades de la nave desierta.

–El arzobispo de Sevilla, creo. Que, por cierto, no parece quererlo a usted mucho.

Tengo que devolver a Su Ilustrísima tantas bondades a la primera ocasión, se prometió Quart *in mente*. La mujer lo observaba con malicia jovial. Dispuesto a aceptar sólo a medias la complicidad que ella ofrecía, alzó las cejas con la inocencia de un jesuita veterano. De hecho, el gesto lo había aprendido en el seminario. De un jesuita.

–La veo informada. Pero no haga caso de todo lo que dicen.

Gris Marsala soltó una carcajada.

–No hago caso –dijo–. Pero resulta divertido. Además, ya le he dicho que trabajo aquí. Soy la arquitecto responsable de la restauración de este lugar –echó otra ojeada en torno y suspiró con aire desolado–. Su aspecto no dice mucho en mi favor, ¿verdad?... Pero es una larga historia de presupuestos que no se aprueban y de dinero que no llega.

–Usted es norteamericana.

–Sí. Me ocupo de esto desde hace dos años, por encargo de la fundación Eurnekian, que aportó un tercio del proyecto inicial de restauración. Al principio éramos tres, dos españoles y yo; pero los otros se fueron... Ahora hace tiempo que las obras se encuentran casi paralizadas –lo miró atenta, esperando el efecto de lo que iba a decir–. Y además, están esas dos muertes.

La expresión de Quart se mantuvo imperturbable:

–¿Se refiere a los accidentes?

–Es una forma de llamarlo, sí. Accidentes –seguía vigilando la reacción de su interlocutor, y pareció decepcionada al comprobar que él no añadía comentario alguno–. ¿Ha visto ya al párroco?

–Todavía no. Llegué anoche y ni siquiera he visitado al arzobispo. Quise echar un vistazo antes.

–Pues ya ve –hizo un gesto con la mano, mostrando la nave y el altar mayor apenas visible al fondo, en la penumbra–. Barroco sevillano del Setecientos, retablo de Duque Cornejo... Una pequeña joya que se cae a pedazos.

–¿Y esa Virgen decapitada en la puerta?

–Algunos ciudadanos celebraron a su manera la proclamación de la Segunda República, en 1931.

Lo dijo benevolente, como si en el fondo disculpara a los descabezadores. Quart se preguntó cuánto tiempo llevaba en aquella ciudad. Mucho, sin duda. Su castellano era impecable, y parecía hallarse a sus anchas.

–¿Cuánto hace que vive aquí?

–Casi cuatro años. Pero estuve muchas veces antes de establecerme. Vine con una beca y nunca me fui del todo.

–¿Por qué?

La vio encogerse de hombros, igual que si también ella se formulara la misma pregunta.

–No sé. Le pasa a muchos de mis compatriotas; sobre todo a los jóvenes. Un día llegan y ya no pueden irse. Se quedan tocando la guitarra, dibujando en las plazas. Ingeniándoselas para vivir –miró pensativa el rectángulo formado por el sol en el suelo, junto a la puerta–. Hay algo en la luz, en el color de las calles, que te contamina la voluntad. Igual que caer enfermo.

Quart dio unos pasos y se detuvo, oyendo apagarse el último eco en el fondo de la nave. Había un púlpito con escalera de caracol a la izquierda, medio oculto por los andamios, y un confesionario a la derecha, en una pequeña capilla que servía como entrada a la sacristía. Pasó una mano sobre la madera de un banco, ennegrecida por el uso y los años.

–¿Qué le parece? –preguntó la mujer.

Levantó Quart la cabeza. La bóveda, de cañón con lunetas, formaba planta rectangular con una sola nave y crucero de cortos brazos. Una cúpula elíptica, rematada en linterna ciega, había estado adornada con pinturas al fresco ahora irreconocibles por los estragos del humo de las velas y los incendios. Podían distinguirse unos cuantos ángeles en torno a una gran mancha negra de hollín, y varios profetas barbudos y maltrechos, descarnados por ronchas de humedad que les daban aspecto de leprosos incurables.

–No sé –respondió–. Pequeña, bonita. Vieja.

–Tres siglos –precisó ella, y el eco se reanudó cuando caminaron de nuevo entre los bancos, hacia el altar mayor–. En mi país, un edificio con trescientos años de antigüedad sería una joya histórica inviolable. Y aquí, ya ve: lugares como éste cayéndose por todas partes, sin que nadie mueva un dedo.

–Tal vez haya demasiados.

–Tiene gracia oír eso a un sacerdote. Aunque no lo parece –de nuevo lo observó de arriba abajo, con irónico interés, deteniéndose esta vez en el corte impecable del traje ligero y oscuro–. De no ser por el alzacuello y la camisa negra…

–Los llevo desde hace veinte años –la interrumpió fríamente, mirando sobre el hombro de la mujer–… Usted me hablaba de la iglesia y de los sitios como éste.

Se quedó un poco desconcertada, ladeando la cabeza, en visible esfuerzo por catalogarlo dentro de alguna de las especies conocidas del sexo masculino. Y a pesar de su desenvoltura, Quart supo que el alzacuello la intimidaba. Les ocurre a todas ellas, pensó: viejas y jóvenes, sin excepción. Hasta la más resuelta puede verse insegura cuando un gesto, una palabra, recuerdan de pronto al sacerdote.

–La iglesia –dijo Gris Marsala por fin, mirándolo como si tuviese el pensamiento en otra parte–. Pero no coincido en que haya exceso de lugares así. A fin de cuentas se trata de nuestra memoria, ¿no le parece?… –arrugó los labios y la nariz mientras golpeaba con un pie en las gastadas losas del suelo, casi poniéndolas por testigo–. Estoy convencida de que cada edificio, cada cuadro, cada libro antiguo que se destruye o se pierde, nos hace un poco más huérfanos. Nos empobrece.

Había hablado con inesperado ardor, y en algún momento su tono se crispó con un deje de amargura. Al comprobar que era Quart quien ahora se volvía sorprendido hacia ella, sonrió de nuevo.

–No tiene nada que ver que yo sea norteamericana

–dijo, a modo de excusa–. O quizá precisamente sí. Esto es patrimonio de la humanidad entera. Nadie tiene derecho a dejar que se pierda.

–¿Por eso lleva tanto tiempo en Sevilla?

Reflexionó, misteriosa.

–Tal vez. En todo caso por eso estoy ahora aquí, en este sitio –miró hacia arriba, deteniéndose en una de las vidrieras que había en las lunetas a la izquierda de la nave, aquella donde estaba trabajando cuando llegó Quart–. ¿Sabe que es la última iglesia construida en España bajo los Austrias?… Las obras del edificio concluyeron oficialmente el primero de noviembre de 1700, mientras Carlos II, último de su dinastía, agonizaba sin descendencia. El oficio religioso inaugural fue de difuntos, al día siguiente, por el alma del rey.

Estaban ante el altar mayor. La claridad diagonal de las vidrieras daba suaves reflejos a los dorados superiores del retablo, al que sus propios relieves mantenían en penumbra entre los andamios. Quart distinguió un cuerpo central con la Virgen bajo un ancho baldaquino, sobre el sagrario ante el que hizo una breve inclinación de cabeza. Las calles laterales, separadas del pórtico por columnas labradas, contenían hornacinas con imágenes, querubines y santos.

–Es magnífico –comentó, sincero.

–Es algo más que eso.

Gris Marsala se había aproximado al pie de la obra, tras el altar, e hizo girar un interruptor que iluminó el retablo. El pan de oro y la madera dorada cobraron vida, y una fuente de luz se derramó entre columnas, medallas y guirnaldas labradas con delicadeza de orfebre. Quart admiró la uniformidad del abigarrado conjunto, la fusión de elementos constructivos y ornamentales en un solo plano combinando imágenes, molduras, motivos arquitectónicos y vegetales.

–Magnífico –repitió, impresionado. Y llevándose la

mano derecha a la frente hizo una mecánica señal de la cruz. Al concluirla observó que Gris Marsala lo miraba atenta, como si encontrase aquello incongruente–. ¿Nunca vio a un cura santiguarse? –Quart ocultaba su incomodidad tras una gélida sonrisa–. Muchos han debido de hacerlo ante este retablo.

–Supongo que sí. Pero era otro tipo de curas.

–Sólo hay un tipo de cura –respondió él, un poco a la ligera y por decir algo–... ¿Es católica?

–Algo. Mi bisabuelo era italiano –los ojos claros lo miraban con impertinente ironía–. Tengo un sentido bastante exacto del pecado, si es a eso a lo que se refiere. Pero a mi edad...

Dejó la frase en el aire tocándose el pelo cano recogido en la corta trenza. Quart consideró oportuno cambiar otra vez de conversación:

–Estábamos hablando del retablo –opuso–. Y yo le decía que es magnífico... –la miró a los ojos; serio, cortés y distante–. ¿Le parece que empecemos de nuevo?

Otra vez Gris Marsala ladeó un poco la cabeza. Mujer inteligente, pensaba Quart. Había algo que desconcertaba, sin embargo. El instinto bien adiestrado del agente del IOE detectaba una incongruencia, una nota falsa en ella. La estudió en busca de la clave adecuada, pero no había forma de aproximarse más sin admitir una complicidad que él no deseaba llevar demasiado lejos.

–Por favor –añadió Quart.

Todavía estuvo mirándolo de soslayo unos segundos. Después hizo un gesto afirmativo y pareció a punto de sonreír otra vez, pero no lo hizo.

–De acuerdo –dijo por fin. Se había vuelto hacia el retablo, y Quart siguió el movimiento–. Lo realizó en 1711 el escultor Pedro Duque Cornejo, que cobró por él dos mil escudos de a ocho reales de plata cada uno.

Y es, en efecto, una maravilla. Toda la imaginación y el atrevimiento del barroco sevillano están ahí.

La Virgen era una hermosa talla de madera policromada y casi un metro de altura. Tenía un manto azul y las manos abiertas, con las palmas hacia afuera. Una luna en cuarto le servía de pedestal y su pie derecho aplastaba una serpiente.

–Es muy bella –dijo Quart.

–Realizada por Juan Martínez Montañés casi un siglo antes que el retablo… Era propiedad de los duques del Nuevo Extremo; y como uno de ellos ayudó a construir esta iglesia, su hijo donó la imagen. Las lágrimas dieron nombre al lugar.

Quart estudiaba los detalles. Desde abajo se veían relucir lágrimas en el rostro, la corona y el manto.

–Algo exageradas, me parece.

–En su origen eran cuentas de cristal más pequeñas; pero ahora son perlas. Veinte perlas perfectas, traídas de América a finales del siglo pasado: una historia que tiene su otra parte allí, en la cripta.

–¿Hay una cripta?

–Sí. La entrada se disimula en ese lado, a la derecha del altar mayor; es una especie de capilla privada. Varias generaciones de duques del Nuevo Extremo reposan dentro. Fue uno de ellos, Gaspar Bruner de Lebrija, quien cedió en 1687 un terreno de su propiedad para edificar la iglesia, a condición de que se dijera misa por su alma una vez a la semana –señaló la hornacina a la derecha de la Virgen, con la imagen de un caballero arrodillado en actitud orante–. Ahí lo tiene: tallado por Duque Cornejo, quien realizó también la figura de la izquierda, que representa a su esposa… La construcción del edificio se la encomendaron a su arquitecto de confianza, Pedro Romero, que también lo era del duque de Medina-Sidonia. De todo ello proviene el vínculo de la familia con esta iglesia. El hijo del donante, Guzmán Bruner, fue quien costeó la terminación del retablo con la efigie de sus padres y trajo la imagen en 1711... La relación familiar todavía existe, aunque venida a menos. Y tiene mucho que ver con el conflicto.

—¿Qué conflicto?

Gris Marsala seguía mirando el retablo como si no hubiera oído la pregunta. Se pasó una mano por el cuello, emitiendo un corto suspiro.

—Bueno. Llámelo como quiera —su tono se había hecho forzadamente ligero—. Situación de punto muerto, podríamos decir. Con Macarena Bruner, su madre la vieja duquesa y todos los demás.

—Aún no conozco a las señoras Bruner.

Cuando Gris Marsala se volvió hacia Quart, había un reflejo malvado en sus ojos claros.

—¿No? Pues ya las conocerá —hizo una pausa y ladeó la cabeza, divertida—. A las dos.

Quart la oyó reír por lo bajo mientras hacía girar el interruptor de la luz. La oscuridad cubrió de nuevo el retablo.

—¿Qué está ocurriendo aquí? —preguntó.

—¿En Sevilla?

—En esta iglesia.

Ella tardó unos segundos en contestar.

—Es usted quien tiene que decirlo —apuntó al fin—. Para eso lo han enviado.

—Pero trabaja en este lugar. Tendrá alguna idea.

—Tengo ideas, por supuesto. Pero me las guardo. Lo único que sé es que hay más gente interesada en que esto se venga abajo que en mantenerlo en pie.

—¿Por qué?

—Ah, lo ignoro —las ofertas de complicidad parecían haberse desvanecido. Ahora era ella quien se cerraba, distante, y el frío de la nave desierta parecía sentirse de nuevo entre ambos—. Tal vez porque en este barrio el metro cuadrado de suelo vale una fortuna…. –movió la cabeza, sacudiendo pensamientos incómodos–. Ya encontrará quien se lo cuente.

–Ha dicho antes que tiene ideas sobre esto.

–¿Lo dije?… –sonreía en un extremo de la boca, pero se trataba de un gesto insincero, forzado–. Es posible. De cualquier modo, no es asunto mío. Lo que me incumbe es salvar cuanto pueda del edificio mientras haya con qué pagar las obras, que no es el caso.

–¿Por qué sigue aquí sola, entonces?

–Hago horas extras. Desde que me ocupo de esta iglesia no he conseguido ninguna otra cosa, así que dispongo de muchísimo tiempo libre.

–Mucho tiempo libre –repitió Quart.

–Eso es –su voz había recobrado un tono amargo–. Y no tengo otro sitio a donde ir.

Iba él a insistir, intrigado, cuando unos pasos a su espalda lo hicieron volverse. Enmarcada en la puerta había una silueta negra, pequeña e inmóvil, y el trazo oscuro de su sombra caía, compacto, sobre el rectángulo de luz en las losas del suelo.

Gris Marsala, que se había vuelto también, le dirigió a Quart una extraña sonrisa:

–Ya es hora de que conozca al párroco. ¿No le parece?… Me refiero a don Príamo Ferro.

Cuando Celestino Peregil salió del bar Casa Cuesta, don Ibrahim se puso a contar con disimulo, bajo el mármol de la mesa, los billetes que el asistente del banquero Pencho Gavira les había dejado para primeros gastos.

–Cien mil –dijo al término de la operación.

El Potro del Mantelete y la Niña Puñales asintieron en silencio. Don Ibrahim hizo tres fajos de treinta y tres mil, se introdujo uno en el bolsillo interior de la chaqueta y pasó los otros a sus compadres. El billete sobrante lo puso encima de la mesa.

—¿Cómo lo veis? —preguntó.

El Potro del Mantelete, fruncidas las cejas, alisó el billete y se quedó mirando la efigie de Hernán Cortés.

—Parece bueno —aventuró.

—Me refiero al trabajo. Al encargo.

El Potro siguió mirando el billete con aire taciturno y la Niña Puñales se encogió de hombros:

—Es dinero —dijo como si aquello lo resumiera todo—. Pero enredarse con curas tiene mala sombra.

Don Ibrahim hizo un gesto para quitarle gravedad al asunto. Lo hizo con la mano izquierda, donde el cigarro humeaba junto a la sortija de oro, y la ceniza volvió a caerle sobre el pantalón blanco.

—Lo resolveremos con mucho tacto —apuntó, inclinado con esfuerzo sobre la tripa mientras sacudía el polvillo gris.

La Niña Puñales dijo *ozú* y el Potro del Mantelete asintió con la cabeza, todavía mirando el billete. El Potro debía de andar por los cuarenta y cinco años, y cada uno lo llevaba impreso en la cara. Una juventud de novillero sin suerte le había dejado en las pupilas y el gaznate el polvo del fracaso en plazas de tercera categoría, amén de una cicatriz de asta de toro bajo la oreja derecha. En cuanto a su breve y oscura trayectoria como aspirante al título de campeón de Andalucía de peso gallo entre dos reenganches en la Legión, lo único que había sacado en limpio era la nariz rota, dos cejas abultadas e intermitentes a causa de las cicatrices, y cierta lentitud de reflejos a la hora de enlazar acción, palabra y pensamiento. En los timos callejeros a turistas interpretaba bien el papel de tonto: había mucho de real en su desvalida forma de mirar al vacío esperando el clarín del tercer aviso, o el gong de alguna improbable cuenta atrás.

–Lo del tacto es importante –dijo despacio.

–Ozú –corroboró la Niña.

El Potro del Mantelete aún fruncía el ceño, como cada vez que se ponía a considerar algo. Del mismo modo, con el ceño fruncido y considerando muy por lo menudo la cuestión, había entrado un día en casa para encontrar a su hermano paralítico en la silla de ruedas, con los pantalones por las rodillas y su cuñada –la mujer del Potro– sentada encima entre elocuentes jadeos. Sin apresurarse ni levantar la voz, asintiendo dulcemente con la cabeza mientras el hermano aseguraba que aquello era un malentendido y que podía explicarlo todo, el Potro del Mantelete se había situado detrás de la silla de ruedas, llevándola casi con ternura hasta el rellano para dejarla caer, junto a su propietario, escaleras abajo con el resultado de treinta y dos escalones haciendo cloc-clac, y una fractura de cráneo mortal de necesidad. La mujer salió librada con una paliza metódica, científica, consistente en dos ojos morados y un K.O. por gancho de izquierda del que se repuso a la media hora, justo a tiempo de hacer la maleta y desaparecer para siempre. Lo del hermano tuvo peor arreglo: enfrentado a una petición fiscal de treinta años, sólo la habilidad del abogado logró cambiar en el ánimo del juez la tesis del asesinato por la de homicidio accidental, con el resultado de absolución *in dubio pro reo*. Aquel abogado era don Ibrahim, cuyo diploma emitido en La Habana todavía consideraba auténtico el Colegio sevillano. Pero con título o sin él, lo cierto es que el antiguo torero y boxeador no olvidaría nunca el conmovedor alegato que ganó, palmo a palmo, su libertad. Ese hogar destruido, Señoría. Ese hermano infiel, el calor del asunto, el nivel intelectual de mi defendido, la ausencia de *animus necandi*, la silla de ruedas sin frenos. Desde entonces, el Potro del Mantelete profesaba a su benefactor una fidelidad ciega, he-

roica, indestructible; más abnegada si cabe tras la igno-
miniosa expulsión de don Ibrahim de la abogacía. Lealtad de lebrel silencioso y duro, dispuesto a todo por
una orden o una caricia de su amo.

—Sigo viendo demasiados curas —insistió la Niña.

Las pulseras de plata tintineaban de nuevo al darle
vueltas a la copa vacía. Don Ibrahim y el Potro se miraron, y el ex falso abogado pidió tres finos La Ina más y
unas tapitas de caña de lomo para acompañar. Apenas el
camarero puso el jerez frío sobre la mesa, ella liquidó su
copa de un solo trago mientras los dos hombres apartaban la vista, haciendo como que no veían el gesto.

> *Vino amargo, que no da alegría,*
> *aunque me emborrache*
> *no puedo olvidar...*

Cantó desgarrado y bajito la Niña Puñales, pasándose la lengua por los labios rojos de carmín, brillantes
por la humedad del fino, y el Potro susurró *ole* sin mirarla, palmeando suave sobre el mármol de la mesa. La
Niña Puñales tenía los ojos oscuros de copla, grandes,
trágicos, que el exceso de maquillaje y lápiz negro hacía parecer enormes en un rostro que mostraba restos
de una belleza cuajada, marchita bajo el caracolillo de
pelo teñido y repeinado en la frente. Cuando se le iba
la mano con el jerez o la manzanilla, solía contar que
un hombre moreno de verde luna mató a otro por ella
a navajazos, como en sus canciones; y buscaba en el
bolso un recorte de periódico sin duda perdido mucho
tiempo atrás. De haber ocurrido realmente, eso tuvo
que ser cuando la Niña figuraba en los carteles del espectáculo con toda su casta de gitana guapa, bravía, joven promesa de la canción española. La sucesora, contaban, de doña Concha Piquer. Ahora, tres décadas
después del fugaz momento de gloria, arrastraba su

poca fortuna, su triste leyenda y sus canciones por mesas manchadas de vino y tablaos de mala muerte, como actuación de relleno para circuitos turísticos con cena y espectáculo incluidos, Sevilla de noche, sobre tarimas mugrientas que astillaba el taconeo cansado de sus zapatos de baile.

–¿Por dónde empezamos? –preguntó, mirando a don Ibrahim.

También el Potro del Mantelete alzó la vista de la mesa para fijarla en el hombre que más respetaba en el mundo después de la memoria del difunto torero Juan Belmonte. Consciente de su responsabilidad, el ex falso abogado le dio una larga chupada al cigarro y leyó mentalmente, dos veces, las tapas anunciadas en la pizarra sobre el mostrador del bar: *Croquetas. Menudo. Boquerones fritos. Huevo bechamel. Lengua en salsa. Lengua mechada.*

–Como dijo, y dijo bien, Cayo Julio César –expuso cuando creyó transcurrido el tiempo conveniente para dar empaque a sus palabras–: *Galia est omnia divisa in pártibus infidélibus.* O sea, que antes de cualquier actuación se impone un reconocimiento óptico –paseó la vista en torno, como un general ante su plana mayor–. Una visualización del terreno, a ver si me entendéis –parpadeó, dubitativo–. ¿Me entendéis?

–Ozú.

–Sí.

–Me alegro –don Ibrahim se pasaba un dedo por el bigote, satisfecho de la moral de la tropa–. Lo que quiero decir es que debemos echarle un vistazo a esa iglesia y a todo lo demás –miró a la Niña, a quien sabía piadosa–. Con la atención debida, por supuesto, a su carácter de recinto sagrado.

–Yo la conozco –apuntó ella con su voz de aguardiente–. Está muy vieja, siempre en obras. Algunas veces oigo misa allí.

Como buena folklórica, era muy devota. Por su parte, aunque solía confesarse agnóstico, don Ibrahim respetaba el libre culto. Se inclinó un poco hacia la mesa, interesado. La rigurosa información previa, había leído en alguna parte –Churchill, creía recordar. O Federico el Grande–, era madre de todas las victorias.

–¿Cómo es el sacerdote? Me refiero al párroco titular.

–Como los de antes –la Niña Puñales arrugaba labios y frente, haciendo memoria–: viejo, con mal humor... Una vez echó a unas turistas que entraron en mitad de la misa. Se bajó del altar, con casulla y todo, y les dio una bronca horrorosa porque iban en pantalón corto. Esto no es un balneario ni un circo, les dijo; así que aire. Y las puso de patitas en la calle.

Don Ibrahim asintió, complacido.

–Un santo varón, por lo que veo.

–Ozú.

–Un virtuoso hombre de iglesia.

–Hasta las cachas.

Tras una pausa reflexiva, el indiano hizo un aro de humo y se quedó viéndolo irse. Ahora tenía el aire preoupado.

–O sea, que nos las habemos con un eclesiástico de carácter –matizó, moderando su inicial aprobación.

–De carácter no sé –dijo la Niña–. Lo que seguro tiene es muy mala leche.

–Ya veo –don Ibrahim hizo otro aro, pero esta vez le salió fatal–. Así que ese digno párroco puede darnos problemas. Me refiero a entorpecer nuestra estrategia.

–Nos la puede desgraciar por completo.

–¿Y el otro sacerdote, el vicario joven?

–A ése lo he visto alguna vez ayudando a misa. Parece tranquilo, modosito. Más blando.

Don Ibrahim miró por la ventana al otro lado de la calle, hacia las botas camperas de Valverde del Camino colgadas de la marquesina sobre el escaparate de Calzados La Valenciana. Después, con un estremecimiento de melancolía, observó los dos rostros que tenía ante sí. En otro momento de su vida habría enviado a freír espárragos a Peregil y su encargo; o, lo que era probable, exigiría más dinero. Pero tal y como andaban las cosas no había mucho donde escoger. Observó tristemente la boca pintada de la Niña, el lunar postizo, las uñas cuya laca roja se caía en los bordes, los dedos descarnados en torno a la copa vacía. Después movió los ojos a la izquierda para encontrar la mirada fiel del Potro del Mantelete, antes de terminar en su propia mano sobre la mesa; la que sostenía el habano junto al anillo, falso como Judas, que de vez en cuando lograba colocar por mil duros –tenía varios– a algún turista incauto en los bares de Triana. Ellos dos eran su gente, su responsabilidad. El Potro, por su fidelidad más allá del infortunio. La Niña, porque el antiguo falso abogado nunca había oído cantar *Capote de grana y oro* como a ella, recién llegado a Sevilla, al verla en un escenario. No la conoció en persona hasta mucho después, alternando en un tablao de ínfima categoría, ya arruinada por el alcohol y los años, viva estampa de las coplas que cantaba con esa voz rota, sublime, que ponía la carne de gallina: *La loba, Romance de valentía, Falsa moneda, Tatuaje.* La noche del encuentro, don Ibrahim se juró a sí mismo rescatarla del olvido sin otro móvil que hacer justicia al Arte. Porque, a pesar de las calumnias del Colegio de abogados, a pesar de lo publicado en la prensa local cuando se empeñaron en meterlo en la cárcel por un absurdo diploma que a nadie importaba un carajo, a pesar de las chapuzas que se veía obligado a hacer para ganarse la vida, él no era un miserable. Don Ibrahim irguió la cabeza, ajustándose maquinalmente la cadena del reloj en los bolsillos del chaleco. Él era un hombre digno, con mala suerte.

–Se trata de una simple cuestión estratégica –repitió pensativo, en voz alta, más por convencerse a sí mismo que por otra cosa, y sintió fija en él la esperanza de sus compadres. Celestino Peregil había prometido tres millones, pero quizá le sacaran más. Se decía que Peregil era peón de brega de un banquero montado en el dólar. Aquello olía a dinero, y ellos necesitaban liquidez para echar los cimientos de un viejo sueño. Don Ibrahim era hombre leído, aunque un poco por encima –de lo contrario, mal hubiera podido ejercer algún tiempo en Sevilla antes de que saltara la liebre–, y de sus lecturas atesoraba citas como oro en paño. En lo tocante a sueños, la mejor procedía de Thomas D. H. Lawrence, aquel fulano de Arabia que había escrito *Lady Butterfly*: los hombres que sueñan con los ojos abiertos se llevan el gato al agua, o algo así. No albergaba muchas ilusiones sobre cómo tenían los ojos el Potro y la Niña; pero eso era lo de menos. Él los mantenía abiertos por ellos.

Miró con afecto al Potro del Mantelete, que masticaba despacio una loncha de caña de lomo:

–¿Y tú qué opinas, campeón?

El Potro siguió masticando en silencio cosa de medio minuto.

–Podemos hacerlo, creo –repuso al cabo, cuando los otros casi habían olvidado la pregunta–. Si Dios reparte suerte.

A don Ibrahim se le escapó un suspiro resignado:

–Ése es justo el problema. Con tanto cura por medio, no sé de qué parte se nos pondrá Dios.

Sonrió el Potro por primera vez aquella mañana, y lo hizo con fe. Siempre sonreía con fe y como con cuentagotas, igual que si el esfuerzo muscular fuese excesivo en su rostro machacado por los toros y los guantes de sus adversarios en el ring.

–Todo sea por la Causa –dijo.

La Niña Puñales soltó un *ole* bajito y tierno:

Juró amarme un hombre
sin miedo a la muerte...

Cantó a media voz, poniendo una mano sobre la del Potro del Mantelete. Desde su traumático divorcio éste vivía solo, sin familia conocida, y don Ibrahim sospechaba que amaba en silencio a la Niña, aunque sin exteriorizarlo nunca, por respeto. Ella, por su parte, apoyada en el quicio de la mancebía de sus ensueños, guardaba fielmente la memoria del hombre de ojos verdes que la seguía esperando en el fondo de cada botella. En cuanto a don Ibrahim, en materia de amores nunca había podido nadie aportar pruebas solventes; aunque a él le gustaba, en noches de manzanilla y guitarra, hablar vagamente de lances románticos en su juventud caribeña, cuando era amigo de Beny Moré –el Bárbaro del Ritmo–, y de *Carafoca* Pérez Prado, y del actor mejicano Jorge Negrete hasta que tuvieron unas palabras. La época en que María Félix, la divina María, la Doña, le había regalado el bastón de ébano con mango de plata una noche que con don Ibrahim y una botella de tequila –Herradura Reposado, un litro– fue infiel a Agustín Lara; y el flaco elegante, hecho polvo, compuso una canción inmortal para aliviarse los cuernos. Rejuvenecía la sonrisa del indiano con el supuesto recuerdo de Acapulco, de aquellas noches, de aquellas playas, María del alma, María Bonita. Y la Niña Puñales tarareaba bajito, entre caña y caña de fino y manzanilla, la canción de la que él fue seductor culpable. Y el Potro prestaba a la escena su perfil duro y silencioso, desprovisto de sombra porque ésta vagaba desorientada por la lona de los rings y el albero de plazas portátiles de mala muerte. De ese modo nadie correspondía y todos eran correspondidos en aquel singular triángulo hecho de atardeceres, humo de tabaco, vino, aplausos, playas lejanas y nostalgias. Y desde que el azar y la vida los fueron juntando en Sevilla como corchos a la deriva, los tres compadres compartían la resaca interminable de sus vidas en una pintoresca amistad, cuyo noble objeto lograron descubrir una madrugada de mucha y tranquila borrachera, sentados frente a la corriente ancha y mansa del Guadalquivir: la Causa. Algún día tendrían dinero suficiente para poner un tablao de tronío. Lo iban a llamar *El Templo de la Copla*, y allí harían por fin justicia al arte de la Niña Puñales, manteniendo viva la canción española.

> *Nena,*
> *me decía loco de pasión...*

Seguía cantando bajito la Niña. Entró en Casa Cuesta una lotera pregonando un quince mil, y don Ibrahim le compró tres décimos. Después hizo venir al camarero para liquidar la cuenta, y requirió el bastón de María Bonita y el panamá de paja blanca con aire señorial, incorporándose con dificultad mientras el Potro del Mantelete, puesto en pie como si acabara de sonar la campana, retiraba la silla de la Niña y ambos la escoltaban hacia la puerta. El billete de Hernán Cortés lo dejaron en la mesa, de propina. A fin de cuentas se trataba de un día especial. Y como dijo el Potro justificando humildemente el gasto, don Ibrahim era un caballero.

El recién llegado entró en la iglesia, y la luz que dejaba atrás, recortada en la puerta y sobre las losas del umbral, cegó a Lorenzo Quart. Eso lo hizo parpadear un momento, y cuando su retina pudo adaptarse de nuevo a la penumbra interior, don Príamo Ferro ya estaba junto a él. Entonces comprobó que era peor de lo que había imaginado.

—Soy el padre Quart —dijo, extendiendo una mano—. Acabo de llegar a Sevilla.

La mano quedó inmóvil en el vacío, ante dos ojos negros y penetrantes que la miraban suspicaces.

—¿Qué hace en mi iglesia?

Mal comienzo, se dijo mientras retiraba despacio la mano, observando al hombre que tenía ante sí. Áspero como su voz, menudo, seco, el pelo blanco sin peinar y recortado a trasquilones, la sotana raída y llena de manchas bajo la que asomaban unos viejos zapatones que nadie se había tomado el trabajo de lustrar en los últimos cinco o seis años.

—Creí oportuno curiosear un poco —respondió con calma.

Lo más inquietante residía en el rostro, surcado en todas direcciones por marcas, arrugas y pequeñas cicatrices que le daban al párroco un aspecto atormentado, duro, igual que esas fotografías aéreas de desiertos donde se refleja la erosión, las quebraduras de la corteza terrestre, las huellas profundas de ríos desaparecidos que el tiempo ha ido tallando en la tierra y en la roca. Además estaban los ojos oscuros, agrestes, alojados al fondo de profundas cuencas desde donde observaban el mundo con muy escasa simpatía. Aquellos ojos calibraron a Quart de arriba abajo, y éste comprobó que se detenían en los gemelos de su camisa, en el corte del traje, y por fin en su rostro. Parecían escasamente complacidos con lo que estaban viendo.

—Usted no tiene derecho a estar aquí.

No había opción, comprendió Quart volviéndose hacia Gris Marsala en una demanda de ayuda que supo inútil de antemano: había asistido al diálogo sin decir esta boca es mía.

—El padre Quart vino preguntando por usted —terció ella, con desgana.

79

Los ojos del párroco ignoraron a la arquitecto. Seguían fijos en el visitante:

—¿Para qué?

El enviado de Roma alzó un poco la mano izquierda, conciliador, comprobando que la mirada de su interlocutor seguía, con desaprobación, el brillo del costoso Hamilton que llevaba en la muñeca.

—Recabo información sobre este lugar —ya tenía la certeza de que el primer contacto era un fracaso, pero decidió prolongar un poco el esfuerzo. Después de todo, aquél era su trabajo—. Sería bueno que charlásemos un rato, padre.

—Yo no tengo nada que hablar con usted.

Quart aspiró aire y lo dejó escapar lentamente. Era como una penitencia que confirmara sus peores temores y, además, enlazaba con fantasmas que no le complacía revivir. Todo cuanto detestaba parecía reencarnarse ante él: la vieja condición miserable, la sotana raída, el recelo de cura de pueblo intransigente, cerril, bueno sólo para amenazar con las penas del infierno, para confesar a beatas de cuya ignorancia sólo lo separaban algunos toscos años de seminario y un poco de latín. Ésta va a ser una misión incómoda, se dijo. Muy incómoda. Si aquel párroco era *Vísperas*, con semejante acogida lo disimulaba de maravilla.

—Disculpe —insistió, metiendo la mano en el bolsillo interior de la chaqueta para sacar un sobre con la tiara y las llaves de Pedro impresas en un ángulo—, pero creo que sí tenemos mucho de qué hablar. Soy enviado especial del Instituto para las Obras Exteriores, y en esta carta dirigida a usted por la Secretaría de Estado están mis credenciales.

Don Príamo Ferro cogió la carta y, sin mirarla siquiera, la rasgó en dos. Los pedazos revolotearon hasta el suelo.

—Me importan un bledo sus credenciales.

Miraba a Quart desde abajo, pequeño y desafiante. Sesenta y cuatro años, decía el informe que tenía sobre la mesa, en la habitación del hotel. Veintitantos de cura rural, diez como párroco en Sevilla. Su físico habría hecho buena pareja con el Mastín en la arena del Coliseo: podía imaginárselo sin dificultad como un pequeño y peligroso reciario, el tridente en una mano y la red colgada al hombro, buscándole las vueltas al adversario mientras los graderíos reclamaban sangre. En su vida profesional, Quart había aprendido a distinguir a primera vista de qué hombre, entre varios, resulta oportuno precaverse. Y el padre Ferro era, exactamente, el oscuro parroquiano del extremo de la barra que, mientras los otros vociferan, bebe en silencio hasta que de pronto rompe una botella y te afeita en seco. Tampoco habría hecho mal papel vadeando la laguna de Tenochtitlán con el agua por la cintura y una cruz en alto. O en las Cruzadas, degollando infieles y herejes.

–Y no sé qué es eso de las obras exteriores –añadió el párroco sin apartar los ojos de Quart–. Mi superior es el arzobispo de Sevilla.

Quien, saltaba a la vista, le había preparado concienzudamente el terreno al molesto enviado de Roma. De cualquier modo, Quart no perdió la calma. Introdujo de nuevo la mano en el interior de la chaqueta para mostrar el ángulo de otro sobre idéntico al que yacía a sus pies.

–A él voy a ver, precisamente.

El párroco hizo un gesto afirmativo lleno de desdén, sin que pudiera establecerse si lo dirigía a las intenciones de Quart o a la persona de monseñor Corvo.

–Pues véalo –repuso, hosco–. Debo obediencia al arzobispo, y cuando él me ordene hablar con usted, lo haré. Mientras tanto, olvídeme.

–Vengo de Roma, expresamente enviado. Alguien

reclamó nuestra intervención en esto. Lo supongo al corriente.

–Yo no reclamé nada. De todos modos, Roma está muy lejos y ésta es mi iglesia.

–Su iglesia.

–Ajá.

Quart sentía la mirada de Gris Marsala fija en ellos, a la expectativa. Adelantó el mentón mientras contaba mentalmente hasta cinco.

–No es *su* iglesia, padre Ferro, sino *nuestra* iglesia.

Lo vio quedarse un instante en silencio, mirando los dos trozos de papel en el suelo, y volver después un poco el rostro de lado sin apuntar a ningún sitio concreto, con una extraña expresión, ni mueca ni sonrisa, en el rostro lleno de marcas y cicatrices.

–En eso también se equivoca –dijo por fin, como si aquello lo zanjara todo, y echó a andar junto a los andamios por el centro de la nave, en dirección a la sacristía.

Sangre de Dios. Violentándose a sí mismo, Quart hizo el último intento de conciliación. Deseaba libertad de conciencia a la hora de pasar las facturas que correspondiesen a cada cual. La de aquel sacerdote, se dijo reprimiendo la cólera, iba a ser de alivio. Setenta veces siete.

–Vengo a ayudarlo, padre –le dijo a la espalda del párroco; y una vez hecho el esfuerzo se sintió en paz antes de que las cosas siguieran su cauce. Con aquello saldaba lo debido a la humildad y la fraternidad eclesiástica. A partir de ahora, de soberbia a soberbia, don Príamo Ferro no iba a ser el único capaz de sentirse partícipe de la ira de Dios.

El párroco se había detenido a hacer una genuflexión al pasar frente al altar mayor, y Quart oyó una risa breve y desabrida, por completo desprovista de humor:

–¿Ayudarme?… No sé en qué puede ayudarme alguien como usted –se había vuelto a mirarlo por última vez, incorporándose, y su voz levantaba ecos en el crucero de la nave–. Conozco bien a los de su clase… La ayuda que esta iglesia necesita es otra; y de ésa no trae en sus preciosos bolsillos. Y ahora váyase. Tengo un bautizo dentro de veinte minutos.

Gris Marsala lo acompañó hasta la puerta. Quart, que apelaba a toda la disciplina y sangre fría para no exteriorizar su despecho, escuchó sin prestar demasiada atención los esfuerzos por disculpar al párroco. Está bajo fuerte presión, resumía la arquitecto a modo de excusa. Los políticos, los bancos y el Arzobispado rondaban en torno como una manada de lobos. Sin la obstinación del padre Ferro, la iglesia estaría demolida hace tiempo.

–Puede que terminen demoliéndola, de todos modos –apuntó Quart, dejando correr un poco de inquina–. Gracias a él, y con él dentro.

–No diga eso.

Ella tenía razón. No debía decir tales cosas. No debía decirlas en absoluto, se recriminó Quart otra vez dueño de sí, respirando el aroma de azahar cuando salieron a la calle. Había un albañil trabajando con una pala junto a la hormigonera, en el rincón formado por la fachada de la iglesia en ángulo con el edificio contiguo. Quart le dirigió un vistazo distraído mientras caminaban entre los naranjos de la plaza.

–No entiendo esa actitud –dijo–. A fin de cuentas yo estoy de su parte. La Iglesia está de su parte.

Gris Marsala lo miró, irónica.

–¿A qué Iglesia se refiere?… ¿A la de Roma? ¿Al arzobispo de Sevilla? ¿A usted mismo?… –movió la cabeza, incrédula–. No. Él tiene razón, y lo sabe. Nadie está de su parte.

–No me sorprende. Parece dispuesto a buscarse todo tipo de problemas.

–Ya los tiene. Su enfrentamiento con el arzobispo es una guerra abierta… En cuanto al alcalde, amenaza con poner una querella: considera insultantes los términos en que don Príamo se refirió a él durante la homilía de la misa dominical, hace un par de semanas.

Se detuvo Quart, interesado. Aquello no figuraba en el informe de monseñor Spada.

–¿Qué dijo?

La arquitecto moduló una sonrisa torcida:

–Lo llamó especulador infame, prevaricador y político sin conciencia –miró de reojo, a ver qué cara ponía–. Que yo me acuerde.

–¿Suele pronunciar ese tipo de sermones?

–Sólo cuando se calienta mucho –Gris Marsala se detuvo, reflexionando un poco–. Últimamente quizá con cierta frecuencia. Habla de los mercaderes que invaden el templo, y cosas así.

–Los mercaderes –repitió Quart.

–Sí. Entre otros.

El sacerdote enarcaba las cejas, valorando el asunto:

–No está mal –concluyó–. Veo que nuestro párroco es un experto en el arte de hacer amigos.

–*Tiene* amigos –protestó ella. Después le dio un puntapié a una chapa de cerveza para quedarse viéndola rodar–. También tiene feligreses; gente buena que viene aquí a rezar y que lo necesita. Y usted no puede juzgarlo por lo de hace un rato.

Había un punto de pasión en su voz, que por alguna razón la hacía parecer más joven. Quart negó, molesto.

–Yo no he venido a juzgar –se había vuelto a observar la deslucida espadaña de la iglesia, pero en realidad evitaba los ojos de la mujer–. Serán otros quienes lo hagan.

–Claro –se quedó parada delante, con las manos en los bolsillos de los tejanos, y a él no le gustó el modo en que lo miraba–. Usted es de los que redactan su informe y se lavan las manos, ¿verdad?... Se limita a llevar a la gente al Pretorio y todo eso. Son otros los que dicen *ibi ad crucem*.

Quart ironizó un gesto de sorpresa:

–No la imaginaba tan versada en los Evangelios.

–Hay demasiadas cosas que usted no imagina, me parece.

Incómodo, el sacerdote descargó el peso de su cuerpo en una pierna y luego en la otra. Luego se pasó una mano por el pelo gris cortado a cepillo. A una veintena de metros de distancia, el albañil que trabajaba junto a la hormigonera se había detenido y los miraba, apoyado en la pala. Era un joven vestido con viejas prendas militares manchadas de cal.

–Lo único que pretendo –dijo Quart– es garantizar una amplia investigación.

Todavía frente a él, Gris Marsala negó con la cabeza.

–No –ahora los ojos claros lo diseccionaban con la simpatía de un bisturí–. Don Príamo acertó el diagnóstico: usted ha venido a garantizar una limpia ejecución.

–¿Dijo eso?

–Sí. En cuanto el Arzobispado anunció que vendría.

Quart desvió la mirada por encima del hombro de la mujer. Había una ventana y una reja con geranios, y un canario inmóvil en su jaula.

–Sólo quiero ayudar –dijo en tono neutro, y su voz le pareció de pronto la de un extraño. En ese momento sonó a su espalda la campana de la iglesia, y el canario se puso a cantar, feliz de tener compañía.

Aquél iba a ser un trabajo difícil.

III

Once bares en Triana

Tienes que talar, talar y seguir talando, y tienes
que abatir sin piedad, hasta que se despejen las filas de árboles y el bosque pueda considerarse sano.

JEAN ANOUILH
La Alondra

Hay perros que definen a sus amos, y coches que
anuncian a sus propietarios. El Mercedes de Pencho
Gavira era oscuro, reluciente, enorme, con una amena-
zadora estrella de tres puntas enhiesta sobre el radiador
como el punto de mira de un ametrallador de proa.
Aún no se había detenido del todo cuando Celestino
Peregil ya estaba de pie en el bordillo de la acera, manteniendo abierta la portezuela para que bajara su jefe.
El tráfico frente a La Campana era intenso, y la contaminación maculaba el cuello color salmón de la camisa
del esbirro, entre la chaqueta cruzada azul marino y la
corbata de seda a flores rojas, verdes y amarillas, que le
destellaba en mitad del pecho como un infame semáforo. La humareda de los tubos de escape hacía ondear su
pelo lacio y escaso, destruyendo la paciente disposición de camuflaje que cada mañana construía, con esmero y mucho fijador, desde la oreja izquierda.

–Has perdido más pelo –dijo Gavira con mala fe,
mirándole al pasar el destruido peluquín. Sabía que
nada mortificaba más a su escolta y asistente que ese
género de alusiones; pero el financiero atribuía al uso
periódico de la espuela la virtud de mantener despier-

tos a los animales de su cuadra. Además, Gavira era un hombre duro, hecho a sí mismo, y su naturaleza incluía tales ejercicios de caridad cristiana.

A pesar del tráfico y la contaminación, se anunciaba un hermoso día. Gavira consideró brevemente el panorama, bien erguido en la acera, mientras disponía los puños de su camisa para que sobresalieran de las mangas de la chaqueta; lo justo para mostrar el reflejo del sol de mayo en los gemelos de veinticuatro quilates que lastraban las dobles vueltas de seda azul pálido, confeccionadas por el mejor camisero de Sevilla. Parecía un modelo de revista de moda para caballeros, a la espera del fotógrafo, cuando se tocó el nudo de la corbata y, con la misma mano, pasó la palma por la sien para rozarse el pelo negro y abundante, algo ondulado tras las orejas, peinado hacia atrás con reluciente brillantina. Pencho Gavira era moreno, apuesto, ambicioso, elegante, triunfador, tenía dinero y estaba a punto de conseguir mucho más. De esos siete adjetivos o situaciones, cuatro o cinco eran debidos íntegramente al propio esfuerzo, y ése era su orgullo, y también su esperanza. El fundamento de la mirada segura, satisfecha, que paseó en torno antes de caminar hacia la esquina de la calle Sierpes, con el cabizbajo Peregil pegado a sus talones como un esbirro contrito.

Don Octavio Machuca estaba sentado en su mesa habitual de la confitería La Campana, revisando los papeles que le pasaba Cánovas, su secretario. Iba para algunos años que el presidente del Banco Cartujano cambiaba las mañanas de su despacho en el Arenal, decorado con maderas nobles y cuadros, por una mesa y cuatro sillas en aquella terraza donde latía el corazón de la ciudad. Allí leía el *ABC* y miraba pasar la vida mientras atendía sus asuntos desde la hora del desayuno hasta el aperitivo, antes de irse a comer a su restaurante favorito, Casa Robles. Ahora casi nunca iba al banco antes de las cuatro de la tarde, y sus empleados y clientes no tenían más remedio que acudir a La Campana para despachar los asuntos de urgencia. Esto incluía al propio Gavira, que como vicepresidente y director general no podía eludir tan incómodo trance casi a diario.

Ésa era, sin lugar a dudas, la causa de que su mirada de triunfador se ensombreciera según iba acercándose a la mesa donde el hombre a quien debía su presente y su futuro estaba sentado ante un café con leche y medio mollete de Antequera con mantequilla. Una sombra que se acentuó de modo notable cuando Gavira tuvo el desafortunado gesto de mirar hacia su izquierda y advertir, al paso, la portada del *Q+S* exhibida de modo preferente entre las revistas y periódicos de un kiosco de prensa. Fue sólo un instante; y el financiero, que sentía en la nuca la mirada de Peregil, prosiguió camino como si nada hubiera visto. Pero la nube negra ganaba terreno y un ramalazo de cólera le estremeció el estómago, templado por una hora diaria de gimnasio y sauna. Aquella revista llevaba dos días sobre la mesa de su despacho del Arenal, y Gavira conocía, igual que si las hubiese realizado él mismo, todas y cada una de las imágenes de que constaba el reportaje de páginas interiores, y la portada: una foto, algo borrosa por el granulado del teleobjetivo, donde podía reconocer a su mujer, Macarena Bruner de Lebrija, heredera del ducado del Nuevo Extremo y descendiente de una de las tres familias de más abolengo de la aristocracia española –Alba y Medina-Sidonia eran las otras–, saliendo del hotel Alfonso XIII a las cuatro de la madrugada con el torero Curro Maestral.

–Llegas tarde –objetó el viejo.

No era cierto, y Pencho Gavira lo sabía sin necesidad de mirar el lujoso reloj que llevaba en la muñeca izquierda. Mantener la tensión con un discreto y continuo acoso era algo que había aprendido precisamente de don Octavio Machuca: colocaba a los subordinados en una saludable incertidumbre, evitando que se durmieran en los laureles. Peregil, con la raya en la oreja y los vicios más o menos ocultos, era su inmediato conejillo de Indias.

–No me gusta que la gente llegue tarde –insistió Machuca en voz alta, como contándoselo al camarero de chaleco rayado que aguardaba instrucciones junto a la mesa, bandeja de latón en mano, atento al menor de sus gestos. Por la mañana siempre le reservaban la misma mesa, junto a la puerta del local.

Gavira asintió levemente, asumiendo con calma el sentido de aquellas palabras. Después le pidió una cerveza al camarero, se desabrochó el botón de la americana y fue a sentarse en la silla de mimbre que el presidente del Banco Cartujano indicaba a su lado con un gesto. Tras un par de abyectas inclinaciones de cabeza, Peregil fue a ocupar un asiento en otra mesa más lejana donde Cánovas, el secretario, se había retirado a guardar papeles en una cartera de piel negra. El secretario era un tipo flaco, ratonil, padre de nueve hijos e individuo de moral intachable, que servía al banquero desde los tiempos en que éste pasaba tabaco rubio y perfumes de Gibraltar. Nadie recordaba haberlo visto sonreír nunca, quizá porque el sentido del humor de Cánovas yacía en el panteón de su abarrotado libro de familia. De todos modos el secretario le era antipático, y Gavira acariciaba secretos proyectos sobre su futuro: un despido fulminante cuando el viejo decidiera dejar vacío el despacho del Arenal que apenas pisaba.

Sin decir palabra, mirando como su jefe y protector en dirección al tráfico de gente y automóviles, Gavira esperó hasta que el camarero vino con su cerveza. Bebió un sorbo inclinado hacia adelante, procurando que la espuma no le gotease en la raya perfecta del pantalón, y después se secó los labios con un pañuelo antes de acomodarse de nuevo en el respaldo.

–Tenemos al alcalde –dijo por fin.

Octavio Machuca no movió un músculo de la cara. Miraba al frente, hacia el cartel de la Peña Bética (1935) que blanquiverdeaba el balcón del segundo piso al otro lado de la calle, junto al edificio neomudéjar del Banco de Poniente. Gavira observó las manos huesudas del viejo financiero, largas como garras y moteadas con manchas de vejez. Machuca era muy delgado y muy alto, con una gran nariz tras la que un par de ojos oscuros, siempre rodeados de profundas ojeras como de insomnio permanente, escudriñaban con expresión de ave rapaz acostumbrada a cazar bajo cualquier tipo de cielo, hasta saciarse. Los años no habían impreso en aquellos ojos tolerancia o piedad, sino cansancio. Buzo y contrabandista en su juventud, prestamista en Jerez, banquero en Sevilla antes de cumplir los cuarenta años, el fundador del Banco Cartujano estaba a punto de jubilarse; y su única aspiración conocida era desayunar por las mañanas en la esquina de Sierpes, frente a la Peña Bética y la sede bancaria de la competencia, que el Cartujano acababa de anexionarse tras labrar su ruina palmo a palmo.

–Ya era hora –dijo Machuca.

Seguía mirando al otro lado de la calle, y Gavira no supo si se refería al Banco de Poniente o al asunto del alcalde.

–Anoche cenamos juntos –comentó para confirmarlo, estudiando de reojo el perfil del viejo–. Y esta mañana mantuvimos una conversación telefónica larga y cordial.

–Tú y tu alcalde –murmuró Machuca igual que si se esforzara en situar un rostro vagamente conocido. Cualquier otro podía tomar aquello por un síntoma de senilidad; mas Pencho Gavira conocía a su presidente demasiado bien para incurrir en conclusiones fáciles.

–Sí –confirmó voluntarioso, alerta, atento a cualquier matiz: exactamente el tipo de actitud que le había ayudado a ser lo que era–. Accede a recalificar el terreno y a vendérnoslo acto seguido.

No había triunfo en su voz, siendo legítimo que lo hubiera. Era una regla no escrita en el mundo que ambos compartían.

–Habrá un escándalo –objetó el viejo banquero.

–Le da igual. Dentro de un mes expira su mandato, y sabe que no será reelegido.

–¿Y la prensa?

–La prensa se compra, don Octavio –Gavira remedó el gesto de pasar páginas con las manos–. O se le dan mejores huesos a roer.

Vio que Machuca asentía, atando cabos. Precisamente Cánovas acababa de guardar en el portafolios un explosivo dossier obtenido por Gavira sobre irregularidades en los subsidios de paro de la Junta de Andalucía. El plan era hacerlo público de forma simultánea, a fin de que actuase como pantalla.

–Sin oposición del Ayuntamiento –añadió– y con la Consejería del Patrimonio Cultural en el bolsillo, sólo queda ocuparnos del aspecto eclesiástico del problema –hizo una pausa en espera de comentarios, pero el viejo permaneció en silencio–. En cuanto al arzobispo…

Dejó la frase en el aire, cauto, ofreciéndole al otro el próximo movimiento. Necesitaba indicios, complicidad, avisos a los navegantes.

–El arzobispo quiere su parte –habló Machuca, por fin–. A Dios lo que es de Dios, ya sabes.

Asintió Gavira con mucho cuidado:

–Naturalmente.

Ahora el viejo banquero se había vuelto a mirarlo.

–Pues dáselo, y santas pascuas.

No era tan fácil, y ambos lo sabían. El viejo cabrón.

—Estamos de acuerdo, don Octavio —puntualizó Gavira.

—Entonces no hay más que hablar.

Machuca movía la cucharilla en su taza de café con leche, volviendo a sumirse en la contemplación del cartel de la Peña Bética. En la otra mesa, ajenos a la conversación, el secretario y Peregil se miraban con hostilidad. Gavira eligió cuidadosamente el tono y las palabras:

—Con todo respeto, don Octavio, sí hay más que hablar. Tenemos entre manos el mejor golpe urbanístico que ha visto Sevilla desde la Exposición Universal de 1992: tres mil metros cuadrados en pleno barrio de Santa Cruz. Y, relacionado con eso, la compra de Puerto Targa por los saudíes. O sea: de ciento ochenta a doscientos millones de dólares. Pero me va usted a permitir que economice lo más posible —bebió un poco de cerveza para mantener el eco del verbo *economizar*—... No quiero pagar diez a cambio de algo que conseguiremos por cinco. Y el arzobispo se ha puesto a pedir la luna.

—De algún modo habrá que gratificarle a monseñor Corvo el detalle de lavarse las manos —Machuca arrugaba un poco la piel de los párpados, en algo que ni remotamente podía relacionarse con una sonrisa—. O las facilidades técnicas, que dirías tú. No se consigue todos los días que un arzobispo acceda a la secularización de un solar como ése, desahuciar al párroco y derribar la iglesia... ¿No te parece? —había alzado una de sus manos huesudas para enumerarlo todo, pero la dejó caer sobre la mesa con gesto de cansancio—. Eso se llama encaje de bolillos.

—Lo sé perfectamente. Mi trabajo me ha costado, si me permite decirlo.

—Es la razón de que estés donde estás. Ahora págale

al arzobispo la compensación que él ha insinuado y zanja esa parte del asunto. A fin de cuentas, el dinero con que trabajas es mío.

—Y de los otros accionistas, don Octavio. Ésa es mi responsabilidad. Si algo aprendí de usted es a honrar mis compromisos sin tirar los cuartos.

El banquero encogió los hombros.

—Como veas. Al fin y al cabo es *tu* operación.

Lo era para lo bueno y para lo malo. Aquello significaba un recordatorio, pero hacía falta mucho más para descomponerle el temple a Pencho Gavira.

—Todo está bajo control —afirmó.

El viejo Machuca era afilado como una hoja de afeitar. Gavira, que lo sabía de sobra, vio cómo los ojos rapaces iban del cartel bético a la fachada del Banco de Poniente. La operación de Santa Cruz y la de Puerto Targa eran más que un buen negocio: en ellas Gavira se jugaba suceder a Machuca en la presidencia o quedar inerme ante un consejo de administración de viejas familias del dinero sevillano, poco dispuestas hacia los abogados jóvenes, ambiciosos y advenedizos. Sintió cinco pulsaciones de más en la muñeca, bajo la correa de oro del Rolex.

—¿Qué hay del párroco? —la mirada del viejo se había vuelto de nuevo hacia él: un destello de interés bajo la aparente indiferencia—. Dicen que el arzobispo sigue sin estar muy seguro de su cooperación.

—Algo de eso hay —Gavira sonreía diluyendo suspicacias—. Pero tomamos medidas para despejar el problema —miró hacia la otra mesa, a Peregil, e hizo una pausa insegura; entonces comprendió que necesitaba añadir algo, un argumento—… No es más que un anciano obstinado.

Fue una distracción y un error, y lo comprendió al instante. Con visible placer, Machuca se introdujo por la brecha abierta.

–Impropio de ti –lo miraba a los ojos como una serpiente veterana que disfrutara infundiendo temor. Gavira contabilizó en su muñeca otro exceso de diez pulsaciones, por lo menos–. Yo también soy anciano, Pencho. Y lo sabes mejor que nadie: aún tengo buenos dientes para morder. Sería peligroso olvidarlo, ¿verdad? –los párpados de rapaz se arrugaron de nuevo–. Cuando tan cerca estás de la meta.

–No lo olvido –resulta difícil tragar saliva sin que el interlocutor lo note, pero Gavira lo hizo dos veces–. En cuanto a ese párroco, entre usted y él no hay punto de comparación.

El banquero movía la cabeza, reprobador.

–Te encuentro bajo de forma, Pencho. Tú, recurriendo al halago.

–Usted no me conoce, don Octavio.

–No digas sandeces. Te conozco muy bien, y por eso has llegado donde has llegado. Y a donde estás a punto de llegar.

–Yo siempre le hablo con franqueza. Incluso cuando no le gusta.

–Te equivocas. Siempre aprecio tu franqueza, tan calculada como todo lo demás. Como tu ambición y tu paciencia… –el banquero miró en el interior de su taza, cual si buscara allí más detalles sobre el carácter de Gavira–. Y en lo que se refiere al punto de comparación, tal vez estés en lo cierto y ese cura y yo no tengamos nada que ver, salvo los años vividos. Lo ignoro, porque no lo conozco. Pero voy a darte un buen consejo, Pencho… ¿Tú aprecias mis consejos, verdad?

–Usted sabe que sí, don Octavio.

–Me alegro, porque éste es de los mejores. Desconfía siempre de un anciano que se aferra a una idea. Es tan raro llegar a viejo con ideas por las que luchar, que los pocos afortunados no se las dejan arrebatar fácilmente –se detuvo como si recordara algo–. Además, creo que las cosas se han complicado, ¿no?… Un cura de Roma y todo eso.

El suspiro de Pencho Gavira sonó a sincero. Quizá lo era.

—Se mantiene usted muy al día, don Octavio.

Machuca cambió una mirada con su secretario, que seguía sentado a la otra mesa, inmóvil frente a Peregil, con la cartera de piel negra sobre las rodillas y la expresión de un ratón jugando al póker. Mudo y ciego hasta nueva orden. Peregil, en cambio, se removía inquieto y lanzaba de soslayo miradas nerviosas a Gavira. La proximidad de don Octavio Machuca, la conversación de éste con su jefe y la presencia imperturbable de Cánovas lo intimidaban.

—Ésta es mi ciudad, Pencho —dijo Machuca—. No sé de qué te extrañas.

Gavira sacó un paquete de tabaco rubio y encendió un cigarrillo. El presidente no fumaba, y él era el único a quien permitía hacerlo en su presencia.

—Tranquilícese —dijo con la primera bocanada de humo—. Todo está bajo control —expulsó una segunda con más lentitud—. Sin cabos sueltos.

—No estoy intranquilo —el banquero movía la cabeza, mirando distraído a la gente que pasaba—. Repito que es tu operación, Pencho. Yo me jubilo en octubre; salga bien o mal, nada de esto cambiará mi vida. Pero sí puede cambiar la tuya.

Con aquello el viejo pareció dar por zanjado el asunto. Bebió el resto de su café con leche, y entonces se volvió de nuevo hacia Gavira:

—Por cierto, ¿qué sabes de Macarena?

Era un golpe bajo. Muy bajo. Y resultaba evidente que lo había estado reservando para el final. Si algún cabo suelto quedaba, era precisamente ése. Gavira miró el kiosco de periódicos y sintió la cólera martillearle el estómago. Porque también resultaba inoportuna la casualidad: justo cuando acababa de encomendarle a Peregil un seguimiento discreto de las andanzas de su mujer, aquellos periodistas del *Q+S* la veían golfeando con el torero y se inflaban a fotos. Perra suerte y maldita Sevilla.

Había exactamente once bares en los trescientos metros que separaban Casa Cuesta del puente de Triana. La media era uno cada veintisiete metros y veintisiete centímetros, calculó mentalmente don Ibrahim, más acostumbrado a libros y números. Cualquiera de los tres compadres podía recitar la relación completa hacia adelante, hacia atrás, o en orden alfabético: La Trianera. Casa Manolo. La Marinera. Dulcinea. La Taberna del Altozano. Las Dos Hermanas. La Cinta. La Ibense. Los Parientes. El Bar Ángeles. Y el kiosco de Las Flores al final, ya casi en la orilla, junto al azulejo con la Virgen de la Esperanza y la estatua de bronce del torero Juan Belmonte. Se habían detenido en todos y cada uno de ellos a discutir la estrategia, y ahora cruzaban el puente en estado de gracia, evitando pudorosamente mirar a la izquierda, hacia las nefastas edificaciones modernas de la isla de la Cartuja, y recreándose en el paisaje que se ofrecía a la derecha, Sevilla de toda la vida, hermosa y reina mora, con las palmeras a lo largo de la otra orilla, la Torre del Oro, el Arenal y la Giralda. Y casi a tiro de piedra, asomada al Guadalquivir, la plaza de toros de la Maestranza: la catedral del Universo donde la gente iba a rezar a los hombres valientes que la Niña Puñales cantaba en sus coplas.

Caminaban por la acera del puente junto a la barandilla de hierro, hombro con hombro igual que en las viejas películas americanas, con la Niña en el centro y ellos dos, don Ibrahim y el Potro del Mantelete, flanqueándola como leales gentilhombres. Y en el reflejo azul, ocre y blanco de la mañana sobre el río, mecido en los vapores suaves del fino La Ina que había templado generosamente sus espíritus, sonaba un rasgueo de guitarra andaluza que sólo ellos podían escuchar. Una música imaginaria, o tal vez real, que daba a su paso corto y algo precipitado, a la forma en que dejaban a su espalda la familiar Triana para adentrarse en la otra margen del Guadalquivir, la firmeza y decisión de un paseíllo entre sol y sombra a las cinco de la tarde. Don Ibrahim, el Potro y la Niña iban a entrar en campaña; a buscarse la vida en territorio hostil, abandonando la seguridad de sus pastos habituales. Había sido por tanto inevitable que el ex falso letrado, en el bar Los Parientes, creían recordar, levantara el sombrero panamá –que en una ocasión se quitó para abofetear a Jorge Negrete cuando preguntaba aquello de si es que en España no hay machos– y citara solemne a un tal Virgilio. O quizás fuese Horacio. En resumen, un clásico:

Entonces, como lobos rapaces en la oscura tiniebla,
emprendimos camino
hacia el centro
de la flamígera Hispalis.

O algo así. El sol reverberaba en el agua mansa del río. Bajo el puente, una joven de cabello negro y largo remaba en una barquita o una piragua, su estela recta cortando a contraluz aquel destello de orilla a orilla. Al pasar frente a la Virgen de la Esperanza, la Niña Puñales hizo la señal de la cruz ante la mirada, agnóstica pero considerada, de don Ibrahim, que incluso se quitó el puro de la boca por respeto. En cuanto al Potro del Mantelete, también se persignó rápida y furtivamente con la cabeza baja, igual que cuando escuchaba el clarín en plazas miserables de polvo, miedo y moscas, o la campana lo obligaba a separar la espalda del rincón y salir a cuerpo descubierto al centro del ring, mirando las gotas de su propia sangre sobre la lona. Pero en este caso el gesto no iba dirigido a la Virgen, sino al perfil de bronce, el capote y la montera de Juan Belmonte.

–Debiste cuidar más de tu mujer.

El viejo Machuca movió un poco la cabeza de arriba abajo, mirando a la gente que pasaba ante la terraza de La Campana. Había sacado del bolsillo un pañuelo de batista blanca con sus iniciales bordadas en hilo azul, y se tocaba la punta de la nariz. Pencho Gavira observó las manchas de vejez en las manos como garras del anciano. Todo en él recordaba al ave de presa. Una vieja águila inmóvil y malvada, observando.

–Las mujeres son complicadas, don Octavio. Y su ahijada, mucho más.

El banquero doblaba meticulosamente el pañuelo. Parecía meditar sobre aquello, pues asintió despacio.

–Macarena –dijo, como si aquel nombre lo resumiera todo. Y esta vez fue Gavira quien asintió.

La amistad de Octavio Machuca con los duques del Nuevo Extremo tenía cuarenta años de solera. El Cartujano había financiado, casi a fondo perdido, varios ruinosos negocios con los que el difunto Rafael Guardiola y Fernández-Garvey, duque consorte y padre de Macarena, liquidó los últimos restos del patrimonio familiar. Más tarde, tras la ruina definitiva planteada con el fallecimiento del duque –una angina de pecho en plena juerga gitana, en paños menores y a las cuatro de la madrugada–, el viejo Machuca en persona se había encargado de satisfacer a los acreedores y vender las escasas propiedades no embargadas a fin de conseguir algo de liquidez, puesta en su banco al más alto interés posible. Así pudo conservar para la viuda y la hija la residencia de la Casa del Postigo, y una renta anual que, sin excesivos lujos, permitió a la duquesa viuda, Cruz Bruner, envejecer con el decoro adecuado a su apellido. En la Sevilla que importaba se conocía todo el mundo, y no faltaba quien afirmara que la mencionada renta anual era inexistente, y que el dinero salía directamente de los fondos personales de Octavio Machuca. También corría la sospecha de que el banquero honraba con ello una relación algo más que amistosa, hilvanada en vida del difunto duque. Incluso, en lo referente a Macarena, algunos comentaban que ciertas ahijadas se aprecian cual si fuesen hijas propias; pero nadie ofreció jamás pruebas del asunto, ni tuvo el valor necesario para plantearle al viejo la cuestión. En cuanto a Cánovas, que llevaba el papeleo, los secretos y las cuentas privadas del banquero, era sobre aquel particular, como sobre muchos otros, tan expresivo como un plato de lengua estofada.

—Ese torero… —dijo Machuca al cabo de un rato—. Maestral, ¿no es cierto?

Gavira sentía un amargo sabor en la boca. Dejó caer el cigarrillo, cogió el vaso de cerveza y bebió un largo trago, pero aquello no mejoró las cosas. Puso de nuevo el vaso sobre la mesa y se quedó mirando la gota que le había caído en la raya del pantalón. Una blasfemia sonora, castiza, le rondó los labios como una tentación.

El viejo seguía mirando pasar gente, igual que si estuviera al acecho de un rostro familiar. Había sostenido a Macarena Bruner en la pila de bautismo de la catedral, y fue él quien la condujo del brazo bajo la misma nave, vestida de raso blanco y bellísima, hasta el pie del altar donde aguardaba Pencho Gavira. Un matrimonio que las malas lenguas sevillanas habían definido como hechura del viejo banquero, pues garantizaba el patrimonio y el futuro de su ahijada y daba, a cambio, el espaldarazo social a su protegido, por entonces joven y ambicioso abogado que subía como un meteoro en la jerarquía del Cartujano.

—Habría que hacer algo —añadió Machuca, pensativo.

A pesar de la humillación y la vergüenza que sentía, Gavira se echó a reír:

—No querrá usted que vaya y le pegue un tiro al torero.

—Claro que no —el banquero se volvió a medias, con una mirada exageradamente curiosa en sus ojos ladinos—... ¿Serías capaz de pegarle un tiro al amante de tu mujer?

—De hecho es mi ex mujer, don Octavio.

—Ya. Es lo que dice ella.

Gavira sacudió con un dedo la manchita de humedad antes de estirarse la raya del pantalón. Por supuesto que era capaz, y ambos lo sabían. Pero no iba a hacerlo.

—Eso no cambiaría las cosas —dijo.

De cualquier modo era cierto. Desde que ella volvió a la Casa del Postigo, al torero lo habían precedido un banquero de la competencia y un famoso bodeguero jerezano. Iban a necesitarse muchas balas, de recurrir a ese método. Y Sevilla no era Palermo. Además, el propio Gavira se consolaba en las últimas semanas con una conocida modelo sevillana, especialista en lencería fina. Así que el viejo Machuca estuvo de acuerdo con una doble y lenta inclinación de cabeza. Había otros sistemas.

—Yo conozco a un par de directores de sucursal —Gavira sonreía, templado y peligroso—. Y usted a unos cuantos empresarios de plazas de toros... Quizá ese chico, Maestral, lo tenga difícil la próxima temporada.

Los párpados de rapaz se arrugaron sobre los ojos del presidente del Cartujano. Casi era una sonrisa.

—Qué lástima —se lamentaba el viejo—. No parece mal torero.

—Pero es guapito —apuntó Gavira, con rencor—. Siempre le quedará el recurso de dedicarse a las telenovelas.

Después miró hacia el kiosco de periódicos, y la nube negra que lo rondaba volvió a ensombrecer la mañana. Porque Curro Maestral no era el problema. Había algo más importante que la portada del Q+S donde escoltaba a Macarena Bruner, ambos difuminados por efecto de la escasa luz y del teleobjetivo del fotógrafo. Y la cuestión no afectaba al honor matrimonial de Gavira, sino a su propia supervivencia en el Cartujano y a la sucesión del viejo Machuca en la presidencia del consejo. La maniobra inmobiliaria en torno a Nuestra Señora de las Lágrimas tenía todos los cabos atados, excepto uno: existía cierto antiguo privilegio familiar documentado en 1687, estipulando una serie de condiciones que, de no cumplirse, originarían la devolución a los Bruner del terreno cedido para la iglesia. Pero una ley posterior, aprobada en el siglo XIX durante la desamortización eclesiástica del ministro Mendizábal, hacía revertir la propiedad del terreno, en caso de secularización, a la municipalidad de Sevilla. El asunto era legalmente complejo y, si la duquesa y su hija interponían una demanda judicial, todo podía paralizarse durante un tiempo. Sin embargo el proyecto estaba en fase avanzada, había demasiadas inversiones y compromisos de por medio, y un fracaso obligaría a Octavio Machuca a desautorizar a su delfín ante el consejo de administración —donde Gavira tenía buenos y sólidos enemigos— justo cuando el joven vicepresidente del Cartujano estaba a punto de hacerse con el poder absoluto. Eso significaba poner su cabeza en el tajo del verdugo. Pero, según sabían la revista Q+S, media Andalucía y toda Sevilla, la cabeza de Pencho

Gavira no era algo que Macarena Bruner apreciara mucho en los últimos tiempos.

Cuando Lorenzo Quart salió del hotel Doña María, en vez de recorrer los escasos treinta metros que lo separaban de la puerta del Arzobispado caminó un poco hacia el centro de la plaza Virgen de los Reyes y se detuvo un instante, observando el panorama. Era la encrucijada de tres religiones: el viejo barrio judío a su espalda, los muros blancos del convento de La Encarnación a un lado, el Palacio Arzobispal a otro, y al fondo, junto al muro de la antigua mezquita árabe, el minarete transformado en campanario para la catedral cristiana: la Giralda. Había coches de caballos, vendedores de tarjetas postales, gitanas con churumbeles pidiendo una limosna para la leche del niño, y turistas que miraban hacia lo alto, asombrados, mientras hacían cola para visitar la torre. Una jovencita extranjera con acento norteamericano se apartó de un grupo para formularle a Quart cierta pregunta banal sobre alguna dirección próxima a la plaza; un pretexto para observar de cerca su rostro bronceado, tranquilo, que contrastaba poderosamente con el pelo gris muy corto y el alzacuello negro y blanco. Quart dio una respuesta superficial y cortés antes de desentenderse de la muchacha, que regresó junto a sus compañeras entre un coro de risas contenidas, cuchicheos y miradas sobre el hombro. Alcanzó a escuchar las palabras *he's gorgeus*, o sea, guapísimo. Aquello habría, sin duda, motivado la hilaridad de monseñor Spada. El recuerdo del director del IOE y sus consejos técnicos en la escalinata de la plaza de España, cuando la última conversación en Roma, lo hicieron sonreír. Después, todavía con la sonrisa en la boca, recorrió con la vista la torre de la Giralda, desde la base hasta la veleta que daba nombre al conjunto.

Levantaba al cielo sus ojos azul-grises como un insólito turista, las manos en los bolsillos del traje negro cortado a medida por un excelente sastre romano casi tan prestigioso como Cavalleggeri e Hijos. España, el sur, la vieja cultura de la Europa mediterránea, sólo podían intuirse desde lugares como aquél. Sevilla era una superposición de historias, de vínculos imposibles de explicar unos sin otros. Rosario de tiempo, y sangre, y rezos en lenguas diferentes bajo un cielo azul y un sol sabio que todo lo igualaban en el transcurso de los siglos. Piedras supervivientes a las que aún era posible oír hablar. Bastaba olvidarse un momento de las cámaras de vídeo, las postales, los autocares cargados de turistas y jovencitas impertinentes, y acercar el oído a ellas, escuchando.

Faltaba media hora para su cita en el Arzobispado, así que subió por la calle Mateos Gago a tomar un café en la cervecería Giralda. Le apetecía sentarse cerca de la barra, disfrutando del suelo ajedrezado en blanco y negro, los azulejos y los grabados de la antigua Sevilla en las paredes. Sacó del bolsillo el *Elogio de la milicia templaria* de Bernardo de Claraval, para leer unas páginas al azar. Era un viejísimo volumen en octavo cuya lectura alternaba cada día con los maitines, laudes, vísperas y completas del breviario; uso que cumplía rigurosamente, con aquella minuciosa disciplina suya que no apelaba a la piedad, sino al orgullo. A menudo, en las muchas horas pasadas en hoteles, cafeterías y aeropuertos, entre dos citas o viajes profesionales, el sermón medieval que durante doscientos años fue guía espiritual de los monjes soldados que combatían en Tierra Santa le ayudaba a soportar la soledad del oficio. A veces se dejaba llevar por el estado de ánimo que su lectura le producía, imaginándose último superviviente de la derrota de Hattin, la Torre maldita de Acre, los calabozos de Chinon o las hogueras de París: un templario solitario y muy cansado cuyos amigos estuvieran todos muertos.

Leyó unas líneas que en realidad podía recitar de memoria –«*Se tonsuran el cabello, van cubiertos de polvo, negros por el sol que los abrasa y la malla que los protege...*»– y alzó después el rostro para mirar la luz de la calle, los transeúntes que pasaban bajo las hojas verdes de los naranjos. Una mujer joven, esbelta, de aspecto extranjero, se detuvo un momento para recogerse el cabello, ayudándose con el reflejo del cristal en la ventana entreabierta. Lo hizo alzando los brazos desnudos con un gesto de extrema gracia, bellísima y concentrada en la propia imagen, hasta que sus ojos fueron un poco más allá y encontraron los de Quart. Por un instante sostuvo la mirada, sorprendida y curiosa, antes de que la naturalidad del gesto quedara destruida. Entonces, un joven con una cámara fotográfica al cuello y un mapa en la mano llegó a su lado y, pasándole el brazo por la cintura, se la llevó consigo.

Puede que la palabra no fuera exactamente envidia, o tristeza. No había un término exacto para definir la desolación familiar a cualquier clérigo ante el contacto próximo de parejas; hombres y mujeres a quienes era legítimo desarrollar el antiguo ritual de la intimidad, gestos que permitían acariciar la curva de una nuca hasta los hombros, la línea suave de unas caderas, los dedos de una mujer sobre la boca de un hombre. Y en el caso de Quart, al que en principio no hubiera resultado difícil acortar distancias con buena parte de las mujeres hermosas que se cruzaban en su camino, era más intensa aquella certidumbre de autodisciplina desconsolada, dolorosa, semejante a los amputados que aseguran sentir el hormigueo, el malestar de manos o piernas ya inexistentes como si todavía estuvieran ahí.

Miró el reloj, guardó el libro y se puso en pie. Al salir casi estuvo a punto de tropezar con un caballero muy gordo, vestido de blanco, que se disculpó cortésmente quitándose el sombrero panamá. El gordo se quedó mirando a Quart cuando éste anduvo despacio en dirección a la plaza y al edificio rojizo de fachada barroca que quedaba a la derecha, tras una fila de naranjos. Un conserje se acercó a identificar al recién llegado, pero a la vista del alzacuello le cedió inmediatamente el paso bajo las dos columnas dobles que sostenían el balcón principal, con el emblema heráldico de los arzobispos hispalenses tallado en piedra. Quart salió al patio, donde se proyectaba la sombra de la Giralda, y luego ascendió por la suntuosa escalera bajo la bóveda de Juan de Espinal, desde la que ángeles y querubines observaban a los recién llegados con aire aburrido, matando el tiempo en su inmovilidad de siglos. Arriba había pasillos con despachos, sacerdotes atareados que iban de un lado para otro con el aplomo de quien conoce el terreno. Casi todos vestían trajes con cuello redondo, pecheras y camisas oscuras o grises, y algunos llevaban corbatas o polos bajo la chaqueta; parecían más funcionarios que sacerdotes. Quart no vio ninguna sotana.

El nuevo secretario de monseñor Corvo salió a su encuentro. Era un clérigo blandito, calvo, de aspecto muy limpio y modales suaves, con alzacuello y ropa gris. Sustituía al padre Urbizu, fallecido al caerle encima la cornisa de Nuestra Señora de las Lágrimas. Sin decir palabra lo condujo a través del salón cuyo techo, dividido en sesenta recuadros, contenía emblemas y escenas bíblicas destinadas, en principio, a alentar las virtudes de los prelados sevillanos en el gobierno de su diócesis. Había allí una veintena de frescos y lienzos, entre ellos cuatro Zurbarán, un Murillo y un Matia Preti con San Juan Bautista degollado; y mientras caminaba junto al secretario se preguntó Quart por qué en las antesalas de los obispos y de los cardenales era tan frecuente tropezarse con la cabeza de alguien sobre una bandeja. Aún tenía ese pensamiento cuando encontró a don Príamo Ferro. El párroco de Nuestra Señora de las Lágrimas estaba de pie en un extremo, obstinado y oscuro como el color de su vieja sotana. Conversaba con un clérigo muy joven, rubio y con lentes, a quien Quart identificó como el albañil que lo había estado observando en la puerta de la iglesia cuando conoció al padre Ferro y a Gris Marsala. Los dos sacerdotes se interrumpieron para mirarlo, impasibles los ojos del párroco, hosco y desafiante el joven. Quart les dirigió una leve inclinación de cabeza, pero ninguno hizo ademán de responder al saludo. Era evidente que llevaban tiempo esperando, y nadie les había ofrecido una silla.

Su Ilustrísima don Aquilino Corvo, titular de la sede hispalense, solía adoptar la pose de *El caballero de la mano en el pecho* que colgaba en una de las salas del museo del Prado. Sobre el traje negro apoyaba una mano blanca donde lucía el distintivo de su dignidad: anillo con una gran piedra amarilla. Las sienes escasas de pelo, el rostro largo y anguloso, el brillo de la cruz de oro, completaban una reminiscencia del personaje que el arzobispo se complacía en acentuar. Aquilino Corvo era un prelado de pura raza, procedente de una cuidada selección eclesiástica. Hábil, maniobrero, habituado a navegar bajo cualquier tipo de tormentas, su titularidad al frente de la sede sevillana no era fortuita. Tenía importantes apoyos en la Nunciatura de Madrid, contaba con el respaldo del Opus Dei, y sus relaciones eran óptimas con el Gobierno y la oposición en la Junta de Andalucía. Eso no le impedía ocuparse de aspectos marginales de su ministerio; incluso personales. Por ejemplo, era aficionado a los toros y ocupaba una barrera en la Maestranza cada vez que toreaban Curro Romero o Espartaco. Asimismo era socio de los dos clubs de fútbol locales, el Betis y el Sevilla, tanto por neutralidad pastoral como por prudencia eclesiástica: su undécimo mandamiento consistía en no poner todos los huevos en el mismo cesto. También odiaba a Lorenzo Quart con toda su alma.

Como era de prever tras el recibimiento del secretario, la primera parte de la entrevista transcurrió fría pero correcta. Quart hizo entrega de sus credenciales –una carta del cardenal Secretario de Estado y otra de monseñor Spada–, dio al arzobispo detalles generales y de sobra conocidos por éste sobre su misión, y su interlocutor le ofreció apoyo incondicional, pidiéndole que lo mantuviera informado. En realidad, Quart sabía que el arzobispo iba a hacer todo lo posible por sabotear su misión, y monseñor Corvo, que no tenía la menor esperanza de que Quart le diese cuenta de nada, estaba dispuesto a cambiar un año de Purgatorio por una silla de pista si el enviado especial de Roma pisaba una piel de plátano. Pero eran profesionales y conocían las reglas a observar, al menos en cuestión de apariencias. Ninguno mencionó, tampoco, la causa de que se mirasen desde uno y otro lado de la mesa igual que esgrimistas cuya falsa despreocupación desaparecería, como un rayo, en cuanto uno de ellos descubriera un hueco donde asestarle al otro una estocada. Sobre ambos planeaba la sombra de su último encuentro en aquel despacho, un par de años atrás y recién llegado Su Ilustrísima a la dignidad arzobispal, cuando Quart le entregó copia de un grueso informe con los fallos de seguridad en torno a la visita del Santo Padre a Sevilla, durante el último Año Eucarístico. Un cura casado, relapso y suspendido *a divinis*, había estado a punto de pegarle un navajazo al Pontífice con el pretexto de entregarle un memorándum sobre el celibato. También fue hallado un artefacto explosivo en el convento de monjas donde debía pernoctar Su Santidad, en uno de los cestos de ropa limpia bordada primorosamente para la ocasión por las hermanas. Y en las agendas de todos los terroristas islámicos del Mediterráneo figuraban con escalofriante detalle las horas e itinerarios de la visita papal, merced a las continuas filtraciones del Arzobispado a la prensa. Fue el IOE, y Quart en concreto, quien tomó con urgencia cartas en el asunto, poniendo patas arriba el plan de seguridad original de Su Ilustrísima, para rechifla de la Curia y desesperación del Nuncio. Que por cierto llegó a comentar el caso ante Su Santidad, en términos que a monseñor Corvo estuvieron a punto de costarle, amén de la recién estrenada sede hispalense, un ataque de apoplejía. Con el tiempo, superado el tropiezo, el arzobispo se consolidó como un excelente prelado; pero aquella crisis de novicio, su humillación y el papel jugado por Quart en ella roían su corazón y mansedumbre de una manera muy poco pastoral. Detalle que Su Ilustrísima había confiado aquella misma mañana a su atribulado confesor, un anciano clérigo de la catedral con quien reconciliaba los primeros viernes de cada mes.

—Esa iglesia está sentenciada —dijo el arzobispo. Tenía una voz de las que parecen expresamente hechas para el sermón del domingo, nítida y clerical—. Sólo es cuestión de tiempo.

Hablaba con la firmeza de su dignidad eclesiástica, quizá cargando un poco el tono por hallarse en presencia de Quart. Aunque en Roma no significara nada, un prelado en su propia sede resultaba algo a considerar. Monseñor Corvo era consciente de ello, y le gustaba ponerle acentos a la autonomía de su poder local. Solía alardear de no conocer de Roma más que el Anuario Pontificio, y de no abrir nunca el listín telefónico del Vaticano.

—Nuestra Señora de las Lágrimas —continuó el arzobispo— se encuentra en estado de ruina. Para conseguir esa declaración oficial luchamos con una serie de trabas

administrativas y técnicas... Las primeras parecen a
punto de resolverse, porque la Consejería del Patrimonio Cultural ha renunciado a la conservación del edificio alegando falta de presupuestos; y la alcaldía de Sevilla está a punto de refrendarlo. Si no se ha cerrado ya
el expediente es a causa del suceso que costó la vida al
arquitecto municipal. Un caso de mala suerte.

Monseñor Corvo hizo una pausa para contemplar la
docena de pipas inglesas que tenía alineadas en un so-
porte de madera de cerezo. A su espalda, tras los visillos, se adivinaban la torre de la Giralda y los arbotantes de la catedral. Había un rectángulo de sol en la piel
verde que tapizaba el tablero de la mesa, y el prelado
puso allí la mano del anillo con gesto en apariencia casual. La luz arrancó un reflejo a la piedra amarilla y
una leve sonrisa a Lorenzo Quart.

–Su Ilustrísima ha mencionado problemas técnicos
–dijo.

Estaba sentado en una incómoda silla frente a la
mesa del arzobispo, a un lado de la habitación con paredes cubiertas por las obras de los padres de la Iglesia
y las encíclicas papales, todo encuadernado con las armas arzobispales en el lomo. Al otro extremo de la estancia había un reclinatorio bajo un crucifijo de marfil,
y un pequeño sofá con dos sillones y una mesita baja
donde monseñor Corvo dispensaba recibimientos más
cordiales a personas de su aprecio. Era evidente que el
enviado especial del IOE no figuraba entre ellas.

–La secularización del edificio, requisito previo a su
demolición, se nos ha complicado mucho –la gravedad
del arzobispo no bastaba para disimular su recelo frente a Quart. Elegía con sumo cuidado las palabras, cal-
culando las implicaciones de cada una–. Hay un antiguo privilegio de 1687, otorgado con sanción papal ese
mismo año por mi ilustre antecesor en esta sede hispalense, que es terminante: mientras se diga misa cada

jueves en la iglesia por el alma de Gaspar Bruner de Lebrija, su benefactor, ésta conservará sus fueros.

—¿Por qué los jueves?

—Por lo visto murió ese día. Los Bruner eran poderosos, así que imagino que don Gaspar debía de tener a mi ilustre antecesor bien agarrado por el pescuezo.

—Y el padre Ferro, por supuesto, dice una misa cada jueves…

—La dice cada día de la semana —confirmó el arzobispo—. A las ocho de la mañana, salvo domingos y festivos que dice dos.

Quart se inclinó un poco hacia la mesa, con falsa inocencia:

—Pero Su Ilustrísima posee autoridad para llamarlo al orden.

El arzobispo lo miró torvamente. El anillo se le movía en la mano impaciente, estropeando el bello efecto de luz.

—No me haga reír —no parecía propenso a la risa en lo más mínimo, y el tono se hizo desabrido—. Usted sabe que no es un problema de autoridad. ¿Cómo va a impedirle un arzobispo a un párroco que diga misa?… Lo que hay es un problema de disciplina. Aunque sea un hombre de edad, ultraconservador incluso en algunos aspectos de su ministerio, el padre Ferro mantiene posturas muy personales. Entre otras, se pone por montera todas mis pastorales y llamadas al orden.

—¿Ha considerado Su Ilustrísima la suspensión de ese sacerdote?

—He considerado, he considerado… —monseñor Corvo miraba a Quart con irritación—. Las cosas no son tan simples. Pedí a Roma la suspensión *ab officio* del padre Ferro, pero tales cosas van despacio. Me temo además que, desde esa desafortunada infiltración informática en el Vaticano, esperan a que usted regrese con su informe de cazador de cabelleras.

Quart pasó por alto la ironía. No te quieres mojar, pensaba. Por eso nos pasas la patata caliente. Es mejor que los verdugos sean otros y conservar las manos limpias.

–¿Y mientras tanto, Monseñor?

–Pues todo en el aire. El Banco Cartujano tiene a punto una operación para utilizar el solar, de la que mi diócesis –monseñor Corvo pareció reflexionar sobre aquel posesivo y rectifico suavemente–: *esta* diócesis, saldría muy beneficiada. Aunque no tengamos otro derecho sobre ese terreno que el moral, fruto de tres siglos de culto, el Cartujano nos cede una generosa compensación. Buena en estos tiempos en que los cepillos de cualquier parroquia crían telarañas –el arzobispo se permitió una leve sonrisa a cuenta de su chiste, que Quart puso buen cuidado en no secundar–. Además, el banco se compromete a financiar una iglesia en uno de los barrios más pobres de Sevilla, y a crear una fundación de apoyo a nuestra obra social entre la comunidad gitana… ¿Qué le parece?

–Convincente –repuso Quart, ecuánime.

–Pues ya ve. Todo paralizado por la obstinación de un cura a punto de jubilarse.

–Pero es muy querido en su parroquia. Al menos eso cuentan.

Monseñor Corvo puso de nuevo en juego la mano del anillo. Esta vez la alzó, adversativa, antes de situarla junto a la cruz de oro que le colgaba del pecho.

–Tampoco hay que exagerar. Los vecinos lo saludan y una veintena de beatas va a misa. Aunque eso no significa nada. La gente grita «bendito el que viene en nombre del Señor», y al rato se aburre y te crucifica –el arzobispo miraba, indeciso, las pipas alineadas sobre la mesa; por fin eligió una curva, con anillo de plata–. He buscado algo disuasorio. Incluso consideré alterar su prestigio entre los feligreses, tras sopesar mucho el bien y el mal que de ello se desprendería. Pero temo ir demasiado lejos, y que el remedio sea peor que la enfermedad. También nos debemos a esa gente, y el padre Ferro es un hombre obstinado pero sincero –golpeaba un poco la cazoleta de la pipa contra la palma de la mano–. Quizá usted, que tiene más práctica en llevar a la gente de Caifás a Pilatos...

Era un insulto evangélico formulado de modo impecable, así que Quart no tuvo nada que objetar. Su Ilustrísima abrió un cajón de la mesa para extraer una lata de tabaco inglés y se puso a llenar la cazoleta, dejando a cargo de su interlocutor el trabajo de proseguir la conversación. Quart inclinó un poco la cabeza; sólo mirándole directamente los ojos era posible percibir su sonrisa. Pero el arzobispo no lo miraba.

–Naturalmente, Monseñor. El Instituto para las Obras Exteriores hará lo posible por aclarar este desorden –comprobó con satisfacción que se crispaba el gesto de Su Ilustrísima–. Aunque tal vez desorden no sea la palabra adecuada...

Monseñor Corvo estuvo a punto de perder la compostura, pero se rehízo admirablemente. Durante cinco segundos permaneció en silencio, introduciendo el tabaco en la pipa. Cuando por fin habló, el despecho era perceptible en su tono de voz:

–Usted es de esos a quienes las sandalias del Pescador les vienen pequeñas, ¿verdad?... Con sus mafias en Roma y todo lo demás. Jugando a policías de Dios.

Quart sostuvo la mirada del arzobispo con irreprochable calma:

–Son muy duras las palabras de Su Ilustrísima.

–Déjese de ilustrísimas y de pepinillos en vinagre. Sé a qué ha venido a Sevilla, y sé lo que su jefe, el arzobispo Spada, se juega en esto.

–Todos nos jugamos mucho, Monseñor.

Era cierto, y el matiz no pasó inadvertido al prelado.

El cardenal Iwaszkiewicz era peligroso, pero Paolo Spada y el propio Quart también lo eran. En cuanto al padre Ferro, se trataba de una bomba de relojería ambulante que alguien debía desactivar. La tranquilidad de la Iglesia depende a menudo de las formas, y en el caso de Nuestra Señora de las Lágrimas las formas estaban seriamente amenazadas.

–Oiga, Quart –de mala gana, Aquilino Corvo suavizaba el tono–. Yo no deseo complicarme la vida, y este asunto se enreda demasiado. Le confieso que la palabra escándalo me da pavor, y no quiero aparecer ante la opinión pública como el prelado que chantajea a un pobre párroco para enriquecerse con la venta del solar… ¿Comprende?

Quart comprendía, e hizo un leve gesto aceptando la tregua.

–Además –prosiguió el arzobispo– al Cartujano le puede salir el tiro por la culata, precisamente a causa de la esposa o ex esposa, que no estoy muy seguro, de quien lleva la operación: Pencho Gavira. Un hombre influyente, en alza. Él y Macarena Bruner tienen problemas personales graves. Y ella toma partido abierto por el padre Ferro.

–¿Es una mujer religiosa?

Al arzobispo se le escapó una carcajada seca, entre dientes. No era ésa la palabra, matizó. No exactamente. En los últimos tiempos tenía en un válgame Dios a toda la buena sociedad sevillana; que tampoco se escandalizaba por cualquier cosa.

–Tal vez sería útil que hablara usted con ella –le dijo a Quart–. Y con su madre, la vieja duquesa. En espera del expediente de ruina y la suspensión del párroco, si ellas retirasen su apoyo podríamos pararle un poco los pies a ese sacerdote.

Quart había sacado unas tarjetas del bolsillo para tomar notas; siempre utilizaba el dorso de tarjetas de visita propias o ajenas. Al arzobispo no le pasó inadvertido que la estilográfica fuese una Montblanc, pues la miró moverse con ojo crítico. Tal vez le parecía impropia de un clérigo.

—¿Desde cuándo está paralizado el expediente de ruina? —quiso saber Quart.

La mirada censora que monseñor Corvo dirigía a la estilográfica se trocó en inquietud.

—Desde las muertes —repuso, cauto.

—Muertes misteriosas, según cuentan.

El arzobispo, que se había llevado la pipa a la boca y acercaba un fósforo encendido a la cazoleta, torció el gesto. Nada había de misterioso, informó a Quart. Sólo dos casos de mala suerte. Un tal Peñuelas, arquitecto municipal, fue comisionado por el Ayuntamiento para elaborar el expediente de ruina. No era un hombre simpático, y protagonizó un par de agarradas notables con el padre Ferro, que distaba de ser modelo de mansedumbre. En el curso de sus idas y venidas, a Peñuelas le cedió la barandilla de madera de un andamio y se cayó desde el tejado, con tan mala fortuna que fue a ensartarse en uno de los tubos metálicos a medio montar.

—¿Estaba solo o acompañado? —se interesó Quart.

Captando el sentido de la pregunta, monseñor Corvo movió la cabeza. Nada oscuro por ese lado. Otro funcionario acompañaba al fallecido. También el padre Óscar, el vicario, se encontraba allí. Fue quien le dio los últimos sacramentos.

—¿Y el secretario de Su Ilustrísima?

El arzobispo entornó los ojos tras una bocanada de humo. Hasta Quart llegaba el aroma del tabaco inglés.

—Eso fue más doloroso. El padre Urbizu era mi colaborador desde hacía años —hizo una pausa reflexiva, como si creyera necesario añadir algo en memoria del difunto—. Un hombre excelente.

Quart asintió despacio con la cabeza, como si también él hubiera conocido a Urbizu y compartiese el dolor por su pérdida.

—Un hombre excelente —repitió, con aire de meditar el adjetivo—… Cuentan que andaba presionando al padre Ferro en nombre de Su Ilustrísima.

Aquello no le gustó a monseñor Corvo. Se había quitado la pipa de la boca y miraba a su interlocutor con el ceño fruncido:

—Presionar es una palabra desagradable. Y excesiva —Quart observó que disimulaba su impaciencia golpeando la mano libre en el canto de la mesa—. Yo no puedo ir llamando a la puerta de las iglesias para discutir con los párrocos. Así que Urbizu mantuvo, en mi nombre, conversaciones con el padre Ferro; pero éste siguió en sus trece. Algunos encuentros fueron un poco subidos de tono, e incluso el padre Óscar llegó a amenazar a mi secretario.

—¿Otra vez el padre Óscar?

—Sí. Óscar Lobato. Contaba con un buen currículum y lo destiné a Nuestra Señora de las Lágrimas para que me ayudase en el relevo del viejo cura, como en aquella película de Bing Crosby…

—*Siguiendo mi camino* —apuntó Quart.

—Pues éste lo siguió también. A la semana, mi caballo de Troya se pasó al enemigo. Por supuesto, he tomado medidas —el arzobispo hizo un gesto para barrer al vicario de encima de la mesa—… En cuanto a mi secretario, continuó visitando la iglesia y a los dos sacerdotes. Incluso consideré la posibilidad de retirarles la imagen de Nuestra Señora de las Lágrimas, que es una talla antigua, muy valiosa. Pero justo el día que el pobre Urbizu iba a plantear esa eventualidad, un trozo de cornisa se desprendió del techo y le abrió la cabeza.

—¿Hubo investigación?

El arzobispo observó a Quart en silencio, la pipa entre los dientes. Parecía no haber oído la pregunta.

–Sí –dijo al cabo de un momento– . Porque en este caso todo ocurrió sin testigos, y además yo lo tomé como... Bueno. Un asunto personal –volvió a situar una mano sobre el pecho mientras Quart recordaba las palabras de monseñor Spada: «Ha jurado no dejar piedra sobre piedra»–... Pero la investigación coincidió en que tampoco había indicios de homicidio.

–¿El informe excluía una muerte provocada y no probada?

–No, pero técnicamente era casi imposible. La piedra cayó del techo. Nadie pudo tirarla desde allí.

–Salvo la Providencia.

–No diga estupideces, Quart.

–No es mi intención, Monseñor. Sólo constato la veracidad del informe de *Vísperas*, cuando afirma que al padre Urbizu lo mató la propia iglesia. Como al otro.

–Eso es una atrocidad sin sentido. Y precisamente lo que temo: que empiecen con las tonterías sobrenaturales y nos metan de por medio a nosotros, como si esto fuese una novela de Stephen King. Ya nos ronda un periodista, un tipo desagradable que anda fastidiando con la historia. Si lo encuentra en su camino, cuídese de él. Dirige una revista de escándalos llamada *Q+S*, y es quien publica esta semana la foto de Macarena Bruner en situación comprometida con un torero. Se llama, y no es un chiste, Honorato Bonafé.

Quart encogió los hombros.

–*Vísperas* acusaba a la iglesia. El edificio mata para defenderse, dijo.

–Ya. Muy espectacular. Ahora dígame para defenderse de quién. ¿De nosotros? ¿Del banco? ¿Del Maligno?... Yo tengo mis ideas sobre *Vísperas*.

–Podríamos compartirlas, Monseñor.

Cuando bajaba la guardia, a los ojos de Aquilino Corvo asomaba el desprecio que sentía por Quart. Ahora le enturbió la mirada unos segundos, antes de ocultarse tras el humo de la pipa.

–Gánese el sueldo. Para eso ha venido.

Sonrió de nuevo Quart. Cortés, disciplinado:

–Hábleme entonces Su Ilustrísima del padre Ferro.

Durante cinco minutos, entre chupada y chupada a la pipa y con muy escaso sentido de la caridad pastoral, monseñor Corvo se despachó a gusto con la biografía del párroco. Tosco cura rural durante casi toda su vida: desde los veintitantos a los cincuenta y cuatro años, en un pueblo perdido del Alto Aragón; un lugar olvidado de Dios donde se le fueron muriendo los feligreses, uno por uno, hasta que se quedó sin parroquia. Después, diez años en Nuestra Señora de las Lágrimas. Cerril, fanático, inculto y reaccionario como una mula de varas. Sin el menor sentido de lo posible, del *tipo omnia sunt possibilia credenti*, esa gente que confunde su punto de vista con la realidad que los rodea. Quart, aconsejó el prelado, tendría que asistir a una de sus homilías dominicales. Todo un espectáculo. El padre Ferro manejaba las penas del infierno con el mismo desahogo que un predicador de la Contrarreforma, y tenía en vilo a la parroquia con esa cantinela del fuego eterno que ya nadie osaba utilizar. Cada vez que terminaba el sermón, un suspiro de alivio recorría las filas de los feligreses.

–Y sin embargo –concluyó el arzobispo– en otras cosas resulta de lo más contradictorio y avanzado. Inoportunamente avanzado, diría yo.

–¿Por ejemplo?

–Su postura sobre los anticonceptivos, sin ir más lejos: descaradamente a favor. O los sacramentos a homosexuales, divorciados y adúlteros. Hace un par de semanas bautizó a un niño al que el titular de otra parroquia había negado las aguas porque sus padres no estaban casados. Cuando su colega fue a pedirle explicaciones, respondió que él bautizaba a quien le daba la gana.

A Su Ilustrísima se le había apagado la pipa. Encendió otro fósforo y miró a Quart por encima de la llama.

—En resumen —añadió—. Una misa en Nuestra Señora de las Lágrimas es como viajar en un túnel del tiempo que pegue saltos hacia adelante y hacia atrás.

Quart disimuló una sonrisa.

—Me lo imagino —dijo.

—No. Le aseguro que no se lo imagina. Espere a verlo en acción. Reza parte de la misa en latín, porque dice que eso impone más respeto —la pipa ya tiraba, y monseñor Corvo se reclinó en el sillón, satisfecho—. El padre pertenece a una especie casi desaparecida: viejos curas campesinos que se ordenaban sin disciplina y sin vocación, con el único objeto de escapar a la miseria y la pobreza, y que todavía se asilvestraban más en parroquias rurales dejadas de la mano de Dios. Añada a eso un tremendo orgullo que lo vuelve incontrolable, y que ha terminado por hacerle perder el sentido del mundo en que vive… En otro tiempo lo habríamos fulminado en el acto, o enviado a América, a ver si Dios Nuestro Señor lo llamaba a su seno merced a unas fiebres en el Darién, mientras convertía indígenas a golpes de crucifijo en el lomo. Pero ahora hay que tener mucho tiento, con los periodistas y la política que lo complican todo.

—¿Por qué no se le ha suspendido *ex informata conscientia*? Eso permite a Su Ilustrísima apartarlo del ministerio por causas reservadas, sin publicidad.

—Tendría que haber cometido un delito de orden civil o eclesiástico, y no es el caso. Además, nadie garantiza que eso no empeorase su resistencia. Prefiero que todo siga sus cauces ordinarios *ab officio*.

—Dicho de otro modo, Monseñor: que sea Roma quien cargue con el muerto.

—Eso lo ha dicho usted.

—¿Y el padre Óscar?

Entre los dientes que sostenían la pipa asomó una mueca muy desagradable. No me gustaría estar en la piel del vicario, se dijo Quart.

—Oh, ése es diferente —puntualizó el arzobispo—. Buen bagaje cultural, seminario en Salamanca. Un futuro prometedor que ha tirado por la borda. De todos modos, su caso *sí* está resuelto. Tiene hasta mediados de la semana que viene para abandonar la parroquia. Lo trasladamos a una diócesis de Almería, un desierto rural junto al cabo de Gata, para que se dedique a la oración y medite sobre el peligro de dejarse llevar por entusiasmos juveniles.

—¿Podría ser *Vísperas*?

—Podría. Da el perfil, si es a lo que se refiere. Pero husmear en la basura no es trabajo de un arzobispo —monseñor Corvo guardó un silencio cargado de intención—. Eso lo dejo para el IOE y para usted.

Quart no se dio por enterado:

—¿Cuáles son sus actividades?

—Pues las habituales en un vicario: ayuda en el culto, dice misa, se encarga del rosario de la tarde… También hace de albañil para la hermana Marsala en sus ratos libres.

Quart se quedó rígido en la silla. Había piezas sueltas moviéndose por todas partes.

—Disculpe Su Ilustrísima. ¿Ha dicho la *hermana* Marsala?

—Sí. Gris Marsala, una monja norteamericana que lleva en Sevilla una eternidad. Es experta, o eso dicen, en restauración de monumentos religiosos… ¿Todavía no la conoce?

Atento al chasquido de las piezas al encajar en su cerebro, Quart apenas prestaba atención a las palabras del prelado. Así que era eso, se dijo. La nota discordante.

—La conocí ayer. Aunque ignoraba que fuese monja.

—Pues lo es —no había un ápice de simpatía en el tono de monseñor Corvo—. Con el padre Óscar y Macarena Bruner forma las huestes de don Príamo Ferro. Su presencia en Sevilla es a título particular, pues goza de las dispensas de su orden y está fuera de mi jurisdicción. No tengo derecho a obligarla a retirarse de allí. Tampoco puedo exagerar, persiguiendo a curas y monjas. Todo se ha desbordado un poco.

Soltaba bocanadas de humo como un calamar escudándose tras su tinta. Por fin le echó un último vistazo a la pluma de Quart y encogió los hombros.

—Voy a hacer entrar al párroco. Lo convoqué para esta mañana, pero antes quería tener una conversación privada con usted. Creo que ya es hora de que pongamos las cosas en su sitio. ¿No le parece? Una especie de careo.

El arzobispo miró, sin tocarlo, un timbre que tenía sobre la mesa, junto a un manoseado ejemplar de *La imitación de Cristo*, de Tomás Kempis.

—Una última advertencia, Quart. Usted no me cae simpático, pero es un sacerdote de carrera, y sabe tan bien como yo que incluso en esta profesión abundan los mediocres. El padre Ferro es uno de ellos —se quitó la pipa de la boca para señalar los volúmenes encuadernados que cubrían las paredes del despacho—. Ahí está el pensamiento de la Iglesia: de San Agustín a Santo Tomás, y las encíclicas de todos los pontífices. Todo se encuentra entre estas cuatro paredes, y yo soy su administrador temporal. Eso me obliga a manejar valores cotizables en bolsa y al mismo tiempo a mantener voto de pobreza, a pactar con enemigos y a condenar en ocasiones a los amigos... Cada mañana me siento a esta mesa para gobernar con la ayuda de Dios Nuestro Señor a sacerdotes intelectuales, estúpidos, fanáticos, honestos, políticos, opuestos al celibato, malvados, santos y pecadores. El asunto del padre Ferro lo habríamos solucionado con el tiempo, poco a poco. Ustedes se han metido por medio, haciendo sonar una música diferente; así que báilenla. *Roma locuta, causa finita.* Yo me limito a ser observador a partir de ahora. Que el Todopoderoso sea indulgente conmigo, pero me lavo las manos y dejo el campo libre a los verdugos –pulsó el timbre e hizo un gesto en dirección a la puerta–. No hagamos esperar más al padre Ferro.

Quart enroscó despacio el capuchón de la estilográfica y se la guardó en el bolsillo, con las tarjetas llenas de su letra apretada y minuciosa. Se mantenía tenso en el borde de la silla, con la inmovilidad de un soldado.

–Yo tengo mis órdenes, Monseñor –dijo, sereno–. Y las cumplo a rajatabla.

Su Ilustrísima lo miraba de arriba abajo, con extrema dureza.

–No me gustaría hacer su trabajo, Quart –dijo por fin–. Le aseguro, por la salvación de mi alma, que no me gustaría en absoluto.

IV

Azahar y naranjas amargas

Ya ha visto a un héroe –comentó–. Y eso vale algo.

ECKERMANN
Conversaciones con Goethe

–Creo que ya se conocen –dijo Su Ilustrísima.

Estaba recostado en el sillón con la actitud del árbitro que procura mantenerse a distancia para que la sangre no salpique sus zapatos. Quart y el padre Ferro se miraban en silencio. El párroco de Nuestra Señora de las Lágrimas no había aceptado la silla que con un gesto le ofreció monseñor Corvo, y estaba de pie en medio del despacho, pequeño y obstinado, con su cara que parecía tallada a golpes de buril, el pelo blanco recortado a trasquilones y la sotana vieja, raída, bajo la que asomaban los enormes zapatos sin lustrar.

–El padre Quart desea hacerle unas preguntas –añadió el arzobispo.

Las arrugas y cicatrices del párroco se mantuvieron impasibles. Miraba hacia un punto indefinido del espacio sobre el hombro del prelado, a la ventana cuyos visillos difuminaban la silueta ocre de la Giralda:

–No tengo nada que decirle al padre Quart.

Monseñor Corvo asintió lentamente, como si acabara de escuchar la respuesta que esperaba.

–Muy bien –admitió–. Pero yo soy su obispo, don Príamo. Y *a mí* sí está ligado usted por voto de obediencia –se había quitado un momento la pipa de la boca y señalaba con ella, alternativamente, a los dos sacerdotes–. De modo que, si lo prefiere, me responderá *a mí* a través de las preguntas que le haga el padre Quart.

Los ojos oscuros y opacos del párroco vacilaron un instante.

–Es una situación ridícula –protestó, áspero, y Quart vio que se volvía un poco hacia él, haciéndolo responsable de todo aquello.

El arzobispo compuso una desagradable sonrisa.

–Me consta –dijo–. Pero con este recurso de jesuitas todos quedaremos satisfechos. El padre Quart hará su trabajo, yo asistiré complacido al diálogo, y usted pondrá a salvo, al menos en lo formal, su inaudita soberbia –soltó una bocanada de humo parecida a una amenaza y se ladeó en el sillón; la diversión anticipada le bailaba en los ojos–. Ahora puede empezar, padre Quart. Es todo suyo.

Y Quart empezó. Fue duro, brutal a veces, pasando factura al párroco del seco recibimiento en la iglesia el día anterior, la hostilidad manifestada en el despacho de Su Ilustrísima, el mal disimulado desprecio que le causaba su condición de viejo cura rural, testarudo, miserable. Era algo más complejo, más profundo que la antipatía personal, o la misión que lo había llevado a Sevilla. Y para sorpresa de monseñor Corvo, y en último extremo también de él mismo, actuó como un fiscal desprovisto de misericordia; acosando al anciano con un desdén ácido, despiadado, del que sólo Quart conocía el auténtico origen. Y cuando por fin, consciente de lo injusto que era todo, se detuvo a recobrar aliento, lo turbó la idea súbita de que Su Eminencia el inquisidor Jerzy Iwaszkiewicz habría aprobado aquello punto por punto.

Los dos hombres lo miraban; incómodo el arzobispo, la pipa entre los dientes y el ceño fruncido. Inmóvil el párroco, clavados en Quart unos ojos a los que el interrogatorio, más adecuado para un delincuente que para un sacerdote de sesenta y cuatro años, había velado con la humedad rojiza, contenida, de lágrimas que se niegan a salir. Quart se removió en la silla, ocultando su embarazo bajo el gesto de anotar en una tarjeta. Aquello era golpear a un hombre con las manos atadas.

—Recapitulando —ahora suavizaba un poco el tono; consultó innecesariamente sus notas para eludir la mirada del párroco—: Usted niega ser autor del mensaje recibido en la Santa Sede, y niega asimismo conocimiento del hecho, o sospechas sobre el autor y sus intenciones.

—Lo niego —repitió el padre Ferro.

—¿Ante Dios? —preguntó Quart, excesivo, siempre un poco avergonzado de sí mismo.

El viejo sacerdote se giró hacia monseñor Corvo, en demanda de un auxilio que el otro no podía eludir. Oyeron al arzobispo carraspear mientras alzaba la mano del anillo pastoral.

—Dejaremos al Todopoderoso fuera de esto, si no les importa —el prelado lo miraba entre el humo de su pipa—. No creo que esta conversación incluya la responsabilidad de tomar juramento a nadie.

Aceptó Quart en silencio, volviéndose de nuevo al párroco:

—¿Qué puede contarme de Óscar Lobato?

El cura encogió los hombros.

—Nada, salvo que es un excelente joven y un digno sacerdote —había un leve temblor en su barbilla mal afeitada—. Lamentaré separarme de él.

—¿Tiene su vicario conocimientos avanzados de informática?

Entrecerró los ojos el padre Ferro. Ahora la suya era una mirada recelosa, semejante a la del campesino que ve acercarse nubes de pedrisco.

—Eso deberían preguntárselo a él —dirigió un vistazo

a la estilográfica de su interlocutor e hizo un gesto cauto, indicando la puerta con el mentón–. Está ahí, esperándome.

Quart sonreía de modo casi imperceptible, seguro en apariencia, pero había algo en todo aquello que lo hacía sentirse igual que si caminara en el vacío. Algo fuera de lugar, como una nota falsa. El padre Ferro estaba diciendo *casi todo el tiempo* la verdad, pero inserta en ello había una mentira; tal vez una sola, tal vez no demasiado grave, pero que alteraba la consistencia del conjunto.

–¿Qué me dice de Gris Marsala?

Los labios del párroco se endurecieron.

–La hermana Marsala tiene dispensas de su orden –miraba al arzobispo como si lo pusiera por testigo–. Es libre de entrar y salir, y trabaja de forma voluntaria. Sin ella, el edificio se habría venido abajo.

–Algo abajo se vino ya –dijo monseñor Corvo.

No había podido reprimirse; sin duda pensaba en el trozo de cornisa y en su difunto secretario. Quart seguía pendiente del sacerdote:

–¿Cuál es la naturaleza de su relación con usted y el vicario?

–La normal.

–No sé lo que considera normal –Quart calculaba su desdén al milímetro, con mala fe–. Ustedes, los viejos curas rurales, tienen una equívoca tradición de normalidad en cuanto a amas y sobrinas…

Vio por el rabillo del ojo que monseñor Corvo casi pegaba un salto en el sillón. Se trataba de una provocación consciente, y el objetivo era obvio. Atrapó al vuelo un relámpago de cólera.

–Oiga –la ira blanqueaba los nudillos del párroco en los puños apretados–. Espero que no esté… –se interrumpió de pronto para observar a Quart con fijeza, como grabándose en la memoria hasta el último detalle de su cara–. Hay quien podría matarlo por eso.

La amenaza no desentonaba con el carácter sacerdotal del padre Ferro, ni con su aspecto seco, endurecido bajo aquella sotana llena de manchas que oscilaba a impulsos de la ira. Quizás yo mismo, decía esa apariencia. El asunto quedaba a la libre interpretación de cada cual.

Quart miró al sacerdote con perfecta calma:

—¿Como su iglesia, por ejemplo?

—¡Por el amor de Dios! —terció el arzobispo, escandalizado—. ¿Es que se han vuelto locos?

Sobrevino un largo silencio. El rectángulo de luz en la mesa de monseñor Corvo se había desplazado a la izquierda, lejos del alcance de su mano, y enmarcaba el tomo de *La imitación de Cristo*, donde el padre Ferro mantenía ahora fija su mirada. Quart observó al anciano, interesado. Se parecía mucho a otro sacerdote a quien él nunca se quiso parecer; el hombre al que casi había logrado olvidar —algún tiempo, desde el seminario, una carta o una postal; y después el silencio— y sólo acudía a su memoria como un fantasma, cuando el viento del sur reavivaba olores y sonidos agazapados en la memoria. El mar batiendo en las rocas y el aire húmedo y salino tierra adentro, y la lluvia. Olor de brasero y mesa camilla en invierno, *Rosa rosae, Quoúsque tandem abutere Catilina, Nox atra cava circunvolat umbra.* Tic tac de gotas de agua en el cristal empañado de la ventana, campanillazos al alba y un rostro mal afeitado, grasiento, inclinado sobre el altar murmurando plegarias a un Dios duro de oído, vueltos hombre y niño, oficiante y acólito, hacia una tierra estéril orillada a un mar cruel. Del mismo modo, acabada la cena. Éste es el cáliz de mi sangre. Podéis ir en paz. Y la respiración sorda, de animal fatigado, luego en la sacristía, cuando un jovencísimo Lorenzo Quart lo ayudaba a despojarse de los ornamentos bajo manchas de humedad que se extendían por el techo. El seminario, Lorenzo. Irás a un seminario; un día serás sacerdote, como yo. Tendrás un futuro, como yo. Quart detestaba con todas sus fuerzas y toda su memoria aquella tosquedad, la pobreza de espíritu, la misma limitación oscura y miserable, misa de madrugada, siesta en la mecedora oliendo a cerrado y a sudor, rosario a las siete, chocolate con las beatas, un gato en el portal, un ama o una sobrina que de un modo u otro aliviaran la soledad o los años. Y después el final: la demencia senil, la consunción de una vida estéril y sórdida en un asilo con la sopa cayéndole entre las encías desdentadas. Para mayor gloria de Dios.

–*Una iglesia que mata para defenderse...* –Quart hacía un esfuerzo para regresar al presente y a Sevilla: a lo que era, en vez de a lo que podía haber sido–. Quiero saber cómo interpreta el padre Ferro esas palabras.

–No sé de qué me habla.

–Figuran en el mensaje que alguien introdujo en la Santa Sede. Y se refieren a su iglesia... ¿Cree que puede haber un designio providencial en todo esto?

–No estoy obligado a responder a esa pregunta.

Quart se encomendó a monseñor Corvo, pero éste se lavaba las manos con su más diplomática sonrisa:

–Es cierto –confirmó, encantado con las dificultades de Quart–. Tampoco quiso responderme a mí.

Era una pérdida de tiempo. El agente del IOE tenía constancia de que todo aquello no llevaba a ninguna parte, pero había un ritual que cumplir. Así que adoptó un tono muy oficial para preguntarle al cura si era consciente de lo que se estaba jugando. Los sesenta y cuatro años del otro se burlaron, sarcásticos, a modo de respuesta. Impasible, Quart siguió recorriendo el formulario: necesidad del informe, posible punto de partida para graves medidas disciplinarias, etcétera. Que el padre Ferro se encontrara a un año de la jubilación, por encima del bien y del mal como quien dice, no bastaba para asegurar la tolerancia de sus superiores. En la Santa Sede...

—No sé nada de esas muertes —le cortó el párroco, a quien la Santa Sede tenía ostensiblemente sin cuidado—. Fueron accidentes.

Quart se lanzó por la brecha:

—¿Quizá muy oportunos desde su punto de vista?

Había un tonillo de camaradería, una insinuación del tipo vamos, hombre, ábrase un poco y procuremos arreglar esto de una puñetera vez. Pero el viejo tenía las conchas blindadas:

—Antes mencionó a la Providencia. Plantéele a ella la cuestión, y yo rezaré por usted.

Respiró Quart despacio, un par de veces, antes de intentarlo de nuevo. Lo que más le irritaba era el buen rato que debía de estar pasando Su Ilustrísima, en butaca de patio y escudado tras el humo de la pipa.

—¿Está usted en condiciones de asegurar, bajo su carácter sacerdotal, que no medió intervención humana en las dos muertes de su parroquia?

—Váyase al infierno.

—¿Perdón?

Hasta el neutral monseñor Corvo había dado otro respingo en su asiento. El párroco lo miraba:

—Con todo el respeto que debo a Su Ilustrísima, me niego a seguir contestando a este interrogatorio, y desde ahora guardaré silencio.

Aquel *desde ahora* era un eufemismo, y así lo hizo constar Quart. Llevaban veinte minutos de conversación, y lo único que había hecho don Príamo Ferro era precisamente guardar silencio. Monseñor Corvo repuso con una mueca y echando más humo; él oficiaba de acólito. Así que Quart se puso en pie. La cabeza canosa e hirsuta del párroco, tan parecida a la que no quería recordar, le llegaba a la altura del segundo botón de la camisa. No había regresado más que una vez, tras su ordenación: una visita rápida a la madre viuda, otra a la sombra negra agazapada en la iglesia como un molusco al fondo de su concha. Y había dicho misa allí, en el altar ante el que tantas veces actuó de monaguillo, sintiéndose extranjero en la nave húmeda y fría, por cuyos rincones vagaba el espectro del niño perdido frente al mar, bajo la lluvia. Después se fue sin regresar nunca más, y la iglesia, y el viejo párroco, y el pueblo de casitas blancas, y el mar desprovisto de piedad y de sentimientos, se fueron difuminando despacio en su recuerdo, como un mal sueño del que había logrado despertar.

Volvió lentamente a la realidad. Todo cuanto detestaba seguía ante él, en los ojos negros y obstinados que lo miraban con dureza, como un reproche.

–Tengo una pregunta más. Sólo una –había guardado las inútiles tarjetas y la estilográfica–. ¿Por qué se niega a abandonar esa iglesia?

El padre Ferro lo miró de abajo arriba. Correoso como un trozo de cuero viejo, era la definición. Aunque a Quart se le ocurrían unas cuantas.

–Ése no es asunto suyo –dijo–. Concierne a mi obispo y a mí.

Quart se felicitó mentalmente por acertar de antemano la respuesta, e hizo un gesto dando por concluida aquella estupidez. Para su sorpresa, Aquilino Corvo acudió al quite:

–Le ruego que conteste al padre Quart, don Príamo.

–El padre Quart nunca lo entendería.

–Estoy seguro de que pondrá su mejor voluntad. Inténtelo, se lo ruego.

Entonces el párroco hizo un gesto hosco y torpe, y movió testarudo la cabeza recortada a trasquilones, murmurando que Quart nunca había escuchado la confesión de una pobre mujer arrodillada en busca de consuelo, el llanto de un recién nacido, la respiración de un moribundo o el sudor de una mano en la suya. Así que, aunque hablase horas y horas, allí nadie iba a entender nunca una maldita palabra. Y Quart, a pesar del pasaporte diplomático que llevaba en el bolsillo, a pesar del respaldo oficial de la Curia, de la tiara y las llaves de Pedro que lucía en el extremo superior izquierdo de sus credenciales, comprendió que carecía del más mínimo poder sobre aquel huraño anciano de aspecto miserable, en las antípodas de lo que cualquier eclesiástico relacionaría con la gloria de Dios. Fue un fogonazo de inquietud que proyectó un instante, sobre su aplomo, la silueta de un viejo fantasma: Nelson Corona. Afloraba el mismo distanciamiento de la realidad oficial, idéntica mirada resuelta en los ojos que ahora tenía delante. Con la diferencia de que, tras los cristales empañados de las gafas del brasileño, Quart había visto mezclarse a un tiempo la resolución y el miedo; mientras que la mirada opaca del padre Ferro no reflejaba más que una firmeza semejante a piedra oscura. Ya concluía el párroco, de vuelta al silencio que lo abroquelaba como una coraza, cuando Quart le oyó decir que su iglesia era un refugio; una trinchera. Aquello era pintoresco, así que el enviado vaticano enarcó una ceja, irónico, e intentó recobrar, en busca de sosiego, el viejo desdén ante el cura de pueblo: de nuevo alfil de élite frente a peón de brega, con el fantasma de Nelson Corona esfumándose por una esquina del tablero.

—Curiosa definición.

Sonrió Quart, seguro de sí. De pronto era otra vez fuerte y sin fisuras, sin remordimientos, y ya volvía a ver sólo la sotana raída llena de manchas, el mentón mal afeitado del párroco. Resulta singular, se dijo, el efecto tranquilizador del desprecio. Pone las cosas en su sitio igual que una aspirina, un poco de alcohol o un cigarrillo. Así que decidió formular otra pregunta:

–¿Una trinchera, frente a qué?

Era innecesario, y de pronto supo que iba a arrepentirse antes de cerrar la boca. Desde abajo, pequeño y duro, el padre Ferro miraba directamente a los ojos de Quart:

–Frente a tanto cuento –dijo–. Y tanta mierda.

Los coches de caballos, pintados de negro y amarillo, se alineaban a la espera de clientes bajo la sombra de los naranjos. Apoyado en la pared de una tienda de recuerdos turísticos, el Potro del Mantelete vigilaba la puerta del Arzobispado. Tenía las manos en los bolsillos de la chaqueta de cuadros demasiado estrecha, abierta sobre un suéter blanco de cuello de cisne que moldeaba sus pectorales enjutos y recios. Un palillo se le movía rítmicamente de una a otra comisura de la boca, y entornaba los ojos bajo las cejas surcadas de cicatrices con la mirada fija en el hueco que enmarcaban las columnas gemelas del pórtico barroco. No lo pierdas de vista, había ordenado don Ibrahim antes de meterse dentro de la tienda a mirar postales y curiosear, porque los tres de plantón hacían demasiado bulto en la acera. Como el Potro era hombre cabal, de confianza, y la espera se prolongaba, don Ibrahim y la Niña Puñales, después de repasar ante la mirada suspicaz del tendero todos los expositores de postales y las vitrinas con camisetas, abanicos, castañuelas y reproducciones en plástico de la Giralda y la Torre del Oro, decidieron trasladarse al bar más cercano, en la otra esquina de la calle, donde la Niña debía de rondar ya la quinta manzanilla. Así que el Potro, en ausencia de nuevas órdenes, no perdía de vista la puerta. En la hora larga que el cura alto llevaba allí adentro, aquél sólo había apartado la mirada dos veces: el tiempo empleado por una pareja de guardias en pasarle por delante, una vez calle arriba y otra, al regreso, calle abajo; momentos dedicados por el Potro a contemplarse detenidamente las puntas de los zapatos. Cuatro cornadas, dos reenganches en la Legión y un cerebro que funcionaba a piñón fijo, contuso por golpes y campanillazos de asalto en asalto, imprimen carácter. Si don Ibrahim o la Niña Puñales hubieran llegado a olvidarlo, él habría sido capaz de permanecer inmóvil noche y día, bajo el sol o la lluvia, hasta ser relevado o caer desfallecido, sin mover los ojos de la puerta del Arzobispado como un concienzudo centinela. Del mismo modo que veintitantos años atrás, durante una bronca impresionante en una plaza de mala muerte, cuando su apoderado le dijo aquello de si no te mata el toro, desgraciado, te mata el público a la salida, el Potro del Mantelete, con el sudor en la cara y el miedo en los ojos, se había ido a los medios con la muleta en la cintura para quedarse allí, inmóvil, hasta que el morlaco –*Carnicero*, se llamaba– se le vino encima, y con la cuarta y última cornada de su carrera lo sacó para siempre de la plaza y de los toros. Después, episodios similares fueron añadiendo cicatrices a su cuerpo y a su memoria en el pugilismo, en el Tercio y en el penal del Puerto de Santa María. Porque si es cierto que la materia gris del Potro del Mantelete tenía las mismas luces que un trozo de madera, en su caso era ésta, sin duda, madera de héroe.

De pronto vio salir al cura alto. Parecía demorarse en la puerta, indeciso, mirando hacia el interior del edificio como si alguien reclamara desde dentro su atención. Entonces un joven rubio y con lentes salió tras él y se pusieron a conversar en la puerta. El Potro del Mantelete miró hacia el bar donde aguardaban don Ibrahim y la Niña Puñales, pero éstos parecían muy ocupados con la manzanilla. Entonces el Potro se quitó el palillo de la boca, escupió entre sus pies, a la acera, y cruzó la plaza para alertarlos; lo hizo describiendo un círculo cuya tangente pasaba por la puerta del Arzobispado. A medida que se acercaba distinguió mejor el aspecto del cura alto: hubiera podido pasar por uno de esos actores de cine, de no ser por el traje negro, el cuello redondo de la camisa y el pelo como el de un paraca o un legionario. En cuanto al más joven, su aspecto era desaliñado. Tenía la piel clara y granitos en el cuello, como los adolescentes. Y mucha más pinta de cura que el otro.

—Déjenlo en paz —oyó decir al rubio.

El alto lo miraba muy serio.

—Su párroco está loco —respondió—. Vive en otro mundo. Si es usted quien envió el mensaje, le hizo mal servicio a él y a su iglesia.

—Yo no envié nada.

—De eso tenemos que hablar los dos. Muy despacio.

Al rubio le temblaba un poco la voz. Parecía agresivo, aunque tal vez sólo estaba inquieto, o asustado:

—No tengo nada que decirle a usted.

—Ese disco está rayado —el cura alto sonreía de modo desagradable—. Y se equivoca. Tiene muchas cosas que contarme. Por ejemplo...

La conversación quedó atrás a medida que el Potro del Mantelete se alejaba de los curas. Siguió caminando algo más aprisa hasta el bar. Había serrín en el suelo, cáscaras de gambas, y caña de lomo y jamones colgados sobre el mostrador. De pie ante la barra, don Ibrahim y la Niña Puñales bebían en silencio. En la radio, colocada en un estante entre dos botellas de Fundador, cantaba Camarón:

> El vino mata el dolor
> y la memoria...

A don Ibrahim, con un habano entre los dedos, alejado del mostrador por el arco rotundo de su barriga, le caía la ceniza sobre el faldón de la chaqueta blanca. A su lado, la Niña Puñales había pasado de la manzanilla al anís Machaquito, y en ese momento se llevaba a los labios la copa con huellas de espeso carmín en el borde. Llevaba los ojos muy pintados, un vestido azul de lunares blancos, zarcillos de plata y el caracol negro del pelo bien repeinado sobre la frente marchita de tonadillera sin fortuna, como en las cubiertas de los tres o cuatro viejos discos de 45 rpm que don Ibrahim atesoraba como oro en paño en su cuarto de pensión junto a Nat King Cole, Los Panchos, Beny Moré, Antonio Machín y una antediluviana gramola Telefunken. El caso es que el ex falso letrado y la Niña Puñales se volvieron a mirar al Potro; y éste, parado en el umbral, hizo con la cabeza un gesto en dirección a la calle.

—Agua —dijo.

Los tres socios se agruparon en la puerta, a mirar. El cura alto se había separado del otro y caminaba por la acera de la plaza, junto a la mezquita.

—Vaya un cura —dijo la Niña, con su voz ronca de copla.

—No tiene mala planta —admitió don Ibrahim, ecuánime, entornando el ojo crítico.

El toque de Machaquito hacía brillar los ojos guasones de la tonadillera:

—Ozú. Que me diera él los santos óleos.

Don Ibrahim cambió una mirada grave con el Potro del Mantelete. En campaña, cual era el caso, aquellas frivolidades resultaban fuera de lugar.

—¿Y el viejo? —preguntó, por centrar el tema.

—Todavía está dentro —informó el Potro.

El ex falso abogado chupaba el puro, pensativo.

—Dividamos nuestras mesnadas —dijo por fin—. Tú, Potro, sigue al cura viejo cuando salga, y una vez se meta en casa te vienes para acá con el informe. La Niña y el que suscribe controlaremos al cura alto —hizo una pausa para consultar, solemne, el reloj de don Ernesto Hemingway–. Antes de pasar a la vía de autos, necesitamos información: la madre de las victorias, etcétera. ¿Cómo lo veis?

Sus compadres debían de verlo bien, porque asintieron; grave y cejijunto el Potro, con aspecto de estar analizando el sentido de alguna palabra pronunciada cinco minutos antes, y con aire ido la Niña, mirando alejarse al cura. Aún tenía la copa en la mano, y parecía dispuesta a rematar el Machaquito. En la radio, Camarón seguía su cante de vino y ausencias, y el camarero, camisa blanca y corbata negra, llevaba el ritmo con discretas palmas, por lo bajini, detrás del mostrador. Don Ibrahim miró a su tropa y decidió levantar los ánimos con alguna arenga apropiada. Sevilla es lo más grande del mundo, o algo así. Y nos la vamos a comer con patatas. Aquello sonaba bien, pero era quizás excesivo. Y además, no venía a cuento.

–La fortuna es de los audaces –dijo, tras pensarlo un rato. Y le dio otra chupada al puro.

–Ozú.

La Niña Puñales apuraba la última gota de anís. El Potro, todavía con el ceño arrugado, movió por fin la cabeza:

–¿Qué quiere decir *mesnadas*?

El aplomo de Lorenzo Quart se basaba en un exceso de conciencia técnica. De modo que, cuando llegó a su habitación, lo primero que hizo fue abrir el maletín de cuero donde guardaba su ordenador portátil y trabajar durante una hora en el informe destinado a monseñor Spada. Un documento que el director del IOE recibió por línea telefónica en cuanto estuvo redactado. En las ocho páginas, Quart se abstenía cuidadosamente de establecer conclusiones sobre los personajes, la iglesia o la posible identidad de *Vísperas*, limitándose a una transcripción bastante fiel de las conversaciones mantenidas con monseñor Corvo, Gris Marsala y Príamo Ferro.

Sólo al cerrar la tapa del ordenador, mientras recogía los cables y el alimentador, se relajó un poco. Estaba en mangas de camisa, con el cuello suelto, y dio unos pasos por la habitación, junto a las dos camas con baldaquino y la ventana abierta a la plaza Virgen de los Reyes. Era pronto para bajar a comer, así que echó un vistazo a algunos libros sobre Sevilla que había comprado en una pequeña librería frente al Ayuntamiento. En la misma bolsa estaba la revista *Q+S*, adquirida en un kiosco por recomendación de monseñor Corvo –«Para que se vaya familiarizando con el panorama», había sugerido, mordaz, el prelado–. Observó la portada y luego las fotos del interior. *«Un matrimonio en crisis»*, era el titular. Junto a las imágenes de la mujer con su acompañante, había otra de un hombre joven, muy serio, bien vestido, con cuello blanco y raya impecable en el pelo: *«Se confirma la separación. Mientras el financiero Gavira se consolida como hombre fuerte de la banca andaluza, Macarena Bruner trasnocha en Sevilla.»* Quart arrancó las páginas y las guardó en su maletín. En ese momento se dio cuenta de que en la mesa de noche estaba la edición del Nuevo Testamento que los Gedeones Internacionales distribuían gratis a los hoteles. No recordaba haberlo puesto allí, sino en el cajón donde solía guardar cuanta documentación, publicidad, cartas y sobres le estorbaban. Lo abrió al azar, y comprobó que dos páginas estaban marcadas por una vieja tarjeta postal. En la parte inferior pudo leer: *Iglesia de Nuestra Señora de las Lágrimas. Sevilla. 1895*. La fotografía era imperfecta, con una especie de halo pálido que envolvía el motivo central; mas la iglesia estaba allí, con sus tonos desvaídos pero inconfundibles: el pórtico de columnas salomónicas, la imagen de la Virgen en su hornacina y con la cabeza intacta, la espadaña del campanario. Parecía en mejor estado que el actual. Ante ella, en la plaza, había un tenderete donde un hombre con faja y sombrero andaluz vendía verduras a dos mujeres de negro de espaldas al fotógrafo. Al otro lado, por la calle estrecha que salía de la plaza, se iba un borrico de aguador, con una tinaja a cada lado del lomo y el propietario transformado en silueta apenas visible, fantasma a punto de desvanecerse en el halo blanco que bordeaba la imagen.

Quart le dio vuelta a la postal. Había unas líneas escritas con letra inglesa de ángulos suaves y tinta ya poco legible, convertida en trazos pálidos de color marrón claro:

Aquí rezo por ti cada día y espero tu regreso, en el lugar sagrado de tu juramento y mi felicidad.
Te amaré siempre.

Carlota

No había matasellos sobre la estampilla intacta de veinticinco céntimos con la efigie de Alfonso XIII niño, y la fecha manuscrita del encabezamiento estaba borrada por una mancha de humedad. Quart descifró un 9 y tal vez un 7 al final, lo que podía significar año 1897. La dirección sí estaba, en cambio, perfectamente clara: *Capitán don Manuel Xaloc. A bordo del buque «Manigua». Puerto de La Habana. Cuba.*

Cogió el teléfono, marcando el número de Recepción. El conserje negaba que alguien hubiese subido al cuarto ni preguntado por Quart desde las ocho de la mañana, hora en que había comenzado su turno. Tal vez podría informarse con las encargadas de la limpieza. Quart habló con ellas y colgó el teléfono sin averiguar nada. No recordaban haber tocado el Nuevo Testamento, y no podían decirle si estaba en el cajón o sobre la mesa cuando arreglaron la habitación. Pero nadie había entrado allí, excepto ellas.

Fue a sentarse frente a la ventana con la tarjeta en la mano y sin dejar de mirarla. Un barco atracado en el puerto de La Habana en 1897. Un capitán llamado Manuel Xaloc y una tal Carlota que lo amaba y rezaba por él en Nuestra Señora de las Lágrimas. ¿Tenía algún sentido lo escrito en el reverso de la postal, o sólo la foto de la iglesia era lo que contaba?… De pronto recordó el Evangelio de los Gedeones. ¿Marcaba la tarjeta una página, o estaba puesta al azar? Execró su descuido mientras se incorporaba y acudía a la mesa, mas por suerte había dejado el libro abierto boca abajo. Eran las páginas 168 y 169 –San Juan, 2– y aunque no había ningún párrafo subrayado, pudo hallar la cita con facilidad. Era demasiado evidente:

«15 *Y haciendo un azote de cuerdas, echó fuera del templo a todos, y las ovejas y los bueyes; y esparció las monedas de los cambistas y volcó las mesas;*
16 *y dijo a los que vendían palomas: Quitad de aquí esto, y no hagáis de la casa de mi padre casa de mercado.*»

Movió la cabeza, observando alternativamente el libro y la postal. Pensaba en monseñor Spada y en Su Eminencia el cardenal Iwaszkiewicz, y decidió que no les iba a complacer en absoluto el giro que parecía tomar aquello. Y a él, mucho menos. Alguien era aficionado a cierto tipo de juegos inquietantes, como infiltrarse en ordenadores papales o en cuartos de hotel y evangelios ajenos. Quart pasó revista a todos los rostros hasta ese momento conocidos, preguntándose si entre ellos estaría el que buscaba. Sangre de Dios. Sentía una creciente exasperación, y arrojó libro y postal sobre la colcha de una cama. Tal como estaban las cosas, era lo que faltaba: un fantasma jugando al escondite.

Quart salió del ascensor en la planta baja, pasó junto a la vitrina con la colección de abanicos del hotel y anduvo por el pasillo que rodeaba el vestíbulo. Su silueta negra y sobria contrastaba en el ambiente. El Doña María era un establecimiento de cuatro estrellas para turistas, situado en un bello edificio antiguo de la calle Don Remondo, a dos pasos de Santa Cruz; y a los decoradores se les había ido un poco la mano en la planta baja, sobrecargada de motivos folklóricos, toreros y cuadros con mujeres andaluzas de teja y mantilla. En la puerta, una joven guía turística de aire fatigado, que sostenía en alto una pequeña bandera holandesa, congregaba a un grupo multicolor equipado con aparatos fotográficos y cámaras de vídeo. Al acercarse al mostrador para dejar la llave, Quart alcanzó a leer su nombre en la plaquita de plástico que llevaba sobre el pecho: V. Oudkerk. Sonrió compasivo, y la joven le devolvió otra sonrisa resignada antes de alejarse al frente de su tropa.

–Una señora lo espera, don Lorenzo. Acaba de llegar.

Quart miró al conserje, sorprendido, y luego se volvió hacia los sillones del vestíbulo. Había allí una mujer morena, de pelo negro y largo hasta más abajo de los hombros: gafas oscuras, tejanos, zapatos mocasín y americana marrón sobre una camisa azul claro. Parecía muy hermosa, y a medida que Quart se fue acercando y ella se puso en pie pudo confirmarlo mientras apreciaba el contraste del collar de marfil sobre la piel bronceada, la pulsera de oro en la muñeca, el bolso de piel de Ubrique en el sofá, a su lado. La mano delgada, elegante, de uñas perfectas, que extendía ante sí, presta al saludo:

—Me llamo Macarena Bruner.

La había reconocido unos segundos antes, gracias a las fotos de la revista. Quart no pudo evitar quedarse mirando su boca. Era grande, bien dibujada, entreabierta con el leve destello de los incisivos muy blancos bajo el labio superior en forma de corazón. Matizada por un poco de lápiz de labios rosa pálido, casi incoloro.

—Vaya —dijo ella. Parecía estudiarlo con detalle tras sus gafas oscuras, un poco sorprendida—. Realmente tiene buen aspecto.

—También usted lo tiene —respondió Quart, con calma.

Era un poco más baja que él, que rondaba el metro ochenta y cinco. Los tejanos y el cinturón de cuero moldeaban bajo la chaqueta unas caderas atractivas. Llevaba tres gatitos bordados en la camisa, generosamente colmada por los volúmenes correspondientes, y Quart creyó oportuno apartar la mirada, vagamente inquieto, so pretexto de consultar el reloj. Ella lo seguía observando, reflexiva.

—Quisiera que habláramos —dijo por fin.

—Naturalmente. Se lo agradezco, porque pensaba ir a verla —Quart miró a su alrededor—... ¿Cómo ha dado conmigo?

—Una amiga. Gris Marsala.

—Ignoraba que fueran amigas.

La vio sonreír con desenvoltura: un brillo de marfil en la boca, gemelo al del collar sobre la piel color tabaco rubio. Saltaba a la vista que era una mujer segura de sí, tanto por su condición como por su belleza; pero Quart era consciente de que el severo traje negro y el alzacuello la desconcertaban un poco, igual que a Gris Marsala. Era algo frecuente en las mujeres, hermosas o no; como si el hábito sacerdotal situase al hombre fuera del alcance común a su especie.

–¿Podemos hablar ahora?

–Claro.

Tomaron asiento uno frente al otro. Ella cruzando las piernas, en el sofá que había ocupado mientras esperaba; él en un sillón contiguo.

–Sé a qué ha venido a Sevilla.

–No espere que me sorprenda –Quart esbozaba una sonrisa de resignación–. Mi viaje parece del dominio público.

–Gris me recomendó verlo a usted.

La miró con renovado interés. Mantenía puestas las gafas oscuras, y se preguntó cómo eran sus ojos.

–Qué extraño. Ayer su amiga no parecía dispuesta a cooperar.

El cabello de Macarena Bruner resbalaba sobre el hombro cubriéndole media cara, y ella se lo echó atrás con un gesto. Era muy negro y abundante, apreció Quart. Una belleza andaluza semejante a las que pintaba Romero de Torres, o a la Carmen de la Fábrica de Tabacos descrita por Merimée. Cualquier pintor, cualquier francés o cualquier torero podían perder la cabeza por aquella mujer. Durante una fracción de segundo se preguntó si también cualquier cura.

–No debe tener una falsa idea de esa iglesia –puntualizaba ella. Hizo una corta pausa, antes de añadir–: Ni del padre Ferro.

Quart se permitió una risa contenida cuyo objeto, más que otra cosa, era poner aquella incómoda fracción de segundo en el lugar conveniente. Así que buscó aplomo en el sarcasmo:

–No me diga que también forma parte de su club de fans.

Tenía una mano colgando en el brazo del sillón, y a pesar de los cristales oscuros se percató de que ella miraba esa mano. La retiró discretamente, cruzando los dedos con la otra.

Macarena Bruner permaneció unos instantes en silencio. Se había apartado de nuevo el cabello de la cara y parecía meditar sobre la conveniencia de proseguir o no aquella conversación.

—Oiga —dijo por fin—. Gris y yo somos amigas. Y en cuanto a usted, cree que su presencia aquí puede ser útil, aunque sus intenciones no sean buenas.

Quart captó el tono conciliador. Alzó una mano y vio que una vez más ella seguía el movimiento:

—Hay algo que me irrita en todo esto, ¿sabe?... No sé cómo debo llamarla. ¿Señora Bruner?

Estaba incómodo ante su mirada oculta por cristales ahumados, y ella se daba perfecta cuenta de ello.

—Llámeme Macarena.

Se quitó las gafas negras, y a Quart lo sorprendió la belleza de los ojos grandes, oscuros con reflejos de miel. Alabado sea Dios, habría dicho en voz alta de creer realmente que Dios se ocupara de ese tipo de cosas. Así que se limitó a sostener la mirada de aquellos ojos como si la salvación de su alma dependiera de eso. Quizá dependiera, después de todo, si es que había un alma y una Providencia.

—Bien, Macarena —dijo, inclinándose hacia ella hasta apoyar los codos en las rodillas. Al acercarse pudo sentir su perfume; suave, como jazmín—. Algo me irrita mucho en esta historia. Todo el mundo da por sentado que estoy en Sevilla para fastidiar a don Príamo Ferro. Y no es cierto. He venido a elaborar un informe sobre la situación. Y carezco de ideas preconcebidas. Lo que ocurre es que el padre está muy poco dispuesto a cooperar —se echó hacia atrás en el asiento, ácido—... En realidad nadie está dispuesto a cooperar.

Ahora fue ella la que sonrió:

—Nadie se fía, y es lógico.

—¿Por qué?

—Porque el arzobispo ha estado hablando mal de usted. Lo llama *el cazador de cabelleras*.

Hizo Quart una mueca. Santo varón, Su Ilustrísima.

—Sí. Somos viejos conocidos.

—Pero lo del padre Ferro puede arreglarse —ella se mordía el labio inferior—. Tal vez yo pueda hacer algo.

—Sería mejor para todos, y en especial para él. Pero dígame por qué lo haría usted... ¿Qué gana en esto?

Movió de nuevo la cabeza, como si eso no tuviera importancia, y el cabello volvió a resbalar sobre el hombro. Se lo apartó, mirando fijamente a Quart.

—¿Es cierto que el Papa recibió un mensaje?

Era indudable que Macarena Bruner conocía el efecto de sus ojos. Quart tragó saliva con disimulo; mitad por la mirada, mitad por la pregunta.

—Es confidencial —respondió, suavizándolo con una sonrisa—. Comprenda que ni lo confirme ni lo desmienta.

Ella encogió los hombros con desdén:

—Es un secreto a voces.

—En ese caso, permítame no añadir la mía.

Brillaron los ojos oscuros, reflexivos. Macarena Bruner se recostó en un brazo del sofá, y el movimiento hizo que los gatitos bordados bajo su chaqueta se desperezaran, sugerentes.

—La última palabra sobre Nuestra Señora de las Lágrimas la tiene mi familia —explicó—. Quiero decir mi madre y yo. Si el edificio se declara en ruina, y si el Arzobispado autoriza su demolición, la decisión final sobre el destino del solar nos pertenece.

—No del todo —objetó Quart—. Según mis noticias, el Ayuntamiento tiene algo que decir.

—Pleitearemos.

—Pero usted sigue técnicamente casada. Y su esposo...

Lo interrumpió, negando con la cabeza:

–Hace seis meses que vivimos en casas diferentes. Mi marido no tiene derecho a actuar por su cuenta.

–¿Y no intenta convencerla?

–Lo intenta –ahora Macarena Bruner sonreía de un modo nuevo; un gesto desdeñoso y distante, casi cruel, que le endurecía la boca–. Pero da lo mismo que lo intente o no. Esa iglesia va a sobrevivir.

–¿Sobrevivir? –se extrañó Quart–. Curiosa palabra. Habla de ella como si estuviera viva.

Le miraba otra vez las manos:

–Tal vez lo esté. Hay muchas cosas que están vivas, aunque no lo parezcan –se había quedado absorta un momento, y pareció regresar bruscamente–. Pero me refería a que es necesaria. El padre Ferro también lo es.

–¿Por qué? Hay otros curas y otras iglesias en Sevilla.

Ella se rió de verdad. Una risa franca y sonora, tan contagiosa que Quart, sin venir a cuento, estuvo a punto de imitarla.

–Don Príamo es especial, y su iglesia también –aún sonreía, y los reflejos de miel reaparecieron en su mirada, fija en Quart–. Pero no podría explicárselo con palabras. Tiene que ir allí.

–Ya estuve. Y su párroco favorito estuvo a punto de echarme a patadas.

Macarena Bruner se echó a reír otra vez. Quart nunca había oído reír a una mujer de forma tan estruendosa y simpática. Asombrado de sí mismo, se encontró deseando verla hacerlo de nuevo. En su cerebro bien adiestrado sonaron alarmas por todas partes. Aquello empezaba a parecerse mucho a zascandilear por jardines que sus viejos mentores eclesiásticos aconsejaban mantener a distancia: serpientes, manzanas, encarnaciones de Dalila y toda la parafernalia.

–Sí –dijo ella–. Gris me lo contó. Pero inténtelo de

nuevo. Vaya a misa; observe lo que ocurre allí. Quizá comprenda mejor.

–Lo haré. ¿Frecuenta usted la misa de ocho?

No hubo mala intención en la pregunta, pero la mirada de Macarena Bruner viró al recelo, súbitamente seria.

–Ése no es asunto suyo.

Abría y cerraba las patillas de sus gafas de sol. Quart alzó un poco ambas manos en una disculpa, y siguió un breve silencio incómodo. Para salvar la situación miró alrededor en busca de un camarero y preguntó si quería tomar algo. Ella negó con la cabeza. Ahora parecía más relajada, y Quart formuló otra pregunta:

–¿Qué piensa de las dos muertes?

Esta vez la risa fue desagradable, entre dientes:

–Que no se debe jugar con la ira de Dios.

Quart la miró muy serio:

–Singular punto de vista.

–¿Por qué? –parecía sinceramente sorprendida–. Ellos, o quienes los enviaron, se lo andaban buscando.

–No es un sentimiento muy cristiano.

Hizo un gesto de impaciencia, cogiendo el bolso que tenía a su lado y volviéndolo a dejar. Liaba y desliaba los dedos en la correa de la bandolera.

–Usted no comprende, padre... –lo miró, indecisa–. ¿Cómo debo llamarlo? ¿Reverendo? ¿Padre Quart?

–Puede llamarme Lorenzo, a secas. No voy a oírla en confesión.

–¿Por qué no? A fin de cuentas es un sacerdote.

–Un poco singular, quizás –admitió Quart–. Y aquí no ejerzo exactamente como tal.

Al hablar había desviado un par de segundos la vista, incapaz de sostener del todo la situación. Cuando volvió a mirar, ella lo observaba con una curiosidad nueva, casi maliciosa.

—Sería divertido confesarme con usted. ¿Le gustaría?

Quart respiró con calma una, dos veces. Después frunció un poco los labios, como si considerase en serio la cuestión. La portada del *Q+S* pasó ante sus ojos como un mal presagio.

—Es posible —dijo—. Pero temo no ser objetivo con ese sacramento, en su caso. Es demasiado…

—¿Demasiado qué?

No era juego limpio por su parte, se dijo con amargura. Ella presionaba al límite. Presionaba demasiado, y eso era excesivo incluso para un tipo con los nervios del sacerdote Lorenzo Quart. Respiró otras dos veces, cual si aquello fuera una sesión de yoga. Plantéatelo así, se dijo. Procura que la calma no te abandone ahora.

—Atractiva —respondió con perfecta frialdad—. Supongo que es la palabra adecuada. Pero eso lo sabe mejor que yo.

Macarena Bruner apreció la respuesta con un breve silencio. Notable, decían sus ojos.

—Gris tiene razón —dijo—. Usted no parece un cura.

Asintió Quart sin bajar del todo la guardia:

—Imagino que el padre Ferro y yo somos especies diferentes…

—Acertó. Él es mi confesor.

—Estoy seguro de que se trata de una buena elección —hizo una pausa esmerada para despojar de ironía cualquiera de sus palabras—. Se trata de un hombre riguroso.

Ella no se dejó embaucar por el adjetivo:

—Usted no sabe nada de él.

—Es justo lo que pretendo. Saber. Pero no encuentro a nadie que me ilustre.

—Yo lo haré.

—¿Cuándo?

—No sé. Mañana por la noche. Lo invito a cenar en La Albahaca.

Quart intentaba pensar con rapidez.

—La Albahaca —repitió, para ganar tiempo.

—Sí. En la plaza de Santa Cruz. Suelen exigir corbata, pero tratándose de usted no creo que haya problemas con ese cuello que lleva. Aunque sea sacerdote, sabe vestirse bastante bien.

Aún tardó él tres segundos en hacer un gesto afirmativo. Por qué no. Después de todo, para eso había viajado a Sevilla. Sería una buena ocasión para beber a la salud del cardenal Iwaszkiewicz.

—Puedo ponerme una corbata, si lo desea. Aunque nunca tuve problemas en ningún restaurante.

Macarena Bruner se había puesto en pie, y Quart la imitó. Ella le miraba otra vez las manos.

—¿Cómo quiere que lo sepa? —acentuó la sonrisa mientras se ponía las gafas negras—. Nunca he cenado antes con un cura.

El aire que don Ibrahim se daba con el sombrero olía a azahar y naranjas amargas. A su lado, en un banco de la plaza Virgen de los Reyes, la Niña Puñales hacía ganchillo mientras vigilaban la puerta del hotel Doña María: cuatro al aire, dejo dos, uno corto y uno largo. La Niña repetía la secuencia moviendo silenciosamente los labios igual que si rezara, con el ovillo sobre la falda mientras el tejido le iba creciendo despacio entre las manos, y las pulseras de plata tintineaban en sus muñecas. Aquella labor era para otra colcha de su ajuar. Hacía casi treinta años que el ajuar de boda de la Niña Puñales amarilleaba entre bolas de naftalina, en un armario de su pequeño piso del barrio de Triana; pero ella seguía añadiéndole piezas como si el tiempo se le hubiera detenido en los dedos, en espera del hombre moreno con ojos verdes que un día vendría a buscarla entre coplas de aguardiente y luna blanca.

Un coche de caballos cruzó la plaza, llevando en la trasera a cuatro *hooligans* ingleses que bebían cerveza tocados con sombrero cordobés –jugaban el Betis y el Manchester–, y don Ibrahim lo siguió con la vista mientras se retorcía el mostacho entre suspiros de desaliento. Pobre Sevilla, musitó al cabo de un instante, abanicándose más fuerte con el panamá blanco; y la Niña Puñales asintió sin alzar la cabeza, pendiente de su labor: cuatro al aire, dejo dos. Ahora don Ibrahim había tirado la colilla del cigarro puro, y lo miraba consumirse humeando en el suelo. Por fin, con sumo esmero, lo ayudó a morir con la contera del bastón; detestaba a los tipos brutales capaces de aplastar la colilla de un buen cigarro como si en vez de apagarla, la asesinaran. El anticipo de Peregil le había permitido comprar una caja entera, nueva, precinto intacto, de Montecristos; cosa que no podía permitirse desde que el cabo Finisterre era soldado raso. Dos de ellos asomaban, espléndidos, por el bolsillo superior de la americana de su arrugado traje de lino blanco. Se llevó una mano al pecho, palpándolos con ternura. El cielo era azul, olía a azahar, estaba en Sevilla, tenía entre manos un buen negocio, habanos en el bolsillo y treinta mil pesetas en la cartera. Para que su felicidad fuera completa, sólo echaba en falta tres entradas para los toros; tres tendidos de sombra con el Faraón de Camas en el cartel, o esa joven promesa, Curro Maestral; que según el Potro tenía maneras, pero ni punto de comparación con el difunto Juan Belmonte que en paz descanse. El mismo Curro Maestral que salía en las revistas entrando a matar a las mujeres de los banqueros. Lo cual, bien mirado, también era asunto de cuernos.

Y hablando de mujeres. El cura alto acababa de aparecer en la puerta del hotel, conversando con una muy aparente. Don Ibrahim le dio con el codo a la Niña Puñales, y ésta interrumpió su labor. La dama llevaba gafas oscuras y era todavía joven, de aspecto agradable, vestida de modo informal pero con ese toque de clase, elegante y desenvuelto, característico de las mujeres andaluzas de buena casta. Ella y el cura se estrechaban la mano. Aquello introducía variantes insospechadas en el asunto, así que don Ibrahim y la Niña Puñales cambiaron significativas miradas:

–Aquí hay tomate, Niña.

–Digo.

El ex falso letrado se puso en pie no sin dificultad, calándose el panamá de paja blanca mientras sostenía el bastón de María Félix con aire resuelto. Dio a la Niña instrucciones para seguir con el ganchillo sin perder de vista al cura alto, y él se puso en marcha con la mayor discreción, propulsando trabajosamente sus ciento diez kilos tras los pasos de la mujer con gafas negras. De ese modo la siguió mientras se internaba en Santa Cruz y torcía a la izquierda por la calle Guzmán el Bueno, hasta verla desaparecer en el portal del palacio conocido como Casa del Postigo. Con el ceño fruncido y los ojos vigilantes, don Ibrahim se acercó al arco de la fachada, pintada de calamocha y cal entre los inevitables naranjos de la placita que le servía de acceso. La Casa del Postigo era un lugar muy conocido en Sevilla: un palacio del siglo XVI, residencia tradicional de los duques del Nuevo Extremo. Así que el indiano tomó buena nota mientras realizaba un reconocimiento táctico. Las ventanas estaban protegidas con verjas de hierro, y bajo el balcón principal un escudo heráldico presidía la entrada con su yelmo ornado con un león por cimera, bordura con áncoras y cabezas de moros o caciques indios, una banda con una granada dentro, y la divisa *Oderint dum probent*. Que huelan lo que prueben o algo así, tradujo para sus adentros el ex letrado, alabando el evidente sentido común de la frase. Después se adentró como quien no quiere la cosa en el portal oscuro, hacia la cancela de hierro forjado que cerraba el paso al patio interior, bellísimo recinto de columnas mozárabes con grandes macetas de plantas y flores en torno a una fuente muy bonita de mármol y azulejos. Permaneció allí hasta que una sirvienta uniformada de negro se acercó a la cancela, recelosa. Entonces le dedicó su más inocente sonrisa, y levantando un poco el sombrero hizo mutis hacia la calle con la torpeza de un turista despistado. Una vez fuera se detuvo de nuevo ante la fachada. Aún sonreía bajo el frondoso mostacho manchado de nicotina cuando extrajo del bolsillo uno de los cigarros y, cuidadosamente, le quitó la vitola. *Montecristo, Habana,* rezaba en torno a la minúscula flor de lis. Horadó el extremo con una navajita que llevaba en la cadena del reloj. La navajita era un detalle —solía contar— de sus amigos Rita y Orson, en memoria de aquella tarde inolvidable en La Habana Vieja, cuando les enseñó la fábrica de tabacos Partagás, en la esquina de Dragones y Barcelona, y luego Rita y él estuvieron bailando en el Tropicana hasta las tantas. Andaban por allí rodando *La dama de Shanghai* o algo parecido, y Orson se emborrachó hasta las cejas y todos se habían dado besos y abrazos, y terminaron regalándole aquella navajita con la que el Ciudadano Welles capaba los vegueros. Sumido en el recuerdo, o tal vez en lo imaginario del recuerdo, don Ibrahim se puso el habano entre los labios, haciéndolo girar mientras saboreaba la hoja de tabaco puro de su envoltura exterior. Interesantes, se dijo, las amistades femeninas del cura alto. Después acercó el mechero al extremo del Montecristo, disfrutando por anticipado de la media hora de placer que tenía por delante. Para don Ibrahim, la vida era inconcebible sin un cigarro cubano que llevarse a la boca. Su aroma obraba el milagro de reconstruirle un pasado glorioso, y Sevilla, La Habana –tan parecida–, su juventud caribeña en la que ni él mismo era capaz de distinguir lo real de lo inventado, se fundían con la primera bocanada de humo en un ensueño tan extraordinario como perfecto.

La luz de puticlub era roja, y en el estéreo cantaba Julio Iglesias. El vaso de Celestino Peregil tintineó cuando Dolores la Negra le puso más hielo en el whisky.

–Qué buena estás, Loli –dijo Peregil.

Era la enunciación de un hecho objetivo. Dolores movió las caderas detrás de la barra, pasándose un cubito de hielo por el ombligo desnudo, bajo la camiseta corta que le sujetaba dos senos enormes, oscilantes al ritmo de la música. Era una hembra grande, agitanada, treintañera larga, con más tiros que la ventana de un bosnio.

–Te voy a echar un polvo glorioso –anunció Peregil, pasándose una mano por la cabeza para acomodarse el pelo que le camuflaba la calva–. Que vas a caerte de la cama.

Acostumbrada a tales protocolos y a los polvos gloriosos de Peregil, Dolores se marcó dos pasos de baile mirándolo a los ojos; después le sacó la punta de la lengua entre los labios, echó el cubito de hielo que se había pasado por el ombligo dentro de su vaso, y fue a ponerle más champaña catalán a otro cliente, un fulano a quien las chicas le habían sacado ya dos botellas e iban camino de la tercera. En el estéreo, Julio Iglesias insistía en el hecho de que él era un truhán y era un señor, y a continuación se empeñó en discutir con José Luis Rodríguez *El Puma* si para llevarse al huerto a una mujer había que ser o no ser torero. Indiferente a la polémica, Peregil bebió un sorbito de whisky echándole un ojo a Fátima, la mora, que bailaba sola en la pista con una falda por las ingles, botas hasta las rodillas y un escote donde le saltaban alegremente las tetas. Fátima era su segunda opción para aquella noche, así que se puso a considerar los pros y los contras del asunto.

–Hola, Peregil.

No los había oído llegar, ni acercársele. Se pusieron uno a cada lado, apoyados en la barra igual que si contemplaran el paisaje de botellas alineadas en los estantes adornados con espejos. Peregil los vio reflejados ante él, entre las etiquetas y las jarras de propaganda: el gitano Mairena a su diestra, vestido de negro, flaco y peligroso con su aire de bailaor flamenco, un anillo enorme de oro junto al muñón del meñique que él mismo se había cortado de un tajo durante un motín, en el penal de Ocaña. El Pollo Muelas a la siniestra, rubio, pulcro y menudo, que parecía ir continuamente empalmado por la navaja de afeitar que llevaba en el bolsillo izquierdo del pantalón, y decía siempre *usted perdone* antes de darle a alguien una mojada.

–¿Nos invitas a una copa? –preguntó el gitano despacito, afectuoso, recreándose en la suerte. Y de pronto Peregil tuvo mucho calor. Con aire desmayado reclamó la atención de Dolores. Gintonic para Mairena, lo mismo para el Pollo Muelas. Los dos vasos quedaron sobre la barra, intactos. En el espejo, ambas miradas se clavaban en él.

–Te traemos un recado –dijo el gitano.

–De un amigo –matizó el otro.

Peregil tragó saliva, confiando en que con aquella luz roja no se le notara mucho. El amigo se llamaba Rubén Molina y era un prestamista del Baratillo a quien llevaba meses firmándole pagarés ya vencidos, cuyo total ascendía a una suma que el propio Peregil era incapaz de recordar sin sentirse al filo de la lipotimia. Respecto a sus deudores, Rubén Molina era famoso en ciertos ambientes sevillanos por la costumbre de enviar sólo dos mensajes para el pago con apremio: el primero de palabra y el segundo de obra. Mairena y el Pollo Muelas eran sus heraldos de plantilla.

–Decirle que pagaré. Tengo un asunto entre manos.

–Eso mismo dijo Frasquito Torres.

Sonreía el Pollo Muelas, peligrosamente comprensivo y simpático. Al otro lado, en el espejo, la cara larga y ascética del gitano se mantenía tan festiva como si acabara de enterrar a su madre. Mirándose entre ambos, Peregil quiso tragar saliva por segunda vez, pero sin éxito: la alusión a Frasquito Torres le había puesto la garganta demasiado seca. Frasquito era un tipo de buena familia, muy bala perdida, muy conocido en Sevilla, que durante un tiempo había estado recurriendo, como Peregil, a los fondos del prestamista Molina. Incapaz de pagar, vencido el plazo, alguien lo había esperado en el portal de su casa para romperle, uno por uno, todos los dientes de la boca. Lo habían dejado allí, con los dientes dentro de un cucurucho de papel de periódico metido en el bolsillo superior de la chaqueta.

–Necesito sólo una semana.

El gitano Mairena levantó un brazo y lo pasó en torno a los hombros de Peregil, con un gesto tan inesperadamente amistoso que éste se desencajó de miedo. El muñón del meñique mutilado le rozaba la barbilla.

–Qué casualidad –la camisa negra del gitano olía a sudor viejo y humo de tabaco–. Porque eso es lo que tienes, compadre. Siete días justos y ni un minuto más.

Peregil afirmaba las manos sobre la barra para evitar que le temblaran. En los estantes de enfrente, las etiquetas de las botellas se le fundían unas con otras: White Larios, Johnnie Ballantine's, Dyc Label, Four Horses, Centenario Walker. La vida es letal, se dijo. Siempre termina matándote.

–Decidle a Molina que no hay problema –balbució–. Que soy gente formal. Que estoy a punto de rematar una buena operación.

Dicho aquello echó mano al vaso y vació lo que quedaba de un solo y largo trago. Un cubito de hielo crujió, siniestro, al chocar con sus dientes, recordándole que Frasquito Torres había tenido que volver a entramparse con otro prestamista para pagar una prótesis de noventa mil duros. El gitano mantenía el brazo alrededor de sus hombros.

–Qué bonito suena eso –se choteaba el Pollo Muelas–. Rematar.

Julio Iglesias seguía a lo suyo. Marcándose pasos de baile, Dolores la Negra se vino por detrás de la barra mientras meneaba las caderas, a darles conversación. Mojó un dedo en el whisky de Peregil, se lo chupó succionando mucho con los labios, restregó el vientre contra el mostrador y agitó el contenido de su camisa con impecable pericia profesional antes de quedarse mirando a los tres hombres, decepcionada. Peregil parecía haber visto a un fantasma, los fulanos estaban con cara de pocos amigos, y además –indicio inquietante– sus gintonics seguían intactos. Así que Dolores dio media vuelta y, sin dejar de mover las caderas al son de la música, se quitó de en medio. Después de toda una vida a uno y otro lado de una barra americana, sabía muy bien cuándo no estaba el horno para bollos.

V

Las veinte perlas del capitán Xaloc

He amado también a mujeres muertas.

ENRIQUE HEINE
Noches florentinas

El subcomisario Simeón Navajo, jefe del grupo de investigación de la Jefatura Superior de Sevilla, terminó de comerse el pincho de tortilla y miró a Quart con afecto:

–Mire, páter. Yo no sé si es la iglesia, la casualidad o el arcángel San Gabriel –hizo una pausa, acompañándose con un trago del botellín de cerveza que tenía sobre la mesa de su despacho–. Pero ese sitio tiene mala sombra.

Era diminuto, muy flaco, simpático, de manos inquietas, con gafas redondas de montura de acero y un bigote tupido que parecía brotarle del interior de la nariz. Se hubiera dicho una caricatura a escala de un intelectual de los años sesenta, aspecto reforzado por el pantalón tejano, la camisa roja y amplia de algodón, y las grandes entradas del pelo peinado hacia atrás que llevaba largo, recogido en una coleta. Hacía veinte minutos que revisaban juntos los expedientes sobre las dos muertes en Nuestra Señora de las Lágrimas, y las conclusiones policiales coincidían con los dictámenes forenses: óbitos accidentales. El subcomisario Navajo lamentaba no tener a mano un culpable para podérselo enseñar, esposado, al agente de Roma. Cosas del azar, páter, decía. Ya sabe cómo ocurren esas cosas. Una barandilla mal atornillada, un trozo de escayola que se cae, un par de infelices a los que nunca les ha tocado la bonoloto pero resulta que ese día sale su número. Uno ay y el otro chaf, o sea, angelitos al cielo. Porque al menos, tratándose de una iglesia, el subcomisario daba por sentado que habrían ido al cielo.

–Lo de Peñuelas, el arquitecto municipal, está claro –Navajo movía dos dedos por el borde de la mesa, imitando la supuesta forma de caminar del difunto–. Estuvo media hora paseándose por el tejado de la iglesia en busca de argumentos para el expediente de ruina, y al final se apoyó en una barandilla de madera que hay junto al campanario… La madera estaba podrida, cedió, y Peñuelas se fue abajo para ensartarse en un tubo metálico a medio montar, igual que esos pollos en los asadores –el subcomisario había dejado de pasear los dedos y ahora alzaba uno como si fuera el tubo, haciéndole caer encima la palma de la otra mano; Quart supuso que la mano representaba al tal Peñuelas en el acto de oficiar como pollo–… Todo ocurrió en presencia de testigos, y la inspección posterior no pudo probar manipulaciones en la barandilla.

El subcomisario bebió otro trago del botellín y se limpió el bigote con el dedo donde se había ensartado el arquitecto Peñuelas. Después le dirigió al sacerdote una sonrisa voluntariosa. Se habían conocido un par de años atrás, durante la visita del Papa. Simeón Navajo era el enlace de la policía sevillana, y ambos se entendieron a las mil maravillas. El enviado de Roma había permitido al subcomisario apuntarse todos los tantos espectaculares como propios, incluida la localización del cura opuesto al celibato que pretendía apuñalar al Santo Padre, y el asunto del Semtex escondido en el cesto de ropa blanca de las hermanitas del Santísimo Sacramento. Eso le valió a Navajo una felicitación personal del ministro del Interior y otra de Su Santidad, una foto en la primera página de los periódicos y la cruz al mérito policial con distintivo rojo. Desde entonces, nadie en Jefatura se había atrevido a seguir apodándolo *Miss Magnum* por recogerse el pelo en una coleta. La Magnum, del calibre 357, estaba entre papeles, en una bandeja sobre la mesa. Casi nunca se la ponía en funda sobaquera, salvo cuando los fines de semana iba a recoger a sus hijos a casa de su ex mujer. Así, decía, ella lo respetaba más. Y a los críos les gustaba.

Quart le echó una ojeada al lugar. Del otro lado de una mampara de vidrio se veía la cabeza de un magrebí con un ojo a la funerala. Estaba sentado frente a un robusto policía en mangas de camisa que movía los labios con cara de pocos amigos, igual que en una película muda. A este lado de la mampara había en la pared una foto enmarcada del rey, un calendario donde los días transcurridos estaban tachados con saña, un archivador gris con una pegatina de la Expo 92 y otra con la hoja de la marihuana, un ventilador, fotos de delincuentes en un tablón de corcho, una diana con dardos y la pared llena de agujeros alrededor, y un póster con varios policías norteamericanos dándole una paliza de órdago a un negro, bajo la leyenda: *Quien bien te quiere te hará llorar.*

—¿Qué hay del padre Urbizu? —preguntó Quart.

El subcomisario se rascaba una oreja. Pareció decepcionado al terminar y mirarse el dedo.

—Tres cuartos de lo mismo, páter. Esta vez no hubo testigos, pero mi gente revisó la iglesia centímetro a centímetro. Tal vez quiso apoyarse en un andamio, o lo movió de forma accidental —se puso a balancear las manos igual que un andamio oscilante, con tanto realismo que él mismo se detuvo, como si aquello le diera vértigo—... El extremo superior del andamiaje tocó, e hizo saltar, un gran trozo de escayola de la cornisa que hay arriba; posiblemente ya estaba suelto y sostenido de milagro, si me permite la frase, por la misma estructura metálica. Con tan mala suerte que en cuanto ésta se movió un poco, los diez kilos largos fueron a caerle encima de la cabeza. Imagino que oyó ruido, miró arriba, y zaca.

El relato iba acompañado de la mímica correspondiente, que el subcomisario concluyó volcando una mano hacia arriba sobre la mesa, como si se tratase del padre Urbizu en el momento de pasar a mejor vida. Después se quedó mirando pensativo su propia mano agonizante, y alargó la otra hacia el botellín.

—También es mala suerte —dijo, reflexivo, tras liquidar la cerveza.

Quart, que había sacado un par de tarjetas para tomar notas, sostuvo en alto la estilográfica:

—Pero ¿por qué se cayó la cornisa?

—Depende —Navajo miraba con recelo las tarjetas. Después empezó a sacudirse miguitas de tortilla de la camisa—. Según Newton, porque como resultante de la atracción terrestre y de la fuerza centrífuga en el movimiento de rotación, cualquier objeto abandonado a sí mismo en las proximidades de la superficie de la tierra adquiere una aceleración vertical, directa, sobre la cabeza de los secretarios de arzobispo que se levantan con el pie izquierdo —miró a Quart, como preguntándole qué tal—. Espero que lo haya anotado bien. Eso para que luego digan que la policía no trabaja según bases científicas.

Quart advertía el mensaje. Se echó a reír, guardando de nuevo tarjetas y estilográfica. El subcomisario lo miraba hacer con ojos inocentes.

—¿Y según usted?

Navajo encogió los hombros bajo la holgada camisa roja. Nada de aquello era importante, ni secreto, pero saltaba a la vista que deseaba mantener el carácter oficioso. Una vez establecidos los resultados de muerte accidental, Nuestra Señora de las Lágrimas seguía siendo asunto exclusivamente eclesiástico. Corrían rumores sobre las presiones especulativas del ayuntamiento y los bancos, y los jefes del subcomisario eran partidarios de mantenerse al margen. A fin de cuentas, aunque español de origen, sacerdote y viejo conocido del subcomisario, Quart era agente de un Estado extranjero.

—Según nuestros expertos —respondió Navajo— la cornisa se cayó porque el fragmento ya estaba dañado, como lo demostró un estudio pericial posterior. Detectamos una bolsa de humedad detrás, en la pared, filtrada por unas junturas del tejado durante años y años.

—¿De veras descartan por completo la intervención humana?

El subcomisario puso cara de guasa, pero se contuvo. Al fin y al cabo, estaba en deuda con Quart.

—Oiga, páter. Aquí, en la policía, al ciento por ciento no descartamos ni que Judas fuera asesinado por alguno de sus once colegas; así que dejémoslo en un noventa y cinco. De cualquier modo es improbable que alguien le dijera a ese infeliz: oye, espera aquí un momento; y después trepase al andamio, arrancara un trozo de cornisa, y se lo dejase caer encima, fiuuuuu, mientras el otro miraba hacia arriba —los dedos del subcomisario habían trepado al andamio, descendido en forma de objeto contundente, y ahora estaban, como se veía venir, inertes sobre la mesa esperando al forense—. Eso sólo pasa en los dibujos animados.

Cuando se despidió del subcomisario, Quart tenía la impresión de que *Vísperas* había exagerado las cosas. O quizás aquello de que la iglesia matara para defenderse resultaba —en versión libre, singular y simbólica— rigurosamente cierto. Otra cosa era cuantificar la capacidad de liquidar gente molesta que podía tener, intrínsecamente o con auxilio del azar o la Providencia, un decrépito edificio con tres siglos de antigüedad. Pero, llegadas a ese punto, las cosas ya no afectaban a Quart; ni siquiera al IOE. Los aspectos conflictivos de lo sobrenatural corrían por cuenta de otro tipo de especialistas, más próximos a la cofradía siniestra del cardenal Iwaszkiewicz que al rudo centurión encarnado en monseñor Spada. En cuyo mundo –que era el del buen soldado Quart– uno y uno sumaban dos desde que en principio fue el Verbo.

Reflexionaba sobre eso camino de la iglesia, cuando le pareció escuchar pasos a su espalda al internarse en las callejas estrechas de Santa Cruz; pero aunque se detuvo un par de veces no pudo comprobar nada sospechoso. Continuó, procurando mantenerse cerca de la exigua sombra que brindaban los aleros de las casas. El sol caía fuerte en Sevilla, y las fachadas blancas y ocres reverberaban igual que las paredes de un horno, haciendo que la chaqueta negra pesara en los hombros como plomo candente. Si de veras resultaba haber algo al otro lado, se dijo Quart, los sevillanos que fueran en pecado mortal iban a encontrarse como en casa: el infierno ya lo conocían varios meses al año, en la tierra. Al llegar a la pequeña plaza de la iglesia se detuvo junto a la reja de los geranios, envidiando al canario que, en su jaula y a la sombra, mojaba el pico en una ampollita de agua. No había un soplo de aire y todo colgaba inmóvil: los visillos de la ventana, las hojas de las macetas y de los naranjos. Velas en el mar de los Sargazos.

Fue un alivio cruzar el umbral de Nuestra Señora de las Lágrimas. Los muros albergaban un oasis de sombra fresca con olor a cera y humedad: exactamente lo que Quart necesitaba con urgencia. Así que se detuvo a recobrar aliento junto a la puerta, deslumbrado aún por la claridad exterior. Había allí una pequeña talla de Jesús Nazareno; un atormentado Cristo barroco des-

pués de pasar por el tercer grado del patio del Pretorio:
cuántos sois, dónde guardas el oro y los denarios de
tus seguidores, qué es esa murga de que te llamas Hijo
del Padre, adivina quién te dio. Tenía las muñecas atadas por una soga y gruesos goterones de sangre corriéndole desde la frente coronada de espinas, que alzaba hacia lo alto esperando que alguien echase una
mano y lo sacara de allí acogiéndose al *habeas corpus*.
Quart nunca había sentido, al contrario que la mayor
parte de sus iguales, la certidumbre del parentesco divino del hombre cuya imagen tenía delante; ni siquiera
en el seminario, durante lo que llamaba sus años de
adiestramiento, cuando los profesores de Teología des-
montaban y volvían a montar minuciosamente los me-
canismos de la fe en la mente de los jóvenes destinados
a ser sacerdotes. «*Abba, Abba, ¿por qué me has abandonado?*», constituía la pregunta crítica que era preciso evitar a toda costa. A él, que llegó al seminario con
la pregunta hecha y convencido de la ausencia de respuesta, el formateo del disquete teológico vino a llo-
verle sobre mojado; pero era un joven prudente, y
supo guardar silencio. En los años de aprendizaje, lo
importante para Quart había sido el descubrimiento de
una disciplina; unas normas según las que ordenar su
vida, manteniendo a raya la certeza del vacío experimentado en el rompeolas frente al mar, cuando la tormenta. Igual habría podido ingresar en el ejército, en
una secta o, como bromeaba monseñor Spada –en realidad no bromeaba en absoluto–, en una orden medieval de monjes soldados. Al huérfano del pescador perdido en un naufragio le bastaban su propio orgullo, su
autodisciplina y un reglamento.

Contempló de nuevo la imagen. En todo caso, aquel
Nazareno los tenía bien puestos. Nadie podía avergon-
zarse de enarbolar su cruz como bandera. A menudo
sentía nostalgia de aquella otra clase de fe, o tan sólo de

la fe a secas; cuando hombres negros de polvo y de sol bajo una cota de malla gritaban el nombre de Dios y entraban en combate impulsados por la esperanza de abrirse camino a mandobles hacia el Cielo y la vida eterna. Vivir y morir era más simple; el mundo era mucho más sencillo unos cuantos siglos atrás.

Se santiguó mecánicamente. En torno al Cristo, protegido por una urna de cristal, colgaba medio centenar de polvorientos exvotos: manos, piernas, ojos, cuerpos de niños de latón y cera, trenzas de cabello, cartas, cintas, notas y placas agradeciendo tal curación o cual remedio. Incluso una vieja medalla militar de la guerra de África atada con las flores secas de un ramo de novia. Como cada vez que tropezaba con semejantes muestras de devoción, Quart se preguntó cuántas angustias, noches en vela junto a un lecho de enfermo, oraciones, historias de dolor, esperanza, muerte y vida, había en cada uno de aquellos objetos que, a diferencia de otros párrocos más a tono con los tiempos, don Príamo Ferro conservaba junto al Jesús Nazareno de su pequeña iglesia. Era la religión de antes, la de siempre, la del sacerdote de sotana y latín, intermediario imprescindible entre el hombre y los grandes misterios. La iglesia del consuelo y la fe, cuando las catedrales, las vidrieras góticas, los retablos barrocos, las imágenes y las pinturas que mostraban la gloria de Dios cumplían la misión desempeñada ahora por las pantallas de los televisores: tranquilizar al hombre ante el horror de su propia soledad, de la muerte y del vacío.

–Hola –dijo Gris Marsala.

Se había deslizado hasta él por la estructura de tubos de un andamio y ahora lo miraba, expectante, con las manos en los bolsillos traseros de los tejanos. Vestía las mismas ropas manchadas de yeso que la vez anterior.

–No me dijo que era monja –le reprochó Quart.

La mujer contuvo una sonrisa, tocándose el pelo encanecido. Seguía llevándolo sujeto en una corta trenza.

–Es cierto. No lo hice –los ojos claros y amistosos lo estudiaron de arriba abajo, como si quisieran confirmar algo–. Creí que un sacerdote sería capaz de olfatear esas cosas sin ayuda de nadie.

–Soy un sacerdote muy lerdo.

Hubo un corto silencio. Gris Marsala sonreía:

–Pues no es eso lo que cuentan de usted.

–Vaya. ¿Quién lo cuenta?

–Ya sabe: arzobispos, párrocos enfurecidos –el acento norteamericano se hacía más intenso entre tanta ere y erre–. Mujeres guapas que lo invitan a cenar.

Quart se echó a reír.

–Es imposible que usted sepa eso.

–¿Por qué? Existe un invento llamado teléfono. Una lo descuelga y habla. Macarena Bruner es amiga mía.

–Extraña amistad. Una monja y la mujer de un banquero que escandaliza a Sevilla…

Gris Marsala lo miró con dureza:

–Eso tiene muy poca gracia.

Se había revuelto, tenso el rostro, y él movió la cabeza, conciliador, seguro de haber ido demasiado lejos. Más allá del puro interés táctico, sentía la injusticia de su propia reflexión. No juzguéis y no seréis juzgados.

–Tiene razón. Disculpe.

Apartó la vista. Incómodo, preocupado por el desliz, intentaba aclarar las causas de su propia impertinencia. Los reflejos de miel y el collar de marfil sobre la piel de Macarena Bruner rondaban su memoria, inquietantes. De nuevo afrontó a Gris Marsala. Ahora ya no parecía furiosa, sino apenada:

–No la conoce como yo.

–Desde luego.

Quart asintió despacio, a modo de disculpa, y dio unos pasos en busca de tregua. Se adentró así en la nave para observar una vez más los andamios contra los muros, la mayor parte de los bancos corridos y puestos en un rincón, la pintura del techo, ennegrecida entre cercos de humedad. Al fondo, junto al retablo en penumbra, brillaba la lamparilla del Santísimo.

—¿Qué tiene usted que ver con esto?

—Ya se lo dije: trabajo aquí. Soy arquitecto-restauradora de verdad. Titulada. Universidades de Los Ángeles y Sevilla.

Los pasos de Quart resonaban en la nave. Gris Marsala caminó a su lado, silenciosa con sus zapatillas de tenis. Entre las manchas de humedad y humo que ennegrecían la bóveda asomaban restos de pinturas: las alas de un ángel, la barba de un profeta.

—Se han perdido para siempre —dijo la mujer—. Imposible restaurarlas ya.

Quart miraba la grieta que partía la frente de un querubín como un hachazo.

—¿Es verdad que la iglesia se está cayendo?

Gris Marsala hizo un gesto de fatiga. Parecía haber oído demasiadas veces esa pregunta.

—Es lo que dicen en el Ayuntamiento, el banco y el Arzobispado para justificar el derribo —alzó una mano, abarcando la nave con el gesto—. El edificio está mal y no ha sido cuidado en los últimos ciento cincuenta años; pero su estructura sigue sólida. Ni en los muros ni en la bóveda hay grietas irreversibles.

—Pero al padre Urbizu —objetó Quart— le cayó encima un trozo del techo.

—Sí. Fue ahí, ¿lo ve? —la mujer indicaba un desperfecto de casi un metro de longitud, en la cornisa que circundaba la nave a diez metros de altura—. Ese fragmento de escayola dorada que falta sobre el púlpito. Un caso de mala suerte.

—El *segundo* caso de mala suerte.

—El arquitecto municipal se cayó del tejado por su cuenta. Nadie le dijo que podía subir allí.

Para tratarse de una monja, el tono de Gris Marsala resultaba poco piadoso al referirse a los difuntos. Lo andaban buscando, parecía el mensaje implícito. Quart reprimió una mueca sarcástica, preguntándose si también ella obtenía oportunas absoluciones del padre Ferro. Pocas veces encontraba uno rebaños tan fieles al pastor.

—Imagínese —Quart miraba los andamios, suspicaz— que usted no tiene nada que ver con esta iglesia, y yo le digo: hola, buenas, hágame el informe técnico.

La respuesta llegó inmediata, sin la menor vacilación:

—Vieja y descuidada, pero no en ruina. Casi todos los daños están en los revestimientos, por la humedad filtrada a través del mal estado de las cubiertas. Pero eso ya lo hemos resuelto retejando con cal, cemento y arena; casi diez toneladas de material subidas a quince metros de altura, con estas manos —Gris Marsala las agitaba ante Quart: encallecidas, fuertes, con uñas cortas, rotas, incrustadas de yeso y pintura— y las del padre Óscar. A su edad, don Príamo ya no está para andar por los tejados.

—¿Y el resto del edificio?

La monja se encogió de hombros:

—Puede sostenerse si logramos terminar las obras esenciales. Una vez eliminadas las goteras estaría bien consolidar las vigas de madera, que en algunos sitios están podridas por ataques de termitas a causa de la humedad. Lo ideal sería sustituirlas, pero carecemos de presupuesto —hizo el gesto de contar dinero con el pulgar y el índice y lo concluyó con un suspiro de desaliento—… Eso en cuanto al edificio. Respecto a la ornamentación, es cosa de restaurar poco a poco las partes más dañadas. Para las vidrieras, por ejemplo, he encontrado un recurso. Un amigo químico que trabaja en un taller de vidrio artesanal se ha comprometido a fabricar gratis piezas de color que sustituyan a las que se perdieron. El procedimiento es lento, porque aparte de la fabricación debemos restaurar el emplomado. Pero no hay prisa.

–¿De veras no la hay?

–No, si conseguimos ganar esta batalla.

Quart la miró con interés:

–Parece una cuestión personal.

–Es una cuestión personal –admitió ella con sencillez–. Me quedé aquí para eso. Vine a Sevilla intentando resolver algunos problemas, y en este lugar hallé la solución.

–¿Problemas profesionales?

–Sí. Una crisis, supongo. Ocurre de vez en cuando. ¿Tuvo ya la suya?

Quart negó con la cabeza, cortés, con el pensamiento en otra parte. He de pedir su ficha a Roma, anotaba mentalmente. Cuanto antes.

–Hablábamos de usted, hermana Marsala.

Los ojos claros se entornaron entre las arrugas que cercaban los párpados de la mujer. Nadie hubiese podido afirmar que aquello fuera exactamente una sonrisa:

–¿Siempre es tan reservado, o se trata de una pose?… Por cierto, llámeme Gris. Lo otro suena ridículo; mire mi aspecto. Pero le estaba diciendo que vine aquí a ordenar mi corazón y mi cabeza, y encontré la respuesta en esta iglesia.

–¿Qué respuesta?

–La que todos andamos buscando. Una causa, supongo. Algo que justifique en qué creer y por qué luchar –se quedó un rato callada y luego añadió, un poco más bajo–: Una fe.

–La del padre Ferro.

Se lo quedó mirando otra vez en silencio. La trenza gris estaba medio deshecha, y ella la sujetó entre dos dedos y volvió a trenzarse el cabello sin apartar los ojos de Quart.

–Cada uno tiene su propio tipo de fe –dijo por fin–. Algo muy necesario en este siglo que agoniza con tan malos modos, ¿no le parece?… Todas las revoluciones fueron hechas y se perdieron. Las barricadas están desiertas, y los héroes solidarios se han convertido en solitarios que se agarran a lo que pueden para sobrevivir –los ojos claros lo observaron, inquisitivos–. ¿No se sintió nunca como uno de esos peones de ajedrez pasados, que se olvidan en un rincón del tablero y oyen apagarse a su espalda el rumor de la batalla mientras intentan mantenerse erguidos, preguntándose si queda en pie un rey al que seguir sirviendo?

Recorrieron la iglesia. Gris Marsala le mostró a Quart la única pintura que valía la pena: una Purísima atribuida sin mucha convicción a Murillo, que presidía la entrada a la sacristía desde la nave, junto al confesionario. Anduvieron después hasta la cripta, cerrada con una verja de hierro sobre escalones de mármol que se perdían en la oscuridad, y la mujer explicó que iglesias pequeñas como aquélla no solían tenerla. Sin embargo, Nuestra Señora de las Lágrimas gozaba de privilegio especial. Catorce duques del Nuevo Extremo yacían allí, incluyendo los fallecidos antes de la construcción de la iglesia. A partir de 1865 la cripta cayó en desuso, y los enterramientos se efectuaron en el panteón familiar de San Fernando. La única excepción había sido Carlota Bruner.

–¿Qué ha dicho?

Quart tenía apoyada una mano sobre el arco de entrada a la cripta, ornado por una calavera sobre dos tibias. El frío de la piedra le helaba la sangre en la muñeca.

Gris Marsala se volvió, sorprendida por el tono incrédulo del sacerdote.

–Carlota Bruner –repitió, aún confusa–. Tía abuela de Macarena. Murió a principios de siglo y fue enterrada en esta cripta.

–¿Podemos ver la tumba?

Había una ansiedad mal disimulada en la voz de Quart. La mujer seguía observándolo, indecisa.

–Claro.

Fue a la sacristía en busca de un manojo de llaves, y tras descorrer el cerrojo de la verja hizo girar un anticuado interruptor de porcelana. Una bombilla de pocos vatios, cubierta de polvo, iluminó los escalones. Quart inclinó la cabeza, y tras un corto descenso se encontró en un pequeño recinto de planta cuadrada, con las paredes cubiertas de lápidas mortuorias dispuestas en tres pisos. Los muros de ladrillo tenían grandes cercos blancos y negros de humedad, y flotaba en el aire un olor a moho y falta de ventilación. Una de las paredes ostentaba, tallado en mármol, un escudo heráldico con la divisa: *Oderint dum probent*. Que me odien con tal de que me respeten, tradujo para sí. Lo presidía una cruz negra.

–Catorce duques –repitió Gris Marsala, a su lado. Hablaba en voz involuntariamente baja, como si el lugar la cohibiese. Quart miró las inscripciones de las lápidas. La más antigua llevaba las fechas 1472-1551: Rodrigo Bruner de Lebrija, conquistador y soldado cristiano, primer duque del Nuevo Extremo. La más reciente se hallaba junto a la puerta, entre dos nichos vacíos, y era la única que ostentaba un nombre de mujer en aquel recinto reservado a descubridores, políticos y guerreros:

CARLOTA VICTORIA AMELIA
BRUNER DE LEBRIJA Y MONCADA
1872-1910
DESCANSA EN LA PAZ DEL SEÑOR

Quart pasó los dedos sobre el relieve del nombre esculpido en mármol. Su certeza era absoluta: tenía en el bolsillo una postal escrita un siglo atrás por aquella mujer, diez o doce años antes de su muerte. Así, como al introducir una tarjeta codificada en el lugar oportuno, personajes y sucesos dispersos empezaban a situarse en relación unos con otros. Y en el centro, como una encrucijada común, aquella iglesia.

–¿Quién era el capitán Xaloc?

Gris Marsala observaba los dedos de Quart, inmóviles sobre el nombre *Carlota*. Parecía un poco desconcertada:

–Manuel Xaloc fue un marino sevillano que emigró a América en la última década del siglo pasado. Anduvo pirateando por las Antillas antes de desaparecer en el mar, durante la guerra hispanonorteamericana de 1898.

Aquí rezo por ti cada día, releyó mentalmente Quart. *Y espero tu regreso.*

–¿Cuál fue su relación con Carlota Bruner?

–Ella enloqueció por él. O por su ausencia.

–Qué me dice.

–Lo que oye –seguía intrigada por el interés de Quart–. ¿O cree que eso sólo pasaba en las novelas?... Ésta fue una de esas historias de folletín romántico, cuya única originalidad es la ausencia de final feliz: una jovencísima aristócrata enfrentada a sus padres, y un joven marino que emigra en busca de fortuna. La aristocracia andaluza hace luz de gas, bloqueo familiar, cartas que no llegan. Y una mujer se consume en la ventana, con el corazón puesto en cada

vela de barco que va y viene por el Guadalquivir…
–ahora fue Gris Marsala quien tocó la lápida, retirando la mano en seguida–. No pudo soportarlo y se volvió loca.

En el lugar sagrado de tu juramento y mi felicidad, concluía Quart para sí mismo. De pronto deseaba hallarse fuera de allí, a la luz de un sol que borrase las palabras, los juramentos y los fantasmas que había venido a remover en aquella cripta.

–¿Volvieron a encontrarse?

–Sí. En 1898, poco antes de estallar lo de Cuba. Pero ella no lo reconoció. Ya no era capaz de reconocer a nadie.

–¿Y qué hizo él?

Los ojos claros de la mujer parecían contemplar un mar encalmado, gris como su nombre.

–Volvió a La Habana, justo a tiempo de intervenir en la guerra. Pero antes dejó aquí la dote que traía para ella. Las veinte perlas que luce la Virgen de las Lágrimas son las que Manuel Xaloc reunió para el collar que debía llevar Carlota el día de su boda –miró la lápida por última vez–. Ella siempre quiso casarse en esta iglesia.

Salieron de la cripta. Gris Marsala cerró la reja de hierro y luego encendió la luz del altar mayor para que pudiera ver mejor la talla de la Virgen de las Lágrimas. Tenía en el pecho un corazón traspasado por siete puñales, y las veinte perlas del capitán Xaloc brillaban en su rostro, en la corona de estrellas y sobre el azul del manto.

–Hay algo que no comprendo –comentó Quart, pensando en la ausencia de matasellos de la tarjeta postal–. Usted habló hace un momento de cartas que no llegaban. Y sin embargo, en esos años de separación, Manuel Xaloc y Carlota Bruner tuvieron que mantener correspondencia… ¿Qué ocurrió?

Gris Marsala sonreía, triste y distante. Rememorar aquella historia no parecía haberla hecho feliz:

—Me ha dicho Macarena que cenarán juntos esta noche. Puede preguntárselo. Nadie sabe más que ella sobre la tragedia de Carlota Bruner.

Apagó la luz, y el retablo volvió a llenarse de sombras.

Después que Gris Marsala volviera a su andamio, Quart se fue por la sacristía. Pero en vez de salir a la calle se demoró allí un poco, echando un vistazo. De una de las paredes colgaba un lienzo muy oscuro y estropeado: una Anunciación de autor anónimo. Había también una talla maltrecha de San José con el Niño, un crucifijo, dos abollados candelabros de latón, una enorme cómoda de caoba y un armario. Permaneció quieto en el centro de la habitación, mirando alrededor, y luego abrió al azar algunos cajones de la cómoda. Encontró misales, objetos litúrgicos y ornamentos. El armario contenía un par de cálices, una custodia, un antiguo copón de latón dorado, media docena de casullas y una viejísima capa pluvial bordada con hilo de oro. Quart cerró sin tocar nada. Aquélla estaba lejos de ser una parroquia próspera.

La sacristía contaba con dos puertas de acceso. Una hacia la iglesia, a través de la pequeña capilla del confesionario por donde Quart había entrado. La otra iba a la calle, a la plaza, mediante un estrecho vestíbulo que también servía de entrada a la vivienda del párroco. Quart observó la escalera con barandilla de hierro que ascendía hasta el rellano iluminado por un tragaluz, y se detuvo mirando el reloj. Sabía que don Príamo Ferro y el padre Óscar se encontraban en ese momento en una dependencia del Arzobispado, convocados por el vicario de su zona para una reunión burocrática oportunamente sugerida por el propio Quart. Disponía, si todo iba bien, de media hora más.

Ascendió despacio por la escalera, cuyos peldaños de madera crujían. La puerta del rellano estaba cerrada; pero soslayar ese tipo de inconvenientes también era parte de su trabajo. En cuanto a cerraduras, la más difícil en el historial de Quart había sido la combinación alfanumérica en la vivienda de cierto obispo dublinés, cuya clave hubo de obtener en la misma puerta, a la luz de una linterna Maglite y con ayuda de un escáner conectado a su ordenador portátil. Después de aquello el obispo, un tipo pelirrojo y rubicundo apellidado Mulcahy, se había visto llamado con urgencia a Roma, donde su plácida rubicundez dio paso a una palidez mortal cuando monseñor Spada le mostró, con cara de pocos amigos, copia fotográfica de toda la correspondencia mantenida por el prelado con los activistas del Ejército Republicano Irlandés: cartas que había cometido la imprudencia de conservar, ordenadas por fechas, tras los tomos de la *Summa Teologica* que se alineaban en su biblioteca. Aquello tuvo la virtud de inspirar prudencia al fervor nacionalista de monseñor Mulcahy, y la consecuencia de convencer a los grupos especiales del SAS británico de lo innecesario de proceder a su drástica eliminación física. Proyecto previsto, según la información obtenida por confidentes del IOE –10.000 libras esterlinas con cargo a los fondos secretos de la Secretaría de Estado–, durante una próxima visita del prelado dublinés a su colega el obispo de Londonderry. Operación que, por su parte, los ingleses pensaban cargar astutamente a la cuenta de los paramilitares unionistas del Ulster.

La cerradura de don Príamo Ferro no planteaba tantas dificultades. Era un modelo antiguo, convencional. Tras breve examen, Quart extrajo de su billetera una delgada hoja de acero, algo más estrecha que una lima de uñas, y la introdujo apoyándose con una pequeña llave Allen escogida de un manojo que llevaba en el bolsillo. Movió suavemente, sin forzar, hasta sentir en los dedos el leve *clic* de cada diente al ceder. Entonces la hizo girar, corrió el pestillo y la puerta dejó franco el paso.

Anduvo por el pasillo, estudiando el lugar. Era una vivienda humilde con dos dormitorios, cocina, cuarto de baño y una pequeña sala de estar. Quart empezó por esta última, pero no pudo hallar nada de interés salvo una fotografía en uno de los cajones del aparador. La foto era una polaroid de mala calidad. Había sido tomada en un patio andaluz; el suelo era de mosaico, y se veían macetas con flores y plantas, y una fuente de mármol con azulejos. Don Príamo Ferro estaba allí, con su inevitable sotana negra hasta los pies, sentado junto a una mesa baja con lo que parecía un desayuno, o una merienda. Lo acompañaban dos mujeres: una anciana, vestida con ropas claras, veraniegas y un poco pasadas de moda. La otra era Macarena Bruner, y los tres sonreían a la cámara. Por primera vez Quart veía sonreír al padre Ferro, y le pareció una persona distinta a la que había conocido en la iglesia y en el despacho del arzobispo. Ahora el suyo era un gesto tierno y triste, que rejuvenecía las facciones marcadas por cicatrices, suavizando la dureza de los ojos negros y el obstinado mentón siempre falto de una buena cuchilla de afeitar. Parecía otro hombre más inocente. Más humano.

Quart se guardó la foto en el bolsillo antes de cerrar los cajones. Después fue hasta la máquina de escribir portátil que había en una mesita, abrió la funda y echó un vistazo a los papeles. Por reflejo profesional puso una hoja en el rodillo y pulsó varias teclas para obtener una muestra de los tipos, por si alguna vez necesitaba identificar algo escrito allí. Metió el folio doblado en el mismo bolsillo que la fotografía. En cuanto a los libros del aparador, sumaban una veintena; así que también les dio un vistazo, abriendo algunos y comprobando si ocultaban algo detrás. Eran materias religiosas, manoseados tomos con la liturgia de las horas, una edición del Catecismo de 1992, dos volúmenes de citas latinas, el *Diccionario de Historia Eclesiástica de España*, la *Historia de la Filosofía* de Urdanoz, y la *Historia de los heterodoxos españoles* de Menéndez y Pelayo en tres tomos. No era el tipo de libros que Quart esperaba, y le sorprendió encontrar también varios títulos sobre astronomía que hojeó con curiosidad, sin encontrar nada significativo en ellos. El resto carecía de interés salvo, acaso, la única novela que encontró: una viejísima y deteriorada edición en rústica de *El abogado del Diablo* –Quart encontraba detestable a Morris West y sus atormentados curas *best seller*– con un párrafo marcado a bolígrafo en la página 29:

«...*Hemos estado alejados mucho tiempo de nuestro deber de pastores. Hemos perdido el contacto con las personas que nos mantienen en contacto con Dios. Hemos reducido la fe a un concepto intelectual, a un árido asentimiento de la voluntad, porque no la hemos visto actuar en las vidas de la gente común. Hemos perdido la compasión y el temor reverente. Trabajamos conforme a cánones, no de acuerdo con la caridad.*»

Dejó la novela en su sitio y comprobó el teléfono. Se trataba de una conexión fija, antigua. Nada donde pudiera engancharse una línea de ordenador. Salió de la habitación dejando la puerta como la había encontrado, abierta en un ángulo de cuarenta y cinco grados, y fue por el pasillo hasta el dormitorio que identificó como del padre Ferro. Olía a cerrado y a soledad clerical. Era un cuarto sencillo, ventana a la plaza, amueblado con una cama de metal bajo un crucifijo en la pared, y un armario con espejo. En la mesilla de noche encontró un libro de oraciones, unas pantuflas muy viejas y un orinal de porcelana que le arrancó una sonrisa. En el armario había un traje oscuro, otra sotana en no mejor estado que la de diario, algunas camisas y ropa interior. Apenas encontró más objetos personales, salvo un marco de madera con una fotografía amarillenta donde una pareja, hombre y mujer, de aspecto campesino y ropas de domingo, posaban junto a un sacerdote en quien, a pesar del pelo negro y la grave juventud de sus facciones, Quart reconoció sin dificultad al párroco de Nuestra Señora de las Lágrimas. La foto era muy vieja y tenía una mancha en un ángulo. Tomada al menos cuarenta años atrás, calculó basándose en el aspecto del padre Ferro: el mentón y los ojos mostraban todo su vigor. Y la mirada orgullosa y solemne del hombre y la mujer, en cuyos hombros apoyaba las manos el joven clérigo, permitía suponer que la instantánea celebraba una reciente ordenación.

El otro dormitorio era sin duda el de Óscar Lobato. En la pared había una litografía de Jerusalén visto desde el Huerto de los Olivos y un cartel de la película *Easy Rider* con Peter Fonda y Dennis Hopper a lomos de sendas motocicletas. Quart vio también una raqueta de tenis y zapatillas de deporte en un rincón. La mesilla de noche y el armario no contenían nada de interés, así que centró su pesquisa en la mesa puesta contra la pared, junto a la ventana. Encontró papeles diversos, libros sobre Teología e Historia de la Iglesia, la *Moral* de Royo Marín, la *Patrología* de Altaner y los cinco tomos del *Mysterium Salutis*, el grueso ensayo *Clérigos* de Eugen Drewermann, un juego de ajedrez electrónico, una guía turística de la ciudad del Vaticano, una cajita de píldoras antihistamínicas y un viejo tomo de aventuras de Tintín: *El cetro de Ottokar*. Y en un cajón, premio a la paciencia de Quart, veinte folios sobre San Juan de la Cruz impresos en letra Courier New de ordenador, y cinco cajas de plástico con una docena de disquetes de 3,5" cada una.

Podía ser *Vísperas* y podía no ser. De un modo u otro era poco de una parte y mucho de la otra. Escaso como prueba y excesivo como material a comprobar sobre el terreno, concluyó Quart con fastidio mientras examinaba el contenido de las cajas. Revisarlo todo requería tiempo y oportunidad, y él no andaba sobrado de ninguna de las dos cosas. Tendría que ingeniárselas para volver otra vez y copiar cada uno de aquellos disquetes en el disco duro de su ordenador portátil, a fin de revisarlos más tarde, despacio, en busca de indicios. Obtener copias podía llevarle una hora larga, más la dificultad de alejar de nuevo a los dos sacerdotes durante el tiempo necesario.

El calor se filtraba por las cortinas, haciendo transpirar a Quart bajo la ligera chaqueta de alpaca negra. Sacó un pañuelo de celulosa para secarse la frente y después de usarlo hizo una bolita y se lo guardó en el bolsillo. Puso los disquetes en su sitio y cerró el cajón, preguntándose dónde estaría el equipo informático que el padre Óscar utilizaba con aquello. Fuera quien fuese el pirata, necesitaba un ordenador muy potente conectado a una línea telefónica de fácil acceso, además de equipo complementario. Todo requería unas condiciones mínimas de instalación y espacio que no se daban en aquella casa. Óscar Lobato o cualquier otro, lo cierto es que *Vísperas* no actuaba desde allí.

Quart miró indeciso alrededor. Era hora de marcharse. Y en ese momento, justo cuando echaba hacia atrás el puño izquierdo de la camisa para mirar el reloj, oyó crujir los peldaños de la escalera. Entonces supo que los problemas estaban a punto de empezar.

Celestino Peregil colgó el auricular y se quedó mirando el teléfono, pensativo. Desde un bar próximo a la iglesia, don Ibrahim acababa de pasarle el último informe sobre los movimientos de cada uno de los personajes de la historia. El ex falso letrado y sus secuaces se estaban tomando el encargo muy al pie de la letra. Demasiado, a juicio de Peregil, un poco harto de recibir llamadas cada media hora para ser puesto al corriente de que el cura tal había comprado periódicos en el kiosco de Curro, o que el cura cual estaba sentado en el bar Laredo tomando el fresco. Hasta el momento, la única información realmente valiosa daba cuenta de una entrevista mantenida por Macarena Bruner con el enviado de Roma en el hotel Doña María, detalle que Peregil había acogido con incredulidad, primero, y luego con una especie de satisfacción expectante. Aquel género de cosas siempre terminaba por dar juego.

Y hablando de juego. En las últimas veinticuatro horas el tapete verde le venía complicando un poco más la vida. Después de adelantar cien mil pesetas a don Ibrahim y sus compadres a cuenta de los tres millones prometidos por el trabajo, el asistente de Pencho Gavira había caído en la tentación de utilizar los dos millones novecientas mil restantes para enderezar su crítica situación financiera. Fue una corazonada; uno de esos sentimientos que se presentan de improviso, con la intuición –peligrosa– de que algunos días son diferentes a otros, y aquél era uno de ellos. Se daba cierto fatalismo moruno, además, en la sangre andaluza del individuo. La suerte no pasa dos veces por la misma puerta si nadie le dice ojos negros tienes; ése era el único consejo que le había dado su padre cuando pequeñito, exactamente un día antes de bajar a por tabaco y fugarse con la charcutera de la esquina. Así que, a pesar de la certeza de caminar al borde del abismo, Peregil comprendió de pronto, mientras tapeaba en la barra de un bar, que si no iba en pos de la corazonada la angustia por lo que pudo ser y no fue iba a durarle toda la vida. Porque el peón de brega del hombre fuerte del Banco Cartujano podía ser muchas cosas: un canalla, un calvo vergonzante, un burlanga capaz de vender a su anciana madre, a su jefe o a la mujer de su jefe, por un cartón de bingo; pero sólo imaginar el rumor de una bolita girando en sentido contrario a la ruleta le ponía un corazón de tigre. Las cosas como son. Así que aquella misma noche Peregil se había puesto una camisa limpia y una corbata de crisantemos rojos y malvas, yéndose al casino como quien embarca rumbo a Troya. Estuvo a punto de conseguirlo, y eso decía mucho en favor de su intuición como habitual del tapete. Pero no pudo ser. Y como dijo Séneca, lo que no podía ser no podía ser, y además era imposible. Los dos millones novecientas mil –igual no era Séneca el que lo dijo– siguieron el camino de los otros tres kilos. Así que las finanzas de Celestino Peregil estaban tiesas como la mojama, y los fantasmas del gitano Mairena y el Pollo Muelas se cernían sobre él como su mala sombra.

Se levantó y dio unos pasos inquietos por el angosto cubil invadido de fotocopiadoras y papeles que ocupaba dos plantas más abajo de su jefe, con vistas al Arenal y al Guadalquivir. Desde allí veía la Torre del Oro, el puente de San Telmo y las parejas de novios paseando junto al río, entre las mesas de las terrazas. Aunque iba en mangas de camisa y tenía puesto el aire acondicionado, un molesto calorcillo le agobiaba el resuello; de modo que fue por la botella, puso hielo en un vaso y bebió tres dedos de whisky sin respirar. Preguntándose, tal y como estaban las cosas, cuánto podía durarle aquel panorama.

Una tentación le rondaba la cabeza. Nada bien definido aún; pero que así, en un primer vistazo, ofrecía alguna posibilidad de obtener un respiro en forma de liquidez. Era ponerse a tontear otra vez con fuego, pero lo cierto es que tampoco iba teniendo mucho donde elegir. Todo consistía en que Pencho Gavira nunca estuviese al tanto de que su escolta y esbirro predilecto jugaba con dos barajas. Filtrada de forma discreta, aquella historia podía seguir dando dinero. Después de todo, el cura alto era mucho más fotogénico que Curro Maestral.

Rumiando sin prisas la idea, Peregil se acercó a la mesa en busca de la agenda, donde su dedo índice se detuvo sobre el número de teléfono que ya había marcado alguna que otra vez. Al cabo de un momento cerró la agenda de golpe, cual si luchara con malos pensamientos. Eres una rata de cloaca, se increpó con ecuanimidad insólita en un individuo de semejante catadura. Mas no era su índole moral lo que atormentaba al ex detective, demasiado inquieto por el estado cataléptico de sus finanzas personales. Aquella turbación provenía de una incómoda certeza: si se abusa de ellos, hay remedios que matan. Pero también mataban las deudas, sobre todo las contraídas con el prestamista más peligroso de Sevilla. Así que, tras mucho darle vueltas, abrió otra vez la agenda y buscó de nuevo el teléfono de la revista *Q+S*. De perdidos, al río. Alguien había dicho una vez que traicionar sólo era un problema de fechas; pero en el mundo de Peregil la cuestión podía ser sólo de horas. Además, traicionar era un verbo demasiado solemne. Él se limitaba a sobrevivir.

–¿Qué está haciendo aquí?

En el Arzobispado no habían sido capaces de retener el tiempo necesario al padre Óscar. Se encontraba en el pasillo, cerrando el paso y con cara de muy pocos amigos. Quart le dedicó una sonrisa fría que apenas disimulaba su desconcierto y su fastidio:

—Echaba un vistazo.

—Eso parece.

Óscar Lobato movía afirmativamente la cabeza una y otra vez, como si respondiera a sus propias preguntas. Llevaba un polo negro, pantalón gris y calzado deportivo. En realidad no era un joven fuerte. Tenía la piel pálida, aunque ahora se viera enrojecida por el esfuerzo de subir a la carrera. Era bastante más bajo que Quart, y su aspecto —veintiséis años, según el expediente— aparentaba más tiempo dedicado a estudio y vida sedentaria que al ejercicio físico. Pero se le veía furioso, y Quart no subestimaba nunca las reacciones de un hombre así. Estaban además sus ojos: la mirada extraviada tras los cristales de las gafas, sobre las que caía un mechón despeinado de pelo rubio. Y los puños apretados.

No había palabras que solucionasen aquello; así que Quart alzó una mano en demanda de calma, e hizo un gesto solicitando paso libre mientras se ponía un poco de lado igual que si pretendiera irse por el estrecho pasillo. Entonces el padre Óscar se movió hacia la izquierda, cortándole el paso, y el enviado de Roma supo que el incidente estaba a punto de llegar más lejos de lo que había imaginado.

—No sea estúpido —dijo, soltándose el botón de la chaqueta.

Todavía no terminaba de hablar cuando llegó el golpe. Fue un puñetazo a ciegas, rabioso, absolutamente desprovisto de mansedumbre sacerdotal, que Quart esperaba y dejó perderse en el vacío con un precipitado paso atrás.

—Esto es absurdo —protestó.

Lo era. Nada de aquello merecía la pena. Quart levantó ahora ambas manos para aplacar los ánimos; pero la ira desbordaba el rostro y los ojos de su adversario, que lanzó un segundo puñetazo. Esta vez le dio en la mandíbula, de refilón. Era un derechazo sin fuerza, asestado casi al azar, aunque suficiente para conseguir que Quart se sintiera por fin irritado. El vicario debía de creer que en la vida real la gente se pegaba como en el cine. Tampoco es que Quart fuera un experto en golpearse por los pasillos; mas en el ejercicio de su ministerio había asimilado cierto número de habilidades heterodoxas. Nada espectacular: sólo media docena de trucos para salir de malos pasos. Así que, no sin cierta ternura por aquel joven de rostro enrojecido y escaso aliento, hizo como que se apoyaba en la pared y le pegó una patada en la ingle.

El padre Óscar se detuvo en seco, la sorpresa pintada en la cara, y Quart, sabiendo que pasarían cinco segundos antes de que la patada hiciera todo su efecto, le dio un puñetazo detrás de la oreja, no muy fuerte, sólo para evitar cualquier reacción de última hora. Un instante después el vicario se encontraba de rodillas en el suelo, con la cabeza y el hombro derecho contra la pared. Mirando fijamente sus gafas, que se le habían caído y estaban en el suelo, intactas.

—Lo siento —dijo Quart, frotándose los nudillos doloridos.

Era cierto. Lo sentía de verdad, avergonzado por no haber sido capaz de evitar aquel disparate. Dos sacerdotes peleando igual que gañanes era algo fuera de todo lo justificable; y la juventud del adversario no hacía más que acentuar su propio embarazo.

El padre Óscar estaba congestionado e inmóvil, boqueando con dificultad el aire que faltaba a sus pulmones. Los ojos miopes, humillados, seguían mirando sin ver las gafas sobre las baldosas del suelo. Quart se inclinó a recogerlas y se las puso al otro en la mano. Después le pasó un brazo bajo el hombro, ayudándolo a incorporarse. Fueron así hasta la salita de estar, donde el vicario, todavía doblado de dolor, se dejó caer en un sillón de piel sintética, encima de un montón de ejemplares de la revista *Vida Nueva* que cayeron al suelo o quedaron arrugados bajo sus piernas. Quart fue a la cocina y trajo un vaso de agua que el joven bebió con avidez. Se había puesto las gafas, uno de cuyos cristales estaba empañado por una enorme huella dactilar. El pelo rubio se le pegaba a la frente con gotas de sudor.

–Lo siento –repitió Quart.

Con la mirada en un punto indeterminado, el vicario asintió débilmente. Después alzó una mano para retirarse el pelo de la frente y la dejó allí, como si intentara despejarse la cabeza. Las gafas que resbalaban hasta la punta de la nariz, el polo abierto en el cuello, la palidez de su rostro, le daban un aspecto tan inofensivo que movía a piedad. Debía de ser mucha la tensión a que estaba sometido, para perder el control de aquel modo. Quart se apoyó en el borde de la mesa.

–Cumplo una misión –dijo, en el tono más suave que pudo encontrar–. No hay nada personal en esto.

El otro asentía otra vez, evitando mirarlo.

–Creo que perdí la cabeza –murmuró por fin, con voz apagada.

–Los dos la perdimos –Quart hizo un amago de sonrisa amistosa, destinada al maltrecho amor propio del joven–. Pero deseo que algo quede claro entre usted y yo: no he venido aquí a fastidiar a nadie. Lo único que intento es comprender.

Todavía con la mirada huidiza y la mano en la frente, el padre Óscar le preguntó qué infiernos pretendía comprender registrando una casa a la que nadie lo había invitado. Y Quart, sabiendo que era su última oportunidad para acercarse a él, adoptó un tono de discreta camaradería, citó el carácter de la obediencia debida, mencionó al pirata informático y su mensaje recibido en Roma, dio un par de paseos por la habitación, miró por la ventana, y por fin se detuvo ante el joven sacerdote.

–Hay quien piensa –su tono era de confidencia incrédula; algo así como entre tú y yo, fíjate, vaya idea tonta– que *Vísperas* es usted.

–No diga gilipolleces.

–No lo son. Al menos da el perfil físico: edad, estudios, intereses… –se apoyó de nuevo en el borde de la mesa, con las manos en los bolsillos–. ¿Cómo anda de informática?

–Como todo el mundo.

–¿Y esas cajas de disquetes?

El vicario parpadeó dos veces:

–Es privado. Usted no tiene derecho.

–Por supuesto –Quart alzaba las manos con las palmas vueltas hacia arriba, conciliador, para demostrar que no ocultaba nada en ellas–. Pero dígame una cosa… ¿Dónde está el ordenador que maneja?

–No creo que eso tenga importancia.

–Pues se equivoca. La tiene.

El gesto del padre Óscar había ganado en firmeza; ya no parecía un jovencito humillado.

–Oiga –enderezaba la espalda en el asiento y sus ojos sostenían la mirada de Quart–. Aquí se está librando una guerra y yo elegí mi bando. Don Príamo es un hombre bueno y un hombre honrado, y los otros no. Es cuanto tengo que decir.

–¿Quiénes son los otros?

–Todo el mundo. Desde la gente del banco hasta el arzobispo –ahora sonreía por primera vez. Una mueca esquinada, rencorosa–. Incluyo a quienes lo mandan a usted de Roma.

A Quart todo aquello le daba lo mismo, pues no era de los que se conmueven por insultos a la bandera. Suponiendo que Roma fuese su bandera.

–Bueno –respondió, objetivo–. Cargaremos eso a la

cuenta de sus pocos años. A su edad es más acusado el sentido dramático de la vida. Y resulta fácil encandilarse con las causas perdidas y las ideas.

El vicario lo miró con desprecio.

—Las ideas me convirtieron en sacerdote —parecía preguntarse cuáles eran las de Quart—. Y en cuanto a las causas perdidas, Nuestra Señora de las Lágrimas no está perdida, aún.

—Pues si alguien vence en esto, no será usted. Su traslado a Almería…

Se irguió un poco más el joven, heroico:

—Cada uno paga su dignidad y su conciencia. Quizá mi precio sea ése.

—Bonita frase —ironizó Quart—. Dicho de otro modo, tira por la ventana una brillante carrera… ¿De veras merece la pena?

—¿De qué sirve al hombre ganarlo todo si pierde su alma? —el vicario miraba a su interlocutor con agudeza, como si el argumento fuese aplastante—. No me diga que olvidó esa cita.

Quart reprimió sus ganas de echarse a reír ante las gafas empañadas del otro.

—No veo relación —dijo— entre su alma y esta iglesia.

—Hay muchas cosas que no ve. Iglesias más necesarias que otras, por ejemplo. Tal vez por lo que encierran en ellas, o simbolizan. Hay iglesias que son trincheras.

Sonreía Quart para sus adentros. Recordaba al padre Ferro utilizando idéntica expresión durante la entrevista en el despacho de monseñor Corvo.

—Trincheras —repitió.

—Sí.

—Cuénteme de qué pretenden defenderse.

El padre Óscar se levantó dolorido, sin apartar los ojos de él, y luego dio unos pasos con dificultad en dirección a la ventana. Allí descorrió las cortinas, dejando entrar el aire y la luz.

–Defendernos de la Santa Madre Iglesia –dijo por fin, sin volverse–. Tan católica, apostólica y romana que ha terminado traicionando su mensaje original. Con la Reforma perdió la mitad de Europa, y en el siglo XVIII excomulgó a la Razón. Cien años más tarde perdió a los trabajadores, que comprendieron que estaba del lado de los amos y los opresores. En este siglo que termina está perdiendo a la juventud y a las mujeres. ¿Sabe qué va a quedar de todo esto?... Ratones correteando entre bancos vacíos.

Se quedó callado unos instantes, inmóvil. Quart lo oía respirar.

–Defendernos sobre todo –prosiguió el vicario– de lo que usted viene a traer aquí: la sumisión y el silencio –ahora miraba los naranjos de la plaza con aire obstinado–. En el seminario comprendí que todo el sistema se basa en las formas; en un juego de ambición y claudicaciones. En nuestro oficio nadie se acerca a nadie que no sea útil para promocionarlo. Desde bien jóvenes elegimos un profesor, un amigo, un obispo que nos ayuden a prosperar –Quart escuchó su risa queda, entre dientes; ya no había nada de juvenil en el aspecto del padre Óscar–. Yo creía que un sacerdote sólo realiza cuatro clases de inclinación ante el altar, hasta que conocí a expertos en todo tipo de inclinaciones. Yo mismo era uno de ellos, destinado a la imposibilidad de dar a la gente el signo que nos exige, sin el que caen en manos de quirománticos, astrólogos y mercachifles del espíritu. Pero al conocer a don Príamo comprendí qué es la fe: algo independiente, incluso, de que Dios exista. La fe es el salto a ciegas hacia los brazos de alguien que te acoge en ellos... Es el consuelo frente al miedo y al dolor incomprensibles. La confianza del niño en la mano que lo saca de la oscuridad.

—¿Y se lo ha contado a mucha gente?

—Claro. A todo el que me quiere oír.

—Pues me parece que va a tener problemas.

—Ya los tengo, como usted sabe mejor que nadie. Pero no lo lamento. Aún no he cumplido veintisiete años, y supongo que podría empezar en cualquier oficio, en otra parte. Pero voy a quedarme, y a pelear allí donde me manden… —le dirigió a Quart una mueca larga y desagradable, muy insolente—. ¿Y sabe una cosa?… He descubierto mi vocación de cura incómodo.

Con la cabeza hundida en el respaldo de cuero negro del sillón, Pencho Gavira contemplaba la pantalla de su ordenador. El mensaje estaba allí, infiltrado en el archivo del correo interno:

Lo despojaron de sus vestiduras y sobre su túnica echaron suertes, mas no pudieron destruir el templo de Dios. Porque la piedra que desecharon los arquitectos es la piedra angular. Ella guarda memoria de quienes fueron arrancados de nuestra mano.

De paso, para divertirse un rato, el intruso había añadido un virus inofensivo, una molesta bolita de ping-pong que rebotaba en los cuatro lados de la pantalla, multiplicándose por dos cada vez hasta que, al encontrarse una y otra, estallaban con un efecto de hongo nuclear y volvía a empezar toda la secuencia de nuevo. A Gavira no le preocupaba mucho, pues podía ser limpiado con facilidad; el departamento de informática del banco trabajaba en ello, revisando de paso la eventual existencia de otros virus ocultos de efectos mucho más destructores. Lo inquietante era la facilidad con que el agresor —un empleado del banco o un *hacker* bromista— había inoculado su bolita saltarina, y la extraña referencia evangélica que, sin duda, tenía que ver con la operación de Nuestra Señora de las Lágrimas.

En busca de consuelo, el vicepresidente del Cartujano apartó la vista del ordenador para mirar el cuadro colgado en la pared principal del despacho. Era un valiosísimo Klaus Paten, adquirido hacía poco más de un mes con el conjunto de valores e inmuebles del Banco de Poniente. El viejo Machuca era poco amigo del arte moderno –lo suyo eran Muñoz Degrain, Fortuny y cosas así–, de modo que Gavira se lo había autoadjudicado como botín de guerra. En otros tiempos los generales se adornaban con banderas capturadas al enemigo, y el Klaus Paten era más o menos eso: el estandarte del ejército vencido, una superficie azul cobalto de 2,20 × 1,80 con un trazo rojo y otro amarillo cruzándola en diagonal, titulada *Obsesión n.° 5*, bajo el que se reunió durante los últimos treinta años el consejo de administración del banco recién absorbido por el Cartujano. El citado consejo se hallaba a aquellas alturas disperso, cautivo y desarmado; y el Poniente, la única entidad financiera que había hecho sombra al Cartujano en Andalucía, borrado del mapa para siempre jamás, tras una quiebra técnica de la que Gavira era despiadado artífice. El Poniente, una institución de tipo familiar con clientela de pequeños cuentacorrentistas rurales, carecía del toque imprescindible para diferenciar entre lo que permite ganar dinero y evitar perderlo; algo necesario en los tiempos que corrían. Así que mediante una serie de golpes de mano e infiltraciones en la política de su competidor, Gavira lo había empujado hasta un campo minado: el intento de lanzar una supercuenta única insoportable para su estructura financiera, con el resultado de la contaminación del pasivo y la fuga de su clientela tradicional. Después de aquello el Poniente cayó en picado, y allí estaba Gavira con su más ancha sonrisa y los brazos abiertos, dispuesto a echar una mano al colega en apuros. La mano había ido directamente a la yugular, con una campaña de acoso y derribo camuflada tras avales, préstamos y buenas intenciones que habían degenerado en una salvaje limpieza étnica de carácter casi balcánico. A su término, el Banco de Poniente no era más que un nombre y algunos inmuebles donde estaban endeudados hasta los ceniceros de los pasillos; la absorción fue inevitable, y el presidente de la institución familiar tuvo que elegir entre pegarse un tiro o aceptar un pequeño puesto honorífico en el consejo de administración del Cartujano. Había optado por lo segundo, y todo eso confería el carácter de símbolo incontestable a la presencia del Klaus Paten frente a la mesa de Pencho Gavira, en la planta noble del edificio del Arenal. Aquello era un despojo glorioso. Un trofeo para el vencedor.

Vencedor. Gavira moduló la palabra casi en voz alta, pero una arruga de preocupación le partía el ceño cuando volvió a mirar la pantalla de ordenador, llena de bolitas que rebotaban en todas direcciones, justo en el momento en que dos de ellas tropezaban, desencadenando la deflagración nuclear. Bum. De nuevo otra bolita solitaria inició el ciclo. Exasperado, Gavira giró ciento ochenta grados el sillón para volverse hacia el enorme ventanal que se abría sobre la ribera del Guadalquivir. En su mundo, en el campo de batalla de mueres o matas por el que caminaba en busca de fortuna, era necesario el mismo movimiento continuo de esa bolita puñetera. Detenerse equivalía a sucumbir, como el tiburón herido que se torna vulnerable al ataque de otros escualos. El viejo Machuca, con su calma habitual y aquella oscura retranca tras los párpados entornados desde los que acechaba a la vida, se lo había dicho una vez: «Lo tuyo es igual que ir en una bicicleta; si dejas de pedalear, te caes.» Pencho Gavira, por su propia naturaleza, estaba destinado a pedalear sin descanso, imaginando nuevos senderos, atacando sin tregua a enemigos reales o molinos de viento fabricados ex profeso. Cada revés lo salvaba con una fuga hacia adelante; cada victoria incluía en sí misma un nuevo combate. Y de ese modo, el vicepresidente y director general del Banco Cartujano iba construyendo la complicada tela de araña de su ambición. Algo cuyo objetivo último conocería cuando llegase a él, si es que alguna vez llegaba.

Tecleó en el ordenador para salir del correo interno, y tras marcar su clave secreta penetró en el archivo privado al que sólo él tenía acceso. Allí, a salvo de intrusos, estaba un informe confidencial que sí podía ponerlo en apuros: el trabajo de una agencia privada de información económica, realizado por cuenta de un grupo de consejeros opuestos a que Gavira sucediese a Octavio Machuca en la presidencia del Cartujano. Aquel informe era un arma letal, y los conspiradores se proponían sacarlo de la chistera en la reunión prevista para la semana próxima; pero ignoraban que Gavira, mediante el pago de una suma considerable, había logrado hacerse con una copia:

S&B Confidencial.
Resumen investigación interna B.C. asunto P.T. y otros.
—A mediados del pasado año se observó un incremento anormal de los activos del Banco, y consiguientemente de las deudas interbancarias apreciadas en los meses anteriores. La vicepresidencia (Fulgencio Gavira está, además, investido de todas las facultades salvo las indelegables) sostuvo que dichos incrementos se producen principalmente por financiaciones a Puerto Targa y sus accionistas, pero que se trataba de operaciones puntuales y transitorias a punto de regularizarse con la venta inminente de la sociedad Puerto Targa a un gru-

po extranjero (*Sun Qafer Alley, de capital saudí*), lo que produciría importante plusvalía para los accionistas y alta comisión para el Cartujano. La venta ha conseguido la oportuna autorización de la Junta de Andalucía y del Consejo de Ministros.

—Puerto Targa es una sociedad con un capital social original de 5.000.000 de pesetas, cuyo objeto es la creación, en una zona protegida próxima a la reserva ecológica del Parque Doñana, de un campo de golf y una urbanización de chalets de lujo con puerto deportivo. Las dificultades administrativas para la construcción en zona protegida fueron reciente e inesperadamente levantadas por la Junta de Andalucía, que hasta hace poco venía oponiéndose frontalmente al proyecto. El 78% de las acciones de la sociedad fue comprado por el Banco a instancias de la vicepresidencia (Gavira), tras una ampliación que elevó su capital hasta 9.000 millones de pesetas El 22% restante quedó en manos de particulares, y existen fundadas sospechas de que la sociedad H.P. Sunrise, radicada en San Bartolomé (Antillas francesas), que se quedó con un importante paquete, podría estar relacionada con el propio Fulgencio Gavira.

—El tiempo ha transcurrido sin que la venta de Puerto Targa se haya formalizado todavía. Pero mientras tanto se han seguido incrementando los riesgos. Por su parte, la vicepresidencia ha seguido afirmando que este incremento observado viene motivado en parte por liquidaciones de intereses, descuento de papel y financiación pura, pero que la venta de acciones se realizará de forma inminente, y ésta operaría la importante rebaja de riesgos esperada. La investigación, sin embargo, demostró que el incremento de los riesgos observado se debía a partidas deliberadamente ocultas en su día, que afloraban a requerimiento de la investigación hasta totalizar la cantidad de 20.028 millones de pesetas, de los que sólo 7.020 correspondían a la operación Puerto Tar-

ga. Aun así, la vicepresidencia sigue afirmando que la materialización de la compra por Sun Qafer Alley de las acciones de Puerto Targa normalizará la situación.

—Tras llevar a cabo la pertinente investigación, se ha podido deducir que Puerto Targa es una sociedad que, tras una compleja operación de ingeniería financiera a base de sociedades radicadas en Gibraltar, se encuentra, desde su nacimiento y en la actualidad, financiada casi en su totalidad por el Banco Cartujano, extremo este que ha permanecido oculto a la mayor parte de los miembros del Consejo de Administración. Podría decirse que fue creada prácticamente para, en primer lugar, registrar un beneficio ficticio en el anterior balance del Banco Cartujano al hacer figurar como ingresos los 7.020 millones de la compra de la sociedad, que en realidad el Banco se pagó a sí mismo al autovenderse Puerto Targa a través de las empresas pantalla gibraltareñas. Y el segundo objetivo era, con las plusvalías producidas cuando se realizara su venta posterior a Sun Qafer Alley, sanear el balance del Banco. Es decir: tapar el «agujero» de más de 10.000 millones producido en el Banco Cartujano por la gestión de la actual vicepresidencia y lastre derivado de anteriores gestiones.

—La venta, que según la actual vicepresidencia triplicaría el valor actual de la sociedad, no se ha realizado todavía, y se ha dado como nueva fecha para ésta mediados o finales del presente mes de mayo. Es posible que, como afirma la vicepresidencia, la operación Puerto Targa normalice la situación interna. Pero, de momento, lo que sí puede establecerse es que la ocultación sistemática de la verdadera situación prueba hasta ahora un claro «maquillaje» en las cuentas de resultados del Banco Cartujano. Eso significa que durante el último año se ha ido ocultando al Consejo de Administración la situación de riesgos y la carencia de resultados positivos así como numerosos errores de gestión e irre-

gularidades aunque en justicia no todo sea imputable a la gestión de la actual vicepresidencia.

—Como argucias de esa ocultación pueden señalarse: frenética búsqueda de nuevos y costosos recursos, contabilidad falsa con transgresión de las normas bancarias, y un riesgo calificable de temerario que, sin la materialización de la esperada venta de Puerto Targa a Sun Qafer Alley (anunciada en unos 180 millones de dólares), puede producir un descalabro de gravísimas consecuencias para el Banco Cartujano, así como un escándalo público que merme considerablemente su prestigio social entre un accionariado hecho de pequeños accionistas de carácter conservador.

—En cuanto a las irregularidades directamente achacables a la actual vicepresidencia, la investigación ha detectado una carencia general del sentido de la austeridad, con importantes sumas pagadas a profesionales y particulares sin la debida justificación documental (incluyendo a personas e instituciones públicas, con casos que pueden definirse directamente como sobornos), así como la intervención de la actual vicepresidencia en negocios con clientes y la posible, aunque no probada, percepción de determinados beneficios y comisiones.

—Por todo lo expuesto, y aparte las irregularidades de gestión detectadas, resulta evidente que el fracaso de la operación Puerto Targa pondría al Banco Cartujano en graves dificultades. Resulta asimismo preocupante el posible efecto negativo que el conocimiento de las operaciones realizadas por esa vicepresidencia en torno a la iglesia de Nuestra Señora de las Lágrimas y el conjunto de la operación Puerto Targa podría tener en la opinión pública y en la clientela tradicional del banco, clase media de carácter conservador y a menudo católica.

En líneas generales, todo era cierto. En los dos últimos ejercicios, Gavira había tenido que hacer auténticos juegos malabares para presentar como aceptable su gestión al frente de un banco que había caído en sus manos viciado por una política de dinero conservadora y mediocre. Puerto Targa y otras operaciones similares eran recursos para ganar tiempo mientras consolidaba su situación al frente del Cartujano. Aquello se parecía mucho a subir por una escalera utilizando los peldaños que uno dejaba atrás para ponerlos delante; pero hasta el golpe definitivo era la única táctica posible. Necesitaba respiro y crédito, y la operación de Nuestra Señora de las Lágrimas, cebo para los saudíes que iban a comprar Puerto Targa, resultaba imprescindible: aquello iba a convertir la zona norte de Santa Cruz en una joya para el turismo de élite. La documentación del proyecto –un pequeño y ultraselecto hotel de lujo con todos los servicios adecuados y a quinientos metros de la antigua mezquita de Sevilla, capricho personal de Kemal Ibn Saud, hermano del rey de Arabia Saudí y principal accionista de Sun Qafer Alley– estaba protegida con clave en el disco duro de su ordenador, junto al informe sobre su gestión y algunos secretos más de Gavira, con copias en disquetes y CD en la caja fuerte situada justo debajo del Klaus Paten. Era mucho lo que había en juego para que las maniobras de cuatro consejeros lo tirasen todo por la borda.

Echó otro vistazo a la pantalla, arrugando el ceño. Le preocupaba la presencia del intruso informático y su bolita saltarina. Si era un *hacker*, resultaba poco probable que hubiese descifrado la clave de seguridad accediendo al archivo confidencial; aunque entraba en lo posible. Pero esa gente solía dejar huellas de su paso, así que la bolita la habría puesto dentro, y no fuera. El pensamiento le dio un calor espantoso; no era agradable que un intruso estuviera paseándose en las inmediaciones de esa clase de información. Como solía afirmar el viejo Machuca, mejor un por si acaso que un quién lo iba a decir; así que tecleó para borrar el archivo.

Después estuvo mirando la corriente verdegris del Guadalquivir y la calle Betis elevada sobre la otra orilla. El sol hacía reverberar el río, y su resplandor enmarcaba la silueta compacta de la Torre del Oro. En el mundo de Pencho Gavira era legítimo aspirar a que todo aquello terminara siendo suyo; a que el reflejo de metal bruñido se deslizase cada mañana exclusivamente para él, hacia su rostro y la pared donde colgaba el Klaus Paten, iluminando su triunfo y su gloria. Encendió un cigarrillo y dejó irse el humo por el ancho trazo de luz dorada que incidía desde abajo, a través de la ventana, como un foco sobre la parte principal del escenario. Después abrió el cajón de la mesa y sacó, por enésima vez, la revista donde su mujer salía del Alfonso XIII con el torero. Con una mano sobre las imágenes sintió de nuevo un afán morboso y oscuro; aquel malestar fascinante, perverso, que experimentaba al pasar las páginas para reconocer fotos de sobra conocidas. Sus ojos fueron de la portada al retrato de Macarena que tenía sobre la mesa, en un marco de plata: ella en primer plano, con una blusa blanca que le dejaba un hombro desnudo. Era una fotografía hecha por él mismo cuando creía poseerla siempre y no sólo cuando hacían el amor. Antes de que llegara la crisis, con la iglesia de por medio y el hijo que Macarena había querido tener a destiempo. Antes de que ella empezara a acariciarle el sexo con el desinterés de quien lee un aburrido texto en braille.

Se removió, inquieto, en el sillón de cuero. Seis meses. Recordó a su mujer desnuda bajo la luz de neón, sentada en el borde de la bañera mientras él se duchaba ignorante de que habían hecho el amor por última vez. Mirándolo como no lo hizo jamás, igual que si estuviera ante un perfecto desconocido. Se había levantado de pronto, y cuando Gavira salió al dormitorio chorreando agua bajo el albornoz, ella estaba vestida y haciendo la maleta. No pronunció una palabra, ni un reproche. Sólo tuvo para él una mirada silenciosa, oscura, antes de caminar hacia la puerta sin darle tiempo a oponer un argumento o un gesto. Seis meses hasta el día de hoy. Y no había consentido volver a verlo. Nunca.

Devolvió la revista arrugada al cajón mientras apagaba, sañudo, el cigarrillo en el cenicero hasta que vio extinguirse la última brasa; como si encontrase alivio en aquel gesto de violencia a pequeña escala. Ojalá pudiera, se dijo, hacer lo mismo con el párroco, y con la monja con pinta de lesbiana, y con todos esos curas salidos de los confesionarios, y de las catacumbas, y del pasado más obsoleto y más negro, para venir a amargarle la vida. Y también con aquella Sevilla orgullosa, apolillada, miserable, dispuesta a recordarle su condición de advenedizo apenas la hija de la duquesa del Nuevo Extremo volvió la espalda . Un ramalazo de cólera vino a estremecerle las mandíbulas, y con un revés de la mano puso boca abajo el retrato de la mujer. Por Dios, por el Diablo o por quien fuera responsable de aquello, que todos iban a pagar muy caras la vergüenza y la incertidumbre que le estaban haciendo pasar. Primero le habían robado a su mujer, y ahora pretendían robarle la iglesia, y el futuro.

—Os voy a barrer —casi escupió en voz alta—. A todos.

Pronunció aquellas palabras en el acto de apagar el ordenador, mientras el rectángulo luminoso de la pantalla se empequeñecía hasta desaparecer por completo. Estaba dispuesto a que se cumpliera el aspecto formal de la sentencia. Algunos curas fuera de circulación —un escarmiento, una cadera rota— era algo que a Pencho Gavira no iba a causarle remordimientos dignos de consideración. Y si lo apuraban mucho, ni siquiera remordimientos a secas. Así que, cuando alargó el brazo para descolgar el teléfono interior, estaba convencido de que algo debía hacerse al respecto.

—Peregil —le dijo al auricular—. ¿Tu gente es segura?

Como el bronce, fue la respuesta del esbirro. Entonces Gavira miró el marco vuelto hacia abajo sobre la mesa y esbozó aquella mueca carnicera que en el mundo bancario andaluz le había valido el sobrenombre de El Marrajo del Arenal. Era el momento de pasar a la acción, se dijo. Y de algo estaba seguro: a aquellos aguafiestas con sotana iba a partirles el espinazo.

—Pues dales caña —ordenó—. Pégale fuego a la iglesia, o lo que te parezca. Quiero leña al mono, hasta que hable inglés.

VI

La corbata de Lorenzo Quart

En usted están todas las mujeres del mundo.

JOSEPH CONRAD
La flecha de oro

Lorenzo Quart sólo tenía una corbata. Era de seda
azul marino, comprada en una camisería de Via Con-
dotti que estaba a ciento cincuenta pasos de su casa.
Siempre había utilizado el mismo tipo de prenda: un
corte tradicional, algo más estrecho que los habituales
de moda. La usaba poco, siempre con trajes muy oscuros y camisas blancas, y cuando estaba ajada o sucia
compraba otra idéntica para sustituirla. Eso ocurría
sólo un par de veces al año, pues eran las camisas negras de cuello romano las que usaba más a menudo,
planchadas por él mismo con la pulcritud de un militar
veterano, dispuesto a sufrir inesperadas revistas de uniforme por parte de superiores obsesionados por el reglamento. Todos los actos de la vida de Quart se arti-
culaban en torno a un supuesto reglamento. Su estricta
observancia databa desde que tenía memoria; mucho
antes de que, tumbado boca abajo con los brazos en
cruz y la cara contra las losas frías del suelo, se viera
ordenado sacerdote. Ya desde el seminario, Quart había asumido la disciplina de la Iglesia como una norma
eficaz para ordenar su vida. A cambio obtuvo seguridad, futuro, y una causa por la que ejercer su talento;
pero a diferencia de otros compañeros, ni entonces ni

más tarde, ya ordenado, vendió nunca su alma a un protector o a un amigo poderoso. Creía —y era quizá su única ingenuidad— que observar las reglas bastaba para asegurarse el respeto de los demás. Y lo cierto es que no faltaron superiores impresionados por la disciplina y la inteligencia del joven sacerdote. Eso impulsó su carrera: seis años de seminario y dos de facultad estudiando Filosofía, Historia de la Iglesia y Teología, y una beca en Roma para doctorarse en Derecho Canónico, sistema legal interno de la Iglesia. Allí, los profesores de la Universidad Gregoriana propusieron su nombre a la Academia Pontificia para Eclesiásticos y Nobles, donde Quart cursó Diplomacia y Relaciones entre Iglesia y Estado. Después, la Secretaría de Estado estuvo fogueándolo en un par de nunciaturas europeas hasta que monseñor Spada lo reclutó formalmente para el Instituto de Obras Exteriores, apenas cumplidos los veintinueve. Entonces Quart fue a Enzo Rinaldi y pagó ciento quince mil liras por su primera corbata.

Desde aquello habían pasado diez años, y seguía teniendo problemas con el nudo. No es que ignorase el modo de hacer un cruce, vuelta de derecha a izquierda y otra de arriba abajo. Pero, inmóvil frente al espejo del cuarto de baño, miraba el cuello blanco de la camisa y la seda azul marino que tenía entre los dedos con una certidumbre de extrema vulnerabilidad. Prescindir del cuello romano y la camisa negra en una cena con Macarena Bruner se le antojaba peligroso, como un caballero templario que renunciase a la cota de malla al parlamentar con los mamelucos bajo las murallas de Tiro. La idea le arrancó una sonrisa inquieta, mientras miraba el reloj en su muñeca izquierda. Tenía el tiempo justo para vestirse y caminar hasta el restaurante de la cita, que con ayuda del mapa localizó en la plaza de Santa Cruz, a pocos pasos de la antigua muralla árabe. Eso confería malas connotaciones al símil templario.

Lorenzo Quart era puntual como cualquiera de las máquinas suizas de pelo rapado y uniforme multicolor que montaban guardia en el Vaticano. Siempre calculaba las horas dividiéndolas en espacios precisos del mismo modo que si llevara una agenda mental. Eso le permitía apurar al máximo cualquier fracción de tiempo disponible. Había suficiente para ocuparse de la corbata, así que se obligó a hacer el nudo tranquilamente, ajustándolo con cuidado. Le gustaba moverse despacio, porque su autocontrol era el orgullo; y la memoria de sus relaciones con el resto del mundo consistía en un estado continuo de tensión para evitar un gesto precipitado, una palabra fuera de lugar, un demasiado pronto o demasiado tarde, un movimiento impaciente que rompiese la serenidad de la regla. Siempre contaba, ante todo, la regla. Merced a ella, incluso cuando transgredía otros códigos que no eran el suyo –acto que monseñor Spada, con probado talento para el eufemismo, denominaba «moverse por el borde exterior de la legalidad»– las formas morales quedaban a salvo. Su única fe era la fe del soldado. Y en su caso no era exacto el viejo dicho de la Curia: *Tutti i preti sono falsi*. Que todos los curas fueran farsantes o no era algo que no le daba frío ni calor. Lorenzo Quart era un tranquilo templario honrado.

Quizá por eso, al cabo de un instante de contemplar su imagen en el espejo, Quart desanudó la corbata y se la quitó. Después hizo igual con la camisa blanca, arrojándola sobre el taburete del cuarto de baño. Con el torso desnudo fue al armario y sacó del cajón una camisa negra de clérigo, con cuello redondo, y se la puso en lugar de la otra. Al abotonarla, sus dedos rozaron la cicatriz que tenía bajo la clavícula izquierda, recuerdo de la operación sufrida después que un soldado norteamericano le rompiera el hombro de un culatazo durante la invasión de Panamá. Aquélla era su única cicatriz profesional; la roja insignia del valor o palma del martirio, como ironizaba monseñor Spada. Y aunque el asunto impresionaba mucho a Su Ilustrísima y a los pusilánimes husmeadores de currículums de la Curia, él hubiera preferido que el energúmeno provisto de casco de kevlar, fusil M-16 y parche identificativo *J. Kowalski* sobre el chaleco antibalas –«otro polaco», precisaría después, ácido, monseñor Spada–, tomara más en serio el pasaporte diplomático vaticano cuando fue exhibido ante sus narices en la Nunciatura, el día que Quart negoció la rendición del general Noriega.

Salvo el culatazo, lo de Panamá había sido una operación impecable que ahora se consideraba en el IOE modelo clásico de diplomacia en crisis. A las pocas horas de producirse la invasión norteamericana y la entrada de Noriega en la legación diplomática vaticana, Quart había aterrizado allí con urgencia después de un azaroso vuelo desde Costa Rica. Su misión oficial era ayudar al nuncio, pero en realidad iba a controlar las negociaciones y a informar directamente al IOE, relevando de esa tarea a monseñor Héctor Bonino, un argentino-italiano ajeno a la carrera diplomática, que carecía de la confianza plena de la Secretaría de Estado a la hora de manejar cuestiones heterodoxas. Y el cuadro era, en efecto, singular: los soldados norteamericanos, entre alambradas y caballos de Frisia, instalaron un potente equipo de megafonía que durante las veinticuatro horas atronaba el aire con música de rock duro a toda potencia, dirigida a socavar el aguante psicológico del nuncio y sus refugiados. En el edificio, alojados por despachos y pasillos, vegetaban un nicaragüense jefe de la contrainteligencia de Noriega, cinco etarras vascos, un asesor económico cubano que amenazaba todo el tiempo con suicidarse si no lo devolvían sano y salvo a La Habana, un agente del Cesid español que entraba y salía como Pedro por su casa para jugar al ajedrez con el nuncio e informar a Madrid, tres narcotraficantes colombianos, y el propio general Noriega alias Carapiña, con aquella cara devastada por cráteres lunares puesta a precio por los norteamericanos. A cambio del asilo, monseñor Bonino exigía que sus invitados asistieran a misa diaria; y era conmovedor verlos darse fraternalmente la paz unos a otros, el cubano a los narcos, los etarras al nicaragüense y éste al del Cesid, con Noriega todo letanías y golpes de pecho bajo el ceño fruncido del nuncio, mientras en la calle Bruce Springsteen martilleaba *Born in U.S.A.* La noche crítica del asedio, cuando comandos Delta con la nariz pintada de negro intentaron asaltar la Nunciatura, Quart se mantuvo en contacto telefónico con los arzobispos de Nueva York y Chicago hasta conseguir que el presidente Bush desautorizase el allanamiento. Por fin Carapiña se entregó sin demasiadas condiciones, el nicaragüense y los etarras fueron trasladados discretamente fuera de Panamá, y los narcos se esfumaron por las buenas, reapareciendo más tarde en Medellín. Sólo el cubano, que salió el último, tuvo problemas cuando los *marines* detectaron su presencia dentro del maletero de un viejo Chevrolet Impala alquilado por Quart, donde el agente del Cesid español lo sacaba de la Nunciatura por amor al arte, jugándose la carrera. El acuerdo negociado para su salida era secreto, y precisamente por eso el soldado Kowalski no estaba al tanto. Tampoco era el suyo un oficio de sutilezas diplomáticas; así que el intento de mediación de Quart terminó con su hombro roto a pesar del alzacuello clerical y el pasaporte pontificio. En cuanto al cubano, un tipo nervioso llamado Girón, estuvo un mes en una cárcel de Miami. Y no sólo incumplió su promesa de suicidarse , sino que a la salida obtuvo asilo político en Estados Unidos tras una entrevista concedida al *Reader's Digest*, bajo el título: *Yo también fui engañado por Castro.*

Había un desconocido sentado en el vestíbulo, y se puso en pie cuando Quart salió del ascensor. Debía de rondar los cuarenta años y era grueso de cintura, con el pelo lacio lacado de peluquería escaseándole en la coronilla.

—Me llamo Bonafé —se presentó—. Honorato Bonafé.

Quart se dijo que pocos nombres contradecían con tanto descaro el aspecto de su propietario. Honorabilidad y buena fe eran los últimos conceptos asociables con aquella papada prematura que parecía prolongación de las mejillas, y los párpados abolsados en torno a unos ojos pequeños y astutos, que miraban a su interlocutor como preguntándose cuánto podrían obtener por su traje y sus zapatos, si lograban hacerse con ellos para venderlos de segunda mano.

—¿Podemos hablar un momento?

Era un sujeto desagradable, pero más lo era su sonrisa: una mueca fija, obsequiosa y encanallada a un tiempo, semejante a la de un clérigo de la vieja escuela que intentase ganar el favor de un obispo. A aquel individuo, pensó Quart, le habría ido bien la ropa talar en vez del arrugado traje beige y el bolso de cuero sujeto a la muñeca izquierda por su correa. Una muñeca de mano pequeña, gordezuela y fofa, de esas que al estrechar otra sólo ofrecen la punta de los dedos.

Se detuvo Quart reservado, dispuesto a escuchar, mirando por encima de la cabeza del visitante el reloj de pared que marcaba quince minutos para la cita con Macarena Bruner. El otro siguió la dirección de su mirada, dijo de nuevo que sólo sería un momento, y luego alzó la mano del bolso casi a punto de apoyarla en el brazo del sacerdote. Quart miró aquella mano desaconsejando el contacto. El tal Bonafé detuvo el gesto a la mitad, en el aire, mientras desarrollaba una confusa presentación de intenciones en un tono cómplice que acentuó más el desagrado de Quart. Pero fue el nombre de la revista *Q+S* lo que disparó sus alarmas profesionales:

–Resumiendo, padre. Que me tiene a su disposición para lo que guste.

Fruncía Quart el ceño, receloso y desconcertado. Que se condenara si aquel tipo no acababa de guiñarle un ojo.

–Se lo agradezco. Pero no veo la relación.

–No la ve –Bonafé movió la cabeza como si compartiera una broma ingeniosa–. Y sin embargo todo está muy claro, ¿verdad?... Lo que hace en Sevilla.

Sangre de Dios. Era justo lo que faltaba: un individuo de semejante catadura inmiscuido en lo que Roma pretendía discretísimo trabajo con pies de plomo. Conteniendo su malestar, Quart se preguntó cómo eran posibles tantas filtraciones por todas partes.

–No sé a qué se refiere.

Su interlocutor lo miraba con mal disimulada insolencia:

–¿De veras no lo sabe?

Era suficiente, así que Quart le echó una ojeada al reloj .

–Disculpe. Tengo una cita.

Anduvo por el vestíbulo hacia la calle, sin despedirse. Pero el otro caminó a su lado.

–¿Me permite acompañarlo?... Podríamos conversar mientras tanto.

–No tengo nada que decir.

Dejó la llave en recepción y salió a la calle con el periodista detrás. Había restos de claridad en el cielo, recortando la silueta oscura de la Giralda. En la plaza Virgen de los Reyes se encendían las luces en ese momento.

–Creo que no me entiende –insistió Bonafé, sacando un ejemplar de *Q+S* que llevaba doblado en el bolsillo. Trabajo para esta revista –hizo una pausa ofreciéndosela a Quart; pero al ver que no mostraba interés volvió a guardarla–. Sólo pido una pequeña charla amistosa: usted me cuenta un par de cosas y yo seré buen chico. Le aseguro que ambos saldríamos beneficiados de esta cooperación.

En aquellos labios sonrosados, la palabra cooperación adquiría connotaciones obscenas. Quart hizo un esfuerzo por contener su repugnancia:

–Le ruego que no insista.

–Venga, hombre –despuntaba la grosería bajo el tono amistoso–. El tiempo de tomar algo.

Habían llegado a la esquina del palacio arzobispal, bajo la luz de una farola. De pronto Quart se detuvo y giró sobre sus talones.

–Escuche, Buenafé.

–Bonafé –puntualizó el otro.

–Bonafé o como se llame. Lo que yo hago en Sevilla no es asunto suyo. Y en cualquier caso, nunca se me ocurriría ir contándolo por ahí.

Protestó el periodista, frunciendo la boca con aire mundano mientras barajaba tópicos del oficio: deber de la información, búsqueda de la verdad, etcétera. El público tenía derecho a saber.

–Además –añadió, tras pensarlo un instante–, para ustedes es mejor estar dentro que fuera.

Aquello sonaba a amenaza críptica, y Quart empezó a impacientarse.

–¿*Ustedes*?... ¿Se refiere a algún tipo de club?

–No, hombre. Ya sabe: ustedes –de nuevo sonreía viscoso, conciliador–. El clero y todo eso.

–Ya. El clero.

–Ajá.

–El clero y todo eso.

La papada hizo tres pliegues cuando Bonafé asintió de nuevo, esperanzado:

—Veo que nos entendemos.

Ahora Quart lo miraba con calma, las manos cruzadas a la espalda:

—¿Y qué desea saber, exactamente?

—Bueno. Un poco de todo —Bonafé se rascaba una axila bajo la chaqueta—. Qué opinan en Roma de esa iglesia, por ejemplo. Cuál es la situación canónica del párroco… Y lo que usted pueda contarme sobre su cometido aquí —acentuó la sonrisa medio servil, medio cómplice—. Se lo pongo facilito.

—¿Y qué pasará si me niego?

El periodista chasqueó la lengua, como si a tales alturas de su relación eso quedara fuera de lugar.

—Pues que terminaré escribiendo el reportaje de todos modos. Y quien no está conmigo está contra mí —al hablar se balanceaba sobre la punta de los pies—… ¿No dice eso el Evangelio?

—Escuche, Buenafé…

—Bonafé —alzaba un índice, preciso—. Honorato Bonafé.

Quart lo observó un instante en silencio. Después miró a derecha e izquierda antes de acercársele un paso con aire confidencial. Pero había algo en su gesto, tal vez la diferencia de estatura o la expresión en los ojos del sacerdote, que hizo al otro retroceder hasta la pared.

—En realidad me importa un bledo cómo se llame —dijo Quart en voz baja—, porque espero no volver a encontrármelo nunca —se aproximó un poco más, hasta que vio a Bonafé parpadear, incómodo—. Lo que quiero decirle es que ignoro si es un insolente, un chantajista, un imbécil o todas esas cosas a la vez. En cualquier caso, y a pesar de mi condición eclesiástica, soy propenso al pecado de ira; así que le aconsejo desaparezca de mi vista. Inmediatamente.

La luz del farol ponía trazos verticales en la cara del

otro. Esfumada la sonrisa, miraba a Quart con despecho.

—Es impropio de un cura —protestó, temblorosa la papada—. Me refiero a su actitud.

—¿Se lo parece? —ahora le llegaba a Quart el turno de sonreír, y lo hizo de forma muy poco amistosa—… Le sorprendería la cantidad de impropiedades de que soy capaz.

Volvió la espalda alejándose, mientras se preguntaba cuánto iba a pagar por aquella pequeña victoria. Lo único claro era la necesidad de concluir la investigación antes de que todo empezara a complicarse demasiado, si eso no había ocurrido ya. Un periodista husmeando en las sacristías era la gota que desbordaba el vaso. Absorto en ello, Quart cruzó la plaza Virgen de los Reyes sin prestar atención a una pareja sentada en un banco; un hombre y una mujer que se pusieron en pie y caminaron detrás, a cierta distancia. Él era gordo, con traje blanco y sombrero panamá, y ella vestía de lunares, con un curioso caracolillo repeinado sobre la frente. Seguían a Quart cogidos del brazo, como cualquier matrimonio apacible que disfrutara del templado anochecer; pero al pasar frente a un hombre con suéter de cuello de cisne y chaqueta a cuadros, que masticaba un palillo apoyado en la puerta del bar Giralda, cambiaron con él una mirada de inteligencia. En ese momento las torres de Sevilla empezaron a dar campanadas, despertando a las palomas que ya dormitaban en la penumbra de los aleros.

Cuando el cura alto entró en La Albahaca, don Ibrahim mandó al Potro del Mantelete con una moneda de cinco duros a la cabina telefónica más próxima, para darle el parte a Peregil. Menos de una hora después, el esbirro de Pencho Gavira se dejaba caer por allí, a echarle un vistazo al panorama. Tenía aspecto cansado e iba con una bolsa de Marks & Spencer en la mano. Encontró a sus huestes estratégicamente distribuidas por la plaza de Santa Cruz, frente a la antigua mansión del siglo XVII convertida en restaurante: el Potro inmóvil contra la pared, cerca de la salida que daba a la muralla árabe, y la Niña Puñales haciendo punto sentada en el zócalo de la cruz de hierro del centro de la plaza. En cuanto a don Ibrahim, movía su imponente sombra de un lado a otro mientras balanceaba el bastón, con la brasa de un Montecristo bajo el ala ancha del sombrero de paja blanca.

—Está dentro —le dijo a Peregil—. Con la dama.

Después resumió su informe, consultando a la luz de un farol el reloj que extrajo del chaleco. Veinte minutos antes había enviado en descubierta a la Niña, con el pretexto de vender unas flores, y después él mismo llegó a cambiar algunas palabras con los camareros aprovechando la adquisición, en el estanco del restaurante, del habano que ahora tenía en la boca. La pareja ocupaba el mejor rincón en uno de los tres pequeños salones del local —pocas mesas y clientela exclusiva—, bajo una razonable copia de *Los borrachos* de Velázquez. Habían encargado ensalada de vieiras con albahaca y trufas, la señora, y foie de oca fresco salteado sobre salsa de vinagre con miel, el reverendo padre. El agua mineral era sin gas, de Lanjarón, y el vino un tinto Pesquera de la ribera del Duero, del que don Ibrahim se excusaba por no haber podido averiguar la añada; pero, como le matizó a Peregil retorciéndose un extremo del mostacho, un interés excesivo habría infundido, quizás, sospechas a la servidumbre.

—¿Y de qué hablan? —preguntó Peregil.

El ex falso letrado hizo un gesto de solemne impotencia.

—Eso —puntualizó— está fuera de mi ámbito.

Peregil consideraba el asunto. La situación seguía

bajo control; don Ibrahim y sus dos secuaces se estaban portando, y las cartas que le ponían en la mano mostraban buen aspecto. En su mundo, como en la mayor parte de los mundos posibles, la información siempre era dinero; todo consistía en sacar el mejor partido, eligiendo el postor idóneo. Por supuesto, él hubiera preferido que todo revirtiese en última instancia a su jefe natural, Pencho Gavira, principal interesado por su doble condición de banquero y de marido. Pero el agujero de los seis millones y la deuda con el prestamista Rubén Molina seguían impidiéndole ver las cosas con claridad. Llevaba varios días durmiendo fatal, y la úlcera hacía otra vez de las suyas. Por las mañanas, al situarse ante el espejo del cuarto de baño para ocultar su cráneo bajo la compleja arquitectura del peinado con raya en la oreja izquierda, Peregil sólo encontraba desolación en el malhumorado careto que lo miraba desde el espejo. Se estaba quedando calvo, tenía el estómago hecho polvo, debía seis kilos a su propio jefe y casi el doble al prestamista, y albergaba además la sospecha de que su último espasmo glorioso con Dolores la Negra le había dejado un alarmante picorcillo en el aparato genitourinario. Justo lo que le faltaba. Y es que la vida era una puñetera mierda.

Con un agravante. Peregil le echó un vistazo a la redonda silueta blanca de don Ibrahim, que aguardaba instrucciones, y luego a la Niña Puñales haciendo punto a la luz de las farolas, y al Potro del Mantelete apoyado en la esquina. A lo mucho que se complicaba su vida, venía a añadirse ahora una situación complementaria e incómoda: la información obtenida merced a los tres socios ya circulaba en el mercado, pues Peregil necesitaba liquidez con urgencia. Honorato Bonafé, director de *Q+S*, le había pasado aquella misma tarde otro cheque al portador, esta vez como pago por algunas confidencias sobre el cura de Roma, la ex —o lo que fuera– de su jefe, y el asunto de Nuestra Señora de las Lágrimas. Con ese precedente, la próxima tentación era obvia: Macarena Bruner y el cura elegante significaban otra primera página en cualquier revista sevillana. Y aquella cena en La Albahaca y sus eventuales derivaciones, por muy descafeinadas que llegaran a ser, eran el *cling* de una caja registradora sonando en las intenciones de Peregil. Pero Bonafé, aunque pagara bien, resultaba un tipo imprevisible y peligroso. Venderle un cura, o varios, tenía su pase. Mas añadir al lote la mujer del jefe por segunda vez, eso iba de la golfería a la alta traición institucionalizada. Y algunos billetes de mil los pintaba de verde el diablo.

Nada se perdía, sin embargo, con prever toda eventualidad. De sus años como investigador privado, Peregil recordaba aquello de que el plan se hace según la hipótesis más probable, y la seguridad conforme a la más peligrosa. Y lo más peligroso era no ligar ni una pareja cuando todo el mundo andaba con póker de ases y escaleras de color; así que, en lo que a supervivencia se refería, acumular información era su particular seguro de vida. Con tal pensamiento se volvió hacia el rostro grave de don Ibrahim, que aguardaba en la sombra con su habano humeando bajo el mostacho, el bastón al brazo y los pulgares en las sisas del chaleco. Estaba satisfecho de él y de sus colegas, y aquello le inyectó un poco de optimismo, hasta el punto de meterse la mano en el bolsillo para pagarle el Montecristo del restaurante; pero se contuvo a tiempo. No era cosa de acostumbrarlos mal. Además, igual lo del cigarro era mentira.

–Buen trabajo –dijo.

Don Ibrahim no respondió al elogio, limitándose a dar un par de chupadas al habano mientras miraba hacia la Niña Puñales y al Potro, dándole a entender a Peregil que era de justicia compartir con ellos la gloria correspondiente.

–Quiero que sigáis así –añadió el esbirro de Pencho Gavira–. Que el cura no vaya a mear sin que yo lo sepa.

–¿Y qué hay de la dama?

Aquello eran aguas mayores. Peregil se mordía el labio inferior, inquieto.

–Discreción absoluta –concluyó por fin–. Sólo me interesa lo que ella tenga que ver con este cura, o con el más viejo. De eso no quiero que se os escape detalle.

–¿Y de lo otro?

–¿Qué es lo otro?

–Pues no sé. Ejem. Lo otro.

Don Ibrahim miraba alrededor incómodo. Era lector diario de *ABC*, pero también solía echarle de vez en cuando un vistazo al *Q+S*, que la Niña Puñales compraba con el *Hola*, el *Semana* y el *Diez Minutos*; aunque en opinión del ex falso abogado aquélla era mucho más sensacionalista y de peor gusto que el resto. Las fotos de la señora Bruner y el torero, por ejemplo, resultaban fuera de tono. A fin de cuentas ella era de familia ilustre; y además una mujer casada.

–Los curas –dijo Peregil–. Vosotros centraos en los curas.

De pronto se acordó de lo que llevaba en la bolsa, y sacó de ella una cámara Canon con objetivo zoom de 80 a 200 milímetros. Venía de comprarla de segunda mano, y esperaba que el desembolso –otro navajazo en el bajo vientre de sus maltrechas finanzas– acabara por valer la pena.

–¿Sabéis hacer fotos?

Don Ibrahim compuso un gesto de suficiencia, como si la duda fuera ofensiva.

–Naturalmente –se tocaba el pecho con la mano que sostenía el bastón–. Yo mismo, en mi juventud, fui fotógrafo en La Habana –meditó un instante, para añadir–: Así costeé mis estudios.

A la débil luz de la plaza, Peregil veía brillar sobre la barriga del ex falso letrado la cadena de oro con el reloj de Hemingway.

–¿Tus estudios?

–Eso es.

–Los de abogado, supongo.

Todo había salido años atrás en la prensa y ambos lo sabían de sobra, como Sevilla entera. Aun así don Ibrahim tragó saliva, sosteniendo con gravedad la mirada de su interlocutor:

–Naturalmente –despés hizo una digna pausa y añadió, con valor–: No tengo otros.

Le dio Peregil la bolsa sin más comentarios. Después de todo, qué sería de nosotros sin nosotros mismos pensaba. La vida es un naufragio, y cada uno echa a nadar como puede.

–Quiero fotos –ordenó–. Cada vez que ese cura y la señora se encuentren donde sea, quiero que les hagáis una foto. De modo discreto, ¿eh?... Sin que lo noten. Ahí tenéis también dos rollos de película de alta sensibilidad por si hay poca luz; así que no se os vaya a ocurrir tirar con flash.

Se habían ido bajo un farol, y don Ibrahim miraba el contenido de la bolsa.

–Mal se nos puede ocurrir –dijo–. Aquí no hay ningún flash.

Peregil, que encendía un pitillo, miró al indiano mientras se encogía de hombros:

–No te jode. El más barato cuesta cinco mil duros.

La Albahaca era una antigua mansión del siglo XVII. Los propietarios tenían la vivienda en la segunda planta, y tres salones de la parte baja se habían convertido en restaurante. Aunque todas las mesas estaban ocupadas, el maître –Macarena Bruner lo llamaba Diego– les había reservado una en el mejor salón, junto a la gran chimenea y bajo una vidriera emplomada que daba a la plaza de Santa Cruz. Habían hecho una entrada espectacular, vestidos ambos de negro, ella bellísima en su traje de chaqueta con falda corta, escoltada por la silueta oscura y delgada de Lorenzo Quart. La Albahaca era uno de los lugares a donde cierta clase de sevillanos llevaban a sus invitados venidos de fuera, a mostrarlos y a hacerse ver, y la entrada de la hija de la duquesa del Nuevo Extremo con el sacerdote no pasó en absoluto inadvertida. Macarena había cambiado un par de saludos al llegar, y desde las mesas próximas no se les quitaba ojo de encima. Se inclinaban las cabezas, las bocas cuchicheaban en voz baja y las joyas relucían entre las candelas encendidas. Mañana, se dijo Quart, esto va a saberlo toda Sevilla.

—No he estado en Roma desde mi viaje de boda —contaba ella, en apariencia indiferente a la expectación suscitada—. El Papa nos recibió en audiencia especial. Yo iba de negro, con teja y mantilla. Muy española… ¿Por qué me mira de ese modo?

Quart masticó despacio el último trocito de foie de oca y situó cuchillo y tenedor en el borde inferior de su plato, ligeramente inclinados hacia la derecha. Por encima de la llama de la vela, los ojos de Macarena Bruner seguían todos sus movimientos.

—No parece una mujer casada.

Ella se echó a reír, y la llama puso reflejos de miel en sus ojos oscuros:

—¿Cree que la vida que llevo no conviene a una mujer casada?

Quart apoyó un codo en la mesa mientras ladeaba un poco la cabeza, evasivo:

—Yo no juzgo ese tipo de cosas.

—Pero ha venido con alzacuello, en vez de la corbata que me prometió.

Se miraron sin prisas el uno al otro. Ahora el resplandor interpuesto de la vela ocultaba la parte inferior del rostro de la mujer, aunque Quart adivinó la sonrisa en el brillo de su mirada.

–En lo que a mi vida se refiere –dijo Macarena Bruner–, no hago de ella ningún secreto. He abandonado el domicilio conyugal. También tengo un amigo que es torero. Y antes del torero hubo algún otro –la pausa fue calculada, perfecta; y muy a pesar suyo, él admiró su temple–… ¿No se siente escandalizado?

Quart puso un dedo sobre la empuñadura del cuchillo, en el filo del plato. Su trabajo no consistía en escandalizarse de esas cosas, repitió con suavidad. El asunto competía más bien al padre Ferro, confesor de la dama. También entre los curas había especialidades.

–¿Y cuál es la suya?… ¿Cazador de cabelleras, como dice el arzobispo?

Alargó una mano, apartando el candelabro que ardía en mitad de la mesa. Ahora podía vérsele la boca, grande y dibujada, con el labio superior en forma de corazón y el destello blanco de los incisivos, gemelo al collar de marfil en la piel morena del cuello. Llevaba la chaqueta sobre una blusa de seda cruda escotada y ligera. La falda era muy corta, con un borde de encaje sobre las medias negras y los zapatos de tacón bajo, del mismo color. El conjunto subrayaba unas piernas demasiado largas y bien torneadas para la tranquilidad espiritual de cualquier cura, incluido Quart; con la diferencia de que él poseía más mundo a cuestas que la mayor parte de los curas que conocía. Aunque tampoco eso garantizase nada.

–Hablábamos de usted –dijo, recreándose en el curioso instinto que lo impelía a ponerse de lado, como en los duelos antiguos, cuando la gente se perfilaba para esquivar el pistoletazo.

Ahora los ojos de Macarena Bruner se cargaban de ironía:

–¿De mí? ¿Qué más puede interesarle?... Mido un metro setenta y cuatro, tengo treinta y cinco años que no aparento, una carrera universitaria, pertenezco a la hermandad de la Virgen del Rocío, y en la feria de Sevilla nunca me visto de flamenca, sino con traje corto y sombrero cordobés –hizo una corta pausa, como haciendo memoria, y se miró la pulsera de oro de la muñeca izquierda, desprovista de reloj–... Cuando mi boda, mi madre me cedió el ducado de Azahara, título que no utilizo, y a su muerte heredaré otros treinta y tantos más, doce grandezas de España, la Casa del Postigo con algunos muebles y cuadros, y lo justo para ir viviendo sin perder las maneras. Soy quien se encarga de la conservación de lo que queda, y de poner en orden los archivos de la familia. Ahora trabajo en un libro sobre los duques del Nuevo Extremo cuando los Austrias... En cuanto al resto, no hace falta que yo se lo cuente –tomó la copa de vino para llevársela a la boca–. Puede hojear cualquier revista.

–No parece que le importe mucho.

Ella bebió un corto sorbo y se quedó mirando a Quart, la copa todavía en alto.

–Y es cierto. No me importa. ¿Quiere que le haga confidencias?

Quart movió la cabeza gris.

–No lo sé –se sentía sincero y tranquilo. También expectante, con una extraña y divertida lucidez. Lo atribuyó de pasada al vino, que por otra parte apenas había probado–. En realidad no sé por qué me ha invitado a cenar esta noche.

Vio beber otra vez a Macarena Bruner. Más despacio, reflexionando con el gesto.

Se me ocurren varias razones –dijo ella por fin, poniendo la copa sobre el mantel–. Es extremadamente cortés, por ejemplo. Muy distinto a los modales untuosos que tienen algunos sacerdotes… En usted la cortesía parece una forma de mantener a distancia a los demás –le echo una rápida ojeada valorativa a la parte inferior del rostro, la boca tal vez, pensó Quart, y luego se fijó en las manos, que él mantenía ahora apoyadas por las muñecas en el borde de la mesa, a cada lado del plato que en ese momento un camarero se disponía a retirar–. También es silencioso; no aturde a la gente como un charlatán de feria. En eso me recuerda a don Príamo… –el camarero había retirado los platos y ella le sonrió a Quart–. Además lleva el pelo con canas prematuras y muy corto, como un soldado, igual que uno de mis personajes favoritos: Sir Marhalt, el caballero veterano e impasible de *Los hechos del rey Arturo y sus nobles caballeros*, de John Steinbeck. Quedé enamoradísima de Marhalt en cuanto lo leí, siendo jovencita. ¿Le parecen motivos suficientes?… Además, como dijo Gris, es usted un cura que sabe llevar bien la ropa. El cura más interesante que he visto nunca, si eso le sirve de algo –le dirigía una última mirada, que resultó incómoda en cinco segundos de más–… ¿Le sirve de algo?

–No gran cosa, en mi especialidad.

Macarena Bruner asintió suavemente, apreciando la tranquila respuesta.

–También me recuerda –prosiguió– a un capellán de mi colegio de monjas. Cada vez que iba a decir misa se notaba desde días antes, porque todas las madres andaban revueltas. Por fin se escapó con una, la más gordita, que nos daba clase de Química. ¿No sabe que las monjas se enamoran a veces de los curas?… Ése fue el caso de Gris. Era directora de un colegio universitario en Santa Bárbara, California. Y un día descubrió, horrorizada, que amaba al obispo de su diócesis. Habían anunciado su visita y allí estaba ella delante del espejo, depilándose las cejas y a punto de darse un poco de sombra en los ojos... ¿Qué le parece?

Se quedó mirando a Quart, al acecho de su reacción; pero él permaneció impasible. La propia Macarena Bruner se habría sorprendido de la cantidad de sacerdotes y religiosas a cuyos amores y odios sacaba punta el IOE. Se limitó a encoger un poco los hombros, animándola a proseguir. Si su intención había sido escandalizarlo, erraba el tiro. De lejos.

–¿Y cómo lo resolvió?

Ella alzó una mano, moviéndola en el aire, y la pulsera relució al resbalar hacia atrás en su muñeca. Desde las mesas cercanas, una docena de pares de ojos seguían cada uno de sus gestos.

Pues dándole un golpe al espejo, así, y al romperlo se cortó una vena. Después fue a ver a la superiora de su orden y le pidió un plazo de libertad, para reflexionar. De eso hace algunos años.

El maître estaba a su lado, imperturbable como si no hubiese escuchado una palabra. Esperaba que todo fuese bien, y quizá la señora deseara alguna otra cosa. Ella no había encargado más que la ensalada, y Quart tampoco quiso segundo plato, ni el postre con que la casa, desolada por la falta de apetito de la señora duquesa y el reverendo padre, deseaba obsequiarles. Decidieron seguir con el vino mientras aguardaban los cafés.

–¿Hace mucho que se conocen usted y la hermana Marsala?

–Tiene gracia oírselo decir. La hermana Marsala... Nunca pensé de ese modo en ella.

Su copa estaba casi vacía. Quart tomó la botella de la mesita que tenían cerca y se la llenó. La suya seguía casi intacta.

–Gris es mayor que yo – prosiguió ella–, pero coincidimos en Sevilla varias veces hace tiempo. Venía mucho con sus alumnos norteamericanos: cursos de verano para extranjeros, Bellas Artes... La conocí cuando hacían prácticas de restauración en el comedor de verano de mi casa. Fui quien se la presentó al padre Ferro y logré que la metieran en el proyecto, cuando las relaciones con el arzobispo eran cordiales.

–¿Por qué tanto interés en esa iglesia?

Lo estudió como si aquella pregunta fuese una idiotez. La había construido su familia. Sus antepasados estaban enterrados en ella.

–Pues a su marido no parece importarle mucho.

–Claro que no le importa. Pencho tiene otras cosas en la cabeza.

La luz de la vela arrancó brillos rojizos al ribera del Duero cuando acercó la copa a sus labios. Esta vez fue un largo trago, y Quart se creyó obligado a acompañarla un poco.

–¿Y es cierto –dijo después, enjugándose la boca con una punta de la servilleta– que ya no viven juntos aunque siguen casados?

Lo miró, inquisitiva. Dos preguntas seguidas sobre su vida conyugal era algo que no parecía esperar aquella noche. Ahora bailaba un brillo divertido en los reflejos de miel.

–Cierto –respondió, tras un silencio–. No vivimos juntos. Y sin embargo ninguno ha pedido el divorcio, ni la separación, ni nada. Él confía quizás en recuperarme; para eso se casó conmigo con el aplauso de todos. Yo era su consagración social.

Quart paseó la mirada por la gente de las mesas próximas y luego se inclinó un poco hacia ella:

–Disculpe. No termino de comprender ese plural. ¿El aplauso de quiénes?

–¿No conoce a mi padrino? Don Octavio Machuca fue amigo de mi padre, y nos tiene un especial cariño a la duquesa y a mí. Como él dice, soy la hija que no tuvo nunca. Por eso, para asegurar mi futuro, apoyó mi boda con el más brillante joven talento del Banco Cartujano; destinado a sucederle, ahora que está a punto de jubilarse.

—¿Se casó por eso? ¿Para asegurar su futuro?

Era una pregunta desprovista de matices. El cabello de Macarena Bruner le había resbalado desde el hombro cubriéndole media cara, y ella lo apartó con un gesto de la mano. Miraba a Quart calibrando su interés.

—Bueno. Pencho es un hombre atractivo. También posee una magnífica cabeza, como suele decirse. Y una virtud: es valiente. De los pocos hombres que he conocido capaces de jugársela de verdad por lo que sea: un sueño o una ambición. Y en el caso de mi marido, ex marido o como guste llamarlo, su sueño es su ambición —una vaga sonrisa le asomó a los labios—. Supongo que incluso me casé enamorada de él.

—¿Y qué ocurrió?

Lo observaba otra vez igual que antes, como si intentase averiguar cuánto interés personal ponía en sus preguntas.

—Nada, en realidad —dijo, neutra—. Cumplí mi parte, y él la suya. Pero cometió un error. O varios. Uno de ellos fue que debió dejar nuestra iglesia en paz.

—¿Nuestra?

—Mía. Del padre Ferro. De la gente que acude a misa cada día. De la duquesa.

Esta vez era Quart quien sonreía:

—¿Siempre llama duquesa a su madre?

—Cuando hablo de ella con terceros, sí —sonrió también, con una ternura que Quart no le había visto hasta entonces—. Le gusta. También le gustan los geranios, Mozart, los curas chapados a la antigua y la coca-cola. Esto último es algo insólito, ¿verdad?, en una mujer de setenta años que duerme una vez a la semana con su collar de perlas y todavía se empeña en llamar mecánico al chófer... ¿Aún no la conoce? Lo invito a tomar café mañana, si quiere. Don Príamo nos visita cada tarde, para rezar el rosario.

–Dudo que al padre Ferro le apetezca verme. No le caigo bien.

–Déjelo de mi cuenta. O de cuenta de mi madre. Don Príamo y ella se llevan de maravilla. Tal vez sea buena ocasión para que ustedes hablen de hombre a hombre... ¿Se dice de hombre a hombre tratándose de curas?

Quart sostuvo su mirada, inexpresivo:

–En cuanto a su marido...

–Usted no cesa de hacer preguntas. Para eso ha venido, supongo.

Parecía lamentar irónicamente que ése fuera el motivo. Seguía mirando las manos de Quart como cuando se vieron por primera vez en el vestíbulo del hotel, y éste las había retirado un par de veces de la mesa, incómodo. Por fin resolvió dejarlas quietas sobre el mantel.

–¿Qué quiere saber de Pencho? –prosiguió ella–. ¿Que se equivocó al creer comprarme? ¿Si esa iglesia es la causa de que yo le declarase la guerra? ¿Que a veces sabe comportarse como un deliberado hijo de mala madre...?

Lo dijo todo con mucha calma, en tono perfectamente objetivo. Un grupo se levantaba de una mesa próxima, y algunos de sus miembros la saludaron. Todos miraban a Quart con curiosidad, en especial las mujeres, rubias y bronceadas, con ese aire andaluz de buena casta que les daba no haber pasado hambre en su vida. Macarena Bruner respondió con una inclinación de cabeza y una sonrisa. Quart la observaba con atención:

–¿Y por qué no pide el divorcio?

–Porque soy católica.

Imposible saber si hablaba en serio o en broma. Se quedaron los dos en silencio, y él se recostó un poco en el respaldo de la silla, estudiando todavía a la mujer. El collar y la blusa de seda cruda bajo la chaqueta negra resaltaban la piel morena y el escote, junto al resplandor dorado de la vela sobre la mesa. Miró los ojos grandes y oscuros que se mantenían tranquilos, pendientes de los suyos. Y comprendió que algo estaba yendo demasiado lejos para la salud de su alma, en el caso —siempre se le difuminaban la razón y el instinto al llegar a ese punto— de que su alma estuviese sujeta a oscilaciones externas, como los valores de bolsa. Si el símil resultaba válido, en ese momento nadie daría un céntimo por ella.

Abrió la boca y dijo algo por el simple hecho de hacerlo, para llenar el silencio. Dijo cualquier cosa, oportuna y con el tono adecuado, y a los cinco segundos olvidó sus propias palabras; pero había cumplido su deseo de llenar aquel vacío. Ahora Macarena Bruner hablaba de nuevo, y Quart pensó en monseñor Paolo Spada. Oración y duchas frías, había recetado la sonrisa del Mastín, en la escalera de la Plaza de España.

—Hay cosas que me gustaría explicarle —decía ella—, pero no creo ser capaz... —miraba sobre el hombro de Quart mientras éste asentía sin saber a qué; lo importante era que de nuevo lograba prestar atención—. En la vida hay lujos que se pagan caros, y a Pencho le toca pagar el suyo. Es de los que piden la cuenta sin descomponer el gesto, dando con los nudillos en la barra para preguntar cuánto se debe. En eso es muy hombre —ironizó—. Muy torero. Pero la procesión va por dentro, y él sabe que yo lo sé. Sevilla es un patio de vecinos; el cotilleo nos encanta. Cada rumor que le llega, cada sonrisa disimulada a sus espaldas, es una puñalada en su orgullo —paseó la mirada por el salón, divertida–. Imagínese lo que van a decir cuando sepan que estoy cenando con usted.

–¿Ésa es su intención? –Quart era de nuevo dueño de sí–. ¿Exhibirme como un trofeo?

Lo miró con sabiduría algo hastiada, vieja de siglos.

–A lo mejor. Las mujeres somos muy complicadas en comparación con los hombres, tan rectos en sus mentiras, tan infantiles en sus contradicciones… Tan consecuentes en su vileza –el maître en persona trajo los cafés; cortado para ella, solo para él. Macarena Bruner se puso un terrón de azúcar y sonrió absorta–. De lo que puede estar seguro es de que Pencho lo sabrá mañana por la mañana. Por Dios que hay facturas que se pagan despacio –bebió un corto sorbo y después miró a Quart con los labios húmedos–. Quizá no debí decir por Dios, ¿verdad? Suena a juramento. No tomarás el nombre de Dios en vano y cosas así.

Quart puso cuidadosamente la cucharilla a un lado de su taza.

–No se preocupe –la tranquilizó–. Yo también menciono a Dios de vez en cuando.

–Es curioso –se inclinaba un poco sobre los codos, y su blusa de seda ligera rozaba el borde de la mesa. Por un segundo Quart intuyó el contenido: pesado, moreno y suave. Haría falta más de una ducha fría para olvidar aquello–. Conozco a don Príamo desde que vino a esta parroquia hace diez años, pero no imagino la vida de un sacerdote por dentro. Nunca me lo había planteado hasta hoy, mirándolo a usted –observó de nuevo las manos de Quart, y luego su mirada ascendió hasta el alzacuello–. ¿Cómo se las arreglan con los tres votos?

Si hay preguntas inoportunas, pensaba él, éste es momento adecuado para formularlas. Miró la copa de vino, apelando a toda su sangre fría:

–Cada uno se las arregla como puede. Hay quien lo

plantea como obediencia dialogada, castidad compartida y pobreza líquida.

Alzó un poco la copa como en un brindis, sin pro-
barla, y luego la dejó sobre el mantel para beber a sorbos el café, mientras Macarena Bruner se reía con esa
risa franca, sonora, tan contagiosa que Quart estuvo a
punto de hacerlo también.

–¿Y usted? –preguntó ella, sonriendo aún–. ¿Es
obediente?

–Suelo serlo –dejó la taza y se secó los labios; después dobló cuidadosamente la servilleta para ponerla
sobre la mesa–. Es cierto que procuro razonar, pero
siempre acato la disciplina. Hay cosas que no funcio-
nan sin disciplina, y la empresa donde trabajo es una de
ellas.

–¿Se refiere a don Príamo?

Quart enarcó las cejas con indiferencia calculada. En
realidad no se refería a nadie en especial, aclaró. Pero
ya que lo mencionaba, el padre Ferro era un ejemplo
escasamente aconsejable. Muy a su aire, por decirlo de
un modo piadoso. Pecado capital número uno, según
se entra en el Catecismo y a la derecha.

–Usted no conoce nada de su vida, así que no puede juzgar.

–No pretendo juzgar –se permitió otra mueca–,
sino comprender.

–Ni siquiera comprender –ella insistía con calor–.
Fue párroco rural durante media vida, en un pueblecí-
to perdido de los Pirineos… Pasaba meses bloqueado
por la nieve, y a veces debía recorrer ocho o diez kilómetros para llevar la extremaunción a un moribundo.
Sólo había viejos, y se le fueron muriendo uno a uno.
Los enterraba con sus propias manos, hasta que ya no
hubo nadie. Eso le metió en la cabeza ciertas ideas fijas
sobre la vida y sobre la muerte, y sobre el papel que ustedes los sacerdotes desempeñan en el mundo… Para

él, esta iglesia es muy importante. La cree necesaria, y afirma que cada iglesia que se cierra o se pierde es un trozo de cielo que desaparece. Y como nadie le hace caso, en vez de rendirse, lucha. Suele decir que ya perdió demasiadas batallas allá arriba, en las montañas.

Todo eso estaba muy bien, admitió Quart. Muy conmovedor. Incluso había visto un par de películas de argumento parecido. Pero el padre Ferro seguía sujeto a la disciplina eclesiástica. Los curas, precisó, no podemos andar por la vida proclamando repúblicas independientes por nuestra cuenta. No en los tiempos que corren.

Ella movía la cabeza:

—No lo conoce lo suficiente.

—Ni él me lo permite.

—Mañana arreglaremos eso. Se lo prometo —le miraba las manos de nuevo—. En cuanto a su pobreza líquida, parece real. Apenas prueba el vino… Respecto a la otra, usted viste muy bien. Sé reconocer la ropa cara, incluso en un sacerdote.

—Mi trabajo tiene algo que ver. Hay que tratar con gente. Salir a cenar con atractivas duquesas sevillanas —se sostuvieron la mirada, y nadie sonrió esta vez—. Considérela un uniforme.

Hubo un breve silencio que nadie quiso llenar y que Quart encaró con calma. Fue ella quien habló por fin, al cabo de un momento:

—¿También tiene sotana?

—Claro. Aunque la uso poco.

Trajeron la cuenta y él quiso hacerse cargo, pero Macarena Bruner no lo dejó. Soy yo quien invita, le dijo a Quart, inflexible. Así que éste se la quedó mirando mientras sacaba del bolso una tarjeta oro American Express. Siempre envío las cuentas a mi marido, apuntó con malicia cuando se fue el camarero. Le sale más barato que una pensión de divorcio.

–Nos queda comentar uno de sus tres votos –añadió más tarde–. ¿También practica la castidad compartida?

–Me temo que la castidad la practico a secas.

La vio asentir lentamente y recorrer luego el comedor con la mirada, antes de volver a él de nuevo. Ahora le observaba la boca y los ojos, valorativa:

–No me diga que nunca ha estado con una mujer.

Hay preguntas que no pueden responderse a las once de la noche en un restaurante de Sevilla, a la luz de una vela; pero ella no parecía esperar una respuesta. Extrajo con parsimonia del bolso un paquete de cigarrillos, se puso uno en la boca, y después, con un descaro a la vez natural y calculado, introdujo la mano derecha a la izquierda de su escote, en busca de un encendedor de plástico que llevaba entre la piel y el tirante del sujetador. Quart la observó encender el cigarrillo, negándose a pensar en nada. Y sólo un poco más tarde accedió a preguntarse en qué endiablado embrollo se estaba metiendo.

En realidad, por la educación recibida en Roma y el trabajo de los últimos diez años, la actitud de Quart respecto al sexo había evolucionado de modo distinto al que solían orientar, en los sacerdotes, el comadreo y sordidez del seminario y las normas generales de la institución eclesiástica. En un mundo cerrado, regido por el concepto de culpa, que negaba el contacto con la mujer y donde la única solución oficiosamente aceptada residía en la masturbación o el sexo clandestino y su posterior expiación por el sacramento de la penitencia, la vida diplomática y el trabajo para el Instituto de Obras Exteriores facilitaban lo que monseñor Spada, siempre hábil con los eufemismos, definía como coartadas tácticas. El bien general de la Iglesia, considerado como fin, justificaba a veces el empleo de ciertos medios; y en ese sentido, el atractivo de cualquier apuesto secretario de nunciatura entre las esposas de ministros, financieros y embajadores, víctimas fáciles del instinto de adopción ante sacerdotes jóvenes o interesantes, abría muchas puertas infranqueables por monseñores o eminencias más viejos y correosos. Era lo que monseñor Spada llamaba *síndrome de Stendhal*, en memoria de dos personajes –Fabricio del Dongo y Julián Sorel– cuyas peripecias había aconsejado leer a Quart apenas ingresado en el IOE. Para el Mastín, la cultura no estaba reñida con el adiestramiento. Todo esto dejaba el asunto a la discreción moral y a la inteligencia de cada protagonista, a fin de cuentas agente de Dios en un campo de batalla donde sus fuerzas eran la oración y el sentido común. Porque, junto a las ventajas de una confidencia obtenida en recepciones, charlas privadas o confesionarios, el sistema encerraba sus riesgos. Muchas mujeres acudían buscando la sustitución afectiva de hombres inalcanzables o maridos indiferentes; y nada más perturbador, para el viejo Adán siempre al acecho bajo buena parte de las sotanas, que la inocencia de una adolescente o las confidencias de una mujer frustrada. En última instancia, la indulgencia oficiosa de los superiores estaba más o menos asegurada –la nave de Pedro era antigua, superviviente y sabia– en función de la ausencia de escándalo y de los resultados operativos.

Paradójicamente en un hombre que sólo poseía la fe del soldado profesional, ése no era el caso de Quart. Cierto es que, en él, la castidad consistía en pecado de orgullo antes que en virtud; pero así era la regla en torno a la que ordenaba su vida. Y como alguno de los fantasmas que acompañaban a sus ojos abiertos en la oscuridad, el templario con la espada como único apoyo bajo un cielo sin Dios necesitaba apelar a la regla, si quería afrontar con dignidad el retumbar de la caballería sarracena acercándose a lo lejos, desde la colina de Hattin.

Retornó al presente con esfuerzo. Ella fumaba con el codo sobre la mesa, el mentón en la palma de la mano donde sostenía el cigarrillo. Por alguna razón, sin llegar siquiera a rozarlas, sintió la proximidad turbadora de sus piernas. Los reflejos doraban los ojos oscuros junto a la llama de la vela, muy próximos, y a él le hubiera bastado extender el brazo para rozar con los dedos su piel, bajo el cabello negro que de nuevo caía sobre el hombro, marfil del collar, oro de la pulsera, blanco de los incisivos reluciendo suavemente en la boca entreabierta. Y entonces, con gesto deliberado, aquella misma mano en cuyos dedos cosquilleaba el deseo se introdujo en el bolsillo interior de la chaqueta y, cogiendo la postal del capitán Xaloc, la puso entre los dos, sobre el mantel.

—Hábleme de Carlota Bruner.

Todo cambió en un instante. Ella apagó el cigarrillo en el cenicero y se lo quedó mirando desconcertada. Los reflejos de miel se habían desvanecido.

—¿Dónde consiguió esa postal?

—Alguien la puso en mi habitación.

Macarena Bruner observaba la imagen amarillenta de la iglesia. Movió la cabeza:

—Es mía. Del baúl de Carlota. Es imposible que la tenga usted.

—Pues ya ve. La tengo —Quart cogió la postal entre el pulgar y el índice y le dio vuelta, mostrando la cara escrita—. ¿Por qué no lleva matasellos?

Los ojos de la mujer iban de la tarjeta a Quart, preocupados. Entonces él repitió la pregunta y ella asintió, pero estuvo un rato en silencio antes de responder.

—Porque no se envió nunca —había cogido la tarjeta y la estudiaba—. Carlota era tía abuela mía. Estaba enamorada de Manuel Xaloc, un marino sin fortuna. Gris me ha dicho que le contó la historia… —movió la cabeza igual que si negase algo; aunque tal vez fuese un gesto desolado, de impotencia o tristeza–. Cuando el capitán Xaloc emigró a América, ella le escribió una carta o una postal casi cada semana, durante años. Pero su padre el duque, mi bisabuelo Luis Bruner, quiso impedirlo. Así que sobornó a los funcionarios de Correos de la ciudad. En seis años ella no recibió ni una carta, y creemos que él tampoco. Cuando Xaloc regresó a buscarla, Carlota había perdido la razón. Pasaba los días en la ventana, mirando el río. No fue capaz de reconocerlo.

Quart señaló la postal.

–¿Y las cartas?

–Nadie se atrevió a destruirlas. Fueron a parar al baúl donde se guardaron las cosas de Carlota a su muerte, en 1910. Ese baúl me sedujo cuando niña: me probaba los vestidos, los collares de azabache… –Quart la vio iniciar un esbozo de sonrisa, pero sus ojos volvieron a la postal y ésta se le borró de la boca–. En su juventud, Carlota viajó con mis bisabuelos a la Exposición Universal de París, a Túnez, donde visitó las ruinas de Cartago y se trajo monedas antiguas… También hay folletos de viajes, de barcos y hoteles: el resumen de una vida, entre viejos encajes y muselinas apolilladas. Imagínese el efecto en mí, con diez o doce años: leí las cartas una por una, y el personaje romántico de mi tía abuela me fascinó. Me fascina todavía.

Trazaba con una uña signos en el mantel, alrededor de la postal. Al cabo de un instante se detuvo, pensativa.

–Una hermosa historia de amor –añadió, alzando los ojos hasta Quart–. Y como todas las hermosas historias de amor, fue una historia desgraciada.

Quart guardaba silencio por miedo a interrumpirla. Fue el camarero quien lo hizo, al acercarse con el recibo de la tarjeta de crédito. Quart observó la firma: nerviosa, llena de ángulos aguzados como puñales.

Ella miraba ahora la colilla apagada en el cenicero, ausente.

–Hay una canción bellísima –prosiguió al cabo de un momento– que canta Carlos Cano con letra de Antonio Burgos: *«Aún recuerdo el piano / de aquella niña / que había en Sevilla…»*, y cada vez que la oigo siento ganas de llorar… ¿Sabe que existe, incluso, una leyenda sobre Carlota y Manuel Xaloc? –sonrió por fin, insólitamente tímida e indecisa, y Quart supo que ella creía esa leyenda–. En las noches de luna, Carlota regresa a su ventana mientras, en el Guadalquivir, la goleta fantasma de su amante suelta amarras y zarpa río abajo –se había inclinado sobre la mesa, de nuevo con reflejos dorándole los ojos, y Quart volvió a experimentar la certeza inquietante de estar demasiado cerca–. De pequeña pasé noches enteras apostada en mi cuarto, espiándolos. Y una vez los vi. Ella era una silueta pálida en la ventana; y abajo, en el río, entre la niebla, las velas blancas de un barco antiguo se deslizaban despacio hasta perderse de vista.

Calló, de pronto. Se había echado hacia atrás en la silla. De nuevo la distancia entre ella y Quart.

–Después de sir Marhalt –añadió– mi segundo amor fue el capitán Xaloc… –su mirada era una provocación–. ¿Le parece una historia absurda?

–En absoluto. Cada uno tiene sus fantasmas.

–¿Cuáles son los suyos?

Ahora le tocó a Quart el turno de sonreír desde muy lejos. Tan lejos que Macarena Bruner nunca habría podido llegar hasta allí para comprobar de qué se trataba, en el improbable caso de que él hubiese añadido palabras a aquella sonrisa. Viento y sol, y lluvia. Sabor a sal en la boca. Recuerdos tristes de una infancia humilde, rodillas manchadas de tierra húmeda y largas esperas frente al mar. Fantasmas de una juventud intelectual estrecha, dominada por la disciplina, con algunos recuerdos felices de compañerismo en comunidad y breves períodos de ambición satisfecha. La soledad en un aeropuerto, en un libro, en el cuarto de un hotel. Y el miedo o el odio en los ojos de otros hombres: el banquero Lupara, Nelson Corona, Príamo Ferro. Cadáveres reales o imaginarios, pasados o futuros, en su conciencia.

–No tienen nada de especial –dijo impasible–. También hay buques que zarpan y no regresan. Y un hombre. Un caballero templario con cota de malla que se apoya en su espada, en un desierto.

Ella lo miró de un modo extraño, como si lo viera por primera vez. Y no dijo nada.

–Pero los fantasmas –añadió Quart, tras el silencio– no dejan postales en las habitaciones de hotel.

Macarena Bruner tocó la tarjeta, que seguía sobre el mantel mostrando la cara escrita: *Aquí rezo por ti cada día...* Sus labios se movieron silenciosamente al leer las palabras que nunca llegaron al capitán Xaloc.

–No lo comprendo –dijo–. Estaba en mi casa, con el baúl y el resto de las cosas de Carlota. Alguien la cogió de allí.

–¿Quién?

–No tengo la menor idea.

–¿Cuántos conocen la existencia de esas cartas?

Se lo quedó mirando como si no hubiera oído bien y esperase que repitiera la pregunta, mas no lo hizo. Saltaba a la vista que reflexionaba a toda prisa.

–No –concluyó–. Es demasiado absurdo.

Quart movió una mano y vio que Macarena Bruner retrocedía casi imperceptiblemente en la silla, siguiendo el gesto igual que si temiera sus consecuencias. Cogió la postal y la volvió para mostrar la foto de la iglesia.

–No hay nada absurdo en esto –opuso él–. Se trata del lugar donde está enterrada Carlota Bruner, junto a las perlas del capitán Xaloc. El edificio que su marido quiere derribar y que usted defiende. Un lugar que es objeto de mi viaje a Sevilla y donde, accidentes o no, han muerto dos personas —alzó los ojos hacia la mujer—. Una iglesia que, según un misterioso pirata informático llamado *Vísperas*, mata para defenderse.

Ella inició otra sonrisa que no llegó a materializarse del todo. En su lugar quedó una mueca preocupada, absorta.

—No diga eso. Me da miedo.

Había más malhumor que aprensión en esas palabras. Quart miró el mechero de plástico al que ella daba vueltas entre los dedos, y supo que Macarena Bruner le acababa de mentir. Ella no era de esas mujeres que se asustan por cualquier cosa.

Desde que *Vísperas* había dado señales de vida una semana antes, el padre Ignacio Arregui y su equipo de jesuitas expertos en informática vigilaban en turnos de doce horas el sistema central del Vaticano. Aquella noche faltaban diez minutos para la una de la madrugada, y Arregui fue en busca de una taza de café a la máquina expendedora del pasillo. La máquina se había tragado las monedas de cien liras sin proporcionar a cambio más que un vaso vacío y un chorrito de azúcar, y el jesuita se daba a todos los diablos mirando a través de la ventana la sombra oscura del palacio Belvedere, al otro lado de la calle iluminada por faroles bajo los que en ese momento pasaba la ronda nocturna de suizos. Arregui buscó en los bolsillos de la sotana, reuniendo monedas para intentarlo por segunda vez. Ahora el café salió sin azúcar, por lo que hubo de recurrir al vaso anterior —que por suerte había permanecido en posición erguida en la papelera— para endulzar el brebaje. Después regresó a la sala de ordenadores, quemándose los dedos pulgar e índice a través del plástico del vaso.

—Ahí lo tenemos, padre.

Cooey, el irlandés, se había quitado las gafas y frotaba los cristales con un kleenex, mirando excitado la pantalla de su ordenador. Otro joven jesuita, un italiano llamado Garofi, tecleaba desesperadamente en el segundo ordenador a la caza del intruso.

—¿Es *Vísperas*? —preguntó Arregui. Miraba la pantalla por encima del hombro de Cooey, fascinado por el parpadeo de los iconos rojos y azules y la velocidad vertiginosa a que desfilaban los ficheros recorridos por el pirata informático. Ese ordenador reproducía los movimientos del *hacker*, mientras el de Garofi trabajaba en su identificación y localización .

—Creo que sí —respondió el irlandés, poniéndose las gafas con los cristales limpios—. Al menos conoce el camino y va muy rápido.

—¿Ha llegado a las TS?

—A algunas. Pero es listo: no cae en ellas.

El padre Arregui bebió un sorbo de café que le achicharró la lengua:

—Maldito sea.

Las TS —*Trampas Saduceas*, en la jerga del equipo— eran áreas informáticas dispuestas como redes en la desembocadura de un río, para que los piratas entrasen en ellas desorientándose ò revelando datos que hicieran posible su identificación. Las dispuestas contra *Vísperas* eran sofisticados laberintos electrónicos, señuelos en cuyo recorrido el intruso quedaba expuesto a descubrir cartas de su juego que lo hacían vulnerable.

—Está buscando INMAVAT —anunció Cooey.

De nuevo había un rastro de admiración en su voz, y el padre Arregui miró, ceñudo, el cuello y la nuca de su joven experto, que seguía la progresión del *hacker* inclinado sobre la pantalla con el ratón bajo los dedos de la mano derecha. Era inevitable, se dijo mientras apuraba el resto del café. Él mismo no podía evitar cierta excitación profesional al ver actuar a un miembro de la cofradía informática, sobre todo si era clandestino y tan limpio como *Vísperas*. Aunque fuese un delincuente y un pirata que lo tenía una semana sin dormir.

–Ya está –dijo el irlandés.

Hasta Garofi había dejado de teclear y miraba. INMAVAT, el archivo restringido para altos cargos de la Curia, desfilaba a toda velocidad por la pantalla, tripas al aire.

–Sí. Es *Vísperas* –dijo Cooey, en el tono de quien reconoce la firma de un viejo amigo.

El vaso de plástico sonó como un estallido cuando el padre Arregui lo estrujó en la mano antes de arrojarlo a la papelera. En el ordenador de Garofi parpadeaba el cursor del escáner conectado con la policía y con la red telefónica vaticana.

–Hace lo mismo que la otra vez –dijo el italiano–. Camufla su punto de entrada saltando por distintas redes telefónicas.

El padre Arregui tenía los ojos clavados en el cursor parpadeante que se paseaba arriba y abajo por la lista de ochenta y cuatro usuarios de INMAVAT. Habían trabajado varios días para instalar una trampa saducea destinada a quien intentara infiltrarse en V01A, la terminal personal del Santo Padre. La trampa, inerte cuando se accedía al archivo con clave normal, sólo funcionaba si el intruso provenía del exterior: al franquear el umbral de INMAVAT arrastraba consigo un código oculto cuya existencia era desconocida para el pirata mismo. Algo parecido a una rémora invisible. Al llegar a V01A, esa señal bloqueaba la entrada al destinatario real para desviar al pirata hacia otro ficticio, V01ATS, donde nada de cuanto hiciera podía causar daño, y dejaría, creyendo hacerlo en el ordenador personal del Papa, cualquier nuevo mensaje que trajera consigo.

El cursor se detuvo parpadeando en V01A. Fueron diez largos segundos en que los tres jesuitas contuvieron el aliento, pendientes de la pantalla del ordenador gemelo. Por fin el cursor hizo clic y apareció el reloj de espera.

—Está entrando —Cooey lo dijo en voz muy baja, como si *Vísperas* pudiera oírlos. Tenía el rostro enrojecido, y en las gafas de nuevo empañadas se reflejaba la pantalla.

El padre Arregui se mordía el labio inferior abrochando y desabrochando un botón de la sotana. Si la trampa no funcionaba o *Vísperas* sospechaba su existencia, el pirata podía enfadarse. Y un pirata furioso en un archivo tan delicado como INMAVAT era impredecible. De todas formas, el equipo de expertos vaticanos se había guardado una carta en la manga: bastaba pulsar una tecla para dejar INMAVAT fuera del sistema. El problema era que, en tal caso, *Vísperas* comprendería que estaban tras él, y podría desaparecer en el acto. O lo que era peor, volver en otra ocasión con una táctica diferente e inesperada. Por ejemplo, un programa asesino destinado a infectar y destruir cuanto encontrara a su paso.

Desapareció el reloj, cambiando el formato de la pantalla.

—Allá va —apuntó Garofi.

Vísperas estaba dentro de V01A, y durante un desconcertante momento los tres jesuitas estudiaron angustiados el monitor para ver en cuál de los dos archivos, real o ficticio, había terminado por colarse. A medida que aparecía la clave, Cooey empezó a leer con voz crispada:

—Uve-Cero-Uno-A-Te-Ese.

Después inició una sonrisa grande, orgullosa, satisfecha. *Vísperas* había infiltrado su fichero pirata en la trampa saducea, y el ordenador personal del Papa estaba fuera de su alcance.

–Alabado sea Dios –dijo el padre Arregui.

Había arrancado por fin el botón de la sotana. Con él en la mano se inclinó a leer el mensaje que aparecía en la pantalla del ordenador:

El enemigo ha arrasado tu santuario.
Rugían los agresores en medio de la asamblea
y levantaron sus propios estandartes.
En la entrada superior abatieron
a hachazos el entramado.
Después, con martillos y mazas
destrozaron todas las esculturas.
Prendieron fuego a tu lugar sagrado
y profanaron la morada de tu nombre.
¿Hasta cuándo nos va a afrentar el enemigo?

Después de aquello, *Vísperas* cortó el contacto y su señal desapareció de la pantalla.

–Imposible localizarlo –el padre Garofi punteaba inútilmente con el cursor del ratón en su ordenador–. En cada bucle deja detrás una especie de cargas de demolición que destruyen las huellas cuando se va. Ese *hacker* conoce bien lo que se trae entre manos.

–Y también conoce los Salmos –dijo el padre Cooey, poniendo en marcha la impresora para obtener una copia del texto–. Ése es el 63, ¿verdad?

El padre Arregui negaba con la cabeza.

–73. Salmo 73 –corrigió, y aún miraba preocupado la pantalla del ordenador de Garofi–: *Lamentación ante el Templo Devastado.*

–Algo más sí sabemos de él –dijo de pronto el padre Cooey–. Es un pirata con sentido del humor.

Los otros dos sacerdotes miraron el recuadro iluminado. En su interior, pequeñas bolitas rebotaban ahora
como pelotas de ping-pong, reproduciéndose cada vez;
y al encontrarse dos de ellas se producía una pequeña
deflagración nuclear, un pequeño hongo de cuyo centro salía la palabra *bum*.

Arregui estaba indignado.

—Ah, el canalla —decía—. El hereje.

De repente reparó en el botón de la sotana que tenía
en la mano, y lo arrojó a la papelera. Atentos a la pantalla, los padres Cooey y Garofi se reían por lo bajo.

VII

La botella de Anís del Mono

> En el tiempo ya lejano en que, estudiando la
> sublime Ciencia, nos inclinábamos sobre el mis-
> terio repleto de pesados enigmas.
>
> FULCANELLI
> *El misterio de las catedrales*

Eran poco más de las ocho de la mañana cuando
Quart cruzó la plaza en dirección a Nuestra Señora de
las Lágrimas. El sol iluminaba la espadaña deslucida,
sin desbordar todavía la línea de aleros de las casas pintadas de almagre y blanco. Aún gozaban de sombra
fresca los naranjos, cuyo aroma lo acompañó hasta la
puerta de la iglesia donde un mendigo pedía limosna
sentado en el suelo, con las muletas apoyadas en la pared. Quart le dio una moneda y franqueó el umbral,
deteniéndose un instante junto al Nazareno de los exvotos. La misa no había llegado al ofertorio.

Caminó hasta los últimos bancos y fue a sentarse en
uno de ellos. Una veintena de fieles se hallaba delante,
ocupando la mitad de la nave. El resto de bancos con
sus reclinatorios seguían apilados contra el muro, entre
los andamios que cubrían las paredes del recinto. La luz
del retablo sobre el altar mayor estaba encendida, y bajo
el abigarrado conjunto de tallas e imágenes, a los pies de
la Virgen de las Lágrimas, don Príamo Ferro oficiaba la
misa con el padre Óscar como acólito. La mayor parte
de sus feligreses eran mujeres y gente mayor: vecinos de
apariencia modesta, empleados a punto de acudir al tra-

bajo, jubilados, amas de casa. Algunas mujeres tenían al lado las cestas o los carritos para la compra. Dos o tres ancianas iban vestidas de negro, y una, arrodillada cerca de Quart, se cubría con uno de aquellos velos de misa caídos en desuso veinte años atrás.

El padre Ferro se adelantó a leer el Evangelio. Sus ornamentos eran blancos, y Quart observó que por el cuello, bajo la casulla y la estola, asomaba el borde del amito: la antigua pieza de tela que, en recuerdo del lienzo que cubrió el rostro de Cristo, los sacerdotes ponían sobre sus hombros al vestirse para la misa antes del Concilio Vaticano II. Sólo los oficiantes muy viejos o muy tradicionalistas recurrían ya a esa prenda; y no era éste el único anacronismo en la indumentaria y actitudes del padre Ferro. La vieja casulla, por ejemplo, era del tipo llamado de guitarra, el peto dejando aberturas completas a los lados, en lugar del modelo usual, próximo a la dalmática, que había venido a sustituirlo por más cómodo y ligero.

–*En aquel tiempo dijo Jesús a sus discípulos...*

El párroco leía el texto cientos de veces repetido a lo largo de su vida sin mirar apenas el libro abierto sobre el atril, absorto en algún lugar indeterminado del espacio entre él y sus fieles. No había micrófonos –tampoco la pequeña iglesia los necesitaba– y su voz recia, tranquila, desprovista de inflexiones o matices, llenaba con autoridad el silencio de la nave, entre los andamios y las pinturas ennegrecidas del techo. No dejaba lugar a la discusión ni a la duda: todo, fuera de aquellas palabras pronunciadas en nombre de Otro, carecía de valor o de importancia. Aquél era el verbo de la fe.

–*En verdad os digo que vosotros gemiréis y lloraréis, mientras el mundo se alegrará. Vosotros estaréis tristes, pero Yo os digo que vuestra tristeza se convertirá en gozo. Y Yo volveré a veros, y se alegrará vuestro corazón. Y nadie podrá quitaros ya este gozo...*

Palabra de Dios, dijo regresando tras el altar; y los fieles rezaron el Credo. Entonces, sin sorprenderse demasiado, Quart descubrió a Macarena Bruner. Estaba tres bancos delante de él, con gafas oscuras, tejanos, el pelo recogido en cola de caballo y la chaqueta sobre los hombros, inclinado el rostro en la oración. Después, al volver al altar, los ojos de Quart encontraron los del padre Óscar que lo observaban, inescrutables, mientras don Príamo Ferro seguía oficiando, ajeno a cuanto no fuese el ritual de sus propios gestos y palabras:

—*Benedictus est, Dómine, deus univérsi, quia de tua largitáte accépimus panem...*

Atónito, Quart prestó atención a lo que decía el sacerdote: estaba celebrando en latín. De hecho, todas las partes de la misa que no iban directamente dirigidas a los fieles o no podían ser recitadas de modo colectivo, el padre Ferro las pronunciaba en la vieja lengua canónica de la Iglesia. Aquélla no era una infracción grave, por supuesto; algunas iglesias con fuero especial poseían ese privilegio, y el propio Pontífice oficiaba a menudo la misa en latín, en Roma. Pero las disposiciones eclesiásticas establecían, desde Pablo VI, que la misa se hiciese en las respectivas lenguas de cada parroquia para mayor comprensión y participación de los fieles. Resultaba evidente que el padre Ferro asumía sólo a medias el espíritu de modernidad eclesiástica.

—*Per huius aquae et vini mystérium...*

Quart lo estudió con detenimiento durante el ofertorio. Puestos los objetos litúrgicos sobre los corporales, el párroco elevó al cielo la hostia colocada en la patena y luego, mezclando unas gotas de agua en el vino aportado en las vinajeras por el padre Óscar, hizo lo mismo con el cáliz. Después se volvió a su acólito, que le ofrecía una pequeña jofaina con jarra de plata, y procedió a lavarse las manos.

—*Lavame. Dómine, ab iniquitáte mea.*

Seguía Quart el movimiento de sus labios pronunciando las frases latinas en voz baja. El lavatorio de manos era otra costumbre en vías de extinción, aunque aceptada en el orden común de la misa. Y pudo apreciar más detalles anacrónicos, poco vistos desde que, con diez o doce años, asistía como monaguillo al cura de su parroquia: el padre Ferro juntó las yemas de los dedos bajo el chorro de agua que le vertía el acólito y después, una vez secas las manos, mantuvo pulgares e índices juntos, formando un círculo, para impedir que tuviesen contacto con nada; e incluso las páginas del misal las pasaba con los otros tres dedos, que mantenía rígidos. Todo aquello era exquisitamente ortodoxo a la antigua usanza, muy propio de viejos eclesiásticos renuentes a aceptar el cambio de los tiempos. Sólo le faltaba oficiar de espaldas a los fieles, vuelto hacia el retablo y la imagen de la Virgen como se hacía tres décadas atrás. Y a don Príamo Ferro, sospechaba Quart, eso no lo hubiera incomodado en absoluto. Vio que rezaba el canon inclinando su cabeza testaruda, hirsuto pelo blanco trasquilado a tijeretazos: *Te ígitur, clementíssime Pater.* El mentón de sombras oscuras y grises mal rasuradas se hundía contra el cuello de la casulla mientras el párroco pronunciaba en voz baja, audible en el silencio absoluto de la iglesia, las oraciones del sacrificio de la misa del mismo modo que fueron pronunciadas por otros hombres, vivos y muertos antes que él, durante los últimos mil trescientos años:

—*Per ipsum, et cum ipso, et in ipso, est tibi Deo Patri omnipoténti...*

Muy a su pesar, incluso con su escepticismo técnico a cuestas y el desdén que le inspiraba la figura del padre Ferro, el sacerdote que había en Lorenzo Quart no pudo menos que conmoverse ante la singular solemnidad que el ritual, aquellos gestos y palabras, confería al veterano párroco. Era como si la transformación simbólica que en ese momento se registraba sobre el altar transfigurase también su apariencia de tosco cura provinciano para revestirla de autoridad; un carisma que hacía olvidar la vieja y sucia sotana y los zapatos sin lustrar bajo la casulla de cuello raído, hilos de oro y adornos deslucidos por el paso del tiempo. Dios –si es que había un Dios tras aquella madera dorada, barroca, reluciente en torno a la Virgen de las Lágrimas– accedía sin duda, por un instante, a poner la mano en el hombro del anciano gruñón que, inclinado sobre la hostia y el cáliz, consumaba el misterio de la encarnación y muerte del Hijo. Además, se dijo Quart mirando los rostros que tenía ante sí –incluida Macarena Bruner vuelta hacia el altar y pendiente, como los otros, de las manos del sacerdote–, lo que en ese momento importaba menos era que hubiese o no, en alguna parte, un Dios dispuesto a impartir premios y castigos, condenación o vida eterna. Lo que contaba en aquel silencio donde la voz recia del padre Ferro desgranaba la liturgia eran los rostros graves, tranquilos, pendientes de sus manos y su voz, murmurando con el oficiante palabras, comprendidas o no, que se resumían en una sola: consuelo. Lo que significaba calor frente al frío, o una mano amiga en la oscuridad. Y como ellos, arrodillado en su reclinatorio con los codos sobre el respaldo del banco que tenía delante, Quart repitió para sus adentros las palabras de la consagración mientras se removía incómodo; consciente de que acababa de franquear el umbral de la comprensión respecto a aquella iglesia, su párroco, el mensaje de *Vísperas* y lo que él mismo estaba haciendo allí. Era más fácil, descubrió, despreciar al padre Ferro que verlo, pequeño y cimarrón bajo la anticuada casulla, creando con las palabras del viejo misterio un humilde remanso donde aquella veintena de rostros en su mayor parte cansados, envejecidos, inclinados bajo el peso de los años y de la vida, miraban –temor, respeto, esperanza– el trocito de pan que el viejo cura sostenía en sus manos orgullosas. El vino, fruto de la vid y del trabajo del hombre, que elevaba acto seguido en el cáliz de latón dorado y descendía después convertido en sangre de aquel Jesús que, del mismo modo, acabada la cena, dio de comer y beber a sus discípulos con palabras idénticas a las que el padre Ferro hacía resonar ahora, inalterables, veinte siglos después bajo las lágrimas de Carlota Bruner y el capitán Xaloc: *Hor fácite in meam commemoratiónem.* Haced esto en memoria mía.

La misa había terminado. La iglesia estaba desierta. Quart seguía sentado inmóvil en su banco, después que don Príamo Ferro dijera *Ite, missa est* retirándose del altar sin mirar una sola vez en su dirección, y los fieles se hubiesen ido uno a uno, incluida Macarena Bruner, que pasó por su lado tras las gafas oscuras y sin muestras de reparar en él. Durante un rato, la vieja beata del velo fue la única compañía de Quart; y mientras ésta rezaba, el padre Óscar salió de nuevo al altar por la puerta de la sacristía, apagó los cirios y la luz eléctrica del retablo, y volvió a retirarse sin levantar la mirada del suelo. Después también la beata se fue, y el agente del IOE quedó solo en la penumbra de la iglesia vacía.

A pesar de sus actitudes y del rigor con que se atenía a la regla, Quart era un hombre lúcido. Y esa lucidez se manifestaba como una maldición serena que impedía aprobar por completo el orden natural de las cosas, sin proporcionarle a cambio coartadas que hicieran soportable semejante conciencia. En el caso de un sacerdote, como en el de cualquier oficio que exigiese creer en el mito de la situación privilegiada del hombre en la armonía del Universo, aquello resultaba molesto y peligroso; pocas cosas sobrevivían a la certeza de lo insignificante que es la vida humana. En cuanto a Quart, sólo la fuerza de voluntad, encarnada en su disciplina, permitía mantener a raya la peligrosa frontera donde la verdad desnuda tienta a los hombres, dispuesta a pasar factura en forma de debilidad, apatía o desesperación. Ésa era, tal vez, la causa de que permaneciera sentado en el banco de la iglesia, bajo la bóveda negra que olía a cera y piedra vieja y fría. Miraba a su alrededor los andamios contra las paredes, los polvorientos exvotos junto al Nazareno de sucio pelo natural, la madera dorada del retablo en sombras, las losas del suelo que los pasos de gente muerta habían desgastado cien, doscientos o trescientos años atrás. Y veía aún el rostro mal afeitado y ceñudo del padre Ferro que se inclinaba sobre el altar, pronunciando herméticas frases ante una veintena de rostros aliviados de su condición humana por la esperanza de un padre todopoderoso, un consuelo, una vida mejor donde los justos obtendrían su premio y los impíos su castigo. Aquel modesto recinto estaba muy lejos de los escenarios al aire libre, las pantallas gigantes de televisión, el folklore y la ordinariez de las chillonas iglesias multicolores donde todo era válido: las técnicas de Goebbels, los escenarios de rock, la dialéctica de los mundiales de fútbol, el agua bendita con aspersor electrónico. Por eso, como los peones pasados a los que aludía Gris Marsala, ajenos ya a la batalla cuyo rumor se apagaba a sus espaldas, librados a su propia suerte e ignorando si quedaba en pie un rey por el que luchar, algunas piezas elegían su casilla en el tablero de ajedrez: un lugar donde morir. El padre Ferro había escogido el suyo, y Lorenzo Quart, cualificado cazador de cabelleras por cuenta de la Curia romana, era capaz de comprenderlo sin demasiado esfuerzo. Quizá por eso ahora no las tenía todas consigo sentado en un banco de aquella iglesia pequeña, maltrecha y solitaria, convertida por el viejo párroco en su Torre Maldita: un reducto para defender las últimas ovejas fieles de los lobos que vagaban por todas partes, afuera, listos para arrebatarles los últimos jirones de inocencia.

En todo eso estuvo pensando Quart sentado en su banco, durante un buen rato. Luego se levantó y fue por el pasillo central hasta el altar mayor, escuchando el eco de sus pasos bajo la cubierta elíptica del crucero. Se detuvo frente al retablo, junto a la lamparilla encendida del Santísimo, y miró las esculturas orantes de los antepasados de Macarena Bruner a los lados de la imagen central de la Virgen de las Lágrimas. Bajo su baldaquino regio, escoltada por querubines y santos entre hojarasca y adornos de madera dorada, la talla de Martínez Montañés se perfilaba en penumbra, con la claridad diagonal que las vidrieras hacían pasar entre la estructura geométrica, racional, de los andamios. Era muy bella y muy triste, con el rostro ligeramente vuelto hacia arriba igual que un reproche, y las manos vacías y abiertas, extendidas a cada lado como si preguntara en nombre de qué le habían arrebatado a su hijo. Las veinte perlas del capitán Xaloc brillaban suavemente en su rostro, en la corona de estrellas y en la túnica azul, bajo la que un pie desnudo sobre la media luna aplastaba una cabeza de serpiente.

–...*Y pondré enemistad entre ti y la mujer, entre tu linaje y el suyo...*

La voz citando el Génesis sonó a su espalda, y al volverse Quart descubrió los ojos claros de Gris Marsala. No la había oído entrar y ahora estaba tras él, después de acercarse silenciosamente gracias a sus zapatillas de tenis.

–Anda usted como los gatos –dijo Quart.

Ella se rió, moviendo la cabeza. Llevaba como siempre el pelo recogido en la nuca con su corta trenza, un polo holgado y tejanos sucios de pintura y yeso. Quart pensó en ella maquillándose frente al espejo antes de la visita del obispo, y en la mirada de aquellos ojos fríos multiplicada al romperse el cristal bajo el puñetazo. Buscó en sus manos la cicatriz. Allí estaba: un trazo lívido de tres centímetros en la cara interior de la muñeca derecha. Se preguntó si había sido intencionado.

–No me diga que oyó misa aquí –dijo ella.

Asintió Quart, viéndola sonreír de modo indefinible. Todavía le miraba la cicatriz; y Gris Marsala, al advertirlo, volvió el antebrazo, ocultándola.

–Ese párroco –dijo Quart.

Iba a añadir algo, pero se quedó callado como si aquello lo resumiera todo. Al cabo de un momento ella sonrió de nuevo; esta vez de modo más oscuro, cual si lo hiciera para sí misma después de escuchar palabras no pronunciadas.

–Sí –murmuró–. Se trata exactamente de eso.

Parecía aliviada, y dejó de protegerse la muñeca. Después le preguntó si había visto a Macarena Bruner, y Quart asintió con un gesto.

–Viene cada mañana, a las ocho –precisó ella–. Los jueves y los domingos, con su madre.

–No la imaginaba tan pía.

No había intención en el sarcasmo, pero Gris Marsala encajó molesta el comentario:

–Déjeme decirle algo. No me gusta ese tono suyo.

Dio él unos pasos frente al retablo, mirando la imagen de la Virgen. Después se volvió de nuevo a la mujer:

–Quizá tenga razón. Pero anoche cené con ella, y sigo desconcertado.

–Sé que cenaron –los ojos claros lo estudiaban con atención, o curiosidad–. Macarena me despertó a la una de la madrugada para tenerme casi media hora al teléfono. Entre otras muchas cosas, dijo que usted vendría a misa.

—Es imposible –objetó Quart–. Ni yo mismo estaba seguro hasta unos minutos antes.

—Pues ya ve. Ella sí lo estaba. Dijo que tal vez así empezara a comprender –se detuvo, inquisitiva–... ¿Ha empezado a comprender?

Quart la miró impávido:

—¿Qué más le dijo?

Hizo la pregunta de un modo superficial, casi irónico; mas se arrepintió antes de completar la frase. Realmente estaba interesado por lo que Macarena Bruner había podido contarle a su amiga la monja, y le irritaba que resultara evidente.

Gris Marsala miraba el alzacuello de la camisa del sacerdote. Pensativa.

—Dijo muchas cosas. Que usted le cae bien, por ejemplo. Y que no es tan diferente de don Príamo como cree –ahora sus ojos lo recorrían de arriba abajo, valorativos y deliberados–. También dijo que es el cura más sexy que ha visto en su vida –la sonrisa que le asomó a la boca rozaba la provocación–. Dijo exactamente eso: sexy. ¿Qué le parece?

—¿Por qué me cuenta todo esto?

—Qué tontería. Se lo cuento porque me ha preguntado.

—No me tome el pelo –se llevó un índice a la sien–. Lo tengo gris, como el suyo.

—Me gusta su pelo tan corto. A Macarena también.

—No ha respondido a mi pregunta, hermana Marsala.

Ella rió, e innumerables pequeñas arrugas cercaron sus ojos.

—Apee el tratamiento, se lo ruego –reía al mostrar sus tejanos sucios y los andamios de las paredes–. No sé si todo esto es propio de una monja.

No lo era, se dijo Quart. Ni eso, ni su actitud en el

extraño triángulo que formaban ellos dos y Macarena Bruner; o quizá cuarteto, si incluían al inevitable padre Ferro. Tampoco la imaginaba con hábito, en un convento. Parecía haber recorrido un largo camino desde Santa Bárbara.

—¿Piensa regresar alguna vez?

Tardó un poco en responder. Miraba el fondo de la nave, los bancos apilados cerca de la puerta. Tenía los pulgares en los bolsillos traseros del pantalón, y Quart se preguntó cuántas monjas serían capaces de llevar unos tejanos ceñidos como los llevaba Gris Marsala: esbelta como una muchacha a pesar de su edad. Sólo el rostro y el cabello habían envejecido, y aun así emanaba especial atractivo aquella forma suya de moverse.

—No lo sé —dijo, el aire ausente—. Quizá dependa de este lugar; de lo que ocurra aquí. Creo que por eso no me he ido —ahora se dirigía a Quart sin mirarlo, entornados los ojos ante la luz del sol que ya entraba por el rectángulo iluminado de la puerta—. ¿Nunca sintió de pronto un vacío inesperado, allí donde cree tener un corazón?... Hace clac y se detiene un momento, sin motivo aparente. Luego todo sigue su marcha, pero una sabe que ya no es lo mismo y se pregunta, inquieta, si algo andará mal.

—¿Cree que lo averiguará aquí?

—Ni idea. Pero hay lugares que encierran respuestas. Esa intuición nos hace vagar alrededor, al acecho. ¿No cree?

Incómodo, Quart se apoyó sobre un pie y luego sobre el otro. No era su género de conversación favorito, mas necesitaba palabras. En cualquiera podía estar el cabo de la madeja.

—Lo que yo creo es que durante toda la vida vagamos en torno a nuestra tumba. Quizá la respuesta sea ésa.

Al decirlo sonrió un poco, quitándole trascendencia

al comentario. Pero ella no se dejó distraer por la son- risa:

–Yo tenía razón. No es un sacerdote como los otros.

No dijo por qué, ni ante quién hacía valer aquella razón, ni tampoco Quart quiso indagar en ello. Sobre- vino entonces un silencio que nadie hizo amago de lle- nar. Caminaron uno junto al otro a lo largo de la nave. Quart miraba las paredes, la pintura desconchada y los dorados deslucidos de las cornisas. Junto al eco de sus pasos, Gris Marsala caminaba en silencio. Por fin ella habló de nuevo:

–Hay cosas –dijo–. Hay lugares y personas por donde no es posible pasar de modo impune… ¿Sabe de qué estoy hablando? –se detuvo un instante a observar a Quart y después prosiguió camino, moviendo la ca- beza–. No, no creo que lo sepa todavía. Me refiero a esta ciudad. A esta iglesia. También a don Príamo y a la propia Macarena –se había parado otra vez y sonreía, burlona–. Es bueno que sepa en qué se mete.

–Quizá no tengo nada que perder.

–Tiene gracia oírle eso. Macarena asegura que es lo más interesante de usted. La impresión que produce –estaban ya junto a la puerta, y la luz de la calle con- traía los iris claros en los ojos de la mujer–. Se diría que, como don Príamo, tampoco tiene gran cosa que perder.

El camarero hizo girar la manivela del toldo hasta que la sombra cubrió la mesa donde estaban Pencho Gavi- ra y Octavio Machuca. Sentado a los pies del viejo ban- quero, un limpiabotas le daba al betún, haciendo chas- car el cepillo contra la palma de la mano:

–Ponga usted el otro, caballero.

Obediente, Machuca retiró el pie derecho de la caja de tachuelas doradas y espejitos y puso el izquierdo en el mismo sitio. El limpiabotas colocó los protectores para no manchar los calcetines y prosiguió concienzudo su tarea. Era muy flaco, agitanado, pasada la cincuentena, con los brazos llenos de tatuajes y décimos de lotería asomándole por el bolsillo de la camisa. Cada día, el presidente del Banco Cartujano se hacía lustrar los zapatos a sesenta duros el servicio, mientras miraba pasar la vida desde su mesa en la esquina de La Campana.

—Vaya una calor que hace —dijo el limpia.

Se secaba con el dorso de la mano negra de betún las gotas de sudor que le caían por la nariz. Pencho Gavira encendió un cigarrillo y le ofreció otro al betunero, que se lo puso encima de una oreja sin dejar de frotar los zapatos de Machuca con el cepillo. La taza de café y el *ABC* sobre la mesa, el viejo banquero observaba satisfecho el trabajo. Al terminar la faena le alargó al limpia un billete de mil, y éste se rascó el cogote, perplejo:

—No llevo suelto, caballero.

Sonreía el presidente del Cartujano, habitual, cruzando las largas piernas:

—Pues cóbramelo mañana, Rafita. Cuando tengas cambio.

Devolvió el limpiabotas el billete, llevándose dos dedos a la frente en vago gesto militar antes de alejarse hacia la plaza Duque de la Victoria con el banco y su cajón bajo el brazo. Pencho Gavira vio que pasaba junto a Peregil, quien aguardaba a respetuosa distancia, junto al escaparate de una zapatería y a pocos pasos del Mercedes azul oscuro detenido junto al bordillo de la acera. Cánovas, el secretario de Machuca, revisaba papeles en una mesa cercana, disciplinado y silencioso, esperando despachar los asuntos del día.

—¿Cómo va la iglesia, Pencho?

Era una pregunta de aspecto rutinario, como sobre

el estado del tiempo o la salud de un pariente. El viejo Machuca había cogido el periódico y pasaba páginas sin prestarles atención, hasta que llegó a las necrológicas. Allí se puso a leer esquelas detenidamente. Gavira se recostó en la silla de mimbre y miró las manchas de sol que ganaban terreno a sus pies, avanzando despacio desde la calle Sierpes.

—Estamos en ello —dijo.

Machuca entornaba los párpados enfrascado en las esquelas. A su edad suponía un consuelo comprobar cuánta gente conocida iba desfilando antes que uno.

—Los consejeros se impacientan —comentó sin dejar de leer—. Para ser exactos, unos se impacientan y otros esperan que te rompas la crisma —pasó una página, dedicándole media sonrisa a la extensa relación de hijos, nietos y demás familia que rogaba por el alma del excelentísimo señor don Luis Jorquera de la Sintacha, hijo ilustre de Sevilla, comendador de la Orden de Mañara, maestresala de la Real Cofradía de la Caridad Perpetua, fallecido tras recibir los santos sacramentos, etcétera: Machuca y toda Sevilla estaban al corriente de que el excelentísimo difunto había sido un perfecto sinvergüenza, enriquecido en los años de posguerra con el tráfico de penicilina—. Faltan muy pocos días para debatir tu proyecto sobre la iglesia.

Gavira asintió, el cigarrillo en la boca. Eso sería veinticuatro horas después de que los saudíes de Sun Qafer Alley aterrizaran en el aeropuerto de la ciudad para comprar por fin Puerto Targa. Y con ese acuerdo firmado sobre la mesa, nadie iba a decir esta boca es mía.

—Estoy apretando las últimas tuercas —dijo.

Machuca movió lentamente la cabeza, de arriba abajo, un par de veces. Sus ojos rodeados por profundos cercos oscuros iban del diario a la gente que pasaba por la calle.

—Ese cura —comentó—. El viejo.

Gavira prestó atención; pero el banquero estuvo un rato callado como si no llegase a concretar la idea. O tal vez se limitaba a provocar a su delfín. De un modo u otro, Gavira guardó silencio.

—Él es la clave —prosiguió Machuca—. Mientras no renuncie, el alcalde seguirá sin vender, el arzobispo sin secularizar, y tu mujer y su madre mantendrán su postura. Esas misas de los jueves te hacen bien la puñeta.

Seguía refiriéndose a Macarena Bruner como mujer de Gavira; y eso, aunque técnicamente era cierto, tenía incómodas connotaciones para éste. Machuca se negaba a aceptar la separación del matrimonio que había apadrinado. También encerraba una advertencia: nada iba a quedar resuelto para su sucesor mientras continuara la equívoca situación conyugal, con Macarena poniéndolo en evidencia. La buena sociedad sevillana, que había aceptado a Gavira cuando su boda con la niña del Nuevo Extremo, no perdonaba cierto tipo de cosas. Hiciera lo que hiciese, curas o toreros de por medio, Macarena era una de ellos; pero Gavira, no. Sin su mujer quedaba reducido a un chulo advenedizo y con dinero.

—En cuanto resuelva lo de la iglesia —dijo— me ocuparé de ella.

Machuca pasaba páginas, escéptico.

—No estoy tan seguro. La conozco desde que era una cría —se inclinó sobre el periódico para beber un poco de su taza—. Aunque saques del juego al párroco y derribes esa iglesia, estás perdiendo la otra batalla. Macarena lo ha tomado como algo personal.

—¿Y la duquesa?

Surgió un apunte de sonrisa bajo la nariz grande y afilada del banquero:

—Cruz respeta mucho las decisiones de su hija. Y en la iglesia está con ella, sin condiciones.

–¿La ha visto usted últimamente? Hablo de la madre.

–Claro. Cada miércoles.

Era cierto. Una tarde a la semana, Octavio Machuca enviaba su coche a recoger a Cruz Bruner, y la esperaba en el parque de María Luisa para dar un paseo. Podía vérseles allí, bajo los sauces, o sentados en un banco de la glorieta de Bécquer las tardes de sol.

–Pero ya sabes cómo es tu suegra –Machuca aguzó un poco la sonrisa–. Sólo conversamos sobre el tiempo, las macetas de su patio y las flores del jardín, los versos de Campoamor… Y cada vez que le recito eso de: *«Las hijas de las mujeres que amé tanto / me besan ya como se besa a un santo»*, se ríe como una chiquilla. Hablar de su yerno, o de la iglesia, o del fracaso matrimonial de su hija, le parecería una ordinariez –señaló el extinto banco de Levante, en la esquina de Santa María de Gracia–. Apostaría ese edificio a que ni siquiera sabe que estáis separados.

–No exagere usted, don Octavio.

–No exagero en absoluto.

Bebió Gavira un sorbo de cerveza en silencio. Era una exageración, por supuesto; pero definía bien el carácter de la vieja dama que habitaba la Casa del Postigo como una monja de clausura en su convento, paseante de sombras y recuerdos en el viejo palacio ya demasiado espacioso para ella y su hija, corazón de barrio antiguo hecho de mármoles, azulejos, cancelas y patios con macetas, mecedoras, canario, siesta y piano. Ajena a cuanto ocurría de puertas afuera, salvo en sus paseos semanales a la nostalgia con el amigo de su difunto marido.

–No es que pretenda entrometerme en tu vida privada, Pencho –el anciano acechaba tras sus párpados entornados–. Pero a menudo me pregunto qué pasó con Macarena.

Gavira movió la cabeza, sereno.

–Nada especial, se lo aseguro. Supongo que la vida, mi trabajo, crearon tensiones... –le dio una chupada al cigarrillo y dejó irse el humo por la nariz y la boca–. Además, usted sabe que ella quería un hijo ya mismo, en seguida –titubeó un instante–. Yo estoy en plena lucha por hacerme un lugar, don Octavio. No tengo tiempo para biberones, y le pedí que esperase... –sentía la boca muy seca de repente, y recurrió de nuevo a la cerveza–. Que esperase un poco, eso es todo. Creí haber logrado convencerla y que todo iba bien. De pronto, un día, zas. Se fue con un portazo y me declaró la guerra. Hasta hoy. Quizá coincidió con nuestra falta de entendimiento sobre la iglesia, o no sé –hizo una mueca–. Quizá coincidió todo.

Machuca lo miraba, fijo y frío. Casi con curiosidad.

–Lo del torero –sugirió– fue un golpe bajo.

–Mucho –también lo era sacar eso a relucir, pero Gavira se abstuvo de decirlo–. Aunque usted sabe que hubo un par más, apenas se fue. Antiguos amigos de cuando era soltera, y ese Curro Maestral, que ya tonteaba con ella –dejó caer el cigarrillo entre los zapatos y lo aplastó retorciendo el talón, sañudo–. Es como si de pronto se hubiera lanzado a recobrar el tiempo perdido conmigo.

–O a vengarse.

–Puede ser.

–Algo le hiciste, Pencho –el viejo banquero movía la cabeza, convencido–. Macarena se casó enamorada de ti.

Gavira miró a un lado y a otro, observando sin fijarse demasiado a la gente que pasaba por la calle.

–Le juro que no lo entiendo –respondió por fin–. Ni siquiera como venganza. El primer lío después de casado lo tuve al mes largo de dejarme Macarena, cuando ya se había dejado ver con ese bodeguero de Jerez,

Villalta. A quien por cierto, don Octavio, con su permiso, acabo de negarle un crédito.

Machuca alzó una de sus manos flacas como garras, descartando todo aquello. Estaba al corriente de la relación, reciente y superficial, de su delfín con una modelo publicitaria; y sabía que éste decía la verdad. En cualquier caso, Macarena tenía demasiado buena casta como para organizar un escándalo público a causa de una historia de faldas de su marido. Si todas hicieran eso, apañada iba Sevilla. En cuanto a la iglesia, el banquero ignoraba si era el problema, o el pretexto.

Gavira se tocaba el nudo de la corbata, incómodo:

—Pues estamos iguales, don Octavio. Un padrino y un marido en la inopia.

—Con una diferencia —Machuca sonreía de nuevo bajo la nariz afilada, cruel—. Tanto la iglesia como tu matrimonio son cosa tuya... ¿Verdad? Yo me limito a mirar.

Gavira le echó un vistazo a Peregil, que seguía de guardia junto al Mercedes. Endureció las mandíbulas.

—Voy a apretar un poco más.

—¿A tu mujer?

—Al cura.

Sonó la risa áspera del viejo banquero.

—¿A cuál de ellos? Se multiplican como los conejos, últimamente.

—Al párroco. El padre Ferro.

—Ya —Machuca miró también, de soslayo, en dirección a Peregil, antes de exhalar un largo suspiro—. Espero que tengas el buen gusto de ahorrarme detalles.

Pasaron unos turistas japoneses cargando enormes mochilas y al límite de la deshidratación. Machuca dejó el periódico sobre la mesa y estuvo un rato callado, recostándose en el respaldo de mimbre de su silla. Por fin se giró hacia Gavira.

—Es duro vivir en la cuerda floja, ¿verdad? —los ojos

de rapaz tenían un aire burlón entre sus cercos oscuros–. Así estuve yo años y años, Pencho. Desde que pasé el primer alijo por Gibraltar, terminada la guerra. O cuando compré el banco, preguntándome en qué me iba a meter. Esas noches sin dormir, con todos los miedos del mundo en el pensamiento… –sacudió brevemente la cabeza–. De pronto, un día descubres que has cruzado la meta y que todo te da lo mismo. Que los perros no te alcanzarán ya, por mucho que ladren y corran. Sólo entonces empiezas a disfrutar de la vida, o de lo que te queda de ella.

Torció la boca en un gesto a medio camino entre la diversión y el cansancio. Una sonrisa fría le helaba las comisuras.

–Espero que cruces esa meta, Pencho –añadió–. Hasta entonces, abona intereses sin rechistar.

Gavira no respondió en seguida. Hizo un gesto para que viniera el camarero, encargó otra cerveza y otro café con leche, se pasó la palma de la mano por el pelo repeinado en la sien izquierda y le echó un distraído vistazo a las piernas de una mujer que pasaba.

–Yo nunca me he quejado, don Octavio.

–Lo sé. Por eso tienes un despacho en la planta noble del Arenal y una silla a mi lado, en esta mesa. Un despacho que yo te doy y una silla que yo te cedo. Y mientras, leo el periódico y te miro.

Vino el camarero con la cerveza y el café. Machuca se puso un terrón de azúcar en la taza y removió la cucharilla. Dos monjas de Sor Ángela de la Cruz pasaron calle abajo, con sus hábitos marrones y sus velos blancos.

–Por cierto –dijo de pronto el banquero–. ¿Qué pasa con el otro cura? –miraba irse a las monjas–. El que anoche cenó con tu mujer.

El temple de Pencho Gavira se notaba en momentos como aquél. Mientras calmaba el molesto batir de la sangre en sus tímpanos se obligó a seguir con la vista un automóvil, desde que doblaba una esquina hasta que fue a desaparecer por la siguiente. Diez segundos más o menos. Al cabo de este tiempo enarcó una ceja:

–No pasa nada. Según mis noticias, sigue investigando por cuenta de Roma. Eso lo tengo bajo control.

Machuca hizo un gesto aprobador.

–Así lo espero, Pencho. Que también lo tengas bajo control –se llevó la taza a los labios con un leve gruñido de satisfacción–. Bonito sitio, La Albahaca –bebió otro sorbo–. Hace tiempo que no voy por allí.

–Recuperaré a Macarena. Se lo prometo.

El banquero asintió de nuevo:

–En realidad te nombré vicepresidente porque te casaste con ella.

–Lo sé –Gavira sonreía con despecho–. Nunca me hice ilusiones sobre eso.

–Entiéndeme –Machuca se había vuelto hacia él–. Eres una buena cabeza. No había mejor futuro para Macarena, y así lo vi desde el principio… –una de sus manos se apoyaba ligeramente en el brazo de Gavira: un contacto huesudo y seco–. Supongo que te aprecio, Pencho. Tal vez seas lo mejor que puede ocurrirle ahora al banco; pero sucede que a estas alturas el banco me da igual –retiró la mano y se lo quedó mirando–. A lo mejor es tu mujer lo que me importa. O su madre.

Gavira desvió la vista al kiosco de periódicos de la esquina. A veces se sentía como un atún en la almadraba, buscando inútilmente una salida. Pedalear, se repitió. Pedalear siempre en la bicicleta, para no caerse.

–Pues si me permite usted decirlo, la iglesia era también el futuro de ellas dos.

–Pero sobre todo el tuyo, Pencho –Machuca le dirigió un vistazo malicioso–… ¿Sacrificarías el proyecto de la iglesia y la operación de Puerto Targa por recuperar a tu mujer?

Gavira tardó en responder. Ésa era la cuestión, y lo sabía mejor que nadie.

—Si pierdo esta oportunidad —dijo, evasivo—, lo pierdo todo.

—Todo, no. Sólo tu prestigio. Y mi apoyo.

Con calma, Gavira se permitió una sonrisa:

—Es usted un hombre muy estricto, don Octavio.

—Es posible —el viejo contemplaba el cartel de la Peña Bética—. Pero soy justo: la operación de la iglesia fue idea tuya, y tu matrimonio también. Aunque yo facilitara un poco las cosas.

—Entonces quisiera hacerle una pregunta —Gavira puso una mano sobre la mesa y luego la otra—. ¿Por qué no me ayuda ahora, si tanto aprecia a Macarena y a su madre?... Le bastaría una conversación para que fuesen más razonables.

Machuca se volvió muy lentamente hacia él. Sus párpados estaban entornados hasta reducir las pupilas a una fina línea.

—Puede que sí, y puede que no —dijo, cuando Gavira ya apenas esperaba respuesta—. Pero en tal caso, lo mismo me habría dado permitir que Macarena se casara con cualquier imbécil. A ver si lo entiendes, Pencho: es como quien tiene un caballo, un boxeador, o un buen gallo. Lo que a mí me gusta es verte pelear.

Dijo eso, y sin añadir nada más le hizo una seña al secretario. La audiencia terminaba, y Gavira se levantó abrochándose la americana.

—¿Sabe una cosa, don Octavio? —se había puesto unas gafas oscuras de diseño italiano y estaba frente a la mesa, templado, impecable—. A veces usted da la impresión de no desear un resultado concreto... Como si en el fondo todo le diera igual: Macarena, el banco, yo mismo.

Al otro lado de la calle, una joven con falda muy corta y largas piernas había salido con un cubo y una fregona a baldear los zócalos de los escaparates de una tienda de ropa. Pensativo, el viejo Machuca observaba los movimientos de la muchacha. Por fin, muy tranquilo, se volvió a Gavira:

–Pencho… ¿Nunca te has preguntado por qué vengo aquí todos los días?

Sorprendido, una mano en el bolsillo, Gavira lo miraba sin saber qué decir. A cuento de qué venía aquello, pensaba. El maldito viejo.

–Hombre, don Octavio –masculló, molesto–. Yo no pretendía. Quiero decir que…

Había un destello burlón, seco, tras los párpados entornados del banquero:

–Una vez, hace muchísimo tiempo, estaba yo sentado en este mismo sitio y pasó una mujer –Machuca volvió a mirar a la joven de la tienda, como atribuyéndole aquel recuerdo–. Una mujer muy hermosa, de esas que te quitan el aliento… La vi pasar y ella cruzó su mirada con la mía. Mientras se iba pensé que debía levantarme, retenerla. Pero no lo hice. Pesaron más las convenciones sociales, el ser conocido en Sevilla… No pude abordarla, y se fue. Me consolé diciendo que volvería a verla otra vez. Pero ella no volvió a pasar por aquí. Nunca.

Lo había contado sin rastro de emoción: el mero relato de un suceso objetivo. Cánovas se acercaba, cartera bajo el brazo, y tras una seca inclinación de cabeza en atención a Gavira tomó posesión de la silla que éste acababa de abandonar. Recostado en el respaldo de la suya, Machuca gratificó al vicepresidente del Cartujano con otra de sus frías sonrisas:

–Soy muy viejo, Pencho. En mi vida gané unas batallas y perdí otras; y ahora todas, hasta las que debieran ser mías, las considero ajenas –sostuvo entre las manos flacas como garras el primero de los documentos que le ofrecía el secretario–. Más que ganas de victoria, lo que siento es curiosidad. Igual que cuando uno encierra un escorpión y una araña en un frasco y se los queda mirando, ¿entiendes?... Sin sentir simpatía por ninguno de los dos.

Se concentró en los documentos, y Gavira murmuró una despedida antes de irse calle abajo, hacia el coche. Tenía una profunda arruga vertical en la frente, y las baldosas del suelo parecían moverse bajo sus pies. Peregil, que se alisaba el pelo sobre la calva con una mano, desvió la mirada al verlo acercarse.

En la esquina blanca y ocre del Hospital de los Venerables, la luz del sol rebotaba como un pelotazo. Al otro lado de la calle, bajo el cartel que anunciaba la corrida del domingo en la Maestranza, dos turistas de piel blanca agonizaban sentados junto a una mesa, al filo de la insolación aguda. Dentro de Casa Román, a salvo de la intensa luz que reverberaba en aquel horno de cal, almagre y calamocha, Simeón Navajo peló cuidadosamente una gamba, y con ella en la mano miró a Quart:

—El Grupo de Delitos Informáticos no tiene nada que le sirva a usted. Ningún antecedente. Nada.

Dicho eso se comió la gamba y despachó de un trago media caña de cerveza. Andaba a todas horas con desayunos suplementarios, aperitivos, pinchos y bocadillos, y Quart se preguntó, mientras observaba la menuda y flaca figura del subcomisario, dónde metía todo aquello. Hasta el 357 Magnum le abultaba tanto en el cuerpo que lo llevaba en una bolsa colgada del hombro; una bolsa moruna, de cuero repujado con flecos, que seguía oliendo a zoco y a piel de camello mal curtida. Con las grandes entradas del pelo que llevaba largo por detrás y recogido en una coleta, las gafas redondas de acero y la holgada camisa apache de flores que lucía aquella mañana, la bolsa le daba a Simeón Navajo un aspecto peculiar. Algo que contrastaba con la alta, delgada y severa figura vestida de negro del sacerdote.

–No existe en nuestros archivos –prosiguió el policía– ninguna referencia sobre las personas que le interesan… Tenemos estudiantes jovencitos que se divierten con travesuras informáticas, un montón de gente que comercializa copias piratas de programas, y un par de fulanos de cierto nivel que de vez en cuando se pasean por donde no deben. Uno de ellos intentó hace un par de meses entrar en las cuentas corrientes del Banksur y hacerse unas transferencias a sí mismo. Pero de lo que usted busca, ni rastro.

Estaban de pie ante la barra, bajo una sucesión de embutidos que pendían del techo. El policía cogió otra gamba cocida del plato, le arrancó la cabeza para chuparla con deleite, y luego se puso a pelar el resto con mano experta. Quart miró el vaso empañado de su cerveza, casi intacto:

–¿Hizo la gestión que le pedí con las empresas comerciales y con Telefónica?

–La hice –Navajo asentía con la boca llena–. Nadie de su lista adquirió, al menos con nombre y número de identificación fiscal propio, material informático avanzado. En cuanto a Telefónica, el jefe de seguridad es amigo mío. Según me cuenta, su *Vísperas* no es el único que se mete clandestinamente en la red para viajar por el extranjero, al Vaticano o a donde sea. Todos los piratas lo hacen. A unos los atrapan y a otros no. El suyo parece listo. Entra y sale de Internet, y al parecer usa un complicado sistema de bucles, o algo así, dejando detrás una especie de programas que borran el rastro y vuelven los sistemas de detección completamente gilipollas.

Se comió la gamba, apurando la cerveza, y pidió otra. Una pata del bicho se le había quedado enredada en el bigote.

–Eso es cuanto puedo contarle.

Quart le sonrió al policía:

–No es gran cosa, pero se lo agradezco.

—No debe agradecerme nada —Navajo ya la emprendía con otra gamba; el montoncito de cáscaras bajo sus pies crecía con rapidez vertiginosa—. Me encantaría poder echarle una mano de verdad, pero mis jefes lo han dejado muy claro: cooperación oficiosa, la que sea posible. Algo en plan personal, entre usted y yo. Por los viejos tiempos. Pero no quieren complicarse la vida con iglesias, curas, Roma y todo eso. Otra cosa sería que alguien cometiera o hubiese cometido un delito concreto, de mi competencia. Pero las dos muertes fueron consideradas accidentes por el juez... Y que un *hacker* se dedique a incordiar al Papa desde Sevilla es algo que nos la trae bastante floja —chupó ruidosamente la cabeza de su gamba, mirando a Quart por encima de las gafas—. Si me permite la expresión.

Se deslizaba el sol despacio sobre el Guadalquivir, sin un soplo de brisa, y en la otra orilla las palmeras parecían centinelas inmóviles montándole guardia a La Maestranza. El Potro del Mantelete era un perfil de estatua contra el reverbero del río en la ventana; un cigarrillo en la boca y tan quieto como el bronce de su maestro Juan Belmonte. A don Ibrahim, sentado ante la mesa del comedor, un aroma de huevos fritos con morcilla le venía desde la cocina con la canción que tarareaba la Niña Puñales:

> *¿Por qué me despierto temblando azogá*
> *y miro la calle desierta y sin luz?*
> *¿Por qué yo tengo la corazoná*
> *de que vas a darme sentencia de cruz?...*

Aprobó un par de veces con la cabeza el ex falso letrado, moviendo silenciosamente los labios bajo el mostacho para acompañar la letra que la Niña iba desgranando bajito, con su voz ronca de aguardiente, mientras rasera en mano y delantal sobre el vestido de lunares freía los huevos con muchas puntillas, como le gustaban a don Ibrahim. Cuando no se apañaban tapeando por los bares de Triana, los tres compadres solían reunirse a comer algo en casa de la Niña, un modesto segundo piso de la calle Betis que, eso sí, tenía una vista de Sevilla con el Arenal a tiro de piedra, y la Torre del Oro y la Giralda, que ya la hubieran querido los reyes y los millonarios y los artistas de cine con todos sus parneses. Aquella ventana al Guadalquivir era el único patrimonio de la Niña Puñales; había comprado el piso mucho tiempo atrás, con los escasos beneficios que logró reunir de su pasajera fama, y –decía, a modo de consuelo– al menos eso no se lo llevó la trampa. Allí vivía sin necesidad de pagar alquiler, con algunos viejos muebles, una cama de latón reluciente, una estampa de la Virgen de la Esperanza, una foto dedicada de Miguel de Molina, y una cómoda donde amarilleaban las colchas, los manteles y las sábanas bordadas del ajuar intacto. Eso le permitía destinar sus escasos recursos a pagar puntualmente las cuotas mensuales de El Ocaso, S.A., con las que desde hacía veinte años se costeaba un humilde nicho y una lápida en el rincón más soleado del cementerio de San Fernando. Porque la Niña era cantidad de friolera.

> *Me miraste*
> *y un río de coplas*
> *cantó por mis venas*
> *tu amor verdadero...*

Don Ibrahim murmuró un *ole* sin darse cuenta, y siguió aplicándose en su tarea. Tenía sombrero, chaqueta y bastón sobre una silla contigua, y estaba en mangas de camisa, con elásticos que se las sujetaban sobre los codos. El sudor le ponía cercos húmedos bajo las rollizas axilas y en el cuello suelto, donde llevaba flojo el nudo de una corbata a rayas azules y rojas que, afirmaba, le había regalado aquel inglés alto, Graham Greene, a cambio de un Nuevo Testamento y una botella de Four Roses cuando estuvo en La Habana para escribir una novela de espías –corbata que, aparte el valor sentimental, además era auténtica de Oxford–. A diferencia de la Niña, ni don Ibrahim ni el Potro del Mantelete tenían vivienda propia. El Potro andaba realquilado por allí cerca en una casa flotante, un barco de turistas medio abandonado que le dejaba un amigo con quien había coincidido en la tauromaquia y en el Tercio. Por su parte, el gordo indiano era pupilo fijo en una modesta pensión del Altozano –los otros eran un viajante de peines de caballero y una dama madura de belleza ajada y profesión dudosa, o más bien no dudosa en absoluto– regentada por la viuda de un guardia civil muerto por ETA en el Norte.

> *No estás viendo*
> *que al quererte como loca*
> *desde el alma hasta la boca*
> *se me vuelca el corazón...*

Ni Concha Piquer ni Pastora Imperio ni nadie en el mundo, pensaba don Ibrahim oyendo rematar a la Niña con ese temple cuajado de hembra flamenca que toda aquella chusma de empresarios y críticos y vil gallofa había terminado empeñándose en no reconocer. Era un puntazo oírla en Semana Santa, en cualquier esquina donde la pillara, cuando se ponía a cantarle una saeta a la Esperanza o a su hijo, el Cachorro de Triana, que hacía callarse los tambores y le ponía al personal la carne de gallina. Porque la Niña Puñales era el cante y era la copla, y era España por los cuatro costados; no la de folklore barato y facilón para turistas y castizos de pastel, sino la otra, la de verdad. La leyenda oliendo a humo de taberna, los ojos verdes y el sudor del macho de toda la vida. La memoria dramática de un pueblo que echaba las penas cantando y los diablos empalmando navajas desesperadas, relucientes como los cachos de luna que alumbraban al Potro del Mantelete cuando saltaba de noche los cercados, desnudo para no romperse la única camisa, seguro de que iba a comerse el mundo y a alfombrarse la vida con billetes de mil, antes de que los toros le dejaran el chirlo en el cuello y la derrota en una esquina de los ojos. Aquella misma España que había borrado de los carteles a la Niña Puñales, la mejor voz flamenca de Andalucía y del siglo, sin tan siquiera una pensión de desempleo para ir tirando. La patria lejana que don Ibrahim soñaba en sus noches juveniles y caribeñas, a la que había pensado regresar un día como los indianos de antaño, con un Cadillac descapotable y un puro, y que sólo le dio incomprensión, escarnio y vilipendio con aquel desgraciado asunto del falso título de letrado habanero. Pero hasta los hijos de puta les deben algo a sus madres, razonaba don Ibrahim. Y las quieren. Y aquella España ingrata también tenía lugares como Sevilla, barrios como Triana, bares como Casa Cuesta, corazones fieles como el Potro, y voces de hermosa tragedia como la Niña. Una voz a la que, por poco que salieran bien las cosas, le iban a poner aquel local de poderío, ese Templo de la Copla que en las noches de fino, manzanilla, humo de tabaco y conversación, imaginaban entre los tres formal, solemne, con sillas de enea, camareros viejos y silenciosos —el impasible Potro iba a ser jefe de sala—, botellas en las mesas, un foco sobre el tablao, y una guitarra rasgueando compases de verdad para la Niña Puñales, con su voz bronca devuelta al público aún con más arte y sentimiento. Reservado el derecho de admisión, con entrada prohibida a los turistas en grupo y a los pelmazos con teléfono móvil. Y don Ibrahim no esperaba otro premio que sentarse en alguna mesa oscura, al fondo de la sala, y beberse algo despacio con un Montecristo humeándole en la mano y un nudo en la garganta oyendo cantar a la Niña Puñales. Eso, y que la caja fuera bien. Tampoco era que lo cortés quitara lo valiente.

Vertió un poco más de gasolina en la botella, con mucho cuidado para que no se derramase fuera. Había puesto hojas de periódico sobre la mesa para proteger el barniz, y secaba con un trapo las gotas de combustible que resbalaban sobre el cristal troquelado y la etiqueta de Anís del Mono. La gasolina era sin plomo y de la mejor, 98 octanos, porque –lo había apuntado la Niña con muy buen juicio– no iban a pegarle fuego con cualquier cosa a una iglesia consagrada. Así que mandaron al Potro con una lata vacía de aceite de oliva Carbonell para traerse un litro de la gasolinera más cercana. Con un litro va que arde, había dicho muy serio don Ibrahim con la gravedad del especialista, adquirida –afirmaba– una vez que Ernesto *Che* Guevara le explicó, mientras tomaban mojitos en Santa Clara, cómo hacer un cóctel molotov. Que era un invento ruso de Carlos Marx.

El líquido hizo una burbuja y cayó fuera del gollete. Don Ibrahim lo enjugó con el empapado pañuelo y puso éste en el cenicero que había sobre la mesa. La bomba incendiaria estaba destinada a funcionar con un mecanismo algo rudimentario pero eficaz, de cuya invención don Ibrahim estaba orgulloso: un trozo de vela fina, cerillas, un reloj despertador de cuerda, dos metros de hilo bramante, una botella que se cae. Y la ignición cuando los tres compadres estuviesen en un bar a la vista de todo el mundo, por aquello de cuidar al detalle la coartada. La madera de los bancos apilados contra el muro y las viejas vigas del techo harían el resto. No era necesario que la destrucción fuese total, había precisado Peregil al darles instrucciones para agilizar el tema. Bastaba con arruinar aquello un poco; aunque si todo el edificio se iba al carajo, mucho mejor. Pero sobre todo –los miraba inquieto, de uno en uno– que parezca un accidente.

Echó don Ibrahim un poco más, y el olor de la gasolina eclipsó un momento el de los huevos fritos. Con gusto habría encendido un habano; pero no era cosa de broma, con toda aquella gasolina y el trapo húmedo en el cenicero. La Niña Puñales se había opuesto en principio como gata panza arriba, por el carácter de recinto sagrado; y sólo pudieron convencerla recordándole la cantidad de misas que iba a poder encargar en otras iglesias para expiar el asunto con el dinero que sacarían de todo aquello. Además, según el viejo principio *ad auctores redit sceleris coacti tamarindus pulpa*, o poco más o menos, ellos tres sólo ejecutaban un delito ajeno; y quien era causa de la causa –o sea, Peregil en última instancia– lo era del mal causado. Aun así, y a pesar de tan riguroso planteamiento jurídico, la Niña continuaba negándose a intervenir en el acto ignífero, asumiendo en la operación simples labores de apoyo; como era el caso de los huevos con morcilla. Don Ibrahim respetaba aquello, pues era hombre partidario de la libre conciencia. En cuanto al Potro, el mecanismo de sus pensamientos era difícil de penetrar. Eso en el caso de que sus pensamientos tuviesen mecanismo motor, e incluso de que hubiese pensamientos. Lo que hacía era limitarse a asentir impasible al cabo de un rato, fatalista y fiel, siempre en espera de la campana o el clarín que lo hicieran levantarse del rincón o salir del burladero como un autómata. No había puesto objeciones cuando don Ibrahim planteó lo del incendio en la iglesia. Cosa extraña: el Potro no era hombre religioso pese a su pasado taurino –todos los toreros, que supiera don Ibrahim, creían en Dios–, pero cada Viernes Santo se ponía el viejo traje azul marino de su infausta boda, una camisa blanca sin corbata y abotonada hasta el cuello, se repeinaba con colonia, y acompañaba a la Niña entre luz de velas y redoble de tambores por las calles de Sevilla, detrás del trono de la Esperanza. Don Ibrahim, a quien su formación librepensadora impedía tomar parte en ritos oscurantistas, los miraba pasar tras el manto de la Virgen con las claras del alba, mantilla negra y rezando la Niña Puñales; silencioso y cabal, dándole el brazo, el Potro del Mantelete.

Frente al duro perfil recortado en la ventana, don Ibrahim sonrió para sus adentros, con paternal ternura. Estaba orgulloso de la lealtad del Potro. Muchos poderosos de la tierra sólo obtenían lealtades a base de comprarlas con dinero. Pero alguna vez, cuando ya estuviese a punto de que lo arrastraran las mulillas al desolladero, alguien le preguntaría quizás a don Ibrahim qué había hecho en la vida que mereciera la pena. Y él podría responder, con la cabeza muy alta, que el Potro del Mantelete había sido un amigo fiel, y que había oído cantar a la Niña Puñales *Capote de grana y oro*.

–A comer –dijo la Niña, desde la puerta de la cocina.

Se secaba las manos en el delantal. Mantenía impecable el caracolillo negro sobre la frente, el lunar postizo y el carmín rojo sangre en la boca, pero el maquillaje de los ojos estaba un poco corrido porque había estado cortando cebollas para la ensalada. Don Ibrahim comprobó que miraba la botella de Anís del Mono con aire crítico; seguía sin aprobar aquello.

–No se hacen tortillas –apuntó, conciliador– sin cascar algunos huevos.

–Pues los que acabo de freír se enfrían –repuso la Niña, algo atravesada.

Don Ibrahim dejó escapar un suspiro de resignación mientras vertía el último chorrito de gasolina. Secó el sobrante con el trapo y volvió a dejarlo, húmedo, en el cenicero. Después apoyó las manos en la mesa para empezar a levantarse, con esfuerzo.

–Ten confianza, mujer. Ten confianza.

–Las iglesias no se queman –insistía la Niña, fruncido el ceño bajo el caracolillo–. Eso es cosa de herejes y de comunistas.

El Potro del Mantelete, silencioso como siempre, se había retirado de la ventana y llevaba una mano a la boca, donde tenía la colilla del cigarrillo casi consumida. Tengo que decirle que no se acerque a la gasolina, pensó fugazmente don Ibrahim, todavía pendiente de la Niña.

–Los caminos de Dios son inescrutables –dijo, por decir algo.

–Pues este camino tiene muy mala sombra.

A don Ibrahim le dolía la incomprensión de la Niña Punales. Él no era un jefe que impusiera decisiones a la tropa, sino que procuraba razonarlas.

A fin de cuentas eran su tribu, su clan. Su familia. Buscaba un argumento para dar por zanjada la cuestión hasta después de los huevos fritos, cuando por el rabillo del ojo vio que el Potro pasaba junto a la mesa, camino de la cocina, y que con gesto instintivo acercaba la mano con la colilla para apagarla en el cenicero. Justo donde estaba el trapo húmedo de gasolina.

Qué tontería, pensó. Cómo se le iba a ocurrir. De todas formas se volvió a medias, inquieto.

–Oye, Potro –dijo.

Pero el otro ya había echado la colilla en el cenicero. Entonces don Ibrahim trató de impedirlo, y volcó con el codo la botella de Anís del Mono.

VIII

Una dama andaluza

–¿No hueles los jazmines?
–¿Cuáles, si no hay jazmines?
–Los que estaban aquí antiguamente.

ANTONIO BURGOS
Sevilla

Si existe sangre azul, la de María Cruz Eugenia Bruner de Lebrija y Álvarez de Córdoba, duquesa del Nuevo Extremo y doce veces grande de España, era de color azul marino. La madre de Macarena Bruner había tenido antepasados en el cerco de Granada y en la conquista de América, y sólo dos casas de la rancia aristocracia española, Alba y Medina-Sidonia, la superaban en solera. Sin embargo, hacía mucho que sus títulos estaban desprovistos de contenido. El tiempo y la historia fueron engullendo las tierras y el patrimonio, y la extensa relación que cruzaba en todas direcciones su árbol genealógico y los cuarteles de sus escudos de armas, era una retahíla de conchas vacías como las que blanquean arrojadas por el mar a las playas. A la anciana señora que tomaba sorbos de coca-cola frente a Lorenzo Quart en el patio de la Casa del Postigo le faltaban un mes y siete días para cumplir setenta años. Sus antepasados habían viajado de Sevilla a Cádiz sin salir de sus tierras, el rey Alfonso XIII y la reina Victoria Eugenia la sostuvieron sobre la pila de bautismo, y el propio general Franco, a pesar de su desdén hacia la antigua aristocracia española, no pudo sustraerse de besarle la mano en aquel mismo patio andaluz después de la guerra civil, inclinado muy a su pesar sobre el mosaico romano que ocupaba el suelo desde que fue traído directamente, cuatro siglos atrás, de las ruinas de Itálica. Pero el tiempo discurre implacable, rezaba la leyenda del reloj inglés de pared que daba las horas y los cuartos en la galería de columnas y arcos mudéjares, decorada con alfombras de las Alpujarras y bargueños del XVI que la amistad familiar del banquero Octavio Machuca había rescatado de un triste destino en las almonedas sevillanas. Del antiguo esplendor quedaban el patio lleno de aromas y macetas con geranios, aspidistras y helechos, la reja plateresca, el jardín, el comedor de verano con bustos romanos de mármol, algunos muebles y cuadros en las paredes. Y entre todo eso, con una doncella, un jardinero y una cocinera como única asistencia en una casa donde creció, cuando niña, entre una veintena de personas de servicio, con el aire ausente de una sombra tranquila inclinada sobre su memoria, vivía la vieja dama de cabello blanco y collar de perlas en torno al cuello. La misma que ofrecía más café a Quart, mientras se daba aire con un ajado abanico cuyo país fue pintado, con dedicatoria personal, por Julio Romero de Torres.

Quart se sirvió un poco más en la taza, levemente agrietada, de la Compañía de Indias. Estaba en camisa, pues la duquesa había insistido tanto en que se quitara la chaqueta a causa del calor que no tuvo más remedio que obedecer, colgándola del respaldo de la silla. Una camisa de manga corta, negra, con alzacuello impecable, que le dejaba al descubierto los antebrazos bronceados y fuertes. Su pelo gris al rape y el aspecto deportivo y limpio le daban apariencia de misionero, apuesto, saludable, en contraste con el pequeño y duro padre Ferro, que ocupaba la silla contigua enfundado en su raída sotana llena de manchas. Sobre la mesita baja puesta en el patio, junto a la fuente central, había café, chocolate, y una insólita botella de coca-cola familiar. La vieja duquesa, acababan de oírle decir, no soportaba las latas. El sabor era distinto, metálico. Hasta las burbujas picaban de forma diferente.

–¿Más chocolate, padre Ferro?

Asentía breve el párroco sin mirar a Quart, acercando su taza para que Macarena Bruner la llenara de nuevo ante la mirada aprobadora de su madre. La duquesa parecía complacida con dos sacerdotes en casa. Hacía años que el padre Ferro acudía puntual a las cinco de la tarde, salvo los miércoles, para rezar el rosario con la anciana señora y ser invitado después a merendar, en el patio con buen tiempo, o en el comedor de verano los días de lluvia.

–Qué suerte vivir en Roma –comentaba la duquesa entre un abrir y cerrar de abanico–. Tan cerca de Su Santidad.

Era extraordinariamente despierta y vivaz para su edad. Tenía el pelo blanco con suaves reflejos azulados, y manchas de vejez en las manos, los brazos y la frente. Delgada, menuda, de facciones angulosas, su piel estaba arrugada igual que uva seca. Una fina línea de carmín definía sus labios casi inexistentes, y de las orejas le colgaban pendientes con pequeñas perlas, idénticas a las del collar. Los ojos eran oscuros igual que los de su hija, pero el tiempo los había vuelto húmedos, rodeados de cercos rojizos. Continuaban siendo, sin embargo, resueltos e inteligentes, con un brillo que a menudo se volvía opaco; como si recuerdos, pensamientos, viejas sensaciones, pasaran ante ellos oscureciéndolos a la manera de una nube que sigue su camino. Había sido rubia en su infancia y juventud –Quart pudo comprobarlo en un cuadro de Zuloaga colgado en el saloncito junto al vestíbulo–, muy diferente en aspecto a su hija, salvo el parecido de los ojos. El pelo negro de Macarena procedía sin duda del marido, apuesto caballero en una foto enmarcada cerca del Zuloaga. Moreno, de blanca sonrisa, el duque consorte había lucido fino bigote, se peinaba hacia atrás con la raya muy alta, y llevaba un imperdible de oro sujetando bajo la corbata los picos del cuello de la camisa. Uno, se dijo Quart, colocaba en un ordenador todos esos datos seguidos por las palabras *señorito andaluz*, y salía aquella foto. A tales alturas conocía lo bastante la historia familiar de Macarena Bruner para saber que Rafael Guardiola Fernández-Garvey fue el hombre más atractivo de Sevilla; y también cosmopolita, elegante, capaz de dilapidar en quince años de matrimonio los restos del ya menguado patrimonio de su mujer. Si Cruz Bruner era una consecuencia de la Historia, el duque consorte había sido consecuencia de los peores vicios de la aristocracia sevillana. Todos los negocios emprendidos terminaban en sonoras quiebras, y sólo la amistad del banquero Octavio Machuca, que siempre acudía, leal, a sacar las castañas del fuego, evitó que el duque consorte del Nuevo Extremo diese con sus huesos en la cárcel. Acabó sin un duro, arruinado por un último negocio de cría de caballos, juergas flamencas hasta la madrugada, y una salud destrozada por litros de manzanilla, cuarenta cigarrillos y tres habanos diarios. Pidiendo a gritos confesión, como en las películas antiguas y los folletines románticos. Lo enterraron, confeso y sacramentado, con el uniforme de caballero de la Real Maestranza de Sevilla, penacho y sable incluidos, y al entierro acudió, de luto y tiros largos, toda la buena sociedad local. La mitad –había puntualizado un malévolo cronista de sociedad– consistía en maridos cornudos, deseosos de asegurarse de que efectivamente descansaba en paz. La otra mitad eran acreedores.

—Una vez me recibió en audiencia Su Santidad —le dijo a Quart la vieja duquesa—. También a Macarena, cuando su boda.

Inclinaba un poco la cabeza, evocadora, mirando el estampado de su vestido oscuro cual si entre las pequeñas flores rojas y amarillas hubiese un rastro de tiempos perdidos. Entre su visita a Roma y la de su hija distaba más de un tercio de siglo y varios papas; pero se refería a Su Santidad como si siempre fuera el mismo, y Quart se dijo que, de algún modo, ése era el planteamiento lógico. Cuando se llega a los setenta años, algunas cosas cambian demasiado rápidamente o ya no cambian en absoluto.

El padre Ferro seguía contemplando, hosco, el fondo de su taza de chocolate, y Macarena Bruner observaba a Quart. La hija de la duquesa del Nuevo Extremo vestía tejanos y camisa azul a cuadros, con el pelo recogido en cola de caballo, e iba sin maquillaje. Se movía despacio, tranquila y segura de sí, con la jícara del chocolate del párroco o la cafetera en las manos, atenta a su madre y a los invitados, y sobre todo a Quart. Parecía divertida con la situación.

Cruz Bruner bebió un sorbito de coca-cola y sonrió afable, con el vaso y el abanico en el regazo:

–¿Qué le ha parecido nuestra iglesia, padre?

Tenía una voz firme a pesar de los años. Insólitamente firme y serena. Ahora lo miraba en espera de respuesta. Sintiendo también los ojos de Macarena Bruner, Quart sonrió a medias, cortés.

–Entrañable –dijo, confiando en que aquello no lo comprometiera demasiado en un sentido o en otro. De soslayo advertía la presencia oscura, silenciosa, del padre Ferro. Estaban en terreno neutral después de cambiar algunas fórmulas convencionales en presencia de la duquesa y de su hija. El resto del tiempo procuraban no dirigirse la palabra, pero Quart intuía que aquello era sólo el prólogo de algo. Así que se reservaba para más tarde. Nadie invita a café a un cazador de cabelleras y a su presunta víctima sin tener algo entre ceja y ceja.

—¿No cree que sería una lástima perderla? —insistió la duquesa.

Quart movía la cabeza, tranquilizador:

—Espero que no ocurra nunca.

—Creíamos —dijo Macarena Bruner, con intención— que usted vino a Sevilla para eso.

El collar de marfil le destacaba entre el cuello abierto de la camisa, y Quart no pudo menos que preguntarse si también escondía aquella tarde el encendedor de plástico en el tirante del sujetador. Habría pagado a gusto dos meses de Purgatorio por ver la expresión del padre Ferro mientras ella encendía un cigarrillo.

—Se equivocan —dijo—. Estoy aquí porque mis superiores quieren hacerse una idea exacta de la situación —bebió otro sorbo de café y puso cuidadosamente la taza sobre el platillo, en la mesita taraceada—. Nadie pretende desalojar al padre Ferro de su parroquia.

El aludido se enderezó en su silla:

—¿Nadie? —bajo el pelo cano a trasquilones, su cara llena de cicatrices se alzaba hacia las galerías del piso alto, como si a modo de respuesta alguien estuviese a punto de asomarse allá arriba—. Se me ocurren varios nombres y entidades, así, de pronto. El arzobispo, por ejemplo. El Banco Cartujano. El yerno de la señora duquesa… —los ojos oscuros y recelosos se clavaron en Quart—. Y no me diga que a Roma le quita ahora el sueño la defensa de una iglesia y de un cura.

Os conozco de sobra, decían aquellos ojos. Así que no me vengas con historias. Sintiéndose observado por Macarena Bruner, Quart hizo un ademán conciliador:

—A Roma le importa cualquier iglesia y cualquier cura.

—No me haga reír —dijo el padre Ferro. Y se rió sin ganas.

Cruz Bruner le tocó afectuosamente un brazo con el abanico.

–Estoy segura de que el padre Quart no pretende hacerle reír, don Príamo –miraba a Quart pidiéndole que confirmara sus palabras–. Parece un sacerdote muy cabal, y creo que su misión es importante. Puesto que de informarse se trata, deberíamos cooperar con él –le dirigió un vistazo rápido a su hija antes de abanicarse un poco, el gesto fatigado–. La verdad nunca hace daño a nadie.

Inclinaba el párroco la frente testaruda, respetuoso y cimarrón a un tiempo.

–Ojalá compartiera su inocencia, señora –bebió un poco de chocolate, y una gota le quedó suspendida en los reflejos blancos y grises, mal afeitados, de la barbilla. Se la secó con un pañuelo enorme, mugriento, que extrajo del bolsillo de la sotana–. Pero me temo que en la Iglesia, como en el resto del mundo, casi todas las verdades son mentira.

–No diga eso –se escandalizaba la duquesa, medio en broma medio en serio–. Se va usted a condenar.

Cerraba y abría el abanico, agitándolo ante sus ojos. Y entonces, por primera vez, Lorenzo Quart vio sonreír de verdad al padre Ferro. Una mueca bonachona y escéptica, semejante a la de un oso adulto al que incomodan los oseznos. Un gesto que suavizaba su rostro tallado a buril, humanizándolo de modo inesperado: el de la foto polaroid que tenía en su habitación del hotel, hecha en aquel mismo patio. Por asociación, Quart se acordó de monseñor Spada, su jefe del IOE. Arzobispo y párroco sonreían del mismo modo, a la manera de gladiadores veteranos para quienes la dirección del pulgar, arriba o abajo, fuera lo de menos. Se preguntó si alguna vez él sonreiría así. Macarena Bruner todavía lo miraba, y también ella parecía poseer el secreto de esa sonrisa.

La duquesa observó a su hija y después a Quart.

–Escuche, padre –dijo, tras corta reflexión–. Esa

iglesia es importante para mi familia… No sólo por lo que significa; sino porque, como dice don Príamo, una iglesia que se destruye es un trozo de cielo que desaparece. Y no me interesa que el lugar a donde quiero ir se reduzca en extensión –llevó a sus labios el vaso de coca-cola, entornando los ojos con placer cuando las burbujas le cosquillearon la nariz–. Confío en nuestro párroco para que me haga llegar en un plazo razonable.

El padre Ferro se sonaba ruidosamente la nariz con el pañuelo.

–Usted irá allí, señora –se sonó otra vez–. Tiene mi palabra.

Se metió el pañuelo en el bolsillo, mirando a Quart como si lo desafiara a desmentir su facultad para hacer aquel tipo de promesas. Cruz Bruner aplaudía con el abanico contra la palma de la mano, encantada.

–¿Ve? –le dijo a Quart–. Ésa es la ventaja que tiene invitar a merendar a un sacerdote seis días a la semana… Se consiguen ciertos privilegios –los ojos húmedos miraban al padre Ferro agradecidos, graves y burlones a un tiempo–. Ciertas seguridades.

Se removió el párroco en su silla, incómodo por el silencio de Quart.

–Sin mí llegaría lo mismo –dijo, hosco.

–Tal vez sí, y tal vez no. Pero estoy segura de que, si no me facilitan la entrada, usted será capaz de montar un buen escándalo allá arriba –la anciana señora le echó una ojeada al rosario de azabache que estaba en la mesita llena de revistas y diarios, junto a un libro de oraciones, y suspiró esperanzada–. A mi edad, eso tranquiliza.

Del jardín cercano, al otro lado de la reja abierta bajo uno de los arcos de la galería, llegaba el canto de los mirlos. Una melodía suave, salpicada de tonalidades dulces, que cada vez terminaba con dos trinos agudos. Mayo era el mes de celo, explicó la condesa, vuelta de lado para escuchar. Los mirlos solían posarse junto a la tapia que daba a un convento de clausura, y a menudo sonaban juntos su canto y el de las hermanas. Su padre el duque, abuelo de Macarena, había pasado los últimos años de vida grabando el canto de aquellas aves. Las cintas y discos andaban por la casa, en alguna parte. A veces, entre los pájaros, podían oírse los pasos del abuelo sobre la gravilla del jardín.

—Mi padre —añadió la anciana duquesa— era un hombre muy de antes. Muy gran señor. No le habría gustado ver en qué termina el mundo que conoció —por el modo en que inclinaba la cabeza al decirlo, era evidente que tampoco a ella le gustaba—... Hay un libro publicado antes de la guerra civil, *Los latifundios en España*, que incluye a mi familia como una de las más ricas de Andalucía. Pero ya entonces era sólo sobre el papel. El dinero ha cambiado de manos; las grandes fincas son de los bancos y de los financieros, esos que tienen cortijos con verjas electrificadas, y coches todo terreno de lujo, y compran todas las bodegas de Jerez. Gente lista enriquecida en cuatro días, como pretende hacer mi yerno.

—Mamá.

La duquesa alzó una mano en dirección a su hija.

—Déjame que diga lo que quiera. Aunque a don Príamo no le haya gustado nunca Pencho, a mí sí. Y que te hayas separado de él no cambia las cosas —se abanicó de nuevo, con vigor insospechado en una anciana de su edad—. Pero reconozco que en lo de la iglesia no se está comportando como un caballero.

Macarena Bruner encogió los hombros.

—Pencho nunca lo fue —había cogido un terrón del azucarero y lo chupaba, distraída. Quart la estuvo mirando hasta que de pronto alzó los ojos hacia él, con el azúcar deshaciéndosele en la boca—. Ni pretende hacerse pasar por tal.

–No, claro –la ironía silbó de pronto, inesperada, en boca de la vieja dama–. Tu padre, ése sí que era un caballero. Un caballero andaluz.

Se quedó pensativa, tocando con la punta de los dedos el zócalo de azulejos que rodeaba la fuente del patio. Aquellos azulejos, le explicó inesperadamente a Quart sin que viniese a cuento, eran del siglo XVI y estaban dispuestos según las más ortodoxas leyes de la heráldica: no encontraría en toda la casa un solo color junto a otro color, ni metal junto a metal. Ningún rojo y verde, o plata y oro, iban emparejados, sino fronteros.

–Un caballero andaluz –repitió, al cabo de un instante de silencio. Y la línea de carmín en sus labios marchitos y casi inexistentes se agitó un poco, igual que una sonrisa amarga que no hubiese llegado a concretarse nunca en público.

Macarena Bruner movía la cabeza como si el anterior silencio hubiera estado destinado a ella:

–Para Pencho la iglesia no significa nada –parecía dirigirse a Quart más que a su madre–. Se traduce en metros cuadrados de suelo urbanizable. No podemos exigirle que comparta nuestros puntos de vista.

De nuevo intervino la duquesa:

–Desde luego –afirmó–. Quizás alguien de tu clase.

A su hija no le gustó aquello. Ahora la miraba muy seria:

–Tú te casaste con alguien de tu clase.

–Tienes razón –la anciana volvía a esbozar una sonrisa triste–. Al menos, hombre por hombre, tu marido lo es de la cabeza a los pies. Valiente, con esa insolencia que da no contar sino con las propias fuerzas… –le dirigió una rápida mirada al párroco–. Nos guste o no lo que haga con nuestra iglesia.

–Aún no lo ha hecho –opuso Macarena–. Y no lo hará, si puedo evitarlo.

Cruz Bruner frunció un poco más los labios:

—Pues se lo estás haciendo pagar bien caro, hija mía.

Se adentraban en un terreno donde la vieja dama parecía molesta, y la forma de dirigirse a su hija mostraba una discreta censura. Ésta contempló el vacío sobre el hombro de Quart, satisfecho de no ser el objeto ausente de aquella mirada.

—No ha terminado de pagar —murmuró Macarena.

—De un modo u otro —opinó la madre—, siempre será tu marido, vivas con él o no. ¿Verdad, don Príamo?... —de nuevo dueños de sí, los ojos húmedos y burlones se posaron en Quart—. Al padre no le gusta mi yerno, pero sostiene el carácter indisoluble del matrimonio. De cualquier matrimonio.

—Es cierto —al párroco le habían caído gotas de chocolate en la sotana y se las sacudía con la mano, airado—. Lo que un sacerdote ata en la tierra no puede desatarlo ni Dios.

Qué difícil, pensaba Quart, trazar la línea objetiva entre orgullo y virtud. Entre verdad y error. Resuelto a mantenerse al margen, miraba bajo sus zapatos el mosaico romano traído de Itálica por los antepasados de Macarena Bruner. Una nave y peces alrededor, y algo que parecía una isla con árboles y una mujer en la orilla con un cántaro, o un ánfora. También había un perro con la leyenda *Cave canem* y una mujer y un hombre que se tocaban. Algunas piedrecillas incrustadas estaban sueltas, y las acomodó con el pie.

—¿Y qué dice de todo esto ese banquero, Octavio Machuca? —preguntó, y en el acto vio dulcificarse la expresión de la duquesa.

—Octavio es un buen y viejo amigo. El mejor que tuve nunca.

—Está enamorado de la duquesa —dijo Macarena.

—No digas tonterías.

La anciana señora se abanicaba, mirando a su hija

con desaprobación. Macarena insistió, echándose a reír, y la duquesa se vio forzada a admitir que Octavio Machuca le había hecho un poco la corte al principio, recién establecido en Sevilla, cuando era soltera. Pero semejante matrimonio resultaba inimaginable en la época. Después ella se casó. El banquero nunca lo hizo, mas tampoco se insinuó nunca en vida de Rafael Guardiola, que era su amigo. Esto lo dijo como si de algún modo lo lamentara, sin que Quart pudiera averiguar si se refería a una cosa u otra.

—Te pidió que te casaras con él —apuntó Macarena.

—Eso fue más tarde, ya viuda. Pero creí mejor dejar las cosas como estaban. Ahora paseamos cada miércoles por el parque. Somos viejos y buenos amigos.

—¿De qué hablan? —se interesó Quart, sonriendo para templar la indiscreción.

—De nada —dijo la hija—. Los he espiado, y se limitan a coquetear en silencio.

—No le haga caso. Me apoyo en su brazo y charlamos de nuestras cosas. Del tiempo que se fue. De cuando él era un joven aventurero, antes de sentar cabeza.

—Don Octavio le recita *El tren expreso*, de Campoamor.

—¿Cómo sabes tú eso?

—Me lo ha contado él.

Cruz Bruner se irguió tocándose el collar de perlas, con un rastro de antigua coquetería:

—Pues sí, es verdad. Sabe que me gusta mucho. *«Mi carta, que es feliz pues va a buscaros, / cuenta os dará de la memoria mía...»* —los versos quedaron suspendidos en una sonrisa melancólica—. También hablamos de Macarena. La quiere como a una hija y fue su padrino de boda... Mire la cara que pone el padre Ferro. A él tampoco le gusta Octavio.

El párroco arrugaba el gesto, despechado. Se hubiera dicho que aquellos paseos lo ponían celoso. Los miércoles eran los días que la duquesa del Nuevo Extremo rezaba el rosario sin él, y tampoco lo invitaba a merendar.

—Ni me gusta ni me deja de gustar, señora —apuntó incómodo—. Pero considero censurable la postura de don Octavio Machuca en el problema de Nuestra Señora de las Lágrimas. Pencho Gavira es subordinado suyo, y podía prohibirle seguir adelante con este sacrilegio —el desagrado endurecía más su rostro lleno de cicatrices—. En eso no las ha servido bien a ustedes dos.

—Octavio tiene un sentido de la vida extraordinariamente práctico —afirmó Cruz Bruner—. A él la iglesia le da lo mismo. Respeta nuestros vínculos sentimentales, pero también cree que mi yerno tomó la decisión adecuada —se quedó mirando los escudos nobiliarios labrados en las enjutas de los arcos del patio—. El futuro de Macarena, decía él, no era mantenerse a flote sobre los restos del naufragio, sino subirse a un yate nuevo y flamante. Y eso es mi yerno quien habría podido costeárselo.

—De todas formas —intervino su hija— hay que decir que don Octavio no toma partido ni a favor ni en contra. Permanece neutral.

Alzó don Príamo Ferro un dedo apocalíptico:

—No conozco neutrales cuando está de por medio la casa de Dios.

—Por favor, padre —Macarena le sonreía con dulzura—. Tómelo con calma. Y con un poco más de chocolate.

Rechazó el párroco aquella tercera taza con aire digno, para quedarse mirando, enfurruñado, la punta de sus gruesos zapatones sin lustrar. Ya sé a quién me recuerda, se dijo Quart. A Jock, el fox-terrier peleón y gruñón de *La dama y el vagabundo*, pero mucho más atravesado. Miró a la anciana duquesa:

–Antes se refirió usted a su padre el duque… ¿Era el hermano de Carlota Bruner?

La vieja dama pareció sorprendida.

–¿Conoce la historia? –jugueteó un instante con las varillas del abanico; luego miró a su hija y por fin de nuevo a Quart–. Carlota era mi tía: hermana mayor de mi padre. Es un triste asunto de familia, como quizá usted sepa… Desde niña, Macarena estuvo obsesionada con esa historia. Se pasaba el día con su baúl, leyendo las desdichadas cartas que nunca llegaron, probándose viejos vestidos en la ventana donde dicen que ella se asomaba.

Había algo nuevo en el ambiente. El padre Ferro desvió la mirada, molesto, cual si estuviese lejos de sentirse a sus anchas en aquel tema. En cuanto a Macarena, parecía preocupada.

–El padre Quart dijo –tiene una de las postales de Carlota.

–Eso es imposible –objetó la duquesa–. Están dentro del baúl, en el palomar.

–Pues la tiene. Una donde se ve la iglesia. Alguien la puso en su habitación del hotel.

–Qué tontería. ¿Quién iba a hacer una cosa así? –la vieja dama miró a Quart brevemente, con recelo–. ¿Te la ha devuelto? –preguntó a su hija.

Ésta negó despacio con la cabeza:

–He permitido que la conserve. De momento.

La duquesa parecía perpleja:

–No me lo explico. Al palomar sólo subes tú, y el servicio.

–Sí –Macarena miraba al párroco–. Y también don Príamo.

El padre Ferro casi estuvo a punto de saltar de la silla.

–Por el amor de Dios, señora –su tono era agraviado, a medio camino entre la indignación y el sobresalto–. No estará insinuando que yo…

–Bromeaba, padre –dijo Macarena, con una expresión tan indefinible que Quart se preguntó si realmente ella había hablado en broma, o no–. Pero lo cierto es que la postal llegó al hotel Doña María. Y eso es un misterio.

–¿Qué es el palomar? –preguntó Quart.

–No se ve desde aquí, sino desde el jardín –explicó Cruz Bruner–. Llamamos así a la torre de la casa, porque en otro tiempo hubo un palomar. Mi abuelo Luis, el padre de Carlota, era aficionado a la astronomía, e instaló un observatorio. Con el tiempo se convirtió en la habitación donde mi pobre tía pasó, recluida, sus últimos años... Ahora es don Príamo quien trabaja allí.

Miró Quart al párroco sin disimular su sorpresa. Se explicaba ahora los libros encontrados en su vivienda:

–No sabía que era usted aficionado.

–Lo soy –el párroco parecía molesto–. Y no hay razón para que lo sepa, porque ése no es asunto suyo ni de Roma. La señora duquesa tiene la bondad de permitirme utilizar el observatorio.

–Es cierto –confirmó Cruz Bruner, complacida–. Todos los instrumentos están anticuados, pero el padre los conserva limpios, en uso. Y me cuenta sus observaciones. No tiene material para descubrimientos, por supuesto. Pero es agradable –se golpeó suavemente las piernas con el abanico, sonriendo–. Yo no tengo fuerzas para subir allí, aunque Macarena sí va a veces.

Sorpresa tras sorpresa, pensaba Quart. Era un insólito club, el del padre Ferro. El cura indisciplinado y astrónomo.

–Tampoco usted me contó –se había vuelto hacia los ojos oscuros de Macarena, preguntándose qué otras sorpresas encerraban– su interés por la astronomía.

–Me interesa la paz –repuso ella, con sencillez–. Y arriba, cerca de las estrellas, hay paz. El padre Ferro trabaja y me permite estar allí, leyendo o mirando, tranquila.

Observó Quart el cielo por encima de sus cabezas; un rectángulo de azul enmarcado por los aleros del patio andaluz. Había una sola nube, a lo lejos. Era pequeña, solitaria e inmóvil como el padre Ferro.

–En otro tiempo –dijo– esa ciencia estaba prohibida a los clérigos. Excesivamente racional, y por tanto peligrosa para el alma –ahora le sonreía sinceramente al viejo sacerdote– . La Inquisición lo habría encarcelado por eso.

Bajó la frente el párroco. Malhumorado. Duro.

–La Inquisición –murmuró– me habría encarcelado por un montón de cosas, además de la astronomía.

–Pero ya no lo hacen–dijo Quart, que se acordaba del cardenal Iwaszkiewicz.

–No será por falta de ganas.

Por primera vez rieron todos juntos, incluido el mismo padre Ferro, a regañadientes primero y luego del mismo modo bonachón que la vez anterior. Era como si al hablar de astronomía Quart se hubiera acercado a él un poco más. Macarena se daba cuenta y parecía satisfecha, mirando alternativamente al uno y al otro. Sus ojos tenían de nuevo reflejos color de miel, y parecía feliz, recobrada aquella risa sonora y franca, de muchacho. Entonces le sugirió al párroco que le enseñase a Quart el palomar.

Relucía el telescopio de latón junto a los arcos mudéjares abiertos a modo de galería en los cuatro costados de la torre, sobre los tejados de Santa Cruz. En la distancia, entre antenas de televisión y bandadas de palomas volando en todas direcciones, podían verse la Giralda, la Torre del Oro y un trecho del Guadalquivir con los trazos azules de las jacarandas en flor de sus orillas. El resto del paisaje ante el que un siglo atrás había languidecido Carlota Bruner estaba ocupado ahora por edificios modernos de cemento, acero y cristal. No había ninguna vela blanca a la vista, ni barcos balanceándose en la corriente, y los cuatro pináculos del Archivo de Indias parecían centinelas olvidados sobre la antigua Lonja que guardaba el papel, el polvo y la memoria de un tiempo muerto.

–Magnífico lugar –dijo Quart.

El padre Ferro no contestó. Había sacado su pañuelo sucio del bolsillo y frotaba el tubo del telescopio, echándole el aliento. El instrumento era un modelo azimutal de lentes, muy viejo, de casi dos metros de longitud, situado sobre un trípode de madera. El largo tubo de latón y todas las piezas metálicas estaban bruñidas con esmero y relucían bajo los rayos del sol que se iba lentamente hacia la otra orilla, sobre Triana. No había muchas más cosas de interés en el palomar: un par de viejos sillones de cuero cuarteado por el tiempo, un escritorio con muchos cajones, una lámpara, un grabado de la Sevilla del XVII en la pared, y algunos libros encuadernados en piel: Tolstoi, Dostoievski, Quevedo, Heine, Galdós, Blasco Ibáñez, Valle-Inclán, y también tratados de cosmografía, mecánica celeste y astrofísica. Quart se acercó a echarles un vistazo: Tolomeo, Porta, Alfonso de Córdoba. Algunas ediciones eran muy antiguas.

–Nunca lo hubiera imaginado –comentó–. Me refiero a usted, y a todo esto.

Era el suyo un tono conciliador, no del todo desprovisto de sinceridad. Había algo en su punto de vista sobre el padre Ferro que cambiaba con rapidez en las últimas horas. Por su parte, el párroco frotaba el telescopio como si en el interior del tubo de latón estuviese un genio dormido a quien correspondieran todas las respuestas. Al cabo de un instante encogió los hombros bajo la sotana tan raída y llena de lamparones que parecía virar del negro al gris. Era un curioso contraste, consideró Quart: el pequeño y descuidado sacerdote, y aquel instrumento que relucía bajo el cuidado minucioso de su pañuelo.

–Me gusta mirar el cielo de noche –dijo por fin–. La señora duquesa y su hija me permiten venir un par de horas cada día, después de la cena. Puedo subir directamente desde el patio, sin molestar a nadie.

Quart tocó el lomo de uno de los libros. *Della celeste fisionomía*, 1616. A su lado había unas *Tabulae Astronomicae* de las que no había oído hablar en la vida. Tosco cura rural, había dicho Su Ilustrísima Aquilino Corvo. El recuerdo lo hizo sonreír para sus adentros mientras hojeaba las tablas astronómicas.

–¿Cuándo se aficionó a esto?

El padre Ferro, que ya parecía satisfecho con el estado del telescopio, se había guardado el pañuelo en el bolsillo y, vuelto hacia Quart, observaba sus gestos con recelo. Al cabo de un momento le cogió el libro de las manos para devolverlo a su sitio.

–Viví muchos años en una montaña. De noche, cuando me sentaba en el porche de la iglesia, no había otra distracción que mirar el cielo.

Se calló de pronto, con brusquedad, como si hubiese dicho más de lo que exigían las circunstancias. Y no resultaba difícil imaginarlo inmóvil al oscurecer bajo el pórtico de piedra de su iglesia rural, observando la bóveda celeste allí donde ninguna luz humana podía perturbar la armonía de las esferas girando en el Universo. Quart tomó un volumen de los *Cuadros de viaje* de Heine, y lo abrió al azar por una página marcada con cinta roja:

«La vida y el mundo son el sueño de un dios ebrio, que escapa silencioso del banquete divino y se va a dor-

mir a una estrella solitaria, ignorando que crea cuanto sueña... Y las imágenes de ese sueño se presentan, ahora con una abigarrada extravagancia, ahora armoniosas y razonables... La Ilíada, Platón, la batalla de Maratón, la Venus de Médicis, el Munster de Estrasburgo, la Revolución francesa, Hegel, los barcos de vapor son pensamientos desprendidos de ese largo sueño. Pero un día el dios despertará frotándose los ojos adormilados, sonreirá, y nuestro mundo se hundirá en la nada sin haber existido jamás...»

Había una ligera brisa cálida. De los patios y calles que se extendían a sus pies, entre los techos de tejas pardas y las terrazas, llegaban hasta el palomar sonidos amortiguados por la altura y la distancia. Tras las ventanas de un colegio cercano, un coro de voces infantiles recitaba una lección, un poema o un canto. Quart aguzó el oído: algo sobre nidos y pájaros. De pronto cesó el recitado y el coro estalló en gritos, risas. Hacia los Reales Alcázares, un reloj daba tres campanadas. Quince minutos para las seis.

—¿Por qué las estrellas? —preguntó Quart, devolviendo el libro de Heine a su lugar.

El padre Ferro había sacado del bolsillo de la sotana una caja de lata estrecha y abollada, y de ella un cigarrillo de tabaco negro, sin filtro, que se puso en la boca tras humedecer un extremo con los labios.

—Son limpias —dijo.

Encendía el pitillo con un fósforo en el hueco de la mano, inclinando la cabeza rapada a trasquilones, y el gesto le arrugaba más la frente y el rostro tallado por viejas cicatrices. El humo se fue por los arcos de la galería mientras el olor, acre y fuerte, llegaba hasta Quart.

—Comprendo —dijo éste, y los ojos oscuros del párroco se detuvieron en él con un chispazo de interés, o curiosidad, mientras a su boca acudía algo parecido a una sonrisa que no llegó a definir. Incómodo, sin saber si lamentarlo o felicitarse por ello, Quart comprendió que algo había cambiado. El carácter neutral del palomar situado entre cielo y tierra disipaba un tanto la mutua desconfianza, como si al modo antiguo ambos se acogieran a sagrado. Por un instante sintió el impulso de camaradería que a menudo –no demasiado a menudo, en su caso– se establecía entre un clérigo y otro. Soldados perdidos, solitarios, reconociéndose en la confusión de un campo de batalla hostil.

–¿Cuánto tiempo estuvo allá arriba?

El párroco lo miraba con el cigarrillo consumiéndosele en la boca.

–Veintitantos largos años –dijo.

–Una parroquia pequeña, supongo.

–Muy pequeña. Cuarenta y dos habitantes a mi llegada. Ninguno cuando me fui: morían o se iban. Mi última feligresa era octogenaria, y no resistió las nieves del último invierno.

Una paloma se había posado en el alféizar de la galería y se paseaba arriba y abajo, cerca del sacerdote. Éste se la quedó mirando del mismo modo que si esperase un mensaje y ella pudiera traerlo atado a una de las patas. Pero cuando emprendió el vuelo con un aleteo, el párroco mantuvo la vista fija en el mismo sitio. Sus gestos torpes, su desaliño, seguían recordándole a Quart al viejo y detestable cura de su infancia; pero ahora era capaz de advertir importantes diferencias. Había creído que la tosquedad del padre Ferro respondía a un estado primitivo original. Que se limitaba a ser uno de esos apéndices marginales y miserables del oficio, grises eclesiásticos incapaces –como el lejano sacerdote que ocupaba la memoria de Quart– de superar su propia mediocridad y su ignorancia. Sin embargo, el palomar desvelaba una variedad clerical distinta: la regresión voluntaria, la renuncia al desempeño brillante de la vocación o la profesión elegida podían darse en forma de paso atrás realizado con plena conciencia. Saltaba a la vista que el padre Ferro había sido alguna vez —y de algún modo continuaba siendo, casi en la clandestinidad—, algo más que un grosero cura rural, o el párroco hosco y cerrado que se atrincheraba en el latín preconciliar para decir misa en Nuestra Señora de las Lágrimas. Aquél no era un problema de cultura ni de edad, sino de actitudes. Puestos a usar las referencias de Quart: si de elegir bandera se trataba, era evidente que don Príamo Ferro había escogido la suya.

Había un cuaderno abierto sobre el escritorio, con dibujos a lápiz de una constelación de estrellas. Pensó Quart en el sacerdote inclinado ante su telescopio, de noche, absorto en el silencio del firmamento que giraba despacio al otro extremo de la lente, mientras Macarena Bruner leía *Ana Karenina* o las *Sonatas* sentada en uno de los viejos sillones, con las mariposas nocturnas revoloteando a la luz de la lámpara. De pronto sintió un inquietante deseo de echarse a reír. Aquello le producía unos celos terribles.

Cuando alzó los ojos encontró la mirada reflexiva del padre Ferro, como si la expresión que había dejado traslucir le diese que pensar:

—Orión —dijo, y Quart, desconcertado, tardó unos segundos en comprender que se refería al croquis dibujado en el cuaderno—. En esta época del año sólo puede verse la estrella superior del hombro izquierdo del Cazador. Se llama Betelgeuse y aparece por allí —señaló un punto del cielo todavía azul, en el horizonte—. Hacia el Oeste-Noroeste.

Seguía con el pitillo en la boca, y las brasas del pésimo tabaco le caían sobre la pechera de la sotana. Quart pasó páginas llenas de anotaciones, dibujos y cifras. Sólo reconoció la constelación del León, su propio signo zodiacal, en cuyo cuerpo de metal, según la leyenda, rebotaban las jabalinas de Hércules.

–¿Usted es de los que creen –preguntó– que todo está escrito en las estrellas?

El párroco hizo una mueca agria, en las antípodas de cualquier sonrisa.

–Hace tres o cuatro siglos –dijo– esa clase de preguntas le costaban a un cura la cabeza.

–Le repito que vengo en son de paz.

A otro perro con ese hueso, decían los ojos de Príamo Ferro. Ahora se reía en voz baja, sarcástico. Una especie de chirrido.

–Habla de astrología –apuntó, al cabo–. Lo mío es astronomía. Espero que conste el matiz en su informe a Roma.

Después se calló, pero seguía mirando a Quart con curiosidad, como si lo calibrase de nuevo tras una desafortunada primera impresión.

–Ignoro dónde están escritas las cosas –añadió tras una larga pausa–. Aunque basta echarle a usted un vistazo para comprender que no leemos el mismo alfabeto.

–Acláreme eso.

–No hay mucho que aclarar. Crea o no en ella, usted sirve a una multinacional cuyos estatutos se basan en toda esa demagogia que el humanismo cristiano y la Ilustración nos metieron en la cabeza: el hombre evoluciona a través del sufrimiento hacia estadios superiores, el género humano está llamado a reformarse, la buena voluntad concita la buena voluntad… –se volvió hacia el ventanal, con más brasas cayéndole en la pechera–. O que la Verdad con mayúscula existe, y se basta a sí misma.

Quart movía la cabeza.

–No me conoce –protestó–. No sabe nada de mí.

–Conozco a quienes lo emplean, y eso me basta.

Fue de nuevo junto al telescopio, al acecho de más motas de polvo. Otra vez metió las manos en los bolsillos de la sotana como para sacar el pañuelo, pero las mantuvo allí.

–¿Qué sabe usted –añadió– y qué saben sus jefes en Roma, con su mentalidad de funcionarios?... ¿Qué saben del amor o del odio, salvo definiciones teológicas y susurros de confesionario?... –se balanceaba un poco sobre los pies, las manos todavía en los bolsillos–. Basta mirarlo: su modo de hablar, o de moverse, delata a quien dará cuenta de pecados de omisión, no de pecados cometidos. Pertenece a esos telepredicadores, pastores de una iglesia sin alma, que hablan de los fieles con el lenguaje que las televisiones emplean para referirse a la audiencia.

–Se equivoca conmigo, padre. Mi trabajo...

Entre dientes, el párroco dejó oír de nuevo el chirrido semejante a una risa.

–¡Su trabajo! –se había vuelto de pronto a Quart–. Ahora quiere decirme que se mancha las manos, ¿verdad?... A pesar de ir siempre tan pulcro y pulido por la vida. Pero estoy seguro de que no le faltan justificaciones ni coartadas. Es joven, fuerte, con jefes que le dan cama y comida, piensan por usted y le arrojan huesos para que roa. Es un perfecto policía de una corporación poderosa que dice servir a Dios. Seguramente no amó nunca a una mujer, no odió a un hombre, no compadeció a un desgraciado. No hay pobres que lo bendigan por su pan, ni enfermos por su consuelo, ni pecadores por su esperanza de salvación... Usted hace lo que le mandan, y nada más.

–Yo cumplo las reglas –dijo Quart, y en el acto se arrepintió de haber dicho aquello.

–¿Las cumple? –el párroco lo miraba con intensa ironía–. Enhorabuena. Eso quiere decir que salvará su alma. Los que cumplen las reglas siempre van al cielo

—torció la boca llevando los dedos hasta la colilla, que apuró con una última chupada—. A gozar de la presencia de Dios.

Tiró la colilla por el ventanal y se quedó viéndola caer.

—Me pregunto —Quart lo miraba con dureza— si aún tiene usted fe.

En su boca, aquello resultaba una paradoja; y el propio Quart era muy consciente de eso. Además, su cometido no incluía tales preguntas, más propias de los perros negros del Santo Oficio. Como habría dicho monseñor Spada, en el IOE no trabajamos con las ideas de otros, sino con sus hechos. Limitémonos a ser buenos centuriones, dejando para Su Eminencia Jerzy Iwaszkiewicz la peligrosa tarea de hurgar en el corazón humano.

Pese a todo ello, Quart aguardó una respuesta durante el largo silencio que vino después. El párroco se movía despacio junto al telescopio, y el reflejo de la silueta negra se deslizó a lo largo del tubo de latón bruñido.

—*Aún* es adverbio de tiempo.

Lo dijo por fin, hosco, ceñudo, cerrado en sí mismo, y después estuvo un rato callado, reflexionando sobre el tiempo, o los adverbios. Parecía seguir el hilo de un secreto razonamiento.

—Pero yo perdono los pecados —añadió más tarde, a modo de conclusión—. Y ayudo a morir en paz.

Se diría que aquello lo explicaba todo, aunque Quart estaba lejos de imaginar qué. Sintió la tentación de ser malévolo.

—No es usted quien perdona —puntualizó, mordaz—. Sólo Dios puede hacerlo.

El párroco lo miró, sorprendido de verlo todavía allí.

—Cuando yo era un joven sacerdote —dijo de pronto– leí toda la filosofía de la Antigüedad: de Sócrates a San Agustín. Y toda la olvidé, salvo un gusto agridulce de melancolía y desilusión. Ahora, con sesenta y cuatro años, lo único que sé de los hombres es que recuerdan, que tienen miedo y que mueren.

Debía de mostrar Quart una expresión singular, de sorpresa y embarazo; pues el padre Ferro asintió con los ojos negros y duros fijos en él, cual si con ese gesto lo invitase a dar crédito a sus palabras. Después se volvió hacia el cielo. La nube solitaria –quizá ya no fuese la misma– había ido al encuentro del sol poniente, y ahora extendía un resplandor rojizo sobre las siluetas de los edificios lejanos.

–Durante mucho tiempo –prosiguió el párroco– lo busqué allá arriba. Me habría gustado tener unas palabras con Él; una especie de ajuste de cuentas, mano a mano. Vi sufrir y morir a mucha gente… Olvidado por mi obispo y quienes lo rodeaban, viví en una soledad atroz, de la que salía para decir misa cada domingo en una iglesia pequeña y casi vacía, o para caminar bajo la nieve y la lluvia, chapoteando en el barro, llevando la extremaunción a ancianos que sólo esperaban mi llegada para morirse. Y durante un cuarto de siglo, sentado a la cabecera de agonizantes que se agarraban a mis manos porque yo era su único consuelo, sólo hablé en una dirección. Jamás obtuve una respuesta.

Se interrumpió, y parecía que aún estuviese dándole una oportunidad a aquella respuesta; pero sólo se escuchaban los sonidos amortiguados por la distancia y el bucheo de las palomas en los aleros de la torre. Fue Quart quien habló ahora:

–O nacemos y morimos de acuerdo a un plan, o nacemos y morimos por accidente.

La vieja cita teológica no era una afirmación ni una respuesta. Sólo una invitación a proseguir el razonamiento interrumpido. Por primera vez Quart comprendía al hombre que estaba ante él; y vio que el otro se daba cuenta. Un brillo de reconocimiento suavizaba la mirada del viejo sacerdote:

–¿Cómo preservar, entonces –prosiguió el párroco–, el mensaje de la vida en un mundo que lleva el sello de la muerte?… El hombre se extingue, sabe que se extingue, y que a diferencia de reyes, papas y generales, no quedará ninguna memoria de él. Tiene que haber algo más, se dice. De lo contrario, el Universo es una broma de mal gusto; un caos desprovisto de sentido. Y la fe se convierte en una forma de esperanza. Un consuelo. Quizá por eso ya ni el Santo Padre cree en Dios.

A Quart se le escapó una carcajada que sobresaltó a las palomas.

–Por eso defiende usted su iglesia con uñas y dientes.

–Pues claro –el padre Ferro frunció el ceño con malhumor–. ¿Qué más da que yo tenga fe o no la tenga?… Los que acuden a mí sí la tienen. Y eso justifica de sobra la existencia de Nuestra Señora de las Lágrimas. Fíjese en que no es casualidad que se trate de una iglesia barroca: el arte de la Contrarreforma, del no penséis, dejadlo para los teólogos, contemplad las tallas y los dorados, esos altares suntuosos, esas pasiones que, desde Aristóteles, son el resorte esencial para fascinar a las masas… Aturdíos con la gloria de Dios. Un excesivo análisis os roba la esperanza; destruye el concepto. Sólo nosotros somos la tierra firme que os pone a salvo del torrente tumultuoso. La verdad mata antes de tiempo.

Alzó Quart una mano:

–Hay una objeción moral, padre. Eso se llama alienación. Planteada así, su iglesia es la televisión del siglo XVII.

–¿Y qué? –el párroco encogía los hombros, despectivo–. ¿Qué fue el arte religioso barroco sino un intento por arrebatarles audiencia a Lutero, a Calvino?... Además, dígame dónde estaría el papado moderno sin la televisión. La fe desnuda no se sostiene. La gente necesita símbolos con los que abrigarse, porque fuera hace mucho frío. Somos responsables de nuestros últimos fieles inocentes, aquellos que nos siguieron creyendo, como en la *Anábasis*, que los conducíamos al mar, y a casa. Al menos mis viejas piedras, mi retablo y mi latín son más dignos que todas esas canciones con megafonía, las pantallas gigantes y la santa misa convertida en espectáculo para masas aturdidas por la electrónica. Creen que así van a conservar la clientela, pero nos envilecen y se equivocan. La batalla está perdida, y llega el tiempo de los falsos profetas.

Cerró la boca e inclinó la cabeza, hosco, al dar por concluida la conversación. Después fue a apoyarse en la ventana, mirando hacia el río. Al cabo de un instante, Quart, que no supo qué hacer o qué decir, fue a apoyarse a su lado en el alféizar. Nunca habían estado tan cerca uno del otro; la cabeza del párroco le llegaba a la altura del hombro. Permanecieron así un rato, sin decir palabra, hasta mucho después que los relojes dieran seis campanadas en las torres de Sevilla. La nube solitaria se había deshecho y el sol descendía en el cielo que continuaba dorándose despacio, al oeste. Entonces don Príamo Ferro habló de nuevo:

–Sólo sé una cosa: cuando termine la seducción habremos terminado también nosotros, porque la lógica y la razón significan el final. Pero mientras una pobre mujer necesite arrodillarse en busca de esperanza o consuelo, mi pequeña iglesia debe mantenerse en pie –sacó del bolsillo el pañuelo sucio y se sonó ruidosamente. La luz poniente resaltaba los pelos blancos de su barbilla mal afeitada–. Con toda nuestra miserable condición a cuestas, los curas como yo seguimos siendo necesarios… Somos la vieja y parcheada piel del tambor sobre la que aún redobla la gloria de Dios. Y sólo un loco envidiaría semejante secreto. Nosotros conocemos –ahora el párroco torció el gesto bajo las cicatrices, en una mueca absorta y oscura– al ángel que tiene la llave del abismo.

IX

El mundo es un pañuelo

Digna de ser morena y sevillana.

CAMPOAMOR
El tren expreso

Los focos que iluminaban la catedral creaban un espacio irreal entre noche y luz. Desorientadas por el contraste, las palomas volaban en todas direcciones, apareciendo de pronto y desapareciendo después en la oscuridad, entre la inmensa y armónica montaña de cúpulas, pináculos y arbotantes donde campeaba la torre de la Giralda. Era casi fantástico, pensaba Lorenzo Quart. Un paisaje de fondo tan extraordinario como el de las antiguas superproducciones de Hollywood a base de tela pintada y mucho cartón piedra. La diferencia consistía en que la plaza Virgen de los Reyes era auténtica, construida a fuerza de ladrillos y de siglos –la parte más antigua databa del XII–, y no había estudio cinematográfico capaz de reproducir su aspecto impresionante, por mucho dinero o mucho talento que se le echara al asunto. Aquél era un decorado único, irrepetible. Un escenario perfecto. Sobre todo cuando Macarena Bruner anduvo por él unos pasos para detenerse bajo la enorme farola central de la plaza, y se quedó allí, inmóvil contra la claridad dorada de la piedra y los proyectores de luz. Alta y esbelta, el collar de marfil en la piel morena del cuello, el pelo recogido en cola de caballo. Los ojos negros, tranquilos, quietos en Quart.

–Apenas hay sitios así –dijo.

Era cierto, y el hombre de Roma se daba cuenta de hasta qué punto la presencia de aquella mujer acentuaba la fascinación del lugar. La hija de la duquesa del Nuevo Extremo vestía igual que por la tarde en el patio de la Casa del Postigo. Ahora llevaba una chaqueta ligera sobre los hombros, y en la mano un bolso de cuero parecido a una mochila de caza. Habían ido hasta allí caminando casi en silencio, después que Quart dejase al padre Ferro en el observatorio y se despidiera de la duquesa. Vuelva a visitarnos, había dicho la anciana señora, complacida, y le ofreció como recuerdo un pequeño azulejo procedente de la antigua decoración de la casa: un pájaro que los alarifes mudéjares habían incluido en el alicatado del patio, y que, caído de la pared con los bombardeos de 1843, llevaba siglo y medio entre varias docenas de piezas rotas o defectuosas, en un sótano junto a las antiguas caballerizas. Después, cuando Quart salió a la calle con su azulejo en el bolsillo, Macarena lo retuvo junto a la verja de la entrada. La sugerencia de un paseo antes de tapear algo como cena en las tascas de Santa Cruz había venido de ella. Si no tiene otro compromiso, añadió observándolo desde el fondo de sus ojos oscuros y serenos. Un obispo o algo así. Quart se había echado a reír, abotonándose la americana, y de nuevo ella le miró las manos, y después la boca y otra vez las manos, hasta que también se puso a reír con aquella risa suya, tan franca y sonora como la de un muchacho. Y allí estaban los dos, en la plaza Virgen de los Reyes, con la catedral iluminada al fondo y las palomas revoloteando encima, entre la luz y la noche. Y Macarena seguía mirando a Quart y éste la miraba a ella. Y nada de todo eso, pensaba él con la calma lúcida que solía reservarse en aquel tipo de situaciones, contribuía a la saludable tranquilidad de espíritu que las sagradas ordenanzas recomendaban para la salvación eterna de un sacerdote.

–Quiero darle las gracias –dijo ella.

–¿Por qué?

–Por don Príamo.

Pasaron más palomas rumbo a la noche. Ellos caminaban ahora hacia los Reales Alcázares y el arco abierto bajo la muralla. Macarena se volvía a observar a Quart, con una ligera sonrisa que le iba y venía a la boca de vez en cuando.

–Usted se ha acercado a él lo suficiente, me parece –añadió–. Quizás ahora pueda comprender.

Quart hizo un gesto ambiguo. Podía comprender algunas cosas, dijo. La actitud del párroco, o su intransigencia respecto a la iglesia y su cometido en ella. Pero ésa era sólo una parte del problema. Su misión en Sevilla consistía en un informe general sobre la situación, que incluyese, a ser posible, la identidad de *Vísperas*. Y sobre el pirata informático, la investigación seguía en ayunas. El padre Óscar estaba a punto de irse sin que Quart estableciera su posible relación con el caso. También tenía que revisar informes de la policía y las encuestas del Arzobispado sobre las muertes en la iglesia. Además –se tocó la chaqueta a la altura del bolsillo interior donde llevaba la tarjeta de Carlota Bruner– quedaba por resolver el misterio de la postal y la cita señalada en el Nuevo Testamento de su habitación.

–¿Quiénes son sospechosos? –preguntó ella.

Estaban bajo el arco de la muralla, junto al pequeño altar barroco de la Virgen encerrado en su urna de cristal, y la risa de Quart arrancó ecos a la bóveda. Una carcajada seca, desprovista de humor.

–Todos lo son –dijo, mirando la imagen como si dudara entre incluirla o no en aquel todos–. Don Príamo Ferro, el padre Óscar, su amiga Gris Marsala... Incluso usted misma. Aquí todo el mundo es sospechoso, por acción u omisión –miró a derecha e izquierda cuando salieron al patio de banderas de los Alcázares, del mismo modo que si esperase hallar a alguno de ellos allí, al acecho–. Estoy seguro de que se encubren unos a otros –caminó un poco más, se detuvo brevemente y miró de nuevo alrededor–. Bastaría con que cualquiera de ustedes hablase con franqueza durante treinta segundos para que mi investigación quedara resuelta.

Macarena Bruner estaba a su lado, mirándolo con fijeza, el bolso de cuero apretado contra el pecho.

–¿Eso es lo que cree?

Quart aspiraba el aroma de los naranjos que llenaban el patio.

–Estoy seguro –dijo–. Completamente seguro. Imagino que *Vísperas* es uno de ustedes, que envió ese mensaje como señuelo para atraer la atención de Roma y ayudar al padre Ferro a conservar su iglesia... Cree que una apelación al Papa significa establecer la verdad y que ésta resplandezca. Pues la verdad, se dice nuestro ingenuo pirata informático, no puede perjudicar a una causa justa. Entonces aterrizo yo en Sevilla, dispuesto a buscar el tipo de verdad que interesa en Roma, que tal vez no coincida con la de ustedes. Quizá por eso nadie me ayuda, sino que plantean misterio sobre misterio, incluido el acertijo de la postal.

Caminaron de nuevo, cruzando la plaza. A veces sus pasos los acercaban, y Quart podía advertir su perfume: algo cercano al jazmín, con fragancias de azahar. Macarena Bruner olía como aquella ciudad.

–Quizá el objetivo no es ayudarlo a usted –dijo ella al cabo de un momento, sino ayudar a otros. Tal vez todo sea para hacerle comprender lo que esta ocurriendo.

–De acuerdo: yo puedo entender la actitud del padre Ferro. Pero mi comprensión no les sirve para nada. Enviaron su mensaje en espera de un buen clérigo lleno de amor y comprensión, y lo que les mandan es un soldado con la espada de Josué –movió un poco la cabeza, con mal humor–. Porque yo soy un soldado, como ese sir Marhalt que tanto le gustaba cuando jovencita. Sólo informo de hechos y busco responsables. La comprensión y las soluciones, si las hay, corresponden a otros –hizo una pausa, antes de añadir una débil sonrisa–. No sirve de nada seducir al mensajero.

Habían llegado al pasadizo que comunicaba el patio de banderas con el barrio de Santa Cruz. Bajo la luz del recodo, sus sombras se deslizaron juntas por las paredes encaladas. Aquello creaba una extraña sensación de intimidad, y Quart sintió alivio cuando salieron de nuevo al otro lado, a la noche abierta.

–¿Eso piensa? –preguntó Macarena Bruner–. ¿Que pretendo seducirlo?

Quart no respondió. Siguieron caminando en silencio a lo largo de la muralla, y luego por una de las calles estrechas que se adentraban en el barrio judío.

–También sir Marhalt –dijo ella, después de unos instantes– tomaba partido por las causas justas.

–Eran otros tiempos. Además, a su sir Marhalt se lo inventó John Steinbeck. Ahora ya no quedan causas justas. Ni siquiera la mía lo es –se quedó en suspenso, cual si meditara sobre la verdad de aquello–. Pero es la mía.

–Olvida al padre Ferro.

–Eso no es una causa justa. Es un recurso personal. Cada uno se las arregla como puede.

Quart caminaba mirando al frente, pero pudo advertir que ella hacía un movimiento de impaciencia:

–Por favor. He visto *Casablanca* veinte veces. Y esto es lo que me faltaba. Un cura jugando a los héroes desengañados –se había adelantado un poco y ahora se volvía hacia él, despectiva y malhumorada–. A Humphrey Bogart.

–No. Yo soy más alto. Y usted se equivoca. No ha visto nada, ni sabe nada de mí –sentía deseos de cogerla por el brazo y detenerla mientras hablaba, pero se contuvo. Ella seguía caminando un poco adelantada, y miraba de nuevo al frente como negándose a escuchar–. No sabe por qué soy cura, ni por qué estoy aquí, ni qué he hecho para estar aquí. No sabe a cuántos Príamos Ferro he conocido en mi vida, ni qué es lo que hice con ellos cuando recibí las órdenes apropiadas.

Lo dijo con una amargura que cayó en el vacío; Macarena Bruner no podía saber. Vio que giraba en redondo sobre sus zapatos:

–Parece que lamente no tener una cabeza que enviar a Roma con el próximo correo –se encaraba con él, un poco inclinado el cuerpo hacia adelante–. Creyó que todo sería fácil, ¿verdad?… Pero yo estaba segura de que las cosas cambiarían cuando conociera de cerca a la víctima.

–Se equivoca –Quart negó sosteniendo su mirada–. Nada cambia, al menos en lo formal, que yo conozca mejor al padre Ferro.

–¿Y en el resto? –se tocaba la frente con un dedo–. Sus ideas.

–El resto es asunto mío. Y sepa que he conocido de cerca a muchas de mis víctimas, como usted dice. Eso no cambió nada.

La oyó suspirar, despectiva:

–Supongo que no. Supongo que a cuenta de eso le compran ropa a medida en buenos sastres, y lleva zapatos caros y tarjetas de crédito, y un reloj estupendo en la muñeca –lo miraba de arriba abajo, provocadora e insolente. Ésas deben de ser sus treinta monedas.

Demasiado agresiva. Demasiado desdén en sus palabras para que todo aquello le diera lo mismo, así que Quart empezó a preguntarse desesperadamente hasta dónde pretendía llegar. Estaban quietos el uno frente al otro, en una de las calles estrechas con faroles de hierro cuyos balcones cargados de macetas casi se tocaban de lado a lado, sobre sus cabezas.

—Celebro que lo suponga, porque es así —Quart se cogió con dos dedos la solapa de la americana, mostrándosela—. Esta ropa, y estos zapatos, y esas tarjetas de crédito, y este reloj, resultan muy útiles cuando se trata de impresionar a un general serbio, o a un diplomático norteamericano... Hay curas obreros, curas casados, curas que dicen misa de ocho y hay curas como yo. Y no sabría decirle quién hace posible que siga existiendo quién —apuntó una sonrisa amarga, pero su pensamiento ya había volado lejos de las palabras que pronunciaba; Macarena Bruner seguía demasiado cerca, en aquella calle demasiado estrecha—. Aunque en algo coincidimos su padre Ferro y yo: ninguno se hace ilusiones en lo tocante al oficio.

Después se quedó callado, porque de pronto tuvo miedo de la necesidad de justificarse ante ella. Se hallaban solos en la calle, a la luz de un lejano farol, y estaba muy hermosa mirándolo en silencio, con la boca entreabierta mostrando el despunte de sus incisivos blancos. Respiraba despacio, con la serenidad de la mujer hermosa que tiene plena conciencia de serlo. Su expresión ya no era de desprecio, como si éste se hubiera agotado en las palabras mismas; y era el de Quart un miedo masculino y real, físico, muy parecido al vértigo. Tanto que hubo de contenerse para no dar un paso atrás que lo habría llevado con la espalda contra la pared:

—¿Por qué no me cuenta lo que sabe?

Vio que lo miraba como si hubiese esperado de él otras palabras; otro gesto. Los ojos de la mujer, hasta entonces fijos en los suyos, se deslizaron por su rostro y el alzacuello de la camisa negra.

—Aunque no lo crea, yo sé muy poco —respondió, tras un silencio que se hizo extraordinariamente largo–. Puedo adivinar cosas, quizá. Pero no seré quien se las cuente. Haga su trabajo mientras los demás hacen el suyo.

Dijo eso y se quedó otra vez callada e inmóvil, a la espera de averiguar qué tenía Quart que responder a eso. Pero él no dijo nada, sino que echó a andar por la calle estrecha; y ella lo siguió en silencio, abrazando su bolso de cuero contra el pecho.

En Las Teresas colgaban jamones entre botellas de La Guita, viejos carteles de Semana Santa y de la Feria de Abril, fotos de toreros delgados y serios muertos tiempo atrás, con la tinta de sus dedicatorias amarilleando tras el cristal de los marcos. Los camareros anotaban los precios de las consumiciones sobre el mostrador de madera mientras Pepe, el encargado, cortaba lonchas finas de Jabugo con un cuchillo largo y afilado como una hoja de afeitar:

> Cómo me alegra,
> primito hermano,
> cómo me alegra,
> comer jamón serrano
> de pata negra.

Cantaba entre dientes, por sevillanas. Había llamado doña Macarena a la acompañante de Quart y les puso delante, sin que ninguno de los dos tuviera ocasión de pedir nada, tapas de magro con tomate, puntillas fritas, caña de lomo, champiñones a la plancha, y dos copas esbeltas, de largo tallo, llenas en sus dos tercios de oloroso y dorada manzanilla. Cerca de la puerta, acodado en la barra junto a Quart, un parroquiano de aspecto habitual y rostro enrojecido trasegaba concienzudamente tinto tras tinto; y de vez en cuando Pepe interrumpía la copla y, sin retirar su atención de las lonchas de jamón, le dirigía unas palabras sobre cierto partido de fútbol que estaba a punto de jugarse entre el Sevilla y el Betis.

—Apoteósico —puntualizaba el de la cara colorada, con tozudez alcohólica; y mientras Pepe asentía con la cabeza, reanudando la copla, el otro volvía a hundir la nariz en el vaso de vino. Por el bolsillo superior de su chaqueta asomaba la cabeza un pequeño ratón gris, auténtico, al que de vez en cuando ofrecía trocitos del plato de queso que estaba a su lado, en la barra. El roedor devoraba el queso con diligencia, y nadie parecía sorprenderse lo más mínimo.

Macarena bebía manzanilla a lentos sorbos. Apoyaba un codo en la barra, tan segura como si estuviera en la Casa del Postigo. En realidad, pudo apreciar Quart, se movía por todo Santa Cruz cual si fueran las habitaciones de su propia casa; y en cierto modo lo eran, o lo habían sido durante siglos. Saltaba a la vista que cada rincón venía inscrito en su memoria genética, en su instinto de territorio. Quart confirmó la impresión —y eso no tranquilizaba al agente del IOE— de que le era difícil concebir ese barrio y la ciudad sin la presencia de aquella mujer y lo que ésta significaba. Cabello negro recogido en la nuca, dientes blancos, ojos oscuros. De nuevo recordó las pinturas de Romero de Torres, el edificio de la Tabacalera ahora convertido en Universidad. Carmen la cigarrera y las hojas de tabaco húmedo enrollándose en la palma de la mano, contra la cara interior de un muslo de mujer de piel morena. Alzó los ojos y encontró los de ella fijos en los suyos. Otra vez reflejos de miel, reflexivos. Tranquilos.

—¿Le gusta Sevilla? —inquirió de pronto Macarena.

—Mucho —respondió turbado, preguntándose si ella penetraba sus sentimientos.

—Es un sitio especial —seguía mirándolo sin dejar de

picotear en los platos; ahora daba cuenta de un champiñón a la plancha–. Aquí el pasado convive sin problemas con el presente. Gris dice que los sevillanos somos viejos y sabios. Todo puede aceptarse, todo es posible –miró brevemente a su vecino de la cara colorada, y sonrió–... Hasta compartir queso con un ratón en la barra de un bar.

–¿Su amiga es experta informática?

Lo miró con extrañeza. Casi admirada.

–No se da por vencido, ¿verdad? –pinchó otro champiñón con un palillo y se lo llevó a la boca–. Usted es hombre de ideas fijas. ¿Por qué no se lo pregunta a ella?

–Ya lo hice. Y salió con evasivas, como todo el mundo.

Miraba hacia la puerta, por encima del hombro de la mujer, y vio entrar a un hombre gordo, cincuentón y vestido de blanco, que por un instante no le pareció completamente desconocido. El gordo se quitó el sombrero al pasar junto a ellos, echó un vistazo en el interior como si buscara inútilmente a alguien, consultó el reloj que extrajo de un bolsillo de su chaleco y fue a desaparecer por la otra puerta, balanceando un bastón con puño de plata. Quart observó que tenía la mejilla izquierda enrojecida, cubierta por crema o pomada, y un curioso bigote corto y muy encogido, como si se lo acabasen de chamuscar.

–¿Y qué hay de la postal? –le preguntó a Macarena, prosiguiendo la conversación–... ¿Tiene Gris Marsala acceso al baúl de su tía abuela Carlota?

La vio sonreír un poco, divertida por sus ideas fijas.

–Alguna vez estuvo cerca, si es a lo que se refiere. Pero también podía haber sido don Príamo. Tal vez el padre Óscar, o yo misma. O mi madre... ¿Se imagina a la duquesa, con sus coca-colas y una gorra de béisbol puesta del revés, haciendo saltar las claves de se-

guridad del Vaticano a las tantas de la madrugada?...
–pinchó un trozo de carne con tomate y se lo ofreció
a Quart–. Me temo que su investigación puede rondar lo grotesco.

Quart cogió un extremo del palillo, y sus dedos rozaron los de Macarena.

–Me gustaría echarle un vistazo a ese baúl.

Se llevó la tapa a la boca mientras ella lo miraba:

–¿Usted y yo, a solas? –sonreía–. Es una idea algo
atrevida, aunque temo que el fin sea comprobar si tengo ordenador pirata –Pepe había puesto sobre la barra
el plato de jamón y ella miraba las lonchas rojizas veteadas de oloroso tocino, distraída–. Por qué no. Podré
contárselo a mis amigas, y me apetece imaginar qué
cara pondrá el arzobispo cuando se entere –inclinó la
cabeza, pensativa–. O mi marido.

Quart miraba los aros de plata en los lóbulos de sus
orejas, bajo el cabello liso bien peinado hacia atrás, tenso en la cola de caballo.

–No quisiera crearle más problemas.

Ella se echó a reír de pronto.

–¿Problemas?... Espero que Pencho reviente de rabia y de celos. Si además de fastidiarle la iglesia le cuentan que hay un sacerdote interesante de por medio,
puede volverse loco –observó a Quart, atenta–. Y peligroso.

–Me inquieta usted –Quart apuraba su copa de
manzanilla, y era evidente que no se sentía inquieto en
absoluto.

Reflexionaba Macarena:

–De cualquier modo –dijo– lo del baúl de Carlota
es una buena idea. Comprenderá mejor lo que significa Nuestra Señora de las Lágrimas.

–Su amiga Gris –Quart probó una loncha de jamón– se queja de la falta de dinero para continuar las
obras...

—Es cierto. La duquesa y yo tenemos lo justo para vivir, y la parroquia está arruinada. El sueldo de don Príamo es pequeño, y la colecta dominical no paga ni la cera de las velas. A veces nos sentimos como esos exploradores de las películas, con la sombra de los buitres planeando sobre nuestras cabezas... Los jueves, sobre todo, se produce un espectáculo curioso.

Entonces le detalló a Quart, ante un par de nuevas manzanillas, que Nuestra Señora de las Lágrimas era intocable mientras se dijera misa en ella por el alma de su antepasado Gaspar Bruner de Lebrija, todos los jueves —día de su fallecimiento en el año 1709— a las ocho de la mañana. Ésa era la causa de que cada jueves pudiera verse en la última fila de bancos a un enviado del arzobispo y a un notario pagado por Pencho Gavira, al acecho ambos de una irregularidad o un descuido.

Quart no podía creer aquello, y ambos rieron juntos. Pero la risa de Macarena se extinguió antes que la suya:

—Parece infantil, ¿verdad? —se había puesto repentinamente seria—. Que todo dependa de esa estupidez —alzó la copa para llevársela a los labios, pero interrumpió el gesto a la mitad, dejándola de nuevo en el mostrador—. Cualquier otro sacerdote que no dijera misa o pasara por alto la fórmula condenaría la iglesia a la piqueta; y tanto el arzobispo de Sevilla como el Banco Cartujano habrían ganado la partida... Por eso tengo miedo a que, alejado el padre Óscar, intenten algo contra don Príamo.

Miraba a Quart con inquietud en apariencia sincera. Éste no sabía qué pensar.

—Eso es una barbaridad —argumentó por fin—. Monseñor Corvo no me es simpático, pero estoy seguro de que nunca toleraría...

Alzó ella una mano de forma irreflexiva, a punto de ponérsela sobre los labios. A Quart le extrañó no sentir el contacto. Macarena debió de interpretar su mirada, pues retiró la mano dejándola sobre la barra.

–No hablo del arzobispo.

Jugueteaba con el tallo de la copa de Quart. Y me estás liando, se dijo de pronto éste en sus adentros. Ignoraba si ella lo hacía por cuenta propia o ajena, si el objetivo consistía en seducir al mensajero o neutralizar al enemigo: pero lo cierto es que, so pretexto de hacerle ver el otro lado de la trinchera, lo que estaban consiguiendo entre unos y otros era que perdiera toda perspectiva. Necesitas algo a lo que asirte, pensó. Tu trabajo, la investigación, la iglesia, lo que sea. Datos y hechos aunque no sirvan para otra cosa. Preguntas y respuestas, cabeza tranquila. Serenidad como la que ella tiene y derrocha a cada instante, mujer instrumento del Maligno, faro de perdición, enemiga del género humano y del alma inmortal. Mantén la distancia o estás listo, Lorenzo Quart. ¿Cómo era aquello de monseñor Spada?... Si un clérigo lograba mantener el dinero lejos del bolsillo, y las piernas fuera de la cama de una mujer, tenía muchas posibilidades de salvar su alma. O lo que fuera.

–Volviendo a lo del dinero –dijo. Había que hablar, proponer preguntas aunque fueran inútiles. Él estaba allí para investigar, no para que la Carmen de la Tabacalera le pusiera los dedos en los labios–. ¿Han pensado en vender los cuadros que hay en la sacristía para proseguir las obras de restauración?

–Esos lienzos no valen nada. Ni siquiera el Murillo es un Murillo.

–¿Y las perlas?

Lo miraba como si acabara de oír una estupidez enorme:

–También podría el Vaticano –sugirió– vender su pinacoteca y dar el dinero a los pobres.

Terminó su copa antes de buscar el billetero en su

bolso y pedir la cuenta. Quart insistía en pagar, pero ella no lo permitió. El encargado se disculpaba con una sonrisa. Usted perdone, padre, doña Macarena es cliente, etcétera.

Salieron a la calle, donde un farol proyectó sus sombras alargadas. En los trechos con poca luz tomaba el relevo la luna, blanca y casi redonda entre las sombras de los aleros y los balcones que se acercaban sobre sus cabezas. Al cabo de un instante ella mencionó de nuevo las perlas, y al hacerlo parecía burlarse de Quart.

—Usted sigue sin comprender —dijo—. Son las lágrimas de Carlota. El testamento del capitán Xaloc.

En las calles estrechas resonaba fácilmente el eco de los pasos, así que los tres truhanes se mantenían a distancia de la pareja, relevándose en primera línea para no despertar sospechas: a veces don Ibrahim con la Niña Puñales, el Potro del Mantelete siguiéndolos más retrasado, y otras el Potro solo, o con la Niña del brazo —del sano, porque el quemado lo llevaba en cabestrillo—, siempre en contacto visual con el cura y la duquesa joven. La tarea no resultaba fácil, pues el trazado de Santa Cruz era irregular, con muchas vueltas, revueltas y pasajes sin salida. En una ocasión los tres socios tuvieron que quitarse de enmedio y retroceder a toda prisa corriendo de puntillas entre las sombras, presas del pánico, cuando Quart y Macarena llegaron hasta una placita cerrada y volvieron sobre sus huellas tras quedarse allí un par de minutos, conversando.

Ahora todo iba bien. La pareja caminaba por una calle con suaves vueltas y revueltas y amplios zaguanes donde era fácil seguirlos sin demasiado riesgo. Así que, más relajado, gruesa mancha clara en la penumbra, don Ibrahim sacó un habano del bolsillo y se lo puso en la boca haciéndolo girar con voluptuosidad entre los dedos. Ocho o diez pasos delante caminaban el Potro del Mantelete y la Niña Puñales, controlando los pasos del cura y de la duquesa joven; y el ex falso abogado sintió una oleada de ternura al observar a sus compadres. Cumplían su deber a conciencia, pendientes del doble objetivo que los precedía calle arriba. En sitios muy silenciosos la Niña se quitaba los zapatos de tacón para no hacer ruido, e iba descalza con aquella gracia suya que los años no habían conseguido arrancarle a pesar de todo, los pies desnudos y los zapatos en la mano, junto al bolso donde llevaba la labor de ganchillo, la cámara de fotos de Peregil y el inexistente recorte de periódico donde se contaba que un hombre de ojos verdes como el trigo verde había matado una vez a otro por sus amores. Eterna Niña con su traje de lunares, el pelo teñido, su caracolillo de Estrellita Castro, y aquel aire de folklórica siempre camino de un tablao ya imposible. A su lado, serio, masculino, el Potro le daba el brazo sano con la deferencia del que sabe, o intuye, que ese gesto cortés, de hombre respetuoso y cabal como siempre fueron los hombres que sabían vestirse por los pies, era el más valioso homenaje que una mujer como la Niña podía recibir en el mundo.

Con el bastón bajo el brazo, don Ibrahim inclinó la cabeza para encender el puro ocultando la llama bajo el ala ancha de su panamá, y al guardar en el bolsillo el abollado mechero de plata —esta vez recuerdo de Gabriel García Márquez, a quien conoció, decía, cuando el autor de *El coronel Páramo no tiene quien le visite* era humilde reportero de sucesos en Cartagena de Indias— tocó las entradas para la corrida del domingo que había comprado, aquella misma tarde, el Potro del Mantelete. En ratos libres, el antiguo torero y boxeador se buscaba la vida con las cuadrillas de trileros que se establecían cerca del puente de Triana, arropando al artista manipulador de los tres cubiletes y la bolita —la borrega, en lenguaje del oficio– sobre la caja de cartón: aquí la tengo aquí no la tengo, vista y no vista, ésta me gana y ésta me pierde, venga y apueste cinco mil duros, caballero. Los ganchos alrededor, fingiendo que no paraban de ganar, y un par de compadres en las esquinas, dando el agua cuando asomaba la madera, o sea, la pasma. Con su aire grave, formal, y la chaqueta a cuadros demasiado estrecha, el Potro inspiraba confianza a la gente; así que, merced a su actuación como reclamo, él y sus colegas habían aliviado por la mañana a un turista portorriqueño de un buen fajo de dólares. De modo que, para hacerse perdonar la metida de gamba del Anís del Mono, el Potro se descolgó con tres entradas de sombra para los toros. Entradas en las que había invertido, íntegros, sus beneficios del trile, pues el cartel era de tronío: Curro Romero, Espartaco y Enrique Ponce –a Curro Maestral lo quitaron del cartel a última hora, sin explicaciones–, con seis toros de Cardenal y Murube, seis.

Don Ibrahim soltó una bocanada de humo, abriendo y cerrando las mandíbulas para comprobar el estado de la piel cuidadosamente cubierta de crema para quemaduras. Las cerdas del bigote y las cejas estaban chamuscadas, pero no podía quejarse de la suerte: a punto habían estado de tener una desgracia con la gasolina, aunque todo quedó en churrascos superficiales, la mesa quemada, una mancha de humo en el techo, y el susto. Un susto de muerte, sobre todo cuando vieron correr al Potro alrededor del cuarto con un brazo ardiendo –el izquierdo; por suerte era muy hombre y fumaba con la zurda–, como en aquella película de Vincent Price, la de los crímenes en el museo de cera. Hasta que la Niña, con gran presencia de ánimo y diciendo Virgen Santísima, los roció a don Ibrahim y a él con un chorro del sifón que tenía en la cocina, antes de echar sobre la mesa una manta para apagar el fuego. Después todo fue humo, explicaciones, vecinas agolpadas en la puerta, y una desazón inmensa cuando llegaron los bomberos y allí no quedaba nada por apagar, salvo la encendida vergüenza de los tres socios. De tácito acuerdo, ninguno volvería nunca a referirse al infausto suceso. Pues como zanjó don Ibrahim, alzado académicamente un dedo mientras la Niña volvía de la farmacia con un tubo de pomada y unas gasas, la vida tiene dolorosos capítulos que es preciso olvidar a toda leche.

El cura y la duquesa joven debían de haberse detenido a conversar, porque la Niña y el Potro estaban discretamente en una esquina, pegados a la pared, disimulando. Don Ibrahim agradeció la pausa —autopropulsar sus ciento diez kilos en largas caminatas no era tarea fácil— y miró la luna sobre los oscuros límites de la calle estrecha, saboreando el aroma del cigarro cuyo humo subía en espirales suaves, entre la luz plateada que se derramaba sobre Santa Cruz en cuanto los faroles eléctricos quedaban lejos o desaparecían tras un recodo. Ni siquiera el olor a orín y suciedad próximo a algunos bares, en las calles más oscuras, lograba desplazar el aroma de los naranjos, las damas de noche y las flores asomadas a los balcones cubiertos con persianas tras las que se escuchaba, al pasar, música apagada, fragmentos de conversaciones, el diálogo de una película o los aplausos de un concurso de televisión. De una casa cercana salían los compases de un bolero que le recordaron a don Ibrahim otras noches de luna llena en otros tiempos y otras calles, y el indiano se meció en la nostalgia de sus dos juventudes caribeñas: la real y la imaginada, que se mezclaban en el recuerdo de noches elegantes en las cálidas playas de San Juan, largos paseos por La Habana Vieja, aperitivos en Los Portales de Veracruz con mariachis que cantaban *Mujeres divinas*, de su amigo Vicente, o aquella *María Bonita* en cuya composición mucho había tenido él que ver. O tal vez, se dijo con una nueva y larga chupada al habano, sólo fuese nostalgia de su juventud, a secas. Y de los sueños que luego la vida se encarga de irte arrancando a mordiscos.

De todos modos —meditó mientras veía al Potro y a la Niña reanudar la marcha y caminaba tras ellos—, siempre le quedaría Sevilla; algunos de cuyos lugares encontraba tan parecidos a los que marcaron los años de sus recuerdos. Pues aquella ciudad conservaba en los rincones de las calles, en los colores y en la luz, como ninguna otra, el rumor del tiempo que se extingue despacio, o más bien de uno mismo extinguiéndose con aquellas cosas del tiempo a las que se anclan la propia vida y la memoria.

Aunque lo malo de las agonías largas era que uno se arriesgaba a perder la compostura. Don Ibrahim le dio otra chupada al puro mientras movía tristemente la cabeza: en un portal, bajo periódicos y cartones, dormía la sombra confusa de un mendigo; y adivinó, más que vio, el platillo vacío de la limosna, a su lado. Instintivamente metió la mano en el bolsillo, apartando las entradas de los toros y el mechero de García Márquez hasta encontrar una moneda de veinte duros que, inclinándose con esfuerzo sobre la barriga, puso junto al cuerpo dormido. Diez pasos más lejos recordó que no le quedaba calderilla para el parte telefónico a Peregil, y consideró la posibilidad de volver atrás y rescatar la moneda; mas se contuvo, confiando en que el Potro o la Niña llevaran cambio. Un gesto es una profesión de fe. Y aquello no hubiera sido honorable.

El mundo es un pañuelo, pero después de esa noche Celestino Peregil habría de preguntarse muchas veces si el encuentro de su jefe Pencho Gavira con la duquesa joven y el cura de Roma fue casual, o ella quiso pasearlo a propósito ante sus narices, sabiendo como sabía que a esa hora el marido, ex marido o lo que técnicamente fuese el banquero a aquellas alturas, siempre tomaba una copa en el bar del Loco de la Colina. El caso es que Gavira estaba sentado en la terraza llena de gente, con una amiga, y Peregil dentro, en la barra cerca de la puerta, haciendo de guardaespaldas. Había pedido su jefe una malta escocesa con mucho hielo y saboreaba el primer trago mirando a su acompañante, una atractiva modelo sevillana que, a pesar de su notorio déficit intelectual, o quizás precisamente gracias a él, empezaba a ser conocida por una breve frase de un anuncio de Canal Sur sobre cierta marca de sujetador. La frase ingeniosa era *«el busto es mío»*, y la modelo –una tal Penélope Heidegger, que tenía motivos anatómicos poderosos para afirmar aquello– la pronunciaba con devastadora sensualidad. Hasta el punto de que, saltaba a la vista, Pencho Gavira se disponía muy seriamente a compartir durante las próximas horas, y no por primera vez, la propiedad titular del busto en cuestión. Una forma como otra cualquiera, pensaba Peregil, de olvidarse un rato del Banco Cartujano, de la iglesia y de todo aquel trajín que los llevaba por la calle de la Amargura.

El esbirro se reacomodó el pelo sobre el cráneo con la palma de la mano y miró alrededor. Desde su apostadero junto a la barra y la puerta podía ver la calle Placentines hasta la esquina, incluida la generosa porción de muslos de la tal Penélope que su escueta minifalda de lycra dejaba al descubierto bajo la mesa, junto a las piernas cruzadas de Pencho Gavira; que estaba en mangas de camisa, con la corbata floja y la chaqueta colgada en el respaldo de la silla porque la temperatura era agradable. A pesar de lo que estaba cayendo, Gavira tenía buen aspecto: todo repeinado con fijador y el caracolillo negro tras la oreja, buena planta y oliendo a dinero, el reloj de oro reluciente en la muñeca fuerte y morena. En el hilo musical del bar sonaba *Europa*, de Santana. Una escena feliz, apacible, casi doméstica. Y Peregil se dijo que todo parecía ir sobre ruedas. No había rastro del Gitano Mairena ni del Pollo Muelas, y el escozor de la uretra se le había ido con un frasco de Blenox. Y en ese momento, justo cuando estaba más relajado y tranquilo, prometiéndoselas felices en nombre de su jefe y de él mismo –controlaba a un par de maduritas de buen ver sentadas al fondo, con las que ya tenía establecido contacto visual–, y encargaba otro whisky de doce años –*tuelf years old*, le había dicho al camarero con aplomo cosmopolita–, se le ocurrió pensar dónde estarían a esas horas don Ibrahim, el Potro y la Niña, y qué tal iban los asuntos que se traían entre manos. Según las últimas instrucciones se aprestaban a quemar un poquito la iglesia, lo justo para impedir la misa del jueves y dejarla fuera de servicio; pero no había resultados de momento. Sin duda tendría algún mensaje al llegar a casa, en el contestador automático. En eso pensaba Peregil, llevándose al gaznate el contenido del vaso que acababan de ponerle sobre el mostrador. Entonces vio doblar la esquina a la duquesa joven y al cura de Roma, y estuvo a punto de atragantarse con un trozo de hielo.

Se apartó un poco de la barra, acercándose a la puerta sin salir a la calle. Presentía una catástrofe. Por mucha Penélope y mucho busto que hubiera de por medio, no era ningún secreto que Pencho Gavira seguía estando celoso de su todavía legítima. Y aunque no hubiera sido así, la portada del *Q+S* y las fotos con el torero Curro Maestral daban motivos sobrados para que el banquero anduviese caliente, y mucho. Para más inri, aquel cura tenía una pinta estupenda, bien vestido, el aire saludable, con clase. Como Richard Chamberlain en *El pájaro espino*, pero en machote. Así que Peregil se echó a temblar, y más cuando detrás vio asomar la cabeza por la esquina, discretamente, al Potro del Mantelete con la Niña Puñales cogida del brazo. Al cabo se les unió don Ibrahim, y los tres socios se quedaron allí, desconcertados y disimulando de mala manera, y Peregil se dijo tierra, trágame. Éramos pocos y parió la abuela.

A Pencho Gavira la sangre le batía en las sienes cuando se levantó despacio, intentando dominarse.

—Buenas noches, Macarena.

Nunca actúes bajo el primer impulso, le había dicho una vez el viejo Machuca, cuando empezaba. Haz cosas que te diluyan la adrenalina, ocupa las manos y deja libre el pensamiento. Date tiempo. Así que se puso la chaqueta y la abrochó cuidadosamente mientras miraba los ojos de su mujer. Eran fríos como dos círculos de escarcha oscura.

—Hola, Pencho.

Apenas una mirada para la acompañante, un casi imperceptible rictus de desprecio en la comisura de la boca ante la falda ceñida y el escote comprimiendo aquel busto que era patrimonio nacional. Por un momento, Gavira dudó sobre a quién correspondía hacer reproches. Toda la terraza y el bar y la calle entera estaban mirándolos.

—¿Queréis tomar algo?

Sus enemigos, muchos, podían decir de él cualquier cosa menos que era un hombre poco templado. Aún le quedaron arrestos para media sonrisa cortés, aunque tenía todos los músculos del cuerpo en tensión y un velo rojo descendía sobre su vista a medida que el martilleo le aumentaba en el cerebro, con la sangre golpeando fuerte en los oídos. Se arregló el nudo de la corbata y los puños de la camisa hasta mostrar los gemelos, mirando al cura en espera de las presentaciones.

El dómine iba muy elegante, con un traje ligero negro cortado a medida, camisa de seda negra y alzacuello. Además era muy alto, el fulano. Casi dos palmos más que él. A Pencho Gavira le fastidiaban los altos. En especial cuando se exhibían de noche por Sevilla con su mujer. Se preguntó si estaría muy mal visto romperle la cara a un sacerdote en la puerta de un bar.

—Pencho Gavira. El padre Lorenzo Quart.

Nadie hizo ademán de sentarse, y Penélope Heidegger siguió en su silla, momentáneamente olvidada, al margen del asunto. Gavira le tendió la mano al otro, apretando duro, y notó que la aguantaba con firmeza. El cura de Roma tenía unos ojos inexpresivos y tranquilos, y el banquero se dijo que, a fin de cuentas, aquel tipo no tenía por qué estar al corriente de nada. Pero cuando se volvió a mirar a su mujer, los ojos de Macarena se le antojaron banderillas negras. Empezó a sentirse más escocido de lo que era capaz de controlar. Notaba las miradas de la gente fijas en él: aquello iba a dar de sí para toda una semana.

—¿Ahora sales con curas?

No había querido decirlo así. Ni siquiera había querido decirlo, pero dicho estaba. Entonces vio deslizarse una levísima sonrisa de triunfo por los labios de Macarena y supo que había caído en la trampa. Aquello lo enfureció un poco más.

—Eso es una grosería, Pencho.

El planteamiento estaba claro, y cualquier cosa que dijera o hiciera iba a ser anotada en su contra. Ella sólo pasaba por allí, y en aquella terraza toda Sevilla era testigo. Hasta podía presentar al cura alto como su director espiritual. A todo esto, el cura alto los miraba a los dos sin decir esta boca es mía, prudente y a la espera. Era obvio que no pretendía buscar problemas; pero tampoco parecía preocupado, o incómodo por la situación. Hasta era el suyo un aspecto simpático, tan silencioso y con aquel aire deportivo, de jugador de baloncesto vestido de luto por Giorgio Armani.

–¿Cómo andamos de celibato, padre?

Parecía que otro Pencho Gavira distinto a él estuviese tomando por su cuenta las riendas del asunto, y el banquero se dejara llevar sin poder evitarlo. Casi resignado a su suerte, sonrió después de decir aquello. Era una sonrisa ancha, inquietante. Malditas sean todas las mujeres del mundo, decía la sonrisa. Por su culpa estamos usted y yo aquí, mirándonos a la cara.

–Bien, gracias –la voz del sacerdote sonaba considerada, dueña de sí, pero Gavira observó que se había ladeado ligeramente. Ya no le daba como antes el cuerpo de frente, sino que parecía disponerse a interponer el hombro izquierdo entre ambos. También había sacado la mano izquierda que antes llevaba en el bolsillo. A este cura, se dijo el banquero, ya le han sacudido antes.

–Hace días que intento hablar contigo –Gavira se dirigía a Macarena, sin perder de vista al otro–. Y no te pones al teléfono.

Ella encogió los hombros, desdeñosa.

–No hay nada de que hablar –dijo muy despacio y claro–. Además, he estado ocupada.

–Ya lo veo.

En su silla, la Heidegger cruzaba y descruzaba las piernas en beneficio de los transeúntes, el público y los camareros. Acostumbrada a ser centro de las conversaciones, aquello la hacía sentirse desplazada

–¿No me vas a presentar? –le preguntó desde atrás a Gavira, molesta.

–Cállate –el banquero se encaraba de nuevo con el sacerdote–. En cuanto a usted…

Vio por el rabillo del ojo que Peregil se había acercado un poco a la puerta, por si lo necesitaba. En ese momento pasó por la calle un tipo con chaqueta a cuadros y un brazo en cabestrillo. Tenía la nariz aplastada, igual que los boxeadores, y miró fugazmente a Peregil como si esperase alguna señal de éste. Al no obtener respuesta siguió camino calle abajo, perdiéndose tras la esquina.

–En cuanto a mí –dijo el sacerdote. Estaba endiabladamente tranquilo, y Gavira se preguntó cómo iba a salir él de aquello sin perder la cara o sin organizar un escándalo. Entre ambos, Macarena disfrutaba con el espectáculo.

–Sevilla engaña mucho, padre –dijo Gavira–. Le sorprendería lo peligrosa que puede llegar a ser, cuando no se conocen las reglas.

–¿Las reglas? –el otro lo miraba con mucha calma–. Me sorprende usted, Moncho.

–Pencho.

–Ah.

El banquero sentía írsele la cabeza por momentos:

–No me gustan los curas sin sotana –añadió, áspero–. Parece que se avergüencen de serlo.

El sacerdote miraba a Gavira, imperturbable.

–No le gustan –repitió, como si aquello diese que pensar.

–En absoluto –el banquero movía la cabeza–. Y aquí las mujeres casadas son sagradas.

–No seas imbécil –dijo Macarena.

El cura miró distraídamente los muslos de la Heidegger, y luego otra vez a su interlocutor.

–Comprendo –dijo.

Gavira alzó una mano, apuntándole al otro el pecho con el dedo índice.

–No –la voz se le había vuelto lenta, espesa, con ecos de amenaza. Se arrepentía de cada palabra apenas pronunciada, pero era imposible evitarlo; todo era bastante cercano a una pesadilla–. Usted no comprende nada de nada.

Miraba el cura aquel dedo, como si le sorprendiera

verlo allí. El velo rojo se espesaba ante los ojos de Gavira, y éste sintió, más que vio, a Peregil acercándose un poco más, buen subalterno presto al quite. Ahora sí había inquietud en los ojos de Macarena, cual si todo estuviese yendo mucho más lejos de lo previsto. Gavira sentía un irreprimible deseo de abofetearlos, primero a ella y luego al cura, y volcar en el gesto toda la rabia y el malhumor acumulado en las últimas semanas: la crisis de su matrimonio, la iglesia, Puerto Targa, el consejo de administración que en pocos días iba a decidir su futuro al frente del Cartujano. Por un momento le pasó ante los ojos toda su vida, la lucha paso a paso por levantar cabeza, el encaje de bolillos con don Octavio Machuca, la boda con Macarena, las innumerables veces que se había jugado el tipo a cara o cruz, y había ganado. Y ahora que estaba a punto de llegar, Nuestra Señora de las Lágrimas despuntaba allí, en mitad de Santa Cruz, semejante a un escollo. Era todo o nada: o lo esquivas o te hundes. Y el día que dejes de pedalear te caerás, como repetía el viejo.

Hizo un esfuerzo de voluntad para no alzar el puño y golpear al cura alto. Entonces vio que éste había cogido un vaso de la mesa, el suyo, y lo sostenía entre los dedos con aire distraído, pero muy cerca del borde donde podía cascarlo con sólo un gesto de la muñeca. Y Gavira comprendió que aquél no era un clérigo de los que ponen la otra mejilla. Eso tuvo la virtud de calmarlo de pronto, haciéndole mirar al otro con curiosidad. Incluso con retorcido respeto.

–Ése es mi vaso, padre.

Había casi desconcierto en su tono de voz. El sacerdote se excusó con una suave sonrisa, dejando el vaso sobre la mesa donde Penélope Heidegger tamborileaba impaciente con las uñas lacadas de rosa. Después hizo una leve inclinación de cabeza, y él y Macarena prosiguieron su camino sin más comentarios. Y Pencho Ga-

vira se llevó el vaso de malta a los labios y bebió un lar-
guísimo trago viéndolos irse pensativo, incluso agradecido, mientras a su espalda Peregil exhalaba un suspiro
de alivio.

—Llévame a mi casa —dijo la Heidegger, que se había
puesto de morros.

Gavira, que tenía los ojos fijos en la esquina por
donde se iban su mujer y el cura, ni siquiera se volvió.
Apuraba el vaso, reprimiendo las ganas de romperlo
contra el suelo.

—Que te lleve tu madre.

Después le dio el vaso a Peregil, con una mirada que
era una orden. Y Peregil, con un nuevo y resignado
suspiro, estrelló lo más discretamente que pudo el vaso
ante sus pies. Al hacerlo sobresaltó a una estrafalaria
pareja que en ese momento pasaba frente al bar: un
gordo vestido de blanco, con sombrero y bastón, que
llevaba del brazo a una mujer con traje de lunares, caracolillo como el de Estrellita Castro y una cámara de
fotos en la mano.

Se reunieron los tres pasada la esquina, bajo el pórtico
árabe de la mezquita, en los escalones que olían a es-
tiércol de coche de caballos y a la Sevilla de toda la
vida. Don Ibrahim tomó asiento con dificultad apoyado en el bastón, la ceniza del puro desplomándosele en
la inmensa barriga.

—Hemos tenido suerte —dijo—. Había suficiente luz
para las fotos.

Se habían ganado el descanso de un par de minutos
y estaba de buen humor, con la satisfacción del deber
cumplido. *Audaces fortuna llevat* y todo eso; aunque
no estaba muy seguro del verbo. La Niña Puñales fue
a sentarse a su lado, tintineante de zarcillos y pulseras,
la cámara fotográfica sobre la falda.

–Digo –confirmó su voz aguardentosa y ronca. Tenía los zapatos a un lado y se frotaba los tobillos huesudos, llenos de varices–. Esta vez Peregil no puede quejarse. Por sus muertos que no.

Don Ibrahim se daba aire con el panamá, acariciando su chamuscado bigote. En aquel momento de triunfo el aroma del habano le sabía a gloria bendita:

–No –rubricó, festivo–. No puede. Él mismo es testigo ocular de que todo se ha ejecutado de forma impecable; casi castrense. ¿No es cierto, Potro?… Planteamiento, nudo y desenlace. Igual que los comandos en las películas.

De pie como si montara guardia, pues nadie le había dicho que se sentara, el Potro del Mantelete hizo un gesto afirmativo:

–Mismamente –dijo–. Planteamiento y todo eso.

–¿Por dónde van los tórtolos? –se interesó el ex falso letrado, encasquetándose de nuevo el sombrero.

El Potro echó un vistazo calle abajo y dijo que camino del Arenal; sobraba tiempo para alcanzarlos. La luz amarillenta de los faroles le endurecía más el rostro en torno a la nariz aplastada. Don Ibrahim cogió la cámara de la falda de la Niña y se la entregó a él.

–Anda, saca el carrete no vaya a estropearse.

Obediente, entre la mano del brazo en cabestrillo y la sana, el Potro abrió la cámara mientras don Ibrahim buscaba el otro carrete. Por fin lo encontró, deshizo el envoltorio y se lo pasó a su compinche.

–Habrás rebobinado, imagino –comentó de pasada–. Antes de abrir la cámara.

El Potro se había quedado muy quieto, como si el árbitro acabase de ordenarle que no agachara tanto la cabeza, y observaba a don Ibrahim de hito en hito. De pronto cerró la tapa de la cámara de golpe.

–¿Qué es lo que había que rebobinar? –preguntó suspicaz, alzando una ceja.

Con el carrete nuevo en una mano y el puro en la otra, don Ibrahim lo estuvo mirando un rato largo:

–Anda la hostia –dijo.

Caminaron en silencio hasta el Arenal. Quart comprobó que Macarena se volvía a mirarlo de vez en cuando, pero ni ella ni él dijeron nada. Tampoco es que hubiera mucho que decir, salvo aclarar las dudas del sacerdote sobre el encuentro con el marido: casual o intencionado. Pero, imaginó, eso no llegaría a saberlo nunca.

–Por aquí se fue –dijo al fin Macarena, cuando llegaron al río.

Quart miró alrededor. Estaban al pie de la antigua torre árabe llamada del Oro, bajando por una ancha escalinata hacia los muelles del Guadalquivir. No había un soplo de brisa, y la luz de la luna inmovilizaba las sombras de las palmeras, las jacarandas y las buganvillas.

–¿Quién?

–El capitán Xaloc.

La orilla se veía desierta, con los barcos de turistas oscuros e inmóviles, amarrados a sus bolardos junto a los pontones de hormigón. El agua negra reflejaba las luces de Triana en la ribera opuesta, delimitada por faros de automóviles sobre los puentes de Isabel II y San Telmo.

–Éste era el antiguo puerto de Sevilla –dijo Macarena. Llevaba la chaqueta sobre los hombros y seguía estrechando su bolso de cuero contra el pecho–. Hace sólo un siglo, aquí atracaban buques de vapor, veleros… Aún había restos de lo que fue el gran centro del comercio con América, y los barcos zarpaban para irse por el río hasta Sanlúcar y después a Cádiz, antes de cruzar el Atlántico –dio unos pasos y se detuvo junto a una de las escaleras que descendían hasta el agua oscura–. En viejas fotos de la época se ven bergantines, goletas, chalupas y todo tipo de embarcaciones amarradas a las dos orillas... Del otro lado quedaban los botes de pescadores, y unos con toldos blancos que traían a las cigarreras de la Fábrica de Tabacos desde Triana. Aquí, en este muelle, estaban los tinglados del puerto, las grúas y los almacenes.

Se quedó en silencio mirando arriba el paseo del Arenal, la cúpula del teatro de la Maestranza, los edificios modernos que se interponían entre ellos y la torre de la Giralda, iluminada a lo lejos, y el oculto Santa Cruz.

–Parecía un bosque de mástiles y velas –añadió, al cabo de un instante–. Ése era el paisaje que Carlota divisaba desde la torre del palomar.

Habían vuelto a pasear bajo la sombra lunar de los árboles, a lo largo del muelle. Una pareja de jóvenes se besaba en el círculo de luz de un farol de hierro, y Quart vio a Macarena mirarlos con sonrisa pensativa.

–Parece sentir nostalgia –dijo él– de una Sevilla que nunca conoció.

Se acentuó la sonrisa de la mujer, un momento antes de que su rostro volviese a quedar en penumbra.

–Se equivoca. La conocí muy bien. Y la conozco. He leído y he soñado mucho en torno a esta ciudad. Unas cosas me las contaron mi abuelo y mi madre. Otras no me las ha contado nadie –se tocó la muñeca, allí donde debía latirle el pulso–. Las siento aquí.

–¿Por qué eligió usted a Carlota Bruner?

Macarena tardó unos pasos en contestar.

–Me eligió ella a mí –se volvía un poco hacia Quart–. ¿Creen los sacerdotes en fantasmas?

–No mucho. Los fantasmas son refractarios a la luz eléctrica, a la energía nuclear... A los ordenadores.

–Quizá sea ése su encanto. Yo sí creo, o al menos en cierta clase de ellos. Carlota era una joven romántica que leía novelas. Vivía entre algodones en un mundo artificial, a salvo de todo. Y un día conoció a un hombre. Me refiero a un hombre de verdad. Fue como si hubiera caído un rayo a sus pies, y ya jamás pudo resignarse. Por desgracia, Manuel Xaloc también se enamoró de ella.

A veces pasaban junto a la sombra inmóvil de un pescador sentado en el muelle, la brasa de un cigarrillo, el reflejo de luz al extremo de la caña y el sedal, un chapoteo en el agua tranquila. Un pez se agitaba sobre los adoquines del muelle, y la luna centelleó en sus escamas húmedas hasta que una mano oscura lo devolvió al cubo del que había escapado en su agonía.

–Hábleme de Xaloc –pidió Quart.

–Era un joven y pobre segundo oficial de treinta años, a bordo de uno de los vapores que hacían el recorrido Sevilla-Sanlúcar. Se conocieron durante un viaje que Carlota hizo con sus padres río abajo. Dicen que era también un hombre apuesto, e imagino que el uniforme contribuía a ello. Ya sabe que eso ocurre a menudo con los marinos, los militares…

Parecía a punto de añadir «y con ciertos sacerdotes», pero la frase quedó en el aire. Pasaban junto a un barco de turistas amarrado al muelle, negro y silencioso. A la luz de la luna, Quart alcanzó a distinguir su nombre: *Canela Fina*.

–El caso es –proseguía Macarena– que Manuel Xaloc fue sorprendido rondando las rejas de la Casa del Postigo, y mi bisabuelo Luis hizo que perdiera su empleo. También movió todas sus influencias, que eran muchas, para que no encontrase trabajo en ninguna parte. Desesperado, decidió irse a América, a hacer fortuna; y ella juró aguardarlo. Es un argumento perfecto para un folletín romántico, ¿verdad?…

Caminaban uno junto al otro, y otra vez sus pasos los acercaron hasta rozarse. Ahora Macarena esquivó un bolardo de hierro en la oscuridad, y el movimiento la trajo hasta Quart. Por primera vez éste la tuvo muy cerca, contra su costado. Le pareció que tardaba una eternidad en apartarse de nuevo.

–Xaloc embarcó aquí mismo –añadió ella–. A bordo de una goleta llamada *Nausicaa*. Y a Carlota ni siquiera le permitieron decirle adiós. Vio irse el velero río abajo, desde el palomar; y aunque resulta imposible que lo distinguiera desde tan lejos, siempre aseguró que él estaba en la popa, agitando un pañuelo hasta que el barco se perdió de vista.

–¿Qué tal le fue al marino?

–Le fue bien. Después de un tiempo consiguió el mando de un barco e hizo contrabando entre Méjico, Florida y las costas de Cuba –había un rastro de admiración en la voz de Macarena, y Quart entrevió fugazmente a Manuel Xaloc en el puente de un barco, entre dos luces, con una columna de humo dándole caza en el horizonte–. Cuentan que no fue precisamente un santo varón, y que también ejerció la piratería. Algunos barcos que se cruzaron con el suyo aparecieron a la deriva, misteriosamente saqueados, o se hundieron sin dejar rastro. Supongo que tenía prisa por ganar dinero y volver... Durante seis años navegó por el Caribe y se hizo una reputación. Los norteamericanos pusieron precio a su cabeza. Y un día, inesperadamente, desembarcó en este mismo lugar con una fortuna en cartas bancarias y monedas de oro, además de una bolsa de terciopelo con veinte perlas maravillosas para su boda.

–¿A pesar de no haber recibido noticias de ella?

–A pesar de eso –se habían detenido sobre un muelle de pontones, cuyos pilares de hormigón se hundían en el agua; entre ellos crecían juncos y plantas–. Supongo que también Manuel Xaloc era un romántico. Creyó, razonadamente, que mi bisabuelo había incomunicado a Carlota. Pero confiaba en su amor. Te esperaré, había dicho ella. Y en cierto modo él no se equivocaba. Seguía esperando en la torre, mirando el río –Macarena miraba también la corriente oscura, bajo el muelle–. Hacía dos años que había perdido la razón.

–¿Llegaron a verse?

–Sí. Mi bisabuelo estaba destrozado, pero al principio mantuvo su negativa. Era un arrogante canalla, y culpaba a Xaloc de la desgracia. Al final, por consejo de los médicos y a ruegos de su mujer, accedió a una entrevista. El capitán llegó una tarde al patio que usted conoce, vestido con el uniforme de la marina mercante: azul marino, botones dorados… ¿Imagina la escena?… Su piel estaba quemada por el sol, y el bigote y las patillas le habían encanecido. Cuentan que aparentaba veinte años más de los que realmente tenía. Carlota no lo reconoció. Lo trató como a un extraño, sin dirigirle la palabra. Al cabo de diez minutos sonaron las campanadas de un reloj y ella dijo: «debo ir a la torre. Él puede regresar de un momento a otro». Y se fue.

–¿Y qué dijo Xaloc?

–No abrió la boca. Mi bisabuela lloraba y mi bisabuelo estaba sumido en la desesperación. Entonces cogió su gorra y salió de allí. Fue a la iglesia donde habían soñado casarse, y entregó al párroco las veinte perlas de Carlota. Aquella noche la pasó caminando por Santa Cruz, y al amanecer se fue con el primer velero que largó amarras. Esta vez nadie lo vio agitar un pañuelo.

Había una lata de cerveza vacía en el suelo. Macarena la empujó con el pie, haciéndola caer al agua. Se oyó una leve salpicadura y ambos se quedaron viendo irse la pequeña mancha oscura sobre la corriente .

–El resto –dijo ella– puede leerlo en los periódicos de la época. Era 1898, y mientras Xaloc navegaba de regreso, el *Maine* volaba en el puerto de La Habana. El gobierno español autorizó la guerra de corso contra Norteamérica, y él se hizo en el acto con una patente. Su barco era un yate armado muy rápido, el *Manigua*, con una dotación reclutada entre gentuza de las Antillas. Con él anduvo forzando el bloqueo. En junio de 1898 atacó y hundió dos mercantes en el golfo de Méjico, y hubo un encuentro nocturno con el cañonero *Sheridan* del que ninguno de los dos salió bien parado...

–Lo dice usted con orgullo.

Macarena se echó a reír. Era cierto, dijo. Estaba orgullosa del que pudo ser su tío abuelo, de no mediar la imbécil ceguera de la familia. Manuel Xaloc había sido un hombre de verdad, y lo fue hasta el final. ¿Sabía Quart que pasó a la historia como el último corsario español, y el único que operó durante la guerra de Cuba?... Su hazaña póstuma supuso romper el bloqueo del puerto de Santiago, entrando de noche con mensajes y suministros para el almirante Cervera. Y en la madrugada del 3 de julio se hizo a la mar con los otros barcos. Podía haberse quedado en el puerto, pues era marino mercante y no estaba bajo las órdenes de la escuadra, que todos sabían condenada al desastre: viejos buques con malas máquinas y pobremente armados contra acorazados y cruceros yanquis. Pero quiso zarpar. Lo hizo el último, cuando todos los españoles, que habían ido saliendo uno tras otro, ya estaban hundidos o ardiendo. Ni siquiera pretendió escapar, sino que puso rumbo hacia los buques enemigos, a toda máquina, con el pabellón negro izado junto a la bandera de España. Cuando se hundió, todavía intentaba embestir al acorazado *Indiana*. No hubo supervivientes.

Las luces de Triana, reflejadas en el río, se agitaban suavemente en el rostro de Macarena.

–Veo –dijo Quart– que conoce bien su historia.

La sonrisa de ella vino lenta, sin llegar a ensanchar-se del todo:

–Claro que la conozco. He leído los relatos de esa batalla cientos de veces. Hasta guardo los recortes de prensa en el baúl.

–¿Carlota no lo supo nunca?

–No –se había sentado en uno de los bancos de piedra, frente a un embarcadero flotante, y buscaba cigarrillos en el bolso–. Todavía esperó doce años en aquella ventana, mirando el Guadalquivir. Poco a poco los barcos fueron desapareciendo y el puerto siguió su declive. Las goletas dejaron de ir y venir río arriba. Y un día también ella desapareció de la ventana –se puso el cigarrillo en la boca y metió la mano por el escote, en dirección al hombro izquierdo, para coger el encendedor–. A tales alturas, su historia y la del capitán Xaloc eran leyenda. Ya le dije que hasta se hicieron canciones para ellos. Así que fue enterrada en la cripta de la iglesia donde se habría casado. Y por indicación de mi abuelo Pedro, que era el nuevo jefe de nuestra casa tras la muerte del padre de Carlota, las veinte perlas se engarzaron como lágrimas en la imagen de la Virgen.

Encendió el cigarrillo protegiendo la llama del mechero en el hueco de las manos, esperó a que se enfriase y volvió a ponérselo bajo el tirante del sujetador sin prestarle atención al modo en que Quart seguía sus movimientos. Sumida en el recuerdo del capitán Xaloc.

–Ése fue el homenaje de mi abuelo –prosiguió, con la brasa del cigarrillo entre los dedos– a la memoria de su hermana y al hombre que pudo haber sido su cuñado. Ahora la iglesia es cuanto queda de ellos. Eso, y los recuerdos de Carlota, las cartas y lo demás –miró a Quart como si de pronto hubiese recordado su presencia–. Incluida esa postal.

–También queda usted, y su memoria.

La luz de la luna bastaba para iluminarle a Macarena la sonrisa. No había un ápice de alegría o de bienestar en ella.

—Yo moriré, como los otros murieron —dijo en voz baja—. Y el baúl y cuanto contiene terminarán en una almoneda, entre objetos cubiertos de polvo —aspiró una bocanada de humo y la expulsó rápido, casi con despecho. Como termina todo.

Quart se había sentado junto a ella. Sus hombros se rozaban ligeramente, pero no hizo ningún esfuerzo por aumentar la distancia. Era grato estar cerca. Le llegaba el aroma suave del jazmín mezclado con el del tabaco rubio.

—Por eso libra usted su batalla.

Ella movió lentamente la cabeza:

—Sí. No la del padre Ferro, sino la mía. Una batalla contra el tiempo y el olvido —continuaba hablando en voz baja; tanto que Quart debía hacer un esfuerzo para captar sus palabras—. Yo pertenezco a una casta que se extingue, y soy consciente de ello. Eso resulta casi conveniente, pues ya no hay lugar para gente como la que hubo en mi familia, o para memorias como la mía… O para historias hermosas y trágicas como la de Carlota Bruner y el capitán Xaloc —la brasa del cigarrillo brilló en su boca—. Me limito a librar mi guerra personal, a defender mi espacio —elevaba el tono de voz, y ya no parecía ensimismada. Ahora se volvía directamente a Quart—. Cuando termine, me encogeré de hombros y aceptaré que llegue el final con la conciencia tranquila; a la manera de esos soldados que sólo se rinden tras disparar el último cartucho. Después de haber cumplido con el apellido que llevo y con las cosas que amo. Eso incluye Nuestra Señora de las Lágrimas y el recuerdo de Carlota.

—¿Por qué ha de terminar todo así? —preguntó Quart, con suavidad—. Podría tener hijos.

Algo cruzó el rostro de la mujer como un latigazo. Después hubo un silencio desconcertante, muy largo, hasta que por fin ella habló de nuevo:

—No me haga reír. Mis hijos habrían sido extraterrestres sentados frente a una pantalla de ordenador, vestidos como en las comedias yanquis de la tele; y el nombre del capitán Xaloc les iba a sonar a serie de dibujos animados —lanzó el cigarrillo a la corriente del río, y Quart siguió con los ojos la trayectoria de la brasa hasta que desapareció en el agua—. Así que voy a ahorrarme ese final. Lo que haya de morir morirá conmigo.

—¿Y su marido?

—No lo sé. De momento ya lo ha visto; en buena compañía —dejó escapar una breve carcajada, tan despectiva y cruel que Quart deseó no ser nunca objeto de una risa como aquélla—. Hagámosle pagar todas sus facturas... Después de todo, Pencho es ese tipo de hombre al que le gusta dar con los nudillos en la barra y luego salir con la cabeza muy alta —inclinó la frente, y el gesto parecía un augurio, o una amenaza—. Pero esta vez la cuenta va a ser muy alta. Demasiado cara.

—¿Todavía tiene posibilidades?

Se volvió a estudiarlo con extrañeza burlona:

—¿Con quién? ¿Con su negocio de la iglesia? ¿Con la ordinaria de las tetas grandes?... ¿Conmigo? —al moverse en la sombra, los ojos oscuros reflejaban luces distantes, palidez de claro de luna—. Cualquier hombre las tendría antes que él. Incluso usted.

—A mí déjeme fuera de esto —dijo Quart. Su tono debió de ser convincente, pues ella ladeó un poco la cabeza, interesada.

—¿Por qué dejarlo fuera? Sería una hermosa venganza. Y agradable. Al menos eso espero.

—¿Una venganza contra quién?

—Contra Pencho. Contra Sevilla. Contra todo.

La sombra silenciosa y chata de un remolcador pasó río abajo, recortándose en el contraluz de la otra orilla. Al rato les llegó un sordo rumor de máquinas que no parecían provenir del barco, como si éste se deslizara sin ayuda por la corriente.

–Parece un buque fantasma –dijo ella–. Igual que la goleta en que se fue el capitán Xaloc.

La única luz visible de la embarcación, el solitario fanal de babor, iluminaba en rojo su rostro. Lo siguió con la vista hasta que ya en el recodo del río empezó a virar y apareció también la luz verde del otro costado. Luego la roja fue ocultándose despacio, y sólo quedó el diminuto rastro verde empequeñeciéndose hasta desaparecer por completo.

–Viene en noches así –añadió, al cabo de unos instantes–. Con esta luna. Y Carlota se asoma a su ventana. ¿Quiere ir a verla?

–¿A quién?

–A Carlota. Podemos acercarnos hasta el jardín, y esperar. Como cuando yo era niña. ¿No le gustaría acompañarme?

–No.

Lo miró largamente en silencio. Parecía sorprendida.

–Me pregunto –dijo después– de dónde saca usted esa maldita sangre fría.

–No es tan fría como cree –y Quart se echó a reír, bajito–. En este momento me tiemblan las manos.

Era cierto. Tenía que contenerse para no rodear con ellas la nuca de la mujer, bajo la cola de caballo, y atraerla hacia él. Sangre de Dios. Desde algún lugar remoto en su conciencia le llegaban las carcajadas de monseñor Paolo Spada. Criaturas abominables, Salomé, Jezabel. Invención del Maligno. Ella acercó una mano y la enlazó con los dedos de Quart, comprobando que el temblor era real. La mano estaba cálida y tibia, y por primera vez no se tocaron estrechándolas en un saludo. Entonces Quart se desasió suavemente, y golpeó muy fuerte, con el puño, el banco de piedra donde estaban sentados. El dolor le llegó hasta el hombro como un estallido.

—Creo que es hora de regresar —dijo, poniéndose en pie.

Ella le miraba la mano y luego la cara, desconcertada. Después se levantó sin decir palabra y ambos caminaron despacio hasta el Arenal, evitando cuidadosamente rozarse el uno al otro. Quart se mordía los labios para no gemir de dolor. Sentía la sangre gotear por sus dedos, desde los nudillos maltrechos.

Hay noches que son demasiado largas, y aquélla no había terminado. Cuando Quart llegó al hotel Doña María y recibió la llave de manos de un soñoliento conserje, Honorato Bonafé estaba sentado en un sillón del vestíbulo, esperándolo. Entre los muchos rasgos desagradables de aquel individuo, pensó malhumorado el sacerdote, se contaba el de aparecer en los momentos más inoportunos.

—¿Podemos hablar un momento, padre?

—No. No podemos.

Con la mano herida dentro del bolsillo y la llave en la otra, Quart hizo ademán de seguir camino al ascensor; pero Bonafé le cortó el paso. Sonreía del mismo modo viscoso que en su anterior entrevista. También llevaba idéntica ropa, un arrugado traje beige y el bolso sujeto a la muñeca por una correa. Quart miró desde arriba el pelo lacado de peluquería del periodista; la prematura papada y los ojos pequeños y astutos que lo observaban. Nada de lo que hubiese llevado hasta allí a aquel individuo podía ser bueno.

—He estado investigando —dijo Bonafé.

–Lárguese –repuso Quart, dispuesto a pedirle al conserje que lo echase de allí.

–¿No le interesa saber lo que yo sé?

–Nada que tenga que ver con usted me interesa.

Bonafé fruncía los labios húmedos con aire dolido, manteniendo aquella sonrisa obsequiosa y ruin a un tiempo.

–Lástima –deploró–. Podríamos llegar a un acuerdo. Y mi oferta es generosa –movía un poco la gruesa cintura, contoneándose–. Usted me cuenta un par de cosas que yo pueda citar sobre esa iglesia y su párroco, y a cambio le doy un bonito dato que ignora –se acentuó la sonrisa–... Y de paso, evitamos hablar de sus paseos nocturnos.

Quart se quedó inmóvil, sin dar crédito a lo que acababa de escuchar:

–¿De qué me está hablando?

El periodista parecía satisfecho de haber despertado su interés:

–De lo que he averiguado sobre el padre Ferro.

–Me refiero –Quart seguía muy quieto, mirándolo fijamente– a eso de los paseos nocturnos.

Alzó el otro la mano pequeña, de uñas pulidas por la manicura, quitándole importancia al asunto.

–Oh, bueno, qué quiere que le diga. Ya sabe –guiñó un ojo–. Su intensa vida social en Sevilla.

Quart apretó la llave en la mano sana mientras consideraba la posibilidad de utilizarla contra el fulano. Pero aquello era imposible. Ningún sacerdote, ni siquiera alguien tan falto de mansedumbre cristiana y con la inquietante especialidad de Lorenzo Quart, podía pegarse con un periodista a causa de un nombre de mujer, de noche y a veinte metros del Arzobispado de Sevilla, pocas horas después de haber tenido una escena pública con un marido celoso. Aunque se perteneciese al IOE, por menos de eso lo mandaban a uno a evangelizar la Antártida. Así que hizo un esfuerzo inaudito por mantener la cabeza tranquila y contenerse. Mía es la venganza, había dicho teóricamente el de Allá Arriba.

—Le propongo un pacto, padre —dijo Bonafé, que iba a lo suyo—. Nos contamos un par de cosas, lo dejo fuera de esto y tan amigos. Puede fiarse de mí. Que sea periodista no quiere decir que no posea un código moral —se tocó el pecho a la altura del corazón, teatral, los ojillos relucientes de cinismo entre los párpados abolsados—. A fin de cuentas, mi religión es la Verdad.

—La Verdad —repitió Quart.

—Eso es.

—¿Y qué verdad quiere contarme sobre el padre Ferro?

Otra vez se intensificó la sonrisa del otro. Una mueca servil. Cómplice.

—Bueno —se miraba las uñas, pendiente del brillo—. Tuvo problemas.

—Todos los tenemos.

Bonafé chasqueó la lengua con gesto mundano.

—No de esta clase —bajaba el tono, temiendo que los oyese el conserje—. Por lo visto, en su anterior parroquia estaba necesitado de dinero. Así que vendió algunas cosas: una imagen valiosa, un par de cuadros... No cuidó la viña del Señor del modo adecuado —reía, divertido con su propio chiste—. O se bebió el vino.

Quart se mantuvo impasible. Había sido adiestrado mucho tiempo atrás para asimilar información y analizarla luego. De todos modos, sintió una molesta punzada en su orgullo. Si era cierto, él tenía que haberlo sabido; pero nadie le había informado de ello.

—¿Y qué tiene que ver eso con Nuestra Señora de las Lágrimas?

Bonafé fruncía la boca, valorativo.

—Nada, en principio. Pero convendrá conmigo en

que se trata de un bonito escándalo –la sonrisa que tanto detestaba Quart adquirió contornos canallas–. El periodismo es así, padre: Un poco de esto, un poco de lo otro… Basta con algo de verdad en alguna parte, y ya tenemos una historia de portada. Después se desmiente, se completa la información, o lo que sea. Pero mientras tanto, esa semana has vendido doscientos mil ejemplares.

Quart lo miró con desprecio:

–Hace un momento dijo que su religión era la Verdad.

–¿Eso dije?… –el desdén del sacerdote le resbalaba a Bonafé sobre la sonrisa, que parecía blindada–. Sin duda me referí a la verdad con minúsculas, padre.

–Lárguese.

–¿Perdón?

Bonafé ya no sonreía. Retrocedió un paso, mirando suspicaz la punta aguda de la llave que su interlocutor sujetaba entre los dedos de la mano izquierda. Quart había sacado la derecha del bolsillo, con los nudillos hinchados y cubiertos de una costra de sangre seca, y los ojos del periodista iban de la una a la otra, inquietos.

–Digo que se vaya de aquí, o hago que lo echen. Incluso puedo olvidar que soy clérigo y echarlo yo mismo –avanzó un paso hacia Bonafé, que retrocedió dos–. A patadas.

Protestó débilmente el periodista. La mano herida de Quart lo intimidaba:

–Usted no se atreverá…

No dijo más. Se daban precedentes evangélicos: los mercaderes del templo y todo eso. Incluso había un expresivo relieve sobre el particular a pocos metros de allí, en la puerta de la mezquita, entre San Pedro y un San Pablo que por cierto empuñaba espada. Así que la mano sana de Quart lo llevó dos o tres metros hacia atrás, en dirección a la puerta, ante los sorprendidos ojos del conserje de noche. Era como arrastrar una cosita menuda y fofa, sin consistencia. Desconcertado, Bonafé intentaba rehacerse arreglándose la ropa cuando recibió un último empujón que lo proyectó directamente a través de la puerta abierta hasta la calle. El bolso que llevaba en la muñeca se le había soltado, cayendo al suelo. Quart se inclinó a recogerlo y lo tiró a los pies del otro, en la acera.

–No quiero verlo más –dijo–. Nunca.

A la luz del farol de la calle, el periodista intentaba recomponer su dignidad. Le temblaban las manos y estaba despeinado, blanco de humillación e ira.

–Aún no he terminado con usted –articuló por fin. La voz se le rompía en un sollozo casi femenino–. Hijoputa.

No era la primera vez que lo llamaban aquello, así que Quart se encogió de hombros. Después, desentendiéndose del asunto, dio media vuelta para cruzar el vestíbulo rumbo a su habitación. Detrás del mostrador de recepción, todavía con una mano cerca del teléfono –un poco antes consideraba la posibilidad de llamar a la policía–, el conserje de noche tenía los ojos abiertos como platos. Ver para creer, decía su mirada, mezcla de estupefacción y de respeto. Vaya con el cura.

Aparte la inflamación y los rasguños en los nudillos de la mano derecha, Quart podía mover la articulación sin dificultad. Así que, maldiciendo en voz alta su estupidez, se quitó la chaqueta y fue hasta el cuarto de baño para lavar la herida con Multidermol. Después aplicó sobre la mano un pañuelo con todo el hielo que pudo conseguir en el minibar de la habitación. Estuvo así un rato ante la ventana, mirando la plaza Virgen de los Reyes y la catedral iluminadas tras el alero del Arzobispado, sin poderse quitar a Honorato Bonafé de la cabeza.

Cuando el hielo terminó de fundirse, la mano ya no estaba tan mal. Se acercó entonces a su chaqueta y sacó cuanto había en los bolsillos, ordenándolo sobre la cómoda antes de colgar la prenda en una percha del armario: cartera, estilográfica, tarjetas para notas, pañuelos de celulosa, monedas sueltas. La postal del capitán Xaloc quedó boca arriba, mostrando la vieja foto amarillenta de la iglesia, el aguador con su borrico diluido igual que un fantasma en el halo blanquecino que bordeaba la ilustración. Y la imagen, la voz, el olor de Macarena Bruner, acudieron de pronto; roto el dique donde aquello esperaba el momento de desbordarse. La iglesia, su misión en Sevilla, Bonafé, quedaron de pronto difuminados como la silueta del aguador evanescente, y todo fue sólo ella: su media sonrisa en la penumbra de los muelles del Guadalquivir, el reflejo de miel en los ojos oscuros, el olor tibio de su cercanía, la piel del muslo donde Carmen la cigarrera liaba hojas de tabaco húmedo bajo la falda arremangada y revuelta… Macarena desnuda en una tarde calurosa, contraste sobre sábanas blancas y el sol filtrándose en rayas horizontales entre las persianas, con minúsculas gotas de sudor en la raíz del pelo negro, y en el pubis oscuro, y en las pestañas.

Seguía haciendo mucho calor. Era casi la una de la madrugada cuando abrió la ducha y se desnudó despacio, dejando caer la ropa a sus pies. Y mientras lo hacía, el espejo del armario le devolvió la imagen de un desconocido. Un tipo alto de mirada sombría que se despojaba de los zapatos, los calcetines y la camisa, y después, con el torso desnudo, se inclinaba para soltar el cinturón y hacer que los pantalones negros se deslizaran hasta el suelo. El calzón de algodón blanco bajó por los muslos, descubriendo el sexo excitado por el recuerdo de Macarena. Por un instante Quart observó al extraño que lo miraba con atención desde el otro lado del espejo. Delgado, el vientre plano, las caderas estrechas, los pectorales marcados, firmes, como la curva de los músculos en los hombros y en los brazos. Tenía buen aspecto aquel individuo silencioso como un soldado sin edad y sin tiempo, desprovisto de su cota de malla y de sus armas. Y se preguntó para qué diablos le servía aquel buen aspecto.

El rumor del agua y la conciencia de su propio cuerpo le trajeron el recuerdo de otra mujer. Había ocurrido en Sarajevo, agosto del 92, durante un corto y azaroso viaje que Quart hizo a la capital bosnia para mediar en la evacuación de monseñor Franjo Pavelic, un arzobispo croata muy estimado por el papa Wojtila, cuya cabeza estaba amenazada tanto por los musulmanes bosnios como por los serbios. En aquella ocasión fueron necesarios 100.000 marcos alemanes, llevados por Quart a bordo de un helicóptero de Naciones Unidas –maletín sujeto con una cadena a su muñeca y escolta de cascos azules franceses– para que unos y otros consintieran en la evacuación del prelado a Zagreb, sin pegarle un tiro en un control callejero como ya habían hecho con su vicario monseñor Jesic, muerto por un francotirador. Era el Sarajevo de la época dura, bombas en las colas del agua y el pan, veinte o treinta muertos diarios y centenares de heridos que se amontonaban, sin luz ni medicamentos, en los pasillos del hospital de Kosevo; cuando ya no quedaba tierra en los cementerios y las víctimas recibían sepultura en campos de fútbol. Jasmina no era exactamente una prostituta. Había chicas que sobrevivían ofreciéndose como intérpretes a periodistas y diplomáticos en el hotel Holiday Inn, y a menudo intercambiaban con ellos algo más que palabras. El precio de Jasmina era tan relativo como todo en aquella ciudad: una lata de conservas, un paquete de cigarrillos. Se había acercado a Quart inducida por su indumentaria eclesiástica, contándole una historia que en la ciudad asediada resultaba poco original: un padre inválido y sin tabaco, la guerra, el hambre. Quart prometió conseguirle cigarrillos y algo de comida, y ella regresó por la noche, vestida de negro para eludir a los francotiradores. Por un puñado de marcos Quart le consiguió medio cartón de Marlboro y un paquete de raciones militares. Aquella noche hubo agua corriente en las habitaciones, y ella pidió permiso para darse la primera ducha en un mes. Se había desnudado a la luz de una vela, poniéndose bajo el chorro de agua mientras él la miraba fascinado, la espalda contra el marco de la puerta. Era rubia y tenía la piel clara y unos pechos grandes y firmes. Allí, el agua corriéndole por el cuerpo, se había vuelto a mirar a Quart con una sonrisa de invitación, agradecida. Pero él se quedó inmóvil, limitándose a devolverle la sonrisa. No fue esa vez cuestión de reglas. Sencillamente, ciertas cosas no podían hacerse a cambio de medio cartón de cigarrillos y una ración de comida. Así que cuando ella estuvo seca y vestida bajaron al bar del hotel, y a la luz de otra vela se bebieron media botella de coñac mientras las bombas serbias continuaban cayendo afuera. Después, con su medio cartón y su comida, Jasmina deslizó un rápido beso en la boca del sacerdote y se fue corriendo, entre las sombras.

Sombras y rostros de mujer. El agua fría corriéndole por la cara y los hombros hizo mucho bien a Quart. Mantenía la mano herida fuera del chorro, apoyada en los azulejos de la pared, y estuvo así un rato inmóvil, erizada la piel. Después salió, y el agua le goteaba por todo el cuerpo para dejar huellas en las baldosas del suelo. Se secó ligeramente con una toalla y fue a tumbarse en la cama, boca arriba. Rostros de mujer y sombras. Bajo su cuerpo desnudo, la silueta húmeda quedaba impresa en las sábanas. Puso la mano herida entre sus muslos y sintió crecer la carne, vigorosa y endurecida por el pensamiento y los recuerdos. Vislumbraba, a lo lejos, la silueta de un hombre que caminaba solo, entre dos luces. Un templario solitario, en un páramo, bajo un cielo sin Dios. Cerró los ojos, angustiado. Intentaba rezar, desafiando el vacío escondido en cada palabra. Sentía una inmensa soledad. Una tranquila y desesperada tristeza.

X

In Ictu Oculi

Mirad esta casa. La ha construido un espíriru
santo. Barreras mágicas la protegen.

El Libro de los Muertos

Era media mañana cuando Quart fue a la iglesia, tras
una visita al Arzobispado y otra al subcomisario Navajo. Nuestra Señora de las Lágrimas estaba desierta, y el
único signo de vida era la lamparilla del Santísimo que
ardía junto al altar. Se sentó en un banco y estuvo largo
rato mirando a su alrededor los andamios contra los
muros, el techo ennegrecido, los relieves dorados del
retablo en penumbra. Cuando Óscar Lobato salió de la
sacristía, no mostró sorpresa por encontrarlo allí. Se
acercó hasta quedar en pie a su lado, mirándolo inquisitivo. El vicario vestía una camisa gris clerical, pantalón vaquero y zapatillas de deporte. Parecía haber envejecido desde el incidente de la última entrevista.
Llevaba el pelo rubio despeinado y cercos de fatiga bajo
los cristales de las gafas. Su piel tenía un tono graso de
haber madrugado mucho, o pasado la noche en vela.

–*Vísperas* ataca de nuevo –le dijo Quart.

Después le mostró la copia del mensaje que acababa
de recibir por fax reexpedido desde Roma, donde había llegado hacia la una de la madrugada; a la misma
hora en que él discutía con Bonafé en el vestíbulo del
hotel Doña María. Pero el agente del IOE no le contó
nada de eso al padre Óscar, ni tampoco que, como en

la ocasión anterior, el equipo del padre Arregui pudo desviar al intruso hacia un archivo paralelo, donde dejó su mensaje creyendo hacerlo en el ordenador personal del Santo Padre. Rastreada su señal por el padre Garofi, ésta llevó a los jesuitas hasta la línea telefónica de El Corte Inglés, en el centro de Sevilla, donde el pirata había hecho un bucle electrónico para disimular su rastro:

El templo del Señor es campo de Dios, es edificación de Dios. Si alguno destruye el templo de Dios, Dios lo destruirá a él. Porque el templo de Dios es santo.

–Primera a los Corintios –dijo el padre Óscar, devolviéndole el papel a Quart.

–¿Sabe algo de esto?

El vicario se lo quedó mirando, el aire abatido, a punto de decir algo. Sin embargo se limitó a mover la cabeza, negativo, mientras tomaba asiento a su lado.

–Usted sigue disparando a ciegas –dijo por fin.

Se quedó callado un rato y luego torció la boca:

–No es tan bueno como decían –añadió.

Quart se guardó el mensaje de *Vísperas* en el bolsillo:

–¿Cuándo se marcha?

–Mañana por la tarde.

–Creo que su nuevo destino es un mal sitio.

–Es peor –sonreía con tristeza–. Allí llueve día y medio al año. Igual daba que me desterrasen al desierto de Gobi.

Miraba de soslayo a su interlocutor, casi atribuyéndole la culpa. Quart alzó una mano para mostrar la palma vacía.

–Yo soy ajeno a eso –dijo suavemente.

–Lo sé –Óscar Lobato se pasó los dedos por el pelo, hacia atrás, y quedó un poco en silencio, mirando la lamparilla encendida del altar–. Es monseñor Aquilino Corvo en persona quien me ajusta las cuentas. Considera que lo he traicionado –soltó una risita malhumorada y se volvió hacia Quart–. ¿Sabe?… Yo era un joven sacerdote de confianza, con un futuro por delante. Eso lo decidió a colocarme junto a don Príamo, como secante. Y en vez de ser un topo del Arzobispado, me pasé al enemigo.

–Alta traición –apuntó Quart.

–Eso es. Hay ciertas cosas que la jerarquía eclesiástica no perdona jamás.

Quart asintió. De eso podía él dar fe.

–¿Por qué lo hizo?… Usted sabía mejor que nadie que era una batalla perdida.

El vicario cruzaba los pies sobre el reclinatorio de madera del banco, mirándose las zapatillas.

–Creo que ya contesté a esa pregunta durante nuestra última conversación –las gafas le resbalaban sobre el puente de la nariz, y eso acentuaba su aspecto inofensivo. Tarde o temprano don Príamo será apartado de la parroquia y llegará el tiempo de los mercaderes… La iglesia será derribada y sobre su túnica echarán suertes –se reía del mismo modo oscuro que antes, la mirada fija ante sí–. Lo que ya no tengo tan claro es que la batalla esté perdida.

Emitió un largo suspiro muy bajo, preguntándose si hablar con Quart de todo aquello servía para algo. Después alzó la mirada hasta el altar y la bóveda, y se quedó así, inmóvil. Parecía muy cansado.

–Hasta hace sólo un par de meses yo era un clérigo brillante –añadió por fin–. Bastaba con mantenerse pegado al sillón del arzobispo y tener la boca cerrada… Pero aquí descubrí mi dignidad como hombre y como sacerdote –miraba alrededor y parecía encontrar en las paredes cubiertas de andamios razones ocultas para su discurso–… Es paradójico, ¿verdad?, que eso me lo enseñara un viejo párroco detestable en su aspecto y maneras; un cura aragonés, testarudo como una mula, aficionado al latín y a la astronomía –se recostó en el banco, cruzando los brazos, vuelto de nuevo a Quart–. Lo que son las cosas. Antes, el destino que me espera habría supuesto una tragedia. Hoy lo veo de otro modo. Dios está en cualquier parte, en cualquier rincón, porque va con nosotros. Y Jesucristo ayunó cuarenta días en el desierto. Monseñor Corvo no lo sabe, pero es ahora cuando siento de verdad que soy sacerdote, con una razón para luchar y resistir. Con el destierro sólo consiguen hacerme más combativo y más fuerte –acentuó la sonrisa desesperada, triste–. Me acaban de acorazar la fe.

–¿Es usted *Vísperas*?

El padre Óscar se había quitado las gafas y las limpiaba en su camisa. Los ojos miopes miraban a Quart con recelo.

–Sólo le importa eso, ¿verdad?... La iglesia, el padre Ferro, yo mismo, le damos igual –chasqueó la lengua, despectivo–. Usted tiene su misión.

Limpió lentamente un cristal y luego el otro, distraído, cual si el pensamiento discurriese lejos.

–Quien sea *Vísperas* –añadió por fin– es lo de menos. Se trata de una advertencia, o una apelación a lo que de noble queda en los fundamentos de esta empresa donde usted y yo trabajamos –se puso las gafas–... Un recordatorio de que aún existen la honestidad y la decencia.

Quart sonrió con escasa simpatía:

–¿Qué edad tiene usted? ¿Veintiséis?... En su caso, eso se quita con los años.

La mueca de desdén torcía la boca del padre Óscar:

–¿Ese cinismo se lo prestaron en Roma, o lo llevaba puesto?... – movió la cabeza–. No sea estúpido. El padre Ferro es un hombre honrado.

Quart contuvo un sarcasmo. Una hora antes había estado en el Arzobispado, efectuando una detenida visita a los archivos donde se guardaba el expediente completo de don Príamo Ferro. Un expediente cuyos extremos le había confirmado punto por punto el propio monseñor Corvo en una breve conversación mantenida en la Galería de los Prelados, bajo los retratos de sus ilustrísimas Gaspar Borja (1645) y Agustín Spínola (1640). Diez años atrás, el padre Ferro se había visto sometido a expediente eclesiástico en la diócesis de Huesca, como resultado de una venta no autorizada de bienes de la iglesia. Durante su última etapa al frente de la parroquia de Cillas de Ansó, en el Pirineo, habían desaparecido una tabla y un Cristo crucificado. El Cristo no era gran cosa; pero la tabla, del primer cuarto del siglo xv y atribuida al Maestro de Retascón, fue echada en falta por el obispo local. De todas formas la parroquia era de tercer orden y ese tipo de incidentes resultaban comunes en la época, cuando los párrocos podían disponer casi con entera libertad del patrimonio bajo su custodia. El padre Ferro había salido bien librado, con una amonestación simple de su ordinario.

La coincidencia de datos con la información sugerida por Honorato Bonafé era singular; y Quart intuyó que el arzobispo Corvo, tan reticente otras veces y tan franco aquélla, no veía con desagrado que aquel punto oscuro en el pasado del padre Ferro circulase un poco por aquí y por allá. Llegó a preguntarse, incluso, si la fuente informativa del periodista no luciría, de modo más o menos directo, anillo episcopal y ribete púrpura en la sotana. De cualquier forma la historia de Cillas de Ansó era cierta; y Quart obtuvo una segunda entrega del folletín en la Jefatura de Policía, cuando el subcomisario Navajo hizo un par de llamadas a su colega madrileño el inspector jefe Feijoo, responsable del grupo de investigación de arte. Un retablo del Maestro de Retascón que coincidía punto por punto con el desaparecido en Cillas de Ansó había sido adquirido legalmente, con recibo en forma, por la casa de subastas Claymore de Madrid, que lo revendió por un alto precio. El director de Claymore, un conocido marchante llamado Francisco Montegrifo, confirmaba el pago de cierta cantidad al sacerdote don Príamo Ferro Ordás. Cantidad irrisoria en comparación con el precio, sextuplicado, que el cuadro alcanzó en la subasta. Pero eso –había matizado el tal Montegrifo al inspector jefe Feijoo, y éste al subcomisario Navajo– eran cosas de la oferta y la demanda.

–A propósito de la honradez del padre Ferro –le dijo Quart al vicario–. Usted no tiene pruebas de que lo haya sido siempre.

Óscar Lobato lo miró molesto:

–No sé qué pretende insinuar, pero me da igual. Yo respeto al hombre que conozco. Así que busque a su Judas en otro sitio.

–¿Es su última palabra?... Quizá estemos a tiempo.

No dijo de qué. El otro lo miraba con hostil curiosidad.

–¿A tiempo? Eso huele a ofrecimiento de perdón. ¿Serán buenos conmigo si coopero?... –agitó la cabeza, sin dar crédito a lo que estaba ocurriendo, y se puso en pie– . Tiene gracia. Don Príamo comentó ayer, tras una conversación que por lo visto mantuvieron en casa de la duquesa, que tal vez estuviese usted empezando a comprender. Pero que comprenda o no es lo de menos. Lo único que interesa es matar al mensajero, ¿verdad?... Para usted y sus jefes, lo malo no es el problema, sino que alguien se atreva a denunciar el problema. Todo se reduce a un cuello que cortar.

Volvió a mover la cabeza del mismo modo, y con una última mirada de desprecio se alejó hacia la sacristía. De pronto pareció pensar algo, pues se detuvo a mitad de camino:

—Puede que *Vísperas* se equivocase, después de todo —dijo vuelto a medias hacia Quart, en voz alta que resonaba en la bóveda—. Quizá ni siquiera el Santo Padre merece sus mensajes.

Un rayo de sol se movía muy despacio de izquierda a derecha sobre las losas gastadas del suelo, al pie del altar mayor. Quart lo estuvo observando un rato, y luego alzó los ojos hasta la vidriera por donde entraba la luz: un Descendimiento en el que a Cristo le faltaban los vidrios coloreados del torso, la cabeza y las piernas. El resultado era que San Juan y la Virgen parecían bajar de la cruz sólo dos brazos en el vacío, y el emplomado en torno a la silueta ausente se asemejaba a la huella de un fantasma: una presencia desvanecida que hiciera inútil el sufrimiento y el esfuerzo de la madre y el discípulo.

Se puso en pie y caminó hasta el altar mayor y la entrada de la cripta. Junto a la verja de hierro, cerrada sobre los peldaños que bajaban hacia la oscuridad, tocó la calavera esculpida en el dintel; y como la vez anterior la gelidez de la piedra enfrió el latir de la sangre en su muñeca. Dominando la sensación incómoda que producían el silencio de la iglesia, aquellos peldaños oscuros y el aire húmedo y cerrado que venía de abajo, Quart se obligó a permanecer allí, inmóvil, mirando la negrura de la cripta. Del griego *kriptos*, oculto, murmuró. Donde la piedra escondía las claves de otros tiempos y otras vidas. Donde yacían los huesos de catorce duques del Nuevo Extremo y la sombra de Carlota Bruner.

Frotándose la muñeca entumecida, Quart se volvió hacia el retablo del altar mayor, que la claridad de las vidrieras colmaba de suave resplandor dorado, dejando en penumbra los detalles interiores para resaltar los relieves externos, la hojarasca y los angelotes, las cabezas de las tallas orantes de Gaspar Bruner de Lebrija y de su esposa. Y en el centro, en su hornacina bajo el dosel, tras el andamio de tubos metálicos atornillados que sostenían una pequeña plataforma, la imagen de la Virgen alzaba los ojos al cielo con las perlas del capitán Xaloc corriéndole como lágrimas por el rostro y la túnica azul, asentada sobre la media luna y con un pie aplastando la cabeza de la serpiente que arrebató a los hombres el paraíso a cambio de la lucidez; de la medusa cuya visión los convirtió después en piedra para que guardasen el terrible secreto. Isis o Ceres, o Astarté, o Tanit, o María: daba igual el nombre elegido para resumir el refugio, la madre, el resguardo, el miedo ante la oscuridad, y el frío, y la nada. Era un vértigo, reflexionó Quart, la cantidad de símbolos que se podían concitar en aquella imagen y su evolución a través de las religiones y de los siglos. De pie sobre la media luna, vestida de azul, color simbólico del astro de la noche y también de las sombras cimerias, el sable de la heráldica, la tierra, la muerte.

El rayo de sol en el suelo se había desplazado otra baldosa a la derecha y menguaba de tamaño cuando el agente del IOE anduvo hasta el centro de la nave y recorrió con la vista la cornisa sobre los andamios, de la que se había desprendido el trozo mortal para el secretario del arzobispo. Fue hasta allí e intentó mover la estructura metálica, pero estaba calzada y ahora se mantenía firme. Se situó aproximadamente donde estaba el padre Urbizu al recibir el impacto en la cabeza. Diez kilos de estuco cayendo desde una altura de casi diez metros resultaban mortales de necesidad. Había espacio en la pasarela del andamio junto a la cornisa para que alguien los hubiese hecho caer; pero el informe policial negaba aquella posibilidad. Eso, más la historia del arquitecto municipal resbalando en el tejado —esta vez ante testigos, matizó Quart con alivio—, parecía descartar en ambas muertes la intervención humana y cargaba el asunto, como *Vísperas* y el padre Ferro sostenían, a cuenta de la ira de Dios. O a la del Destino, que a juicio de Quart era una buena explicación para los caprichos de un cruel relojero cósmico que parecía despertar cada mañana con ganas de broma. O quizás el azar de unos dioses rabelesianos, soñolientos y torpes como los descritos por Heine, a quienes, cuando se les escapaba una tostada del desayuno, ésta les caía siempre sobre la tierra por la parte de la mantequilla.

A aquellas alturas de la investigación, Quart había establecido de sobra los ingenuos móviles de *Vísperas*. Sus mensajes eran una apelación a la justicia y al sentido común de Roma; la reivindicación de un viejo cura que libraba su última batalla en un rincón olvidado del tablero. Pero en algo tenía razón el padre Óscar: *Vísperas* se equivocó al mandar sus mensajes. Ni Roma podía entenderlos, ni monseñor Spada enviaba a la persona adecuada. El mundo y las ideas a las que apelaba el pirata informático habían dejado de existir hacía mucho tiempo. Era como si, después de una guerra nuclear que arrasara la Tierra, los satélites del espacio siguieran enviando señales inútiles a un planeta muerto, mientras ellos giraban fieles y silenciosos allá arriba, en la soledad del espacio infinito.

Quart anduvo unos pasos hacia atrás, recorriendo con la vista la estructura de los andamios y las deterioradas vidrieras de las ventanas abiertas sobre el muro izquierdo de la iglesia. Después se volvió hacia la nave, y Gris Marsala estaba detrás de él, mirándolo.

Cuando el alcalde de la ciudad declaró inaugurada la exposición *El arte religioso en la Sevilla barroca*, los aplausos llenaron los salones de la fundación cultural del Banco Cartujano. Después, una docena de camareros de chaquetilla blanca pasearon bandejas con bebidas y canapés mientras los invitados admiraban las obras maestras que durante veinte días iban a quedar expuestas en el edificio del Arenal. Entre el *Cristo de la Buena Muerte* de Juan de Mesa, cedido por la Universidad, y un *San Leandro* de Murillo procedente de la sacristía mayor de la Catedral, Pencho Gavira saludaba a los caballeros y besaba las manos de las damas, sonriendo a derecha e izquierda. Vestía un impecable traje gris marengo y la raya de su pelo engominado era tan perfecta como la blancura de los puños y el cuello de su camisa.

—Has estado muy bien, alcalde.

Manolo Almanzor, alcalde de Sevilla, cambió unas agradecidas palmaditas en la espalda con el banquero. Era un tipo bigotudo y regordete, con una cara honesta que le había valido el favor popular y una reelección; pero un escándalo de contrataciones irregulares, un cuñado enriquecido de forma oscura y la denuncia por acoso sexual planteada contra él por tres de sus cuatro secretarias en el Ayuntamiento lo dejaban con un pie en la calle a menos de un mes de las municipales.

—Gracias, Pencho. Pero éste es mi último acto público.

Sonreía el banquero, consolador:

—Ya vendrán tiempos mejores.

El alcalde movió la cabeza, dubitativo y triste. En todo caso, Gavira iba a endulzarle su adiós a la política. A cambio de la recalificación municipal del solar de Nuestra Señora de las Lágrimas, el precontrato de venta y la retirada de todo impedimento al proyecto urbanístico en Santa Cruz, Almanzor obtenía la cancelación automática de cierto generoso crédito con el que acababa de adquirir una lujosa vivienda en el barrio más caro y exclusivo de Sevilla. Con su frialdad de jugador de póker, el director general del Cartujano se lo había resumido admirablemente días atrás durante una cena en el restaurante Becerra, al plantear sin rodeos la oferta: los duelos, alcalde, con pan son menos.

Pasó un camarero con una bandeja y Gavira cogió una copa de jerez frío, mojando los labios mientras miraba alrededor. Entre damas con vestido de cóctel y caballeros encorbatados –Gavira estipulaba esa prenda formal en todas las tarjetas de invitación para actos sociales del Cartujano– el segundo frente, el eclesiástico, también andaba por allí. Su Ilustrísima el arzobispo de Sevilla se movía por un ángulo de la sala junto a Octavio Machuca, en apariencia cambiando impresiones sobre el Valdés Leal cedido para la exposición por la iglesia del Hospital de la Caridad. *In Ictu Oculi*: la muerte apagando una vela ante la corona y las tiaras de un emperador, un obispo y un papa. Pero Gavira sabía que ése no era el tema de conversación.

–Cabrones –oyó decir al alcalde, a su lado.

Manolo Almanzor no se refería al arzobispo ni al banquero. Gavira vio que miraba en torno, a los invitados que le daban ostensiblemente la espalda. Toda Sevilla estaba al corriente de que duraría menos de un mes en el cargo. El candidato a sucederle, un político de su mismo partido –*Andalucismo Andaluz*–, andaba por el salón recibiendo parabienes anticipados con una sonrisa cauta. Gavira hizo un guiño de ánimo:

–Tómate una copa, alcalde.

Le alcanzó un whisky de la bandeja, y el otro apuró la mitad de un solo trago mientras clavaba en el banquero, con agradecimiento, su mirada de perro apaleado. Era sorprendente, reflexionó Gavira, la facilidad con que los muertos que se tienen de pie crean el vacío alrededor. Manolo Almanzor, en otro tiempo objeto de adulación, olía a cadáver político ambulante y nadie se acercaba ya, por miedo a quedar socialmente contaminado. Eran las reglas del juego: en su mundo no había piedad para los vencidos, salvo el trago de alcohol en vísperas de la ejecución. El mismo Gavira seguía a su lado, ofreciéndole whisky a cuenta del Cartujano tras hacerle inaugurar la exposición, en parte porque aún lo necesitaba, y en parte porque había comprado a aquel hombre y eso implicaba cierta responsabilidad para su orgullo. Se preguntó si alguna vez alguien le ofrecería una copa a él.

–Cárgate esa iglesia, Pencho –el alcalde apuraba su vaso, con rencor–. Construye lo que te salga de los huevos y jódelos a todos.

Asintió Gavira, distraído, de nuevo con el pensamiento en la pareja que conversaba junto al Valdés Leal, y disculpándose con Almanzor inició un movimiento de aproximación que procuró tuviese apariencia casual, una especie de ida a la derecha y luego a la izquierda, igual que un velero dando bordadas. De camino sonrió en los lugares correspondientes, estrechó y besó algunas manos y un par de mejillas maquilladas, correcto, seguro, sintiéndose envidiado por los hombres y admirado por las mujeres que se acercaron a él apenas se alejó un poco del alcalde. Dos veces oyó susurrar a su espalda el nombre de Macarena, pero logró que eso no le descompusiera la sonrisa. Puso su copa sobre una bandeja, se tocó el nudo de la corbata y un momento después estaba junto a monseñor Corvo y don Octavio Machuca.

–Bonito cuadro –dijo, por decir algo.

El arzobispo y el banquero miraron el lienzo como si hasta ese momento no hubieran reparado en él. La Muerte llevaba la guadaña en la mano y un féretro bajo el brazo descarnado. A sus pies, un mapamundi, una espada, libros, pergaminos, alegorizaban su triunfo sobre la vida, la gloria, la ciencia y los placeres terrenales. Con otra mano huesuda apagaba la llama de un cirio, y las dos cuencas vacías de la calavera miraban al espectador. *In Ictu Oculi*. Gavira no sabía latín, pero el cuadro era muy conocido en Sevilla, y su significado resultaba evidente. La Muerte golpea a cualquiera en un abrir y cerrar de ojos.

–¿Bonito? –el arzobispo cambió una mirada con el viejo Machuca. Siguiendo las últimas directrices papales sobre apariciones públicas de los prelados, Aquilino Corvo vestía sotana *filetata*, un discreto pero elocuente ribete rojo completando la cruz de oro sobre el pecho y el brillo de la piedra amarilla en la mano que sostenía bajo la cruz–... Sólo un joven diría eso de esta escena terrible –echó hacia atrás la cabeza, mirando hoscamente la tiara episcopal del lienzo, tan parecida a la suya–. Todo parece muy lejano visto desde su perspectiva, querido Gavira. Para nosotros, el cuadro resulta algo más próximo... ¿No le parece, don Octavio?

Movía la cabeza el viejo banquero, avizores los ojos rapaces tras la nariz ganchuda. En realidad monseñor Corvo era casi veinte años más joven que él; pero al titular de la sede hispalense le gustaba darse aires venerables, por aquello de la dignidad del cargo.

–Pencho es un triunfador –apuntó Machuca–. Y no teme que le apaguen el cirio.

Había un brillo socarrón tras los párpados entrecerrados del anciano. Una de sus manos se hundía en el bolsillo de la americana cruzada de corte antiguo, y la otra colgaba a un costado, casi tan descarnada como la que extinguía la llama en el lienzo de Valdés Leal. El arzobispo sonrió, cómplice.

–Todos estamos sujetos a la voluntad de Dios –dijo en tono profesional.

Gavira lo admitió vagamente, sin cuestionar la cosa. Miraba al viejo banquero y éste interpretó el gesto:

–Hablábamos de tu iglesia.

Aquilino Corvo pasó por alto el posesivo sin alterar la sonrisa, cosa que Gavira consideró de buen augurio. A fin de cuentas, el Arzobispado iba a recibir una sustanciosa indemnización, amén del compromiso contraído por el Cartujano de construir una iglesia en otro sitio. Sin olvidar la fundación para la obra social entre la comunidad gitana, que el arzobispo había deslizado hábilmente en el paquete. En última instancia, alguien había tenido también que costearle la jofaina a Pilatos.

–Todavía es la iglesia de Su Ilustrísima –matizó atento Gavira, que nunca cerraba todos los caminos a nadie. Conocía los riesgos de negar retiradas dignas.

Monseñor Corvo agradeció el detalle con un gesto de la mano donde brillaba el anillo. Puesto que de iglesias se trataba, parecía obligado un comentario oficial al respecto.

–Conflicto doloroso –dijo tras breve silencio en busca de la frase adecuada.

–Pero inevitable –añadió Gavira.

Puso gesto de pésame para suavizar el matiz. Tono grave, algo sobreentendido de hombre a hombre, conscientes ambos de las decisiones penosas que a veces imponía el progreso. Por el rabillo del ojo vio intensificarse el brillo socarrón tras los párpados entornados de Octavio Machuca, y recordó que el viejo estaba al corriente de que, entre las ofertas hechas por el Cartujano a Su Ilustrísima, se contaba un informe todavía inédito sobre las actividades contrarias al celibato de media docena de clérigos de su diócesis. Todos eran sacerdotes muy queridos en sus parroquias, y la publicación de tales datos, que incluían fotografías y declaraciones, habría causado serio revuelo. Aquilino Corvo no contaba con medios ni autoridad técnica para encarar el problema, y un escándalo podía obligarlo a tomar decisiones que deseaba menos que nadie. Aquellos sacerdotes eran buenos hombres; y en tiempos de cambio y escasez de vocaciones, cualquier decisión precipitada arriesgaba ser inoportuna, y lamentable. Por eso Monseñor había aceptado con alivio el compromiso de Gavira para comprar y bloquear el informe. En la Iglesia católica, problema aplazado significaba problema resuelto.

De todos modos, concluyó Gavira, era difícil que Octavio Machuca conociera el resto de la operación; aunque la mirada del viejo banquero le hiciera sospechar que estaba al corriente. Una sensación incómoda, habida cuenta que el propio Gavira era inspirador de la maniobra, tras pagar a la agencia de detectives que realizó el trabajo, y recurrir después a sus influencias en la prensa para camuflar de favor al arzobispo lo que, en rigor, no era sino una impecable acción de chantaje.

—Su Ilustrísima garantiza su neutralidad –comentó Machuca, todavía observando las reacciones de Gavira– . Pero me contaba hace un momento que la actuación disciplinaria contra el padre Ferro va despacio. Por lo visto –los párpados redujeron su mirada a una estrecha rendija– el sacerdote enviado de Roma no ha logrado reunir suficientes pruebas contra él.

Monseñor Corvo alzó una mano, sugiriendo mayor precisión. Ahora se le veía molesto bajo su placidez pastoral. No se trataba exactamente de eso, apuntó su voz grave, perfecta para el púlpito. El padre Lorenzo Quart no había ido a Sevilla para actuar *contra* el párroco de Nuestra Señora de las Lágrimas, sino para proporcionar *a Roma* información especializada. Con exquisito énfasis, el prelado recordó a sus interlocutores que la sede hispalense, por pura formalidad eclesiástica, no podía actuar directamente. Hilvanó después los conceptos de penoso problema, párroco en edad avanzada, cuestión de disciplina y demás. Se daba con Roma una coincidencia de criterios, aunque había matices. En este punto Aquilino Corvo evitó los ojos de Gavira y miró a Octavio Machuca, consultándole silenciosamente sobre la oportunidad de proseguir. El anciano se mantuvo inescrutable, así que Su Ilustrísima apuntó que la gestión del padre Lorenzo no discurría con la, ejem, diligencia deseable. El propio arzobispo había alertado a sus superiores sobre ese punto, pero en semejante terreno tenía las manos atadas. Contemplaba los toros desde la barrera, si es que le permitían el símil laico. Esperaba haberse explicado bien.

–¿Quiere decir –Gavira fruncía el ceño, irritado– que no prevé un alejamiento próximo del padre Ferro?

Esta vez el arzobispo alzó ambas manos, como a punto de decirles *ite, missa est*.

–Más o menos –ahora miraba la corbata de Gavira, evasivo–. Se conseguirá, por supuesto. Pero no en dos o tres días. Un par de semanas quizás –carraspeó incómodo–. Un mes, a lo sumo. Ya digo que el asunto está fuera de mis manos. Aunque tiene usted, por supuesto, toda mi simpatía.

Gavira alzó los ojos al Valdés Leal, dándose tiempo para reprimir cualquier inconveniencia. Sentía deseos de morderse los labios, o dar un golpe en la nariz del arzobispo. Contó hasta diez mirando los ojos vacíos de la Muerte, y al cabo se obligó a esbozar una sonrisa. Machuca no le quitaba ojo:

–Demasiado tiempo, ¿no es cierto? –preguntó el banquero.

Parecía dirigirse al arzobispo, pero las rendijas de sus párpados rapaces seguían apuntando a Gavira. Fue Monseñor quien se creyó en la obligación de responder. En lo que a su autoridad se refería –precisó–, mientras no llegara una orden de Roma y el padre Ferro continuase diciendo misa cada jueves, nada podía hacer.

Gavira no pudo disimular su mal humor:

–Tal vez Su Ilustrísima no necesitaba traspasar el tema a Roma –aventuró, áspero–. Pudo decidir bajo su responsabilidad, cuando estábamos a tiempo.

El reproche hizo palidecer al arzobispo.

–Puede ser –se había erguido, mirando a Octavio Machuca de soslayo–. Pero también los prelados tenemos nuestra conciencia, señor Gavira. Con su permiso.

Hizo una seca inclinación de cabeza y pasó entre ellos, alejándose con cara de pocos amigos. Machuca movió la nariz de un lado a otro, dos veces, sin que Gavira pudiera precisar si se hallaba desolado o divertido con la escena. En cualquier caso, pensaba, había cometido un error. Porque un error era todo aquello que no producía beneficio a corto, medio o largo plazo.

–Has ofendido su dignidad pastoral –dijo Machuca, socarrón.

Reprimiendo un juramento a flor de labios –habría supuesto un segundo error–, Gavira hizo un gesto de impaciencia:

–La dignidad de Monseñor tiene un precio, como todo. Un precio que yo puedo pagar –dudó un instante, en atención al viejo banquero–. Que el Cartujano puede pagar.

–Pero de momento el cura sigue ahí –Machuca hizo una pausa de tres segundos. Una pausa increíblemente malvada–. Me refiero al cura viejo.

Observaba a Gavira con curiosidad, pero éste era demasiado consciente de ello. Se tocó la corbata y los puños de la camisa, mirando alrededor. Una mujer hermosa pasó cerca y cambió con ella una sonrisa distraída.

–Eso –prosiguió Machuca, mirando alejarse a la

mujer– mantiene a Macarena y a tu suegra en primera línea. De momento.

Era inútil. Gavira se había rehecho y encaraba la situación, impasible.

–No se preocupe –dijo–. Lo conseguiré.

–Eso espero, porque el tiempo se te acaba. ¿Cuántos días te quedan para la junta?… ¿Una semana?

–Lo sabe usted muy bien –el viejo había dicho *te quedan y se te acaba*. Era odiosa, pensó Gavira, aquella sensación de estar pasando siempre un examen tras otro, sometido a una especie de reválida continua–. Ocho días.

Machuca movió lentamente la cabeza.

–Una final de infarto, que dicen los del Betis –miró en torno, como si otras cosas le ocuparan la cabeza; de pronto se volvió hacia él–: ¿Sabes una cosa, Pencho?… Tengo auténtica curiosidad por ver cómo sacas adelante todo esto. En el consejo van a por ti –sonreía con la boca apergaminada, igual que una serpiente a punto de desprenderse de su piel–. Pero si lo consigues, enhorabuena. Lo que no mata, engorda.

Se alejó Machuca, reclamado por unos conocidos, y Gavira quedó solo bajo el Valdés Leal. Había cerca un tipo regordete y blando, con una papada que parecía prolongación de las mejillas, el pelo lacado y un bolso de piel en la muñeca. El desconocido se acercó cuando sus miradas se cruzaron:

–Soy Honorato Bonafé, de la revista *Q+S* –extendía una mano, a modo de saludo–. ¿Podemos hablar un momento?

Gavira ignoró aquella mano mientras miraba alrededor, el ceño fruncido, preguntándose quién había dejado entrar a aquel individuo.

–Sólo le robaré unos minutos.

–Telefonee a mi secretaria –sugirió fríamente el banquero, volviéndole la espalda–. Un día de éstos.

Dio unos pasos entre la gente, alejándose. Para su sorpresa, Bonafé anduvo a su lado. Fruncía la boca mirándolo de reojo, entre obsequioso y seguro de sí. Ruin, concluyó Gavira deteniéndose por fin: aquélla era la descripción exacta del fulano.

–Preparo un reportaje –dijo el otro con rapidez, antes que lo despachase de mala manera–. Sobre esa iglesia que le interesa a usted.

–Y a mí qué me cuenta.

Bonafé alzó una mano pequeña y fofa, la misma que había ignorado Gavira.

–Bueno –continuaba frunciendo la boca en mohín conciliador–. Si tenemos en cuenta que el Banco Cartujano es el principal interesado en el derribo de Nuestra Señora de las Lágrimas, creo que una conversación, o unas declaraciones… Ya me entiende.

Gavira se mantuvo impasible.

–Pues no. No entiendo en absoluto.

Untuoso, paciente, Honorato Bonafé obsequió al banquero con un rápido esbozo del panorama: el Cartujano, la iglesia y la recalificación del terreno. El párroco, individuo algo dudoso, enfrentado al arzobispo de Sevilla y bajo expediente disciplinario o algo parecido. Dos muertos por accidente, o vaya usted a saber. Un enviado especial de Roma. Y bueno, una bella esposa, o ex esposa, hija de la duquesa del Nuevo Extremo. Y ella y aquel cura de Roma…

Se detuvo de pronto, al ver la expresión de Gavira. El banquero había dado un paso hacia él y lo miraba muy de cerca.

–Bueno, ya me entiende –zanjó Bonafé, resumiendo sobre la marcha–. Se lo cuento para que se haga idea: titulares, portada y demás. Publicamos la historia completa la semana que viene. Y naturalmente, su opinión o sus palabras tienen mucho peso.

El banquero seguía inmóvil, mirándolo sin decir palabra. Honorato Bonafé inició una sonrisa pero la dejó allí, inconclusa, entre los labios sonrosados que fruncía paciente, a la espera de respuesta.

–Usted –dijo por fin Gavira– quiere que yo le cuente.

–Eso es.

Pasó cerca Peregil, y Gavira creyó advertir en él una mirada de alarma al ver a Bonafé. Estuvo tentado de llamarlo para preguntarle si tenía algo que ver con la presencia del periodista en la exposición; mas no era momento para un careo. Lo que de verdad le apetecía era sacar de allí a patadas a aquel individuo gordito y blando con modales de chantajista.

–¿Y qué gano hablando con usted?

La sonrisa del periodista se disparó por fin, insolente y segura. Ése es el lenguaje, insinuaba el mohín de la boca.

–Bueno. Controla la información. Aporta su versión de los hechos –Bonafé hizo una pausa cargada de sentidos–… Nos pone de su parte, para entendernos.

–¿Y si no lo hago?

–Ah. Eso es diferente. El reportaje se publicará de todos modos, pero usted habrá dejado pasar su oportunidad.

Ahora le llegó a Gavira el turno de sonreír, y lo hizo con su mueca más peligrosa: la del Marrajo del Arenal.

–Eso suena a amenaza.

El otro movía la cabeza, ajeno a las sonrisas y a los matices.

–No, por Dios. Sólo pongo mis cartas sobre la mesa –los ojillos abolsados, porcinos, brillaban de codicia–. Juego limpio con usted, señor Gavira.

–¿Y por qué juega limpio conmigo?

–Oh, pues… No sé –Bonafé se estiraba los faldones de su chaqueta arrugada–. Supongo que, de cara a la opinión pública, su imagen despierta simpatía, ya me entiende: joven banquero que impone un nuevo estilo, etcétera. Usted da bien en las fotos, gusta a las señoras. En una palabra: vende. Es un hombre de moda, y mi revista puede contribuir mucho y bien a que siga de moda. Considérelo una operación de imagen –puso cara de circunstancias–. Mientras que su mujer…

–¿Qué pasa con mi mujer?

Las palabras sonaban igual que astillas de hielo, pero Bonafé no parecía reparar en las señales de peligro:

–Ella también da bien en las fotos –dijo, sosteniendo la mirada de su interlocutor con mucho aplomo–. Aunque creo que ese torero… Bueno, ya sabe. Eso acabó. Precisamente ahora el sacerdote de Roma… ¿Sabe a quién me refiero?

Gavira pensaba muy rápido, sopesando los pros y los contras. Sólo necesitaba una semana de tregua, y después todo daría igual. Y el precio de aquel tipo estaba a la vista.

–Sí, ya comprendo –respondió, todavía el aire ausente–. Y dígame: ¿cuánto calcula que puede costarme esa operación de imagen?

Bonafé alzó ambas manos para juntar las yemas de los dedos, en gesto de oración, o de acción de gracias. Parecía relajado. Feliz.

–Oh, bueno –dijo–. Yo había pensado en una conversación detenida sobre esa iglesia. Un cambio de impresiones. Y luego, no sé –le dirigió una mirada significativa al banquero–. Quizá le interese invertir en prensa.

Volvió a pasar cerca Peregil, mirándolos como al azar. Gavira observó que su asistente seguía preocupado. El banquero compuso una última sonrisa volviéndose hacia Bonafé, mas nadie hubiera interpretado aquel gesto como indicio de simpatía. Tampoco el otro debió de considerarlo así, pues parpadeó un instante, inquieto.

–Hace tiempo que invierto en prensa –dijo Gavira–. Lo que pasa es que aún no había tenido que ocuparme de gente como usted.

Frunció la boca el periodista en una mueca cómplice, de modo que se le estremeció la papada igual que si fuera gelatina. Y Gavira, observándolo, se dijo que Honorato Bonafé daba el tipo perfecto para ese personaje abyecto, viscoso, que suele aparecer asesinado en las películas.

–Lo que me fascina de Europa –dijo Gris Marsala– es su larga memoria. Basta entrar en un lugar como éste, mirar un paisaje, apoyarse contra un viejo muro, y todo está ahí. Tu pasado, tus recuerdos. Tú misma.

–¿Por eso anda obsesionada con la iglesia? –preguntó Quart.

–No es sólo esta iglesia.

Se hallaban en el atrio, ante el Nazareno de pelo natural y los exvotos polvorientos colgados en la pared. Los dorados del retablo relucían al fondo, bajo los andamios, en la penumbra que rodeaba la imagen de la Virgen y las tallas orantes de los duques del Nuevo Extremo.

–Quizás hay que ser norteamericana para comprenderlo –añadió Gris Marsala al cabo de unos instantes–. Allí tienes la impresión, a veces, de que todo esto fue construido por gente extraña, ajena. De pronto un día vienes y comprendes que es tu propia historia. Que tú misma, por mano de los antepasados, colocaste piedra sobre piedra. Puede que eso explique la fascinación que muchos compatriotas míos sienten por Europa –le sonrió a Quart, el aire absorto–. Inesperadamente doblas una esquina y recuerdas. Te creías huérfana y resulta que no es así. Tal vez por eso ahora no quiero regresar.

Se apoyaba en la pared blanca, junto a la pila de agua bendita. Llevaba, como siempre, el pelo encanecido sujeto con una pequeña trenza en la nuca y el viejo polo azul oscuro que olía ligeramente a sudor. Colgaba los pulgares en los bolsillos traseros de los tejanos manchados de yeso y cal.

–A mí me convirtieron en huérfana varias veces –dijo–. Y la orfandad es esclavitud. La memoria te da aplomo, sabes quién eres y a dónde vas. O a dónde no vas. Sin ella estás a merced del primero que llega y te llama hija suya. ¿No cree? –aguardó, hasta ver que su interlocutor asentía en silencio–. Defender la memoria es defender la libertad. Sólo los ángeles pueden permitirse el lujo de ser espectadores.

Quart hizo un gesto de comprensión que no comprometía a nada. En ese momento pensaba en el informe que había recibido de Roma sobre aquella mujer, y que ahora estaba en su mesa del hotel, con algunos párrafos subrayados en rojo. Ingreso a los dieciocho años en una orden religiosa. Arquitectura y Bellas Artes en la Universidad de Los Ángeles, con cursos especializados en Sevilla, Madrid y Roma. Brillante expediente académico. Siete años profesora de arte. Cuatro años directora de un colegio religioso universitario de Santa Bárbara. Crisis personal con complicaciones de salud. Dispensa temporal indefinida. Tres años en Sevilla, donde vivía de dar clases a alumnos norteamericanos de Bellas Artes. Discreta, sin nada que señalar, apenas mantenía contacto con una residencia local de la orden a la que pertenecía. Domiciliada en vivienda particular. No había pedido separación del estado religioso. No constaba que hubiese realizado estudios especiales de informática.

Quart miró a la monja. Afuera, en la plaza, la luz subía de intensidad y el calor empezaba a hacerse notar. Agradeció el refugio fresco que brindaba la iglesia.

–Es su memoria recobrada, entonces, lo que la retiene aquí.

–Más o menos.

Gris Marsala sonrió tristemente, observando la medalla militar atada a las flores secas del ramo de novia, entre los exvotos del Nazareno –piernas, brazos, figurillas de latón y cera–, con aire de preguntarse el paradero de las manos que llevaron aquellas flores. Se había endurecido la expresión en sus ojos, cuya claridad intensificaba la luz exterior.

–Los futuristas –dijo, tras un nuevo silencio– propusieron dinamitar la ciudad de Venecia, para destruir así un modelo. Lo que entonces parecía una paradoja esnob se ha vuelto realidad en la arquitectura, en la literatura… En la teología. Arrasar ciudades bombardeándolas sólo es un ejemplo excesivo; un modo brutal de abreviar las cosas –sonreía ensimismada y triste, mirando el seco ramo de novia–. Hay métodos más sutiles.

–Ustedes no pueden vencer –dijo suavemente Quart.

–¿Nosotros?… –la monja lo miró sorprendida–. No se trata de un clan, o una secta. Sólo gente agrupada en torno a esta iglesia, cada uno con motivos personales distintos –movía la cabeza; todo aquello resultaba obvio–. El padre Óscar, por ejemplo, es joven y ha descubierto una causa de la que enamorarse, como podría haber sido una mujer, o la Teología de la Liberación… En cuanto a don Príamo, me recuerda ese libro magnífico de un español a quien tuve ocasión de oír en la universidad, Ramón Sender: *La aventura equinoccial de Lope de Aguirre*. ¡Aquel conquistador pequeño, desconfiado y duro, que cojeaba de viejas heridas e iba siempre armado a pesar del calor, pues no se fiaba de nadie!… Igual que él, nuestro párroco ha decidido rebelarse contra un rey lejano e ingrato, y librar su guerra personal. ¿No tiene gracia?… También a tipos como Aguirre los reyes les enviaban gente como usted, con órdenes de cárcel o ejecución –suspiró, antes de guardar silencio un instante–. Imagino que es inevitable.

–Hábleme de Macarena.

Al escuchar el nombre, Gris Marsala miró a Quart con atención. Soportaba éste el escrutinio, impasible.

–Macarena –dijo por fin la monja– defiende su propia memoria: algunos recuerdos, el baúl de su tía abuela y las lecturas que la marcaron desde niña. Se debate en lo que ella misma, en sus momentos de humor, llama el *efecto Buddenbroock*: la conciencia de un mundo que se extingue, la tentación gatopardesca de aliarse con los advenedizos para sobrevivir. La desesperanza de la inteligencia.

–Cuénteme más cosas.

–No hay mucho más que contar. Todo está a la vista –Gris Marsala miró a través de la puerta abierta la plaza llena de sol–. Heredó un mundo que ya no existía, eso es todo. También ella es una huérfana que se aferra a los restos de su naufragio.

–¿Y qué papel juego yo en todo esto?

Se sintió incómodo apenas la pregunta abandonó sus labios, pero ella no parecía darle demasiada importancia. Vio que movía los hombros bajo el polo manchado de yeso.

–No sé. Usted se ha convertido en el testigo –pareció reflexionar un poco más–. Todos están tan solos que necesitan a alguien que levante acta. Imagino que desean su comprensión, o más bien la de quienes lo enviaron aquí. Del mismo modo que Aguirre, en el fondo, anhelaba la de su rey.

–¿También Macarena?

Esta vez Gris Marsala tardó un poco en responder. Miraba los rasguños en los nudillos de la mano de Quart.

–Usted le gusta –dijo al fin, con sencillez–. Como hombre, quiero decir. Y no me sorprende. No sé si es consciente, pero su presencia en Sevilla le da a todo un cariz especial. Imagino que ella intenta seducirlo, a su manera –sonrió quedamente, adoptando el aire de un chico malvado–. Y no me refiero al aspecto físico de la cuestión.

–¿Le importa?

La monja le dirigió un vistazo de curiosidad desapasionada.

–¿Por qué había de importarme?... No soy lesbiana, padre Quart. Se lo digo por si le preocupa la naturaleza de mi amistad con Macarena –soltó una corta carcajada, apoyándose con desenvoltura en la vieja puerta de roble. Seguía teniendo, pensó Quart una vez más, a pesar del pelo gris como su nombre y los cercos de edad en torno a los ojos, un cuerpo de muchacha delgada y ágil, subrayado por los tejanos ceñidos y aquellas silenciosas zapatillas blancas–. En cuanto a los varones en general y los sacerdotes atractivos en particular, tengo cuarenta y seis años y soy virgen por votos y voluntad propia.

Quart miró hacia la plaza por encima del hombro de la mujer, incómodo.

–¿Qué le pasa a Macarena con su marido?

–Que ella lo ama –parecía un poco sorprendida, como si todo fuese tan evidente que sobraran las explicaciones. Después observó a Quart con atención, y en la boca se le dibujó una lenta sonrisa de ironía–. No ponga esa cara, padre. Salta a la vista que usted frecuenta poco el confesionario. No sabe nada de las mujeres.

Quart salió al exterior y el sol fue a caer sobre los hombros de su chaqueta negra como una manta de plomo. Gris Marsala lo siguió mientras sorteaba un montón de arena y gravilla y se detenía ante la hormigonera. El sacerdote miró la espadaña de la iglesia, entre los andamios de tablones y tubos atornillados, y al hacerlo su vista se detuvo en la Virgen decapitada sobre la puerta.

—Me gustaría visitar su casa, hermana Marsala.

El sonido de los pasos de la monja se detuvo sobre la gravilla.

—Me sorprende usted.

—No lo creo.

Hubo un silencio. Cuando Quart se giró hacia ella vio que lo observaba, entre molesta y divertida.

—Detesto eso de *hermana Marsala*. ¿O quizá sólo es una forma de darle tono oficial a la solicitud?... —ahora enarcaba las cejas, irónica—. Al fin y al cabo está proponiendo visitar la casa donde vive una monja sola. ¿No le preocupa el qué dirán? Monseñor Corvo, por ejemplo. O sus jefes en Roma... —se dio una exagerada palmada en la cadera, burlona, cual si acabara de caer en la cuenta—. Aunque, por supuesto, es usted quien informa a sus jefes de Roma.

Quart dudó un segundo entre fruncir el ceño o echarse a reír. Se echó a reír.

—Sólo es una sugerencia —dijo—. Una idea. Estoy reuniendo piezas de un rompecabezas —miró a su alrededor, otra vez la espadaña entre los andamios, la imagen mutilada, de nuevo a ella—. Ver cómo vive me ayudaría.

Ahora se enfrentaba directamente a sus ojos. Era sincero, y Gris Marsala se daba cuenta.

—Ya entiendo. Busca pistas del crimen, ¿verdad?

—Eso es.

—Ordenadores conectados con Roma y cosas así.

—Exacto.

—Y si me niego, ¿entrará de todos modos, igual que hizo en casa de don Príamo?

—¿Cómo sabe eso?

—El padre Óscar me lo dijo.

Demasiada información circulando, pensó Quart, irritado. Se lo contaban todo unos a otros en aquel extraño club, y el único que obtenía las cosas con sacacorchos era él. Sintió un gran cansancio con el sol despiadado en la cabeza y los hombros; la tentación de soltarse el alzacuello o quitarse la chaqueta. Pero siguió inmóvil, una mano en el bolsillo, aguardando.

Gris Marsala se movía lentamente en torno a la hormigonera, con una mano en el borde. Miraba dentro igual que si esperase encontrar algo olvidado. También sonreía, reflexiva.

—¿Por qué no? —dijo por fin—. Nunca ha ido un hombre a mi casa en estos tres años. No estará mal comprobar cómo se siente una —deslizó sobre Quart una larga ojeada valorativa e hizo una mueca—. Espero no arrojarme sobre usted apenas cierre la puerta… ¿Se defendería como Santa María Goretti, o está dispuesto a concederme alguna posibilidad? —con el dedo índice hizo un curioso gesto, un movimiento circular en torno a las patas de gallo que tenía alrededor de los ojos, y luego deslizó el dedo a lo largo de su nariz hasta la boca—. Aunque mucho me temo que a mi edad ya no soy una prueba para el celibato de nadie… Es duro, ¿sabe?, para cualquier mujer, darse cuenta de que ha perdido su atractivo para siempre —otra vez se endureció la expresión en los ojos claros, cuyas pupilas parecían desaparecer, contraídas por la luz cegadora de la plaza—. Sobre todo para una monja.

—Póngase cómodo —dijo Gris Marsala.

Era una ironía evidente. Las comodidades resultaban mínimas en el pequeño saloncito de la casa; un segundo piso cuyo estrecho balcón, adornado con macetas y protegido del calor y la luz por una estera de esparto, daba a la calle San José, en las proximidades de la Puerta de la Carne. Habían tardado sólo diez minutos en ir desde Nuestra Señora de las Lágrimas por calles que el sol convertía en hornos revocados de cal, con aquella claridad hiriente que penetraba hasta los más insospechados rincones. Sevilla era, sobre todo, luz. Paredes blancas y luz en todos sus matices, concluyó Quart, que había caminado junto a Gris Marsala en una especie de zigzag, buscando la sombra de los aleros y las esquinas como cuando en Sarajevo monseñor Pavelic y él se movían de resguardo en resguardo, a causa de los francotiradores.

Se detuvo en el centro de la habitación mientras guardaba las gafas de sol en el bolsillo interior de su chaqueta, y miró alrededor. Todo estaba inmaculadamente limpio y ordenado. Había un sofá tapizado en tela con tapetes de ganchillo en los brazos y el respaldo, un televisor, un pequeño mueble con libros y cintas musicales, una mesa de trabajo con lápices y bolígrafos dentro de jarras de cerámica, papeles y carpetas. Y un ordenador personal. Sintiendo los ojos de Gris Marsala, Quart fue hasta el PC: un 486 con impresora. Suficiente para *Vísperas*, aunque sin módem de conexión a la línea telefónica que estaba al otro extremo del cuarto. El teléfono, además, era de clavija antigua, directamente encastrada en la pared, incompatible con el ordenador.

Se acercó a mirar las cintas y los libros. En lo musical predominaba el barroco; pero encontró mucho flamenco clásico y moderno, con todo Camarón completo. Los libros eran tratados de arte y restauración, con manuales técnicos o estudios sobre Sevilla. Dos de ellos, *Arquitectura barroca sevillana* de Sancho Corbacho y la *Guía artística de Sevilla y su provincia*, estaban llenos de hojitas autoadhesivas con anotaciones, marcando páginas. El único libro religioso era una Biblia de Jerusalén en piel, de lomera muy gastada. En la pared, protegida por un cristal, había una lámina con la reproducción de un cuadro. Le echó un vistazo al pie impreso: *La partida de ajedrez*, de Pieter Van Huys.

–¿Culpable o inocente? –preguntó Gris Marsala, a espaldas de Quart.

–Inocente, de momento –repuso éste–. Por falta de pruebas.

La escuchó reír mientras se volvía hacia ella, sonriendo también. Al hacerlo vio reflejada su imagen en la pared opuesta, a espaldas de la mujer, sobre un antiguo y bello espejo enmarcado en madera muy oscura. Era el único objeto que desentonaba en la modesta vivienda, y a Quart le llamó la atención. Debía de ser un espejo muy caro.

La monja siguió la dirección de su mirada.

–¿Le gusta? –preguntó.

–Mucho.

–Pasé varios meses comiendo mortadela y pan Bimbo para poder pagarlo –se miró un momento en el espejo y encogió los hombros. Después fue a la cocina y vino con dos vasos de agua fresca.

–¿Qué tiene de especial? –preguntó Quart una vez hubo dejado el vaso vacío en la mesa.

–¿El espejo?… –Gris Marsala dudó un instante–. Puede considerarlo una especie de revancha personal. Un símbolo. Es el único lujo que me he permitido desde que vivo en Sevilla –miró a Quart con malicia burlona–. Eso, y dejar que un hombre, aunque sea cura, entre en mi casa –ladeó la cabeza, echando cuentas respecto a sí misma–. No son muchas debilidades, ¿verdad?, para tres años.

–Pero no me ha saltado encima –dijo Quart–. Se autocontrola bien.

–Es que las monjas veteranas somos gente dura.

Suspiró con exagerada tristeza antes de unir su sonrisa a la del sacerdote. Aún sonreía cuando cogió los dos vasos y los llevó a la cocina. Se oyó correr el agua del grifo y regresó un momento después, secándose las manos en el polo, el aire pensativo. Miró el espejo, el saloncito, y por fin de nuevo a Quart.

—Desde que eres novicia te enseñan que en la celda de una religiosa los espejos son peligrosos –dijo–. Tu imagen, según la regla, debe reflejarse en el rosario y el devocionario. No posees nada tuyo: el vestido, la ropa interior, incluso las compresas higiénicas, debes recibirlas de manos de la comunidad. La salvación de tu alma no tolera individualismos ni decisiones personales.

Se quedó callada como si ya hubiese dicho cuanto quería decir, y dio unos pasos hacia la ventana, alzando un poco la estera de esparto. La claridad inundó la habitación, deslumbrando a Quart.

—He sido fiel a las reglas durante toda mi vida –añadió ella–. Y aquí en Sevilla lo soy también, a pesar de esta pequeña infracción del voto de pobreza –fue hasta el espejo y se miró largamente el rostro–. Tuve un problema. Usted lo conoce, pues Macarena me ha dicho que se lo contó. Un problema de enfermedad del espíritu, más que físico. Yo era directora de un colegio de universitarias, en Santa Bárbara. Jamás cambié una palabra con el obispo de mi diócesis que no fuese para cuestiones profesionales. Pero me enamoré de él, o creí estarlo, que es lo mismo... Y el día que me vi ante un espejo, maquillándome discretamente los ojos a mis cuarenta años porque él tenía anunciada una visita, comprendí lo que estaba ocurriendo –se miró la cicatriz de la muñeca antes de mostrársela a Quart a través del reflejo en la superficie de cristal–. No fue un intento de suicidio como sospecharon mis compañeras, sino un acceso de cólera. De desesperación. Y cuando salí del hospital y pedí consejo a mis superioras, todo lo que se les ocurrió fue recomendarme oraciones, disciplina y el ejemplo de nuestra hermana Santa Teresita de Lisieux.

Se quedó un poco callada, frotándose las muñecas como si intentara borrar la cicatriz.

—¿Recuerda a Teresa de Lisieux, padre? —añadió mientras el sacerdote asentía en silencio—. A pesar de padecer tuberculosis y dormir en una celda helada, nunca pidió una manta para combatir el frío de la noche, sino que fue capaz de soportar humildemente los dolores de su enfermedad... ¡Y el buen Dios recompensó tanto sufrimiento llevándosela consigo a la edad de veinticuatro años!

Parecía reír muy quedo, entre dientes, entornando los ojos cual si observara algo muy lejos de allí, con todas aquellas pequeñas arrugas acusándose más en su cara. Había sido una mujer atractiva, pensó Quart. En cierto modo lo seguía siendo. Se preguntó cuántos religiosos, hombres o mujeres, hubieran tenido el valor de hacer lo que ella hizo.

Gris Marsala fue a sentarse en el sillón y Quart permaneció de pie, la chaqueta abierta y las manos en los bolsillos, apoyado en el mueble de los libros y la música, mirándola. Ella le dirigió una sonrisa extraordinariamente amarga:

—¿Ha visitado alguna vez un cementerio de monjas, padre Quart?... Filas de pequeñas lápidas alineadas, todas iguales. Y grabado en ellas, el nombre de religión; no el de bautismo. Lo que fueron consiste exclusivamente en su pertenencia a una orden; lo demás no cuenta ante Dios. Imposible encontrar sepulturas que inspiren más tristeza. Es como esas necrópolis de guerra con miles de cruces que llevan la inscripción «desconocido». Provocan una insufrible sensación de soledad. Y también la pregunta millonaria: ¿De qué ha servido todo esto?

Jugueteaba con uno de los tapetitos de ganchillo puestos sobre los brazos del sofá, y de pronto parecía muy desamparada, lejos de aquel aplomo que reforzaba cada una de sus palabras y gestos. Quart contuvo el impulso de sentarse junto a ella; no se trataba de piedad, sino de oportunidad operativa. Quizá no tuviese mejor ocasión para iluminar los ángulos de sombra de Gris Marsala. Habló con mucho cuidado, pescador que no tensa demasiado el sedal para que el pez no se asuste y escape:

—Son las normas. Usted lo sabía cuando profesó.

Ella lo miró igual que si hubiera hablado en otro idioma.

—Cuando profesé desconocía el sentido de palabras como represión, intolerancia, o incomprensión —sacudió la cabeza—. Ésa es la norma real. Igual que en el *1984* de Orwell, con el ojo de la Gran Hermana sobre ti. Y cuanto más joven y atractiva eres, peor. Comadreos, grupitos, amigas preferidas, celos, envidias... Ya conoce el viejo dicho: se juntan sin conocerse, viven sin amarse, mueren sin llorarse... Si alguna vez dejo de creer en Dios, espero seguir creyendo en el Juicio Final. ¡Cómo me gustaría encontrar allí a algunas de mis compañeras y a todas mis superioras!

—¿Por qué se hizo monja?

—Esto se parece cada vez más a una confesión general. No lo traje aquí para descargar mi conciencia... ¿Por qué se hizo cura?... ¿La vieja historia del padre opresivo y la madre excesivamente afectuosa?

Negó Quart con la cabeza, incómodo. No era ése el terreno al que pretendía llevar la conversación.

—Mi padre murió siendo yo muy niño —dijo.

—Ya. Otro caso de proyección edípica, que diría ese viejo cochino de Freud.

—No creo. También llegué a pensar en hacerme militar.

–Qué literario. El rojo y el negro –había puesto el tapetito sobre sus rodillas y lo doblaba cuidadosamente una y otra vez, con gesto distraído–. Mi padre era celoso, dominante. Y yo temía decepcionarlo. Si analiza a fondo ciertas vocaciones femeninas, sobre todo de chicas que fueron guapas, descubrirá con insospechada frecuencia una angustia de años bajo el acoso continuo de un padre: todos los hombres buscan lo mismo, etcétera. A muchas religiosas, como es mi caso, nos enseñaron desde niñas a tener cuidado con los hombres y a no perder el control frente a ellos... Le sorprendería saber cuántas fantasías sexuales de monjas giran en torno al tema de la bella y la bestia.

Se miraron largamente, sin necesitar palabras. Flotaba ahora entre los dos, percibió el sacerdote, la más grata sensación extraíble del oficio que ambos, de un modo u otro, desempeñaban. Aquella solidaridad singular y dolorosa que sólo era posible entre clérigos reconociéndose unos a otros en un mundo difícil. Una camaradería hecha de rituales, sobreentendidos, intuición, instinto de grupo y soledades paralelas, comprensibles. Soledades compartidas.

–¿Qué puede hacer –añadió Gris Marsala– una monja que a los cuarenta años comprende que sigue siendo la misma niña dominada por su padre?... Una criatura que, por afán de no desagradarle, de no cometer ningún pecado, cargó con el pecado más grande: el de no haber vivido jamás una vida verdaderamente propia... ¿Hizo bien o fue una irresponsable y una estúpida cuando, con dieciocho años, renunció al amor terrenal que incluye palabras como confianza, entrega, o sexo? –observó a Quart cual si de veras esperase de éste una respuesta–. ¿Qué hacer cuando esas reflexiones vienen demasiado tarde?

–No lo sé –dijo él, amistoso y sincero–. Sólo soy un cura de infantería, sin demasiadas respuestas –paseó la vista por la habitación, los modestos muebles y el ordenador, y al retornar a ella esbozó una sonrisa–. Quizá romper un espejo, y después comprarse otro –hizo una pausa–. Se necesita mucho coraje para eso.

Gris Marsala estuvo un rato sin responder nada. Después desdobló despacio el tapetito, colocándolo cuidadosamente sobre el brazo del sofá.

–Quizá –dijo al fin–. Pero el reflejo ya no es el mismo –había una desesperada ironía en sus ojos claros cuando de nuevo los alzó hasta Quart–. Pocas cosas hay tan trágicas en la vida como descubrir algo a destiempo.

Estaban esperándolo en Casa Cuesta, puntuales en torno a la mesa bajo el anuncio de vapores Sevilla-Sanlúcar-Mar, como una banda de facinerosos contritos en torno a una botella de La Ina.

–Sois un desastre –dijo Celestino Peregil–. Me estáis haciendo quedar fatal.

Don Ibrahim miraba la ceniza de su puro, a punto de desplomársele sobre el chaleco blanco. Tenía el ceño fruncido y se pasaba, molesto, un dedo por las cerdas del bigote chamuscado mientras Peregil les leía la cartilla. A su lado, el Potro del Mantelete mantenía los ojos fijos en la superficie de la mesa, en un lugar indeterminado que más o menos estaba entre su mano izquierda, aún vendada con gasa y pomada para las quemaduras, y el rodal húmedo de vino dejado por la copa que en ese momento se llevaba a la boca. La Niña Puñales era la única que parecía ajena a la vergüenza general, con sus ojos negros de copla ausentes, fijos en un cartel amarillento de la pared –*Plaza de toros de Linares, 1947, Gitanillo de Triana, Manolete y Dominguín*–, y las manos largas, morenas y descarnadas, de uñas tan rojas como sus labios y sus pendientes de coral, con las pulseras de plata en torno a las muñecas tintineando a cada viaje de ida y vuelta entre su copa y la botella. Ella sola se había bebido más de la mitad.

—En mala hora os encargué este negocio —añadió Peregil.

Estaba furioso, en baja forma, con el nudo de la corbata torcido y un tono grasiento en la piel y en la calva, deshecha la complicada arquitectura del pelo apelmazado con fijador desde la oreja izquierda. Menos de una hora antes, Pencho Gavira le había echado una bronca. Resultados, imbécil. Te pago para que me proporciones resultados, y llevas una semana mareando la perdiz. Seis millones te di para el asunto, y seguimos igual, y encima está ese periodista, el tal Bonafé, queriendo mojar la magdalena. Que por cierto, Peregil, cuando tengamos un rato vas a contarme qué tienes tú que ver con ese fulano, ¿verdad? Me lo vas a contar muy despacito, porque huelo que aquí hay gato encerrado. En cuanto a lo otro, tienes hasta el miércoles para solucionarme la papeleta. ¿Me oyes? Hasta el miércoles. Porque el jueves no quiero que en esa iglesia entre ni Dios. De lo contrario vas a cagar los seis kilos gramo por gramo. Subnormal. Que eres un subnormal.

—Las cosas de curas traen muy mal fario —apuntó don Ibrahim.

Peregil lo miró con dureza:

—El mal fario lo tenéis vosotros.

Inclinaba un poco la cabeza el Potro, del mismo modo que cuando era amonestado por el árbitro o aguantaba, estoico, broncas del público en plazas de polvo y sol.

—Lo de la gasolina —dijo la Niña Puñales— fue un aviso del Cielo. Las llamas del Purgatorio.

Seguía mirando, ausente, el último cartel de Manolete, y una mosca que había estado bebiendo en los rodales de vino de la mesa se paseaba por sus pulseras de plata. Don Ibrahim observó con ternura su perfil gitano, el maquillaje que se le cuarteaba en torno a las patas de gallo y sobre el carmín de la boca, y una vez más sintió la incómoda carga de la responsabilidad. El Potro levantó la cabeza para lanzarle una de esas miradas suyas de perro fiel. Sin duda había digerido ya el «tenéis mal fario» de Peregil, y aguardaba alguna señal para saber en qué plan iban a tomarse aquello. Don Ibrahim lo tranquilizó con una ojeada, que de nuevo paseó después por la ceniza de su cigarro antes de fijarla, llena de melancolía, en el sombrero panamá, colgado en el respaldo de la silla contigua junto al bastón que le había regalado María Félix. Y qué ocurre, se dijo tristemente clásico, cuando Ulises, de noche en la terrible lucidez del puente de su nave, oye romper arrecifes por la proa y siente, al mismo tiempo, fijos en él los ojos confiados de sus argonautas pelágicos. Atadme esa mosca por el rabo. De adivinar sus pensamientos, hasta el último argonauta saltaría por la borda. Y don Ibrahim, el primero.

–Un aviso del Cielo –admitió, dándole respaldo a la tesis de la Niña por respeto y a falta de otra cosa, mientras intentaba conferir a su semblante la adecuada gravedad homérica–. Al fin y al cabo no se puede luchar contra los elementos.

–Ozú.

Peregil resumió su parecer sobre los avisos celestiales con una blasfemia larga y barroca –relacionada con las hipotéticas bragas de la Virgen– que hizo levantar la cabeza, interesado, al camarero que fregaba vasos detrás del mostrador.

–¿Eso –inquirió Peregil al recobrar aliento– quiere decir que os rajáis?

Don Ibrahim se puso en el pecho la mano del sello de oro falso, con dignidad ejemplar. Al hacerlo le cayó, por fin, la ceniza del habano sobre la barriga.

–Aquí no se raja nadie.

–Nadie –repitió el Potro como un eco, mirando ensimismado la lona del ring.

–Pues ya me contaréis vosotros –dijo Peregil–. El tiempo se acaba. En esa iglesia no puede haber misa el próximo jueves.

Alzó el ex falso letrado la mano:

–Descartado el continente –sugirió–, ocupémonos del contenido. Aunque por razones de conciencia hayamos decidido no atentar contra un recinto sagrado, no hay obstáculo, u óbice, para que nos ocupemos del elemento humano –le dio una chupada al cigarro, viendo alejarse el aro de humo habanero–. Me refiero al cura.

–¿A cuál de los tres?

–Al párroco –don Ibrahim sonrió a medias, confidencial–. Según los informes obtenidos por la Niña en la vecindad y entre las feligresas, el vicario joven se marcha de viaje mañana martes, con lo que el titular de la parroquia queda solo ante el peligro –sus ojos enrojecidos y tristes, desprovistos de pestañas desde el episodio de la gasolina, se posaron en el sicario de Pencho Gavira–. ¿Me sigues, amigo Peregil?

–Te sigo –Peregil cambiaba de postura en la silla, interesado–. Pero no sé a dónde.

–Tú, o quien sea, no queréis que haya misa el jueves... ¿Correcto?

–Correcto.

–Pues si no hay cura, no hay misa.

–Claro. Pero el otro día me dijisteis que os daba escrúpulo de conciencia romperle una pierna al viejo. Y yo, dicho sea de paso, estoy de vuestra conciencia hasta los cojones.

–No hay que llegar tan lejos –el indiano miró alrededor y luego al Potro y a la Niña, antes de bajar el tono, cauto–. Imagínate que ese digno sacerdote, ese venerable ministro del Señor, desaparece dos o tres días sin menoscabo físico.

Un rayo de esperanza iluminaba la sonrisa del esbirro:

–¿Podéis encargaros de eso?

–Claro –don Ibrahim le dio otra chupada al puro–. Algo limpio, sin complicaciones ni fracturas de por medio. Sólo te costará un poco más.

Peregil lo miró con desconfianza:

–¿Cuánto más?

–Nada, poca cosa –don Ibrahim miró fugazmente a sus compadres y aventuró una cifra–: Medio kilo por barba en concepto de alojamiento y dietas .

Cuatro millones y medio no eran nada a tales alturas, así que Peregil hizo un gesto para indicar que la cuestión carecía de importancia. En aquel momento estaba más tieso que la mojama; pero si resultaba, no era eso lo que iba a regatear Pencho Gavira.

–¿Qué habéis pensado?

Miraba don Ibrahim por la ventana, hacia el estrecho arco blanco del callejón de la Inquisición, dudando si dar detalles. Sentía calor, mucho calor a pesar del vino fresco, y también el deseo de quedarse en mangas de camisa y respirar hondo. Cogió el abanico de la Niña y se dio aire. A saber cómo podía terminar aquello.

–Hay un sitio en el río –adelantó–. Un barco donde vive el Potro. Podemos retener allí al cura hasta el viernes, si quieres.

Peregil miró los ojos inexpresivos del Potro y enarcó las cejas:

–¿Saldría bien?

Otra vez asintió, grave y seguro, don Ibrahim. De todas formas, se decía en ese instante, hay momentos de la vida en que los hombres se vuelven prisioneros de sus propios pasos; como Cortés cuando dijo aquello de a Tenochtitlán se va por ahí, o sea, sus y a ellos. Se abanicó alzando un poco la cabeza en busca de más aire, cual si venteáse a su espalda el olor a humo de las naves ardiendo en las playas de Veracruz.

–Saldrá bien.

Como todos los hombres cuando desean ser tranquilizados, a Peregil se le veía más tranquilo. Sacó un paquete de rubio americano y encendió uno.

–¿Seguro que no le haréis daño al viejo?... Porque imagínate que se resiste.

–Por favor –don Ibrahim lanzó una inquieta mirada de soslayo a la Niña y después colocó la mano del cigarro puro en el hombro del Potro–. Un anciano sacerdote. Un santo varón.

Seguía mostrándose de acuerdo Peregil. Pero era necesario mantener también, les recordó, la vigilancia sobre el cura de Roma y la, ejem, señora. Y las fotos. Sobre todo que no se olvidaran de las fotos.

–¿Sabéis que la idea no es mala? –añadió después, volviendo al asunto del párroco–. ¿Cómo se os ocurrió?

Mientras se acariciaba los restos de bigote, don Ibrahim compuso una sonrisa entre halagada y modesta:

–De una película que pasaron ayer en la tele: *El prisionero de Zenda*.

–Me parece que la he visto –Peregil se tocaba el pelo colgante sobre la oreja, intentando camuflarse de nuevo la calva. Su humor era otro. Hasta había hecho una señal al camarero para que trajese una segunda botella, que la Niña Puñales veía acercarse con ojos impasibles de azabache, mientras sus uñas largas, descascarilladas, acariciaban el cristal de la copa vacía–... ¿Esa del fulano al que los amigos meten en la cárcel, y luego encuentra un tesoro y se venga de ellos?

Don Ibrahim movió de un lado a otro la cabeza. El camarero había descorchado la botella, y el fino canturreaba al llenar las copas mientras la Niña lo acompañaba moviendo los labios, en silencio.

–No –dijo–. Ésa es *El conde de Montecristo*. La nuestra es la del hermano malvado que secuestra al rey para coronarse él, pero entonces llega Stewart Granger y lo salva.

–Hay que ver –Peregil asentía, complacido, mirando al Potro–. La verdad es que con la tele se aprende un huevo.

Honorato Bonafé poseía ciertas cualidades porcinas, y no sólo en el aspecto moral de su carácter. Cuando llegó a la penumbra fresca del atrio, el sudor le corría generosamente por la papada color de rosa, encharcándole el cuello de la camisa. Sacó un pañuelo del bolsillo y fue enjugándoselo poco a poco, con toquecitos de sus manos blandas y pequeñas, mientras miraba los exvotos colgados en la pared, la mitad de los bancos arrinconados a un lado de la nave, los andamios contra los muros y sobre el altar mayor. Atardecía en Santa Cruz. La última luz que entraba por las incompletas vidrieras era dorada y rojiza, dándole un halo de misterio a las figuras desconchadas y polvorientas en la madera tallada. Dos ángeles fijaban su mirada en el vacío, y las tallas orantes de los duques del Nuevo Extremo parecían figuras reales, agazapadas en las sombras del retablo.

Dio unos pasos inseguros mirando la bóveda, el púlpito y el confesionario, cuya puerta estaba abierta. No había nadie allí ni tampoco en la sacristía. Anduvo hasta la verja de hierro de la cripta, miró los escalones que bajaban a la oscuridad y luego se volvió hacia el altar. La talla de la Virgen estaba en su hornacina, rodeada por los tubos y las plataformas de los andamios. Bonafé la estuvo contemplando desde abajo y después, con la decisión de quien ejecuta movimientos bien meditados, fue a la escalera del andamio y subió hasta la imagen, unos cinco metros sobre el piso. La luz rojiza que entraba por las vidrieras iluminaba los escorzos de la talla barroca, el corazón traspasado por puñales sobre el pecho, los ojos de Dolorosa alzados al cielo. Y en las mejillas, en el manto azul y en la corona de estrellas que circundaba su cabeza, relucían las perlas del capitán Xaloc.

Bonafé extrajo otra vez el pañuelo del bolsillo, secó más sudor de su frente y su papada, y luego se sirvió de él para quitar el polvo que cubría las perlas, observándolas con mucha atención. Se volvió a mirar la nave desierta de la iglesia, antes de sacar del bolsillo una pequeña navaja que abrió con cuidado. Después raspó ligeramente una de las perlas engarzadas en el manto de la talla y la estudió un rato, pensativo. Al cabo de unos momentos de indecisión introdujo la punta de la navaja en el engarce con mucho tiento, presionando hasta desprender la perla de su alvéolo. Era gruesa, del tamaño de un garbanzo, y la tuvo un rato en la palma de la mano antes de metérsela en el bolsillo de la chaqueta con sonrisa satisfecha.

La luz crepuscular entraba a través del Cristo sin cuerpo de la vidriera rota, tiñendo de rojo las gotas de sudor en el blando perfil de Bonafé. Aún recurrió otra vez al pañuelo para enjugarse la cara. Y en ese momento oyó un suave roce a su espalda, mientras una ligera vibración estremecía la estructura del andamio.

XI

El baúl de Carlota Bruner

Toda la sabiduría del mundo está en los ojos de esos muñecos de cera.

VALÉRY LARBAUD
Poemas

El reloj inglés dio diez campanadas cuando terminaban los postres, así que Cruz Bruner propuso tomar café al fresco, en el patio. Lorenzo Quart ofreció su brazo a la duquesa para salir del comedor de verano, donde habían cenado entre bustos de mármol traídos cuatro siglos atrás de las ruinas de Itálica con el mosaico que adornaba el suelo del patio principal. En el corredor que lo circundaba, antepasados de expresión grave, gola blanca y oscuros ropajes, los miraron pasar desde sus lienzos bajo el artesonado mudéjar. La anciana dama, que vestía de seda negra con pequeñas flores blancas en el cuello y los puños, se los iba mostrando a Quart, apoyada en su brazo: un almirante de la Mar Océana, un general, un gobernador de los Países Bajos, un virrey de las Indias Occidentales. Al pasar junto a los faroles cordobeses, la delgada sombra del sacerdote se proyectaba junto a la menuda y encorvada de la duquesa, entre los arcos de la galería. Y tras ellos, con sandalias, un vestido oscuro y ligero hasta los tobillos, un almohadón para su madre entre los brazos y una sonrisa silenciosa en los labios, caminaba Macarena Bruner.

Tomaron asiento en las sillas de hierro pintado de blanco; Quart entre las dos mujeres, junto a la fuente de azulejos dispuestos según las más rigurosas leyes de la heráldica. Las macetas cubrían el patio de flores y hojas verdes, y el aroma a jazmín se anunciaba en los brotes tiernos. Macarena despidió a la doncella cuando ésta puso en la mesita taraceada la bandeja del café, y ella misma fue sirviendo las tazas. Solo para Quart, cortado para ella. Una coca-cola no demasiado fría para su madre.

—Ya sabe que es mi droga —dijo la vieja dama, en respuesta al interés de Quart—. Los médicos me niegan el café.

Macarena dirigió un gesto desolado al sacerdote:

—Duerme muy poco, y si se acuesta pronto termina desvelándose a las tres o a las cuatro de la madrugada. Esto la ayuda a seguir despierta más tiempo. Por eso la toma así, cafeína incluida. Todos le decimos que no puede ser bueno, pero no hace caso a nadie.

—¿Por qué había de haceros caso? —preguntó Cruz Bruner—... Esta bebida es lo único que me gusta de Norteamérica.

Macarena la miró con suave reproche:

—Gris también te gusta, mamá.

—Es verdad —concedió la anciana entre dos sorbos—. Pero ella es de California: casi española.

Macarena se volvió a Quart, que tenía plato y taza en las manos y removía el café con la cucharilla:

—La duquesa cree que en California los hacendados todavía visten traje charro y botones de plata, fray Junípero predica en las iglesias, y el Zorro cabalga por allí batiéndose a sable por los pobres.

—¿Y no es así? —preguntó Quart, divertido.

Cruz Bruner hizo un vigoroso gesto afirmativo.

—Así debería ser —dijo, y luego miró a su hija como si el comentario del sacerdote fuera decisivo—. A fin de cuentas, tu architatarabuelo Fernando fue gobernador de California antes de que nos quitaran aquello.

Lo dijo con el aplomo de su sangre y la de los graves caballeros apostados en los lienzos del corredor; parecía que California se la hubieran arrebatado directamente a ella o a su familia. Resultaba singular la mezcla de familiaridad y tolerancia cortés, algo altiva, con que Cruz Bruner se dirigía a sus semejantes, con toda aquella larga memoria desfilando en silencio por sus ojos enrojecidos, lúcidos y tristes, en los que de pronto asomaba la sonrisa como el estallido de un cristal roto. Quart observó las manos y el rostro llenos de arrugas, moteados por manchas pardas; la piel seca y la débil línea de carmín rosa pálido que trazaba el contorno imaginario de unos labios marchitos. El cabello blanco con reflejos azulados, el collar de pequeñas perlas en torno al cuello, el abanico de Romero de Torres. Ya apenas quedaban mujeres como ésa. Conocía a algunas supervivientes –damas solitarias que paseaban su tiempo perdido y sus nostalgias en pueblecitos de la Costa Azul, matronas de la antigua nobleza negra italiana, secas reliquias centroeuropeas con sonoros apellidos austrohúngaros, piadosas señoras españolas–, y sabía que del molde original quedaban muy pocas, y Cruz Bruner era de las últimas. Los hijos e hijas eran balas perdidas, sin oficio ni beneficio, pasto de prensa amarilla, cuando no trabajaban de nueve a seis en un despacho o un banco, regentaban bodegas, tiendas o discotecas de moda, y le hacían el juego a los financieros y a los políticos de quienes dependía su sustento. Estudiaban en Norteamérica, viajaban a Nueva York antes que a París o Venecia, no sabían hablar francés, y se casaban con gente divorciada, modelos de alta costura o advenedizos cuya única memoria eran los dígitos de una cuenta corriente recién estrenada con la especulación y los golpes de fortuna. Ella misma lo había dicho durante la cena, con una sonrisa y un relámpago de humor inteligente, burlón. Como las ballenas y las focas, yo también pertenezco a una especie amenazada: la aristocracia.

—Ciertos mundos no terminan con terremotos, ni estrépitos formidables —la septuagenaria miraba a Quart con aire de duda, preguntándose si era capaz de comprender sus palabras—. Se limitan a extinguirse en silencio, con un discreto ay.

Acomodó el almohadón en su espalda antes de quedarse callada unos instantes, escuchando. Cantaban los grillos en el jardín junto a la tapia del convento vecino, y un leve resplandor en el cielo anunciaba la salida de la luna.

—En silencio —repitió.

Quart miró a Macarena. Tenía la luz de los faroles de la galería a la espalda, y la mitad del rostro en penumbra bajo el pelo que le había resbalado desde un hombro. Cruzaba las piernas bajo el largo vestido de algodón oscuro, con las sandalias mostrando sus pies desnudos. El marfil del collar le resplandecía suavemente en el cuello.

—No es el caso de Nuestra Señora de las Lágrimas —aventuró Quart—. Su decadencia sí hace ruido.

Macarena no dijo nada. Fue su madre quien movió un poco la cabeza:

—No todos los mundos se resignan a desaparecer —susurró. El comentario sonaba como un suspiro.

—Usted no tiene nietos —dijo Quart.

Procuró decirlo en tono neutro, casual. Que no pudiera considerarse una provocación o una impertinencia, aunque algo tuviese de ambas cosas a la vez. Pero Macarena siguió impasible, y fue Cruz Bruner quien habló, al tiempo que miraba a su hija:

—Tiene razón. No los tengo.

Hubo un silencio que él sostuvo con la esperanza de no haber errado el tiro. Ahora Macarena había adelantado el rostro, lo suficiente para que el trozo de luna que despuntaba sobre el alero iluminase una mirada hostil fija en Quart:

—Ése no es asunto suyo —dijo al fin, en voz muy baja.

—Puede que tampoco lo sea mío —concedió la duquesa, acudiendo en ayuda de su invitado—. Pero es una lástima.

—¿Por qué ha de ser una lástima? —el tono de Macarena fue cortante como un cuchillo; le hablaba a su madre pero seguía mirando al sacerdote—. A veces es mejor no dejar nada atrás —hizo un gesto violento, exasperado, para apartar el cabello—. Son afortunados esos soldados que van a las guerras con todo cuanto tienen: su caballo y su sable, o su fusil. Sin nadie por quien preocuparse y sufrir.

—Como algunos sacerdotes —concluyó Quart, que tampoco quitaba los ojos de ella.

—Tal vez —Macarena reía ahora sin ganas; muy lejos de su habitual risa franca, de muchacho—. Debe de ser maravilloso sentirse tan irresponsable y tan egoísta. Elegir la causa que uno ame o le convenga, como hace Gris. O como usted. No la que se hereda o le imponen a una.

Con las últimas palabras quedó un rastro de amargura. Cruz Bruner entrelazaba los dedos en torno al abanico:

—Nadie te forzó a ocuparte de esa iglesia, hija mía. Ni a convertirla en cuestión personal.

—Por favor. Sabes mejor que nadie que hay obligaciones que no eliges, pero que recaen sobre ti. Baúles que no se abren impunemente… Hay vidas gobernadas por fantasmas.

La duquesa hizo sonar el abanico con un chasquido.

—Ya la oye, padre. ¿Quién dijo que las heroínas románticas habían desaparecido?… —se dio un poco de aire antes de cerrar las varillas pensando en otra cosa.

Miraba, abstraída, los rasguños en los nudillos del sacerdote–. Pero los fantasmas sólo duelen con la juventud. El tiempo los multiplica, es cierto; aunque también suaviza sus efectos: el dolor se vuelve melancolía. Todos mis fantasmas nadan en una balsa de aceite –deslizó una lenta mirada alrededor, a los arcos mudéjares del patio, la fuente de azulejos y la luna que ascendía en el rectángulo de cielo negro azulado–. Ni siquiera esto duele ya –miró a su hija–. Sólo tú, quizás. Un poco.

Ladeó la cabeza la anciana, con gesto idéntico al de Macarena, y de pronto Quart descubrió en su rostro los rasgos familiares de la hija. Fue una visión rápida que lo hizo asomarse por un extraño momento al futuro, treinta o cuarenta años más tarde, de la hermosa mujer que estaba a su lado, mirándolo callada mientras escuchaba a su madre. Todo llega, se dijo Quart. Y todo acaba.

–Por un tiempo confié en el matrimonio de mi hija –seguía diciendo Cruz Bruner–. Eso me consolaba al pensar que tarde o temprano terminaré por dejarla sola. Octavio Machuca y yo coincidimos en que Pencho era ideal: listo, buena planta, un futuro por delante… Se veía muy enamorado de Macarena, y estoy segura de que aún lo está, a pesar de cuanto ha ocurrido –se fruncieron los labios inexistentes de la duquesa–. Pero de la noche a la mañana, todo empezó a cambiar –le dirigió una fugaz mirada a su hija–. La niña abandonó su casa y volvió conmigo.

El tono de la anciana había virado al reproche, pero Macarena continuaba impasible. Quart bebió un último sorbo de su taza y la puso encima de la mesa. Tenía la continua sensación de rozar certezas, sin conseguirlo.

–No me atrevo –aventuró– a preguntar por qué.

–No se atreve –Cruz Bruner se abanicaba, mirándolo con ironía–. Tampoco yo me atrevo. En otro momento habría calificado todo esto como una desgracia; pero ya no sé qué es mejor... Soy la penúltima de mi estirpe, con casi tres cuartos de siglo propio a cuestas y una galería de retratos de antepasados que ya nadie teme, respeta o recuerda.

La luna fue a enmarcarse en mitad del rectángulo de cielo. Cruz Bruner hizo apagar todos los faroles. La luz se volvió azul y plata, con los blancos del patio –dibujos en azulejos, sillas, tonos pálidos en el mosaico del suelo– destacando en la penumbra igual que si fuese de día.

–Es parecido a cruzar una línea –prosiguió la duquesa, y Quart supo que continuaba la conversación interrumpida–. Y visto desde allí el mundo sea diferente.

–¿Y qué hay allí?

La anciana lo miró con fingida sorpresa:

–En boca de un sacerdote es una pregunta inquietante... Las mujeres de mi generación creímos siempre que ustedes tenían respuestas para todo. Cuando a mi viejo confesor, ya fallecido, le pedía consejo respecto a las calaveradas de mi marido, siempre me aconsejaba resignación, oraciones, y ofrecer mis angustias a Jesucristo. Según él, la vida privada de Rafael iba por una parte, y mi salvación por otra. No tenían nada que ver.

Miraba alternativamente a su hija y a Quart, y éste se preguntó qué consejos conyugales eran los que don Príamo Ferro le había dado a Macarena.

–A este lado de la línea –prosiguió Cruz Bruner, retomando el hilo– hay cierta curiosidad desapasionada. Una ternura tolerante hacia quienes llegarán hasta aquí tarde o temprano, y no lo saben.

–¿Como su hija?

La anciana lo pensó un momento:

–Por ejemplo –dijo por fin, y estudió a Quart, interesada–. O como usted mismo. No siempre será un sacerdote apuesto que atraiga a sus feligresas.

Quart ignoró la alusión. Seguía rozando certezas, sin éxito:

–¿Y qué tiene que ver todo eso con el padre Ferro?... ¿Cuál es su visión desde el otro lado?

La anciana hizo un gesto de ignorancia. Empezaba a aburrirle aquella conversación.

–Tendría que preguntárselo a él. Me parece que don Príamo no es tierno, ni tolerante. Pero es un sacerdote honrado, y yo creo en los sacerdotes. Creo en la Iglesia católica, apostólica y romana, y espero salvar mi alma en la vida eterna –se tocó la barbilla con el abanico cerrado–... Creo hasta en los sacerdotes como usted, que no dicen misa ni cosas así; incluso en esos que llevan pantalón vaquero y zapatillas de tenis, como el padre Óscar... En ese mundo desaparecido del que procedo, un sacerdote significaba algo. Por otra parte –miró a su hija–, Macarena quiere mucho a don Príamo, y yo también creo en Macarena. Me gusta verla librar sus batallas personales, aunque a veces no la entienda. Batallas imposibles cuando yo tenía su edad.

Reflexionaba Quart sobre la integridad del párroco de Nuestra Señora de las Lágrimas. Era la segunda vez que oía proclamar aquella honradez en los dos últimos días; pero eso estaba en contradicción con el informe sobre Cillas de Ansó. Miró el reloj:

–¿El padre Ferro está ahora en el observatorio?

–Es demasiado pronto –respondió Cruz Bruner–. Suele subir un poco más tarde, hacia las once... ¿Le gustaría esperarlo?

–Sí. Hay un par de cosas que debo comentar con él.

–Excelente. Así gozaremos más tiempo de su compañía –volvían a cantar los grillos, y la vieja dama escuchaba atenta, vuelta a medias hacia el jardín–... ¿Sabe ya quién le mandó nuestra postal?

Sólo tornó a mirarlo después de hecha la pregunta; Quart había metido la mano en el bolsillo interior de la chaqueta y puesto sobre la mesa la tarjeta nunca recibida por el capitán Xaloc.

—No tengo la menor idea —se sentía observado por Macarena—. Pero al menos ahora sé quién era cada cual, y lo que significa.

—¿De verdad lo sabe? —Cruz Bruner plegaba y desplegaba el abanico, y por fin tocó con su extremo el rectángulo de cartulina que destacaba sobre la mesa—... En ese caso, mientras espera a don Príamo, quizá sea un buen momento para devolver la postal al baúl de Carlota.

Quart miró a las dos mujeres, indeciso. Macarena se había levantado y aguardaba, inmóvil, con la postal en la mano y la luna recortándole en un trazo pálido la silueta del cabello y los hombros. Se puso en pie y la siguió a través del patio y del jardín.

Cuando subieron al palomar, unas nubes rozaban la parte inferior de la luna; y aquella claridad velada confería una apariencia irreal a la ciudad bajo sus pies. Los tejados de Santa Cruz se escalonaban a la manera de un antiguo decorado de teatro, en planos de sombras rotos a intervalos por la luz de una ventana, un farol distante en un trozo de calleja estrecha entre dos aleros, una terraza donde la ropa tendida colgaba como sudarios en la noche. La Giralda se alzaba iluminada al fondo igual que si la hubieran pintado sobre un telón oscuro, y la espadaña de Nuestra Señora de las Lágrimas parecía muy próxima, casi al alcance de la mano, al otro lado de los largos visillos blancos que se movían lentamente, agitados por el aire.

—No es brisa del río, sino del mar —dijo Macarena—. Sube de noche, desde Sanlúcar.

Después introdujo los dedos a la izquierda de su escote, y sacando el mechero del tirante del sujetador encendió un cigarrillo. El humo se fue por los arcos de la habitación, entre el enjambre de insectos nocturnos que revoloteaba en torno a la lámpara encendida, en el espacio de luz que ésta proyectaba junto al baúl abierto.

–Es cuanto queda de Carlota Bruner –dijo.

En el baúl había cajas lacadas, cuentas de azabache, una figurita de porcelana, abanicos rotos, una mantilla blonda muy vieja y raída, agujones de sombrero, ballenas de corsé, un bolso de finos eslabones de plata, unos gemelos de ópera guarnecidos de nácar, las ajadas flores de tela, papel y cera de un sombrero, libros de fotos y postales, viejas revistas ilustradas, estuches de piel y cartón, unos insólitos guantes rojos y largos de gamuza, ajados libros de poesía y cuadernos escolares, bolillos de madera para encaje, una trenza de pelo castaño muy claro de casi tres palmos de longitud, un catálogo de la Exposición Universal de París, un trozo de coral, una góndola en miniatura, un vetusto folleto turístico de las ruinas de Cartago, una peineta de carey, un pisapapeles de cristal con un caballito de mar en su interior, varias monedas antiguas, romanas, y otras de plata con la efigie de Isabel II y Alfonso XII. En cuanto al paquete de cartas, era grueso y estaba sujeto con una cinta. Calculó Quart medio centenar: casi las dos terceras partes eran sobres que contenían cuartillas plegadas en tres dobleces, y el resto tarjetas postales. La tinta había palidecido en el papel amarillento y quebradizo, virando del negro o el azul a un sepia diluido que a veces se tornaba ilegible. Ninguna llevaba matasellos y todas estaban escritas con la letra inclinada, fina e inglesa, de Carlota. Dirigidas al capitán don Manuel Xaloc, puerto de La Habana, Cuba.

–¿No hay ninguna de él?

–No –arrodillada ante el baúl, Macarena cogió varias cartas y estuvo revisándolas con el cigarrillo humeante entre los dedos–. Mi bisabuelo las quemaba a medida que se las iban entregando en Correos. Es una pena. Sabemos lo que ella escribía, pero no lo que le contaba él.

Sentado en uno de los viejos sillones, con los estantes llenos de libros a su espalda, Quart echó un vistazo a las postales. Todas eran estampas populares de Sevilla como la que él había recibido: el puente de Triana, el puerto con la Torre del Oro y una goleta amarrada frente a ella, un cartel de la Feria, la reproducción de un cuadro de la Catedral. *Te espero, te esperaré siempre, con todo mi amor, siempre tuya, aguardo noticias, te ama Carlota.* Extrajo un carta de su sobre. La fecha del encabezamiento era 11 de abril de 1896:

Querido Manuel:
No me resigno a vivir sin noticias tuyas. Tengo la seguridad de que mi familia interviene tu correo pues sé que no me has olvidado. Hay algo en mi corazón, un pequeño tic-tac como el de tu reloj, que dice que mis cartas y mi esperanza no viajan al vacío. Voy a enviarte ésta con una doncella que creo segura, y espero que mis palabras lleguen a ti. Con ellas renuevo mi mensaje de amor y mi promesa de aguardarte siempre, hasta que regreses por fin.
¡Qué larga es la espera, corazón! Pasa el tiempo y sigo aguardando que una de las velas blancas que vienen río arriba te traiga consigo. La vida tiene forzosamente que ser, al final, generosa con los que tanto sufren por confiar en ella. A veces me faltan las fuerzas y lloro, y me desespero, y llego a creer que no volverás nunca. Que me has olvidado a pesar de tu juramento. ¿Ves qué injusta y estúpida puedo llegar a ser?
Te espero siempre, cada día, en la torre desde la que

te vi marchar. A la hora de la siesta, cuando todos duermen y la casa está en silencio, vengo aquí arriba y me siento en la mecedora a mirar el río por el que volverás. Hace mucho calor y ayer me pareció ver moverse, navegando, los galeones que hay pintados en los cuadros de la escalera. También he soñado con niños que jugaban en una playa. Creo que son buenas señales. Quizás en este momento estés ya de camino hacia mí.

Vuelve pronto, amor mío. Necesito oír tu risa, y ver tus dientes blancos y tus manos morenas y fuertes. Y verte mirarme como me miras. Y renovar ese beso que una vez me diste. Vuelve, por favor. Te lo suplico. Vuelve o me moriré. Siento que por dentro ya me estoy muriendo.

Mi amor.

Carlota

—Manuel Xaloc nunca leyó esta carta —dijo Macarena—. Como ninguna de las otras. Ella aún mantuvo la cordura medio año más, y luego sobrevino la oscuridad. No exageraba: se estaba muriendo por dentro. Y cuando por fin él vino a verla y se sentó en el patio con su uniforme azul y sus botones dorados, Carlota ya estaba muerta. La que se movía ante él, incapaz de reconocerlo, era una sombra.

Quart dobló la carta, devolviéndola a su cementerio de papel amarillento, de sobres como lápidas sobre mensajes lanzados a ciegas, a la oscuridad y al vacío. Se sentía azarado, incómodo, casi culpable de violar, entrometiéndose, la intimidad de un oscuro diálogo hecho de gritos de auxilio, de palabras de amor que nunca tuvieron respuesta. Aquella carta le producía una indefinible vergüenza. Una tristeza infinita.

—¿Quiere leer más? —preguntó Macarena.

Quart negó con la cabeza. La brisa que subía desde Sanlúcar por el Guadalquivir agitaba los visillos, des-

cubriendo a intervalos la silueta sombría de la espadaña de la iglesia. Macarena se había sentado en el suelo,
apoyada en el baúl, y releía algunas cartas a la luz de la
lámpara que arrancaba reflejos oscuros a la melena negra sobre la mitad de su rostro. Quart admiró la curva
del cuello, la piel morena del escote y el nacimiento de
los hombros, los pies desnudos bajo las sandalias
de cuero. Desprendía una sensación de calidez tan intensa que tuvo que contenerse para no alargar una
mano y rozar la carne de su cuello con los dedos.

—Mire esto —dijo ella.

Le alargaba una hoja manuscrita: el boceto de un
barco y un texto escrito debajo, la letra y los trazos de
Carlota. Estaba encabezado por el título: *Yate armado
«Manigua»*. Lo acompañaban las características técnicas del buque, y era evidente que había sido copiado de
una revista de la época.

—Esta carpeta es posterior —dijo Macarena, pasándole un cartapacio atado con cintas—. Fue mi abuelo
quien la puso aquí dentro, después de muerta Carlota.
Es el otro epílogo de la historia.

Abrió Quart la carpeta. Contenía viejos recortes de
prensa y revistas ilustradas, y todo se refería al final
de la guerra de Cuba y el desastre naval del 3 de julio de 1898. Una portada de *La Ilustración* reconstruía
en un grabado artístico la destrucción de la escuadra
del almirante Cervera. También había una página con
el relato de la batalla, un plano de la costa de Santiago
de Cuba, grabados de los principales jefes y oficiales
muertos en el combate; y entre ellos Quart encontró lo
que buscaba. No era de muy buena calidad, y el pie del
ilustrador lo decía, «realizado a partir de testimonios
fidedignos». El retrato mostraba las facciones de un
hombre bien parecido, con el cuello de la chaqueta
abotonado hasta arriba sobre un pañuelo blanco, y expresión melancólica. Era el único que llevaba ropa

civil, y parecía que el dibujante hubiera pretendido subrayar su pertenencia accidental a la escuadra de Cervera. Tenía el pelo corto y un ancho bigote unido a frondosas patillas: *Capitán de la marina mercante D. Manuel Xaloc Ortega, comandante del «Manigua»*. Lo habían dibujado mirando hacia algún lugar impreciso más allá del hombro de Quart, como si en el fondo le importara un bledo figurar entre los héroes de Cuba. Más abajo, en la misma página, estaba el texto:

«...Mientras el Infanta María Teresa, *tras soportar durante casi una hora el fuego concentrado de la escuadra norteamericana, encallaba en la costa envuelto en llamas, el resto de los barcos españoles iba saliendo uno tras otro por la boca del puerto de Santiago, entre los fuertes de El Morro y Socapa, siendo recibidos en el acto por una densa concentración de artillería de los acorazados y cruceros de Sampson, cuya superioridad artillera y de blindaje era aplastante. Con sus torres inutilizadas, acribillados puentes y superestructura y con enorme número de muertos y heridos a bordo, ardiendo todo su costado de babor, el* Oquendo *pasó ante el lugar en que estaba encallado su buque insignia, e incapaz de continuar, con su comandante (capitán de navío Lazaga) muerto, fue a encallar una milla más al oeste para no caer en manos del enemigo.*

El Vizcaya *y el* Cristóbal Colón *forzaron máquinas navegando paralelos a la costa, estrechados contra ésta por el diluvio de fuego norteamericano. Pasaron junto a sus compañeros destruidos, cuyos supervivientes intentaban ganar a nado la costa. Mas rápido, se adelanto el* Colón, *mientras el infortunado* Vizcaya *quedaba bajo los impactos de todas las unidades adversarias. Ardió el navío, y tras intentar inútilmente su comandante (capitán de navío Eulate) embestir al acorazado* Brooklyn, *fue a embarrancar bajo el intenso fuego del*

Iowa y el Oregón, *con la bandera ardiendo pues no fue arriada. Llegó después el turno del Colón (capitán de navío Díaz Moreu), que a la una de la tarde, acosado por cuatro buques norteamericanos, indefenso sin artillería gruesa, fue arrojado contra la costa y hundido por su propia tripulación. Al mismo tiempo más retrasadas y ya sin ninguna esperanza de sobrevivir, salían del puerto una detrás de la otra las unidades ligeras de la escuadra, los contratorpederos* Plutón y Furor, *a los que en las últimas horas se había unido el yate armado Manigua, cuyo comandante (capitán de la Marina mercante Xaloc) se negó a permanecer en el abrigo del puerto, donde su barco habría sido capturado con la ciudad a punto de caer. Estas pequeñas unidades, conscientes de la imposibilidad de escapar, fueron directamente al encuentro de los acorazados y cruceros norteamericanos. Embarrancó el* Plutón *(teniente de navío Vázquez) tras ser partido en dos por un grueso proyectil del* Indiana, *y fue echado a pique el* Furor *(comandante Villaamil) por el fuego del mismo acorazado y del* Gloucester. *En cuanto al ligero y rápido* Manigua, *salió el último por la boca del puerto de Santiago cuando la costa era ya una sucesión de barcos españoles embarrancados y en llamas, izó una insólita bandera negra junto al pabellón nacional, rodeó el bajo del Diamante soportando ya fuego enemigo, y sin vacilar puso rumbo a la unidad norteamericana más próxima, a la sazón el acorazado* Indiana. *De esa forma, el* Manigua *navegó tres millas acercándose en zigzag al acorazado, recibió un fuego intensísimo, y se hundió a la una y veinte minutos de la tarde, con la cubierta arrasada e incendiado de proa a popa, cuando aún intentaba embestir al enemigo.*

Quart puso otra vez el recorte dentro de la carpeta y la devolvió al baúl, con el resto de los documentos.

Ahora ya sabía qué miraban los ojos indiferentes del capitán Xaloc en el retrato publicado por la revista: los cañones del acorazado *Indiana*. Por un momento lo entrevió agarrado a la batayola del puente, entre el fragor de los cañonazos y el humo del barco incendiado, resuelto a terminar su largo viaje hacia ninguna parte.

–¿Carlota llegó a saber esto?

Macarena hojeaba las páginas de un viejo álbum de fotos:

–No lo sé. En julio de 1898 ya había perdido por completo la razón, así que ignoramos lo que pudo significar para ella. Creo que le ocultaron la noticia. En todo caso, siguió subiendo aquí a esperar, hasta su muerte.

–Qué triste historia.

Ella mantenía abierto el álbum por una de las páginas, y se la enseñaba. Había allí pegada una antigua fotografía, una cartulina rectangular con la firma del estudio fotográfico en un ángulo. Mostraba a una joven vestida con ropas claras de verano, una sombrilla cerrada en la mano y un sombrero de ala muy ancha, con flores parecidas a las de tela y cera que había en el baúl. La impresión fotográfica estaba tan desvaída que todos los trazos eran amarillos, y buena parte de éstos borrados por el tiempo; pero podían apreciarse las manos finas que sostenían guantes y abanico, el cabello claro recogido en la nuca, el óvalo del rostro pálido, la sonrisa triste y la mirada ausente. No era bella, pero tenía un aspecto agradable; dulce y sereno. Quart le calculó poco más de veinte años.

–Quizá se hizo esta foto para él –aventuró Macarena.

Un soplo de brisa más fuerte movió los visillos, y Quart distinguió de nuevo la cercana espadaña de Nuestra Señora de las Lágrimas. Para templar su malestar se puso en pie, fue hasta uno de los arcos mozárabes, se quitó la chaqueta, doblándola sobre el alféizar, y estuvo mirando recortarse el tejado de la iglesia en la oscuridad. Era tanta su desolación como la que Manuel Xaloc hubo de sentir saliendo por última vez de la Casa del Postigo, camino de la iglesia para depositar allí las perlas del vestido de novia que Carlota Bruner no luciría jamás.

–Lo siento –murmuró a la noche, incapaz de precisar ante quién formulaba aquella disculpa. Ni siquiera sabía de qué disculparse, pero experimentaba la necesidad de hacerlo. Sentía el frío del arco de la cripta en las muñecas, el chisporroteo de las velas ardiendo durante la misa del padre Ferro, el olor a pasado estéril que emanaba del baúl abierto. Y un templario solitario en un páramo, apoyándose exhausto en su espada, veía pasar ante sus ojos, lentamente, el yate armado *Manigua* haciéndose a la mar aquel 3 de julio de 1898, con una silueta inmóvil en el puente de mando y, junto al pabellón, una bandera negra como la desesperanza.

Hubo un roce próximo. Macarena se le había acercado y miraba también la torre de Nuestra Señora de las Lágrimas.

–Ahora –dijo– ya sabe todo lo necesario.

Nunca hubo verdad como ésa. Quart sabía más de lo que deseaba saber, y *Vísperas* había cumplido su inútil objetivo. Pero nada de todo aquello podía traducirse en la prosa oficial del informe esperado por el IOE. Lo que monseñor Spada y Su Eminencia Jerzy Iwaszkiewicz y Su Santidad el Papa deseaban conocer, la identidad del pirata informático y la posibilidad de un escándalo en torno a la pequeña parroquia sevillana, era cuanto importaba del asunto. El resto, las historias y las vidas cobijadas entre los muros de aquella iglesia, no contaban para nadie. La apasionada juventud del padre Óscar había dado en el clavo: Nuestra Señora de las Lágrimas estaba demasiado lejos de Roma. Sólo era, como el *Manigua* del capitán Xaloc, un pequeño buque navegando en zigzag, con la suerte sellada de antemano, frente a la impávida mole de acero de un acorazado desprovisto de alma.

Macarena había puesto una mano sobre su brazo, el mismo de la mano herida, y él lo mantuvo inmóvil, sin retirarlo, aunque ella tuvo que notar endurecerse los músculos bajo el contacto.

–Me voy de Sevilla –dijo Quart por fin, en voz baja.

Ella no dijo nada de inmediato. Al cabo de un momento, sintió que se volvía a mirarlo:

–¿Cree que comprenderán en Roma?

–No lo sé. Pero que comprendan o no, carece de importancia –Quart hizo un gesto hacia el baúl, el campanario, la ciudad oscura a sus pies–. No son ellos quienes han estado aquí. Éste es sólo un punto minúsculo en un mapa, sobre el que un audaz intruso informático atrajo por un rato su atención. Mi informe será archivado a los pocos minutos de leerlo.

–Es injusto –protestó Macarena–. Se trata de un lugar especial.

–Se equivoca. El mundo está lleno de lugares así. Cada rincón, cada historia, tienen una Carlota esperando en una ventana, un viejo párroco testarudo, una iglesia que se cae a pedazos en alguna parte… Ustedes no son tan importantes como para quitarle el sueño al Papa.

–¿Y a usted?

–Eso no tiene nada que ver. Yo dormía poco, antes.

–Ya veo –retiraba la mano apoyada en su brazo–. No le gusta sentirse implicado, ¿verdad?… Salvo que se trate de cumplir órdenes –se echó hacia atrás el cabello con violencia, colocándose de forma que él no tuvo más remedio que mirarle la cara–… ¿No va a preguntarme por qué dejé a mi marido?

–No. No voy a preguntárselo. Eso tampoco es imprescindible en mi informe.

Sonó la risa baja, desdeñosa, de la mujer.

–Me importa poco su informe. Usted vino aquí haciendo preguntas y ahora no puede decir que se va y elude el resto de las respuestas… Ha curioseado en las vidas de todo el mundo, así que puede completar la mía –sus ojos no se apartaban de Quart. La voz se le volvía absorta, grave; como si antes de modularse recorriera un largo trecho adentro–. Yo quería un hijo, ¿sabe?… Algo que atenuase la sensación de que no hay nada entre mis pies y el abismo… Yo quería un hijo y Pencho no –el tono cambió al sarcasmo–. Imagínese los argumentos: prematuro, mala época, momento crucial en nuestras vidas, necesidad de concentrar esfuerzos y energías, ya lo tendremos más adelante… No le hice caso y me quedé embarazada. ¿Por qué aparta el rostro, padre Quart?… ¿Se escandaliza?… Imagínese que está en el confesionario. A fin de cuentas, es su oficio.

Quart movía la cabeza, repentinamente seguro de sí. Aquello era justo lo único que le quedaba claro. Su oficio.

–Se equivoca de nuevo –repuso con suavidad–. No lo es. Ya dije en una ocasión que no quiero confesarla a usted.

–No puede evitarlo, padre –Quart percibió despecho e ironía en el tono de la mujer–. Considéreme un alma atribulada que su ministerio le impide rechazar –sobrevino un silencio–… Además, tampoco estoy pidiendo una absolución.

Encogió él los hombros, cual si aquello bastase para dejarlo al margen. Pero ella tenía los ojos llenos de reflejos de luz, y de luna, y de noche, y no pareció advertir el gesto.

–Me quedé embarazada –prosiguió, en el mismo tono de antes– y a Pencho le cayó el mundo encima.

Demasiado pronto, demasiados problemas antes de tiempo, insistía. Presionó como nunca nadie en mi vida… Presionó para que me lo quitara.

Así que era eso. Las piezas rezagadas siguieron encajando lentamente en las reflexiones del sacerdote. Macarena se quedaba callada, y él no pudo evitar abrir la boca, a su pesar:

—Y lo hizo —dijo.

No era una pregunta. Se giró a mirarla, viéndola sonreír con una amargura que nunca le había visto antes.

—Lo hice —Santa Cruz seguía reflejándose en sus ojos, pálida a causa de la luna—. Soy católica y me resistí cuanto pude. Pero amaba realmente a mi marido. Contra la opinión de don Príamo, ingresé en una clínica y perdí el niño. Sólo que las cosas se complicaron: tuve una perforación del útero con hemorragia arterial, y hubo que practicarme una histerectomía de urgencia… ¿Sabe lo que significa eso? Que nunca podré ser madre otra vez —alzó los ojos y se inundaron de luna, borrándose todo rastro de lo demás—. Nunca.

—¿Qué dijo el padre Ferro?

—Nada. Es anciano y ha visto demasiado. Sigue dándome la comunión cuando se la pido.

—¿Lo sabe su madre?

—No.

—¿Y su marido?

Ahora ella emitió una carcajada corta y seca.

—Tampoco —pasaba la mano por el alféizar, cerca del brazo de Quart, pero sin llegar a tocarlo esta vez—. Nadie lo sabe excepto el padre Ferro y Gris. Y ahora, usted.

Dudó un momento, como si fuera a añadir un nombre más. Pero Quart la miraba, sorprendido:

—¿Aprobó la hermana Marsala su decisión de abortar?

–Al contrario. Aquello casi me cuesta su amistad. Pero cuando se complicaron las cosas en la clínica, ella acudió a mi lado… En cuanto a Pencho, no le permití acompañarme durante la intervención, y siempre creyó que el aborto fue normal. Regresé a casa, convaleciente, y para él todo parecía ir bien.

Guardó silencio un instante, mirando la Giralda iluminada a lo lejos, y luego se volvió al sacerdote.

–Hay un periodista –dijo–. Un tal Bonafé, el mismo que publicó la semana pasada ciertas fotos…

Se calló, esperando sin duda un comentario; pero Quart no dijo nada. Las fotografías del hotel Alfonso XIII eran lo de menos. Le preocupaba el nombre de Honorato Bonafé en boca de Macarena.

–Un tipo desagradable –prosiguió ella, al cabo de un momento–. Blando, sucio… De esos a quienes nunca darías la mano porque se adivina húmeda.

–Lo conozco –dijo por fin Quart.

Macarena le dirigió una ojeada suspicaz, preguntándose de qué podía él conocer a semejante individuo. Después inclinó la cabeza, y el cabello negro se interpuso entre ambos.

–Vino a verme esta mañana –prosiguió–. En realidad fue a abordarme en la puerta, pues no lo habría recibido aquí nunca. Lo mandé con viento fresco, pero antes de irse insinuó algo sobre la clínica… Ha estado haciendo preguntas.

Sangre de Dios. Quart torcía el gesto, imaginando la escena. Por un momento lamentó no haber sido más contundente con Bonafé cuando su última entrevista. La rata miserable. Deseó con toda el alma tropezárselo de nuevo a su regreso, en el vestíbulo del hotel, para borrar de su cara aquella sonrisa viscosa.

–Estoy un poco inquieta –confesó Macarena.

Lo dijo en un tono preocupado, inseguro, que tampoco le había oído nunca antes. Quart imaginaba sin esfuerzo el partido que Bonafé iba a sacar de la historia.

–Abortar –comentó– ya no es un problema en España.

–No. Pero ese hombre y su revista viven de escándalos.

Cruzaba los brazos, apretados. De pronto parecía tener frío.

–¿Sabe cómo se hace un aborto, padre Quart?... –se había vuelto a estudiarlo, buscando la respuesta en su rostro para descartarla al fin con una mueca despectiva–. No, creo que no lo sabe. Quiero decir que no lo sabe de verdad. Toda aquella luz, y el techo blanco, y las piernas abiertas. Y las ganas de morirse. Y la infinita, fría, espantosa soledad... –se apartó bruscamente de la ventana–. Malditos sean todos los hombres del mundo, incluido usted. Maldito hasta el último de ellos.

Se detuvo en un suspiro muy hondo, expulsando aire igual que si le doliera en los pulmones. El contraste de luces y sombras en su rostro parecía envejecerla; o tal vez fuese aquel tono de voz lento, amargo, que la convertía en otra mujer más dura y más gastada.

–Yo me negaba a pensar –prosiguió, tras un momento–. A reflexionar sobre lo que había ocurrido. Vivía en un sueño extraño del que deseaba despertarme... Y un día, a los tres meses de mi regreso, entré en el cuarto de baño mientras Pencho se duchaba después de que hiciéramos el amor por primera vez. Estaba bajo el agua, enjabonándose, y yo me senté en el borde de la bañera a mirarlo. De pronto sonrió, y entonces lo vi como un perfecto desconocido... Alguien sin relación con el hombre que yo amaba, y por el que había perdido la posibilidad de tener hijos.

Se calló otra vez para exasperación de Quart, que habría preferido no saber, y sin embargo estaba pendiente de sus palabras. Por un momento pareció que había terminado; pero se acercó de nuevo a la ventana, una mano detenida en el alféizar a medio camino entre ella y el sacerdote, sobre la chaqueta doblada.

—Me sentí muy vacía y muy sola –prosiguió por fin–. Peor que en la clínica. Entonces hice una maleta y vine aquí… Pencho nunca lo entendió. Sigue sin entenderlo aún.

Quart respiró despacio cinco, seis veces. Ella parecía aguardar un comentario por su parte.

—Por eso le hace daño –dijo al fin. Ahora tampoco era una pregunta.

—¿Daño?… Nadie puede hacerle daño a él. Su egoísmo y sus obsesiones están blindados. Pero sí puedo hacerle pagar un alto precio social: esta iglesia, su prestigio como financiero y su orgullo como hombre. Sevilla pasa muy fácilmente del aplauso a los silbidos… Hablo de *mi* Sevilla, esa a cuyo reconocimiento aspira Pencho. Y pagará por ello.

—Su amiga Gris sostiene que usted aún lo ama.

—A veces ella habla demasiado –rió de nuevo, con idéntica amargura–. Quizá el problema resida en que lo amo. O en lo contrario. De un modo u otro, eso no cambiaría nada.

—¿Y yo?… ¿Por qué me cuenta todo esto?

La luna miraba a Quart. Dos discos blancos. Opaca.

—No lo sé. Ha dicho que se va, y de pronto eso me incomoda –estaba ahora tan cerca que cuando llegó otro soplo de brisa sus cabellos rozaron la cara de Quart–. Tal vez a su lado me siento menos sola; parece que encarne, a pesar de sí mismo, esa imagen atávica que siempre tuvo el sacerdote para buena parte de las mujeres: alguien fuerte y sabio en quien confiar, o a quien confiarse… Tal vez sean su traje negro y ese alzacuello, o quizá el hecho de que es, también, un hombre atractivo. Puede que su venida de Roma, y lo que representa, atraiga mi interés. Quizá yo sea su *Vísperas*.

Puede que intente ganarlo para mi causa, o simplemente intente infligir una nueva y más retorcida ofensa al honor de Pencho... También podría tratarse de algunas o todas esas cosas a la vez. En lo que se ha convertido mi vida, el padre Ferro y usted son los extremos de un terreno tranquilizador: opuestos y complementarios.

—Por eso defiende esa iglesia —concluyó Quart—. La necesita tanto como los otros.

Ella había alzado los brazos, levantándose hasta la nuca el cabello recogido en las manos. Su cuello era una línea suave y oscura desde los lóbulos de las orejas hasta el nacimiento de los hombros.

—Quizá también usted la necesita más de lo que cree —abrió las manos y el cabello se derramó en una cascada negra, ocultándole cuello y hombros—... En cuanto a mí, no sé lo que necesito. Quizá esa iglesia, como dice. Tal vez un hombre apuesto y silencioso que me haga olvidar; o que me otorgue, al menos, el don de la indiferencia. Y otro, anciano y sabio, que me absuelva de buscar mi propio olvido. ¿Sabe una cosa?... Hace un par de siglos era una suerte ser católica. Eso lo solucionaba todo: bastaba sincerarse con un cura y esperar. Ahora ni siquiera ustedes los curas creen en sí mismos. Hay una película, *Jennie*... ¿Le gusta el cine?... En un momento del diálogo, Joseph Cotten, el pintor protagonista, le dice a Jennifer Jones: «Sin ti estoy perdido.» Y ella responde: «No digas eso. No podemos estar perdidos los dos»... ¿Está usted tan perdido como parece, padre Quart?

Se volvió hacia ella dejando la chaqueta abandonada en la ventana, sin una respuesta en los labios. Y la luna se reía de él con su doble reflejo pálido. Y se preguntó cómo era posible que una boca de mujer sonriese burlona y tierna al mismo tiempo, tan desvergonzada y tan tímida, y tan cercana. Y en el momento en que iba a abrir la suya, dispuesto a decir algo que todavía ignoraba, un reloj cercano dio sobre los tejados once campanadas, y Quart se dijo que, sin duda, el Espíritu Santo acababa de finalizar su turno de guardia. Sangre de Dios. Alzó una mano en dirección al rostro de mujer –la mano herida– pero tuvo el dominio suficiente para detenerla a medio camino. Entonces, incapaz de establecer si era decepción o alivio lo que sentía, vio que don Príamo Ferro se hallaba en la puerta, y los miraba.

–Demasiada luna –comentó el padre Ferro. Estaba de pie junto al telescopio, observando el cielo–. No es buen momento para trabajar.

Macarena se había ido escaleras abajo, dejándolos solos en el palomar. Quart se inclinó a cerrar el baúl de Carlota antes de quedarse inmóvil, atento a la pequeña y reseca figura que le daba la espalda, tan oscura en su sotana negra.

–Apague la luz –dijo el párroco.

Obedeció Quart, y los lomos de los libros, y el baúl de Carlota, y el grabado de la Sevilla del XVII que había en la pared, se fundieron en negro. Ahora la silueta de la ventana parecía más compacta y vigorosa. La noche reforzaba en ella una cualidad singular, hecha de sombras.

–Quiero hablar con usted –dijo Quart–. Dejo Sevilla.

El padre Ferro no hizo ningún comentario. Seguía quieto mirando el cielo, recortado por un escorzo de luna en el arco de la ventana.

–Berenice –dijo por fin–. Puedo ver la cabellera de Berenice.

Quart anduvo hasta situarse a su lado. El telescopio quedaba entre ambos, apuntado al cielo.

–Esas trece estrellas –añadió el padre Ferro–. Al noroeste. Ella ofrendó los cabellos para lograr la victoria de sus ejércitos.

Quart no miraba el cielo, sino el perfil sombrío del párroco, vuelto hacia arriba. Como cumpliendo con retraso sus deseos, la torre iluminada de la Giralda se apagó de pronto, igual que si acabara de esfumarse en la noche. Un instante después, a medida que las retinas de Quart se adaptaron a la nueva situación, sus contornos oscuros empezaron a perfilarse otra vez bajo la luna.

–Y allá, más lejos –proseguía el padre Ferro–, casi en el cenit, están los Perros de Caza.

Pronunció el nombre con un desprecio infinito: intrusos invadiendo un territorio amado. Esta vez Quart sí miró hacia arriba y pudo distinguir, hacia el norte, una estrella grande y otra pequeña que parecían viajar juntas por el espacio.

–No le caen simpáticas –comentó.

–No. Detesto a los cazadores. Y más cuando cazan por cuenta de otros… En este caso, además, son los perros de la adulación. La estrella grande es Cor Caroli. Halley la bautizó así porque brilló con más intensidad el día del regreso de Carlos II a Londres.

–Entonces el perro no es culpable.

Sonó la risa chirriante, apagada, del párroco. Por fin se había vuelto a mirar a Quart de abajo arriba, por encima del hombro. La luna acentuaba la blancura de su pelo recortado a trasquilones; casi lo hacía parecer limpio.

–Lo encuentro muy suspicaz, padre Quart. Y la fama de suspicaz la tengo yo –se rió de nuevo, quedo–. Sólo hablaba de estrellas.

Metió una mano en un bolsillo de la sotana para sacar un cigarrillo de la abollada cajita de lata. Al inclinarse sobre la llama protegida en el hueco de la mano, el resplandor rojizo iluminó cicatrices y arrugas en su rostro devastado, los pelos blancos y negros de la barba mal afeitada y crecida de nuevo, las manchas grisáceas en el cuello, las mangas de la sotana.

–¿Por qué se va? –apagado el fósforo, el cigarrillo era una brasa incandescente en el duro perfil–. ¿Ya descubrió a *Vísperas*?

–*Vísperas* es lo de menos, padre. Puede ser cualquiera de ustedes, o todos, o ninguno. Su identidad no cambia las cosas.

–Me gustaría saber qué va a contar en Roma.

Quart se lo dijo: las dos muertes habían sido lamentables accidentes, y su investigación coincidía con la versión policial; por otra parte, un veterano párroco libraba una guerra privada, y varios de sus feligreses lo apoyaban en ella. Una historia vieja desde San Pablo, así que no creía que nadie en la Curia se escandalizara por ello. De no mediar el pirata informático y el memorándum a Su Santidad, el asunto no debió salir nunca del ámbito del ordinario de Sevilla. Ése, en síntesis, era el panorama.

–¿Y qué harán conmigo?

–Oh, nada especial, supongo. Como monseñor Corvo ha elevado ya un procedimiento disciplinario al que se unirá mi informe, imagino que a usted le buscarán una jubilación anticipada, discreta, algo antes de lo habitual... Quizás una capellanía de monjas, aunque lo más probable sea una residencia para sacerdotes de edad. Ya sabe: descanso.

La brasa del cigarrillo se movía en el perfil.

–¿Y la iglesia?

Alargó Quart una mano hacia su chaqueta, que seguía sobre el alféizar. La desdobló y volvió a doblarla antes de colocarla otra vez en el mismo sitio.

–Eso queda fuera de mi competencia –dijo–. Pero tal como están las cosas, veo poco futuro. En Sevilla sobran iglesias y faltan curas. Además, Su Reverencia don Aquilino Corvo le tiene puesto el *requiescat*.

—¿A la iglesia, o a mí?

—A ambos.

Chirrió la risa atravesada del párroco:

—Posee todas las respuestas, por lo que veo.

Quart lo meditó un poco.

—A decir verdad, me falta una —apuntó, al cabo—. Algo que figura en su expediente; pero no quisiera citarlo en mi informe sin conocer su versión... Usted tuvo un problema allá arriba, cuando era párroco en Aragón. Un tal Montegrifo. No sé si recuerda.

—Recuerdo perfectamente al señor Montegrifo.

—Dice que le compró un retablo de su parroquia.

El padre Ferro estuvo un rato callado. De soslayo, Quart vio que el perfil oscuro seguía vuelto hacia el cielo y la brasa del cigarrillo casi extinguida en la boca. Resbalándole sobre el hombro, la claridad de la luna iluminaba una de sus manos apoyada en el tubo de latón del telescopio.

—La iglesia era románica, pequeña —dijo el párroco después del largo silencio—. Vigas podridas y muros agrietados. Anidaban en ella los cuervos y las ratas... Era una parroquia muy pobre, tanto que a veces no tenía ni para comprar vino de misa. Y mis feligreses vivían repartidos en varios kilómetros a la redonda. Gente humilde, pastores y campesinos. Gente mayor, enferma, inculta, sin futuro. Y yo, cada día, durante la semana para mí solo y los domingos para ellos, decía misa ante un retablo amenazado por la humedad, las goteras, la carcoma... España estaba llena de lugares así, de obras de arte indefensas que eran robadas por traficantes, desaparecían al caerse el techo de la iglesia, o quedaban expuestas al fuego, a la lluvia, la miseria... Un día vino a visitarme un extranjero que ya había estado por allí: iba acompañado por otro individuo elegante, de buen aspecto, que se presentó como director de una casa de subastas de Madrid. Hicieron una oferta por el Cristo y el pequeño retablo del altar.

—Era un retablo valioso —apuntó Quart—. Del siglo xv.

Se impacientaba el párroco. La brasa del cigarrillo brilló con más intensidad:

—¿Qué importa el siglo?... Pagaban por él. Sin ser una suma extraordinaria, era un nuevo techo para la iglesia y, lo más importante, ayuda para mis feligreses.

—¿Así que lo vendió?

—Pues claro que lo vendí. Sin dudarlo un momento. Con eso reparé el tejado, obtuve medicamentos para los enfermos, palié los daños de las heladas y de las enfermedades del ganado... Ayudé a vivir y a morir a la gente.

Quart señaló la silueta oscura del campanario:

—Sin embargo, ahora defiende esta iglesia. Parece contradictorio.

—¿Por qué?... A mí el valor artístico de Nuestra Señora de las Lágrimas me importa lo que a usted o al arzobispo. Eso se lo dejo a la hermana Marsala. Mis feligreses, por pocos que sean, valen más que una tabla pintada.

—Luego usted no cree... —empezó a decir Quart.

—¿En qué?... ¿En los retablos del siglo xv? ¿En las iglesias barrocas? ¿En el Mecánico Supremo que aprieta allá arriba nuestras tuerquecitas una por una?...

La brasa del cigarrillo brilló por última vez antes de que el padre Ferro la dejase caer por la ventana.

—Qué importa —dijo. Movía el telescopio sin mirar por el objetivo, como si buscara algo en las estrellas—. Ellos sí creen.

—Ese retablo dejó una mancha en su expediente —apuntó Quart.

—Lo sé —el párroco seguía moviendo el telescopio—. Incluso tuve una desagradable entrevista con mi obispo… Si en Roma hicieran lo mismo, le repliqué, otro gallo cantaría. Pero aquí el único gallo que oímos cantar es el de San Pedro. Después todo son lágrimas y Quo Vadis Dómine y crucifíquenme cabeza abajo; pero mientras tanto nos quedamos afuera, negando nuestra conciencia mientras suenan las bofetadas en el Pretorio.

–Vaya. Tampoco San Pedro le cae simpático, por lo que veo.

Crujió de nuevo la risa queda del sacerdote:

–Tiene razón. Debió dejarse matar en Getsemaní, cuando sacó la espada para defender al Maestro.

Ahora fue Quart quien soltó una carcajada:

–Nos hubiéramos quedado sin el primer Papa, en ese caso.

–Que se cree usted eso –el párroco negaba con la cabeza–. En nuestro oficio hay papas de sobra. Lo que faltan son cojones.

Se había inclinado y pegaba un ojo al telescopio mientras hacía girar las ruedecillas correctoras. El tubo se desplazó lentamente hacia arriba y a la izquierda.

–Cuando observas el cielo –el padre Ferro hablaba sin apartarse de la lente–, las cosas giran despacio hasta ocupar un lugar distinto en el Universo… ¿Sabe que nuestra pequeña Tierra dista del Sol sólo 150 miserables millones de kilómetros, cuando Plutón dista 5.900? ¿Y que el Sol no es sino un minúsculo lunar comparado con la superficie de una estrella media como Arturo?… Por no hablar de los 36 millones de kilómetros de tamaño que tiene Aldebarán; o de Betelgeuse, que es diez veces mayor.

Hizo describir al telescopio un breve arco a la derecha, apartó el ojo de la lente y le indicó a Quart una estrella con el dedo.

–Mire: es Altair. A 300.000 kilómetros por segundo,

su resplandor tarda dieciséis años en llegar hasta nosotros... ¿Quién le asegura que mientras tanto no ha estallado, y vemos la luz de una estrella que ya no existe?... A veces, cuando miro hacia Roma, tengo la sensación de que estoy mirando Altair. ¿Está seguro de que todo seguirá allí, intacto, a su regreso?...

Invitó a Quart a echar un vistazo, y éste se inclinó para aplicar un ojo a la lente. A medida que se alejaba del resplandor de la luna, entre estrella y estrella aparecían infinidad de puntos de luz, racimos de resplandores y nebulosas rojizas, azuladas y blancas, parpadeantes o inmóviles. Una de ellas fue alejándose y luego desapareció cegada por otra; una estrella fugaz, o tal vez un satélite artificial. Recurriendo a sus escasos conocimientos astronómicos, Quart buscó la Osa Mayor y ascendió desde la línea de Merak y Dubhe hacia arriba, cuatro veces la distancia, creía recordar. O tal vez cinco. La Estrella Polar estaba allí, grande y brillante, segura de sí misma.

–Ésa es Polaris –el padre Ferro había seguido los movimientos del telescopio–: el extremo de la Osa Menor, que siempre señala la latitud cero de la Tierra. Pero tampoco eso es inmutable –señaló un lugar a la izquierda, invitando a Quart a mover la lente hacia allí–. Hace 5.000 años era aquella otra, el Dragón, la que adoraban los egipcios como custodia del norte... Su ciclo es de 25.800 años, del que sólo han transcurrido 3.000. Así que dentro de doscientos veintiocho siglos sustituirá de nuevo a la Polar –miraba hacia arriba, tamborileando con las uñas en el tubo de latón–... Me pregunto si para entonces quedará sobre la tierra alguien para apreciar el cambio.

–Da vértigo –dijo Quart, apartando el ojo de la lente.

Chasqueó el párroco la lengua, asintiendo. Parecía complacerse en el vértigo de Quart; como un cirujano experto viendo palidecer a los estudiantes en una autopsia.

–Tiene gracia, ¿verdad?… El Universo es una broma divertida. La misma Polaris que usted miraba hace un momento se encuentra a cuatrocientos setenta años luz. Eso significa que nos guiamos por el brillo que salió de una estrella a principios del siglo XVI, y ha tardado casi cinco siglos en llegar hasta nosotros –indicó otro lugar en la noche–. Y más allá, sin que pueda verse a simple vista, en la nebulosa del Ojo del Gato, capas concéntricas de gas, anillos y lóbulos gaseosos forman el fósil final de un astro que murió hace mil años: restos de planetas muertos girando en torno a una estrella muerta.

Se apartó del telescopio y anduvo hasta otro de los arcos de la torre, donde la claridad de la luna iluminaba mejor sus facciones. Se quedó allí, pequeño y seco en la sotana demasiado corta bajo la que asomaban sus grandes zapatos. Desde esa distancia le habló de nuevo a Quart:

–Dígame qué somos. Qué papel jugamos aquí, en todo ese escenario que se extiende sobre nuestras cabezas. Qué significan nuestras vidas miserables, nuestros afanes –alzó una mano un poco hacia arriba, sin mirar dónde señalaba–… ¿Qué le importan a esas luces su informe a Roma, la iglesia, el Santo Padre, usted o yo mismo?… ¿En qué lugar de esa bóveda celeste residen los sentimientos, la compasión, el cálculo de nuestras pobres vidas, la esperanza? –otra vez sonó la risa queda, áspera, intranquilizadora–… Aunque brillen supernovas y agonicen estrellas, mueran y nazcan planetas, todo seguirá girando, en apariencia inmutable, cuando nos hayamos ido.

Quart sintió de nuevo aquella solidaridad instintiva que en su mundo de clérigos hacía las veces de amistad. Guerreros exhaustos, cada uno en su casilla de ajedrez,

aislados, lejos de reyes y príncipes. Librando el combate de su incertidumbre con las solas fuerzas y a su manera. Le hubiera gustado acercarse al pequeño y viejo
párroco y ponerle una mano en el hombro; pero se
contuvo. Las reglas también incluían la soledad de cada
cual.

—En ese caso —dijo lentamente— no me gusta la astronomía. Linda con la desesperación.

El otro lo miró un instante en silencio. Parecía sorprendido.

—¿Desesperación?... Todo lo contrario, padre Quart.
Proporciona serenidad. Porque sólo es lo grave, lo
valioso, lo trascendente, lo que nos duele perder...
Nada resiste a la despiadada lucidez de sentirse una minúscula gotita de agua de mar, en el rojo atardecer del
Universo —hizo una pausa y se volvió a mirar la espadaña de la iglesia entre los visillos agitados por la brisa—. Excepto, quizás, una mano amiga que nos inspire
resignación y consuelo, antes de que nuestras estrellas
se apaguen una a una y haga mucho frío, y todo esté
consumado.

Después de aquello, el padre Ferro ya no dijo nada
más. Quart alargó la mano hasta el interruptor de la
lámpara. La encendió, y las estrellas desaparecieron.

Bajó al jardín con la chaqueta sobre el hombro, aspi-
rando el olor de la noche. Ella aguardaba en un ángulo, con la claridad de la luna recortándole en sombra,
sobre el rostro y los hombros, hojas de buganvillas y
de naranjos.

—No quiero que usted se vaya —dijo—. Todavía.

Brillaban sus ojos, y los incisivos parecían muy
blancos despuntando en la boca entreabierta, y el collar de marfil era un trazo pálido de lado a lado del
cuello moreno en penumbra. Quart separó los labios

para emitir un suspiro largo y apagado que pudo ser, también, un gemido infantil o una protesta. Hacía calor. Una persiana en la tarde filtraba finas líneas de sol sobre el cuerpo moreno de una mujer desnuda, y Carmen la cigarrera liaba hojas de tabaco en la cara interior del muslo, donde brillaban minúsculas gotas de sudor cerca de un sexo de hembra oscuro, rizado y húmedo. Hubo un soplo de brisa. Las hojas de los naranjos y las buganvillas se movieron sobre el rostro de Macarena Bruner, y la luna se deslizó por los hombros del sacerdote Lorenzo Quart como una cota de malla; una loriga que cayese a sus pies. Se irguió el templario y miró alrededor, cansado, escuchando el rumor de la caballería sarracena hacia la colina de Hattin, en cuyas laderas el sol blanqueaba los huesos de los caballeros francos. Y era el mar embravecido el que golpeaba en el espigón del faro, bajo el temporal, mientras los frágiles barquitos intentaban ganar abrigo. Y una mujer enlutada sostenía la mano de un niño por donde gotas de lluvia resbalaban igual que lágrimas. Y olía a sopa hirviendo en un puchero mientras un viejo párroco junto a una chimenea declinaba *rosa, rosae*. Y la sombra del chiquillo, perdido en un mundo que se orientaba por la luz de una estrella vieja de cinco siglos, se recortó en la delgada pared que lo mantenía a salvo del intenso frío reinante allá afuera. Y esa misma sombra fue acercándose a la otra que aguardaba bajo las buganvillas y los naranjos hasta respirar su aroma y su calidez, y su aliento. Pero un segundo antes de enlazar los dedos en aquel cabello para escapar durante una noche a la soledad –minúsculas gotas rojas en un inmenso atardecer–, la sombra, el niño, el hombre que miraba el cuerpo desnudo bajo las líneas de luz de la persiana, el templario desamparado y exhausto, se volvieron todos al mismo tiempo para mirar hacia arriba y atrás, en dirección a la ventana apenas iluminada en la torre del palomar. Allí donde un viejo sacerdote huraño, escéptico y valiente, descifraba el terrible secreto de un cielo desprovisto de sentimientos, en compañía del fantasma de una mujer que buscaba velas blancas en el horizonte.

XII

La ira de Dios

Ha desaparecido ante nuestros ojos sin que
podamos adivinar cómo.

GASTON LEROUX
El fantasma de la Ópera

Al arzobispo de Sevilla la satisfacción le bailaba en
los ojos, tras el humo de la pipa.

—Así que Roma se rinde —dijo.

Quart puso la taza en su plato y se secó los labios
con una servilleta bordada por las monjas Adoratrices.
Su sonrisa parecía un suspiro.

—Es una forma de considerarlo, Ilustrísima.

Monseñor Corvo soltó más humo. Estaban sentados
uno frente a otro, separados por la mesita baja con dos
servicios sobre bandejas de plata. Era costumbre del
arzobispo invitar al desayuno a su primera visita de la
mañana. Aquel café con tostadas, mantequilla y mer-
melada de naranjas amargas estaba, en realidad, destinado al deán de la catedral; mas la visita inesperada de
Quart, que acudía a despedirse, había alterado el protocolo. Y el arzobispo detestaba el café frío.

—Ya le dije que este asunto no era fácil de resolver.

Quart se reclinó en el sillón. Con gusto habría privado al arzobispo del placer de despedirlo con sarcas-
mos y sonrisitas ahumadas de tabaco inglés; pero las
normas exigían que le presentara sus respetos antes de
irse. Y en eso estaba.

—Recuerdo a Su Ilustrísima que no vine a resolver

nada, sino a informar a Roma de la situación. Y es lo que me dispongo a hacer.

Monseñor Corvo estaba encantado.

—Sin averiguar quién es *Vísperas* —subrayó.

—Cierto —Quart miraba el reloj—. Pero el problema no es sólo *Vísperas*. El pirata informático resulta una anécdota, y su identidad terminará por conocerse tarde o temprano. Lo importante es la situación del padre Ferro y de Nuestra Señora de las Lágrimas… Mi informe permitirá que cualquier decisión al respecto se adopte con conocimiento de causa.

Brilló la piedra amarilla del anillo arzobispal cuando el prelado alzó una mano, tajante.

—No me venga con arabescos de jesuita, padre Quart. Se estrelló en este asunto —lo miró con regocijo apenas disimulado por el humo de la pipa—. *Vísperas* se ha reído de Roma y de usted.

A Quart lo irritaba aquella desenvoltura en atribuir paja al ojo ajeno.

—Es un punto de vista, Ilustrísima —admitió sin disimular su desdén—. Pero, ya que lo menciona, me permito recordarle que ni Roma ni yo habríamos intervenido si Su Reverencia hubiese madrugado un poco… Tanto Nuestra Señora de las Lágrimas como el padre Ferro pertenecen a su diócesis. Y es notorio el dicho evangélico: ovejas sueltas, pastor dormido.

Al oír aquello monseñor Corvo casi dio un respingo en el sillón. El hecho de que la cita fuese apócrifa no le aportaba consuelo alguno. El agente del IOE lo vio morder, exasperado, la boquilla de la pipa.

—Oiga, Quart —la voz le salía dura, entre dientes—. Aquí la única oveja que pasta suelta es usted. A ver si se cree que soy tonto. Conozco sus visitas a la Casa del Postigo y todo lo demás. Sus paseítos y sus cenas.

Y acto seguido, rotos los diques, monseñor Corvo —cuyo talento para el púlpito era muy apreciado en su diócesis– se puso a resumir admirablemente su despecho y malhumor en una áspera homilía de minuto y medio, cuya tesis central era que el enviado del IOE se había dejado enredar por el párroco de Nuestra Señora de las Lágrimas y su Greenpeace particular de monjas, aristócratas y beatas, hasta perder el sentido de la perspectiva y traicionar su misión en Sevilla. Seducción a la que no había sido ajena la hija de la duquesa del Nuevo Extremo. Que por cierto –añadió con manifiesta mala fe–, seguía siendo señora de Gavira.

Quart encajaba impávido la filípica; pero aquella última alusión vino a torcerle el gesto:

–Mucho agradecería a Monseñor que, si algo tiene que decir sobre ese particular, lo haga por escrito.

–Pues claro que lo haré –Aquilino Corvo estaba satisfecho de haberle asestado por fin una estocada a Quart–. A sus jefes del Vaticano. Y al Nuncio. Y al Sursum Corda. Lo haré por escrito, por teléfono, por fax, y con música de guitarra y palmeros finos –se quitó la pipa de la boca, dejándole espacio a una ancha sonrisa–. Usted se va a quedar sin reputación como yo me quedé sin secretario.

Allí no había más que hablar. Quart dobló la servilleta, dejándola caer en la bandeja, y se puso en pie.

–Si no desea nada más Su Reverencia…

–Nada más –el arzobispo lo miraba con sorna–. Hijo mío.

Seguía sentado, mirándose la mano como si dudara en rematar la faena dándole a besar a Quart el anillo pastoral. Entonces sonó el teléfono y se limitó a despedirlo con un gesto, mientras se levantaba camino de la mesa.

Quart se abotonó la americana y salió al pasillo. Sus pasos resonaron bajo las pinturas venecianas del techo de la galería de los Prelados, y luego en el mármol de la escalera principal. Por las ventanas veía la Giralda más allá del patio donde en otro tiempo estuvo la cárcel de la Parra, utilizada por los obispos sevillanos para encerrar a sus sacerdotes díscolos. Y se dijo que, un par de siglos antes, el padre Ferro y quizás él mismo habrían tenido muchas probabilidades de cambiar impresiones allá abajo mientras monseñor Corvo enviaba a Roma, por vía ordinaria y lentísima, su propia versión de los hechos. Reflexionaba Quart sobre las ventajas de la modernidad y el teléfono, ya en el último tramo de escalera, cuando oyó pronunciar su nombre.

Se detuvo y miró hacia arriba. El arzobispo en persona estaba en la balaustrada, llamándolo. Y se le había desvanecido el aire satisfecho de quien acaba de cobrar una vieja deuda:

—Suba, padre Quart. Tenemos que hablar.

Volvió sobre sus pasos, intrigado. Y a medida que ascendía peldaños hacia Su Ilustrísima, advirtió la palidez de su rostro. Tenía la pipa entre los dedos y la golpeaba distraído, sombrío. Las brasas y la ceniza manchaban el mármol negro y rosa de la balaustrada, vaciando la cazoleta; mas no parecía reparar en ello.

—Usted no puede irse —le dijo a Quart cuando éste llegó a su altura—. Ha ocurrido otra desgracia en la iglesia.

Cruzó entre la hormigonera y dos coches de policía. Nuestra Señora de las Lágrimas era un ir y venir de agentes de paisano y de uniforme. Quart calculó una docena, con el guardia de la puerta y los que había dentro haciendo fotos, a la caza de huellas dactilares o en plena revisión de suelo, bancos y andamios. Resonaban su ruido y sus conversaciones en voz baja.

Gris Marsala estaba sentada en los escalones del altar mayor, sola. Quart se dirigió hacia ella por el pasillo central, y cuando iba por la mitad le salió al encuen-

tro Simeón Navajo. El subcomisario llevaba como
siempre el pelo recogido en una coleta, las gafas redondas sobre el enorme bigote, camisa de un vivo rojo ga-
ribaldino y su bolso de cuero moro colgado del hombro; con el 357 Magnum, supuso el sacerdote, dentro.
Pensó absurdamente que Navajo desentonaba mucho
en aquel escenario: el altar barroco iluminado para los
policías, las estropeadas vidrieras y pinturas del techo,
el confesionario de madera oscura a la entrada de la sacristía, los exvotos colgados junto al Cristo de la puerta. Se estrecharon la mano. Navajo parecía contento de
ver a Quart.

—Y van tres, páter.

Lo dijo en tono ligero, del mismo modo que si
aquello fuese una confirmación a sus conversaciones
sobre el índice de mortalidad potencial de Nuestra Señora de las Lágrimas. Se apoyaba en el reclinatorio de
un banco, desenvuelto; y al mirar Quart por encima
de su cabeza observó que unos pies inmóviles asomaban del confesionario.

Se acercó sin decir palabra, seguido de cerca por Navajo. La puerta del confesionario se veía abierta. Quart
pensó que los pies estaban en posición demasiado extraña. Después pudo distinguir unos arrugados pantalones de color beige. El resto del cuerpo estaba cubier-
to por un trozo de lona azul, aunque era posible ver
una mano con la palma abierta hacia arriba y una herida desde la muñeca al dedo índice, cruzándola. La
mano tenía el color amarillento de la cera vieja.

—Un sitio raro, ¿verdad? —el subcomisario hizo una
pausa ecléctica mirando el cadáver y luego al sacerdote; dispuesto a oír cualquier sugerencia válida—. Para
morirse.

—¿Quién es?

La pregunta que Quart había formulado con voz
ronca, ausente, resultaba superflua. Había reconocido

los zapatos, el pantalón beige, la mano pequeña, blanda y fofa. El policía se tocaba el bigote con aire distraído. Parecía que la identidad del difunto fuese lo de menos, y él estuviese pensando en otra cosa:

–Se llama Honorato Bonafé, y es un periodista conocido en Sevilla.

Quart hizo un gesto afirmativo. Demasiadas preguntas, pensaba. Demasiadas visitas inoportunas. Ahora Navajo sí lo miraba:

–Lo conoce, ¿verdad?… Eso pensaba yo. Según me cuentan, el infeliz había estado moviéndose mucho por los alrededores, estos últimos días… ¿Quiere verlo, páter?

Metiendo medio cuerpo en el confesionario, con la coleta agitándosele como la cola de una ardilla diligente, Navajo levantó la lona que cubría el cadáver. Bonafé estaba muy quieto y muy amarillo, recostado en el asiento de madera del confesionario y contra un ángulo de éste, el mentón hundido haciéndole pliegues en la gruesa papada. Tenía un hematoma violáceo y muy grande en el lado izquierdo de la cara y los ojos cerrados. Su expresión era plácida, tal vez cansada. Un hilo de costra parda le salía por las narices y la boca, ensanchándosele en el cuello y en la pechera de la camisa.

–El forense acaba de darle un repaso –el subcomisario señaló a un hombre joven que tomaba notas sentado en uno de los bancos–. Está reventado por dentro, dice, con alguna fractura. Un golpe, quizás, o una caída. Lo que no vemos claro es cómo se metió aquí. O lo metieron.

Por mero reflejo profesional, sobreponiéndose a la repugnancia que en vida le había causado aquel individuo, Quart murmuró una breve plegaria de difuntos e hizo sobre éste la señal de la cruz. A su espalda, Navajo lo observaba con interés:

–Yo de usted no me molestaría, páter. Éste lleva así

buen rato. De modo que, donde haya tenido que ir
—sus manos remedaban dos alitas volando hacia alguna
parte—, hace rato que habrá llegado.

—¿Cuándo murió?

—Es pronto para saberlo —señaló al forense—. Pero
así, a ojo, el artista le echa doce o catorce horas.

Unos policías subidos al andamio junto a la Virgen
conversaban animadamente, y sus voces resonaban en
la bóveda. El subcomisario chistó para que bajaran el
tono y obedecieron confusos, a la manera de chicos a
los que se llama la atención en la capilla escolar. Quart
se volvió hacia donde Gris Marsala seguía sentada, mirándolo. Por primera vez le pareció frágil, muy sola,
quieta en las gradas del altar. Mientras cubría otra vez
a Bonafé, el policía dijo que era la monja quien lo había encontrado al llegar temprano.

—Quisiera hablar con ella.

—Claro que sí, páter —Navajo se esmeraba con la
lona sobre el cadáver mientras sonreía torciendo el bigote, animoso y comprensivo— . Pero si no le importa,
preferiría que antes me contara usted, brevemente, de
qué conoce al fallecido… Así no mezclamos testimonios y todo resulta mucho más espontáneo —se incorporó, observándolo por encima de las gafas redondas—.
¿No cree?

—Como guste. Pero con quien debería hablar es con
el párroco.

El policía sostuvo un instante su mirada, sin responder. Luego asintió vigorosamente:

—Sí. Eso es lo que yo opino. Lo malo es que a don
Príamo Ferro no hay quien lo encuentre esta mañana.
Extraño, ¿verdad?

Miraba alrededor, con gesto de quien espera descubrir al párroco tras un andamio, o en cualquier rincón
oscuro de la nave.

—¿Han ido a su casa? —preguntó Quart.

Navajo se volvió a mirarlo con cara de quien acaba de oír una estupidez. Parecía decepcionado, como si esperase más ayuda de su parte.

—Por lo que me cuentan —dijo— ha desaparecido del mapa. Alehop. En el carro del profeta Elías.

Quart le detalló a Simeón Navajo cuanto sabía de Honorato Bonafé, así como lo que pudo recordar de los encuentros en el vestíbulo del hotel Doña María. La conversación fue interrumpida dos veces por el bip-bip de un teléfono móvil, que el policía extrajo cada vez de su bolso moruno pidiéndole excusas a Quart. La primera fue para confirmar que el padre Ferro continuaba sin dar señales de vida. Había estado como cada noche en el palomar de la Casa del Postigo —extremo que confirmó Quart, incluida la hora en que se despidió de él— y luego desapareció sin dejar rastro. En cuanto a la casa parroquial, la mujer de la limpieza confirmaba que la cama del dormitorio estaba sin deshacer. Respecto al vicario, el padre Lobato había emprendido viaje a su nueva parroquia a última hora del día anterior, en autobús, y el viaje era largo, con varias combinaciones posibles. Policía y Guardia Civil se encargaban de localizarlo… ¿Sospechosos? —el subcomisario guardaba el teléfono tras la última llamada—. Hasta que se determinaran las causas de la muerte, allí nadie era sospechoso todavía. O dicho de otro modo, todos lo eran. Miraba por encima de las gafas con una tibia disculpa emboscada en el bigote. Aunque unos lo fueran más que otros.

—¿Cómo andamos de porcentajes esta vez? —se interesó Quart.

Navajo se rascó el puente de la nariz:

—Bueno. Entre usted y yo, páter, diría que esta vez alguien ayudó un poquito a la iglesia.

Quart no dio muestras de sorpresa. Distaba de ser experto en cadáveres, aunque había visto alguno que otro. En cuanto a Bonafé, bastaba echarle un vistazo.

–¿Asesinado?

Lo dijo, en realidad, por incitar al subcomisario a hablar más. Navajo sonrió un poquito siguiéndole el juego, y se llevó la mano a la nuca para mostrar su pelo recogido en la coleta:

–Me juego el apéndice –después se puso serio, encogiendo los hombros–. Y su colega el párroco lleva muchas papeletas en la rifa.

–¿Por la ausencia?

–Claro. Salvo que el forense opine otra cosa.

Uno de los agentes vino a reclamar su atención y Navajo se fue con él. Quart continuó camino hasta las gradas del altar mayor, donde Gris Marsala seguía sentada.

–¿Cómo se encuentra?

Se abrazaba las piernas, apoyando el mentón en las rodillas:

–Aturdida, supongo –su acento norteamericano era más áspero que de costumbre–. Pero estoy bien.

–¿La ha molestado mucho la policía?

La monja reflexionó un momento, sin cambiar de postura.

–No –dijo por fin–. Están siendo amables.

Vestía como siempre, un polo y los tejanos manchados de yeso. La trenza de su pelo estaba rematada por una goma elástica. Allí sentada parecía más sola y desamparada que de costumbre, en la iglesia invadida por el ir y venir, los ruidos y las voces de los policías.

–Buscan al padre Ferro –Quart se sentó a su lado. De pronto le pareció que aquello sonaba excesivo, así que añadió tras una pausa–: También al padre Lobato.

Ella asintió ligeramente. Seguía mirando el confesionario, ensimismada. De vez en cuando parpadeaba, a la manera de quien intenta establecer límites entre lo que ha soñado y lo real. Al cabo de un instante suspiró hondo y asintió de nuevo.

—Es posible —dijo por fin— que Óscar haya ido a visitar a sus padres, que viven en un pueblecito de Málaga, antes de seguir camino a Almería… Por eso tardan en dar con él.

Los deslumbró el resplandor de un flash. Uno de los policías fotografiaba algo en el suelo, a sus espaldas. Quart se desabrochó la americana y se inclinó hacia adelante, entrelazando los dedos.

—¿Y don Príamo?

Ella aguardaba esa pregunta, que sin duda ya le habían hecho antes.

—No lo sé. Vine esta mañana como cada día, a las nueve. Y encontré la iglesia cerrada… Siempre la abría uno de los dos a las siete y media, para la misa de ocho. Hoy nadie dijo misa.

—Me dicen que usted lo encontró.

—Sí. Antes fui a la casa, pero no respondía nadie. Así que entré por la puerta de la sacristía con mi llave —hizo una mueca de perplejidad, encogiéndose de hombros—. Al principio no vi nada. Fui al andamio de la vidriera, encendí las luces y preparé mis cosas. Pero todo parecía muy extraño, así que decidí telefonear a Macarena para ver si don Príamo había trabajado en el palomar durante la noche… Y camino de la sacristía vi a ese hombre en el confesionario.

—¿Lo conocía?

Los ojos claros se endurecieron un instante:

—Sí. A Óscar y a mí nos abordó una vez en la calle, haciéndonos preguntas sobre los trabajos en la iglesia y sobre don Príamo. Óscar lo mandó al diablo.

Quart miraba sus zapatillas de deporte, la piel pálida de los tobillos, la cicatriz en la muñeca. Seguía abrazándose las piernas, apoyado el mentón en las rodillas.

La irrupción de toda aquella gente en la iglesia parecía desconcertarla, arrebatándole la seguridad del terreno conocido. Eso hizo removerse a Quart, incómodo. Tenía un montón de cosas que hacer –aún no había podido comunicar con Roma–, pero no se decidía a dejarla así. Señaló a Simeón Navajo, que iba y venía controlando el trabajo de su gente:

–Me temo que el subcomisario seguirá molestándola. Tres muertes son ya muchas muertes. Y esta vez la hipótesis del accidente parece improbable... ¿Quiere que telefonee a su cónsul?

El ofrecimiento obtuvo una sonrisa agradecida:

–No creo que sea necesario. Los policías se están portando muy bien.

–¿Ha hablado con Macarena?

Quart sintió una extrema turbación al pronunciar el nombre que hasta ese instante procuraba mantener a raya en su cabeza. Podía dejarse ir a la deriva, sin el menor esfuerzo, tras las cuatro sílabas que había repetido sólo unas horas antes en los mismos labios de la mujer, dentro de su boca. Y de pronto todo era otra vez penumbra, brillo de marfil, tacto de la carne tibia cuyo aroma todavía llevaba en la piel y en las manos, y en los labios que ella había mordido hasta hacerlos sangrar. El cuerpo moreno materializándose desde sus ensueños, líneas de luz y oscuridad en la blancura inmensa de las sábanas que los acogían como un desierto de nieve o sal. Ella, tensa, esbelta, debatiéndose para escapar sin desearlo, para huir queriendo quedarse, echada hacia atrás la cabeza, ausente la expresión del rostro transfigurado y hermoso, egoísta como una máscara, gimiendo crispada entre los brazos que la anclaban con firmeza, recios, clavada a la carne del hombre cuya cintura rodeaba con sus muslos desnudos. Recobrando el aliento entre el calor y la saliva sobre la piel húmeda, y el sexo húmedo, y la boca húmeda, y la curva húmeda de sus senos hasta el hombro, y el cuello cálido, y la barbilla, y otra vez la boca y el gemido, y de nuevo los muslos tensos, abiertos en desafío, abrigo o refugio. Largas horas intensas de paz y combate que transcurrieron en apenas un instante, pues en cada segundo supo él que cuanto estaba ocurriendo tenía un límite y tenía un final. Y el final llegó con el alba y su último estallido largo, intenso, bajo la luz gris, ingrata, que se filtraba ya por las ventanas de la Casa del Postigo. Y de pronto Quart se encontró solo de nuevo, en las calles desiertas de Santa Cruz, ignorando –en el caso de que alentara algo más bajo la carne exhausta– si acababa de condenar su alma, o de salvarla.

Agitó la cabeza para sacudir de ella el recuerdo. Desesperación era la palabra exacta. Y para no ceder a ella se puso a mirar alrededor, la iglesia, los andamios, la imagen de la Virgen en el retablo ahora iluminado, los policías charlando animadamente junto al cadáver de Honorato Bonafé; y lo hizo recurriendo a la cercanía de la tragedia como mecanismo de control. Más tarde, se dijo con un esfuerzo de voluntad. Quizá más tarde. Ocupar su mente con todo aquello le traía un alivio muy cercano al olvido.

–Esta mañana aún no hemos hablado.

Gris Marsala se había vuelto a mirarlo con fijeza, y Quart tardó un poco en recordar que ella respondía a una pregunta suya. Se planteó cuánto más sabría ella de lo ocurrido en las últimas horas, tanto en la iglesia como entre él y Macarena.

–Pero la policía sí fue a verla –añadió la monja–. Me parece que hay unos agentes en la Casa del Postigo.

Frunció el ceño el sacerdote; Simeón Navajo no era de los que andaban perdiendo el tiempo. Y él tampoco podía quedarse atrás. Media hora antes, en el arzobispado, monseñor Corvo se lo había expuesto bien claro para evitar malentendidos: tuviera o no algo que ver

Vísperas, el asunto concernía en exclusiva a Roma –o lo que era igual, a Lorenzo Quart– y Su Ilustrísima se lavaba las manos. Aquella música era para que la bailaran quienes la habían hecho sonar, y tal no era el caso del ordinario de Sevilla. Por supuesto, Quart y el IOE podían contar con todo su apoyo y sus oraciones, etcétera. Así que buena suerte y adiós.

–¿Dónde está el padre Ferro?

Sin esperar la respuesta de Gris Marsala, Quart se sumió en el análisis del panorama. Simeón Navajo llevaba ventaja, pero la carrera debían terminarla a la par; en Roma no iban a encajar bien la detención de un clérigo antes que Quart pudiera suministrarles información para amortiguar el golpe. Aunque lo ideal consistía en la propia Iglesia llevando la iniciativa. Eso significaba buscarle un buen abogado al párroco y defender su inocencia mientras no hubiese pruebas de lo contrario; pero también, en caso de culpabilidad manifiesta, facilitar al máximo la acción de la justicia secular. Como siempre, lo que importaba era salvar las formas. Quedaba por resolver en qué punto de todo aquello se situaba la conciencia del propio Quart; pero eso era algo que podía esperar tiempos mejores.

–De don Príamo sé lo mismo que usted –Gris Marsala le dirigió una larga mirada, sorprendida del escaso interés que él parecía mostrar por sus respuestas–. Lo vi aquí ayer a media tarde, un momento. Todo normal.

También Quart lo había visto a medianoche, todo normal, y entretanto Honorato Bonafé estaba muerto. Miró el reloj, inquieto. El problema de su carrera contra Simeón Navajo era que el policía contaba con mejores medios, y aún no había autopsia para determinar responsabilidades, o pistas hacia las que orientarse. Cualquier movimiento en las próximas horas iba a tener que hacerlo a ciegas, sobre intuiciones.

–¿Quién cerró la iglesia?

Gris Marsala titubeaba:

—¿La puerta de la calle o la sacristía?

—La calle.

—Yo, como siempre —arrugó la frente, ordenando su memoria—. En esta época trabajo mientras hay luz, hasta las siete o siete y media de la tarde. Así lo hice ayer... La de la sacristía suelen cerrarla Óscar o don Príamo, a las nueve.

Óscar Lobato quedaba fuera de alcance, así que Quart se resignó a descartarlo por razones prácticas. Navajo sería la única fuente de información respecto a él. Se consoló pensando que en cuanto al resto el clero tenía ventaja. Pero era urgente telefonear a Roma, acudir a la Casa del Postigo, mantener bajo control a Gris Marsala y, sobre todo, situar al párroco. Porque el golpe duro iba a venir en esa dirección.

Apuntó un dedo hacia el confesionario:

—¿Vio a ese hombre rondar ayer por aquí?

—Hasta las siete y media, desde luego que no estuvo. No dejé la iglesia ni un momento —la monja reflexionó un poco—. Tuvo que entrar más tarde, por la sacristía.

—Entre las siete y media y las nueve —la instó a precisar Quart.

—Supongo que sí.

—¿Quién cerró la sacristía?... ¿El padre Lobato?

—No creo. Óscar se despidió de mí a media tarde, y su autobús salía a las nueve. Así que él no pudo cerrar la puerta de la sacristía. Seguramente fue el padre Ferro quien lo hizo. Lo que ya no sé es a qué hora.

—De cualquier modo, vería a Bonafé en el confesionario.

—Es muy posible que no. Esta mañana tampoco yo lo vi, al principio. Quizá don Príamo no llegó a entrar en la iglesia y se limitó a cerrar la puerta desde el pasillo que comunica con su casa.

Quart ató cabos. Como coartada resultaba endeble,

pero era la única que podía establecerse de momento: si la autopsia determinaba que Bonafé había muerto entre las siete y media y las nueve, el abanico de posibilidades se abría un poco más, considerando que el párroco pudo cerrar la puerta sin asomarse al interior. Pero si la muerte se había producido más tarde, las cosas iban a complicarse con aquella puerta cerrada. Y sobre todo con la desaparición que convertía al padre Ferro en sospechoso.

–¿Dónde estará? –murmuró Gris Marsala.

La perplejidad y un toque de angustia descuidaban su castellano, acusándole el acento norteamericano. Quart alzó un poco las manos, impotente, sin saber qué decir y pensando en otras cosas. Su cabeza funcionaba a la manera de un reloj, hacia adelante y hacia atrás, estableciendo horas y coartadas. Doce o catorce horas, había dicho Navajo. Teóricamente se daba una serie de imponderables, personajes desconocidos que podían estar implicados; pero sobre eso resultaba inútil aventurar suposiciones. En el entorno próximo, la lista no era, en cambio, ni larga ni difícil. Puestos a incluir a todo el mundo, el padre Óscar pudo haberlo hecho, y después irse. También el padre Ferro había tenido tiempo de sobra para matar a Bonafé, cerrar la puerta de la sacristía e ir al palomar, donde encontró a Quart a las once en punto de la noche, antes de esfumarse. Y de cualquier manera, como apuntaba la lógica policial de Simeón Navajo, su desaparición lo ponía en cabeza de lista, con gran ventaja sobre el resto. Siguiendo la relación de sospechosos, la misma Gris Marsala era personaje a considerar, moviéndose por la iglesia como un gato, con aquella puerta principal cerrada y la sacristía abierta hasta las nueve, sin que nadie pudiera respaldar sus afirmaciones excepto ella. En cuanto a Macarena Bruner, Quart fue a cenar a su casa a las nueve, y ella estaba allí, acompañando a su madre.

Eso permitía descartarla en principio; pero la hora y media anterior la situaba también en zona de riesgo. Además, ella temía el chantaje de Bonafé.

Sangre de Dios. Irritado consigo mismo, Quart tuvo que hacer un nuevo esfuerzo para retener la concentración. La imagen de Macarena dispersaba sus pensamientos, enredando el hilo lógico entre la iglesia, el cadáver y los personajes conocidos de la historia. En ese momento hubiera dado cualquier cosa por disponer de una cabeza tranquila y que todos ellos le importasen un bledo.

Había llegado el juez instructor. Los policías se agrupaban cerca del confesionario, dispuestos a proceder al levantamiento del cadáver. Quart vio que Simeón Navajo conversaba con el juez en voz baja, y de vez en cuando miraban hacia él y Gris Marsala.

—Tal vez deba responder usted a más preguntas —le dijo a la monja—. Y prefiero que en adelante lo haga con el asesoramiento de un abogado. Hasta que encontremos al padre Ferro y al vicario, es preferible ser prudentes. ¿Está de acuerdo?

—Lo estoy.

Quart escribió un nombre en una tarjeta y se la dio.

—Hay una persona de plena confianza, especialista en derecho canónico y penal, a quien telefoneé desde el arzobispado. Se llama Arce y ha trabajado otras veces para nosotros. Llegará de Madrid a mediodía… Cuéntele cuanto sabe y siga sus instrucciones al pie de la letra.

Gris Marsala miró el nombre escrito en el papel:

—Usted no hace venir a un abogado como ése por mí.

No se mostraba asustada, sino inmensamente triste. Parecía que la iglesia se hubiera derrumbado de verdad ante sus ojos.

—Claro que no —Quart quiso confortarla con una

sonrisa–. Más bien por todos nosotros. Éste es un asunto muy delicado, donde interviene la justicia civil. Es mejor que nos asesore un especialista.

Ella dobló con cuidado la tarjeta antes de guardarla en un bolsillo trasero de los tejanos.

–¿Dónde está don Príamo? –preguntó otra vez. Había un reproche en sus ojos claros, casi culpando a Quart por la desaparición del párroco. Éste movió un poco la cabeza.

–No tengo la menor idea –dijo en voz baja–. Y ése es el problema.

–No es de los que huyen.

Estaba de acuerdo con ella, pero no añadió nada. Miraba el confesionario. Los policías habían retirado la lona azul y sacaban el cuerpo de Bonafé, introduciéndolo en un saco de plástico metalizado que situaron sobre una camilla. Sin dejar de conversar con el juez, el subcomisario Navajo los miraba.

–Sé que no es de los que huyen –dijo al fin Quart–. Y ése es, precisamente, el otro problema.

Tardó menos de cinco minutos en recorrer la distancia entre Nuestra Señora de las Lágrimas y la Casa del Postigo. No sudaba jamás, pero aquella mañana la camisa negra se le pegaba a los hombros y a la espalda, bajo la chaqueta, cuando llamó al timbre. Abrió la doncella, y Quart apenas había preguntado por Macarena cuando la vio bajo los arcos del patio conversando con dos policías, un hombre y una mujer. Al advertir su presencia lo miró muy quieta, y luego despidió a los guardias y vino a su encuentro. Llevaba una camisa de pequeños cuadros azules, tejanos y las sandalias de la noche anterior, e iba sin maquillar, el pelo suelto y todavía húmedo. Olía a gel de baño.

–Él no lo hizo –dijo.

Al principio Quart no respondió. Y cuando fue a hacerlo, a punto estuvo de preguntar a quién se refería ella. El patio tenía aromas de hierbaluisa y albahaca, y el sol de la mañana, reflejado en los cristales del piso superior, rozaba ya con rectángulos de luz las largas hojas verdes de los helechos, las macetas de geranios sobre el suelo de mosaico recién fregado. También ponía gotas de miel en los ojos oscuros de la mujer, y todas las referencias sobre las que Quart basaba su aplomo se iban otra vez a la deriva, desorientándolo.

—¿Dónde está? —preguntó por fin.

Macarena inclinaba el rostro, grave, mientras lo miraba.

—No lo sé. Pero él no mató a nadie.

Estaban muy lejos de la noche, del jardín bajo la ventana iluminada del palomar, de las hojas de las buganvillas y los naranjos recortándosele a ella sobre el rostro y los hombros, en sombras de luna. De la máscara absorta de luz y penumbra. El marfil no era el mismo en la piel recién lavada de la mañana, y ya no existía misterio, ni complicidad, ni sonrisa. El templario exhausto miró en torno un poco desconcertado, sintiéndose desnudo al sol, rota la espada, deshecha la cota de malla. Mortal como el resto de los mortales y tan vulnerable y vulgar como todos ellos. Perdido, según había dicho Macarena con extrema precisión poco antes de obrar en su carne el sombrío milagro. Porque estaba escrito: *Ella destruirá tu corazón y tu voluntad.* Y las viejas escrituras eran sabias. La exquisita, inocente maldad vinculada al poder destructor de toda mujer, incluía dejar al otro la lucidez necesaria para contemplar los estragos de su derrota. Y a Quart le bastaba para verse enfrentado a la propia condición, involucrado a su pesar, desprovisto para siempre de coartadas con que apaciguar la conciencia.

Miró el reloj sin alcanzar a ver la hora, se tocó el alzacuello de la camisa, palpó la chaqueta a la altura del bolsillo donde tenía las tarjetas para notas. Buscaba la última sangre fría tras los gestos rutinarios y familiares. Macarena lo miraba paciente, esperando. Hablar, se dijo él. Hablar lejos del jardín y de su piel y de la luna. Hay un misterio por resolver y para eso he venido.

–¿Y tu madre?

Resultaba incómodo el primer tuteo a la luz del sol; pero Quart, aunque ya no fuese un buen soldado, detestaba las hipocresías de clérigo escandalizado de sí mismo. Indiferente a los matices, Macarena hizo un gesto vago hacia la galería superior:

–Arriba, descansando. No sabe nada.

–¿Qué es lo que pasa aquí?

Ella movió la cabeza. Las puntas del cabello le dejaban huellas de humedad en la camisa, sobre los hombros.

–No sé lo que está pasando –seguía atenta al padre Ferro, no a Quart–. Pero don Príamo nunca haría una cosa así.

–¿Ni siquiera por su iglesia?

–Ni siquiera por ella. Los policías dicen que ese Bonafé murió a última hora de la tarde. Y tú estuviste anoche con don Príamo. ¿Crees que habría venido aquí, tranquilamente, a mirar las estrellas después de matar a un hombre?… –alzó las manos invocando al sentido común, y las dejó caer–. Es ridículo.

–Pero huyó.

Macarena hizo una mueca de incertidumbre:

–No estoy segura. Y es lo que me inquieta.

–Pues dame otra explicación. O ayúdame a encontrarlo.

Ahora ella contemplaba los dibujos del suelo, ensimismada. Quart estudió su rostro; el nacimiento de las líneas suaves, descendentes bajo el cuello desabrochado de la camisa que insinuaba un tirante de sujetador blanco. Hormiguearon sus dedos al reconocer aquel camino oscuro y tibio, con la desolación de lo perdido. Macarena Bruner seguía siendo absolutamente hermosa a la luz del día.

–Esos policías vinieron hace una hora, y apenas he tenido tiempo de pensar... Pero hay algo. Cosas que no concuerdan –fruncía el ceño compartiendo su perplejidad con Quart–. Imagina por un momento que don Príamo no tenga nada que ver. Que por eso se comportó anoche de modo tan natural.

–No fue a dormir a su casa –opuso él–. Y suponemos que cerró la iglesia con el cadáver dentro.

–No puedo creerlo –ahora Macarena apoyaba una mano en su brazo–. ¿Y si también le ha pasado algo a él?... Tal vez salió de aquí, y luego... No sé. A veces ocurren cosas.

Quart hizo un movimiento seco hacia un lado, alejándose de la mano; pero ella, indiferente a todo salvo a su propia inquietud, no se dio cuenta. Entre ambos, el agua canturreaba en la fuente de azulejos

–Tú tienes algo en la cabeza –dijo él–. Algo que yo ignoro. ¿Dónde estuviste ayer, antes de la cena?

La vio regresar de muy lejos.

–Con mi madre –parecía sorprendida por la pregunta–. Nos viste aquí, juntas.

–¿Y antes?

–Di un paseo por el centro, vi tiendas... –se interrumpió de pronto, mirándolo asombrada–. No irás a decir que sospechas de mí.

–Lo que yo sospeche no importa. Es la policía la que me preocupa.

Aún lo estuvo observando un poco más, y luego expulsó el aire retenido en los pulmones. No parecía enfadada, sino confusa.

–Los policías son estúpidos –murmuró–. Pero no hasta ese punto. Al menos eso espero.

Empezaba a hacer mucho calor. Quart se desabotonó la chaqueta y permaneció inmóvil frente a Macarena. Era la única carta que le daba ligera ventaja sobre Simeón Navajo; aunque esa distancia se acortase a cada minuto. Tal vez ya tenían localizado a Óscar Lobato, con su versión de los hechos.

–Y mañana es jueves –dijo ella.

Se apoyaba en el brocal de la fuente, desolada; y Quart supo en el acto lo que había estado pensando todo el tiempo, desde que los policías le dieron la noticia: si al día siguiente no se celebraba misa, el fuero de Nuestra Señora de las Lágrimas podía darse por extinguido. El arzobispo de Sevilla, el Ayuntamiento y el Banco Cartujano se lanzarían como buitres sobre su presa.

–Ahora la iglesia es lo de menos –dijo, malhumorado–. Si el padre Ferro aparece, es muy posible que mañana esté detenido.

–Salvo que no tenga nada que ver...

–Habrá que encontrarlo, primero. Y preguntárselo. Mejor nosotros que la policía.

Movió Macarena la cabeza como si no fuera ésa la cuestión. Se había llevado una mano a la boca para morder, absorta, la uña del dedo pulgar. Quart temía asustarla, interrumpir sus pensamientos. Ella era su única esperanza.

–Mañana es jueves –repitió Macarena, aún ausente.

Su tono era distinto al de la primera vez. Ahora traslucía una colérica certeza, y también una amenaza contra algo, o contra alguien. Y Quart la vio asentir muy despacio, con expresión sombría.

El limpiabotas terminó de lustrar los zapatos de Octavio Machuca, le vendió un billete de lotería y se fue con la caja de betunes bajo el brazo, canturreando una copla. El sol estaba vertical, y un camarero de La Campana hacía chirriar la manivela del toldo para dar resguardo a las mesas dispuestas en la terraza. Sentado junto a Machuca, Pencho Gavira bebía con placer una cerveza helada. Los parabrisas de los automóviles reflejaban la luz de la calle en los cristales de sus gafas oscuras y en el reluciente pelo negro peinado hacia atrás con brillantina.

Contaba algo el viejo banquero, un episodio relacionado con la última junta de accionistas, y Gavira asentía distraído, vuelto hacia él y sin prestarle mucha atención. El secretario de Machuca ya se había ido, y el presidente del Banco Cartujano consumía los últimos minutos antes de irse a comer a Casa Robles. De vez en cuando Gavira le echaba un vistazo disimulado al reloj. Tenía una cita de trabajo: un almuerzo con tres de los consejeros que la semana siguiente iban a decidir su futuro. Gavira era partidario de que lloviera sobre mojado, así que en las últimas horas había puesto en marcha un delicado juego de presiones. De los nueve miembros del consejo, aquellos tres eran maleables con los argumentos oportunos; y contaba con un cuarto, del que detalles de índole íntima –fotos en un yate de Sotogrande con cierto bailarín aficionado a los banqueros maduros y a la cocaína– permitían prever una cooperación más o menos entusiasta. Por eso, contra su costumbre, aquel mediodía no prestaba la atención debida a las palabras de su jefe y protector, limitándose a asentir de vez en cuando entre sorbo y sorbo de cerveza. Se concentraba como un samurai antes del combate, atento ya a la disposición de asientos en la comida, los términos en que iba a plantear el asunto, el clímax y el previsible desenlace. Gavira sabía muy bien, por experiencia, que no era lo mismo sobornar a tres consejeros de banco que a un chupatintas cualquiera. Aunque en el fondo resultaran siempre más fáciles los consejeros, el estilo era diferente y las apariencias costaban un poco más.

El camarero interrumpió la charla de Machuca: llamaban a don Fulgencio Gavira al teléfono. Se disculpó éste y pasó al interior, quitándose las gafas de sol. Sin duda era Peregil, que no había dado señales de vida en toda la mañana. Anduvo hasta una esquina del mostrador y cogió el auricular de manos de la cajera. No era Peregil, sino su secretaria; y llamaba desde el despacho del Arenal. Durante los siguientes tres minutos Gavira escuchó en silencio, sin hacer el menor comentario. Luego dio las gracias y colgó.

Tardó una eternidad en llegar a la puerta, tocándose el nudo de la corbata como si se dispusiera a aflojarlo. Quiso reordenar sus ideas, mas éstas se confundían con el calor, el rumor de conversaciones, la fuerte luz y el ruido de automóviles. Resultaba difícil establecer si lo ocurrido era bueno o era malo; pero sus planes se veían desajustados, reclamándole otros nuevos. De un modo u otro, a Gavira le sobraba temple; antes de llegar a la puerta ya había mirado el reloj, consciente de la imposibilidad de anular la comida prevista, maldecido a Peregil por no estar a mano cuando más lo necesitaba, y perfilado al menos tres buenas razones para considerar positivo cuanto acababa de saber. Así que casi rozó el optimismo al salir al exterior todavía con las gafas de sol en la mano, meditando el modo de planteárselo a don Octavio Machuca. Pero el viejo no estaba solo. Se había levantado a besar a Macarena, escoltada por el cura alto venido de Roma; y los tres lo miraban a él. Entonces Gavira soltó entre dientes una blasfemia sonora como un latigazo, que hizo volver la cabeza, escandalizadas, a dos señoras maduras que se cruzaron en el umbral.

Fue Macarena quien lo dijo casi todo. Se mantenía sentada en el borde de la silla, frente a Machuca, inclinándose hacia él al hablar. Fruncía el ceño concentrada, hosca; y Lorenzo Quart observó su perfil entre el cabello que le caía por los hombros, las mangas de la camisa de cuadros azules vueltas al modo masculino, por encima de los antebrazos morenos y las manos largas y expresivas, que agitaba junto a las rodillas del viejo banquero. Éste, de vez en cuando, le tomaba una para oprimirla suavemente entre sus garras descarnadas, en un intento por tranquilizarla. Pero Macarena no parecía inquieta, sino furiosa. Eran su terreno, su marido, su padrino. Sus filias y sus fobias, su memoria y sus heridas. Así que Quart sólo pudo mantenerse al margen, dejarse guiar por ella, escuchar mientras observaba a los dos hombres que, de un modo u otro, tenían en sus manos la suerte de Nuestra Señora de las Lágrimas. Por fin Macarena terminó, echándose hacia atrás en la silla con una ojeada hostil a Pencho Gavira, que había estado fumando en silencio, cruzadas las piernas. Impávido, abría y cerraba las patillas de las gafas de sol sobre la mesa, dirigiéndole de vez en cuando silenciosas miradas a Quart. Todos lo observaban a él, ahora. Y habló primero el viejo Machuca:

–¿Qué sabes tú de esto, Pencho?

Quart vio que Gavira dejaba quietas las gafas. La misma mano fue hasta la boca, firme, para sostener el cigarrillo entre dos dedos:

–No diga barbaridades, don Octavio. Qué voy yo a saber.

La cerveza, ya sin espuma, se calentaba en su vaso. Vino un mendigo a pedirles una moneda y Machuca lo despidió con un gesto.

–No hablamos del muerto –dijo Macarena–. Sino de la desaparición de don Príamo.

Hubo otra chupada al cigarrillo y una eternidad hasta que Gavira exhaló el humo. Seguía mirando a Quart:

—Tendrá que ver una cosa con la otra. Digo yo.

Macarena cerraba el puño, como para golpear con él la mesa. O a su marido.

—Sabes que no tiene nada que ver.

—Te equivocas. Yo, saber, no sé nada —la boca de Gavira hizo una mueca cruel—. La experta en iglesias y en curas eres tú —señaló a Quart—. Que no vas a ningún sitio sin tu director espiritual.

—Maldito seas.

Octavio Machuca levantó una mano flaca para apaciguar los ánimos. Quart, que se mantenía en silencio y al margen, observó que tras sus párpados entornados el viejo banquero no perdía de vista a Gavira.

—La verdad, Pencho —dijo Machuca—. Quiero la verdad.

Gavira apuró el cigarrillo y lo arrojó a la acera, a los pies de un vendedor de lotería que se acercaba a ofrecerles un décimo. Después miró a su jefe a los ojos.

—Don Octavio. Le juro que no sé nada de ese muerto en la iglesia, salvo que era periodista y, cuentan, muy mal bicho. Tampoco sé dónde diablos puede haberse metido el cura —alargó la mano disponiéndose a jugar de nuevo con las patillas de sus gafas, pero la dejó inmóvil junto a ellas—. Sólo sé lo que me ha contado mi secretaria por teléfono hace un momento: hay un cadáver, el padre Ferro es sospechoso y lo busca la policía —de nuevo observó a Macarena, y luego a Quart—. Lo demás es buscarle tres pies al gato.

—Tú has estado enredando en la iglesia —insistió ella—. Todo el tiempo estuviste maniobrando alrededor. No puedo creer que seas ajeno a esto.

—Pues lo soy —Gavira se mantenía muy sereno—. No voy a ocultar que algo sí me he movido. Alguien, siguiendo instrucciones mías, estuvo un poco de aquí para allá, estudiando la situación —se volvió hacia Ma-

chuca, apelando a su buen criterio–. Fíjese si soy sincero, don Octavio, que no me importa contarles que
consideré la posibilidad de convencer al párroco con
métodos drásticos... Todo se estudió, con los pros y
los contras. Pero nada más. Ahora resulta que el padre
Ferro se ha metido en un lío, que el fuero de la iglesia
queda en el aire, y que todo me viene de perlas –se ensanchó la sonrisa del Marrajo del Arenal–... Pues qué
quieren que les diga. Que lo siento por ese párroco y
que me alegro por mí –hizo un gesto en atención al
viejo Machuca–. Por mí y por el Cartujano. Nadie de-
rramará lágrimas por esa iglesia.

Macarena le dirigió una mirada de desprecio:

–Yo lo haré.

Se acercó una florista ofreciendo jazmines para la señora, y Gavira la mandó a paseo. Ahora miraba a su
mujer con menos reticencia.

–Es lo único que lamento en esta historia. Tus lágrimas –por un instante pareció suavizársele un poco el
tono–. Sigo sin comprender qué ocurrió entre tú y yo
–dura ojeada de soslayo a Quart–. Ni las cosas que su-
cedieron después.

Ella movía la cabeza, negándose a aceptar ese terreno:

–Es tarde para hablar de nosotros. El padre Quart y
yo hemos venido a preguntarte por don Príamo.

Relucieron los ojos negros de Gavira:

–Pues empiezo a estar harto de tropezarme con el
padre Quart.

–Y yo de tropezarme con usted –dijo Quart, cuya
mansedumbre profesional rozaba el límite–... Eso le
ocurre por meterse a incordiar en iglesias donde nadie
lo llama.

Un relámpago de ira endureció la boca del banquero, y por un segundo Quart creyó que se le iba a echar
encima. Su pulso bombeó adrenalina; pero el otro ya

sonreía, de nuevo peligroso y tranquilo. Todo había
transcurrido fugaz, sin un gesto fuera de lugar, ni una
amenaza. Ahora Gavira le hablaba a Macarena:

–Te aseguro que no tengo nada que ver.

–No –ella se inclinaba otra vez hacia adelante, los
codos sobre la mesa, mortalmente seria–. Te conozco,
Pencho. No sabría decir por qué, pero estoy segura de
que mientes. Fíjate en lo que digo: aunque estés siendo
sincero, mientes. Hay cosas que no encajan, que no se
explican sin tu intervención. Aunque no tuvieras nada
que ver, la desaparición de don Príamo, precisamente
hoy, lleva tu sello. Tu estilo.

Quart vio a Gavira vacilar un instante. Sólo fue un
momento, un breve relámpago de duda en sus ojos oscuros e impasibles. Los dedos abrieron y plegaron dos
veces las patillas de las gafas sobre la mesa y luego quedaron inmóviles de nuevo.

–No –dijo.

Más que una negación destinada a ellos, parecía respuesta a una reflexión interior. Octavio Machuca en-
trecerraba más los párpados, observándolo con curiosidad; y fue en ese momento cuando Quart tuvo la
certeza de que el de Macarena no era un tiro a ciegas.

–Pencho –dijo Machuca.

Era una reconvención y un ruego formulados en
voz baja. La expresión de Gavira era otra vez inescrutable, pero alzó levemente una mano, como si pidiera
un momento de calma para reflexionar. Un conductor
molesto por un coche mal aparcado los ensordeció a
todos con su claxon.

–Si tienes algo que ver, Pencho… –insistió Machuca. Ahora parecía de veras incómodo, dedicándoles a
Macarena y a Quart breves miradas de preocupación.

–Esas casualidades no ocurren –murmuró Gavira,
abismado, muy lejos de allí.

Después, con aspecto de moverse en el límite impreciso de lo real y de un sueño, miró a Quart y luego a Macarena, casi esperando que confirmaran sus pensamientos no expresados. Abría la boca a punto de decir algo, o necesitando, quizás, más aire para respirar. Se mantenía firme, pero su aplomo había desaparecido. De pronto, un semáforo pasó del rojo al verde y el desfile de parabrisas de automóviles los deslumbró a todos con una sucesión de destellos y ráfagas de sol. Gavira parpadeó, enrojeciendo con violencia. Sacudido por una ola de calor inesperado.

–Ahora deben disculparme –dijo–. Tengo una comida de trabajo.

Apretaba un puño llevándoselo hasta la barbilla, como si fuese a golpearse a sí mismo. Y al ponerse en pie, derramó el vaso de cerveza.

XIII

El Canela Fina

> Ah, Watson –dijo Holmes–. Puede que tam-
> poco usted se comportara muy elegantemente si
> se encontrara privado en un instante de esposa y
> de fortuna.
>
> A. CONAN DOYLE
> *Aventuras de Sherlock Holmes*

Un altavoz amplificaba la charla del guía; algo sobre
los ocho siglos de la Torre del Oro, con música de fondo de un pasodoble. Al cruzarse, el motor de la lan-
cha de turistas resonó afuera, en las aguas del río, y al
cabo de unos instantes el movimiento de su oleaje llegó hasta los costados del *Canela Fina*, balanceando la
embarcación atracada al muelle. La cámara olía a ran-
cio y a sudor, entre los mamparos de madera repintada
y las manchas de óxido en las planchas de hierro.
Mientras motor y música se alejaban, don Ibrahim vio
cómo el rayo de sol que entraba por el portillo abierto
se desplazaba lentamente a estribor sobre la mesa con
restos de comida, haciendo brillar las pulseras de plata
en las muñecas de la Niña Puñales antes de retornar
lentamente a babor, para inmovilizarse en la calva mal
disimulada de Peregil.

—Podíais haber elegido –dijo éste– un sitio que se
moviera menos.

Tenía el pelo desordenado sobre el cráneo húmedo
de sudor, y se enjugaba la frente con un pañuelo. Lo
suyo no eran las superficies oscilantes: ojos de brillo

mortecino, semejantes a los de los toros mansos esperando el descabello; piel con ese inconfundible tinte pálido que traen consigo las angustias del mareo. Los barcos de turistas eran muchos, y el aguaje de cada uno lo desencajaba un poco más.

Don Ibrahim no dijo nada. Su propia vida le había enseñado a considerar a los hombres y a ser piadoso con sus miserias y sus vergüenzas. A fin de cuentas la existencia era un sube y baja, y el que más y el que menos terminaba tropezando en un peldaño. Así que retiró silenciosamente la vitola de un Montecristo para acariciar con delicadeza la superficie suave, ligeramente nervuda, de las prietas hojas de tabaco. A continuación lo horadó con la navajita de Orson y se lo llevó a los labios, haciéndolo girar voluptuosamente mientras humedecía el extremo. Saboreando el aroma de aquella perfecta obra de arte.

–¿Qué tal se porta el cura? –preguntó Peregil.

Había cesado el balanceo y mostraba un poco más de entereza, aunque seguía tan pálido como uno de los cirios de la parroquia que sus tres mercenarios habían dejado, temporalmente, sin titular. Con el puro aún sin encender en la boca, don Ibrahim asintió con mucha gravedad. Un gesto apropiado a la materia que los ocupaba, pues se refería a un digno hombre de iglesia; a un santo varón. Y hasta donde alcanzaba, un secuestro no tenía por qué estar reñido con el respeto. Eso lo había aprendido en Hispanoamérica, donde la gente se fusilaba hablándose todo el rato de usted.

–Se porta bien. Muy entero y tranquilo. Como si no fuera con él.

Apoyado en la mesa y procurando mantener los ojos apartados de los restos de comida, Peregil tuvo fuerzas para componer una desmayada sonrisa:

–Es duro el viejo.

–Ozú –dijo la Niña–. De cojones.

Hacía ganchillo, cuatro al aire y dejo dos, moviendo las manos con rapidez entre el tintineo de las pulseras; y de vez en cuando dejaba sobre la falda aguja y labor para darle un tiento a la caña de manzanilla que tenía cerca, junto a la botella más que mediada. El calor le extendía la mancha oscura de maquillaje en torno a los ojos, agrandándoselos, y la manzanilla le había corrido un poco el carmín. Cuando la embarcación se balanceaba lo hacían también sus largos zarcillos de coral.

Don Ibrahim refrendó el comentario de la Niña Puñales enarcando las cejas. En lo tocante al párroco no exageraba ni tanto así. Habían ido a su encuentro pasada la medianoche, en el callejón al que daba la puerta del jardín de la Casa del Postigo, y llevó un rato echarle una manta por la cabeza y maniatarlo camino de la furgoneta –alquilada por veinticuatro horas– que tenían apostada en la esquina. En la refriega, a don Ibrahim se le partió el bastón de María Félix, el Potro tuvo un ojo a la funeral, y a la Niña le saltaron los empastes de dos dientes. Parecía mentira hasta qué punto un abuelete pequeñajo y reseco, cura por más inri, podía defender su pellejo.

Además de mareado, Peregil estaba inquieto. Echarle mano a un sacerdote y mantenerlo un par de días alejado de la circulación no era precisamente la clase de delito que vuelve comprensivos a los jueces. Tampoco don Ibrahim las gozaba todas consigo; pero tenía plena conciencia de que era tarde para envainársela. Además, se trataba de una idea suya; y los hombres como él iban, sin pestañear, a las duras y a las maduras. Amén de que cuatro kilos y medio, sumando lo correspondiente a cada uno de los compadres, era una pasta flora.

Peregil se había quitado, como don Ibrahim, la americana. Pero a diferencia de las sobrias mangas de camisa blanca del indiano, con elásticos sobre los codos, las del asistente de Pencho Gavira lucían un devastador conjunto de rayas blancas y azules con cuello color salmón y una corbata de crisantemos verdes, rojos y malvas que le colgaba en mitad del pecho igual que un manojo marchito. Un cerco de sudor le humedecía el cuello:

—Espero que os atengáis al plan.

Don Ibrahim lo miró con reprobación, ofendido. Él y sus compadres eran precisos cual bisturíes —se pasó un dedo cauto por las cerdas del bigote y la piel churruscada—, salvo imprevistos aleatorios como el del Potro y la gasolina, o la propensión de ciertos carretes fotográficos a velarse cuando les daba la luz. Además, tampoco el plan operativo era como para saltarle a uno los plomos. Todo consistía en retener al párroco día y medio más, y después darle puerta. Algo fácil, bonito y barato, con un toque, un no sé qué de elegante en la ejecución. Stewart Granger y James Mason, incluso Ronald Colman y Douglas Fairbanks junior —don Ibrahim, el Potro y la Niña habían ido a una videoteca para alquilar ambas versiones y documentar debidamente el asunto—, lo hubieran encontrado impecable.

—En cuanto a nuestros emolumentos...

Dejó el ex falso abogado la frase en el aire, por delicadeza, concentrándose en encender el puro. Hablar de dinero entre gente honorable estaba fuera de lugar. Peregil era tan honorable como podía serlo un cojón de pato, pero eso no era óbice para que le concediesen, al menos en lo formal, el beneficio de la duda. Así que aplicó la llama del mechero a un extremo del Montecristo, llenándose boca y fosas nasales con la primera y deliciosa bocanada, y esperó que el otro completara la sugerencia.

—En el momento en que soltéis al cura —apuntó Peregil, un poco más desenvuelto— os pago a los tres. Millón y medio a cada uno, sin IVA.

Rió entre dientes su propia broma mientras sacaba otra vez el pañuelo para secarse la frente, y la Niña Puñales apartó un momento los ojos del ganchillo para echarle una mirada entre las pestañas postizas espesadas con rímel. También don Ibrahim le dirigió al esbirro una ojeada entre el humo habano, pero en su caso fue de preocupación. No le gustaba el individuo y mucho menos aquella risa, y por un momento se estremeció con la sospecha de si Peregil tendría dinero suficiente para abonar honorarios, o jugaba de farol. Con un suspiro fatalista le dio otra chupada al puro, y de la americana colgada en el respaldo de la silla sacó el reloj al extremo de su cadena. No era fácil ser jefe, pensaba. Nada cómodo aparentar seguridad, dar órdenes o sugerir comportamientos procurando que no te falle la voz, disimulada la incertidumbre tras un gesto, una mirada, una sonrisa oportuna. Igual Jenofonte, el de los quinientos mil aquéllos, o Colón, o Pizarro cuando trazó la raya en el suelo con su espada y dijo de aquí para allá oro y un par de huevos, habían experimentado, también, aquella incómoda sensación de estar pintando el techo y quedarse sujetos a la brocha mientras desaparecía la escalera bajo sus pies, como en los tebeos de Mortadelo.

Don Ibrahim miró con ternura a la Niña Puñales. Lo único que le preocupaba en la posibilidad de ir a la cárcel era que allí se tendrían que separar... ¿Quién iba entonces a cuidar de ella? Sin el Potro, sin él mismo para decirle *ole* cuando tararease una copla, alabar su cocido de los domingos, llevarla a la Maestranza las tardes de buen cartel, darle el brazo cuando se le iba la mano en los bares con la prima rubia de Sanlúcar, la pobre se moriría como un pajarito fuera de su jaula. Y además estaba aquel tablao que debían conseguir a toda costa, para tenerla como a una reina.

—Releva al Potro, Niña.

La Niña contó un par de vueltas de aguja más hasta completar la serie. Movió silenciosamente los labios al hacerlo; y luego, apurando de camino el resto de la caña de manzanilla, se puso en pie para alisarse la falda del vestido de lunares mientras echaba un vistazo por el portillo. Tras los geranios plantados en latas vacías de atún Albo, mustios aunque el Potro del Mantelete los regaba cada noche, se veía el antiguo muelle, un par de embarcaciones amarradas y, al fondo, la Torre del Oro y el puente de San Telmo.

–No hay moros en la costa –dijo.

Después, llevándose la labor de ganchillo, cruzó la cámara con revuelo de falda de volantes almidonados, dejando un espeso aroma a Maderas de Oriente que Peregil acusó de modo visible a su paso. Al abrirse la puerta del camarote, don Ibrahim entrevió por un momento al párroco: de espaldas, sentado en una silla, con los ojos vendados por un pañuelo de seda de la Niña, atadas las muñecas al respaldo con esparadrapo ancho comprado la tarde anterior en una farmacia de la calle Pureza. Seguía tal y como lo habían puesto: quieto, hermético, sin decir esta boca es mía salvo cuando le preguntaban si quería un bocadillo, una copita, o echar una meada; y en esos casos se limitaba a mandarlos a tomar por saco.

Entró la Niña y salió el Potro del Mantelete, cerrando la puerta a su espalda.

–¿Cómo lo lleva? –preguntó Peregil.

–¿Quién?

El Potro se había parado junto a la mesa, el aire perplejo, un ojo maltrecho del zipizape nocturno. Bajo la camiseta de tirantes se le moldeaban los duros y enjutos pectorales aceitados de sudor. Aún lucía una venda en el antebrazo izquierdo. En el hombro opuesto, junto a la marca de la vacuna, llevaba una cabeza de mujer tatuada en azul, con gorro legionario y un nombre ilegible debajo. Don Ibrahim nunca había preguntado si aquel nombre era el de la hembra infiel causa de su ruina, ni el Potro la mencionó jamás. Igual ni se acordaba. De cualquier modo, la vida de cada uno era la vida de cada uno.

–El cura –insistía Peregil con voz desmayada–. Que cómo lo lleva.

El ex torero y ex boxeador consideró largamente la cuestión. Arrugaba el entrecejo balanceándose un poco sobre las piernas, y por fin miró a don Ibrahim igual que un lebrel recibiendo la orden de un extraño, vuelto al amo en busca de confirmación.

–Lo lleva bien –respondió por fin, al no encontrar objeción en los ojos de su jefe y compadre–. Está quieto y no dice nada.

–¿No ha hecho preguntas?

El Potro se restregaba con dos dedos la aplastada nariz mientras hacía memoria, voluntarioso. El calor no aguzaba sus reflejos.

–Ninguna –repuso por fin–. Le desabotoné un poco la sotana para que respire, y tampoco dijo ni pío –reflexionó largamente sobre todo aquello–. Ni que fuera mudo.

–Natural –terció don Ibrahim–. Se trata de un hombre de iglesia. Es la dignidad ofendida.

Se sacudió un poco el faldón de la camisa, pues ya le caía sobre la barriga la primera ceniza del puro, mientras el Potro asentía lento con la cabeza, mirando hacia la puerta cerrada como si acabase de resolver algo que lo hubiera intrigado mucho rato. Será eso, repitió dos veces. La dignidad.

Peregil boqueaba, pálido y sudoroso. Tenía el pañuelo como para escurrirlo en un cubo.

–Me voy –dijo. El humo del habano, con el balanceo, le daba a todas luces la puntilla–. Así que manteneos atentos a mis instrucciones.

Empezó a incorporarse, arreglando maquinalmente el pelo sobre su calva. En ese momento el *Canela Fina* se balanceó al paso de otro barco de turistas, y la mirada de Peregil siguió, con fijeza obsesiva, el movimiento de estribor a babor del rayo de sol que entraba por el portillo de los geranios. La piel se le puso más grasienta y pálida, y aspiró aire igual que un jurel recién pescado, mirando a don Ibrahim y al Potro con ojos de extravío.

—Perdonad —murmuró, la voz ahogada, antes de precipitarse camino de la puerta y la escala.

Fue la peor comida de su vida. Pencho Gavira apenas probó las habas tiernas con chipirones y el salmón a la plancha, y sólo recurriendo a toda su sangre fría llegó a los postres con la sonrisa intacta y sin saltar de la mesa cada cinco minutos para telefonear a su secretaria, que buscaba afanosa a Peregil por toda Sevilla. A veces, en plena conversación con los consejeros del Cartujano, el banquero se quedaba en blanco, pendientes los otros de lo que estaba a medio exponer; y sólo con un inaudito esfuerzo de voluntad era capaz de rematar la cuestión de modo airoso. Habría necesitado todo aquel tiempo para pensar, trazando planes y soluciones a las alternativas que la ausencia del sicario iba haciendo sucederse en su mente; pero no disponía de esa tregua. También esa reunión resultaba decisiva para su futuro, por lo que no podía descuidar a sus comensales. Se batía, por tanto, en dos frentes: como Napoleón contra un ejército inglés y otro prusiano en Waterloo. Una sonrisa, un sorbo de rioja, un planteamiento, una reflexión oculta justo el tiempo de encender un cigarrillo. Poco a poco los consejeros iban entrando por el aro; mas la falta de noticias por parte de Peregil empezaba a ser angustiosa. Gavira tenía la certeza de que su asistente estaba relacionado con la desaparición del cura, y —eso daba sudores fríos—

también podía estarlo con la muerte de Bonafé. Aquello le hacía correr estremecimientos por la espina dorsal; pero a pesar de todo el banquero tenía cuajo y aguantaba el tipo. En su lugar, otro con menos arrestos se habría echado a llorar sobre el mantel.

El maître se acercaba entre las mesas, y por su forma de mirarlo Gavira supo que se dirigía a él. Reprimiendo el impulso de precipitarse desde su asiento, concluyó la frase que tenía a medias, apagó el cigarrillo en el cenicero, bebió un sorbo de agua mineral, secó cuidadosamente sus labios con la servilleta y se puso en pie, dirigiéndoles una sonrisa a los consejeros:

—Disculpad un momento.

Después caminó hacia el vestíbulo haciendo un par de inclinaciones de cabeza para saludar a algunos conocidos, con la mano derecha en el bolsillo para evitar que le temblara. El vacío de su estómago se ahondó al ver a Peregil con el pelo despeinado sobre la calva y una corbata espantosa.

—Tengo buenas noticias —anunció el sicario.

Estaban solos. Gavira casi lo empujó dentro de los servicios de caballeros, cerrando la puerta detrás cuando se aseguró de que allí no había nadie.

—¿Dónde has estado?

Peregil hizo una mueca satisfecha:

—Ocupándome de que mañana no haya misa —dijo.

Toda la tensión, toda la angustia acumulada, se le disparó a Gavira como un resorte. Habría matado a Peregil allí mismo. Con sus propias manos.

—¿Qué has hecho, cabrón?

Al asistente se le borró la sonrisa de la boca. Parpadeaba, aturdido.

—Pues qué voy a hacer —balbució—. Lo que usted me dijo. Neutralizar al cura.

—¿Al cura?

El esbirro apoyaba la espalda contra el lavabo donde Gavira lo tenía acorralado. La luz de neón le hacía brillar la calva bajo los mechones de pelo que se elevaban desde la oreja izquierda.

–Sí –confirmó–. Unos amigos lo han puesto fuera de circulación hasta pasado mañana. En perfecto estado de salud.

Observaba desconcertado a su jefe, sin comprender aquella actitud agresiva. Gavira dio un paso atrás mientras hacía cálculos.

–¿Cuándo fue eso?

–Anoche –Peregil aventuró una tímida sonrisa, atento a las reacciones de su jefe–. Está en lugar seguro y bien tratado. El viernes se le suelta, y santas pascuas.

Gavira movía la cabeza. No le cuadraban las cuentas.

–¿Y el otro?

–¿Quién es el otro?

–Bonafé. El periodista.

Vio enrojecer a Peregil como si le hubiesen bombeado un litro de sangre a la cara.

–Ah, ése –ahora el asistente parecía desencajado. Alzaba las manos para definir algo en el aire–. Bueno... Se lo puedo explicar todo, créame –bajo el neón, la sonrisa forzada parecía un agujero oscuro en mitad de su cara–. Es algo complicada la historia, pero se la puedo aclarar. Lo juro.

A Gavira le vino una ola de pánico. Si su asistente estaba relacionado con la muerte de Honorato Bonafé, los problemas no habían hecho más que empezar. Dio unos pasos por el cuarto, intentando reflexionar a toda prisa. Pero los azulejos blancos le inspiraban el vacío más absoluto. Se volvió a mirar a Peregil:

–Pues más vale que tu explicación sea buena. Al cura lo busca la policía.

En contra de lo que esperaba, Peregil no se mostró

especialmente impresionado. Más bien mostraba alivio por el nuevo giro de la conversación:

—Qué rápidos. Aun así, no se preocupe usted.

Gavira no daba crédito a lo que oía:

—¿Que no me preocupe?

—En absoluto —el esbirro esbozó una sonrisita nerviosa—. Sólo va a costarnos cinco o seis kilos más.

Gavira se fue otra vez hasta él. La duda oscilaba entre tumbarlo de un puñetazo y patearle el cráneo o seguir interrogándolo. Con un esfuerzo sobre sí mismo, preguntó de nuevo:

—¿Hablas en serio, Peregil?

—Que sí. Usted tranquilo.

—Oye —esforzándose en mantener la compostura, el banquero se pasaba las palmas de las manos por las sienes—. Tú me estás vacilando.

—Nunca se me ocurriría, jefe —Peregil sonreía con candor—. Ni harto de jumilla.

Gavira se dio otro paseo por el cuarto.

—Vamos a ver... ¿Vienes a decirme que tienes secuestrado a un cura al que la policía busca por asesinato, y quieres que no me preocupe?

A Peregil se le descolgó la mandíbula:

—Cómo que por asesinato.

—Eso he dicho.

El esbirro miró la puerta cerrada. Luego la del retrete. Después de nuevo a Gavira.

—Pero qué asesinato ni qué niño muerto.

—De niño, nada. Adulto. Y culpan a tu maldito cura.

—Venga ya —Peregil soltó una carcajada corta, de absoluta desesperación—. No me gaste esas bromas, jefe.

Gavira se le acercó tanto que el otro casi tuvo que sentarse en el lavabo.

—Mírame la cara. ¿Tengo aspecto de bromear?

No lo tenía, y al asistente no le cupo la menor duda.

Ahora Peregil estaba blanco como los azulejos de la pared:

—¿Un asesinato?

—Eso es.

—¿Un asesinato de verdad?

—Que sí, coño. Y dicen que ha sido el cura.

Alzó una mano el otro, pidiendo tiempo para digerir todo aquello más despacio. Estaba tan descompuesto que los largos mechones de pelo le colgaban sobre la oreja.

—¿Antes o después de que lo trincáramos?

—Y yo qué sé. Será antes, supongo.

Peregil tragó saliva con mucha dificultad y mucho ruido:

—A ver si nos aclaramos, jefe. ¿El asesinato de quién?

Después de dejar a Peregil vomitando en el retrete, Pencho Gavira se despidió de los consejeros, subió al Mercedes aparcado ante el restaurante, dijo al chófer que conectara el aire acondicionado y fuese a tomar algo, y con el teléfono móvil en la mano reflexionó un momento. Estaba seguro de que su asistente le había contado la verdad, y —pasado el pánico inicial— eso le daba al problema nuevas perspectivas. Resultaba difícil establecer si todo era una sucesión de casualidades, o si de verdad la gente de Peregil había incurrido en la extraordinaria coincidencia de secuestrar al párroco sólo un poco después de que éste se cargara al periodista. El hecho de que la policía estableciese la muerte de Bonafé a última hora de la tarde, y que la desaparición del párroco no se hubiera producido —según testimonio de la propia Macarena y del cura de Roma— hasta pasadas las doce de la noche, dejaba a Príamo Ferro sin coartada. De un modo u otro, culpable o no, eso cambiaba las posiciones de cada cual. El sacerdote era sospechoso y la policía andaba tras él; retenerlo más tiempo resultaba arriesgado. Gavira tenía la seguridad de que podía ser puesto en libertad sin perjuicio para sus proyectos. Más bien los beneficiaba, pues el cura iba a estar muy ocupado entre encuestas e interrogatorios. Si lo soltaban de noche, con la policía tras él, era más que probable que al día siguiente no hubiera misa en Nuestra Señora de las Lágrimas. El golpe maestro podía venir, pues, de lo inesperado. La filigrana consistía en desembarazarse del párroco y devolverlo a la vida pública con la oportuna limpieza, sin escándalos. Que huyese o se entregara a la policía, eso a Gavira le daba igual. De un modo u otro Príamo Ferro estaba al filo de quedar fuera de juego por una temporada, y quizá pudieran mejorarse las cosas con una llamada anónima, una denuncia o algo así. No era el arzobispo de Sevilla quien iba a tener prisa por buscarle un sustituto. En cuanto a don Octavio Machuca, para el pragmático banquero estaba bien todo lo que terminaba bien.

Quedaba por resolver la cuestión de Macarena; pero también en eso había ventajas con la nueva situación. La jugada perfecta consistía en venderle a ella la liberación del párroco como un favor, proclamándose Gavira ajeno al exceso de celo de Peregil. Algo del tipo en cuanto me lo dijiste intervine y etcétera. Con el asunto de Bonafé pesando sobre todos, y en especial sobre su admirado don Príamo, ella se iba a guardar mucho de ser indiscreta. Eso podía facilitar, incluso, un acercamiento entre los dos. En cuanto al párroco, que Macarena y el cura de Roma se hicieran cargo de él con policía o sin ella. Gavira no tenía nada contra el cura viejo: igual le daba que se entregara o que emigrase. Con una chispa de suerte, estaba tan acabado como su iglesia.

El aire acondicionado, con el suave ronroneo del

motor, mantenía una temperatura perfecta en el interior del Mercedes. Más relajado, Gavira se recostó en el asiento de cuero negro para apoyar la cabeza en el respaldo, contemplándose satisfecho en el espejo retrovisor. Quizá no fuese una mala jornada, después de todo. En su rostro bronceado relucía la sonrisa del Marrajo del Arenal cuando marcó el número telefónico de la Casa del Postigo.

Al colgar el teléfono, Macarena Bruner se quedó mirando a Quart. Parecía reflexionar, muy quieta, apoyada en la mesa cubierta de revistas y libros, en un ángulo de la habitación del piso alto convertida en estudio. Un estudio singular, con azulejos reproduciendo motivos vegetales y cruces de Malta, oscuras vigas en el techo y una gran chimenea de mármol negro. Era el estudio de Macarena, y su huella estaba en todas partes: un televisor con vídeo, un reducido equipo de música, libros de Arte e Historia, antiguos ceniceros de bronce, cómodos sillones de pana oscura, cojines bordados. Había una gran alacena donde se mezclaban antiguos legajos manuscritos, volúmenes encuadernados en pergamino amarillento, cintas de vídeo, y también un par de buenos cuadros en las paredes: un San Pedro de Alonso Vázquez, y otro de autor desconocido representando una escena de la batalla de Lepanto. Junto a la ventana, la talla de un ceñudo arcángel alzaba su espada bajo una campana de vidrio que lo protegía del polvo.

—Ya está —dijo Macarena.

Quart se puso en pie, tenso, dispuesto a la acción. Pero ella permaneció inmóvil, como si todavía no estuviera dicho todo:

—Ha sido un error y se disculpa. Asegura que no tiene nada que ver, y que gente que trabaja indirectamente para él se extralimitó sin su consentimiento.

A Quart eso le daba igual. Ya habría tiempo de establecer la responsabilidad de cada uno. Lo importante era llegar hasta el párroco antes que la policía. Culpable o no, era un eclesiástico; la Iglesia no podía limitarse a verlas venir.

–¿Dónde lo tienen?

Macarena le dirigió una mirada dubitativa, pero sólo fue un momento.

–Está sano y salvo, en un barco amarrado en el antiguo muelle del Arenal… Pencho llamará cuando lo haya arreglado todo –dio unos pasos por la habitación, cogió un cigarrillo de encima de la mesa y extrajo el mechero del escote–. Me lo ofrece a mí en vez de a la policía, a cambio de la paz. Aunque lo de la policía, por supuesto, es un farol.

Quart dejó escapar el aire de los pulmones, aliviado. Al menos aquella parte del problema quedaba resuelta.

–¿Vas a decírselo a tu madre?

–No. Es mejor que siga sin saber nada hasta que todo esté bien. Esta noticia puede matarla.

Hizo una mueca de desolación. Tenía mechero y cigarrillo en la mano, sin encender; parecía haberlos olvidado.

–Si hubieras oído a Pencho –añadió–. Atento, encantador, a mi disposición… Sabe que está a punto de ganar la partida y nos vende una alternativa inexistente. Don Príamo no puede escapar cuando lo liberen.

Lo dijo fríamente, absorta en su única preocupación: el párroco. La escuchaba desolado Quart, aunque no por sus palabras. Cada vez que un gesto de Macarena removía recuerdos recientes, él se llenaba de una tristeza inmensa, desesperada. Tras acercársele tanto y llevarlo al terreno donde los límites se diluían y todo, salvo la soledad compartida y la ternura, carecía de sentido, ella se alejaba de nuevo. Era pronto para determinar cuánto perdía y cuánto ganaba el sacerdote

Lorenzo Quart en la carne tibia de aquella mujer; pero la traicionada figura del templario lo acosaba como un remordimiento. Todo era una trampa ancha y vieja, con ese río tranquilo por donde discurría el tiempo que nada respeta, o que confirma tarde o temprano la condición de los hombres. Que arrastra las banderas de los buenos soldados. En cuanto a Quart, Sevilla le arrebataba demasiadas cosas en demasiado poco tiempo, sin dejarle a cambio más que una dolorosa conciencia de sí mismo. Ansiaba un redoble de tambor que le devolviese la paz.

Cuando volvió a la realidad, los ojos oscuros, egoístas, de Macarena estaban fijos en los suyos. Pero Quart no era el objeto de su interés. No vio gotas de miel ni luna agitando hojas de buganvillas y naranjos. No había nada que le concerniera; y por un instante el agente del I O E se preguntó qué diablos estaba haciendo él todavía allí, reflejado en aquellos ojos extraños.

—No veo por qué iba a huir el padre Ferro —dijo, haciendo el esfuerzo de retornar a las palabras y a la disciplina que traían consigo—. Si la causa de su desaparición fue un secuestro, eso atenúa las sospechas sobre él.

El argumento no pareció tranquilizarla en absoluto:

—No cambia nada. Dirán que cerró la iglesia con el cadáver dentro.

—Sí. Pero tal vez, como dijo tu amiga Gris, pueda demostrar que no llegó a verlo. Será bueno para todos que se explique por fin. Bueno para ti, y para mí. Bueno para él.

Movió ella la cabeza:

—Tengo que hablar con don Príamo antes que la policía.

Había ido hasta la ventana. Miraba el patio interior, apoyada en el marco.

—Yo también —dijo Quart, acercándose—. Y es mejor

que se presente él mismo, acompañado por mí y por el abogado que he hecho venir de Madrid –consultó el reloj–. Que ahora debe de estar con Gris en la Jefatura de Policía.

–Ella nunca acusará a don Príamo.

–Claro que no.

Se volvió hacia Quart. La ansiedad se reflejaba en los ojos oscuros:

–¿Van a detenerlo, verdad?

Habría levantado los dedos para tocar esa boca, pero el gesto de ella no era suyo, sino de otro. Qué absurdo tener celos de un viejo cura pequeño y sucio, pero lo cierto es que los tenía. Tardó unos segundos en responder:

–No lo sé –tras el momento de duda desvió la mirada hacia el patio. Sentada en una mecedora junto a la fuente de azulejos, abanicándose ajena a todo, Cruz Bruner leía apaciblemente–. Por lo que vi en la iglesia, temo que sí.

–Crees que fue él, ¿verdad? –Macarena también miró a su madre. Lo hizo con una inmensa tristeza–. Aunque no haya desaparecido por su voluntad, tú lo sigues creyendo.

–Yo no creo nada –se zafó Quart, malhumorado–. Creer no es mi trabajo.

Le venía a la memoria el salmo de la Biblia referido a la historia de Uzá, *«quien osó tocar el Arca de la Alianza, y el Señor se encolerizó contra él por su atrevimiento, lo hirió y murió allí mismo, junto al Arca de Dios»*... Por su parte, Macarena inclinaba el rostro. Había deshecho el cigarrillo entre los dedos, sin llegar a encenderlo, y las briznas de tabaco caían a sus pies.

–Don Príamo nunca haría una cosa así.

Quart movió la cabeza, pero no dijo nada. Pensaba en Honorato Bonafé muerto en el confesionario, fulminado por la cólera implacable del Todopoderoso.

Era precisamente al padre Ferro a quien él imaginaba haciendo una cosa así.

Un cuarto para las once. Apoyado en un farol bajo el puente de Triana, Celestino Peregil oyó las campanadas del reloj sin levantar la vista de las luces reflejadas en el agua negra del río. Los faros de los automóviles que pasaban por encima corrían a lo largo de la barandilla de hierro, sobre los arcos remachados y los pilares de piedra, y también más allá del parapeto de jardines y terrazas que se levantaba en el paseo de Cristóbal Colón, junto a la Maestranza. Pero abajo, en la orilla, todo estaba tranquilo.

Echó a andar por la explanada bajo el puente, hacia los antiguos muelles del Arenal. La brisa de Sanlúcar empezaba a rizar suavemente la superficie oscura del Guadalquivir, y el fresquito de la noche levantó el ánimo del sicario. Tras las emociones de las últimas horas, todo iba de vuelta a la normalidad. Incluso la úlcera parecía dispuesta a dejarlo en paz. La cita estaba prevista a las once junto al barco donde aguardaban don Ibrahim y sus secuaces, y el propio Gavira le había dado toda clase de instrucciones y seguridades a Peregil para evitar fallos: irían la señora y el cura alto, y él debía limitarse a efectuar la entrega sin problemas. Al párroco lo iban a sacar del *Canela Fina*, y la pareja se haría cargo en uno de los antiguos almacenes del muelle, cuya llave llevaba Peregil en el bolsillo. En cuanto al dinero de los tres malandrines, al asistente le había costado un poco convencer a su jefe de que aflojase lo necesario; pero la urgencia del caso y las ganas del banquero por quitarse de encima al párroco facilitaron las cosas. Con una íntima sonrisa, el esbirro se tocó la barriga: llevaba los cuatro millones y medio en billetes de diez mil escondidos bajo la camisa, en el elástico de los calzoncillos; y en su casa tenía otras quinientas mil que había conseguido colarle de clavo a su jefe a última hora, so pretexto de gastos imprescindibles para llevar la cosa a buen término. Tanta viruta en la cintura lo obligaba a caminar rígido, igual que si llevara un corsé.

Empezó a silbar, optimista. Salvo alguna pareja de novios o un pescador aislado, el paseo hasta los muelles se veía desierto. Unas ranas croaban entre los juncos de la orilla, y Peregil las escuchó, complacido. Asomaba la luna sobre Triana y el mundo era maravilloso. Las once menos cinco. Apretó el paso. Estaba deseando terminar con el sainete para irse derecho al Casino, a ver lo que el medio kilo daba de sí. Reservándose cinco mil duros para un homenaje con Dolores la Negra.

–Hombre, Peregil. Qué sorpresa.

Se paró en seco. Dos siluetas sentadas en uno de los bancos de piedra se habían incorporado a su paso. Una delgada, alta, siniestra: el Gitano Mairena. Otra menuda, elegante, con movimientos precisos de bailarín: el Pollo Muelas. Una nube ocultó la luna, o quizá lo que ocurrió fue que los ojos de Peregil se nublaron de pronto. Tenía puntitos negros bailándole ante los ojos, y la úlcera se le despertó de un modo salvaje. Le flaquearon las piernas. Una lipotimia, pensó. Me voy a caer redondo de una lipotimia.

–Adivina qué día es hoy.

–Miércoles –la voz le salía desmayada, apenas audible, en un amago de protesta–. Me queda un día.

Las dos sombras se acercaron. En cada una de ellas, una más arriba que otra, relucía la brasa de un pitillo.

–Llevas mal las cuentas –dijo el Gitano Mairena–. Te queda una hora, porque el jueves empieza a las doce en punto de esta noche –encendió un fósforo y su llamarada iluminó la mano con su meñique amputado y la esfera de un reloj–. Una hora y cinco minutos.

–Voy a pagar –dijo Peregil–. Os lo juro.

Sonó la risa simpática del Pollo Muelas:

–Pues claro. Por eso vamos a sentarnos los tres juntos, en este banco. Para hacerte compañía mientras llega el jueves.

Ciego de pánico, Peregil echó una ojeada alrededor. Las aguas del río no le ofrecían amparo alguno, y las mismas posibilidades iba a encontrar en una carrera desesperada por el muelle desierto. En cuanto a un arreglo negociado, lo que llevaba encima podía resolver temporalmente el asunto, con dos objeciones: ni cubría la totalidad de la deuda con el prestamista, ni él podía justificar su pérdida ante Pencho Gavira, con quien el montante ascendía ya a once millones como once cañonazos. Eso, sin contar el secuestro del párroco que tenía colgado como una soga al cuello, la cita con la señora y el cura alto, y la cara que iban a poner don Ibrahim, el Potro del Mantelete y la Niña Puñales si los dejaba en la estacada con aquel marrón. A lo que podía sumarse el muerto de la iglesia, la policía, y toda la otra ruina que llevaba encima. De nuevo observó la corriente negra del río. Igual le salía más barato saltar al agua y ahogarse.

Suspiró hondo, muy hondo, y sacó un paquete de cigarrillos. Después miró a la sombra alta y luego a la baja, resignado ante lo inevitable. Quién dijo miedo, pensó. Habiendo hospitales.

–¿Tenéis fuego?

Aún no había prendido un fósforo el Gitano Mairena cuando Peregil ya estaba corriendo a toda mecha a lo largo del muelle, de vuelta hacia el puente de Triana, como si le fuera la vida en ello. Que era exactamente lo que le iba.

Por un momento se creyó a salvo. Apretaba la carrera respirando acompasado, uno, dos, uno, dos, con la sangre golpeándole muy fuerte en las sienes y el corazón, y los pulmones quemaban igual que si se los estuvieran sacando del pecho para volverlos del revés. Corría casi a ciegas en la oscuridad, oyendo detrás las zancadas de los otros, las imprecaciones del Gitano Mairena, el resuello del Pollo Muelas. Un par de veces creyó que le rozaban la espalda o las piernas, y enloquecido de terror apretó el galope, sintiendo que aumentaba la distancia entre él y sus perseguidores. Las luces de los automóviles sobre el puente se acercaban con rapidez. La escalera, se dijo atropelladamente, ofuscado por el esfuerzo. Había una escalera en algún lugar a la izquierda, y arriba calles, luces, coches, gente. Torció a la derecha acercándose al muro en diagonal, algo golpeó su espalda, aceleró de nuevo mientras dejaba escapar un grito de angustia. Allí estaba la escalera: la adivinó, más que vio, en las sombras. Hizo un último esfuerzo, pero cada vez resultaba más difícil coordinar el movimiento de las piernas. Se desacompasaban, perdía terreno, el cuerpo se iba hacia adelante, en el vacío. Sus pulmones eran una llaga dolorosa y no encontraban aire que respirar. De ese modo llegó al pie de la escalera y pensó, fugazmente, que tal vez iba a conseguirlo. Entonces le fallaron las fuerzas y cayó de rodillas, encogido, como si lo hubieran abatido de un escopetazo.

Estaba hecho polvo. Bajo la camisa, los billetes se le pegaban al cuerpo con el sudor. Giró hasta quedar tumbado boca arriba sobre el primer peldaño, y todas las estrellas del cielo se le movían alrededor, igual que en una atracción de feria. Dónde se han llevado todo el oxígeno, pensó, una mano conteniendo los saltos del corazón para que éste no escapara por la boca abierta. A su lado, resoplando, apoyados en la pared, el Gitano Mairena y el Pollo Muelas intentaban recobrar el aliento.

–Qué hijoputa –oyó decir al Gitano, entrecortada la voz–. Corre como una bala.

El Pollo Muelas se había puesto en cuclillas, respirando igual que una gaita llena de agujeros. La luz de un farol del puente iluminaba media sonrisa simpática.

—Has estado cojonudo, Peregil, de verdad —dijo casi con ternura, palmeándole la cara en suaves cachetes—. Nos has impresionado un huevo. Palabra.

Después se puso en pie con dificultad, y sin dejar de sonreír le dio otro par de cachetitos amistosos en la mejilla. Luego saltó sobre su brazo derecho, partiéndoselo con un crujido. Así le rompió el primero de los huesos que iban a romperle aquella noche.

Macarena Bruner miró el reloj por enésima vez. Pasaban cuarenta minutos de las once.

—Algo va mal —dijo en voz baja.

Quart estaba seguro de eso, pero no comentó nada. Aguardaban en la oscuridad, junto a la verja cerrada de un embarcadero de patines acuáticos Sobre sus cabezas, más allá de las palmeras y las buganvillas, tras las terrazas desiertas del Arenal, se veía la cúpula iluminada del teatro de la Maestranza y un ángulo del edificio del Banco Cartujano. Unos trescientos metros orilla abajo, la Torre del Oro iluminada montaba guardia junto al puente de San Telmo. Y justo en la mitad, amarrado al muelle, estaba el *Canela Fina*.

—Algo ha salido mal —insistió Macarena.

Llevaba un suéter con las mangas anudadas sobre los hombros. Estaba tensa, inquieta, pendiente del muelle donde tenía que presentarse el hombre de Pencho Gavira. La embarcación en la que según su marido, o ex marido, estaba el padre Ferro, se veía silenciosa y a oscuras, sin rastro de vida Durante un rato —disponían de tiempo— Quart consideró para sus adentros la posibilidad de que el banquero les hubiese hecho una mala jugada; pero tras darle vueltas descartó la idea. Tal como estaban las cosas, había engaños que Gavira no podía permitirse.

Un soplo de brisa hizo crujir las tablas del embarcadero. El agua chapaleó débilmente en los pilares del muelle. Fuera lo que fuese, algo había alterado el plan; y las cosas amenazaban con desarrollarse de modo menos tranquilizador que el previsto. El instinto de Quart decía que aquel punto muerto auguraba nuevos problemas. Suponiendo que el párroco estuviera en el barco –de lo que no tenían más indicio que la palabra de Gavira–, su rescate iba a complicarse mucho si no hacía acto de presencia el presunto mediador. Quart miró el perfil oscuro y vigilante de Macarena, y luego pensó en el subcomisario Navajo. Tal vez estaban llegando demasiado lejos.

–Quizá fuera conveniente –dijo, con suavidad– llamar a la policía.

–Ni lo pienses –ella no apartaba su atención del muelle desierto y del barco–. Antes tenemos que hablar con don Príamo.

Quart miró a uno y otro lado, bajo las acacias que bordeaban la orilla.

–Pues no viene nadie.

–Ya vendrá. Pencho sabe lo que se juega en esto.

Pero nadie acudió a la cita. Pasaron las doce y la tensión se hizo insoportable. Macarena se paseaba nerviosa junto a la verja del embarcadero. Además, había olvidado sus cigarrillos. Quart se quedó vigilando el *Canela Fina* mientras ella iba hasta una cabina telefónica del paseo, a llamar a su marido. Volvió sombría. El banquero aseguraba que Peregil se comprometió a acudir a las once en punto, con dinero para el rescate. No se explicaba lo ocurrido, pero se reuniría con ellos en quince minutos.

Apareció al cabo de un rato, caminando bajo las acacias hasta unírseles junto al embarcadero. Vestía un polo bajo la americana, pantalón ligero y calzado deportivo. En la oscuridad parecía mucho más moreno que de costumbre.

–No me explico lo de Peregil –dijo a modo de saludo.

No hubo excusas, ni comentarios inútiles. En pocas palabras lo pusieron al tanto de la situación. El banquero estaba muy preocupado por la ausencia de su asistente, y dispuesto a todo con tal de que no mezclaran a la policía. Una cosa era que ésta se las hubiese con el párroco en libertad, y otra muy distinta que los agentes tuvieran que rescatarlo de un secuestro más o menos imputable a Gavira. Mientras hablaban, Quart admiró su sangre fría: no hacía aspavientos, ni protestas de inocencia, ni intentaba convencer a nadie. Había traído cigarrillos, y él y Macarena fumaron con las brasas protegidas en el hueco de la mano. El banquero escuchaba más que hablaba, inclinada la cabeza, dueño de sí. Lo único que parecía preocuparle era que todo se resolviese a gusto de todos. Por fin miró directamente a Quart:

–¿Usted qué opina?

Esta vez no había suspicacia, ni chulería en el tono. Era objetivo y tranquilo: sota, caballo y rey, una consulta técnica antes de pasar a la acción. Su pelo peinado con brillantina reflejaba las luces del río.

Quart sólo dudó un instante. Tampoco a él lo hacía feliz que el párroco pasara de manos de sus secuestradores a las del subcomisario Navajo, sin tiempo para un largo cambio de impresiones. Miró el *Canela Fina*.

–Habría que entrar –opinó.

–Pues vamos –dijo Macarena, resuelta.

–Un momento –opuso Quart–. Antes conviene saber qué vamos a encontrar ahí.

Gavira se lo dijo. Según los informes de Peregil, la banda la formaban tres. Un tipo gordo, grande, cincuentón, era el jefe. Había también una mujer y un ex boxeador. Este último podía ser peligroso.

–¿Conoce el barco por dentro? –le preguntó Quart.

Gavira dijo que no, aunque era del tipo común para turistas: una cubierta superior con varias filas de asientos, un puente a proa y un interior con media docena de camarotes, cuarto de máquinas y una cámara. Ése, en concreto, llevaba mucho tiempo fuera de servicio, casi abandonado. Alguna vez se fijó en él mientras tomaba copas en las terrazas del Arenal.

A medida que iba definiéndose la acción, los fantasmas que en las últimas horas habían turbado a Quart se alejaban poco a poco. La noche, el barco a oscuras, la inminencia de un enfrentamiento, lo llenaban de una expectativa casi gozosa, un poco infantil. Era jugar de nuevo, recobrar los viejos gestos conocidos, el control de sí mismo. Recorrer las casillas del sorprendente juego de la Oca que era la vida. Reconocía por fin su territorio, el paisaje incierto del mundo en que se movía habitualmente; y de ese modo retornaba a ser él mismo. De pronto la presencia de Macarena se acotaba de modo tranquilizador en el orden exacto de las cosas, y el templario inseguro podía recobrar la paz del buen soldado. Descubría incluso en Pencho Gavira –y eso era lo singular de aquella situación– a un inesperado camarada de campaña, traído por la brisa del mar y las aguas del río que se deslizaba despacio y manso a sus pies, diluyendo la antipatía que había podido sentir antes, y que sin duda volvería a experimentar mañana. Pero, al menos por una noche, todos los amigos muertos de un templario no estaban muertos. Y le complacía que aquél, inesperado, hubiese venido a pie, sin escolta, caminando solo bajo las acacias oscuras de la orilla en lugar de atrincherarse tras su miedo y todo lo que tenía por perder, y ahora se dispusiera a abordar el *Canela Fina* sin otras palabras que las imprescindibles.

–Vamos de una vez –se impacientó Macarena. En ese momento le daban lo mismo el uno que el otro. Sólo tenía ojos para el barco amarrado en el muelle.

Gavira miraba a Quart. Los dientes le resplandecían en las sombras de la cara:

–Después de usted, padre.

Se acercaron, procurando no hacer ruido. La embarcación estaba sujeta a los bolardos del muelle con dos gruesas estachas, una a proa y otra a popa. Subieron sigilosamente por la pasarela hasta llegar a una cubierta donde se amontonaban rollos de cabos, destrozados salvavidas, neumáticos, mesas y sillas viejas. Quart se guardó la cartera en un bolsillo del pantalón y, quitándose la americana, la puso doblada sobre uno de los asientos. Gavira lo imitó sin decir nada.

Recorrían la cubierta superior. Por un momento creyeron escuchar un roce bajo sus pies, y el muelle se iluminó débilmente, como si alguien hubiese echado un vistazo desde el interior por uno de los portillos. Quart contenía el aliento, procurando pisar en silencio del modo que le habían enseñado sus instructores de los servicios especiales de la policía italiana: primero el talón, luego el canto del pie, después la planta. La tensión le tamborileaba en los tímpanos, así que procuró serenarse para escuchar los ruidos a su alrededor. Llegó así al puente, donde el timón y los instrumentos estaban cubiertos por fundas de lona, y fue a apoyarse en el mamparo de hierro, el oído atento. Olía a descuido y suciedad. Vio cómo Macarena y después Gavira entraban tras él y se inmovilizaban tensos a su lado, recortadas sus sombras por la luz distante de los faroles del Arenal. Tranquilo el banquero, cambiando con Quart una mirada inquisitiva. Fruncido el ceño Macarena, mirándolos alternativamente en espera de una señal; tan resuelta como si toda su vida la hubiera pasado asaltando barcos a media noche. Había una puerta de madera tras la que se escuchaba, apagado, el sonido de una radio. Una fina línea de luz se advertía a sus pies, en el umbral.

–Si hay complicaciones, uno a cada hombre –susurró Quart, señalándose el pecho y luego el de Gavira, antes de indicar a Macarena– . Y ella se encarga del padre Ferro.

–¿Y la mujer? –preguntó Gavira.

–No lo sé. Si interviene, ya veremos. Sobre la marcha.

El banquero sugirió que quizás podrían intentarlo por las buenas, hablando él en nombre de Peregil. Debatieron brevemente y en voz queda la cuestión. El problema, concluyeron, era que los secuestradores esperaban la entrega del rescate, y Gavira sólo llevaba encima sus tarjetas de crédito. Reflexionaba Quart a toda prisa, con sus compañeros de aventura mirándolo expectantes; le dejaban la decisión final de clérigo a clérigo, con los riesgos que cada opción implicaba. Lamentando por última vez no haber recurrido a la policía, Quart intentó recordar la manera de plantearse aquella clase de problemas. Por las buenas, palabras: mucha calma y muchas palabras. Por las malas, rapidez, sorpresa, brutalidad. En ambos casos, no darle nunca al adversario tiempo para pensar. Aturdirlo con un alud de impresiones que bloquearan su capacidad de reacción. Y en el peor de los casos, que la Providencia –o quien estuviese de guardia aquella noche– no permitiera lamentar desgracias.

–Vamos a entrar.

Todo esto es grotesco, se dijo. Después cogió de encima de la bitácora un tubo de acero de tres palmos de longitud y aspecto amenazador. Quien a hierro mata, murmuró para sus adentros. Ojalá aquello concluyese sin que nadie matara a nadie. Después se llenó de aire los pulmones, oxigenándolos media docena de veces, antes de abrir la puerta. A medio camino se preguntó si debía haber hecho la señal de la cruz.

La taza de café se le cayó a don Ibrahim encima de los pantalones. El cura alto había aparecido en la puerta del puente, en mangas de camisa, con su alzacuello puesto y una barra de hierro en la mano derecha. Mientras se ponía en pie con dificultad, estrechando la barriga contra el borde de la mesa, vio detrás a otro hombre moreno, de buena planta, en el que reconoció al banquero Gavira. Después apareció la duquesa joven.

—Tranquilícense —dijo el cura alto—. Venimos a hablar.

El Potro del Mantelete se había incorporado en la litera, en camiseta, el tatuaje legionario del hombro barnizado en sudor, apoyando los pies descalzos en el suelo. Miraba a don Ibrahim como preguntándole si aquella visita debía considerarse dentro o fuera de programa.

—Nos manda Peregil —anunció el banquero Gavira—. Todo está en orden.

Si todo estuviera en orden, se dijo don Ibrahim, ellos no estarían allí, Peregil habría puesto cuatro millones y medio sobre la mesa, y el cura alto no llevaría esa barra en la mano. Algo se había complicado en alguna parte, y miró sobre el hombro de los recién llegados, esperando ver aparecer a la pasma de un momento a otro.

—Tenemos que hablar —repitió el cura alto.

Lo que tenían, pensó don Ibrahim, era que largarse de allí a toda leche él, la Niña y el Potro. Pero la Niña estaba en el camarote con el cura viejo, y desaparecer no era tan fácil; entre otras cosas porque los tres intrusos estaban justo en la puerta de salida. Maldita fuera su estampa, se dijo. Maldita su mala suerte y todos los Peregiles y todos los curas del mundo. Un asunto con sotanas de por medio tenía que traer mal fario. Estaba cantado, y él era un imbécil.

–Aquí hay un malentendido –dijo, por ganar tiempo.

En cuanto a curas, el alto tenía el rostro como de piedra, con la mano crispada en torno a la barra de hierro que le sentaba a su alzacuello como a un Cristo dos pistolas. Don Ibrahim se apoyaba en la mesa, aturdido, con el Potro mirándolo igual que un perro espera la orden de su amo para lanzarse al ataque o lamer la mano. Si al menos pudiera poner a salvo a la Niña, pensó. Que ella no se viera implicada si todo se iba a hacer puñetas.

Estaba en ésas cuando los acontecimientos decidieron por él. La duquesa joven no parecía cohibida en absoluto, sino todo lo contrario. Miraba alrededor echando chispas por los ojos.

–¿Dónde lo tienen? –preguntó.

Después, sin aguardar respuesta, dio dos pasos a través de la cámara en dirección a la puerta cerrada del camarote. Aquella moza venía caliente, se dijo don Ibrahim. Más por reflejos que por otra cosa, el Potro se puso en pie, cortándole el paso. Miraba a su compadre, indeciso, pero el indiano era incapaz de reaccionar. Entonces el banquero Gavira se acercó a la mujer como para socorrerla; y el Potro, con las ideas más claras al tratarse de un varón adulto, y por aquello de que a quien madruga, etcétera, le calzó un derechazo que tiró al otro contra el mamparo. Entonces se complicaron las cosas. Igual que si hubiera sonado el gong en algún lugar de su maltrecha memoria, el Potro alzó los puños poniéndose a dar saltos por toda la cámara del barco, golpe va y golpe viene, dispuesto a defender el título del peso gallo. A todo esto el banquero Gavira había dado en una alacena de tazas metálicas que se vino abajo con estrépito, la duquesa joven eludió otro derechazo del Potro mientras iba decidida hacia la puerta del camarote donde estaba encerrado el párroco, y don Ibrahim se puso a pedir calma a gritos sin que nadie le hiciera caso.

A partir de ahí ya fue la de Dios es Cristo. Porque la Niña Puñales había oído el ruido y salió a ver qué pasaba, dándose de boca con la duquesa joven; y mientras tanto el banquero Gavira, sin duda para resarcirse del puñetazo del Potro, se venía sobre don Ibrahim con pésimas intenciones. El cura alto, tras mirar indeciso la barra de hierro que llevaba en la mano, la tiró al suelo antes de retroceder unos pasos para esquivar los golpes que el Potro seguía lanzando contra todo cuanto se movía, incluida su propia sombra.

–¡Calma! –suplicaba don Ibrahim–. ¡Calma!

A la Niña Puñales le dio un ataque de histeria, empujó a la duquesa joven y se lanzó contra el banquero Gavira con las uñas listas para sacarle los ojos. Gavira, con muy escaso sentido de la caballerosidad, la frenó en seco de una bofetada que mandó a la Niña de vuelta al camarote entre revuelo de volantes y lunares, justo a los pies de la silla donde, maniatado y con los ojos vendados, el cura viejo intentaba volver la cabeza para averiguar lo que pasaba. En cuanto a don Ibrahim, la bofetada a la Niña destruyó sus afanes conciliadores, poniéndole un trapo rojo ante la cara. Así que, asumiendo lo inevitable, el gordo ex falso letrado volcó la mesa, agachó la cabeza como le habían enseñado Kid Tunero y don Ernesto Hemingway en el bar Floridita de La Habana, y desempolvando un grito de pelea –«Viva Zapata» dijo, porque fue lo primero que le vino a la cabeza– lanzó sus ciento diez kilos contra el estómago del banquero, llevándoselo con el golpe al otro extremo de la cámara justo cuando el Potro le asestaba al cura alto un derechazo en la cara y el agredido se agarraba a la lámpara para no caerse al suelo. Chisporrotearon los cables de la luz al arrancarlos de cuajo, y el barco se quedó a oscuras.

–¡Niña! ¡Potro! –gritó don Ibrahim, sofocado por el forcejeo, desasiéndose del banquero Gavira.

Algo se rompió con estrépito. Por todas partes menudeaban los gritos y los golpes en la oscuridad. Alguien, sin duda el cura alto, cayó sobre el indiano, y antes de que éste pudiera incorporarse el otro le sacudió un codazo en la cara que le hizo ver las estrellas. Caray con el clero y la otra mejilla y la madre que los parió. Sintiendo gotas de sangre deslizársele desde la nariz, don Ibrahim se fue a gatas, arrastrando la barriga. Hacía un calor espantoso y la grasa del cuerpo le impedía respirar. En la puerta se recortó un momento la silueta del Potro, que seguía disparando leña a diestro y siniestro, a lo suyo. Se oyeron más golpes y gritos de procedencia diversa, y algo más se partió con ruido de astillas. Un zapato de tacón pisó una mano de don Ibrahim, y después un cuerpo le cayó encima. Reconoció en el acto la falda de volantes y el olor a Maderas de Oriente.

–¡La puerta, Niña!… ¡Corre a la puerta!

Se levantó como pudo, tirando de la mano que encontró a tientas, le soltó un puñetazo –fallándole por mucho– a alguien que se interpuso en su camino, y con la energía de la desesperación condujo a la Niña hacia el puente y la cubierta. Subió sin aliento, encontrándose que el Potro ya estaba fuera dando saltos alrededor del timón, cuya funda de lona sacudía como si fuera un saco de boxeo. Desfallecido el corazón, agotado, seguro de que estaba a punto de llegarle el infarto de un momento a otro, don Ibrahim agarró al Potro por un brazo y, sin soltar de la mano a la Niña, los condujo a toda prisa hacia la escala para saltar a tierra. Allí, empujándolos ante él, consiguió llevárselos muelle arriba. Cogida de su mano, aturdida, la Niña Puñales sollozaba. Junto a ella, inclinada la frente y respirando por la nariz, hop, hop, el Potro del Mantelete seguía asestándole puñetazos a las sombras.

Sacaron al padre Ferro a la cubierta superior y se sentaron con él, maltrechos y doloridos, gozando del aire fresco de la noche tras la escaramuza. Habían encontrado una linterna, y a su luz Quart pudo observar el pómulo inflamado de Pencho Gavira, que empezaba a cerrarle el ojo derecho, la cara sucia de Macarena, que tenía un arañazo superficial en la frente, y el aspecto desastrado del viejo párroco, con la sotana mal abotonada y la barba de casi dos días llenándole el rostro de ásperas cerdas blancas entre las antiguas cicatrices. El mismo Quart no estaba en mejor estado: el puñetazo que le había dado el tipo con pinta de boxeador antes de apagarse la luz le tenía agarrotada la mandíbula, y el tímpano correspondiente zumbaba de un modo molesto. Con la punta de la lengua se tanteó un diente, creyendo que se movía. Sangre de Cristo.

Era una situación extraña. La cubierta del *Canela Fina* llena de asientos destrozados, las luces del Arenal sobre el parapeto, la Torre del Oro iluminada tras las acacias, orilla abajo. Y Gavira, Macarena y él formando un semicírculo alrededor del padre Ferro, a quien no habían oído pronunciar una palabra ni una queja. Ni siquiera un gesto de agradecimiento. Miraba la superficie negra del río igual que si estuviera muy lejos de allí.

Fue Gavira quien habló primero. Se había puesto su americana sobre los hombros, preciso y muy tranquilo. Sin eludir su responsabilidad, habló de Celestino Peregil y de cómo éste había interpretado mal sus instrucciones. Ésa era la causa de que él hubiera acudido aquella noche, intentando reparar en lo posible el daño causado. Estaba dispuesto a ofrecer al párroco todo tipo de satisfacciones, incluido el descuartizamiento de Peregil cuando lograse echarle la vista encima; pero era mejor dejar bien claro que eso no cambiaba en nada su actitud respecto a la iglesia. Una cosa era una cosa, matizó, y otra cosa era otra cosa. Tras lo cual interpuso un breve silencio, se pasó los dedos por el pómulo hinchado, y encendió un cigarrillo.

–De modo –añadió tras un instante de reflexión– que vuelvo a quedar al margen de esto.

Y ya no volvió a abrir la boca para nada. Fue Macarena quien habló a continuación, haciendo un relato minucioso de cuanto había ocurrido en ausencia del párroco, y éste la escuchó sin dar señales de emoción, ni siquiera cuando ella mencionó la muerte de Honorato Bonafé y las sospechas de la policía. Lo que llevaba el asunto a Lorenzo Quart. Ahora el padre Ferro se había vuelto hacia él, y lo miraba.

–El problema –dijo Quart– es que usted no tiene coartada.

A la luz de la linterna, los ojos del párroco parecían más oscuros y herméticos:

–¿Por qué había de necesitarla? –preguntó.

–Bueno –se inclinaba hacia él, los codos sobre las rodillas–. Hay un horario crítico, por decirlo de algún modo, en la muerte de Bonafé: desde las siete o siete y media de la tarde hasta las nueve, más o menos. Depende a qué hora cerrase la iglesia... Si hubiera testigos sobre lo que estuvo haciendo todo ese tiempo, sería estupendo.

Era una dura cabeza la del párroco, pensó una vez más mientras aguardaba la respuesta. Aquel pelo blanco a trasquilones, la nariz ancha, la cara marcada como si la hubiesen tallado a martillazos. La luz de la linterna acentuaba esa apariencia:

–No hay testigos de nada– dijo.

Parecía indiferente a lo que eso significaba. Quart cambió una mirada con Gavira, que permanecía en silencio, y luego suspiró, desalentado:

–Nos complica la situación. Macarena y yo podemos certificar que usted acudió a la Casa del Postigo sobre las once, y que su actitud, desde luego, estaba fuera de toda sospecha. Gris Marsala, por su parte, probará que hasta las siete y media todo transcurrió con normalidad... Supongo que lo primero que va a preguntarle a usted la policía es cómo no vio a Bonafé en el confesionario. Pero no llegó a entrar en la iglesia, ¿verdad?... Es la explicación más lógica. Y supongo que el abogado que pondremos a su disposición le pedirá que se reafirme en ese punto.

–¿Por qué había de hacerlo?

Lo miró Quart, irritado por lo obvio de todo aquello:

–Pues qué quiere que le diga. Es la única versión creíble. Será más difícil sostener su inocencia si les cuenta que cerró la iglesia sabiendo que había un muerto dentro.

Don Príamo Ferro se mantuvo inexpresivo, igual que si nada fuera con él. Entonces Quart, en tono áspero, le recordó que habían pasado los tiempos en que las autoridades aceptaban como artículo de fe la palabra de un sacerdote; y menos cuando a éste le aparecían cadáveres en el confesionario. Pero el párroco no prestaba atención a sus palabras, limitándose a dirigirle largas y silenciosas miradas a Macarena. Después se quedó otro rato callado, de nuevo sumido en la contemplación del río:

–Dígame una cosa... ¿Qué es lo que conviene a Roma?

Aquello era lo último que esperaba oír Quart. Se movió en su asiento, impaciente.

–Olvídese de Roma –dijo con mal humor–. No es usted tan importante. De todos modos habrá un escándalo. Imagínese: un sacerdote sospechoso de asesinato, y en su propia iglesia.

Si se lo imaginaba, no lo dijo. Se había llevado una mano a la cara y se rascaba la barba. Por alguna extraña razón parecía expectante. Casi divertido.

–Bien –asintió al fin–. Parece que lo ocurrido conviene a todo el mundo. Usted se libra de la iglesia –le dijo a Gavira, que guardó silencio– y ustedes –a Quart– se libran de mí.

Macarena se puso en pie con una exclamación de protesta.

–No diga eso, don Príamo. Hay gente que necesita esa iglesia, y lo necesita a usted. Yo lo necesito. La duquesa también –miró a su marido, desafiante–. Y mañana es jueves, no lo olvide.

Por un momento el duro perfil del padre Ferro pareció dulcificarse un poco.

–No lo olvido –dijo. De nuevo la linterna dibujaba el relieve de la piel tallada a buril–. Pero hay cosas que ya no están en mis manos... Dígame una cosa, padre Quart: ¿Usted cree en mi inocencia?

–Yo sí creo –dijo Macarena, y sus palabras sonaron a súplica. Pero los ojos del párroco seguían fijos en Quart.

–No lo sé –repuso éste–. De veras no lo sé. Aunque lo que yo crea o deje de creer no importa. Usted es un clérigo; un compañero. Mi deber es ayudarlo cuanto pueda.

Príamo Ferro miró a Quart de un modo singular, como no lo había hecho nunca hasta entonces. Una mirada por una vez desprovista de dureza. Agradecida, tal vez. El mentón del anciano tembló un momento, cual si fuese a pronunciar palabras que se resistían en sus labios. De pronto parpadeó apretando los dientes, todo aquello fue borrado en el acto de su rostro, y sólo quedó el pequeño y desabrido párroco que paseó alrededor una mirada hostil, antes de fijarla de nuevo en Quart:

—Usted no puede ayudarme —dijo—. Ni nadie puede hacerlo... No necesito coartadas, ni testimonios, porque cuando yo cerré la puerta de la sacristía, ese hombre estaba muerto dentro del confesionario.

Quart cerró los ojos un segundo. Aquello no dejaba salida.

—¿Cómo puede estar seguro? —preguntó, aunque conocía la respuesta.

—Porque yo lo maté.

Macarena dio bruscamente la vuelta, conteniendo un gemido, y se agarró a la barandilla sobre el río. Pencho Gavira encendió otro cigarrillo. En cuanto al padre Ferro, se había puesto en pie abotonándose con dedos torpes la sotana.

—Y ahora —le dijo a Quart— es mejor que me entregue a la policía.

La luna se iba despacio por el Guadalquivir, al encuentro de la Torre del Oro que se reflejaba a lo lejos, en la corriente. Sentado en la orilla, con los pies colgando a poca distancia del agua, don Ibrahim inclinaba la cabeza, abatido, restañándose con el pañuelo la sangre que le goteaba de la nariz. Tenía los faldones de la camisa fuera, descubriendo la gruesa barriga manchada de café y grasa del barco. Tumbado junto a él, boca abajo igual que si le hubieran contado hasta diez y ya diese lo mismo, el Potro del Mantelete miraba también el agua negra, silencioso, enarcada una ceja; perdido en lejanos ensueños de plazas de toros y tardes de gloria, de aplausos bajo los focos, en la lona de un ring. Inmóvil como un lebrel cansado y fiel que aguardara junto a su amo.

Y le dicen los madrugadores:
María Paz qué es lo que esperas...

Al pie de la escalinata de piedra que bajaba hasta el mismo río, la Niña Puñales mojaba la punta de su vestido entre los juncos de la orilla y se la pasaba por las sienes, canturreando bajito una copla. Sonaba queda en el rumor del agua su voz ronca de manzanilla y derrota. Y las luces de Triana hacían guiños desde el otro lado, mientras la brisa que venía de Sanlúcar y del mar, y —contaban— de América, rizaba un poquito el río para aliviar las penas de los tres compadres:

...Quien te dio juramento de amores
ya es soldao de otra bandera.

Don Ibrahim se llevó una mano maquinalmente al pecho y luego la hizo caer en el regazo. Se había dejado atrás, a bordo del *Canela Fina*, el reloj de don Ernesto Hemingway, y el mechero de García Márquez, y el sombrero panamá, y los puros. Y con los últimos jirones de dignidad y vergüenza, aquellos nunca vistos cuatro millones y medio con los que iban a ponerle un tablao a la Niña. Había hecho muchos negocios ruinosos en su vida; pero como aquél, ninguno.

Suspiró muy hondo, un par de veces, y apoyándose en el hombro del Potro se puso torpemente en pie. La Niña Puñales ya subía del río, recogiéndose con gracia la falda húmeda de lunares y volantes, y a la luz de las farolas del Arenal el ex falso letrado contempló con ternura el caracolillo deshecho sobre su frente, las greñas del moño desordenadas en las sienes, el rímel corrido de los ojos y aquella boca marchita de la que se había borrado el carmín. El Potro se levantaba también, con su camiseta blanca de tirantes, y hasta don Ibrahim llegó su olor a sudor masculino y honrado. Y entonces,

disimulada en la oscuridad, por la mejilla del indiano
—aún chamuscada por la botella de Anís del Mono—, se
fue abajo una lágrima redonda, gruesa, que le quedó
colgando en la barbilla donde ya empezaba a azulear la
barba de noche tan infausta.

Pero estaban los tres a salvo, y aquello era Sevilla. Y
el domingo toreaba Curro Romero en La Maestranza.
Y Triana se erguía iluminada al otro lado del río, como un
refugio, custodiada cual centinela impasible por el perfil
de bronce de Juan Belmonte. Y había once bares en trescientos metros, en el Altozano. Y la sabiduría, el tiempo
cambiante y la piedra inmutable aguardaban en el fondo
de botellas de cristal negro y manzanilla rubia. Y en algún
sitio una guitarra rasgueaba impaciente, en espera de la
voz que le templara una copla. Y después de todo, nada
era tan importante. Un día, don Ibrahim, el Potro, la
Niña, el rey de España y el papa de Roma, todos ellos estarían muertos. Pero aquella ciudad seguiría allí, donde
siempre estuvo, oliendo a azahar y naranjas amargas, y a
dama de noche, y a jazmín en primavera. Mirándose en el
río por el que habían llegado y se habían ido tantas cosas
buenas y malas, tantos sueños y tantas vidas:

> *Paraste el caballo,*
> *yo lumbre te di*
> *y fueron dos verdes*
> *luceros de mayo*
> *tus ojos pa mí...*

Cantó la Niña. Y como si el cantar fuera una señal,
un lejano redoble de tambor o un suspiro tras una reja,
los tres compadres se pusieron en marcha, el uno junto al otro, sin mirar atrás. Y la luna los fue siguiendo
silenciosamente por el agua del río, hasta que se aleja-
ron entre las sombras y sólo quedó atrás, muy bajito,
el eco de la última copla de la Niña Puñales.

XIV

La misa de ocho

Hay personas —entre las que me cuento— que
detestan los finales felices.

VLADIMIR NABOKOV
Pnin

Detrás de su mampara de vidrio blindado, el policía
de guardia miraba con curiosidad el traje negro y el alzacuello de Lorenzo Quart. Al cabo de un rato dejó su
puesto ante los cuatro monitores del circuito cerrado
que vigilaba el exterior de la Jefatura de Policía y le trajo una taza de café. Quart dio las gracias, reconfortado
por el líquido caliente, viendo alejarse la espalda con
esposas y dos cargadores de balas junto a la culata de la
pistola. Los pasos del guardia, y después la puerta de
la garita al cerrarse, resonaron en el silencio del vestíbulo, que era frío, luminoso y blanco, de una limpieza
obsesiva. La luz de neón daba un tono aséptico, de
hospital, al mármol del suelo y a la escalera con pasa-
manos de acero inoxidable. En la pared, junto a una
puerta cerrada, un reloj digital marcaba, rojo sobre negro, las tres y media de la madrugada.

Llevaba casi dos horas allí. Al desembarcar del *Canela Fina*, Pencho Gavira se había ido directamente a su
casa, tras cambiar unas palabras con Macarena y extender a Quart una mano que estrechó éste en silencio. Estamos en paz, padre. Lo dijo sin sonreír, mirándolo con
fijeza antes de girar sobre sus talones y alejarse, la chaqueta sobre los hombros, camino de la escalinata que

conducía al Arenal. Era imposible saber si se refería al asunto del párroco, o a Macarena. De un modo u otro, aquel gesto deportivo le salía al banquero muy barato. Atenuada su responsabilidad en el secuestro gracias a la intervención de última hora, seguro de que ni Macarena ni Quart iban a plantearle problemas, inquieto sólo por la suerte de su asistente y el dinero del rescate, Gavira había tenido el detalle de no alardear de la posición en que los acontecimientos lo dejaban respecto a Nuestra Señora de las Lágrimas. Tras la confesión del padre Ferro, el vicepresidente del Banco Cartujano era sin duda gran triunfador de la noche. Difícil imaginar que alguien se interpusiera todavía en su camino.

En cuanto a Macarena, parecía moverse por el umbral de una pesadilla. En la cubierta del *Canela Fina*, vuelta hacia el río, Quart había visto estremecerse sus hombros mientras ella decía adiós, entre lágrimas, al sueño que se hundía en las aguas negras, a sus pies. Ya no pronunció una sola palabra. Después que condujeron al párroco a la Jefatura de Policía, Quart la acompañó en un taxi hasta su casa; y tampoco entonces Macarena dijo nada. La dejó sentada en el patio junto a la fuente de azulejos, a oscuras, y cuando murmuró una indecisa despedida antes de irse, ella miraba la torre apagada del palomar. En el rectángulo de cielo negro, la noche seguía pareciendo un telón de teatro pintado de puntitos luminosos sobre la Casa del Postigo.

Sonaron una puerta, voces y pasos al extremo del vestíbulo blanco, y Quart se mantuvo alerta, la taza de café todavía en la mano. Pero nadie apareció, y al cabo de un momento sólo quedaba otra vez el silencio bajo el neón, y la imagen estática, en blanco y negro, de la calle deformada por el objetivo gran angular en los monitores del policía. Se levantó Quart dando unos pasos sin rumbo, y cuando estuvo frente al panel de vidrio blindado el agente le sonrió con embarazosa simpatía. Compuso otra sonrisa similar y se asomó a la puerta de la calle. Había otro guardia allí, con chaleco antibalas azul oscuro y un subfusil colgado del hombro, paseando aburrido bajo las grandes palmeras de la entrada. La Jefatura estaba situada en la parte moderna de la ciudad, y en el cruce de calles, desierto a aquellas horas, los semáforos iban lentamente del rojo al verde, del verde al ámbar.

Se esforzaba en no pensar. Es decir: reflexionaba sólo sobre las circunstancias técnicas del caso. La nueva situación del padre Ferro, los aspectos judiciales, los informes que debía mandar a Roma apenas amaneciese... Y procuraba que todo lo demás –sensaciones, incertidumbres, intuiciones– no se adueñara de él, quitándole la serenidad necesaria en su trabajo. Tras el tenue límite de todo aquello, al acecho del menor resquicio para adueñarse del panorama, sus viejos fantasmas pugnaban por unirse a los nuevos; con la diferencia de que esta vez el sacerdote Lorenzo Quart sentía los redobles en su propia piel. Era fácil quedar al margen cuando algo –aunque sólo fuera una cierta idea de uno mismo– se interponía entre la acción y sus consecuencias; pero ya no lo era tanto mantener el pulso firme cuando se escuchaba la respiración de la víctima. O cuando se la reconocía como álter ego, y los conceptos del bien y el mal, lo justo y lo inconveniente, difuminaban sus contornos en aquella terrible certeza.

Se contempló un largo rato en el reflejo oscuro del cristal de la puerta. El pelo gris muy corto de quien en otro tiempo había sido buen soldado. El rostro delgado que reclamaba una cuchilla y espuma de afeitar. El alzacuello negro y blanco que ya no podía mantenerlo a salvo de nada. Era un largo camino para encontrarse de nuevo en el rompeolas batido por la lluvia, con las gotas de agua cayendo por la mano fría, tan desamparada como la del niño que se aferraba a ella. Como los brazos que descendían de la cruz a un Cristo de vidrio inexistente, reducido a un hueco silueteado de plomo en la ventana que Gris Marsala se obstinaba en recomponer.

Una puerta se abrió al otro lado del vestíbulo, y el ruido de voces llegó hasta Quart. Al volverse vio que Simeón Navajo venía hacia él; su camisa roja garibaldina era un brochazo de color en la aséptica blancura del vestíbulo. Así que le devolvió la taza vacía al guardia de la garita y fue a su encuentro. El subcomisario se secaba las manos con una toalla de papel. Acababa de salir de los lavabos, y el pelo húmedo estaba tenso hacia atrás, recién sujeto en su nuca por la coleta. Tenía cercos de fatiga en torno a los ojos, y las gafas redondas le resbalaban hacia la punta de la nariz.

—Ya está —dijo, arrojando la toalla a una papelera—. Acaba de firmar su declaración.

—¿Sostiene que mató a Bonafé?

—Sí —Navajo encogía los hombros casi excusándose por aquello. Son cosas que pasan, decía el gesto; ni usted ni yo tenemos la culpa—. Y preguntado por las otras dos muertes, cosa que hemos hecho por puro trámite, resulta que ni las afirma ni las niega. Es un fastidio, porque eran casos cerrados, y ahora nos obliga a reabrir la investigación…

Metió las manos en los bolsillos, dio unos pasos en dirección a la puerta y se detuvo allí, mirando las luces de la calle desierta.

—La verdad —añadió— es que su colega no resulta muy comunicativo. Se ha limitado a responder sí o no casi todo el rato, o a guardar silencio como le aconsejaba el abogado.

—¿Sólo eso?

—Sólo eso. Ni siquiera cuando hemos hecho el careo con la señora, o señorita… o hermana Marsala, como se diga, lo he visto pestañear.

Quart miró hacia la puerta:

–¿Sigue ella ahí adentro?

–Sí. Está firmando las últimas declaraciones, con ese abogado que usted trajo. Dentro de un momento podrá irse a casa.

–¿Refrenda la confesión de don Príamo?

Navajo hizo una mueca:

–Todo lo contrario. Insiste en que no se lo cree. El párroco es incapaz de matar a nadie, asegura.

–¿Y qué contesta él?

–Nada. La mira y no dice nada.

Volvió a abrirse la puerta al extremo del vestíbulo, y Arce, el abogado, vino hasta ellos. Era un individuo de aspecto apacible, vestido de oscuro y con la insignia colegial de oro en la solapa. Hacía años que se ocupaba de asuntos jurídicos de la Iglesia y tenía merecida fama de especialista en todo tipo de situaciones irregulares, incluida ésa. En concepto de honorarios y dietas cobraba una fortuna.

–¿Y ella? –preguntó Navajo.

–Acaba de firmar su declaración –dijo Arce–. Y ha pedido un par de minutos con el padre Ferro, para despedirse. Sus compañeros no ven inconveniente, así que los he dejado hablando un poco. Bajo vigilancia, por supuesto.

Suspicaz, el subcomisario miró a Quart y luego al abogado.

–Pues ya pasa de dos minutos –sugirió–. Así que es mejor que se la lleven.

–¿Van a bajar al párroco a los calabozos? –preguntó Quart.

–Esta noche dormirá en la enfermería –Arce indicaba con un gesto que la deferencia se la debían al subcomisario–. Hasta que mañana decida el juez.

Se abrió de nuevo la puerta, y Gris Marsala vino hasta ellos acompañada por un agente que traía en la mano unas hojas mecanografiadas. La monja tenía el aire abatido, muy fatigado. Seguía llevando los mismos tejanos y zapatillas deportivas que en la iglesia, y una cazadora vaquera sobre el polo azul. En la luz cruda y blanca del vestíbulo aún parecía más inerme que por la mañana.

–¿Qué ha dicho? –le preguntó Quart.

Ella tardó una eternidad en volverse hacia el sacerdote, como si le costara reconocerlo.

–Nada –las palabras salieron lentamente, inexpresivas. Movía la cabeza a uno y otro lado, con desesperanza–. Dice que lo mató, y luego se calla.

–¿Y usted lo cree?

En alguna parte del edificio, apagada y lejana, resonó una puerta al cerrarse. Gris Marsala miró a Quart, sin responder. Sus ojos claros reflejaban un desprecio infinito.

Cuando el abogado Arce se fue en un taxi con la monja, Simeón Navajo pareció relajarse, aliviado. Detesto a esos fulanos, confió a Quart en voz baja. Con sus trucos, sus habeas corpus y todo lo demás. Son la peste, páter; y ese suyo tiene más conchas que las islas Galápagos. Después de aquel desahogo, el subcomisario le echó un vistazo a los folios que habría traído el otro policía, antes de pasárselos al sacerdote:

–Aquí tiene copia de la declaración. No es algo muy regular, así que hágame el favor de no airearla demasiado por ahí. Pero usted y yo... –Navajo sonreía a medias–. Bueno. Me hubiera gustado ayudar más en este asunto.

Quart lo miró, agradecido:

–Lo ha hecho.

–No me refiero a eso. Quiero decir que un sacerdote detenido por asesinato... —Navajo se tocó la coleta, incómodo—. Ya me entiende. No lo hace sentirse a uno satisfecho de su trabajo.

Hojeaba Quart los folios fotocopiados, escritos en lenguaje oficial. En Sevilla, a tantos de tantos, comparece don Príamo Ferro Ordás, natural de Tormos, provincia de Huesca. Al pie del último estaba la firma del párroco: un trazo torpe, casi un garabato.

—Cuénteme cómo lo hizo.

Navajo señaló las diligencias.

—Ahí lo tiene todo. El resto podemos deducirlo de sus respuestas afirmativas a nuestras preguntas, o de lo que se ha negado a contestar. Según parece, Honorato Bonafé estaba en la iglesia sobre las ocho u ocho y media. Probablemente había entrado por la puerta de la sacristía. El padre Ferro fue a la iglesia para hacer su ronda antes de cerrar, y allí estaba el otro.

—Iba chantajeando a todo el mundo —apuntó Quart.

—Quizá fuera eso. Cita previa o casualidad, el caso es que el párroco dice que lo mató, y punto. Sin más detalles. Sólo añade que después cerró la puerta de la sacristía, dejándolo dentro.

—¿En el confesionario?

Navajo movió la cabeza:

—No se pronuncia. Pero mi gente ha reconstruido lo que pasó. Bonafé estaría subido al andamio del altar mayor, junto a la imagen de la Virgen. Según todos los indicios, el párroco subió también —acompañaba el relato con sus habituales gestos de las manos, dos dedos caminando hacia arriba como si treparan por el andamio, y luego otros dos dedos acercándose—. Discutieron, forcejearon o lo que fuera. El caso es que Bonafé cayó, o fue empujado, desde cinco metros de altura —Navajo enlazó los dos pares de dedos un instante y luego imitó la caída de uno de los contendientes—. Aquella herida de la mano se la hizo al intentar agarrarse a un tornillo del andamio. En el suelo, reventado aunque todavía vivo, se arrastró unos metros, incorporándose después –Quart seguía, casi angustiado, el lento arrastrarse de los dedos del policía–. Pero no podía andar, y lo más cercano que pudo hallar fue el confesionario. Así que se derrumbó en él y allí murió.

Los dedos que representaban a Bonafé yacían ahora inmóviles, sobre la palma de la otra mano que oficiaba como improvisado confesionario. Gracias a la mímica de Navajo, Quart podía imaginar la escena sin esfuerzo; y a pesar de ello le seguían aturdiendo la cabeza todas y cada una de las conjunciones adversativas que había aprendido de pequeño, en la escuela. Mas. Pero. Empero. Sino. Sin embargo.

–¿Lo confirma don Príamo?

Navajo puso cara de fastidio. Hubiera sido demasiado hermoso. Mucho pedir.

–No. Sólo se calla –se quitó las gafas para mirarlas al trasluz del neón, como si la limpieza de los lentes le infundiera sospechas profesionales–. Dice que lo hizo él, y se calla.

–Esta historia no tiene pies ni cabeza.

El subcomisario sostuvo la mirada escéptica de Quart sin pestañear, en un silencio que sólo era cortés.

–No estoy de acuerdo –dijo por fin–. Como clérigo es posible que usted prefiera otros indicios, o circunstancias. Imagino que es el lado moral del hecho lo que le repugna, y lo comprendo. Pero póngase en mi lugar –se caló las gafas–. Soy policía y mis dudas son mínimas: tengo un informe forense y un hombre, sacerdote o no, en correcto uso de sus facultades mentales, que confiesa haber matado. Como decimos aquí: líquido blanco y embotellado, con una vaca en la etiqueta, no puede ser más que leche. Pasteurizada, desnatada o merengada, como guste; pero leche.

–Bien. Usted sabe que él lo hizo. Pero yo necesito saber cómo y por qué lo hizo.

–Bueno, páter. A fin de cuentas es asunto suyo. Aunque sobre ese particular quizá pueda aportarle algún dato más. ¿Recuerda que Bonafé estaba encima del andamio del altar mayor cuando lo sorprendió el párroco? –sacó del bolsillo de su pantalón una bolsita de plástico con una pequeña bola nacarada dentro–... Pues mire lo que hemos encontrado en el cadáver.

–Parece una perla.

–Es una perla –confirmó Navajo–. Una de las veinte que la imagen de la Virgen tiene engarzadas en la cara, el manto y la corona. Y Bonafé la llevaba en un bolsillo de su chaqueta.

Quart miraba la bolsita de plástico, desconcertado:

–¿Y?

–Pues que es falsa. Como las otras diecinueve.

En su despacho, rodeados de mesas desiertas, el subcomisario dio a Quart el resto de los detalles mientras le servía otro café y él despachaba un botellín de cerveza. Había llevado toda la tarde y parte de la noche realizar las averiguaciones pertinentes, pero podía establecerse con seguridad que alguien sustituyó meses atrás las perlas de la imagen por otras veinte idénticas, de imitación. Navajo dejó leer al confuso Quart los informes y faxes correspondientes. Su amigo el inspector jefe Feijoo había trabajado hasta última hora en Madrid para seguir la pista a las perlas. Aún no estaba determinado con exactitud, pero los indicios apuntaban una vez más a Francisco Montegrifo, el marchante madrileño que ya fue contacto del padre Ferro en la venta irregular del retablo de Cillas, diez años antes. Y Montegrifo había puesto en circulación las perlas del capitán Xaloc. La descripción, al menos, coincidía con una partida detectada en manos de cierto perista, un joyero catalán confidente de la policía, experto en blanquear material adquirido de modo ilegal. Por supuesto, nada podía probársele a Montegrifo sobre su presunta mediación; pero los indicios eran más que razonables. En cuanto al dinero obtenido, la fecha que daba el confidente coincidía con una reanudación de las obras en la iglesia, durante la que se adquirió material de albañilería y llegó a alquilarse maquinaria. Proveedores contactados por los hombres del subcomisario Navajo afirmaban que el coste de las entregas excedía las posibilidades del sueldo del párroco y el cepillo para limosnas de la iglesia.

–Así que tenemos un móvil –concluyó Navajo–. Bonafé está sobre la pista, acude a la iglesia y confirma que las perlas son falsas... Intenta chantajear al párroco, o igual éste ni siquiera le da tiempo –las manos del subcomisario volvieron a representar la escena, esta vez sobre el tablero de la mesa, con la bandeja de papeles haciendo las veces de andamio–. Quizá lo sorprende en plena faena y lo mata. Después cierra con llave la puerta de la sacristía, y pasa un par de horas en la torre de la Casa del Postigo, reflexionando. Luego desaparece un día entero.

Después de la última frase, el policía estuvo mirando a su interlocutor, inquisitivo, animándolo a que completara las lagunas del relato. Pareció decepcionado cuando Quart no dijo nada.

–Por cierto –prosiguió de mala gana– que el padre Ferro no ha querido contar nada de su desaparición. Extraño, ¿verdad?... –ahora deslizaba una mirada dolida por encima de las gafas–. Tampoco en este punto, páter, si permite que se lo diga, me ha ayudado usted mucho.

Como buscando consuelo, se acercó en la silla hasta el pequeño frigorífico que tenía detrás, sacó otro botellín de cerveza y un bocadillo de jamón envuelto en papel de aluminio, le preguntó a Quart si gustaba, y se puso a devorarlo con ferocidad mientras el sacerdote se preguntaba dónde metía el menudo subcomisario toda aquella comida, y toda aquella cerveza.

—Prefiero callar a mentirle —dijo Quart mientras el otro masticaba—. Comprometería a personas que nada tienen que ver. Quizá más tarde, cuando todo haya terminado... Pero cuente con mi palabra de sacerdote: nada de eso afecta directamente al caso.

Navajo le dio un mordisco al bocadillo, se acompañó con un trago del botellín y observó a Quart, pensativo:

—Secreto de confesión, ¿verdad?

—Podríamos considerarlo así.

—Bueno —otro mordisco—. No tengo más remedio que creerlo, páter. Además, he recibido instrucciones de mis jefes en el sentido, y cito literal, de ser exquisitamente discreto en este asunto... —sonrió a medias, la boca llena, envidiando las influencias profesionales de Quart—. Aunque debo decirle que, en cuanto resuelva lo inmediato, tengo intención de ocuparme de los lados oscuros del caso, aunque sea a título personal... Soy un policía endiabladamente curioso, si me permite la expresión —por un momento la mirada del subcomisario se volvió seria tras los cristales de las gafas—. Y no me gusta que me tomen el pelo.

Movió la coleta para demostrar que todo el pelo estaba allí. Después hizo una bola con el envoltorio del bocadillo y la arrojó a la papelera.

—De todas formas, no olvido que sigo en deuda con usted —alzó un dedo de pronto. Acababa de acordarse de algo—. Por cierto. En el hospital Reina Sofía acaba de ingresar un hombre en un estado lamentable. Lo encontraron bajo el puente de Triana, hace un rato —ahora Navajo escrutaba a Quart con mucha atención—. Es un detective privado de baja estofa, que según cuentan hace de escolta para Pencho Gavira, el marido, o lo que sea, de la señora Bruner hija. Vaya noche de coincidencias, ¿verdad?... Imagino que tampoco sabrá nada de eso.

Quart sostenía la mirada del policía, impasible:

–Tampoco.

Navajo se hurgaba los dientes con una uña.

–Lo suponía –dijo–. Y no sabe cuánto me alegro, porque ese individuo está hecho un Ecce Homo: dos brazos partidos y la mandíbula rota. Costó media hora conseguir que articulase dos palabras, imagínese. Y cuando lo hizo, fue para decir que se había caído por la escalera.

No había mucho más que decir. Como Quart era el único representante eclesiástico que tenía a mano, Navajo le entregó algunos documentos oficiales con el juego de llaves de la iglesia y de la casa parroquial. También le hizo firmar una breve declaración sobre el carácter voluntario de la entrega del padre Ferro.

–Ningún otro clérigo, aparte de usted, ha hecho acto de presencia por aquí. Esta tarde nos telefoneó el arzobispo, pero fue para lavarse las manos con mucho arte –el policía hizo una mueca–. Ah. También para rogar que mantengamos a los periodistas lejos del asunto.

Después tiró el botellín vacío a la papelera, inició un descomunal bostezo, y tras mirar el reloj, insinuó sus deseos de irse a dormir. Pidió Quart ver por última vez al párroco, y Navajo, tras considerarlo un momento, declaró que no había inconveniente si el interesado lo autorizaba. Se fue a hacer la gestión, y al hacerlo dejó la perla falsa dentro de su bolsita de plástico sobre la mesa.

Quart la estuvo observando sin tocarla, mientras pensaba en Honorato Bonafé con aquello en un bolsillo. Era gruesa, descascarillada su capa brillante en la parte donde estuvo pegada en el alvéolo de la imagen. Para el asesino, fuera quien fuese –el padre Ferro, la misma iglesia, cualquiera de los personajes que se movían en torno a ella–, la perla cobraba, una vez fuera del lugar donde había estado engarzada, el carácter de objeto mortal. Bonafé había ido a pasear sin saberlo por el filo mismo del misterio: algo que trascendía los límites policíacos del asunto. *No profanaréis la casa de mi Padre.* No amenacéis el refugio de los que buscan consuelo. A partir de ahí, la moral convencional era inadecuada para considerar los hechos. Había que ir más allá, a las tinieblas exteriores, a los inhóspitos caminos por donde el pequeño y duro párroco transitaba desde hacía años, sosteniendo sobre sus hombros cansados el peso desolador, excesivo, de un cielo desprovisto de sentimientos. Dispuesto a dar paz, cobijo misericordia. Dispuesto a perdonar los pecados, e incluso –como aquella noche– a cargar con ellos.

No era tanto el misterio, al fin y al cabo. Y Quart esbozó una sonrisa lentísima y triste, con los ojos fijos en la perla falsa de Nuestra Señora de las Lágrimas, mientras su entorno se ponía a girar despacio, como en la bóveda negra que cada noche escrutaba el padre Ferro en pos de la más estremecedora de las certezas. Y a Quart todo se le reveló increíblemente sencillo mientras lo veía encajar de manera perfecta: la perla, la iglesia, aquella ciudad, el punto del espacio y del tiempo en que todo se situaba. Personajes reflejados en el río ancho, viejo y sabio, camino de un mar inmenso inmutable; un mar que seguiría batiendo playas desiertas, ruinas, puertos abandonados, barcos oxidados con inmóviles amarras, cuando mucho tiempo después todos ellos se hubieran ido.

Era tan breve el espacio, tan precario el refugio, tan frágil el consuelo, que no resultaba difícil comprender a quien desenvainaba la espada de Josué para librar la batalla que a todo daba sentido, o a quien cargaba la cruz con los pecados de otros. Eran dos caras de la misma moneda: el único heroísmo posible, el valor lúcido desprovisto de banderas y de victoria. Peones solitarios al extremo del tablero, esforzándose por terminar su juego con dignidad incluso desbordados por la derrota, como cuadros de infantería cuyo fuego se extinguiera poco a poco en un valle inundado de enemigos y de sombras. Ésta es mi casilla, aquí estoy, aquí muero. Y en el centro de cada casilla, un cansado redoble de tambor.

–Cuando quiera, páter –anunció Navajo, asomándose a la puerta.

Era eso. Era exactamente eso, y daba igual quién había empujado a Honorato Bonafé desde lo alto del andamio. Alargó Quart una mano hasta rozar con los dedos el envoltorio de la perla. Y de ese modo, mirando la lágrima falsa de Nuestra Señora, el soldado perdido en la ladera de la colina de Hattin reconoció, a lo lejos, la voz ronca y el rumor del hierro de otro hermano que libraba su combate en aquella esquina del tablero. Ya no había manos amigas que enterraran después en criptas heroicas, iluminadas por luz dorada de saeteras, entre estatuas yacentes de caballeros, los guanteletes puestos y el león a los pies. Ahora el sol estaba en el cenit y las osamentas de hombres y corceles se extendían bajo la colina, pasto de chacales y de buitres. Así que, arrastrando la espada, sudoroso bajo la cota de malla, el guerrero cansado se puso en pie y siguió a Simeón Navajo por el pasillo largo y blanco. Y allí, al extremo, en una pequeña habitación con un guardia en la puerta, el padre Ferro estaba sentado en una silla, sin sotana, con un pantalón gris bajo el que asomaban sus viejos zapatos sin lustrar, y una camisa blanca abotonada hasta el cuello. Habían tenido la consideración de no esposarlo; pero incluso así parecía muy pequeño y desamparado, el hirsuto pelo blanco a trasquilones, la barba de casi dos días entre marcas, arrugas y cicatrices. Sus ojos oscuros, enrojecidos en los lagrimales, observaron al recién llegado, impasibles. Entonces Quart fue hasta él y, mientras el subcomisario y el guardia lo miraban atónitos desde la puerta, se arrodilló ante el viejo sacerdote.

–Padre. Absuélvame, porque he pecado.

Eran sus excusas, su respeto, su contrición; y necesitaba dar testimonio público de ello. Por un instante el asombro conmovió la mirada del párroco. Estuvo así, quieto, sin apartar los ojos del hombre que esperaba arrodillado e inmóvil ante él. Por fin alzó lentamente una mano e hizo la señal de la cruz sobre la cabeza de Lorenzo Quart. En los ojos del anciano había un brillo húmedo de reconocimiento; temblaban su barbilla y sus labios mientras pronunciaba en silencio, sin palabras, la antigua fórmula del consuelo y de la esperanza. Y con ella sonrieron por fin, aliviados, todos los fantasmas y todos los amigos muertos del templario.

Dejó atrás las tres palmeras y cruzó la plaza desierta, entre los semáforos que pasaban del verde al rojo y del rojo al ámbar. Después anduvo en línea recta por la avenida en dirección al puente de San Telmo, en la soledad y el silencio perfectos de la madrugada. Vio la luz de un taxi libre en su parada, pero siguió adelante; necesitaba caminar. Así lo hizo mientras los faroles alargaban y encogían su sombra en las aceras. A medida que se iba acercando al Guadalquivir la humedad era más intensa, y por primera vez desde que estaba en Sevilla tuvo frío. Se subió el cuello de la chaqueta. Junto al puente, sin luces ni turistas que la admirasen a aquellas horas, la torre almohade se fundía con la oscuridad, ensimismada en su tiempo perdido.

Cruzó el puente. Los surtidores de la fuente de la Puerta de Jerez estaban secos cuando pasó junto a la fachada de ladrillo y azulejos del hotel Alfonso XIII. Siguió el pie de la muralla de los Reales Alcázares, y en el patio de banderas dos barrenderos municipales apartaron a su paso el chorro de agua de una brillante embocadura de cobre. Aspiró el aire aromatizado de naranjos y tierra húmeda camino del arco de la Judería, y luego por las calles estrechas de Santa Cruz, precedido por el eco de sus pasos bajo los faroles de luz indecisa. Ignoraba cuánto había andado, pero lo cierto es que la caminata lo llevó muy lejos, fuera del tiempo; a un lugar impreciso donde, en mitad de un sueño, fue a encontrarse de pronto en una placita pequeña, entre casas pintadas de almagre y cal blanca que iluminaba la oscuridad igual que si fuese de día. Una plaza con rejas, y macetas con geranios, y bancos de azulejos con escenas del *Quijote*. Y al fondo, entre andamios que apuntalaban su decrépita espadaña, custodiada por una Virgen sin cabeza que la oscuridad mantenía semioculta en su hornacina, se alzaba, vieja de tres siglos y de la memoria larga de los hombres que bajo su techo se cobijaron, la iglesia de Nuestra Señora de las Lágrimas.

Fue a sentarse en uno de los bancos y la estuvo mirando desde allí, inmóvil, durante mucho rato. Las campanadas iban sucediéndose en el reloj de la torre cercana; y cada vez los vencejos y las palomas revoloteaban inquietos, arrancados al sueño, para volverse a posar de nuevo en el resguardo de los aleros. Ya no había luna en el cielo. Las estrellas seguían arriba, parpadeando heladas, y hacia el alba el frío se hizo más intenso, atenazando los muslos y la espalda del sacerdote. Todo se tornaba más definido en su espíritu lleno de paz, y de ese modo vio cómo la claridad que empezaba a insinuarse hacia el este crecía despacio perfilando cada vez más la silueta de la espadaña que parecía ensombrecerse por contraste con la negrura menguante tras ella. Y sonaron más campanadas en el reloj, y otra vez palomas y vencejos serenaron su revuelo. Y era el día lo que se anunciaba ya con decisión, en la claridad rojiza que empujaba a la noche hacia el otro lado de la ciudad, en el perfil nítido de la espadaña, el tejado, los aleros de la plaza y los colores que afianzaban su matiz oscuro de oro y tierra sobre la cal blanca de los muros. Y cantaron los gallos, porque Sevilla era una de esas ciudades donde quedaban gallos para cantarle al alba. Entonces Lorenzo Quart se puso en pie igual que si retornara de un largo sueño. O tal vez seguía envuelto en él, como habría dicho cualquiera que observara su forma de caminar hacia la iglesia.

Bajo el arco de la entrada sacó del bolsillo la llave y la hizo girar en la puerta, que se abrió con un chirrido. Ya entraba luz suficiente por las vidrieras para permitirle avanzar con seguridad entre los bancos amontonados al fondo de la nave y los dispuestos a ambos lados del pasillo central, ante el altar y el retablo, todavía oscuro de sombras, junto al que brillaba la pequeña lamparilla del Santísimo. Escuchando sus pasos anduvo hasta el centro de la iglesia, y allí miró el confesionario con la puerta abierta, los andamios en las paredes, las gastadas losas del suelo y la negra boca de la cripta donde reposaban los restos de Carlota Bruner. Después se arrodilló en uno de los bancos y aguardó inmóvil hasta que terminó de amanecer. No oraba, pues no sabía ante quién hacerlo, y tampoco la antigua disciplina de los ritos profesionales se le antojaba apropiada a las circunstancias. Por eso se limitó a esperar con la mente vacía, dejándose mecer en el consuelo silencioso de las viejas paredes, bajo el techo ennegrecido por humo de velas, incendios y manchas de humedad que se extendía sobre su cabeza, allí donde la claridad creciente apuntaba el rostro barbudo de un profeta, las alas de un ángel, una nube vacía o una silueta irreconocible como un fantasma desvaneciéndose en la quietud del tiempo. Al fin llegó la luz del sol, penetrando justo a través de la silueta emplomada del Cristo desaparecido en la ventana; y el retablo se volvió barroco arabesco de pan de oro, columnas rubias que mostraban la gloria de Dios. El pie de la Madre aplastaba la cabeza de la serpiente, y eso, supuso Quart, era lo único que de veras importaba. Entonces subió al coro e hizo sonar la campana. Aguardó un cuarto de hora sentado en el suelo, bajo el cabo de cuerda rematada en gruesos nudos, y después, incorporándose, la hizo sonar de nuevo con dos últimos toques espaciados al terminar. Faltaban quince minutos para la misa de ocho.

Encendió la luz del retablo y los seis cirios, tres a cada lado del altar. Después, tras disponer los libros y las vinajeras, fue a la sacristía y se lavó las manos y la cara, frotándose con una toalla el pelo húmedo. Abrió el armario y los cajones de la cómoda, dispuso los objetos litúrgicos y eligió las vestiduras adecuadas al día del año. Cuando todo estuvo listo procedió a vestirse lentamente, con el orden y la manera que había aprendido en el seminario, y que ningún clérigo olvida jamás. Empezó por el amito, el cuadrado de tela de lino blanco ya en desuso, que sólo los sacerdotes integristas o los muy ancianos como el padre Ferro utilizaban todavía. Siguiendo los movimientos rituales, besó la cruz del centro antes de extendérselo por encima de los hombros y anudar sus cintas cruzadas a la espalda. En el armario había tres albas —el vestido blanco que cubría al oficiante de los hombros a los pies–, y dos eran demasiado cortas para su estatura; pero la tercera, sin duda utilizada por el padre Lobato, tenía una longitud razonable. La vistió, cerrándose el lazo del cuello, y la ajustó en la cintura con el cíngulo. Cogió después la cinta ancha de seda blanca llamada estola, y tras besar la cruz de su centro la pasó por encima del amito. A continuación, cruzándosela sobre el pecho, introdujo cada extremo a un costado y los sujetó bajo el cíngulo. Tomó por fin la vieja casulla de seda blanca, con deslucido hilo de oro bordando el anagrama de Cristo en su parte delantera, e introdujo la cabeza por la abertura, dejándosela caer a lo largo del cuerpo. Una vez vestido permaneció inmóvil, las dos manos apoyadas en la cómoda, mirando el abollado crucifijo entre los pesados candelabros de plata que tenía delante. Aunque no había dormido, sentía la misma lucidez y la misma paz experimentadas cuando aguardaba sentado en el banco de la plaza. Su reencuentro con los antiguos gestos familiares, el inicio del ritual, afianzaban esa sensación. Era como si la soledad hubiese dejado de importar, templada por la ejecución de movimientos que otros hombres, otras soledades, habían ido repitiendo del mismo modo, acabada la Cena, durante casi dos mil años. Daba igual que el templo estuviese agrietado y maltrecho, que andamios apuntalasen la espadaña, que en la bóveda se desvaneciesen antiguas pinturas como fantasmas. Que en el cuadro de la pared María inclinase ante un ángel su cabeza ruborosa sobre un lienzo estropeado, lleno de grietas y manchas, oscurecido por la oxidación del barniz. O que al extremo del viejo telescopio del padre Ferro, a millones de años luz, el frío parpadeo de los astros se burlase a carcajadas de todo aquello.

Tal vez aquel judío inteligente llamado Enrique Heine tenía razón, y el Universo no era sino el resultado del sueño de un Dios ebrio que se iba a dormir a una estrella. Pero el secreto, bajo la llave que daba tres vueltas a la puerta del abismo, estaba bien guardado. El padre Ferro se disponía a ir a prisión por ello, y ni Quart ni nadie tenían el derecho de revelárselo a la buena gente que ahora aguardaba afuera, en la iglesia cuyo rumor —una tos, ruido de pasos, el crujido de un banco donde alguien se arrodillaba— llegaba a través de la puerta de la sacristía, junto al confesionario donde había muerto Honorato Bonafé por tocar el velo de Tanit.

Miró el reloj, y era la hora.

XV

Vísperas

Utilizar su verdadero nombre habría ido contra el Código.

CLOUGH y MUNGO
Approaching Zero

Algunos días después de su regreso a Roma y la presentación del informe sobre Nuestra Señora de las Lágrimas, Quart recibió en su casa de la Via del Babuino la visita de monseñor Paolo Spada. Volvía a llover sobre la ciudad como tres semanas atrás, cuando le dieron la orden de viajar a Sevilla. Ahora Quart estaba de pie ante los ventanales abiertos de la terraza, mirando caer el agua sobre los tejados, las paredes ocres de las casas, el reflejo gris del empedrado y las escalinatas de la plaza de España, cuando sonó la campanilla de la puerta. Monseñor Spada estaba en el umbral, macizo y cuadrado bajo una chorreante gabardina negra, sacudiéndose con movimientos de cabeza el agua de sus duras cerdas de mastín.

—Pasaba por aquí —dijo—. Y pensé que tal vez podría invitarme a un café.

Sin esperar respuesta colgó la gabardina en una percha y fue hasta el austero saloncito, donde tomó asiento en uno de los sillones junto a la terraza. Estuvo allí, silencioso, mirando caer la lluvia, hasta que Quart vino de la cocina con la cafetera humeante y un par de tazas en una bandeja.

—El Santo Padre ha recibido su informe.

Quart asintió despacio mientras se servía un poco de azúcar, y luego aguardó de pie, removiendo el café con la cucharilla. Llevaba las mangas de la camisa vueltas sobre los antebrazos, con el cuello abierto sin la cinta de celuloide blanco. El Mastín inclinaba la pesada cabeza de gladiador, mirándolo por encima de su taza:

—También —añadió— ha recibido otro informe del arzobispo de Sevilla donde se le menciona a usted.

La lluvia arreciaba afuera, y el repiqueteo del agua en la terraza atrajo un momento la atención de los dos hombres. Quart puso la taza vacía en la bandeja y sonrió. El gesto triste, distante, que uno tiene preparado desde mucho tiempo atrás, en la certeza de que tarde o temprano lo va a necesitar.

—Siento haberle causado problemas, Monseñor.

Era el viejo tono de siempre. Disciplinado, respetuoso. Aunque estaba en su propia casa permanecía sin sentarse, casi a punto de alinear los pulgares con las costuras del pantalón negro. El director del IOE le dirigió una ojeada de afecto y luego encogió los hombros.

—Usted no me ha causado problemas *a mí* —dijo con suavidad—. Al contrario: informó puntualmente en un tiempo récord, hizo un trabajo difícil y tomó las decisiones adecuadas respecto a la entrega del padre Ferro a la policía y su defensa legal —estuvo callado un momento, mirándose las enormes manos entre las que casi desaparecía su taza—… Todo habría sido perfecto si se hubiera limitado a eso.

Se acentuó la sonrisa triste de Quart:

—Pero no lo hice.

Los ojos de perro viejo del arzobispo, surcados de vetas marrones, miraron largamente a su agente:

—No lo hizo. Al final decidió tomar partido —dudó un instante, arrugando el ceño—. Implicarse, supongo, es la palabra. Y lo hizo del modo y en el momento menos oportuno.

Quart lo miró con franqueza:

—Para mí lo era, Monseñor.

El arzobispo inclinaba de nuevo la frente, benévolo.

—Tiene razón, disculpe. Para usted lo era, naturalmente. Aunque no para el IOE —dejó su taza junto a la otra, en la bandeja, y estuvo observando a su interlocutor con curiosidad—. Ni para el papel imparcial que se le ordenó desempeñar allí.

—Sabía que era inútil —insistió Quart—. Un símbolo, nada más —se quedaba absorto, recordando—... Pero hay momentos en que ese tipo de cosas tiene su importancia.

—Bueno —concedió monseñor Spada—. En realidad no fue del todo inútil. Según mis noticias, la Nunciatura de Madrid y el Arzobispado de Sevilla han recibido esta mañana instrucciones para preservar Nuestra Señora de las Lágrimas, así como para el nombramiento de un nuevo párroco... —estudió la expresión de Quart antes de dedicarle un guiño irónico y bienhumorado—. Aquellas consideraciones finales suyas sobre el trocito de cielo que desaparece, la piel parcheada del tambor y todo lo demás, surtieron su efecto. Muy emotivo y convincente. De haber conocido sus habilidades retóricas, las habríamos utilizado mucho antes.

Dicho eso, el Mastín se calló. Te toca preguntar a ti, decía su silencio. Facilítame un poco las cosas.

—Ésa es una buena noticia, Monseñor —Quart lo miraba expectante—. Pero las buenas noticias se dan por teléfono... ¿Cuál es la mala?

Suspiró el prelado.

—La mala se llama Su Eminencia Jerzy Iwaszkiewicz —desvió un momento la vista y suspiró otra vez—. A nuestro querido hermano en Cristo se le escapó el ratón entre las zarpas, y quiere cobrárselo de algún modo... Le ha sacado mucho jugo al informe del arzobispo de Sevilla. Según concluye, usted se extralimitó en sus atribuciones. Y encima Iwaszkiewicz ha dado crédito a ciertas insinuaciones de monseñor Corvo sobre su conducta personal… La verdad es que entre uno y otro se lo han puesto bastante difícil.

–¿Y a usted, Ilustrísima?

–Oh, bueno –monseñor Spada alzaba una mano, descartándose a sí mismo–. Yo soy menos atacable, tengo dossieres y cosas así. Gozo del relativo apoyo del secretario de Estado… En realidad me han ofrecido paz a cambio de una pequeña compensación.

–Mi cabeza.

–Más o menos –el arzobispo se había levantado para dar unos pasos por el cuarto. Ahora estaba a espaldas de Quart, contemplando un pequeño boceto que colgaba, enmarcado, en la pared–. Se trata de algo simbólico, entiéndalo. Más o menos como aquella misa suya del jueves pasado… Todo esto es injusto, lo sé. La vida es injusta. Roma es injusta. Pero es lo que hay. Son las reglas de nuestro juego, y usted lo ha sabido siempre.

Caminó alrededor del sacerdote hasta quedar de nuevo frente a él. Tenía las manos cruzadas a la espalda y el aire reflexivo:

–Lo echaré de menos, padre Quart –dijo–. Antes y después de Sevilla, usted sigue siendo un buen soldado. Sé que hizo las cosas lo mejor que supo. Tal vez durante estos años eché sobre sus hombros demasiados fantasmas. Espero que el de ese brasileño, Nelson Corona, descanse ahora en paz.

–¿Qué van a hacer conmigo?

Era una pregunta neutra, objetiva; sin el menor rastro de ansiedad. Monseñor Spada alzó las manos al cielo, impotente:

–Iwaszkiewicz, siempre tan piadoso, quería mandarlo de funcionario a cualquier oscura secretaría… –el arzobispo chasqueó la lengua, dando a entender que mucho le hubiera sorprendido otro tipo de proyectos en

Su Eminencia—. Por suerte ahí tenía yo algunas cartas en la manga. No voy a decir que me haya jugado el cuello por usted; pero tuve la precaución de proveerme de su currículum, y saqué a relucir los servicios prestados: incluido lo de Panamá y aquel obispo croata al que sacó de Sarajevo. Así que al final Iwaszkiewicz se dio por satisfecho con su mera ejecución formal como agente del IOE —los hombros cuadrados volvieron a alzarse un poco bajo la chaqueta del Mastín—. Con eso el polaco me come un alfil, pero la partida queda en tablas.

—¿Y cuál es el veredicto? —se interesó Quart. Pensaba en sí mismo lejos de todo aquello. Tal vez no sea tan difícil, se dijo. Quizá más duro y hará más frío; pero también hace frío dentro. Por un momento se preguntó si tendría el valor de abandonarlo todo con una sentencia excesiva. Empezar en otra parte a cuerpo limpio, sin el protector traje negro que era su uniforme y su única patria. El problema, después de Sevilla, era que había menos lugares a donde ir.

—Mi amigo Azopardi —estaba diciendo monseñor Spada—, el secretario de Estado, se ofrece a echarnos una mano. Ha prometido ocuparse de usted. La idea es conseguirle un destino como agregado en una nunciatura; Hispanoamérica, a ser posible. Pasado un tiempo, si soplan mejores vientos y yo sigo al frente del IOE, volveré a reclamarlo… —parecía aliviado al no observar ninguna reacción en Quart—. Considérelo un exilio temporal, o una misión más larga que las otras. Resumiendo: desaparezca una buena temporada. A fin de cuentas, aunque la obra de Pedro es eterna, los papas y sus equipos pasan. Los cardenales polacos envejecen, se jubilan, se les detecta un cáncer; ya sabe —rubricó aquello con una torcida sonrisa—. Y usted es joven.

Quart se había acercado al ventanal de la terraza. La lluvia continuaba repiqueteando en las baldosas, a sus pies, y era un manto gris deslizándose por los tejados de las casas cercanas. Aspiró el aire húmedo. Los ocres de las fachadas y la plaza de España relucían en la calle desierta como un óleo bajo barniz fresco.

—¿Qué noticias hay del padre Ferro?

El Mastín enarcó las cejas. Eso ya no está en mi mano, daba a entender el gesto.

—Según nos cuenta la Nunciatura de Madrid —dijo—, el abogado que usted le buscó lo está llevando bastante bien. Creen poder obtener su libertad alegando senilidad y falta de pruebas; o, en el peor de los casos, una sentencia suave de acuerdo con las leyes españolas. Se trata de un hombre mayor, afectado por la edad, y hay un montón de razones que pueden inclinar a los jueces en su beneficio. De momento está en el hospital penitenciario de Sevilla, en situación razonablemente cómoda, y es posible solicitar su internamiento en una residencia de sacerdotes ancianos... Tengo la impresión de que saldrá bien librado; aunque a sus años no estoy seguro de que le importe mucho.

—No —admitió Quart—. No creo que le importe .

Monseñor Spada había vuelto a la mesa para servirse más café.

—Un personaje increíble, ese párroco. ¿De veras cree que él lo hizo?... —miraba a Quart con la taza otra vez llena en la mano—. De quien no hemos vuelto a tener noticias es de *Vísperas*. Resulta una lástima que al final no lograse usted averiguar la identidad del pirata. Eso me habría permitido defenderlo mejor frente a Iwaszkiewicz —hizo una pausa, sombrío, bebiendo un sorbo—. Al polaco le habría encantado morder ese hueso.

Quart asintió en silencio. Seguía inmóvil ante el ventanal abierto de la terraza, mirando caer la lluvia, y la luz del exterior hacía más gris su pelo corto de soldado. Pequeñas gotas de agua le salpicaban la cara.

—*Vísperas* —dijo.

Aquella noche, la última, había bajado al vestíbulo del hotel para encontrarla igual que la primera vez, sentada en el mismo sillón. Y era muy poco el tiempo transcurrido desde el primer día, pero a Quart le pareció que llevaba una eternidad en Sevilla. Que él siempre estuvo allí, como la inmensa nave de piedra, pináculos y arbotantes, varada a pocos metros de distancia, al otro lado de la plaza. Como las palomas que cruzaban desorientadas el espacio de noche iluminado por los focos. Como Santa Cruz, el río, la torre almohade y la Giralda. Como Macarena Bruner, que ahora lo miraba acercarse. Y cuando se incorporó del sillón, erguida en el vestíbulo vacío, Quart pensó que su presencia aún lo conmovía hasta la médula. Por suerte, reflexionó mientras iba a su encuentro, ella no lo amaba.

—Vengo a despedirme —dijo Macarena—. Y a darle las gracias.

Salieron a la calle para dar un corto paseo. Era, en efecto, una despedida: frases cortas y monosílabos, lugares comunes, apuntes de cortesía propios de perfectos desconocidos, y ni una sola referencia a ellos dos. Quart no pasó por alto la vuelta al usted. Ella mostraba la desenvoltura de siempre, pero eludía sus ojos y se demoraba en el alzacuello del sacerdote. Por primera vez la vio intimidada. Hablaron del padre Ferro, del viaje que Quart emprendería a la mañana siguiente. De la misa que él había celebrado en Nuestra Señora de las Lágrimas.

—Nunca hubiera imaginado verlo allí —concluyó Macarena.

A veces, como la noche que pasearon por Santa Cruz, el azar de sus pasos los llevaba a rozarse, y cada vez Quart experimentó la aguda certeza física de lo perdido: sensación de vacío, inmensa y desesperada tristeza. Caminaban ahora en silencio, pues todo estaba dicho entre los dos; y seguir hablando hubiese requerido palabras que ninguno quería pronunciar. La luz de los faroles empujó sus sombras hacia la muralla árabe y allí se detuvieron, la una frente a la otra. Quart miró los ojos oscuros, el collar de marfil sobre la piel color tabaco rubio. No le guardaba rencor. Se había dejado utilizar con plena conciencia; él era un arma tan adecuada como otra cualquiera, y para Macarena resultaba legítimo pelear por una causa que creía justa. En cuanto a Quart, el debe y el haber se mezclaban confusos en sus pensamientos, que la serenidad de las últimas horas apenas empezaba a poner en orden. Pronto sólo quedaría el vacío de la pérdida, debidamente atenuado por el orgullo y la disciplina. Pero ni aquella mujer ni Sevilla podrían borrársele jamás de los sentidos ni de la memoria.

Buscó una frase. Una palabra, al menos, para pronunciar antes que Macarena desapareciese de su vida para siempre. Algo que ella pudiera recordar, en consonancia con la muralla centenaria, las farolas de hierro, la torre iluminada al fondo y el cielo donde brillaban las estrellas heladas del padre Ferro. Pero sólo encontró en su interior la nada más absoluta. Un cansancio largo, objetivo, resignado, inexpresable de otro modo que no fuese una mirada, o una sonrisa. Así que sonrió un poco en la penumbra, ante los ojos de mujer donde una vez había visto reflejarse dos bellas lunas gemelas en un jardín. Y ella se lo quedó mirando por primera vez a la cara, entreabiertos los labios como si rondase en éstos una palabra que tampoco era capaz de hallar. Entonces Quart giró sobre sus talones y se alejó, sintiendo los ojos de la mujer fijos en su espalda. Y mientras lo hacía pensó estúpidamente que si en ese momento ella gritara *te quiero* se arrancaría el alzacuello de la camisa, volviendo atrás para tomarla en sus brazos como los oficiales que destrozaban su carrera en brazos de mujeres fatales, en las viejas películas en blanco y negro, o aquellos otros ingenuos varones –Sansón, Holofernes– del Viejo Testamento. La idea hizo que se dirigiera a sí mismo una mueca burlona. Sabía –lo había sabido siempre– que Macarena Bruner nunca volvería a decirle a un hombre esas palabras.

–¡Aguarde! –dijo ella, inesperadamente–. Quiero enseñarle algo.

Quart se detuvo. No era la fórmula mágica, pero bastaba para volverse y poder mirarla otra vez. Y al hacerlo vio que seguía quieta en el mismo sitio, junto a la sombra que proyectaba en la muralla. Parecía haber reflexionado mucho antes de decidirse a llamarlo. Echaba hacia atrás el cabello con un movimiento enérgico de la cabeza, en gesto desafiante más dirigido a sí misma que al propio Quart.

–Se lo ha ganado –añadió.

Sonreía.

La Casa del Postigo estaba en silencio. El reloj inglés de la galería dio doce campanadas cuando cruzaron el patio de la fuente de azulejos, entre geranios y helechos. Todas las luces se hallaban apagadas, y la luna despuntando sobre los arcos mudéjares hacía deslizarse sus sombras por el mosaico del suelo, que brillaba con el agua de las macetas recién regadas. En el jardín cercano cantaban los grillos, al pie de la torre oscura del palomar.

Macarena condujo a Quart a través de la galería decorada con bargueños y alfombras, y después de pasar un pequeño salón lo precedió por una escalera de peldaños de madera y barandilla de hierro, en cuyos ángulos había relucientes bolas de bronce. Llegaron así al piso superior, a la galería acristalada que circundaba el patio. Al fondo había una puerta cerrada, y se dirigieron a ésta. Antes de abrirla, Macarena se detuvo y miró gravemente a Quart.

—Nunca —susurró— ha de saberlo nadie.

Después se puso un dedo sobre los labios, abrió la puerta silenciosamente, y hasta ellos llegaron las notas de *La flauta mágica*. La habitación tenía dos estancias y en la primera, sin luces, había muebles cubiertos por fundas de tela blanca, y una ventana entre cuyos visillos penetraba la luz de la luna. La música venía del fondo. Allí, tras una corredera acristalada abierta de par en par, la luz de un flexo iluminaba una mesa con un complicado equipo PC, dos monitores Sony de alta definición, impresora láser y conexión a una línea telefónica. Y ante el ordenador, con el abanico de Romero de Torres y dos botellas vacías de coca-cola sobre una pila de ejemplares de la revista *Wired*, atenta a la pantalla donde parpadeaban letras e iconos, absorta en la fuga que cada noche la liberaba de aquella casa, Sevilla, ella misma y su pasado, *Vísperas* viajaba silenciosamente a través del ciberespacio infinito.

Ni siquiera mostró sorpresa. Tecleaba despacio, con los ojos fijos en uno de los monitores. Quart observó que lo hacía con extrema atención, como si temiese pulsar una tecla equivocada y eso diera al traste con algo importante. Le dirigió un vistazo a la pantalla llena de cifras y de signos cuyo sentido se le escapaba por completo; pero el pirata informático parecía moverse a sus anchas por todo aquello. Vestía una bata de seda oscura y chinelas, y al cuello llevaba su hermoso collar de perlas. Desconcertado, Quart miró a Macarena y luego movió la cabeza, esperando que todo fuese una gran broma que pretendían gastarle entre ella y su madre. Pero de pronto cambiaron los signos de la pantalla y aparecieron otros nuevos, y los ojos de Cruz Bruner, duquesa del Nuevo Extremo, relucieron intensamente.

–Ahí está –la oyó decir.

Con inesperada agilidad, las manos de la vieja dama recorrieron el teclado, haciéndose con el control de la pantalla. Una clave y unos signos dieron paso a otros, y al cabo de unos instantes pulsó la tecla intro y echó un poco hacia atrás la cabeza, el aire satisfecho de quien culmina un largo esfuerzo. Sus labios marchitos se distendieron. Los ojos, enrojecidos de fatiga por la pantalla del ordenador, chispeaban de malicia cuando por fin miró a su hija y al sacerdote.

–*Y el día del Señor vendrá como un ladrón en la noche...* –citó, dirigiéndose a Quart–. ¿No es cierto, padre?... Primera a los tesalonicenses, me parece. Cinco, dos.

A pesar de la edad, de los ojos cansados y de lo avanzado de la hora, parecía más inteligente y despierta que nunca. Su hija le había puesto una mano en el hombro y observaba a Quart. La anciana inclinó hacia ella su cabeza blanca, reflejos violeta bajo la luz del flexo.

–Si hubiese imaginado una visita a estas horas, me habría arreglado un poco –se tocaba el collar de perlas, en tono de suave reproche–. Pero como es Macarena quien lo trajo hasta aquí, bien hecho está –levantó una mano para oprimir la de su hija–... Ahora ya conoce mi secreto.

Todavía distaba Quart de dar crédito a todo aquello. Miró las botellas vacías de refresco, las pilas de revistas especializadas en inglés y castellano, los manuales técnicos que llenaban los cajones de la mesa, las cajas de disquetes. Cruz y Macarena Bruner acechaban sus reacciones, divertida una, grave la otra. Rindiéndose ante la evidencia, curvó los labios como si fuera a emitir un silbido, pero no lo hizo. Desde aquella mesa, una septuagenaria había puesto en jaque al Vaticano.

–¿Cómo lo consiguió? –dijo–. Resulta increíble.

–No es necesario que nadie lo crea –dijo Cruz Bruner–. Ni siquiera es conveniente. Ni probable.

La vieja dama apartó la mano que apoyaba en la de su hija para deslizarla sobre el teclado del ordenador. Un piano tal vez, se dijo Quart. Las duquesas ancianas se limitaban a tocar el piano de toda la vida, a hacer bordados y encaje de bolillos, o a mecerse en las aguas muertas del tiempo; no a convertirse por las noches en piratas informáticos a la manera del Doctor Jekyll y Mister Hyde. Aquello era una pesadilla, y tanto daba que Macarena contara de antemano con su silencio. La duquesa tenía razón: nadie creería a Quart si lo contaba.

–Me refiero a usted –protestó–. Me refiero a todo. Nunca pensé…

–¿Que una anciana pueda moverse con facilidad a través de esto?… –irguió un poco la cabeza, la mirada ausente, reflexionando sobre ello–. Bien. No es usual, lo admito. Pero ya ve. Un día te acercas, por curiosidad. Pulsas una tecla y descubres que ocurren cosas en esa pantalla. Y que puedes viajar a lugares increíbles y hacer cosas que nunca soñaste hacer… –los labios apergaminados se curvaron en otra sonrisa que le rejuveneció el rostro–. Es más divertido que bordar o ver telenovelas venezolanas.

–¿Cuánto tiempo lleva haciendo eso?

–Oh, no mucho. Tres, cuatro años –se volvía hacia su hija, pidiéndole que la ayudara a hacer memoria–. Siempre fui una mujer curiosa, incapaz de pasar ante dos líneas impresas sin detenerme a leerlas… Un día Macarena compró un ordenador para su trabajo. Cuando se iba yo me sentaba ante él, impresionada. Había un juego, una especie de bolita de ping-pong, y con ella aprendí a manejar el teclado. Tengo dificultades para dormir, como sabe, así que terminé pasando muchas horas ante el ordenador... Creo que me hice adicta.

—A su edad —dijo Macarena, dulcemente.

—Pues sí —la anciana miraba a Quart como animándolo a expresar su reprobación—. Pero ya ve. Sentía tanta curiosidad que empecé a leer cuanto se relacionaba con la informática. Hablo inglés desde que lo estudié de niña en las Irlandesas, así que terminé suscrita a cursos por correspondencia y a revistas especializadas —emitió una breve risa tapándose la boca con una mano, casi escandalizada de sí misma—... Por suerte, aunque mi salud deja que desear, mi cabeza sigue en su sitio. En poco tiempo me convertí en una experta... Y le aseguro que, a mis años, eso es terriblemente divertido.

—También se enamoró —dijo Macarena.

Ahora madre e hija rieron juntas. Quart se preguntó si no estarían las dos mal de la cabeza; aquello parecía una monumental tomadura de pelo. O quizá era otra razón, la suya, la que empezaba a flaquear. Esta ciudad se te ha subido al cerebro, pensó atropelladamente. Haces bien en largarte ahora que estás a tiempo.

—Ella exagera —explicaba Cruz Bruner—. Lo que ocurrió fue que obtuve el equipo apropiado y poco a poco salí al exterior. Y bueno, sí, me enamoré cibernéticamente hablando. Una noche entré por casualidad en el ordenador de un joven *hacker* de dieciséis años... Debería usted mirarse a un espejo, padre. Tiene la cara más estupefacta que he visto en mi vida.

—No esperará que lo encuentre normal.

—No. Supongo que no.

La anciana acercó la mano al montón de revistas técnicas que tenía sobre la mesa y pasó un dedo pulgar por las hojas de algunas. Después señaló el módem conectado a la línea telefónica.

—Imagínese —añadió— lo que descubrir ese mundo supuso para una anciana de casi setenta años... Mi amigo respondía al *nick*, el apodo en jerga informática, de *Mad Mike*; aunque a veces operaba bajo el nombre de *Vizconde Valmont*. Y de la mano de mi vizconde, cuya voz y rostro desconoceré siempre, empecé a recorrer los vericuetos de este mundo fascinante... Su ordenador tenía una *BBS* pirata, y así entré en contacto con otros adictos a la alta tecnología, a menudo muchachos que pasan horas solos en sus dormitorios, manipulando ordenadores ajenos.

Lo dijo con un gesto de orgullo, como refiriéndose al más exclusivo club. El desconcierto debía de reflejarse otra vez en la expresión de Quart, porque Macarena sonrió de nuevo:

—Explícale qué es una *BBS* pirata —le dijo a su madre.

—Una especie de tablón de anuncios —la vieja dama puso una mano sobre el teclado—: un ordenador cargado con software especializado, en conexión con un módem telefónico. Si accedes a él, significa que has llegado a cierto nivel en la clandestinidad informática. Cuando llamas por primera vez lo que hacen es pedirte el nombre real de usuario y el número de teléfono, y los incautos que responden con sus datos auténticos no son aceptados... El truco consiste en introducir un alias y un número de teléfono falso; una cierta dosis de paranoia es el mejor aval para un *hacker*.

—¿Cuál es su alias real?

—¿De veras le interesa?... Está contra las normas, pero se lo diré; ya que esta noche, gracias a Macarena, ha llegado usted tan lejos —irguió la cabeza, orgullosa e irónica—. *Reina del Sur*, ése es mi *nick*.

Algo se puso a parpadear en la pantalla, y la duquesa se interrumpió para pulsar algunas teclas. Un largo texto, de apretada letra pequeña, se alineaba en el monitor. Cruz Bruner miró a su hija sin decir palabra y luego siguió hablándole a Quart:

—El caso —dijo— es que después de las *BBS* telefónicas empecé a acceder a los *Sites* clandestinos escondidos en la red Internet... Si la *BBS* es un tablón de anuncios, el *Site* es como una taberna de piratas. Allí haces amigos, te diviertes e intercambias trucos, juegos, virus, informaciones útiles y cosas así. Poco a poco aprendí a moverme por todas las redes, viajar al extranjero, camuflar las entradas y salidas, penetrar en sistemas protegidos... Nunca fui tan feliz como el día que entré en el Ayuntamiento de Sevilla para manipular mis recibos de contribución urbana.

—Que es un delito —la reconvino su hija; era evidente que no por primera vez—. Cuando me enteré fui corriendo a las oficinas municipales. ¡Había saldado todos los recibos hasta el año 2005!... Tuve que decir que se trataba de un error.

—Quizá sean delitos —consintió la anciana—. Pero cuando estás aquí sentada no lo parece. Nada lo parece —le sonrió a Quart con una combinación de inocencia y malicia—. Y eso es lo maravilloso.

Hablar de todo aquello la rejuvenecía. La sonrisa refrescaba sus labios y la humedad rojiza de los ojos chispeaba, pícara.

—Ahora —prosiguió—, además de con mi vizconde favorito, mantengo contacto habitual con varios *Sites* y *BBS* de alto nivel, y con una veintena de *hackers* que en su mayor parte no pasan de los veinte años... Ignoro sus nombres reales y sexo; sólo conozco sus alias. Pero mantenemos apasionantes citas cibernéticas en lugares como las galerías Lafayette de París, el Imperial War Museum o las sucursales de la Confederación Bancaria Rusa... Que por cierto son tan vulnerables que hasta un niño podría manipular sus cuentas en ellas. Suelen usarse como pista de pruebas por los piratas novatos.

Desde luego, era ella. *Vísperas* en persona. Quart la imaginó por fin sin esfuerzo, inclinada noche tras noche sobre el ordenador, viajando en silencio por el espacio electrónico, encontrándose en su camino con otros navegantes solitarios. Encuentros inesperados, fugaces, intercambios de información y de sueños, la excitación de violar secretos y transgredir los límites de lo prohibido: una cofradía secreta en la que el pasado y el presente, el tiempo, el espacio, la memoria, la soledad, el triunfo o el fracaso perdían su sentido tradicional para componer un espacio virtual donde todo era posible y nada estaba sujeto a límites concretos, a normas inviolables. Una formidable ruta de escape llena de posibilidades infinitas. A su modo, también Cruz Bruner se vengaba de la Sevilla encarnada en el hombre apuesto retratado en el vestíbulo, junto a la niña rubia pintada por Zuloaga.

–¿Cómo consiguió entrar en el Vaticano?

–Casualidad. Un contacto romano, *Deus ex Machina*, que sospecho es un seminarista o un sacerdote joven, se había estado paseando por el sistema de forma periférica, por simple juego. Simpatizamos y me pasó un par de buenas pistas. De eso hace seis o siete meses, cuando aquí se planteaba con mayor gravedad el problema de Nuestra Señora de las Lágrimas... Ni en el Arzobispado de Sevilla ni en la Nunciatura de Madrid le hacían caso al padre Ferro, y se me ocurrió que era una buena forma de hacerse oír en Roma.

–¿Lo consultó con él?

–En absoluto. Ni siquiera con mi hija, que se enteró mucho más tarde, cuando se conoció la existencia de quien ustedes bautizaron como *Vísperas*... –al pronunciar el nombre, la vieja dama lo hizo con evidente satisfacción, y Quart se preguntó qué cara pondrían Su

Eminencia Jerzy Iwaszkiewicz y monseñor Paolo Spada, de estar oyendo aquello–. Al principio mi idea era dejar un simple mensaje en el sistema central del Vaticano, esperando que cayera en buenas manos. La idea de manipular el ordenador del Papa se me ocurrió más tarde, a medida que iba profundizando en el sistema. Encontré un archivo inesperado, INMAVAT, muy protegido, y comprendí que guardaba algo importante. Así que hice un par de ensayos de entrada, recurrí a los trucos de mis amigos más expertos, y una noche me colé dentro… Durante una semana estuve visitando INMAVAT hasta que comprendí de qué se trataba. Así que, tras localizar lo que quería, dispuse mis fuerzas e inicié el asalto. El resto ya lo conoce usted.

–¿Quién me envió la postal?

–Oh, eso. Fui yo, naturalmente. Ya que estaba aquí, me pareció buena idea que empezara a ver el otro lado del problema. Así que subí al palomar y busqué algo apropiado en el baúl de Carlota. El recurso fue un poco rocambolesco, pero surtió efecto.

Muy a su pesar, Quart se echó a reír:

–¿Cómo llegó hasta mi habitación?

La vieja dama parecía escandalizada.

–Cielos, no fui yo quien lo hizo *personalmente*. ¿Me imagina de puntillas por los pasillos de su hotel?… Lo resolví de manera más prosaica. Mi doncella le dio una propina a la camarera –se volvió a medias hacia su hija–. Cuando usted le mostró la postal, ella supo en el acto que había sido yo. Pero tuvo la delicadeza de no reñirme demasiado.

Quart leyó la confirmación en los ojos de Macarena. Tampoco es que necesitara que nadie confirmase nada: todo resultaba, al fin, de una veracidad aplastante. Miró la pantalla del ordenador:

–Cuénteme en qué se ocupa ahora.

–Oh, esto –Cruz Bruner siguió la dirección de los

ojos del sacerdote–. Podríamos llamarlo un último ajuste de cuentas… Pero no se alarme. Nada tiene que ver con Roma esta vez. Es algo más próximo. Más personal.

Echó Quart un vistazo. *S&B Confidencial*, pudo leer. *Resumen investigación interna B.C. asunto P.T. y otros*. Los nombres del Banco Cartujano y de Pencho Gavira figuraban en el texto:

…Como argucias de esa ocultación pueden señalarse: frenética búsqueda de nuevos y costosos recursos, contabilidad falsa con transgresión de las normas bancarias, y un riesgo calificable de temerario que, sin la materialización de la esperada venta de Puerto Targa a Sun Qafer Alley (anunciada en unos 180 millones de dólares), puede producir un descalabro de gravísimas consecuencias para el Banco Cartujano, así como un escándalo público que merme considerablemente su prestigio social entre un accionariado hecho de pequeños accionistas de carácter conservador.

En cuanto a las irregularidades directamente achacables a la actual vicepresidencia, la investigación ha detectado…

Miró a Macarena y luego a la duquesa. Aquello era un cañonazo en la línea de flotación del ex marido. Por un momento recordó al financiero la noche anterior en el muelle; la breve corriente de simpatía establecida entre ambos cuando se disponían a liberar al párroco.

–¿Qué piensan hacer con esto?

No es asunto mío, decía el gesto de Macarena. Mis ajustes de cuentas son cosa más personal. Fue Cruz Bruner quien despejó la incógnita:

–Me dispongo a equilibrar un poco la situación. Todos han hecho mucho por esa iglesia. Usted mismo, con la misa de ayer, nos concedió una semana más de tiempo… –observó al sacerdote y luego a su hija–. Supongo que por eso creyó ella que merecía venir aquí esta noche.

–Él no dirá nada –apuntó Macarena, muy seria, los ojos fijos en Quart.

–¿No lo hará?… Lo celebro –se la quedó mirando con súbita atención, el ceño fruncido, antes de dirigirle otra ojeada a Quart–… Aunque me ocurre lo que al padre Ferro. A mi edad las cosas dejan de tener importancia, y una puede aventurarse sin miedo a las consecuencias –acarició distraídamente el teclado del ordenador–. Ahora, por ejemplo, voy a hacer justicia. Ya sé que no es un sentimiento muy cristiano, padre Quart –había una nueva cadencia en su voz, endurecido el tono. Una determinación que a él le pareció súbitamente peligrosa–. Después de esto tendré que confesarme, imagino. Estoy a punto de pecar contra la caridad.

–Mamá.

–Déjame en paz, hija, por favor –se dirigía a Quart como si esperase de él más comprensión que de Macarena, mostrándole el texto de la pantalla–… Éste es el informe de una auditoría interna del Banco Cartujano, que pone al descubierto los problemas de Pencho y todo su montaje con Nuestra Señora de las Lágrimas. Hacerlo público perjudicará un poco al banco y mucho a mi yerno. Supongo que muchísimo –una pequeña sonrisa suavizó su boca–. No sé si Octavio Machuca me lo perdonará alguna vez.

–¿Piensas contárselo? –preguntó Macarena.

–Naturalmente. No voy a tirar la piedra y esconder la mano. Pero ha vivido lo suficiente para comprender… Además, el banco le importa un pimiento. Con la edad se ha vuelto un irresponsable.

–¿De dónde ha sacado ese informe? –preguntó Quart.

—Del ordenador de mi yerno. Su clave de seguridad no es difícil… —movió la cabeza, mostrando una pesadumbre que parecía sincera—. Y lo siento de verdad, porque Pencho siempre me fue simpático. Pero es la iglesia o él. Cada palo debe aguantar su vela.

Una luz piloto parpadeaba en el aparato de enlace con la línea telefónica, y Quart se interesó por aquello. Cruz Bruner miró un instante la lucecita y luego, al volverse hacia el sacerdote, todas las generaciones de duques del Nuevo Extremo que descansaban en su sangre se concitaron en ella:

—Es el fax —dijo, los ojos chispeantes. Y sus labios apergaminados se distendieron en una mueca que Quart nunca le había visto antes: despectiva y cruel—. Estoy transmitiendo el informe a todos los periódicos de Sevilla.

De pie a su lado, el rostro en penumbra, Macarena había retrocedido y miraba el vacío. Las lentas campanadas del reloj inglés sonaron abajo, entre los cuadros de barniz oscuro que montaban guardia secular en las sombras de la Casa del Postigo. Toda la vida posible en aquellas paredes muertas parecía refugiarse bajo la luz del flexo que iluminaba el teclado de ordenador y las manos huesudas de la anciana. Y Quart tuvo la certeza de que, en ese mismo instante, el fantasma de Carlota Bruner sonreía en la torre del jardín, y las velas blancas de una goleta se deslizaban río arriba, impulsadas por la brisa que cada noche subía del mar.

Cruz Bruner de Lebrija, duquesa del Nuevo Extremo, falleció a principios del invierno, cuando Lorenzo Quart llevaba cinco meses como tercer secretario en la Nunciatura Apostólica de Santa Fe de Bogotá. Se enteró por unas líneas en la edición internacional del diario *ABC*, acompañadas de una esquela con la larga relación nobiliaria de la fallecida y el ruego de su hija Macarena Bruner, heredera del título, de que se dijesen oraciones por su alma. Un par de semanas más tarde llegó un sobre con matasellos de Sevilla, que sólo contenía un pequeño recordatorio de difuntos orlado en negro, repitiendo más o menos el texto de la esquela. No lo acompañaba ninguna carta, pero sí la postal de Nuestra Señora de las Lágrimas dirigida por Carlota Bruner al capitán Xaloc, que una vez había encontrado Quart en la habitación de su hotel.

Con el tiempo, el azar le fue trayendo más detalles sobre los diversos finales de la historia. Una carta del padre Óscar Lobato, que había seguido un complicado itinerario desde un pueblecito de Almería hasta Roma, siendo reexpedida de allí a Bogotá, trajo –con algunas consideraciones de carácter general y un par de rectificaciones sobre el concepto que de Quart había tenido el joven vicario– la noticia de que Nuestra Señora de las Lágrimas continuaba abierta al culto y funcionando como parroquia. Respecto a Pencho Gavira, lo único que Quart supo de él fue una breve mención en las páginas económicas de la edición americana de *El País*, donde se daba cuenta de la jubilación de don Octavio Machuca al frente del Banco Cartujano de Sevilla, y el nombramiento de un desconocido como presidente del consejo de administración. La nota de prensa también daba cuenta de la dimisión de Pencho Gavira y su renuncia a todas sus facultades ejecutivas como vicepresidente y director general del banco.

En cuanto al padre Ferro, Quart fue recibiendo esporádicas noticias sobre su estancia en el hospital penitenciario, el juicio que lo declaró responsable de homicidio en grado involuntario, y su posterior confinamiento en una residencia vigilada de la diócesis sevillana destinada a sacerdotes ancianos. Allí seguía, en precario estado de salud, al final del invierno en que murió *Vísperas*; y según la cortés y breve carta que el director del centro remitió como respuesta a Quart cuando éste se interesó por el viejo párroco, era poco probable que viviese hasta la primavera. Pasaba los días en su habitación sin relacionarse con nadie; y por las noches, con buen tiempo, salía al jardín acompañado de un celador a sentarse en un banco para contemplar en silencio las estrellas.

Del resto de los personajes cuyas vidas se habían cruzado con la de Quart durante las dos semanas que pasó en Sevilla, nunca supo nada más. Se hundieron poco a poco en su memoria, uniéndose a los fantasmas de Carlota Bruner y el capitán Xaloc que a menudo lo acompañaban en sus largos paseos al atardecer por el barrio colonial del viejo Santa Fe. Desaparecieron todos menos uno, e incluso la de éste fue una visión fugaz, incierta, de la que nunca estuvo seguro por completo. Ocurrió mucho más tarde, cuando Quart, recién transferido a otra secretaría aún más oscura en Cartagena de Indias, hojeaba cierto periódico local con un informe sobre la insurrección campesina en el estado mejicano de Chiapas. El reportaje gráfico mostraba la vida en un pueblecito anónimo de la zona rural bajo control de la guerrilla, y en la escuela local un grupo de muchachos habían sido fotografiados junto a su maestra. La foto era confusa, y al observarla con una lente de aumento Quart no logró establecer gran cosa, excepto el parecido: la mujer llevaba pantalón tejano, tenía el pelo gris recogido en una corta trenza, y apoyaba las manos en los hombros de sus alumnos mirando a la cámara con ojos claros y fríos, desafiantes. Unos ojos idénticos a los que Honorato Bonafé había visto por última vez antes de caer fulminado por la ira de Dios.

La Navata, noviembre de 1995